Übersicht Hauptwelten I

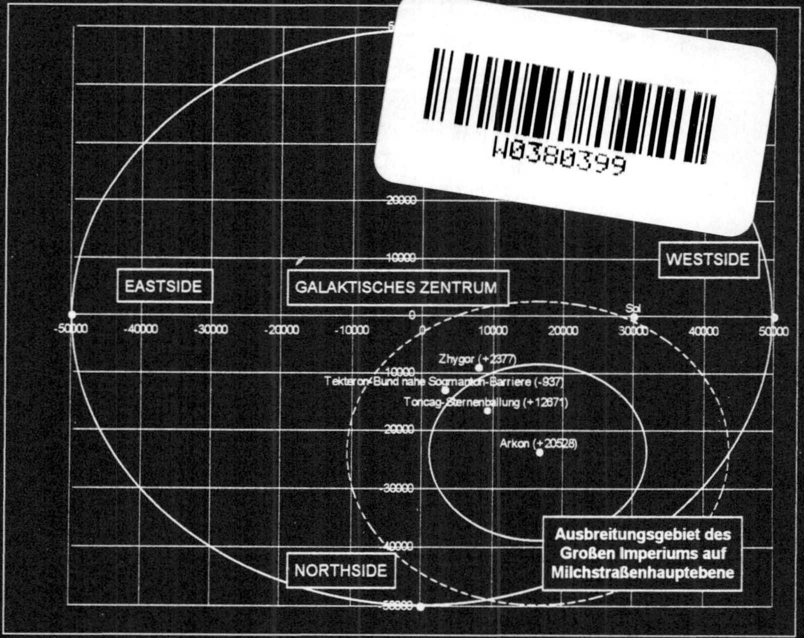

Die »Übersicht Hauptwelten I« ist eine reine Koordinaten-Skizze. Sie stellt darüber hinaus dar, wie groß das Große Arkon-Imperium im Verhältnis zur ganzen Milchstraße wirklich ist – sein Einflußbereich nimmt zur Handlungszeit dieses Buches gut ein Viertel der Galaxis ein. Sol, die Heimatsonne der Menschheit, liegt am Rand des Arkon-Imperiums.

Die Darstellung von »+« vor den Ziffern etwa bei Zhygor und Arkon bedeuten, wie weit »über« der Hauptebene der Milchstraße diese Planeten liegen. Da die Sogmanton-Barriere ein »-« aufweist, liegt sie also »unterhalb« der Hauptebene der Milchstraße.

Atlan

MONDE DES SCHRECKENS

Perry Rhodan

Atlan

MONDE DES SCHRECKENS

von
Rainer Castor

MOEWIG

Redaktion: Klaus N. Frick
Titelillustration: Johnny Bruck
Druck und Bindung: Ebner Ulm
Printed in Germany 1999
ISBN 3-8118-1514-8

Vorwort

Nach Abschluß der ersten dreizehn ATLAN-»Blaubücher«, in die mehr als fünfzig von Hanns Kneifel geschriebene und mit der Überschrift »Zeitabenteuer« versehene Taschenbücher in bearbeiteter Form einflossen, wurde mit den Arkonabenteuern Neuland im PERRY RHODAN-Kosmos betreten, von Verlag, Redaktion und auch von mir als Autor. Es handelte sich um eine Premiere, da zuvor noch nie eine zusammenhängende, in sich geschlossene Geschichte im Buch-Format und von dieser Länge neu konzipiert wurde. Statt Hefte oder Taschenbücher zusammenzustellen und zu bearbeiten, war nun eine Trilogie zu schreiben, welche von vornherein dem Umfang von insgesamt rund zwölf Taschenbüchern gleichzusetzen ist.

Nun besitzt jeder Roman seine eigenen Gesetzmäßigkeiten – einige davon werden durch seine Thematik bestimmt, andere dagegen von rein »formalen« Dingen. Und es ist ein Unterschied, ob die Story im Rahmen eines Zyklus auf 60 Seiten eines Heftes, knapp 200 eines Taschenbuches oder im Format von drei rund 400seitigen Hardcovern, kurz »HCs« genannt, entwickelt werden soll – und nach den mehr historisch bestimmten Vorgängern das Science Fiction-Element in den Vordergrund rückt.

Band 14 fuhr in Atlans persönlicher Chronologie fort, nachdem der dreizehnte Band mit dem Umschwenken auf sein erstes Erscheinen im PERRY RHODAN-Kosmos des Heftes Nr. 50 endete: Der Zyklus »Atlan und Arkon« (enthalten in den PERRY RHODAN-»Silberbänden« 7 bis 12) behandelte zwar das weitere Geschehen der Jahre 2040 bis 2045, legte dann aber von Heft 99 nach Heft 100 (entspricht dem Silberband 13) einen Zeitsprung ein. Dadurch fiel ein Großteil von Atlans Imperatorenzeit quasi unter den Tisch.

Mit der Arkon-Trilogie soll nun dieser Abschnitt etwas näher beleuchtet werden – und der Handlungsbogen über alle drei Bände ist selbstredend als geschlossenes Ganzes zu sehen: So gelten die im Anhang von HC 14 vorgestellte Personenliste, das Glossar arkonidischer Begriffe und die Angaben zur Arkon-Zeitrechnung auch für die Folgebände. Einige Andeutungen wiederum, das ergibt sich aus der Handlungszeit des 21. Jahrhunderts, betreffen Dinge, die Atlan erst im weiteren Verlauf der PERRY RHODAN-Geschichte richtig einzuordnen weiß. In dieser Hinsicht sind die Leser der Heftserie oder der Silberbände dem Imperator von Arkon gegenüber natürlich im Vorteil.

An dieser Stelle möchte ich mich ebenso für die vielen positiven, manchmal sogar »erschreckend« begeisterten Reaktionen vieler Leser bedanken wie auch für die, die sich sehr kritisch mit Band 14 beschäftigt haben! Als Autor freue ich mich naturgemäß über jeden Zuspruch und jedes Lob; kaum weniger wichtig, wenn nicht sogar maßgeblicher, sind jene kritischen Stellungnahmen, die sich auf Inhalt, Schreibstil und dergleichen beziehen. Mögen sie noch so subjektiv gefärbt sein und ich mich über die eine oder andere – ich geb's zu – mitunter ärgern: Unter dem Strich dienen sie dem gemeinsamen Ziel, nämlich ein noch besseres Ergebnis abzuliefern!

Ihr könnt sicher sein, daß wir – Redaktion und Autor – sämtliche Reaktionen sehr genau verfolgen und natürlich versuchen, eventuell zutage getretene Schwachstellen oder Fehler zu korrigieren. Es ist ja nicht zuletzt dieses Feedback, das als ein besonderes Kennzeichen von PERRY RHODAN anzusehen ist. Vor diesem Hintergrund kann ich Euch nur aufrufen, nicht mit Kritik zu sparen; ebenso sind Anregungen, Hinweise und Tips stets willkommen (etliche wurden sogar schon aufgegriffen!).

In diesem Sinne hoffe ich als Autor, daß der zweite Teil der Trilogie bei Euch Zuspruch erfährt, und auch, daß Euch das Schmökern ebensoviel Freude bereitet wie mir das Schreiben!

Fast schon obligatorisch: Ich möchte mich ganz herzlich für Hilfe, Kritik und Anregungen bei Heiko Langhans, Michael Thiesen, Kurt Kobler und Rainer Hanczuk bedanken. Ebenfalls Dank gebührt Hartmut Kasper, der die Manuskripte redigierte und sich mit den Schwachstellen meiner Schreibe herumplagte, sowie – last but not least – Redakteur Klaus N. Frick, der wohl genauso gespannt wie ich verfolgt, ob und wie die Arkonabenteuer bei den Lesern Anklang finden.

Also: Viel Spaß mit Band 15, dem zweiten der Arkon-Trilogie, und ad astra!

Rainer Castor

Intro

Was bisher geschah:
Zehntausend Jahre hatte Atlan in der Verbannung auf Terra verbracht. Dann, im Jahr 2044, gelang ihm endlich die Rückkehr in seine Heimat. Als Sohn von Imperator Gonozal VII. war der Kristallprinz dank seiner Einstufung als aktiv gebliebener Arkonide dazu berechtigt, im Großen Imperium die Macht zu übernehmen: Atlan aktivierte die Sicherheitsschaltung A-1, und der Robotregent, der aufgrund der arkonidischen Degeneration bis dahin die Herrschaft ausgeübt hatte, erkannte ihn als Imperator von Arkon an.

Das gewaltige Herrschaftsgebilde mit seinen mehr als 50.000 Siedlungswelten war selbst für die hochgezüchtete arkonidische Techno-Bürokratie längst unüberschaubar geworden. Überdies hielten Atlans degenerierte Artgenossen wenig von dem umtriebigen und entschlußfreudigen Mann an der Spitze ihres Staates, gelinde gesagt. Verachtung und Haß schlugen ihm entgegen, weil er ihre traditionelle Lebensart mißachtete. Zwar ergingen sie sich, die meisten von ihnen bevorzugt in raffinierten Fiktivspielen, desinteressiert an ihrer Umwelt und arrogant, dennoch zeigten Dutzende Mordanschläge, wie unbeliebt Atlan letztlich war. Von vielen wurde er als aufdringliches Fossil einer längst vergangenen Zeit betrachtet.

Damit nicht genug: Noch in den ersten Tagen seiner Machtübernahme erhielt Atlan von ES, dem Kollektivbewußtsein der Kunstwelt Wanderer, eine orakelhafte Warnung. »Erwachende Legenden« könnten zu einer galaxisweiten Gefahr werden und nur Atlan, dank des Zellaktivators unsterblich, könne mit den Mitteln des Großen Imperiums ein ausreichend starkes Gegengewicht bilden.

Atlans Bemühungen konzentrierten sich zunächst darauf, Helfer und Mitarbeiter zu gewinnen, denen er voll und ganz vertrauen konnte. Zum Beispiel das rätselhafte Volk der Gijahthrakos, die arkonidischen Raumnomadenclans mit ihren paranormal begabten Feuerfrauen oder die 100.000 Ex-Schläfer aus dem »Raumschiff der Ahnen«. Parallel dazu offenbarte sich das wahre Bedrohungspotential nur zögernd. Es zeichnete sich ab, daß die fanatischen Tekteronii und deren Anführer, die Cyén und ihre Götzen-Körperfragmente, in die von ES angesprochenen Dinge verwickelt waren. Gleiches galt für den geheimnisvollen Planeten Zhygor.

Er war vormals die ES-Kontaktstelle für die Arkoniden gewesen, darüber hinaus jedoch ebenfalls in die mit der Formulierung »Erwachende Legenden« nur sehr vage umschriebenen Dinge eingebunden.

Der Imperiale Historiker durchsuchte in Atlans Auftrag Sagen und uralte Überlieferungen und stieß dabei auf Begriffe wie Großer Galaktischer Krieg, Qa'pesh als Synonym für »Wilde Horden« oder die als Galaktischen Ingenieure umschriebenen Petronier. Atlan erfuhr, daß sich hinter pompösen Umschreibungen wie »Millionenäugig, Allessehend«, mit denen der arkonidische Imperator traditionell versehen wurde, viel mehr verbarg als nur aufgebauschte Floskeln: Im Jahr 2047 ließ sich Atlan nach langem Zögern auf das Projekt der »Großen Feuermutter« ein, das in der Arkon-Geschichte nur siebenmal erfolgreich durchgeführt worden war. Das Vorhaben gelang, so daß Atlan ein Bewußtseinskollektiv hilfreich zur Seite stand. Dieses gewann einerseits durch ihn und seinen Zellaktivator überhaupt erst Stabilität, vermittelte ihm andererseits aber ein paranormal erweitertes Wahrnehmungsvermögen und machte ihn tatsächlich zum »Millionenäugigen«.

Was er sah, war ein in seinen Grundfesten erschüttertes Reich: mißgünstige Arkon-Adlige, SENTENZA-Verbrecher, separatistische Bestrebungen aufständischer Siedlungswelten und politische Attentate wie jenes auf den Zarlt von Zalit.

Bisheriger Höhepunkt der Entwicklung war der Versuch der Tekteronii, mit einer Galeere sonderbare »Stachelkugeln« ins Große Imperium einzuschleusen. Zwar konnte mit dem Künstlichen Mond auch ein Götze vernichtet werden, doch die Gesamtzusammenhänge mußte Atlan noch herausfinden. Unklar blieb zum Beispiel, ob sie mit den von Atlan mehrmals in Visionen erkannten *Lichtwesen* in Verbindung standen. Und was verbarg sich in den vierzehn von der Großen Feuermutter nicht einsehbaren Bereichen des Imperiums?

Prolog

Aus: *Die Litanei der Reinen Lehre*, religiöse Doktrin der Tekteronii; Hauptarchiv des Robotregenten, Arkon III

... ist erklärtes Ziel der Tek'gools, *die letzten Erkenntnisse Wahren Seins zu gewinnen, indem sie über alle Gestalt-Manifestationen hinausgehen. Die Bedeutung des unersetzlichen Geschenks von Leben wird in teuflischer Absicht verdreht, seiner Göttlichkeit Böses angetan: denn das Ergebnis ist eine Verstümmelung und nicht Erweiterung, die Taten stehen nicht im Einklang mit den Erwartungen. Wahre Tugend erzwingt Übereinstimmung von Handlung und Wunsch, soll nicht Boshaftigkeit das Ergebnis sein. Rechtschaffener Glauben hat dem Leben zu dienen und nicht seine Entstellung anzustreben, wie es die* Tek'gools *in ihrer Hybris beabsichtigen. Ihr Ziel ist das Böse, und für die Erweckerin des Wissens, Ipotherape, wird* Absolute Dunkelheit *das Ergebnis ihrer Bemühungen sein, sollten sie jemals erfolgreich sein. Nur wer dem Licht zugewandt ist und den natürlichen Stufen des Seins folgt, erreicht Erlösung und die göttliche Vereinigung mit dem Ganzen! Eine Verkürzung dieses Weges bedeutet nichts anderes als Absturz in Unfreiheit!*

»Die entscheidende Phase beginnt!« Ein Schnarren kam von den Mundplatten Xanthyn Ol'dans, und grünlichgelbes Licht, das aus allen Körperporen hervorzudringen schien, wurde von violetten Schwaden überdeckt, die sich zu einem Körperschutzschild verdichteten. »Tod den *Tek'gools!*«

Ein Gedankenbefehl des Cyén öffnete die Irisluke des Podests. Von einem Antigravpolster getragen, schwebte der STERNSAPHIR langsam empor, bis der funkelnde Kristall in Kopfhöhe des Tekteron-Missionars zum Stillstand kam. Schaudern durcheilte den insektenähnlichen Leib, als das geballte Machtpotential des petronischen Sternjuwels ertastet wurde. Fünf Götzen umringten das Podest; das letzte Körperfragment hatte Xanthyn Ol'dan erst vor kurzem separiert. Die nach hinten dünn auslaufenden Walzen aus vielen Segmenten ruhten auf Dutzenden Stempelbeinen, waren an die zwanzig Meter lang und simulierten materieprojektiv den Vorderleib des Originalkörpers.

Fast drei Meter groß war Xanthyn Ol'dan; er stand auf dicht behaarten und in Klauen auslaufenden Gliedmaßen seines zweiten und dritten Körpersegments, die von faltigen Hautlappen der Vorderglieder eingehüllt waren. Birnenförmig ragte der große Schädel auf, an dessen schmalem Ende sich gezahnte Platten des dreieckigen Mundes bewegten. Schwarze Nasenschlitze öffneten und schlossen sich, in tiefen Höhlen glühten, von schwarzen Linien durchsetzt, bernsteinfarbene Kugeln. Ein drittes »Auge« lag in der Wölbung der Stirnmitte. Silbrige Fäden mit verdickten Enden hingen von den seitlichen Augen und erinnerten an Tränen. Aus dem flachen Schädeldach entsprangen, ringelnd wie Schlangenleiber, armlange und fingerdicke Tentakel; einige liefen spitz aus, andere besaßen weißgraue Knoten.

»Ihr Ziel ist das Böse! Unsere Mission dient Ipotherape!«

Seit vielen Jahren liefen die genau aufeinander abgestimmten Vorhaben und Projekte der Cyén und der Tekteronii insgesamt. Um Vhalon aktivieren zu können, mit dessen Hilfe die Tekteronii den endgültigen Sieg der *Reinen Lehre* über die Völker der Galaxis erringen wollten, war es notwendig, daß Mooshar an den Ursprungsstandort zurückgeführt und die Sternjuwelen wieder vereint wurden. Dieses Ziel verband sich mit weiteren machtpolitischen Detailplanungen, die sich allesamt gegen das Große Imperium der Arkoniden als führende Großmacht dieses Milchstraßenquadraten, wenn nicht gar der Galaxis insgesamt, richteten.

Dank Jahaq Garr war es für die Cyén leicht gewesen, sich der neuen Zeit anzupassen. Erstes Ziel waren die Vasghad-Rebellen gewesen, und die Cyén wären nicht dereinst Herrscher ihrer Reiches gewesen, hätten sie nicht augenblicklich das Potential erkannt, das vor allem Thaafs und Baahmys boten. Der Erste Tekteron-Tempel entstand, der Tekteron-Bund trat an die Stelle des Vasghad-Randzonenfürstentums, die Reine Lehre wurde verkündet und verbreitet ... – und was sogar die Cyén überrascht hatte, geschah: Es gab einen Kontakt zu Ipotherape, der Erweckerin des Wissens!

»Kontakt« ist etwas zuviel gesagt, dachte Xanthyn Ol'dan selbstkritisch. *Es war kaum mehr als das intensive Gefühl ihrer Anwesenheit! Aber der Eindruck war stärker als alles, was wir aus der Zeit unserer Herrschaft kannten, und mit ihm verbunden war die Gewißheit, ihren Auftrag erfüllen zu müssen. Die Reine Lehre ist umzusetzen, bedingungslos! Für alle und jeden, und wer sich als Tek'gool erweist, ist zu bekämpfen! Wer immer er auch sein mag ...*

Mit dem Gefühl der Anwesenheit Ipotherapes verbunden war überdies der weitere Eindruck gewesen, daß Unterstützung vorbereitet werde; Hilfe, die aus dem unermeßlichen Leerraum zwischen den Sterneninseln kommen würde! Eine erste Vorhut sei sogar schon kurzfristig zur Erkundung dagewesen! Das Eintreffen des eigentlichen Kontingents würde zwar noch Jahrzehnte oder länger auf sich warten lassen, vielleicht sogar an die hundert Jahre, aber irgendwann mußten diese Helfer kommen – und sie sollten angemessen empfangen werden!

Mit dem STERNSAPHIR besaßen die Cyén ein machtvolles Instrument, die Mission durchzuführen. Noch war ihnen der ungehinderte Zugang zu Mooshar versperrt, ein direkter Zugriff auf die fehlenden zwei Sternjuwelen demnach nicht möglich, denn der forcierte Ausbau der Freihandelswelt Zhygor war eine Barriere, die die Cyén an der sofortigen Umsetzung ihrer Pläne hinderte. Vor allem, weil sich dieser Arkon-Imperator namens Gonozal VIII. der wirkungsvollen Hilfe der Gijahthrakos versichert hatte. Xanthyn Ol'dan besaß vage Erinnerungen an dieses Volk, das sich schon im alten Cyén-Reich einer Eingliederung widersetzt hatte. Sie waren ein Relikt noch fernerer Vergangenheit – der des Großen Galaktischen Krieges.

Der Cyén machte nicht den Fehler, diesen unsterblichen Arkoniden zu unterschätzen. Das, was er in der kurzen Zeit seiner Herrschaft eingeleitet hatte, nötigte Xanthyn Ol'dan durchaus Respekt ab. Im Gegensatz zu Atlan, der vor allem den Wust banaler galaktopolitischer Intrigen und Schwierigkeiten seines Reiches sehen mußte und dennoch die richtigen Schritte einleitete, hatten die Cyén natürlich vor allem die mit ihren Interessen verbundenen Dinge im Auge. Obwohl Atlan nicht über die Zusammenhänge hinsichtlich Mooshar und Vhalon informiert war, nicht informiert sein konnte, behinderten seine Maßnahmen die Cyén beträchtlich.

Xanthyn Ol'dan fragte sich, ob dieses intuitive Gespür des Arkoniden vielleicht mit jenem geheimnisvollen Gerät zusammenhing, das ihm die potentielle Unsterblichkeit sicherte. Schon das war ein Aspekt gewesen, der die Cyén hatte aufmerken lassen: *Unsterblichkeit dank der besonderen Ausstrahlung eines »Lebensspenders«!*

Es sieht so aus, als habe dieser Atlan die Unterstützung der lokalen Superintelligenz! durchfuhr es den ehemaligen Tekteron-Missionar. *Diese hat sich in der Zeit nach dem Großen Galaktischen Krieg wenig um ihre Mächtigkeitsballung gekümmert, war zumindest uns gegenüber absolut passiv: Wir wußten zwar von ihrer Existenz, zu Kontakten kam es allerdings nicht; vielleicht, weil es Anzeichen dafür gab, daß sich die Entität wiederholt in einem inneren Zwist mit ihren antipolaren Persönlichkeitsaspekten befand ...*

Die Kopftentakel des Gestaltwandlers quirlten stärker; bernsteinfarbenes Glühen ging von den Augenhöhlen aus und ließ die Tränenfasern glitzern.

Dieser Konflikt scheint sich verstärkt zu haben, die Entität ist überdies seit kurzem geschwächt – ein Effekt des Halbraumaufenthaltes und der

Begegnung mit dem Roten Universum! *Mit einem direkten Eingriff ins Geschehen ist also nicht zu rechnen, zumal der STERNSAPHIR sogar einer Kreatur wie dieser gefährlich werden kann. Und wir* werden *ES gefährlich werden! Schon seine Existenz verhöhnt die Reine Lehre, ES ist ein Tek'gool! Der Tek'gool! Der schlimmste, den wir uns denken können! Wir aber dienen Ipotherape, der Erweckerin des Wissens! Und sobald wir über Vhalon, Mooshar und alle drei Sternjuwelen Macht erlangt haben, wird unser* Angriff *auf diese widernatürliche Wesenheit beginnen!*

1.

Aus: *Welten des Großen Imperiums*, autorisierte Info-Sammlung des Flottenzentralkommandos (Geheimwelten unterliegen Zugriffskode #***-****-**), reich bebildert, 223. Auflage der Kristallchips, 19.015 da Ark

Kolafton-System: *Vorgeschobener Industriestützpunkt der Thantur-Lok-Peripherie, untersteht der Raumflottenhierarchie, ausgewiesen als »bedingt militärische Sicherheitszone«. Fünfzig Leichte Kreuzer als Systemschutz bewachen insbesondere die fünfzehn Schwerindustrie-Modul-Stationen der inneren Planeten. Ihre Aufgabe: Rohstoffbearbeitung, Verhüttung, Arkonstahlproduktion und Erzeugung von Halbfertig-Formteilen. Tender befördern Kernzellen Schwerer Kreuzer nach Arkon III, dort allgemeine Endaufrüstung und Abschlußmontage. Bevölkerung: insgesamt 250 Millionen Techniker, Ingenieure, Bergbau- und Fertigungsfachleute verschiedener Völker. Tato von Kolafton: Jahaq Garr.*

Kolaftons Stern ist ein Überriese mit achtzehn Planeten. Die Welten eins bis fünf, zu heiß und unwirtlich für eine Besiedlung, weisen hohe Erzvorkommen und hyperenergetisch gesättigte Materie auf. Transitions-Strukturfelder auf Resonanzbasis dienen der Abraum-Abtrennung, Rohstoffe gelangen zu Industrieplattformen im Geo-Orbit. Erzeugter Stahl wird weitergeleitet und zu sechzig Prozent in eigenen Fabriken verarbeitet, der Rest von Händlern weiterveräußert. Etwa arkongroß ist der sechste Planet; eine Wüstenwelt mit zwei kleinen Monden, auf der winzige Polarkappen den Hauptteil des planetarischen Wasservorkommens stellen.

Distanz zu Arkon: 60,68 Lichtjahre ...

An Bord der ARKON II, Orbit des vierten Planeten des Katalogsterns BB14-KH3698-R1: 17. Prago der Coroma 19.017 da Ark (= 10. Dezember 2047 Terra-Standard)

... klang die Chorstimme der Großen Feuermutter plötzlich schwach und fern und erreichte mich kaum noch: »Sieh und hör mit Tanja ... der Gefahr zu begegnen. Der Fortbestand ... unter Umständen davon ab ...«

Tanja ... Alles überschlägt sich: vierzehn Bereiche im Imperium, Stachelkugeln, Einzeller, Lichtwesen auf Zhygor! Beklemmung, die meinen Magen in einen eisigharten Klumpen verwandelte, begleitete die spontanen Gedanken. Plötzlich hatte ich, ohne es begründen zu können, fürchterliche Angst um Tanja – die intensive Ahnung von Schmerz, Leid und Tod.

Kurz sah ich Tanja und mich nach dem *Tanz der Monde*; eine bedrükkende Erinnerung: Aneinandergepreßt waren wir durch milchige Schwaden der parainduzierten Sphäre geglitten, die, von den Omirgos-Kräften stabilisiert, als eine Art »Nische« mit normalen raumzeitlichen Konventionen in den Hyperraum ragte. Die Individualauren unserer Bewußtseinssphären hatten einander überlappt und ich ihre Verwirrung und aufsteigende Angst gefühlt, als Tatjana Michailowna unvermittelt zu zittern begann: *Gläserne Kügelchen scheinen plötzlich von überall zu kommen, durchdringen unsere Körper mit schmerzhaften Stichen. Undeutlich glaube ich eine Kugel zu sehen, von deren Oberfläche lange Stachelausleger aufragen. Aus dem Schatten eines Planeten schiebt sich ein Mond hervor, der mir merkwürdig falsch und unwirklich vorkommt ...*

Tanja schrie und klammerte sich an mich. Ihr Körper zuckte wie unter unsichtbaren Einschlägen.

»Fremdes Leben«, keuchte sie. »Es quält mich. Ich kann nicht klar denken. Was ist das?«

Ich streichelte beruhigend ihren Rücken. »Ruhig, Liebste«, flüsterte ich. »Es ist eine Vision, es passiert nicht jetzt.«

»Aber vielleicht in der Zukunft?«

»Ich weiß es nicht.« Während sie sich langsam beruhigte, versuchte ich des kalten Angstgefühls Herr zu werden, das mich mit Gewalt überfiel. Das Gefühl, einer großen Gefahr ausgesetzt zu sein, wurde beklemmend .

Ein Kaleidoskop weiterer Eindrücke suchte mich unvermittelt heim: Der Kontakt zur Großen Feuermutter bestand zwar noch, schien aber von »etwas« gestört zu werden, während ich unvermittelt mit Tanja verschmolz, ohne mich jedoch vollständig mit ihr zu identifizieren. Vertrautheit umfing mich, verbunden mit weiteren aufgeschwemmten Erinnerungen. Tatjana Michailowna. Terranische Mutantin. Telepathin, weitgehend immun gegen Fremdbeeinflussung jeglicher Art. Bei den Dagoristas der Yesugei-Burg auf Zhygor ausgebildete Feuertochter, die mich nach Iprasa-Tradition beim Tanz der Monde wählte ...

Voller Hitze war die Berührung, als unsere Bewußtseinssphären überlappten. Die Wahrnehmungen ihrer Sinnesorgane sprangen auf mich über. Ihr Mißtrauen gegenüber den scheinbar normalen Verhältnissen auf Kolafton VI sprang auf mich über.

Was geht vor im Kolafton-System? Etwas muß vorhanden sein, das einen bedeutenden Paraeinfluß hat.

Unwillkürlich bemühte ich mich, die Möglichkeiten meines Zustands auszunutzen. Ich versuchte die normalerweise unsichtbaren Schichten unter der materiellen Oberfläche zu erfassen – und scheiterte kläglich. Ohne die Parakräfte Sinyagis und die Unterstützung der Zhy-Famii-Amazonen war es nicht weit her mit dem *Millionenäugigen*, und *ihr* Blick ins Kolafton-System war blockiert.

Mit den anderen Agentinnen saß Tanja im Überwachungsraum der 60-Meter-Kugel – Typ Ultraleichtkreuzer – und begutachtete die Übertragungen von Mikrosonden, Abhörsensoren und heimlich installierten Überwachungsgeräten. Der Raumer stand auf dem Raumhafen von Kolafton VI und diente den *Augen* als mobile Einsatzzentrale: Gedankenschnell wurden Informationen ausgetauscht, die ein Gemisch von Erinnerungen und gegenwärtigen Empfindungen waren.

Sira Tyaz, die Tanjas Arm ergriffen hatte, zischte energisch: »Reiß dich zusammen. Ich weiß, daß du *Besuch* hast, aber das ist kein Grund, sich gehenzulassen.« Sie tätschelte Tanjas Hand. »Übrigens ein interessantes Individualmuster. Den hätte ich ebenfalls gewählt; energisch, kein verkrusteter Arkonide, trotzdem loyal, verantwortungsbewußt, uralt – ein Wunschpartner ...«

»Du störst«, sagte Tanja unwirsch.

»Kann ich mir denken, bei deinem derzeitigen Para-Koitus ...« Mit einem Lachen drehte Sira den Sessel, die anderen Frauen schmunzelten.

Ich dachte konzentriert: *Die hat Magma zwischen den Zähnen!*

Klingt schlimmer, als es ist, mein Freund. In ihrem Job entwickelt man zwangsläufig einen Hang zum Sarkasmus.

Apropos Job: Ich verstehe nicht, daß ihr nichts entdecken konntet. Sinyagi jedenfalls kann nur über mich Einblick nehmen, und der ist zur Zeit ziemlich eingeschränkt. Ist der Blockadeeinfluß euren Paragaben nicht zugänglich?

Anki Zyneen und Sira Tyaz warenparageschulte Zhy-Famii der Raumnomaden, Ronua eine Orbeki-Frau mit rudimentärem beigebraunem Fell.

Nein! In dieser Hinsicht scheinen wir blind und taub zu sein. Ich kann es mir nicht erklären, Liebster. Nichts deutet auf außergewöhnliche Aktivitäten hin – und das macht uns erst recht mißtrauisch.

Aus gutem Grund. Es gibt etwas Fremdes hier! So sehr kann Sinyagi sich nicht irren. Wie wollt ihr nun vorgehen?

»Die letzte Möglichkeit ...«, murmelte sie und sah in die Runde. Die Frauen hatten darüber diskutiert, waren sich eines Erfolges allerdings nicht sicher gewesen. »Uns bleibt keine andere Wahl: Verhaftung von Jahaq Garr! Sollte er sich, entgegen allen Indizien, doch als unschuldig erweisen ...«

Werde ich mich höchstpersönlich entschuldigen! In diesem Fall geht aber die Imperiale Sicherheit vor – einverstanden: Ihr habt das Okay des Imperators!

Gespannte Aufmerksamkeit bei den *Augen*; Jana D'Alessandro wurde von Sira flüsternd informiert.

»Wir sind uns einig? Gut.« Tanja seufzte. »Nutzen wir unsere Kräfte. Schneller Zugriff und ab durch die Mitte. Garr ist noch in seinen Privatgemächern? Also los!«

»Verstanden.«

Eine halbe Stunde später standen die Agentinnen in der Bodenschleuse des Ultraleichtkreuzers, und Anki sagte: »Ausrüstung und Waffen überprüft und einsatzbereit.«

Schwarzes Metallplastikgewebe hüllte die Körper ein, flexible Schalen schützten Arm- und Beingelenke, versteifende Segmentpanzer Rumpf und Unterleib, so daß bei geschlossenem Druckhelm äußere Einflüsse wie Hitze, Kälte, Giftgas oder Vakuum wirkungsvoll abgewehrt wurden. Flach gewölbte Rückenaggregate dienten der Anzug-Innenversorgung und der Erstellung von Schutz- und Deflektorfeldern, Mikroprojektoren in den Stiefeln der Projektion des Antigravfeldes.

Unterdessen schwebte die 60-Meter-Kugel, nur von Antigravaggregaten und Feldtriebwerken getragen, zum Residenzkelch hinüber. Dreißig Kampfroboter standen zur Ausschleusung bereit; ihre Abriegelungsmaßnahmen sollten jedoch mehr der Ablenkung dienen. Der Einsatz war minutiös geplant, Jana befand sich in der Zentrale und übernahm, weil keine Zhy-Fam, die Koordination.

Bis auf Tanja war das Team der *Augen* das gleiche, das schon im Juni im Kolafton-System gewesen war, damals jedoch dem Tato Jahaq Garr nichts hatte nachweisen können. Im Gegensatz zu den Kur genannten Sektorenbeauftragen, deren Einflußbereich mitunter einige hundert Sonnensysteme umfaßte, war die Befugnis eines Tatos im Sinne eines Planetengouverneurs maximal auf das ihm unterstehende System beschränkt. *Aber schon das ist zuviel*, dachte ich, *wenn es sich um Tekteronii handelt!*

Tanja ballte die Hände zu Fäusten. »Deflektoren. Druckhelme schließen, umschalten auf Parasicht. Schutzschirme aufbauen.«

»Alles klar.«

Kristallbeschichtete Folien schoben sich aus Halsringen und überzogen die Helmfronten. Schlagartig veränderte sich der Blickwinkel zur paravisuellen, nicht auf Licht angewiesenen Wahrnehmung, während die unsichtbar machenden Kraftfelder zur Lichtwellenumlenkung entstanden.

»Residenz erreicht!« meldete die Ex-SolAb-Agentin, das Schleusenschott glitt auf. »Raus mit euch! Viel Glück!«

»Abmarsch«, sagte Tanja ins winzige Aufnahmegerät. Die Leistungsabgabe der Komgeräte war auf ein Minimum gedrosselt; nach wenigen Metern ließ sich kein Pieps mehr anmessen. In langer Kette fielen die Roboter in die Tiefe, flogen dem terrassierten Kelch-Innenbereich entgegen. Die Agentinnen folgten sofort und rasten zur obersten Etage.

Eindringen in die Suite des Tatos, umsehen, sichern: Ein Einfluß, der der Großen Feuermutter die direkte Sicht verwehrte, konnte ganz einfach nicht ohne Sekundärerscheinungen vonstatten gehen, und zumindest diese mußten sich erkennen lassen.

Es waren merkwürdige Emissionen in direkter Nähe, die die Frauen aufhorchen ließen. Tanja ächzte: »Was ist das hinter der Wand?«

Ihrer Fernwahrnehmung offenbarten sich hohe Kristalle, die, in langen Reihen angeordnet, durch armdicke Kabelstränge verbunden waren. Kraftfeldpolster ließen die glitzernden Zapfen schweben, deren Hauptaktivitäten einer höhergeordneten Struktur angehörten. Und da war auch das *Fremde*.

Gallertkugeln gleich, milchig und bis zu einem Meter dick, flogen Dutzende dieser Gebilde zwischen Kristallen umher. Sie labten sich förmlich an Ausstrahlungen und zapften sie ab. Eine Kugel begann in sich zu schwingen. Verformungen wurden zu Einschnürungen, bis winzige Ableger davondrifteten. Während sie die Kristallblöcke umhuschten, gewannen sie rasch an Größe.

»Verdammt!« zischte Ronua. »Sie leben – und sie nehmen die hyperaktiven Kristallkerne in sich auf.«

Die Orbeki-Frau war fassungslos. Tanja erkannte die Hyperemissionen der Gallertkugeln jetzt, nachdem sie sie lokalisiert hatte, genau; ein Spektralabschnitt, der weit vom üblichen Wahrnehmungssektor entfernt war. Die beängstigenden Eindrücke waren sonderbar animalisch und triebbewegt. Gier war zu erkennen, ein gewaltiger Hunger, der dem Drang nach Vermehrung und Ausbreitung kaum nachstand.

»Ist das die Lösung?« fragte sich Tanja unwillkürlich. »Sind diese Geschöpfe für die Minderwertigkeit der Kristalle verantwortlich? Hhm, dann müßten sie vor allem bei den Industrieplattformen zu finden sein ...«

»Mir gelingt keine exakte Analyse«, rief Anki. »Sie entziehen sich.«

Fröstelnd dachte ich an die ausgefallenen Schutzfeldprojektoren der ARKON II, an die Schäden an meinem Flaggschiff und daran, daß wir es baldmöglichst zur Reparatur nach Arkon III fliegen mußten. Und ich dachte auch an die Erkenntnisse, die wir durch die Untersuchung von Stachelkugel und Künstlichem Mond gewonnen hatten.

Ich sah mit meiner Freundin, empfing ihre verblüfften Subströme: Die Gallertblasen unterbrachen ihren Reigen rund um die Kristallblöcke; für Augenblicke wirkten sie verunsichert. Plötzlich formierten sie sich und rasten los. Die Wand stellte für sie kein Hindernis dar – Mini-Teleportationen überwanden sie. Keine drei Sekunden dauerte es, und die Frauen wurden von Kugeln umringt, obwohl die Deflektoren weiterhin aktiviert waren. Wie bizarre Tropfen hingen in sich zitternde Blasen in der Luft, meist undurchsichtig, an manchen Stellen auch glasklar.

Parakräfte dünsteten von den Kugeln wie betäubender Nebel aus, drohten die Frauen zu lähmen. Einige Winzlinge, zwei bis drei Zentimeter dick, umschwirrten sie, als suchten sie etwas.

Im Raumhintergrund öffnete sich eine Tür und gab den Blick auf den massiven Andooz frei. »Dachte ich es mir!« blubberte es im breiten Maul. »*Augen des Imperators!* Deflektoren. Ha! Miserable Tarnung!«

Bis auf eine Reihe von Gurten, besetzt mit Taschen und mikrotechnischen Elementen, war der Andooz unbekleidet. Ein großes und massives Wesen, das äußerlich sehr einer Kröte glich, mit einer feuchtschlüpfrigen Haut von bräunlicher Grundfarbe, die von vielfältigen und -farbigen Mustern überzogen war. In den Mundwinkeln stach eine doppelte Sichel in Zitronengelb vom dunklen Braun des langbeinigen Körpers ab.

Intensiv musterte ich ihn über Tanja als Mittlerin. Aussehen, Körpersprache, Individualschwingungsaura – ein Informationsstrom des Extrasinns lieferte Vergleichswerte. *Er ist es!* durchfuhr es mich. *Der Andooz hat auf Gillam den Transmitter benutzt. Und er war auch in den Geschichtshallen des Kristallpalastes. Ich bin mir jetzt ganz sicher! Tato Jahaq Garr!*

Von kräftigen Beinen abgestoßen, durchquerte der Tato den halben Raum. Einige Kugeln sammelten sich um ihn und mischten sich mit Feuchtigkeitsbläschen der dunklen Haut. Eine bislang verborgene Wandnische öffnete sich: Neben einem Schaltpult befand sich ein Podest, über dem die Luft zu wabern begann.

»Er aktiviert einen Transmitter!« Ronua wich geschickt einigen herbeiströmenden Gallertkugeln aus und hob ihren Impulsstrahler. Drei nadelfeine Lichtkometen fauchten durch die Luft und hinterließen flirrende

Ionisationskanäle. Knisternde Entladungen umhüllten als elliptische Kontur Jahaq Garr und machten das aktivierte Schutzfeld sichtbar.

Sira schrie: »Verdammt, er entkommt!«

»Hinterher!« Anki feuerte auf den Andooz, Tanja und Ronua hasteten los. Sie erreichten das Wabenmuster des kniehohen Podests gleichzeitig, während Sira sich dem Steuerpult zuwandte. Ihre Finger huschten über leuchtende Holosensoren; sie keuchte: »Programm steht. Selbstvernichtung nicht abzuschalten!«

Anki stöhnte. »Immer mehr Blasen. Abspaltungen ... dringen durchs Schutzfeld. Suggestionen ... Haß!«

Tanja schrie auf, als die erste Kugel ihren Körper berührte. Bilder, beim Tanz der Monde gesehen, schwappten mit Gewalt in meiner Freundin hoch – diesmal waren sie allerdings Realität: Stechende Schmerzen begleiteten die Penetration der Gallertwesen.

Wehrt euch doch! Bekämpft die Biester, bevor sie ... – Mein panischer Ruf gellte unbeachtet.

Sira und Anki blieben zurück, während Tanja und Ronua entmaterialisiert wurden – und der Transmitter detonierte.

Iprasa, Stadtrand von Ikharsa, Tempelanlage des Báalol-Kults: 17. Prago der Coroma 19.017 da Ark (= 10. Dezember 2047 Terra-Standard)

Der Hohepriester des Arkon-Systems, Thalom Goéto, starrte schokkiert der aufgehenden Sonne entgegen, die sich über die Silhouetten ferner Kelchbauten erhob. Seine Fäuste hatte er auf die bemooste Brüstung gestemmt, die Knöchel traten weiß hervor. Ein tiefer, seufzender Atemzug war zu hören, für Augenblicke schloß der Báalol die Augen. Wirre Bilder stiegen in ihm auf, vermischten sich mit dem tief aus dem Körperinneren kommenden Vibrieren. Jede Nervenfaser schien in heftige Schwingungen versetzt – ein nur zögernd verebbender Aufruhr. Die paranormale Wahrnehmung, bei der gemeinsamen Frühmeditation vor einer halben Tonta empfangen, hielt Thalom Goéto weiterhin im Griff, obwohl sie selbst bestenfalls einige Wimpernschläge beansprucht hatte. Dennoch war der Eindruck einer gewaltigen Gefahr derart intensiv gewesen, daß es die geistig-meditative Sammlung der Aktionsgruppe sprengte und die Beteiligten aus der Trance riß.

Finsternis. Tod und Leid und Zwang. Terror und Schrecken! Und der Anblick von etwas, das blutig und stachelbewehrt als riesig-bedrückender Mond erschien und einen wildfauchenden Orkan entfachte, der alles hinwegzufegen drohte ...

Einige der Profanpriester waren ohnmächtig zusammengesunken,

Thalom Goéto hatte es in der Halle nicht mehr ausgehalten, war hinausgestürmt, hinauf auf den umlaufenden Gang des Ringwalls, der das weite Oval der Tempelanlage umgab. Das Vibrieren wuchs zum Zittern, unvermittelt riß der Mann die Augen auf. Sein irrlichternder Blick schweifte umher, doch sein Bewußtsein nahm nicht wahr, was die Augen sahen.

Auf mehr als drei Kilometern Durchmesser breitete sich die Tempelanlage zwischen weitläufigen Parkanlagen mit großkronigen Bäumen, labyrinthisch angeordneten Hecken und gepflegten Rasenflächen aus. Die meist kegelförmigen Gebäude ragten mit spitzen, edelmetallbelegten Dächern in den dunstigen Himmel des sechsten Arkonplaneten. Die beiden Brennpunkte des Areals wurden von den Hauptgebäuden bestimmt: im Süden eine Stufenpyramide aus großen Steinblöcken, bewußt archaisch angelegt, knapp hundert Meter hoch, überzogen von Reliefbändern, die seltsame, teilweise groteske Tiere, Fabelwesen mit Tierleibern und Arkonidenköpfen und Schnörkelzeichen zeigten, sowie die 150 Meter hohe Kristallpyramide mit achteckiger Grundfläche im Norden, deren halbtransparentes Material die Sonnenstrahlen einfing und im Prismaeffekt Regenbogenglühen über den Park warf. Bei Bedarf ließ sich über der gesamten Anlage – deren maßgebliche Ausdehnung ohnehin subplanetarisch über viele Etagen in die Tiefe reichte – eine Schutzfeldglocke errichten, die durch die Fähigkeit zur Individualaufladung der Báalols zum kaum zerstörbaren Schild verstärkt werden konnte.

»Beim Feuer der Wahrheit!« ächzte der Mann. Er wurde sich seiner verkrampften Haltung bewußt, atmete mehrmals tief ein und aus und zupfte unbewußt an den Ärmeln der Robe. »Der sich über dem Tai Ark'Tussan zusammenbrauende Hypersturm steht kurz vor dem Ausbruch! Diese Tekteronii ...«

Seit Imperator Gonozal VIII. das Projekt der Großen Feuermutter der Öffentlichkeit vorgestellt hatte, mehrten sich die Anzeichen, daß die fanatischen Widersacher ihre Aktionen forcierten. Vielfältige Aktivitäten wurden beobachtet oder ließen sich indirekt nachweisen; dem Außenstehenden boten sie sich als verwirrendes Konstrukt teils offener, demnach mehr der Ablenkung dienender Vorgänge und solcher, die sogar die in Untergrundarbeit perfekten Báalols kaum zu entschlüsseln vermochten. Für Thalom Goéto kam erschwerend hinzu, daß er zwar der Hohepriester des Arkon-Systems war, in der Organisation des Kults jedoch eher auf nachgeordnetem Niveau rangierte, ausgeschlossen von den Informationsströmen der *geheimen Kultebene* oder gar des *Inneren Zirkels.*

Verfluchter Segno Kaáta! durchfuhr es ihn, und der Zorn half, die bedrückenden Impressionen abzuschütteln. *Wir können froh sein, daß wir noch auf Naat und Iprasa geduldet sind – wenn auch scharf beobachtet vom Arkon-Geheimdienst unter Peter Kosnows Führung.*

Der Terraner setzte ihnen zu, wo er nur konnte: In unregelmäßigen Abständen gab es Razzien, Einschleusungsversuche von Agenten – den gefürchteten *Augen des Imperators* – und eine ständige Kontrolle durch Mooffs, so daß ein Großteil der Báalolkräfte zur Abwehr gebunden war. Hinzu kam, daß die vom Robotregenten kontrollierten, positronischen »Behörden« verstärktes Augenmerk auf die wirtschaftlichen Aktivitäten des Kults insgesamt legten. Da half es auch nicht, daß Goéto sich selbst und seinen Prinzipien treu blieb. Er verkörperte das *Báalolul*, wie er es sah: zum Nutzen derer, die den meditativen Kultlehren folgten, zur körperlichen und geistigen Gesunderhaltung des Individuums.

Er starrte in die Ferne.

Wenige hundert Meter von der Ringmauer entfernt glitzerten neben einigen Robotgleitern die Panzertroplontanks von Mooffs in der Sonne – antigravtruckgroße Quader mit abgerundeten Ecken und Kanten, in denen die glockenförmigen Quallengestalten auf stummelartigen Beinchen hockten. Aus den bis zu zweieinhalb Metern hohen Leibern konnten sich runde Köpfe mit hervortretenden Knopfaugen schieben. Heimat dieser Wesen, die ihre telepathischen und wesentlich schwächer ausgeprägten Suggestivgaben in den Dienst des Imperators gestellt hatten, war der sechste Planet der Sonne Mooff, ein Wasserstoff-Methan-Ammoniak-Riese mit 2,8facher Schwerkraft. Sofern die Mooffs ihre paranormalen Kräfte in Gruppen bündelten, konnten die Suggestionen sogar Mentalstabilisierte beeinflussen, so daß sie, umgeben von einer mystischen Ausstrahlung, als die geheimnisvollen wie gefürchteten Helfer des *Tai Moas* betrachtet wurden.

Ihr betont offenes Auftreten beim Báaloltempel war Teil des Garrabospiels, das, wäre die Situation nicht so ernst gewesen, dem Hohenpriester ein Lächeln entlockt hätte. Das Mißtrauen Imperator Gonozals VIII. war verständlich, das gegenseitige Belauern logische Konsequenz. Während die Mooffs alle fünf Tontas ihre Überwachungsschicht wechselten, bedurften die Roboter keiner Pause; manchmal gesellte sich eine Halbkugel-Einheit der Großpositronik hinzu, und auch der eine oder andere Gijahthrako tauchte auf, stand eine Weile unbeweglich, dann meist auf die rote Kristalltetraeder-Originalgestalt reduziert, um ebenso schnell wieder zu verschwinden, wie er auftauchte. Stets waren eine ganze Reihe Báalols damit beschäftigt, das paranormale Abschirmungsfeld aufrechtzuerhalten, um nicht ausspioniert zu werden – jene Fähigkeit nutzend, die ihnen bei den Terranern die Bezeichnung Antis als Kurzform von Anti-Mutanten eingebracht hatte.

Thalom Goéto blickte mit brennenden Augen zu den Mooffs hinüber, öffnete kurz den Block um sein Bewußtsein und dachte konzentriert auf telepathischer Übermittlungsbasis: *Habt ihr es ebenfalls gespürt? Die Bedrohung wächst mit jedem Prago!*

Zunächst gab es keine Antwort. Als der Báalol schon nicht mehr damit rechnete und sich abwenden wollte, ging sie doch ein – ein zartes Flüstern mit freundlichen Subströmen, die gar nicht zu dem »monsterhaften« Äußeren der Mooffs passen wollten: *Bestätigung! Imperator und Große Feuermutter informiert!*

»Wenigstens etwas.« Brummend wandte sich der Hohepriester ab und ging langsam auf die achteckige Kristallpyramide zu. Was er schon lange geahnt hatte, war nun bestätigt worden; diese Wesen waren von sich aus harmlos, friedliebend und verständnisvoll – überaus glücklich, wenn sie mit anderen »sprechen« konnten. Aber sie standen loyal zum Höchstedlen von Arkon, und sollte er es wünschen und sie darum bitten, würden sie mit ihrem gesamten Potential aktiv werden.

Frösteln durchzog den Mann. Zu gut erinnerte er sich an die erbarmungslose Härte des Großen Koordinators; er hatte mit Zwang und unerbittlichen Befehlen reagiert und regiert. In dieser Hinsicht beschritt Gonozal VIII. den besseren, wenn auch undankbareren Weg: Er versuchte, sich der freiwilligen Mithilfe anderer zu versichern, war bemüht, das Beste, was das Tai Ark'Tussan aufzubieten hatte, zu bündeln und zu kanalisieren.

Viele legen ihm diese scheinbare Nachgiebigkeit als Schwäche aus, halten ihn gar für ein überlebtes Fossil! Sie sollen sich mal nicht täuschen! Wenn es darauf ankommt, kann dieser Mann knallhart seine Anweisungen geben; immerhin stammt er aus der Zeit der »heißen Phase« der Methankriege, und er hat für Jahrtausende bei diesen barbarischen Terranern gelebt! Das prägt! Ihn zu unterschätzen ist der größte Fehler, den man machen kann ...

Die Frage war, inwieweit das für die Tekteronii zutraf. Ihre bisherigen Aktionen ließen den Schluß zu, daß hier ein Faktor auf der galaktischen Bühne erschienen war, der nur eines wollte, und das mit aller Kraft: *Macht! Bedingungslose, umfassende Macht!*

Bei ihnen handelte es sich um einen fanatischen Konkurrenten, der nicht nur im zentralen Interessengebiet des Báalol-Kults agierte, sondern eindeutig als Feind angesehen werden mußte: Einerseits gingen Tekteronii direkt gegen Báalols und ihre Tempel auf Randwelten vor; zweitens intrigierten sie geschickt im verborgenen, so daß eigene Aktivitäten letztlich den Báalols untergeschoben wurden oder der Eindruck entstand, Báalols und Tekteronii würden miteinander paktieren; drittens machte die Reine Lehre viele Anhänger abspenstig und schmälerte den Einfluß des Báalol-Kults insgesamt – und letztlich banden sie bei Gegenmaßnahmen so viele Kräfte, daß schon von dieser Seite her eine Schwächung zu verzeichnen war, weil den eigentlichen Aufgaben zu wenig Zeit gewidmet wurde.

Thalom Goéto seufzte. Gemäß der Báalol-Hierarchie, daß dem Hohenpriester vier Stellvertreter, dann acht Profanpriester Erster Klasse, sechzehn Profanpriester Zweiter Klasse und so fort unterstellt waren, standen Goéto auf Iprasa, ihn selbst eingerechnet, insgesamt 4093 Báalols zur Verfügung. Weitere 1021 gehörten zum Báalol-Tempel auf Naat. Nach den Ereignissen um Kaáta waren sämtliche hiesigen Priester ausgetauscht und durch solche ersetzt worden, die entweder völlig harmlos waren oder auf die eine oder andere Weise in den Augen des Inneren Zirkels rings um den Hohen Báalol einen »Dämpfer« brauchten. Sie alle waren dem Kult treu ergeben und handelten nach bestem Wissen und Gewissen – kaum jedoch im Sinne der geheimen Kultebene. Die Tempel auf Arkon I und II hatten geschlossen werden müssen.

Der Hohepriester dachte bitter: *Dem Imperator von Arkon soll nicht der kleinste Ansatzpunkt geliefert werden, deshalb wird sogar eine Einschränkung des hiesigen Kult-Einflusses in Kauf genommen. Langfristige Strategien stehen zweifellos im Vordergrund. Man denkt in Jahrhunderten oder gar Jahrtausenden!*

Er warf einen Blick über die Schulter: Roboter öffneten das Eingangsportal, bald würden erste Pilger und Kultangehörige eintreffen und die Anlage beleben. Gemeinsame Meditationen, Unterweisungen ins Báalolul, philosophische und metaphysische Diskussionen – der normale, öffentliche Tagesablauf würde seinen Gang nehmen. Tausende kamen jeden Tag. Mindestens einmal im Leben, so die Verpflichtung der rund 200 Millionen Kultangehörigen im Arkon-System, mußte eine mehrtägige Meditation in einem Báalol-Tempel absolviert werden.

Goéto erreichte die Pyramide, durchquerte die Vorhalle und warf nur einen nachlässigen Blick in die anschließenden Zeremonienhallen. Sie erstreckten sich über mehrere Etagen und besaßen Treppenzugänge zu »Kellergewölben« – in ihnen wurden bewußt archaische Emotionen angesprochen; rötliches Halbdunkel bereitete sich aus, flackernd-offenes Feuer von Fackeln schuf bewegte Zonen aus gedämpftem Licht und Schatten, aus unsichtbar angebrachten Lautsprechern erklangen getragene Chorgesänge, und mit gezielt eingesetzten Infraschallstößen konnte ein »demütiges Gefühl in der Magengegend« hervorgerufen werden. Im Gegensatz dazu waren die hinter diesen Kulissen verborgenen Befehlszentralen und Einsatzräumlichkeiten Kommunikationszentren modernster Ausstattung.

Der Hohepriester öffnete den getarnten Zugang, nachdem er abgetastet war und seine Legitimation nachgewiesen hatte, und schwebte im Antigravschacht in die Tiefe. Kurz darauf erreichte er die Zentrale, grüßte die Diensthabenden und schwang sich in den Sessel am Hufeisenpult auf der Mittelempore. Displays, Monitoren und Holokuben belebten sich. Die positronische Auswertung der merkwürdigen Wahrnehmung blieb vage. Berichte anderer Kultstandorte wurden eingespielt – neben den normalen Hyperfunkkontakten, selbstverständlich vielfach verschlüsselt, zerhackt und über multiple Relaisstrecken versandt, gab es solche auf paranormaler Basis, die auf dem Einsatz von Blockbewußtseinen der Aktionsgruppen beruhten.

Thalom Goéto lächelte grimmig. Neben den geistig oder geistlich ausgerichteten Dagoristas, arkonidischen Raumnomaden, Gijahthrakos und einigen anderen parabegabten Fremdvölkern waren die Báalols zweifellos jene, die die Ausnutzung des Paranormalen perfektioniert hatten. Bezogen auf das Individuum waren die Einzelkräfte, von der Fähigkeit zur Individualaufladung der Schutzfelder einmal abgesehen, zwar meist nur schwach ausgeprägt, doch die Vereinigung zum Blockbewußtsein steigerte diese um ein Vielfaches und eröffnete ein breites Spektrum von Einsatzmöglichkeiten. Mit größtem Interesse hatten die Angehörigen des Báalol-Kults deshalb das Auftreten der Terraner verfolgt, den Einsatz von Rhodans Mutantenkorps, zu dem Personen gehörten, die sich durch extrem spezialisierte und sehr ausgeprägte Einzelfähigkeiten auszeichneten.

Der Hohepriester kannte die Analysen und Beobachtungsergebnisse, hatte sie genau studiert. Schon die erste Konfrontation der Terraner mit den Mehandor-Springern entging der Aufmerksamkeit des Kults keineswegs. Agenten des Hohen Báalols hatten sich Zugriff auf die Positroniken der Patriarchenversammlung verschafft und durch eigene Nachforschungen ergänzt; Terras Koordinaten waren seit dem irdischen Jahr 1983 kein Geheimnis mehr gewesen. Getreu ihrer Devise beobachteten die Báalols aber nur, griffen nicht ein, obwohl ihnen dieses durchaus möglich gewesen wäre – immerhin verfügten ihre Raumschiffe ebenfalls über den von den Springern entwickelten Strukturkompensator, der ein Anmessen der Transitions-Schockfronten weitgehend unterband. Vor diesem Hintergrund konnten die Báalols, im Gegensatz zu den übrigen Beteiligten, *nicht* durch die angebliche Vernichtung der Erde im Jahr 1984 getäuscht werden.

Und hätte dieser verdammte Segno Kaŏta nicht durch den Diebstahl des Zellaktivators die Aufmerksamkeit auf uns gelenkt ..., fuhr es Thalom Goéto durch den Kopf. *Seine Zusammenarbeit mit den Springern und Rhodans Sohn Cardif erwies sich – nachträglich betrachtet – als einer der größten Fehler, die wir überhaupt begehen konnten!*

Unvermittelt war der gesamte Kult ins Blickfeld der Öffentlichkeit gezerrt worden; die Konsequenzen bekamen sie bis heute tagtäglich zu spüren. Aber nicht nur mit Blick auf diese Aktion Kaátas fragte sich, inwieweit Goétos Vorgänger »eigene Wege« beschritten hatte: Am 28. Prago der Prikur 18.999 da Ark wurde er wegen »unerlaubter Inbetriebnahme eines biophysikalischen Privatlaboratoriums« straffällig und kurzfristig vom Robotregenten verhaftet, kam jedoch mit einer hohen Geldstrafe davon.

Auffällig hieran war, daß dieser Termin nur rund ein Arkonjahr nach dem ersten Auftreten der Tekteronii im Vasghad-Randzonenfürstentum lag. Beweise fehlten, aber Thalam Goéto fragte sich inzwischen, ob Kaáta nicht »Geheimkontakte« geknüpft hatte. Immerhin kam es etwa zur gleichen Zeit zu solchen mit einigen Ara-Kreisen, und weil traditionsgemäß durchaus gute Beziehungen zwischen Báalols und den Galaktischen Medizinern bestanden ...

Projekt Stachelkugel, Goéto studierte die angezeigten Dossiers, *wurde damals begonnen, das wissen wir inzwischen. Nicht jedoch, um was genau es sich handelte. Leider. Da paßt ein biophysikalisches Privatlaboratorium wie die Faust aufs Auge! Indizien, sicher, aber sie haben was für sich. Vielleicht konnte Loó-o ja mehr herausfinden ...*

Der Hohepriester der Freihandelswelt Lepso, die im positronischen Katalog der arkonidischen Großpositronik als *ein Zentrum asozialer Machtgruppen* bezeichnet wurde, hatte sich angekündigt und befand sich auf dem Sublichteinflug ins Arkon-System. In etwa fünf Tontas würde er auf Iprasa landen; ein Abstecher auf dem Rückflug nach Lepso, nachdem er auf Zalit und Aralon gewesen war.

Beunruhigt ging Thalom Goéto weitere Berichte durch. Sein Eindruck, durch die paranormale Wahrnehmung verstärkt, wurde fast zur Gewißheit: Die Tekteronii und ihre Befehlshaber, die rätselhaften Cyén, schienen tatsächlich zum großen Schlag auszuholen.

Ich fühlte mich davongeschleudert, taumelte durch unbegreifliche Welten, an die ich, kaum gesehen, bereits die Erinnerung verlor. Abermals sah ich die *Lichtwesen:* Dichte Qualmschwaden nahmen die Formen fußgroßer Feen, dickbäuchiger Zwerge, nackter Satyrn, umherhüpfender Nymphchen und kugelköpfiger Kobolde an. Ich lauschte auf das leise Säuseln, Kichern, Zwitschern und Wispern, das mich umgab. Vereinzelt blitzte kalkiges Licht im Rauch, mit dem, wenn er sich verzog, auch die Gestalten spurlos verschwanden.

Lichtelfen! – Etwas geschieht auf Zhygor oder wird in naher Zukunft dort geschehen! Es gibt keinen Zweifel.

Für wenige Augenblicke sah ich Xanthyn Ol'dans Götzen im Zentrumshohlraum des Künstlichen Mondes, der inzwischen vernichtet worden war. Aus scheinbar verstofflichter Finsternis entstand ein Orkan und donnerte als spiraliger Mahlstrom nach allen Seiten. Im Zentrum gab es einen plötzlich aufklaffenden Spalt, aus dem n-dimensionale Kräfte fauchten und die Realität hinwegzufegen drohten. Eisige Kälte breitete sich aus, und für Bruchteile einer Sekunde verdrängte der Eindruck von Trümmern, Verfall und Schutthaufen das Dunkel, brannten Ruinen und kroch Verwesungsgestank über fahle Aschelandschaft.

Eindrücke, vor rund zweieinhalb Jahren bei der Cho-Übertragung erfahren, mischten sich hinzu: Platinblonde Pagenfrisur umgab das schmale Gesicht einer Frau; schwarze Mandelaugen öffneten sich und wurden zu abgrundtiefen Schächten, in denen ich mich zu verlieren glaubte. Fern erklang ein verzerrter Schrei: *»Schärnackaaaaaa ...«*

Ich wirbelte scheinbar haltlos umher. Ein Planet, von einem Ring merkwürdig *künstlich* wirkender Monde umgeben, huschte durch mein Blickfeld, wurde von einer Sonne verdrängt, die zur grellen Supernova aufflammte. Die berühmte »Lied vom Sonnenkiller Xymondhoria«, das eine »Alte Sternenfestung« besang, huschte durch meinen Kopf:

Einsam in des Sternendschungels Weiten pulst die Welt der Zhy-Ritter. Vernehmt die Botschaft aus den Zeiten, da man zittert' vor dem Sonnenkiller. Xymondhoria. Xymondhoria ...

Ich sah: Auf einem Holodisplay erschienen sechs rote Punkte, dreidimensional zum Oktaeder angeordnet und untereinander durch gestrichelte Linien verbunden. VHALON, stand in arkonidischen Lettern neben dem Objekt, dessen zuvor leeres Zentrum nun von flammender Korona bestimmt wurde. Von gleißendem Glanz umgeben waren zwei reich facettierte Kristalle – ein Rubin und ein Smaragd –, deren Taumeln mir merkwürdig falsch vorkam. Machtvoll drängte sich der Eindruck auf, daß die Konstellation unvollständig war, daß ein weiterer Kristall fehlte. Eisige Kälte war mit der paranormalen Woge verbunden; ein Kaleidoskop verschiedener Gefühle wechselte rasch: Trostlosigkeit, Verzweiflung, tiefster Schmerz, Hoffnungslosigkeit, aufwallende Aggression. Qualen. Leid. Tod. Für Augenblicke glaubte ich den gitterhaft gegliederten Rest eines riesigen Kugelschiffes zu sehen, der von blutigen Energiefahnen umwabert wurde, bedrohlich schwankte, durchscheinend wurde und dann spurlos verschwand ... – Visionen bei der Cho-Übertragung!

Jemand raunte, ich glaubte im Individualmuster den Mooffsprecher Meec'pal zu erkennen: *Eine Bedrohung von kosmischem Ausmaß. Bislang erschüttern nur Haarrisse das raumzeitliche Gefüge. Aber Chaos wird über uns hereinbrechen, sollte die Ordnung endgültig zerfetzt werden!*

Meine transpersonal erweiterte Wahrnehmung streifte illusionäre Welten, die in aktuelle Wirklichkeit umzuschlagen drohten; riesige Waberlohen schienen Materie aufzulösen, Raum und Zeit verloren ihre Stabilität, während die holistischen Schwingungen langsam ausliefen. Ich glaubte zu wissen, daß die winzigen Spalten quantenmechanischen Fluktuationen vergleichbar waren und nur so lange existierten, wie zur Entstehung benötigt wurde. Durst, Übelkeit und Schmerz pochten in mir, als sich die paranormalen Sinne vom fernen Dröhnen lösten und halbwegs zur materiellen Wahrnehmungsebene zurückkehrten. Ich ächzte lautlos. Ganz deutlich sah ich Gebäude detonieren, Silhouetten tanzten vor hochlodernden Bränden, fettschwarz waberte Qualm.

Wer sich an die Vergangenheit nicht erinnern kann, sagte Santayana, ist dazu verdammt, sie zu wiederholen. Meinte ES das mit den »Erwachenden Legenden«?

Und weitere bedrückende Impressionen, verwirrendes »Ergebnis« meiner durch Tai Zhy Fam Sinyagi und die Zhy-Famii-Amazonen kanalisierten Fähigkeit, real zum Millionenäugigen Imperator des Großen Imperiums zu werden: Durch eine stark frequentierte Röhre rasten Kapseln, Gleiter und Globen; sie stoppten abrupt, als plötzlich eine graue Rauch- und Staubwolke aufwallte. Eine Explosion krachte. Scheinwerfer stachen wie Geisterfinger durch pulvrige Dämmerung, Lichtpunkte knisterten entlang Feldschirmkonturen, sobald Partikel abgelenkt wurden. In Sekundenschnelle glühte an der rechten Tunnelwand ein roter Kreis. Kunststoffverkleidung bröckelte ab, zischte und brodelte, warf Blasen und platzte dann gleich einer überreifen Frucht. Ein schenkeldicker Glutstrahl brach durch, der Feuerschwall fauchte über Gestalten hinweg und verschmorte sie augenblicklich.

In Schutzfeldern flirrte Luft, einige Fahrzeuge verwandelten sich samt Insassen in schwarze Klumpen. Schrilles Kreischen auf paranormaler Ebene bewies, daß Wahres Sein verwehte. Chromblitzende Gestalten schwebten aus der vom Energiefraßstrahl geschaffenen Öffnung. Grelle Explosionsbälle entstanden. Druckwellen wirbelten Personen umher, komprimierte Luft fauchte und brüllte. Abseits konventioneller Wahrnehmungsebene tobten gewaltige Kräfte. Als Gardisten einen Behelfstunnel durch die Decke trieben, verebbten die Angriffe, und die Attentäter flüchteten ...

Vergangenheit? Gegenwart? Zukunft? Ich wußte es nicht mehr; nur wirre Gedanken hallten in mir wider. Ich sah das gewaltige Sternenmeer der *Öden Insel.* Milliarden Sonnen gehörten zum Einflußbereich des Tai Ark'Tussan. Mindestens 50.000 Siedlungsplaneten gab es. Schätzungen der Gesamtbevölkerung liefen auf mehr als 50 Billionen hinaus. Und überall brodelte, gärte und kochte es; fast dreitausend Krisenherde beschäftigten uns permanent. In der Zeit seit meinem Amtsantritt als

Imperator Gonozal VIII. glich das Handeln einem Hinterherhetzen von einem Brandherd zum anderen, und der Erfolg entsprach der berühmten terranischen Fabel vom Igel und Hasen: Wohin ich mich wendete, was ich auch tat – der »Igel« war stets schon da.

Mit Wucht überfiel mich ein Augenblick von deprimierender Klarheit: Tief in mir ahnte ich, daß der Tag, an dem Verantwortung und Gestaltungswille in tiefe Resignation umschlagen mußten, nur eine Frage der Zeit war. Sogar ein Unsterblicher wie ich ertrug die zermürbenden Auseinandersetzungen mit unwilligen Adeligen und Leuten, deren Hauptlebenssinn darin bestand, die kümmerlichen Reste ihres Geistes bei unsinnigen Fiktivspielen endgültig zu verlieren, bestenfalls bis zu einem gewissen Grad. Irgendwie war es eine vielfach gesteigerte Fortsetzung all der Mühen, die mich für zehn Jahrtausende meiner Verbannung auf Larsaf III begleitet hatten. Dort hatte ich häufig das Chaos beklagt, die Tatsache, daß Streit, Neid, Kampf und bizarre Meinungsunterschiede Völker wie Einzelpersonen dirigierten.

Larsaf III versus Arkon? Wieviel mehr wogen Verbundenheit und Pflicht gegenüber meiner Heimat, deren Imperator ich nun war?

Vor mir schwebte plötzlich das schmale Gesicht, von Platinhaaren umgeben – genau wie nach dem »Kuß der Großen Feuermutter«: *Der Blick der schwarzen Mandelaugen bannt mich. Wer ist diese Frau? Ich kann es nicht erklären, aber ich habe das Gefühl, sie bereits eine Ewigkeit zu kennen; dabei bin ich ihr noch nie begegnet, kenne sie nur aus einer Art »Traum«. Tatalal schiebt sich in mein Blickfeld; die Stadt wirkt verändert. Große Körper schweben über der Bergkuppe, ein grünliches Kraftfeldband verbindet sie untereinander. Ich glaube in einen gleißenden Schacht zu stürzen, mächtige Metallkugeln tauchen auf, dann ein gewaltiges Oktaeder. Zusammenhanglos huscht ein einzelner Begriff durch meine Gedanken: Mooshar.*

Und der verzerrte Schrei: »Schärnackaaaaaa!«

Ein Name? Mascant Tokoons Stimme mischte sich in meine Frage: »Gemeinsam mit Archivar Hemmar gelang mir die Entschlüsselung eines weiteren, leider nur kurzen Textblocks der Kariope-Dateien – es ist vom *Raub der Sternjuwelen* die Rede, der vor langer Zeit mit dem *Untergang der Cyén-Dynastie* verbunden wurde. Ein unvergleichlicher Feuerschlag soll zuvor im Großen Galaktischen Krieg die *Zentralfestung Mooshar* samt den Sternjuwelen unkontrolliert durchs All getrieben haben ... Mooshar könnte mit dem auf Zhygor abgestürzten Planetoiden identisch sein, Euer Erhabenheit! Die große Frage ist, ob überhaupt und wenn ja wie die heutigen Cyén mit den geschilderten Ereignissen in Verbindung stehen. Die Stachelkugeln an sich jedenfalls gehen eindeutig auf Aras zurück ...«

Dann gibt es einen zerreißenden Ruck!

Alle Konturen verschwimmen, als würde die Welt in rasende Vibrationen versetzt. Die panische Ausstrahlung und Todesangst ungezählter Lebewesen wird zum gellenden paraverbalen Schrei: Körper zerspringen und wechseln unvermittelt zum Hyperraum über. Ein Riß spaltet das konventionelle Raum-Zeit-Gefüge, alles wird verschlungen, aufgesaugt und vernichtet.

Die Freihandelswelt Zhygor zerbricht – und eine absolute, wesenlose Finsternis folgte.

Was blieb, war ein zartes Wispern und Raunen, das die Schwärze ausfüllte.

Und wieder die Unbekannte. Metallischer Schimmer ihrer Haare mischte sich mit milchigem Dunst, der die Gestalt umhüllte. Sie sagte heiser: *»Lebe, Imperator! Du hast eine Aufgabe. Zhygor wird als Legende fortbestehen ...«*

Die Freihandelswelt Zhygor ... – zerstört? Vernichtet? Die Bewohner tot? Mitglieder aus Hunderten Völkern, die Kooann-Ureinwohner? Alle? Das kann nicht sein! Das darf nicht sein! Was ist mit dem Nebeldom, der Kontaktstelle zu ES? Wer oder was ist die Frau? Warum sehe ich sie?

Visionen! schnarrte der Logiksektor aufgebracht. *Bestenfalls das, was sein könnte – nicht das, was schon ist! Komm zu dir, Imperator!*

Irgendwo gab es einen Körper, es war mir nur vage bewußt. Sekunden hatten sich zur Ewigkeit gedehnt. Funkendurchsetzte Finsternis tobte vor meinen Augen, als ich die Lider öffnete; die Narben auf meiner Bauchdecke kribbelten fast schmerzhaft, der Zellaktivator pulsierte heftig.

Schwerfällig fand ich mich zurecht, registrierte wieder die Anwesenheit eines Leibes. »Heilige Lebenskraft«, keuchte ich und sank zitternd zu Boden. »Was sind das für Geschöpfe? Und Tanja ...«

Ich versuchte, mich an Einzelheiten zu besinnen, an die letzten Eindrücke, die mir Tanja zugeleitet hatte. Intelligenz schienen die Wesen nicht zu besitzen. Sie folgten vielmehr animalischen Trieben. *Hunger, Vermehrung, Großer Organismus* – Begriffe, die ich mit tierischem Verhalten verband.

»Aber sie sind extrem parabegabt, können ihre Anwesenheit perfekt verschleiern!« Betroffen leckte ich mir die spröden Lippen. »Das müssen die gesuchten *Einzeller* sein! Das Bild rundet sich ab! Verflucht – beim Tanz der Monde haben wir sie bereits gesehen! Präkognition? Meine Visionen sind keine Halluzinationen, das steht jetzt fest!«

Mein umherirrender Blick fiel auf die linke Tafel der Triptychon-Reproduktion an der Längswand meiner Unterkunft. Ich stierte auf Hieronymus Boschs Paradiesdarstellung des *Gartens der Lüste*, in der es keinen Sündenfall gab: Der Schöpfergott stand friedlich beim nackten Urpaar, hielt Evas rechte Hand. In der Mitte ragte zartrosa ein bizarres Geflecht als Wasserspiel steil aus einem See empor; ein Vogelschwarm formte eine geschwungene Bahn und verschwand im blaßblauen Himmel. *Paradies, weltliches Treiben beim Jungbrunnen oder die Hölle ...*, dachte ich verwirrt angesichts der panoptischen Darstellungen Boschs. *Ich muß den Visionen deutlich mehr Aufmerksamkeit schenken! Alles hat quasi mit der Cho-Trägerschaft auf Zhygor angefangen und ist später eher noch forciert.*

Der Logiksektor schwieg. Langsam hörte ich zu zittern auf. Ich hatte Angst um Tanja, Angst vor diesen Wesen, überhaupt ganz einfach nackte ANGST! Ich ächzte, wankte zum Getränkeautomaten, zapfte einen Becher Mineralwasser und trank wie ein Verdurstender. Lebte sie noch?

Ächzend torkelte ich zum Pult meines Arbeitsraums. Mein Blick fiel auf die Zeitanzeige; mehr als eine Stunde hatte der Kontakt gedauert, jener Zustand, der mich der normalen Welt entrückt und mein Bewußtseinsfeld verschoben hatte.

»Millionenäugiger!« Ich lachte humorlos und bitter, tastete die Schaltung und sagte heiser: »Atlan an Zentrale: Ich brauche eine Verbindung zu Straton Zaghyt. Danke ... Straton, komm her. Schnell, bring Kon mit! Killan soll ebenfalls kommen!«

»Endlich!« Das Organ des Echsenmanns dröhnte in meinen Ohren. »Wir haben uns Sorgen gemacht. Sinyagi hat uns informiert. Was konntest du erfahren? Ist Jahaq Garr ...?«

»Später, Freund«, sagte ich und unterbrach die Verbindung.

Mit dem Versuch, Ordnung in meine Gedanken zu bringen, verbrachte ich die Zeit, bis Straton, Kontaclatiis und mein Stabschef in den Raum stürmten und mich mit Fragen überhäuften.

Der Dron war ein erfahrender Flaggschiffkommandant Erster Klasse. Die martialisch aussehende, an einen Samurai erinnernde Raumrüstung unterstrich das exotische Bild seines Echsenkörpers noch. Altersbedingt fast weiß waren die Knorpelwülste über den Augen. Nur der unbekleidete Schwanz, als drittes Bein und Balance-Gegengewicht benutzt, schimmerte in sattem Braunschwarz. Kon war zwei Köpfe kleiner als ich, von hagerer und drahtiger Statur – ein Energiebündel mit den unglaublichen Fähigkeiten eines Dagor-*Hochmeisters*. Seine dunkelbraune, lederartige und von Runzeln übersäte Haut stand in scharfem Kontrast zum Weiß des Anzugs, der den Körper lackdünn umgab. Unwillkürlich die Assoziation: *Unzählige Legenden ranken sich um sein uraltes Volk der Gijahthrakos: Angeblich können sie ihre Körper beliebig wandeln, Langlebigkeit wird ihnen nachgesagt. Ich weiß es besser ...*

Abwehrend hob ich die Arme, bemerkte erschüttert das Beben meiner Finger. »Langsam, Leute, ich kann nicht alles zur gleichen Zeit beantworten. Kon, es *gibt* die Einzeller, kein Zweifel! Sollte Vergleichbares wie im Kolafton-System wirklich an allen vierzehn Orten geschehen ...«

Ich brach ab und überlegte, gab einen kurzen Bericht.

Killan voo Mispanor, der langbeinige Mispaner mit grauem Kopffell und spitzem Mardergesicht, hatte mir gegenüber am Arbeitstisch Platz genommen, speicherte meine Aussagen ab und ließ sie positronisch auswerten: dreizehn weitere Schauplätze neben dem des Kolafton-Systems. Das Worzaiin-System mit der Hauptbörse von Tunpii'l-Baidkhabin. Das Attam-System mit seinen Dron-Industriestandorten; Girmomar – eine wichtige Handelswelt und viertgrößte Börse. Terngrum im Thooryan-System. Veree Tinshaa, erster Planet von Zandigs Stern. Tharlo Anmuk Alda – ein maßgebliches Forschungszentrum des Imperiums. Shabaa, der fünfte Planet der Sonne Sajon. Derpan im Ysheenan-System, Kommunikations- und Informationszentrum mit dem wichtigsten Archiv neben dem der Riesenpositronik von Arkon III. Mahash'gon, Herkunftsort einiger Ausgangsstoffe exotischer Pharmaka – unter anderem für die Shaks gegen die Ferm-Allergie. Kitias, der achte Planet der Sonne Kalors Illalen, eines hauptsächlich von den ornithoiden Scüs bewohnten Systems, ein wichtiger Wirtschafts- und Handelsplatz der Thantur-Lok-Peripherie. Das Dienstleistungs- und Verwaltungszentrum des Sonqol-Systems. Stovannan, der vierte Planet des Sunaledan-Systems. Schließlich der Planet Bwakiil Baidi im Mirree-System ...

Ich dachte: *Fünf der Bereiche gehören zum Kugelsternhaufen Thantur-Lok selbst, die restlichen sind zwischen knapp viertausend und maximal rund 27.000 Lichtjahren von Arkon entfernt, und schon diese dezentrale Verteilung wird jede wie auch immer geartete Gegenaktion ziemlich erschweren.*

Berücksichtigte ich die Bedeutung der Bereiche, konnte nur von einer fast genialen Angriffsstrategie gesprochen werden. Es handelte sich zwar nicht um die eigentlichen neuralgischen Punkte des Tai Ark'Tussan – wie zum Beispiel das Arkon-System selbst oder die drei Flotten-Hauptstützpunkte –, dennoch hatte ein Ausfall langfristig gesehen kaum geringere Auswirkung.

»Wenn mich meine letzten Wahrnehmungen nicht getäuscht haben, sind Sira Tyaz und Anki Zyneen tot«, sagte ich abschließend. Tanjas und Ronuas Schicksal war ungeklärt, und nicht allein das bereitete mir beachtliche Sorgen. »Straton! Sofortige Verbindung zum Flottenzentralkommando. Dringlichkeitsstufe Eins! Ich fürchte, der Flotte steht ein massiver Großeinsatz bevor.«

»Verstanden.« Straton hob den Arm, tastete die Verbindung am Minikom und verständigte sich leise mit der Zentrale.

Auf einem Display erschien die Log-Speicherung unserer Analyse des vernichteten Künstlichen Mondes: ... *der geometrischen Gestalt her ziemlich exakt kugelförmig, bei einem festgestellten Durchmesser von 10.753 Metern umkreist dieses Gebilde den vierten Planeten des Katalogsterns BB14-KH3698-R1, 658 Lichtjahre vom Kampfschauplatz entfernt. Alle Bewegungselemente beweisen die künstlich stabilisierte Umlaufbahn, hyperkinetische Ausstrahlungen werden registriert. Die dunkelbraune Oberfläche wird aufgrund des hohen Lichtabsorptionsfaktors als porös eingestuft. Die Massetastung hat als Material eine teilorganische Verbundlegierung ergeben, hauptsächlich angereichert durch keramische Verbindungen und kristalline Mikrostrukturen geringer Hyperaktivität. Hohlraumresonatoren weisen aus, daß ein Teil des Gebildes ausgehöhlt sein muß.*

Die Energiepeilung mißt im Zentrum eine Quelle eingeschränkter Restemission an. Insgesamt acht Punkte, unregelmäßig über die Oberfläche verteilt, durchbrechen als kraterartige Vertiefungen das Außenhautmaterial; Verbindungen zu inneren Höhlen werden vermutet.

Das Ergebnis einer von Tekteronii und Aras künstlich mutierten Lebensform – laut Kon eine Art Keimzellenträger, wie er bei Schleimpilzen am Ende der Vermehrungsphase zu beobachten ist ...

Der Gijahthrako beobachtete mich von der Seite, seine Augenschlitze schienen noch schmaler zu werden. Ich war mir sicher, daß ihm trotz Monoschirm meine Gedanken nicht verborgen blieben. Der »Maskenkörper« meines Kristallmeisters regte sich nicht; die arkonidische Bezeichnung lautete Gos-Laktrote, als weitere Umschreibung nannte das Kristallprotokoll unter anderem den Titel »Oberaufseher der Privaträume des Imperators«. Traditionell eine recht einflußreiche Stellung, da der Inhaber dieses Postens fast unbeschränkten Zugang zum Imperator hatte und von Amts wegen in die Sicherheitsmaßnahmen eingebunden war.

Er sagte nachdenklich: »Die Einzeller gruppieren sich und formen einen Sporenträger. Aus den Sporen schlüpfen wieder Einzeller, deren Teilungsrate so lange andauert, bis erneut der vielzellige Gewebeverband gebildet wird. Meine Eingangsthese bestätigt sich!«

»Wenn Kolafton Beispiel für die übrigen Schauplätze ist, haben wir es zur Zeit noch mit den gallertartigen Einzellern zu tun«, murmelte ich. »Verbunden mit der Blockade der Großen Feuermutter. Ein schleichender Prozeß, unbemerkt, da Sinyagi nicht immer und zu jeder Zeit alles Geschehen im Großen Imperium zugleich erfaßt. Hoffentlich haben wir es nicht zu spät bemerkt ...«

»Thek'athor Wroma ist informiert«, meldete Straton. »Das therborische Planungskollektiv schlägt höchste Sicherheitsstufe vor: Information der Flottenkommandeure per Robotkuriere, Geheimzusammenkunft zur Lagebesprechung ...«

Ich nickte. »Absolut richtig! Wir dürfen die Tekteronii durch aufgeschreckten Aktionismus nicht vorzeitig warnen. Nachricht an Ceshal und das Gardegeschwader: Wir fliegen nur in Begleitung der Stabslakan nach Arkon; Reparaturdock-Aufenthalt, scheinbar Routine.«

»Verstanden.« Ein Funkeln erschien in den Augen des Vere'athors. Das Milliardenvolk der Dron war, neben Naats und anderen, für mich zu einer der wichtigsten Stützen geworden. Der Gijahthrako Tokoontlameer hatte die schwierigen Verhandlungen mit diesem stolzen Volk geführt – und erfolgreich abgeschlossen.

Ich selbst habe mich aus guten Gründen zurückhalten müssen ... Meine erste Begegnung mit diesen äußerlich kleinen Tyrannosauriern gleichenden Lebewesen war mit meinem ersten Einsatz als Has'athor verbunden gewesen: 10.512 da Ark, also 8006 vor Christus, hatte ich als Kommandeur das 132. Einsatzgeschwader »Kristallprinz« übernommen. Der Marschbefehl führte uns ins Heimatsystem des Dron-Echsenvolkes, von wo aus ein Arkonide versucht hatte, ein eigenes Mini-Imperium zu errichten; diese Revolte gegen Arkon wurde blutig niedergeschlagen. Damals hatte ich Sinyagi da Ettorkhal kennen- und liebengelernt; sie war als diplomatische Gesandtin des Imperators an Bord der TOSOMA gekommen ... – heute diente ihr Aussehen der Großen Feuermutter als Vorbild. *Ohne die Dron, die Gijahthrakos und einige andere seit Jahrtausenden integrierte Völker des Imperiums*, durchfuhr es mich, *nur auf das Millionenheer der Roboter und die wenigen terranischen Mitarbeiter angewiesen, hätte ich meinen Job gleich an den Nagel hängen können!*

»Ich werde Gikoo informieren!« murmelte Kon. »Wir müssen uns vorbereiten ... Es könnte sein, daß bald unsere ganze Kraft benötigt wird.«

Nur wenige hundert Gijahthrakos lebten permament als Dagormeister im Bereich des Imperiums, insgesamt mochte es einige zehn Millionen geben. Ihre Heimat war das Komtheral-System in der Toncag-Sternenballung. Diese Ballung bestand aus insgesamt 61 Sonnen, von denen 60 die Eckpunkte der Oberflächenkonstellation eines Vielflächners aus 12 Fünfecken und 20 Sechsecken formten, mit Komtheral und dem Planeten Gikoo im Zentrum. Umgeben war Toncag von einem »Saturnring« aus insgesamt 21 gelbgolden strahlenden Sternen, die als »Ring der Sonnen« einen Durchmesser von zwei Lichtjahren aufwiesen und die Äquatorlinie des Vielflächners markierten. *Bis heute ist nicht klar, ob es sich um eine natürliche oder um eine künstliche Konstellation handelt,* raunte der Logiksektor. *In dieser Hinsicht geben sich deine Freunde ebenso bedeckt wie mit Blick auf ihre Vergangenheit – obwohl sich die Anzeichnen mehren, daß dieses Altvolk schon zur Zeit des Großen Galaktischen Kriegs eine Rolle gespielt haben dürfte! Bei Gelegenheit solltest du Kon diesbezüglich mal auf den Zahn fühlen, mein Lieber!*

»Jana D'Alessandro hat via Hyperfunk-Relaiskette deine Aussagen bestätigt«, polterte Straton und riß mich aus den Gedanken. »Ein Großteil der Tato-Residenz wurde bei der Explosion vernichtet! Keine Spur von den Agentinnen und ...«

Er brach ab. Frösteln überfiel mich mit eisigen Wellen. Tote, Leid und Schrecken. Wieder einmal.

Wie sehr ich das hasse! Tanja und die anderen – und wie viele Tote hat die Explosion gekostet? Verfluchte Tekteronii! Ihre Zusammenarbeit mit den Aras ... Teufel noch mal, die Konsequenzen reichen viel weiter. Daß ich nicht schon früher daran gedacht habe! Mit stechenden Impulsen meldete sich mein photographisches Gedächtnis. Meine erste Begegnung mit Jana stand mir plötzlich intensiv vor Augen. *Jana! Der Diebstahl des Langlebigkeitsserums. Flug zum Planeten Aponti II am Rand von Thantur-Lok, nur 63,45 Lichtjahre von Arkon entfernt – und gerade mal knapp 22 Lichtjahre vom Kolafton-System.*

Die Vorgeschichte mußte als Tragödie bezeichnet werden: Am 15. Oktober war Thora da Zoltral an Bord der BURMA von einem Ara erschossen worden; ihr Leichnam wurde, nach einem Zwischenstopp auf Gray Beast, um Perry an Bord zu nehmen, nach Terra überführt. Fast zur gleichen Zeit verschwanden fünf Wissenschaftler jenes Instituts, das mit der Analyse des Langlebigkeitsserums der Aras beauftragt war, mit dessen Hilfe Thoras Alterung hatte aufgehalten werden sollen; mit ihnen sämtliche Serumvorräte, Unterlagen und Forschungsergebnisse.

Mein Gegner war eine Assistentin gewesen, die ihre Vorgesetzten »verschwinden« ließ; erst später erfuhr ich, daß sie Mary Miller hieß. Ihr Handeln war eiskalt und entschlossen. Kein Wunder, sie kämpfte um die Unsterblichkeit: U-Lf 54 oder Immunserum X-1076 die Ara-Bezeichnung, 453 LS/Ara die Kurzformel irdischer Ärzte. Es handelte sich um eine katalytische Trägersubstanz – erst psionische »Aufladung« führte zur Emission, die die Zellregeneration anregte, das Immunsystem extrem stärkte und somit in der Gesamtwirkung der des Zellaktivators ähnelte. Intelligente Serumträger waren erforderlich; nur sie konnten mit ihrem Bewußtsein, ihrer Seele, ihrer Vitalkraft, dem »latenten Zhy«, wie es beim Dagor hieß, diese Aufladung bewirken.

Ich unterdrückte den Erinnerungsschub, nur eine Szene blitzte durch meine Gedanken; Gucky hatte mich und Jana quasi in letzter Sekunde gerettet.

»... gehöre zur Solaren Abwehr«, versetzte Jana.

Gucky grinste spitzbübisch und entblößte den Nagezahn. »Also, was mich betrifft, ich würde mich, wenn ich etwas abwehren wollte, nicht gerade in ein Bett legen.« Er sah zu mir auf. »Ich soll mich übrigens entschuldigen bei dir. Im Namen von Allan D. Mercant. Er hatte eine Zeitlang den Verdacht, du seist durchgebrannt, um mit dem Unsterblichkeitsserum in der Hand einen eigenen Laden aufzumachen. Er hat dich für einen Verräter gehalten.«

»Ich auch«, sagte Jana und lief dunkelrot an. »Ich möchte mich ebenfalls entschuldigen.«

»Der Gedanke ist mir gekommen«, bekannte ich offen. »Aber irgendwie ... ich war vielleicht zu lange auf der Erde. Ich bin zu sehr gewöhnt an den Umgang mit diesem Barbarenvölkchen namens Terraner.«

»Genau das sage ich auch immer.« Gucky grinste spöttisch. »Noch vier Minuten, dann werden wir abgeholt ... Weißt du übrigens, wer dir die Stange gehalten hat, Arkonprinz?«

Ich zuckte mit den Schultern. »Perry?«

Gucky schüttelte den Kopf. »Der weiß von der ganzen Sache nichts, und wenn es nach uns geht, wird er auch nie etwas erfahren. Es genügt, daß er Thora verloren hat – er braucht nicht zu wissen, daß das Serum sie schon unsterblich gemacht hatte, als der Schuß des Aras sie tötete. Nein, es war Bully, der keine Sekunde an deinen Verrat glauben wollte.«

Ich mußte lächeln.

»Irgendwie typisch für den Dicken, nicht wahr?« fuhr Gucky fort. »Er ist wirklich ein Prachtbursche – aber sag ihm das nur nicht, sonst schnappt er noch über.« Er sah abermals auf die Uhr und deutete eine Verbeugung vor Jana an. »Miß, Sie haben die Wahl. Wollen Sie von einem Mausbiber telekinetisch getragen werden, oder ziehen Sie die starken Arme eines ausgewachsenen Kristallprinzen vor?«

Ich nahm Jana die Entscheidung ab ... und am 22. Oktober 2043 fand im Mond-Mausoleum Thoras Beisetzung statt, Thomas Cardif verweigerte Perry den Händedruck. Am nächsten Tag griff eine Flotte des Robotregenten den Planeten Gray Beast mit Arkonbomben an ... Im Zuge der weiteren Entwicklung geriet die Episode auf Aponti II in Vergessenheit. Mary Miller, die ehrgeizige und mörderische Assistentin, hatte ihre Geheimnisse mit ins Grab genommen, ebenfalls ihre Pläne und sonstigen Vorbereitungen! Niemand wußte, welche Verbindungen sie schon geknüpft hatte ...

Sinyagis mitfühlende gedankliche Impulse rissen mich in die Gegenwart zurück; nur wenige Wimpernschläge waren vergangen, und ich dachte: *Batwyng alias Aponti II befindet sich in direkter Nachbarschaft vom Kolafton-System! Da könnte ein Zusammenhang naheliegend sein.*

Zufall! behauptete mein Logiksektor knapp.

Wirklich? Die plötzliche Rückerinnerung erschien mir eher als eine Folge der vorherigen Erlebnisse und meines Zustands, der mich dank Sinyagis Unterstützung zum Millionenäugigen machte – und demnach vielleicht Dinge erkennen ließ, die scheinbar gar nichts miteinander zu tun hatten, tatsächlich jedoch in komplexer Verknüpfung verbunden waren.

Auf Aras ging das *Projekt Stachelkugel* zurück, so viel stand fest. Ob »nur« im Auftrag der Tekteronii oder weil die Beteiligten selbst zur Reinen Lehre konvertiert waren, war hierbei eher von untergeordneter Bedeutung. Ebenfalls gesichert war, daß dieses Projekt schon zu einer Zeit begonnen wurde, als die Aras noch ungehindert über ihr Langlebigkeitsserum verfügen konnten: Produktionsstätten und Vorräte waren auf meinen Befehl hin erst im Frühjahr 2045 vernichtet worden, weil mich Laury Marten auf den »Galaktischen Zoo« von Tolimon ansprach. Von jenen Spuren in Thoras Leichnam abgesehen, war das Serum seither Vergangenheit.

Langlebigkeit, wenn nicht gar potentielle Unsterblichkeit, bedeutet Macht, dachte ich. *Schon alleine deshalb, weil ein Langlebiger zwangsläufig über eine Planungs- und Ausführungszeit verfügt, die die »Normalsterblichen« in diesem Ausmaß nicht haben.*

Ganz zu schweigen von der Tatsache, daß dem Tod ein Schnippchen geschlagen wurde. Nicht umsonst hatten die Sagen und Legenden von der *Welt des Ewigen Lebens* überall in der Galaxis eine derart magische Anziehungskraft. Mit ihrem auf intelligente Serumträger angewiesenen Weg hatten die Aras fast ein vergleichbares Ziel erreicht; 800 und mehr Lebensjahre ließen sich nachweislich mit dem Mittel erzielen.

Ein weiterer Aspekt der Tekteronii? Die Möglichkeit, den Anhängern der Reinen Lehre langes Leben, gar »Unsterblichkeit« nicht nur versprechen, sondern real bieten zu können? wisperte der Extrasinn. *Darauf willst du hinaus? Neben religiösem Fanatismus Ausnutzung der natürlichen Lebensgier?*

Mit Blick auf die Fakten doch logisch, oder? antwortete ich und dachte an die aus bekannten Gründen vorzeitig abgebrochene *Goodwill-Rundreise,* deren vorletzte Station Aralon gewesen war. Näheres zu den Stachelkugeln konnten wir zwar nicht herausfinden, aber daß die Aras meine Aktion gegen ihr Serum nicht vergessen hatten, ließ sich bei aller überbetonten »Höflichkeit« dem Imperator von Arkon gegenüber nicht übersehen. Selbst wenn es noch geringste Mengen einiger Geheimvorräte gab – die Aktion war ein Erfolg gewesen.

Jahaq Garr, Tato im nahe Aponti II gelegenen Kolafton-System. Zweifellos zu den Tekteronii zu rechnen ... Wie viele Anhänger der Reinen Lehre gab es wohl auf Aponti II? Selbst wenn es nur eine Handvoll war, haben sie sicher im Dunstkreis des Tyranns Urlinna gelebt ...

Je länger ich darüber nachdachte, desto wahrscheinlicher erschien es mir, daß Mary Miller – Ironie des Schicksals, daß sie ausgerechnet diesen Allerweltsnamen gehabt hatte? – mit ihnen zumindest in Kontakt gestanden haben mußte, wenn nicht gar mehr ...

Ich stand auf, ging unruhig hin und her und blieb schließlich vor dem *Garten der Lüste* stehen. Mein Blick pendelte zwischen dem Triptychon und der Kartentankprojektion hin und her. Dort waren die maßgeblichen Schauplätze der letzten Wochen dargestellt.

Die Randweltsysteme von Wazarom, Gillam und Hazhoy entlang der »Innenseite« des Sagittarius-Spiralarms, wo es uns gelungen war, die Tekteron-Tempel zu zerstören, überstrahlt vom blinkenden Punkt des Leuchtsterns Mhalloy, der sich 2385 Lichtjahre oberhalb der Milchstraßenhauptebene befand. Dann der Koordinatenpunkt der vernichteten Tekteron-Galeere – Kon hatte festgestellt, daß die von ihr transportierten Stachelkugel-Sporen sogar den Einsatz von Gravitationsbomben »irgendwie« überstanden hatten und seither um eine Rematerialisierung bemüht waren. Unser Standort, der Katalogstern BB14-HK3698-R1. In 1346 Lichtjahren Distanz die 300-Lichtjahre-Kugel des Tekteron-Bundes nahe der gefürchteten Sogmanton-Barriere – ein fast vierhundert Lichtjahre breites, verdreht-schlauchförmiges, überaus turbulentes Gebiet mit Hyperstürmen und dergleichen unangenehmen Phänomenen, denen seit Jahrtausenden ungezählte Raumschiffe zum Opfer gefallen waren.

Zwischen ihr und Mhalloy gab es eine augenfällige Sternenballung, die ebenfalls zur Innenseite des Sagittarius-Spiralarms gehörte; 1577 Lichtjahre vom Tekteron-Bund und 2500 Lichtjahre vom Leuchtstern entfernt.

Offener Bewegungshaufen von siebenundzwanzig Lichtjahren Durchmesser, sagte der Extrasinn. *Eigenkennung: Mirkandol. Klasse II3r – relativ starke Sternkonzentration bei Differenzierung in besonders helle und viele schwächere sowie einer Gesamtzahl von mehr als hundert Sonnen. Hauptsächlich blauweiße Übergiganten vom Spektraltyp B6 und Be der jungen Population I, aber auch lichtschwächere vom Typ A und F. Mit etwa 80 Millionen Jahren Alter zählt der Sternhaufen zu den jüngsten; er ist in Wolken kosmischen Staubs eingehüllt, die als bläulicher Reflexionsnebel das Sonnenlicht streuen.*

Ich nickte. *Gleicht M 45 beziehungsweise NGC 1432 im Sternbild Stier, den Plejaden, dem sogenannten Siebengestirn.* Warum dachte ich jetzt wieder an die *Lichtelfen?* »Mirkandol – Ort der Begegnung.« *Sind die Lichtelfen der Schlüssel?*

Ich lächelte. Es wurde Zeit, daß der Imperator von Arkon eine Reihe von Befehlen gab.

Iprasa, Stadtrand von Ikharsa, Tempelanlage des Báalol-Kults: 17. Prago der Coroma 19.017 da Ark (= 10. Dezember 2047 Terra-Standard)

Loó-o trat Thalom Goéto unbewegten Gesichts entgegen. Auch er trug eine violette Robe, war wie Goéto kahlgeschoren und hatte Schmucksymbole aufgetragen, die sich von der Stirn bis zum Nacken zogen. Die Priester verbeugten sich voreinander, Thalom Goéto wies einladend auf den Park der Tempelanlage. Nebeneinander schritten sie unter den Bäumen weiter, Kies prasselte bei jedem Schritt.

Loó-o kam recht schnell zur Sache. Daß er nicht nur einen Höflichkeitsbesuch machte, war Thalom Goéto vollkommen klar; seine Stellung im Arkon-System blieb eine heikle Angelegenheit – eher einem Abgeschobensein gleich denn einer Position, die dem Machtzentrum des Tai Ark'Tussan entsprochen hätte. In der Hierarchie der Báalols stand Loó-o eindeutig über ihm, gehörte vielleicht sogar zu einem Vertreter des Inneren Zirkels.

Ein Kontrolleur und Aufpasser! schoß er Goéto durch den Kopf, während Loó-o rauh sagte:

»Kurzfristig könnte es sich als notwendig erweisen, die Beziehungen zu Gonozal zu verbessern, das ist Ihnen klar?«

»Erste Schritte in diese Richtung wurden eingeleitet, Hoher Herr.«

Loó-o winkte ab. »Lassen wir die Förmlichkeiten, Thalom! Ich habe auf Aralon eine Reihe von Gesprächen geführt. Dort ist man sehr beunruhigt! Es mehren sich die Hinweise, daß mindestens ein Mitglied im Rat der Zehn als Tekteron-Anhänger angesehen werden muß. Diesem und seinen Untergebenen unterstand das Projekt Stachelkugel.«

»Einzelheiten kennt man natürlich nicht?«

Die Antwort waren ein heiseres Lachen und ein anerkennender Seitenblick.

»Nein, offiziell natürlich nicht! Denn jene, die darüber Bescheid wissen, halten sich bedeckt. Aus gutem Grund. Sie wissen vermutlich am besten, welches Machtmittel sie den Tekteronii in die Hände gegeben haben – ein Produkt, das sich, sofern sie nicht selbst Tekteronii sind, auch gegen sie wenden wird. Bekannt ist nur, daß der Ausgangspunkt ein vergleichsweise harmloser Riesen-Schleimpilz einer Extremwelt war; in seiner natürlichen Umwelt ist er offensichtlich die beherrschende Lebensform, hat den Planeten zum großen Teil überwuchert und lebt in Symbiose mit den übrigen Organismen. Dieser Schleimpilz, von den Aras *Saam* genannt, wurde abgewandelt; gentechnisch, biochemisch, hyperphysikalisch. Und nachdem er den Tekteronii übergeben wurde, müssen diese ihn sogar noch weiter modifiziert haben, angeblich sogar mit Produkten *geimpft,* die von den Cyén höchstpersönlich stammten. Das Ergebnis ...«

Loó-o machte eine vage Handbewegung, blieb stehen und lauschte dem Vogelzwitschern.

»Das Ergebnis«, fuhr Thalom Goéto fort, an die Wahrnehmung am Morgen denkend, »ist etwas, das die Dimensionen sprengen kann! Etwas, das in jeder seiner Ausdrucksformen eine Gefahr darstellt und vielfältig genutzt werden kann. Beeinflussung, Terror, Unterdrückung sind hierbei nur ein Aspekt. Ich bin mir sicher, daß viel mehr dahintersteckt! Die Aras waren bestenfalls Zulieferer; sie schufen das Grundprodukt. Der Rest ...«

Er bemerkte Loó-os zustimmende Geste und musterte den lepsotischen Hohenpriester aufmerksam. Dessen Gesicht blieb jedoch starr, und die Augen, zu Schlitzen zusammengekniffen, wirkten sonderbar leblos. *Eisig!* dachte Thalom Goéto. *Hart und unnachgiebig. Wenn es sein muß, geht er über Leichen!*

»Vordringlich ist unsere Verteidigung gegen die Tekteronii«, sagte Loó-o bedächtig. »Der Hohe Báalol läßt Ihnen, Thalom, freie Hand! Wenn es sein muß, stellen Sie Ihre gesamten Mittel und Möglichkeiten dem Imperator zur Verfügung! Unsere Pläne ... nun, die angestrebten Ziele lassen sich schwerlich verwirklichen, sollten die Tekteronii erfolgreich sein. Denn mit diesen Fanatikern und ihrer Reinen Lehre ist keine Zusammenarbeit möglich. Sie sehen in uns ebenso Tek'gools wie in allen anderen, wenn nicht sogar noch mehr wegen unserer Parakräfte.«

Goéto atmete zischend ein. *Freie Hand!* Was da so beiläufig gesagt worden war, verdeutlichte ihm noch mehr, wie groß die Gefahr wirklich sein mußte, die von den Tekteronii ausging.

»Freie Hand – ist das die offizielle Sprachregelung?«

»Selbstverständlich!« Loó-o zog einen Kristallspeicher aus der Gürteltasche und hielt ihn Goéto unter die Nase. »Legitimation vom Hohen Báalol persönlich. Die Tekteronii sind mit allen Mitteln zu bekämpfen!«

Zwischen den Zeilen deutete der Hohepriester von Lepso an, daß dem Inneren Zirkel weitergehende Informationen vorlagen; Informationen, die sogar dessen Pläne bedrohten. *Es muß Kontakte gegeben haben – doch sie verliefen zweifellos nicht so, wie man es sich erhoffte!*

»Die Aras ...«, begann er, während er den Kristall entgegennahm.

»Arbeiten an Gegenmaßnahmen«, unterbrach Loó-o. »Allerdings zweifeln sie selbst daran, daß sie erfolgreich sein können. Die Mutationen der Saams sind zu weit fortgeschritten und die Zeit zu knapp, als daß auf die Schnelle ein ... hm, *Gegenmittel* gefunden werden könnte.«

Goéto gestattete sich ein inneres Lächeln. Was Loó-o nicht sagte, war, daß es seit langem auf vielen Ebenen eine Zusammenarbeit mit den Galaktischen Medizinern gab – und diese sollte natürlich fortgesetzt werden. Eine Zusammenarbeit, die nur zu einem Bruchteil über die »offizielle Schiene« ablief; es gab ungezählte geheime Forschungs- und Produktionsstätten. Von den meisten wußten vermutlich nicht einmal die Mitglieder des Zehner-Rates.

Als der Robotregent mit Hilfe der Terraner vor vierundfünfzig Arkonjahren gegen die Aras vorging und ihre wahren Aktivitäten im Tai Ark'Tussan öffentlich gemacht wurden, wanderten viele in den Untergrund ab und arbeiteten seither verstärkt mit den illegalen SENTENZA-Clans zusammen. Nach außen hin und offiziell erfüllte man die Bedingungen, an der eigentlichen Situation änderte sich aber nahezu nichts: Weiterhin stellten die Aras fünfundneunzig Prozent aller in der bekannten Galaxis benötigten Medikamente her – und neunundneunzig Prozent aller Rauschgifte! Von Klingors über die Herfnis-Droge, die Derivate der Shoy-Pflanze, das sündhaft teure Eyemalin bis hin zum aus Hyperkristallen gewonnenen Nyguu! Ganz zu schweigen von dem gesamten Spektrum gentechnologischer und vergleichbarer Praktiken – genau wie es der Natur der Galaktischen Medizinern entsprach. Um so schwerer wog der Schlag, der ihnen von Gonozal VIII. versetzt wurde, als dieser sie des Langlebigkeitsserums beraubte.

Und es gibt langfristig ausgelegte Projekte einer Zusammenarbeit zwischen ihnen und uns Báalols! Bevorzugtes Interesse hat beispielsweise die terranische Mutantin Laury Marten geweckt – sie ist die parabegabte Tochter zweier irdischer Mutanten! dachte Thalom Goéto. Der Hämatologe Ur-gif war eine der Kontaktpersonen, ein berühmter Ara-Professor auf Aralon, den Fachkreise manchmal sogar mit dem medizinischen Genie Mo verglichen; daß er neben seiner Professur auch andere Projekte betrieb, tat dem keinen Abbruch. *Unter anderem hat man wohl einiges mit Edmond Hughers vor – und ich weiß, daß dieser eigentlich Thomas Cardif heißt und Rhodans Sohn ist!*

Er erinnerte sich genau an die im Imperium verbreitete Nachricht, daß Cardif bei den Ereignissen auf Archetz, als die Druuf die Hauptwelt der Springer angriffen, einen schweren Gehirnschaden davongetragen hätte und es fraglich sei, ob er jemals wieder in den vollen Besitz seiner Geisteskräfte kommen würde. Als Edmond Hugher lebte er seither auf Zalit und bestritt seinen Lebensunterhalt als kaufmännischer Gehilfe eines zalitischen Konzerns. Seine alte Identität schien er seit dem »Unfall« vergessen zu haben – zweifellos das Ergebnis einer bewußtseinsverändernden Behandlung. Fest stand nur, daß es für die Öffentlichkeit einen Thomas Cardif nicht mehr gab.

Was Goéto nicht wußte, war die Antwort auf die Frage, ob Loó-o auf eigene Faust oder im Auftrag von Hohem Báalol und Innerem Zirkel handelte. Als jemand, der auf der Welt Lepso lebte, war ihm ersteres durchaus zuzutrauen – dort regierte das gnadenlose Gesetz des Stärkeren.

Goéto traute Loó-o sogar zu, daß er Ambitionen hatte, irgendwann selbst Hoher Báalol zu werden.

So geschlossen und monolithisch der Báalol-Kult nach außen wirkte – im Inneren gab es, wie überall, die normalen Intrigen, internen Machtkämpfe, das Ringen um Einfluß, diverse Fraktionen und selbstverständlich auch die mit persönlichem Ehrgeiz, Eitelkeit und privaten Animositäten verbundenen Aspekte.

Freie Hand! dachte der Hohepriester des Arkon-Systems. *Damit läßt sich einiges anfangen.* Nachdenklich wog er den Legitimationskristall in der Hand.

Loó-o sagte leise: »Von Professor Ur-gif stammt die Vermutung, es sei sehr wahrscheinlich, daß die Tekteronii als letzte ungehinderten Zugang zum Ara-Langlebigkeitsserum haben könnten – eingebracht von jenen, die zur Reinen Lehre konvertierten und selbstverständlich der Strafverfolgung des Imperators entgingen. Sie wissen, Thalom, was das zu bedeuten hat?«

Dieser stieß einen schrillen Pfiff aus und verzog das Gesicht.

Am späten Abend, eine Tonta nachdem Loó-o abgereist war, betrat Thalom Goéto jenen Gewölbeteil tief unter der Tempelanlage, der ausschließlich dem Hohenpriester und seinen Stellvertretern zugänglich war. Er wollte meditieren und ungestört nachdenken. Die nächsten Schritte wollten wohlüberlegt sein, denn trotz der ihm nun zugestandenen *Freien Hand* würde jede seiner Entscheidungen eine Gratwanderung sein. Um Klarheit in seine Gedanken zu bringen, gab es keinen besseren Platz als das geheime Zentrum des Báaloltempels von Iprasa.

Eine ganze Reihe von Sicherheitsvorkehrungen riegelte den suplanetarischen Komplex ab, solche technischer wie auch paramechanischer Art. Die letzte Panzerpforte schwang auf, und der Mann erreichte den runden Kuppelsaal, an dessen Decke schenkeldicke Versteifungsbögen sternförmig im Zenit zusammenliefen. Der Saalboden war zum Zentrum hin mehrstufig terrassiert; Form und Größe entsprachen einer Sportarena. Entlang der Hauptstufen waren fünf Hufeisenpunkte neben positronischen Speicherbänken angeordnet; sanft abfallende Rampen dazwischen reichten bis zur tiefsten Raumebene in der Mitte. Hier schwebte in einem Antigravfeld ein fast mannshoher Omirgos-Kristall, dessen 1024 Facetten im goldenen Eigenleuchten erstrahlten und das Riesenjuwel in Funkeln und Gleißen hüllten.

Noch bemerkenswerter war allerdings die Säule, die aus dem Zentrum des Kristalls hervorzuwachsen schien: Milchig, dennoch durchscheinend, ragte die leicht konische Masse auf und endete in einer Pyramidenspitze. Vereinzelt überzog ein Flimmern die Säule, deren Konturen keineswegs so stofflich fest sein konnten, wie der erste optische Eindruck suggerierte.

Thalom Goéto wußte aus Erfahrung, daß dieses mit dem Kristall verschmolzene Objekt fast eine Art Eigenleben entfaltete, je intensiver er sich darauf einstimmte und es fixierte. Das Flimmern verstärkte sich, etwas Schattenhaftes überzog das Milchige – oder drang aus dem Inneren an die Oberfläche –, und dann glaubte der Hohepriester die Gestalten zu erkennen, die reliefartig, mehr Schemen als real, entstanden. Gestalten von arkonoiden Lebensformen, solche, die eindeutig Fremdvölkern angehörten, und auch solche, die an Fabelwesen, Alptraumgeschöpfe oder Fieber-Chimären erinnerten.

Es war nicht überliefert, woher dieses Objekt stammte oder wann es in den Besitz des Báalol-Kults geriet. Vielleicht war es sogar älter als dieser Tempel, der im Jahr 10.700 da Ark gegründet wurde, in einer Zeit, als sich niemand mehr an das Verbot durch Imperator Arthamin I. erinnerte und die Arkoniden angesichts des andauernden Methankriegs für nahezu jede psychische Unterstützung und jeden seelischen Beistand ebenso dankbar waren wie für weitere Kämpfer an den Fronten. Da die Methanvölker, allen voran die gefürchteten Maahks, nicht zwischen Arkoniden und Báalols unterschieden, kam es zu einem unausgesprochenen Zweckbündnis, das die Grundlage für den späteren Machtzuwachs des Kults lieferte – obwohl es wiederholt zu Verboten oder gar Verfolgungen kam, weil er von etlichen späteren Imperatoren als äußerst suspekt eingestuft wurde.

»Nicht einmal zu Unrecht, wenn man die geheimen Pläne des Inneren Zirkels bedenkt«, murmelte Thalom Goéto und starrte aus zusammengekniffenen Augen zur Säule hinauf.

Ein paranormales Raunen und Wispern hüllte die Säule ein, ungerichtete Minimalemissionen, die sich zwar nur als »weißes Rauschen« erkennen ließen, jedoch von gänzlich anderer Natur waren als beispielsweise die Strahlungen von normalen Hyperkristallen, die in deutlich niederfrequenteren Bereichen angesiedelt waren. Daß die Kombination aus Omirgos und Säule die Meditationen unterstützte und eine durchaus belebende Wirkung ausübte, war ein weiterer bemerkenswerter Aspekt dieses Artefakts ungewisser Herkunft.

Das Bemerkenswerteste aber war ein Effekt, der bei erster, oberflächlicher Betrachtung nicht einmal auffiel. Er war so ungewöhnlich, daß sein Erkennen eher verdrängt wurde, fast im Sinne eines »blinden Flecks« oder vielfach überlagerten Vexierbildes. Aber einmal erkannt, packte einen der eisige Schreck. Bis heute hatte Thalom Goéto nicht herausfinden können, wie das Phänomen zustande kam und was es wirklich zu bedeuten hatte, obwohl er diese Meditationsunterstützung in Anspruch nahm: Die Säule warf nämlich, trotz ihrer zweifellos stofflich festen Struktur, *keinen* Schatten ...

Spinnennebel, nahe der Sogmanton-Barriere: 17. Prago der Coroma 19.017 da Ark (= 10. Dezember 2047 Terra-Standard)

Der kilometerlange Kristallkonus eines *Großen Todesboten* schwebte weiterhin bewegungslos im All zwischen Gasausläufern des Supernovarestes, dessen Kern die sechs geometrisch exakt angeordneten Neutronensterne bildeten. Im Schwerpunkt des *Vhalon* genannten Neutronenstern-Oktaeders war vor langer Zeit die Zentralfestung Mooshar positioniert gewesen; ein Waffensystem zur Abwehr der Qa'pesh-Horden, das jedoch nie zum Einsatz gekommen war. Als Mitte der facettierten Kalotte des Schlachtschiffs der Thaafs erhob sich wie die obere Hälfte eines Eies die strahlendweiße Tempelkuppel. Xanthyn Ol'dan richtete seine Aufmerksamkeit auf den STERNSAPHIR und aktivierte die Kräfte des *Motuul.* Schemenhaft erschien die Vision der Vervollständigung: Als Eckpunkte eines gleichseitigen Dreiecks rotierten nun drei Kristalle langsam umeinander. Rot, Grün, Blau: Glanz umsprühte tausend Facetten. Im Inneren befand sich eine gewaltige Masse-Energie-Konzentration, gebändigt von materieprojektiven »Hyperkristall«-Strukturen – pulsierende Kraft, bereit, jeden Augenblick hervorzubrechen ...

Unwillkürlich tasteten die Parasinne des Cyén nach dem real vorhandenen Kristall, entdeckten aufgeprägte Muster in den materieprojektiven Strukturen und versuchten sie zum tausendsten Mal zu entschlüsseln. Der nur kopfgroße Edelstein barg entartete Materie, die miniaturisierten Schwarzen Löchern vergleichbar war. Durch »Entrückung« in eine raumzeitliche Verzerrung wurde sie von der Umgebung isoliert, doch die quasi punktförmige Kraftballung des Sternjuwels war Teil quantenmechanischer Unschärfe und interaktiv an den *Kosmischen Informationspool* geknüpft. Dessen Ausläufer formten unregelmäßig verteilte Knoten und Ballungen eines gewaltigen Netzwerks und konnten direkt angezapft werden, sofern die entsprechenden Mittel zur Verfügung standen.

Mit Hilfe aller drei Sternjuwelen ließen sich weiterhin, dessen waren sich die Cyén schon bei deren Raub in ferner Vergangenheit sicher gewesen, Waffensysteme aus der Zeit des Großen Galaktischen Kriegs reaktivieren – vor allem jene seinerzeit von Mooshar gesteuerte und kontrollierte Neutronenstern-Konstellation. Xanthyn Ol'dans Parasinne erfaßten die unsichtbar bestehenden Verbindungslinien, die sogar heute noch die drei Sternjuwelen verbanden, obwohl sie räumlich rund 12.000 Lichtjahre voneinander getrennt waren: STERNRUBIN und STERN-

SMARAGD befanden sich im Zentralhohlraum Mooshars – vorerst weiterhin unerreichbar auf der *Zhygor* genannten Freihandelswelt, auf der der planetoidengroße Körper abgestürzt war. Nach der halben Ewigkeit der Gefangenschaft in der Hyper-Vakuole hatten die aus dem Raumschiff KOAH-SHARA entkommenen zwölf Cyén förmlich vor Unternehmenslust gestrotzt.

Sie waren wild entschlossen, dort anzusetzen, wo ihre Herrschaft nach dem Raub der Sternjuwelen ein abruptes Ende gefunden hatte, genau wie es die Reine Lehre und das Gebot Ipotherapes bestimmten. Ak'iakaton war weiterhin der Erste Cyén; ihm und Xanthyn Ol'dan unterstanden die anderen: Cartee A'Iktar, Torka Mirtak, Toumtook, Xatil Ok'mitrax, Iffom Xam'torié, Xia Xinta, Comna Comanta, Reg Talakon, Xarmosta On'til und Myrka Ol'toon.

Nur kurz dachte Xanthyn Ol'dan an Czernaka Oulpka; die Tochter des Ersten Cyén hatte beim endgültigen Aufbrechen der Barriere zwar maßgeblichen Einfluß gehabt, war aber letztlich zu sehr eigene Wege gegangen und wurde, indem sie die *Rekonstitution* ihres Geliebten Cyén-Fürst Oon Batraál forcierte und begleitete, für den Tekteron-Missionar zur Gefahr. Deshalb hatte er in der ihm eigenen Weise darauf reagiert und beide ausgeschaltet: Vom Wrack der KOAH-SHARA war seither nichts mehr zu entdecken gewesen ...

Und die Wahrscheinlichkeit, daß sie es überlebt haben, ist sehr gering, beinahe Null!

Die Kopftentakel des Cyén wogten durcheinander. Äonenlange Gefangenschaft, Czernaka und Oon waren Vergangenheit. Was zählte, waren Gegenwart und Zukunft: der Sieg der Reinen Lehre!

Freihandelswelt Zhygor, Yrgaa: 18. Prago der Coroma 19.017 von Arkon (= 11. Dezember 2047 Terra-Standard)

Wind heulte um graue und schwarze Berge, die düster, rissig und kantig dem Purpurhimmel entgegenwuchsen. Firngipfel, umgeben von tosendem Pfeifen, glitzerten im Sonnenlicht. Vögel kreisten hoch über den tiefgeschnittenen Schluchten, ihre Schreie verschmolzen mit singenden Böen. Der Gijahthrako meditierte neben einer ovalen Steinsetzung in seiner Originalgestalt – eine rotfunkelnde Kristallpyramide von Tetraederform; sein Bewußtsein verschmolz mit dem harmonischen Schwingen der Umgebung, eines *Ortes der Kraft.*

Plötzlich die Veränderung: Silberlicht erschien als scharfer Fokus neben dem wabernden Ball der Sonne, wurde größer, schwoll weiter an und wurde selbst zum grellen Strahlen, das das von Sarende überdeckte. Das Objekt fauchte mit großer Geschwindigkeit näher, Überschallknall dröhnte. Der Flug wurde unruhig, das Objekt schien aufzubocken und raste mit zittrigem Zickzackflug weiter.

Der Gijahthrako schwebte in das Steinkreiszentrum, konzentrierte sich und erschauderte unter der Zhy-Eruption. Es ging blitzschnell: Das grelle Gebilde kippte ab, zog einen funkensprühenden Schweif hinterher und krachte zwischen die Felszapfen. Kurz nachdem ein silbriger Strahl in die Höhe zuckte, rollte Detonationsdonner durch das Tal. Zu Splittern zerfetzt, klirrten Reste des Gijahthrakos über Geröll; die spontan im Tod freigesetzte Macht des Wesens verwehte, ohne ein Ziel zu finden – das *Fremde* entzog sich dem Zugriff.

Ein chromblitzendes Objekt lag im schwarz verschorften Krater zwischen angekohlten Menhiren und sank, wie bei einem Ballon, aus dem die Luft entwich, in sich zusammen, bis nichts mehr übrigblieb. Statt dessen wallten Nebel, formten vage Gestalten, die immer wieder zerflossen. Hominide Oberkörper, halb transparent und unwirklich, liefen in dünnen Fasern aus.

»Biin-Goorl! Biin-Goorl!«

Kichern, Zischeln und Raunen umgab die Wesen, die langsam ihre Form verloren und schließlich nur noch zu hören waren. Die Geräusche wurden sofort vom Wind überdeckt und endeten schließlich. Nur der Krater erinnerte noch an das Ereignis ...

2.

Aus: Welten des Großen Imperiums, autorisierte Info-Sammlung des Flottenzentralkommandos (Geheimwelten unterliegen Zugriffskode #***-****-**), reich bebildert, 223. Auflage der Kristallchips, 19.015 da Ark

Tekteron-Bund: *Um 19.000 da Ark aus dem* Vasghad-*Randzonenfürstentum hervorgegangene Interessensphäre, die, nahe der* Sogmanton-Barriere *(siehe dort) gelegen und rund 27.520 Lichtjahre von Arkon entfernt, 19.015 da Ark eine Ausdehnung von 300 Lichtjahren erreicht hat und galaktopoltisch und -strategisch als Mittelmacht eingestuft wird (zurückhaltende Politik zur Zeit des Robotregenten machte mit Inthronisation von Imperator Gonozal VIII. einer massiven Expansion und Aufrüstung Platz, begleitet von als fanatisch eingestuften missionarischen Aktivitäten im übrigen Bereich des Tai Ark'Tussan).*

Neben den wasserstoffatmenden Thaafs und den xenomorphen Baahmys gehören als Hauptvölker die von Kolonialarkoniden abstammenden

Tordoven, Kantorsen und Zaater zum Tekteron-Bund (Sekundärbesiedlung), an dessen Spitze zwölf namentlich bekannte Mitglieder einer Fremdspezies stehen, Eigenbezeichnung Cyén, auf die auch die Ausrufung des Tekteron-Bundes zurückgeht (genaue Anzahl noch nicht verifiziert; vgl. Anlage 1: Völkerdaten, Personendossiers, Reine Lehre, Tekteron-Tempel, Götzen u. a.). Entsprechend staatlicher Doktrin und religiösem Dogma werden sämtliche Bundes-Zugehörige, also Völker ebenso wie Einzelpersonen, mit dem Begriff Tekteronii zusammengefaßt; 21 Tempelanlagen außerhalb des Bundesgebietes sind als »vorgeschobene Brückenköpfe« anzusehen und werden auch als »Stift« umschrieben (vgl. Anlage 2).

Das Flottenaufgebot des Tekteron-Bundes wird auf 30.000 Raumschiffe geschätzt; etwa die Hälfte davon setzt sich aus arkonidischen Kugel-Standardtypen oder springerscher Walzenform zusammen; 25 Prozent werden den Baahmys zugerechnet (Kugelraumer mit an den Polen angesetzten Spitzkegeln, Kugeldurchmesser bis zu 300 Meter, i. a. ausgeführt als sog. Baahmy-Zerstörer), *der Rest aus sog.* Großen *und* Kleinen Todesboten *der Thaafs (erstere von Kristallkonusform mit Kalotten von bis zu 1200 Metern Durchmesser, letztere Kristall-Dodekaeder von bis zu 500 Metern Durchmesser, auch als »Tek'gool-Henker« bezeichnet). Hinzu kommen mindestens zehn sog. Tekteron(ii)-Galeeren, bei denen es sich um Flottengroßträger von z. T. mehr als 50 Kilometern Länge handelt (vgl. Anlage 3) ...*

Arkon III, Zentralbunker des Flottenzentralkommandos: 20. Prago der Coroma 19.017 von Arkon (= 13. Dezember 2047 Terra-Standard)

»... entkam der Tato mit unbekanntem Ziel«, sagte ich abschließend.

Die Stabsoffiziere sahen einander betroffen an, düstere Schatten huschten über Gesichter, die Beherrschtheit der anwesenden Gijahthrakos ließ mich frösteln. Zur Lagebesprechung waren alle maßgeblichen Befehlshaber und Verantwortlichen nach Arkon III gekommen, selbstverständlich unter Beachtung der größtmöglichen Geheimhaltung. Etliche Robotdoubles führten derzeit die Geschäfte weiter, täuschten die Öffentlichkeit; in anderen Fällen wurden Holoprojektionen verwendet oder über vielfach verschlüsselte Kanäle bei Bedarf Direktverbindungen hierhergeleitet.

Organisatorisches und logistisches Zentrum des Großen Imperiums war – heute noch mehr als in der Vergangenheit – der Komplex der Großpositronik, der eine Grundfläche von 10.000 Quadratkilometern bedeckte und von dem fast achtzig Kilometer hohen Wabenschutzschirm überwölbt wurde. Am Nordrand breiteten sich auf einem zwanzig Kilometer langen, dem Kuppelrand folgenden Areal mehrfach gestaffelte Säulenhochbauten des Flottenzentralkommandos aus: bis zu tausend Meter hohe Achteckprismen, die allerdings nur den Oberflächenbereich von viel umfangreicheren, subplanetarischen Anlagen darstellen. Der Zentralbunker lag in einer Tiefe von siebentausend Metern.

Wir hatten uns auf der prallfeldüberspannten Halbkreisplattform versammelt, die weit in den Hohlraum der Kugel hineinragte, deren Mitte vom Sternenglitzern einer Drei-D-Darstellung bestimmt wurde. Dutzende Hufeisenpulte auf ansteigenden Stufen dienten der Befehlsgebung und Datenerfassung. Ich sah in die weite Kugelhalle hinaus, die in Äquatorhöhe von der auskragenden Leitstellengalerie umgeben war. Die Zahl von Displays, Monitoren und kleineren Hologloben war kaum zu überschauen. Entlang der Leitstellen schwebten Projektionsgloben von vier Metern Durchmesser mit Detailausschnitten: Sekündlich liefen riesige Datenströme ein und aus, passierten Verzweigungen und wurden je nach Zuständigkeit von verschiedensten Abteilungen, Behörden und Verwaltungsdezernaten vor allem des Robotregenten bearbeitet.

Rund hundert Meter Durchmesser besaß die Holoprojektion im Hallenzentrum: Milchstraße und vorgelagerter Halo, zu dem Thantur-Lok zählte. Sämtliche Sternsimulationen waren maßstabsgetreu positioniert. Zarte Lichtfinger markierten die Haupttransitionsrouten, die »Weltraumstraßen«; ein weitmaschiges Netz, das in den Imperiums-Randzonen immer stärker auflockerte. Blau waren bewohnte Systeme hervorgehoben, silbern blinkten Flottenverbände, rotbraun die Raumnomaden-Habitate. Ein heilloses Durcheinander, bei dem nur Positroniken und die Therborer des Planungskollektivs den Überblick behielten.

»Die Einschätzung der Großen Feuermutter war richtig«, erklärte ich. »Meine Individualstruktur samt den damit verknüpften Möglichkeiten entsprechen nicht der Imperiumsnorm, weil ich von außen und quasi aus der Vergangenheit komme. Die Gallertkugeln können mich nicht in dem Maß als Gegner erkennen, wie sie es bei den Agentinnen taten. Jahaq Garrs Mordanschlag war mehr als die Furcht vor einem Erkanntwerden!«

Mascant Tokoontlameer, der Kommandeur der auf Arkon III stationierten Ersten Arkon-Einsatzflotte, hüstelte hinter vorgehaltener Hand. »Ich plädiere für weitere Ausspähung! Kolafton ist nur einer von vierzehn Schauplätzen, vermutlich nicht einmal der wichtigste, trotz Jahaq Garr. Um losschlagen zu können, brauchen wir Klarheit. Ich kann es nicht verantworten, ganze Verbände in glühendes Magma zu schicken, ohne die Breite des Stroms zu kennen, Euer Erhabenheit! Mit Blick auf die Attentäter in den Geschichtshallen müssen wir damit rechnen, daß wir auf viele Beeinflußte oder Tekteronii treffen – vermutlich sogar auf massiven Flottenwiderstand dieser Fanatiker!«

Das schlohweiße, schulterlange Haar des eineinhalb Meter großen Gijahthrakos war gelichtet, die dunkle Haut faltig und strahlungsgegerbt. Mehr als 5200 Lebensjahre war er nach eigenem Bekunden alt, deshalb reagierte seine »Körpermaske« wie ein normaler Leib: Solange sich die Gijahthrakos in arkonoider Gestalt zeigten, unterschieden sie sich kaum von normalen Lebewesen; von ihren besonderen Fähigkeiten, die sie bewußt nicht an die große Glocke hängten, war wenig zu bemerken. Im Gegensatz zu anderen seines Volkes verzichtete Tokoon, wie sein gijahtypischer viersilbiger Name respektvoll abgekürzt wurde, auf einen Wechsel zur rubinroten Kristalltetraeder-Gestalt.

Ich nickte. Was mein »Reichsadmiral« zwischen den Worten andeutete, war mir wohlbekannt. »Die meisten Einheiten der arkonidischen Raumflotte sind und bleiben robotisiert und unterstehen dem Positronengehirn von Arkon Drei«, murmelte ich. »Während in meiner Jugendzeit zwanzig Milliarden bestausgebildete Arkoniden für Flotte, Stützpunkte und Festungen zur Verfügung gestanden haben, sind es heute nur wenige Dutzend Millionen, die überdies meist den Reihen der Arkonidenabkömmlinge entstammen.«

Die weitgefächerten Krisenherde im Tai Ark'Tussan machten es erforderlich, daß sechzig bis siebzig Prozent der Flotte fast permanent vor Ort gebunden waren. Zehn bis zwanzig Prozent mußten für Werftaufenthalte, also Überprüfung, Nachrüstung, Reparatur, einkalkuliert werden. Nur der Rest von zehn bis zwanzig Prozent stand als rasch umgruppierbare Einsatzgeschwader zur Verfügung. *Das macht bei einer Gesamtzahl einschließlich Nachschub von insgesamt 150.000 rund 15.000 bis 30.000 Raumschiffe.*

Als »Großer Koordinator« hat die Mammutpositronik zwar in den Jahren des Druuf-Kriegs massiv aufgerüstet und permanent neue Einheiten produzieren lassen, flüsterte der Extrasinn, *aber diese robotgesteuerten Schiffe wurden auch zu Tausenden schnell wieder vernichtet. Die Robotschiffsproduktion läuft weiter, allerdings läßt sich mit ihnen allein auf Dauer kein Blumentopf gewinnen ...*

Ich weiß! dachte ich mürrisch. Ebenfalls bekannt war mir selbstverständlich, daß die Stärke der Arkon-Raumflotte nicht allein auf Imperialer Ebene zu zählen war, sondern noch eine ganze Reihe weiterer Einheiten hinzurechnen waren.

Passend zu diesem Gedanken erklang die Vocoderstimme des halbkugeligen Ökotanks mit dem Therborer Hamkammon; er fungierte als Sprecher des mathelogischen Planungskollektivs dieser Wasserweltbewohner, die seit Jahrtausenden zu den besten Freunden Arkons gehörten. »Nahezu sämtliche Siedlungswelten, vor allem natürlich die alten, wirtschaftsstarken, unterhalten eigenständige Sektorenverbände; diese sind, ebenso wie die ›privaten‹ Einheiten der Großen Adelskelche, welche Lehen von mehr als hundert Sonnensysteme als Fürsten- und Herzogtümer besitzen, zwar eigentlich ziemlich wirr verknotete Tentakel. Meist kleinere Raumschiffe bis maximal Schlachtkreuzergröße. Insgesamt aber keineswegs zu vernachlässigen. Rechnen wir die übrigen zivilen und Handelsraumer hinzu, ergeben sich Zahlen, die in die Größenordnung von einigen Millionen hineinreichen ... Und selbstverständlich unterhalten die ins Imperium integrierten Fremdvölker ebenfalls eigenständige Flotten.«

»Auf all diese Schiffe habe ich als Imperator jedoch bestenfalls bei einer Generalmobilmachung Zugriff – und dann ist ein Zeitfaktor zur Koordinierung von etlichen Arkon-Perioden einzukalkulieren!« sagte ich und dachte deprimiert: *Für einen Einsatz wie den, der uns bevorsteht, sind diese Einheiten nicht zu gebrauchen! Gleiches betrifft die der Springer, obwohl sie über 100.000 bis 300.000 Schiffe verfügen. Bewaffnete Handelsraumer sind keine Militärschiffe!*

Die stationäre Außenstelle der Großpositronik, eine drei Meter hohe Halbkugel am Plattformrand, meldete sich mit unpersönlicher Stimme: »Sonderschaltung TRA-12, Subprogramm der Ermittlungsbasis *Senekha*, spricht, Euer Erhabenheit: Soeben erfolgte die Legitimations-Freigabe gemäß Situationsanalyse auf das streng geheime dezentralisierte Netz der vorgeschobenen kosmischen Befestigungsanlagen mit schwerstem Offensivcharakter! Fortan haben Seine Erhabenheit Vorrang-Zugriff auf 12.367 Stützpunkte einschließlich der dort stationierten je hundert Robot-Schlachtkreuzer ...«

Mehr als 1,2 Millionen 500-Meter-Raumer! Wahnsinn! Mögen sie auch robotisiert und zum Teil extrem veraltet sein – in diesem Fall überwiegt Masse die Klasse!

Köpfe waren ruckartig herumgefahren, betretene Gesichter sahen einander an. Sämtliche Anwesenden begriffen sofort, was diese Mitteilung zu bedeuten hatte. Die Positronik sprach weiter:

»Hinweis: Diese Anlagen wurden primär zur Abwehr der Vecorat-Bewußtseinsaustauscher von vornherein robotisiert angelegt, später zum Teil während des Methankriegs ausgebaut; zur Feindtäuschung unterliegt die Kenntnis darüber seit der Einrichtung strikter Geheimhaltung und kann nur durch TRA-12, vom Ersten Wissenschaftler Epetran höchstpersönlich installiert, freigegeben werden. Im Gegensatz zu den Druuf und aufgrund der zwischenzeitlich aktiv gewordenen Sicherheitsschaltung A-1 einschließlich der Inthronisierung Seiner Erhabenheit, Imperator Gonozal der Achte, wird die Tekteron-Bedrohung als Krisenfall TRA-12 eingestuft. Kontrollrückmeldungen laufen ein; es ist von einer achtzigprozentigen Einsatzbereitschaft der Raumschiffe auszugehen, ihre Schlagkraft ist wegen Überalterung der Schwerer Kreuzer modernster Bauart gleichzusetzen ...«

Immerhin noch 960.000 Schiffe!

»... sollten allerdings nicht mehr als 200.000 Einheiten abgezogen werden, um die Festungsfunktion weiterhin zu gewährleisten! Hinweis zwei: Am 15. Prago des Ansoor 19.012 da Ark wurden durch terranische Intervention oberflächennahe Anlagen der im fünften Mond des Riesenplaneten Siliko integrierten Festung, Eigenkennung SILIKO V, Katalogstern 4186-4-162, zerstört. Eine Kenntnis des Großen Koordinators von dieser Station wurde bei Nachfrage durch Perry Rhodan, Administrator des Solaren Imperiums, geleugnet! Auf eine weitere Verwendung dieser Festung mußte bis auf weiteres verzichtet werden. Ende der Durchsage!«

Zweisonnenträger Eldho-Anan, Kommandeur der Fünften Arkon-Einsatzflotte, als Verfechter eines harten Kurses bekannt, ließ abgehackte Keckerlaute hören, unterbrochen von kurzem Knurren. Er hielt die Arme verschränkt; die Devise des Elloanty war eindeutig:

Sofortiges Losschlagen, ehe die Gefahr akut wird! Jetzt erst recht!

Er war mir nie sonderlich sympathisch gewesen – derzeit aber verbanden uns gemeinsame Interessen; die Angst um Tanja plagte mich ebenso wie die um das Tai Ark'Tussan insgesamt. *Das Leben von Millionen ist bedroht, da bin ich mir sicher!* dachte ich und rutschte unruhig im Sessel hin und her, darum bemüht, den in mir brodelnden Vulkan zu beherrschen. Nachdenklich glitt mein Blick über die Versammelten, die nach ihren Ressorts geordnet an den Pulten saßen und die Nachricht der Mammutpositronik zu verdauen suchten. Alles in allem waren mehr als hundert Personen verschiedenster Völker versammelt. Die Elite, auf die ich durchaus stolz war – angesichts der Größe des Tai Ark'Tussan und der hier lebenden Einwohnergesamtzahl dennoch deprimierend ärmlich.

»Kurze Pause! Wir haben es mit einer neuen Situation zu tun; also erst nachdenken, setzen lassen, dann diskutieren!«

Tokoon lächelte und neigte zustimmend den Kopf; ich hatte von dem Weisen nichts anderes erwartet. Die Kommandeure, Adjutanten und Mitarbeiter standen auf, vertraten sich die Beine, sammelten sich in kleinen Gruppen.

Ich nutzte die Gelegenheit, winkte die da Quertamagin-Brüder zu mir und eröffnete ohne große Umschweife das Gespräch, indem ich rauh sagte: »Mir ist bekannt, daß Ihr weder mit mir als Person noch mit meiner Art zu regieren einverstanden seid, Hochedle.«

Regir war als Khasurn-Laktrote Hauptbevollmächtigter in allen Fragen des Adels, Krishal Oberbeschaffungsmeister, somit eigentlich für Finanzen, Wirtschaft, Steuern, Sektorenaufsicht und die gesamte zivile Logistik zuständig. Beide waren jener Opposition zuzurechnen, die nicht viel von mir hielt, deshalb hatte ich etliche Aufgaben vor allem des Oberbeschaffungsmeisters auf Kelaso übertragen – allem Knurren und Protestieren zum Trotz. Der »Ex-Schläfer« aus dem *Raumschiff der Ahnen*, Direktor der Staatsbank von Arkon, fungierte seither als *Imperialer Ökonom,* was einem Handels- und Wirtschaftsminister entsprach.

Freunde hast du dir damit bestimmt nicht gemacht! sagte der Logiksektor. *Das ernste Gespräch unter sechs Augen war überfällig, Imperator!*

Ich nickte; die feindseligen Blicke der beiden waren unübersehbar. Regir da Quertamagin, Oberhaupt des Quertamagin-Großkelchs, fingerte an der Feder seines Hutes. Die Forderungen des Mannes zum Mannax-Duell waren gefürchtet. Er starrte mich aus zusammengekniffenen Augen an, schwieg und erhielt einen kaum merklichen Ellbogenstoß Krishals.

Ich wußte, daß die Brüder eine innige Haßliebe verband, in der der cholerische Regir im allgemeinen die Oberhand behielt. Ohne die logistischen Qualitäten Krishals wäre der Einfluß der da Quertamagins jedoch deutlich geringer gewesen. Beide Männer waren groß und von hager-sehniger Statur, 89 und 85 Arkonjahre alt, und nur das deutlich schlaffere Gesicht unterschied Krishal äußerlich vom Kelchoberhaupt.

»Damit wir uns richtig verstehen«, fuhr ich fort. »Ich habe gar nichts gegen eine starke Opposition, sofern sie sich an die Gesetze und Regeln hält. Ganz im Gegenteil: Ich wäre froh, wenn ich, wie unsere Vorfahren, auf die Beratungs- und Entscheidungsgremien von Berlen Than, Großem und Hohem Rat zurückgreifen könnte! Das ist leider, aus den bekannten Gründen, nicht der Fall. Roboter wären nötig, um die Räte von ihren Fiktivspielen oder sonstigen Vergnügungen loszureißen und zu den Sitzungen zu schleifen – und selbst so ließe sich nur in den seltensten Fällen überhaupt Beschlußfähigkeit herstellen, vom Treffen von *Entscheidungen* wollen wir erst gar nicht reden.«

Ich merkte, daß meine Stimme zornig vibrierte, beherrschte mich und sah von Regir zu Krishal. Sie wichen meinem Blick aus, senkten die Köpfe. Da beide über einen aktivierten Extrasinn und somit über einen Monoschirm verfügten, sah ich von vornherein ab, Sinyagi oder die terranischen Mutanten um Hilfe zu bitten. Hier war nicht das Paranormale gefragt, auch kein Zwang, sondern Überzeugungskraft; das Charisma, das gemeinhin einem Imperator zugeschrieben wurde, mußte allein wirken. Meine Hoffnung war, daß ich in diesen Augenblicken über die entsprechende Ausstrahlung verfügte. Was in den Adligen vor sich ging, erfaßte ich auch ohne paranormale Unterstützung.

»Ihr kennt meine mit dem *Hort der Entscheidungen* verkündeten Anweisungen!« knurrte ich. »Sie sind mir keineswegs leichtgefallen, aber mir blieb, zum Wohl des Imperiums, keine andere Wahl. Ihr kennt nun auch die neue Lage, und da können wir es uns nicht leisten, daß die einzige Art der Opposition aus Intrigen und Mordanschlägen besteht.«

Regir leckte sich über die Lippen. »Ihr wollt, daß Euch der Rücken freigehalten wird, Zhdopanthi?«

»Es wäre ein Anfang!« Ich lächelte eisig. »Angesichts der von den Tekteronii ausgehenden Bedrohung müssen wir alle Kräfte wirkungsvoll bündeln. Krisen, die knapp vor der Grenze zum Bürgerkrieg stehen oder diese sogar überschreiten, gibt es in ausreichender Zahl. Wollt Ihr den Untergang des Tai Ark'Tussan? Bitte, dann macht so weiter wie bisher.«

»Admiral Tara ...«, begann Krishal, verstummte jedoch, als er den glühenden Blick Regirs bemerkte.

Ich lachte humorlos; als Chef der 22. Schlachtkreuzerflotte gehörte Tara in der Admirals-Hierarchie eher zu den nachgeordneten Kommandeuren und war nicht zu dieser Besprechung geladen worden – aber das war nicht der einzige Grund. »Ich kenne seine Ambitionen. Er ist jetzt nicht das Thema. Ich rede mit Euch, Hochedle!«

Jetzt duckten sie sich fast. Regirs Reaktion, als ihm das bewußt wurde, bestand aus einem wütenden Ballen der Hände; das Gesicht rötete sich, dennoch bewahrte der Dreisonnenträger Beherrschung. Ich sah ihm an, wie schwer es ihm fiel.

»Kann das Imperium auf Euch rechnen?« sagte ich gefährlich leise. »Es dreht sich nicht um mich, sondern um den Fortbestand und Wiederaufbau des Tai Ark'Tussan! Solltet Ihr Vorschläge und Anregungen haben – mein Ohr ist offen! Intrigiert Ihr dagegen weiter, gar zum Schaden des Reiches, wird Euch die gesamte Härte Celkars treffen, dessen seid gewiß! Ich kann auch anders; die Gesetze sind eindeutig, ebenso die Strafmaße. Bislang habe ich gemäß Imperialem Gnadenakt noch jedes Todesurteil in Strafplanet-Verbannung umgewandelt, aber ... Wie Ihr vielleicht wißt, habe ich den Großteil meines Lebens auf einer Barbarenwelt verbracht; ein Herrscher dort, Caligula mit Namen, hatte einen Lieblingsspruch: *Oderint, dum metuant* – mögen sie mich hassen, wenn sie mich nur fürchten! Haben wir uns verstanden, Hochedle?«

Regir da Quertamagins Augen wurden zu Schlitzen. Er starrte mich an, von seinem Bruder beobachtet, dessen Blick mehrfach zwischen ihm und mir pendelte, und ich sah dem Mann an, wie sehr es in ihm arbeitete. Adern schwollen an den Schläfen, die Kiefermuskeln zuckten. Schließlich krachte die Faust des Hochedlen gegen seine Brust, und die Stimme schnarrte: »Mein Leben für Arkon, Imperator!«

Krishal beeilte sich, es ihm gleichzutun.

Ich salutierte und entließ die Männer mit knappem Nicken. Ihre Bewegungen wirkten steif und staksig, als sie gingen. Wir hatten die Fronten endgültig abgesteckt, die von Regir benutzte Spruchformel sagte mehr als weitschweifige Erklärungen. Solange die Bedrohung von außen akut war, würde er alle seine Kräfte Arkon widmen. Die persönliche und sonstige Ablehnung meiner Person hatte da zurückzustehen. Ich hatte sie bei dem gepackt, was uns Arkoniden im Übermaß zugeschrieben wurde: dem Stolz! Regirs Schwur war keine leichtfertige Phrase gewesen – wenn es sein mußte, würde er für Arkon in der Tat sein Leben opfern –, gleichzeitig wußte ich aber, daß ich fortan in ihm einen noch größeren *persönlichen* Feind sehen mußte. Es mochten Jahre oder Jahrzehnte vergehen, bis die Gelegenheit kam, dann jedoch würde er es mir heimzahlen. Indem ich nämlich offen an seinen Stolz, sein Ehrgefühl und Verantwortungsbewußtsein appelliert hatte, fühlte er sich gedemütigt. Jemand wie Regir da Quertamagin vergaß das niemals, empfand es als fürchterliche Schmach, und dafür würde er sich irgendwann rächen.

Trotz allem kannst du fortan sicher sein, daß er auf Hinterhältigkeiten verzichten wird, sagte der Extrasinn. *Sosehr er dich als Person auch hassen mag – dir als Funktionsträger, als Tai Moas der Arkoniden, gilt sein Pflichtgefühl.*

Bitterkeit durchzog mich, als ich zur weiteren Besprechung zurückging. Für Augenblicke hatte ich den Eindruck, von der Last der Verantwortung zerquetscht zu werden.

»Fron – Situationsanalyse!« Ich winkte Wroma, der die vorbereiteten Programme abrief und Vergrößerungen in der zentralen Holoprojektion entstehen ließ.

Fron Wroma, der einunddreißigjährige Afroterraner mit dem wundervollen Bariton, war als Thek'athor unumstrittener Chef des Flottenzentralkommandos, dessen Dienstbetrieb er in unglaublicher Kraftanstrengung auf Vordermann gebracht hatte. Ihm maßgeblich zur Seite stand der arkonidische Keon'athor Vetron von Tatstran, ein 92 Arkonjahre alter Mann aus angesehener Familie, der zu den wenigen Aktivgebliebenen meines Volkes gehörte. Gemeinsam mit Mascant Tokoon hatten die beiden den Oberbefehl über annähernd 30.000 Raumschiffe, von denen die meisten arkonnah stationiert waren.

Die vierzehn Bereiche wurden hervorgehoben, fünf von ihnen gehörten zum Kugelsternhaufen; einer war das System von Kolaftons Stern. Beschriftungen erschienen, Textblöcke vermittelten die maßgeblichen Informationen.

Das Worzaiin-System mit dem fünften Planeten Baidkhabin lag 43 Lichtjahre von Arkon entfernt. Die siebte Welt der Sonne Girom, Girmomar, mit dem einer Ökoformung unterzogenen Mond Giri 53 Lichtjahre. Ebenfalls 53 Lichtjahre entfernt war Derpan, die Welt des wichtigsten Archivs neben dem des Kristallpalastes und der Riesenpositronik von Arkon III; es handelte sich um den achten von einundzwanzig Planeten. Mit 55 Lichtjahren Distanz zu Arkon gehörte der achte Planet Kitias, Sonne Kalors Illalen, zur Interessensphäre der ornithoiden Scüs am Rand von Thantur-Lok.

Am bemerkenswertesten war das 26 Lichtjahre entfernte Mehrfachsonnensystem Tharlo Anmuk Alda: An den Librationspunkten L_4 und L_5 der beiden Sonnen Tharlo und Anmuk, einem gelben G2- und einem orangeroten K1-Stern, befanden sich die Ökoformwelten Uppodam und Gelesan, die mit den Sonnen je ein gleichseitiges Dreieck von 236 Millionen Kilometern Kantenlänge bildeten. Dieses innere System wurde im Abstand von 6,336 Lichttagen von dem roten M5-Stern Alda in 23.771 Arkonjahren umkreist. Einziger Planet war hier der 173.600 Kilometer große Riese Ruun, der über vierzehn Monde und ein ausgeprägtes Ringsystem verfügte. Der fünfte Mond Murassab, mit einem Durchmesser von 12.246 Kilometern etwa erdgroß, war ebenfalls eine Ökoformwelt. Dieses System galt als ein maßgebliches Forschungszentrum des Großen Imperiums; alle drei Ökoformplaneten verfügten über riesige Labors, Forschungsstätten, Raumhäfen und die übrige Infrastruktur eines solchen Stützpunktes. Für Jahrhunderte hatte er quasi im Dornröschenschlaf vor sich hin geschlummert, aufgrund der unzulänglichen Kreativität des Robotregenten war es auch in der Herrschaftszeit des »Großen Koordinators« nur bedingt zu einer Reaktivierung gekommen. Erst vor kurzem war der Ex-Schläfer Alos on Parim mit einigen Gijahthrakos und Terra-Wissenschaftlern dorthin aufgebrochen, um die weitgehend eingemotteten Anlagen wieder hochzufahren.

Einen anderen Ex-Schläfer, den Wissenschaftler Ekral da Osh, hatte ich damit beauftragt, auf dem fünfzehnten Voner-Mond namens Tix nach Artefakten zu suchen, die ich bei einer meiner Visionen im Rahmen des »Kusses« gespürt zu haben glaubte. Artefakte, die vielleicht jener Metallkugel glichen, die ich in den Katakomben von Tatalal auf Zhygor entdeckt hatte. *Der letzte Bericht klang sehr vielversprechend – ich habe mich nicht getäuscht!*

Einer von Tokoons Stellvertretern, Sonnenträger Teseel aus dem Volk der Scüs, klapperte mit dem Schnabel und putzte unbewußt seinen goldenen Harnisch, als er rief: »Das koordinierte Zusammenziehen der Raumflotte beansprucht Zeit, erst recht mit Blick auf die neu hinzugekommenen Einheiten des Festungssystems. Das Herantasten an die betroffenen Raumsektoren muß unauffällig geschehen; wir dürfen das *Fremde* nicht vorzeitig warnen ...«

»Noch können die Tekteronii nicht wissen, daß uns alle vierzehn Bereiche bekannt sind«, ergänzte Hamkammon unter blubbernden Beigeräuschen seines Tanks. »Wir dürfen diesen Vorteil nicht leichtfertig verspielen, Imperator. Eine gezielte Aktion wird nicht vor Jahresende durchgeführt werden können – so eine erste Berechnung! Die gesamte Flotte muß umgruppiert werden, um gleichzeitig in den vierzehn Sonnensystemen beziehungsweise Sektoren zuzuschlagen. Ersatz ist an den bisherigen Einsatzorten bereitzustellen. Vor allem dürfen diese Schiffsbewegungen nicht auffallen – ein weiterer Aspekt, der uns Zeit kosten wird ...«

Damit begann die Diskussion: Einsatzplanungen wurden entworfen, Holoprojektionen studiert, Nachschub sichergestellt, Detailprogramme formuliert. Mehrmals versuchte ich, das Procedere voranzutreiben, ohne jedoch viel zu erreichen. Die Großpositronik lieferte die notwendigen Berechnungen, doch auch sie kam, wollten wir die vom therborischen Planungskollektiv genannten Punkte berücksichtigen, zu keinen günstigeren Werten – die vierzehn Ziele waren über einen Quader von 20.000 mal 25.000 mal 20.000 Lichtjahren verteilt!

Mit den Freunden und Mitarbeitern besprach ich das Vorgehen und entwickelte Alternativpläne. Dabei wußte ich genau, daß die Umsetzung ein Vielfaches der Zeit in Anspruch nehmen würde. Aber alle Ungeduld, geplagt von der Angst um Tanja, mußte zurückstehen. Wir durften uns keinen Fehler erlauben, denn einen solchen hätten die Tekteronii gnadenlos ausgenutzt.

Mist! dachte ich inbrünstig, und mein lautloses Fluchen sollte in der nächsten Zeit zur fast permanenten Litanei werden. Ich hatte es schon immer gehaßt, untätig sein zu müssen. Nun war es fast zum Verzweifeln: Tage vergingen, wurden zu Wochen ...

Arkon I, Hügel der Weisen, terranische Botschaft: 23. Prago der Coroma 19.017 von Arkon (= 17. Dezember 2047 Terra-Standard)

In jenem Zustand des Halbschlafes, zwischen träumendem Dösen und endgültigem Erwachen von manchmal luzider Klarheit, gelang es Julian Tifflor zunächst noch, das hämmernde Dröhnen unter seiner Schädeldecke zu ignorieren. Merkwürdige Bilder taumelten durch sein Blickfeld; farbige Spiralen rotierten, wechselten ab mit quadratischen Labyrinthen, und wiederholt mischten sich Impressionen des Kristallpalastes, der Hallen der Geschichte und Erinnerungssplitter hinzu. Der Diebstahl von Atlans Zellaktivator, weil der Anti Informationen über geheime Zugänge und Wege besessen hatte; das Attentat der drei Arkoniden in den Hallen der Geschichte; später der Anschlag auf den Historiker Hemmar Ta-Khalloup, nachdem er das *Juwel von Kariope* entdeckt hatte.

Tiff, wie der Terra-Botschafter von Freunden genannt wurde, wälzte sich unruhig hin und her. Die Bilder schienen zu pulsieren, verbanden sich mit dem hämmernden Takt. Lauter, hektischer, intensiver. Spiralen, Labyrinthe, Geheimgänge, Kristallpalast – alles wirbelte durcheinander, pumpte wie ein Herz, und dieses barst abrupt, überschwemmte die Szenerie mit einem blutroten Schwall.

Der Mann fuhr mit einem Schrei auf – und sank augenblicklich in die Kissen zurück; das schmerzhafte Ziehen hatte seinen gesamten Kopf erfaßt, feuriges Magma schien im Magen und im Gedärm zu brodeln, und im ausgedörrten Rachen stieg ein abscheuliches, pfefferminzartiges Sodbrennen empor, während die Zunge aufgedunsen und pelzig wirkte. Stöhnend griff sich Tiff an den Kopf, starrte schwerfällig aus zusammengekniffenen Augen umher, entdeckte verstreute Uniformteile, Stiefel und erinnerte sich zögernd.

Verfluchtes Vengis! dachte er schaudernd; Wellen aus Kälte und Hitze fuhren abwechselnd über seine Haut. Er schüttelte sich. Die wild verteilte Kleidung bewies, daß er den Robot-Butler ausgeschaltet haben mußte. *Daß Trinkfestigkeit Voraussetzung einer Exzellenz sei, ist häufig kolportiert worden; aber daß es für Botschafter derart wild werden kann, davon hat niemand was gesagt. Mann, hab' ich einen Kater! Ach was, da hockt ein ausgewachsener Säbelzahntiger!*

Es dauerte Minuten, bis es ihm gelang, die Beine aus dem Bett zu schwingen, aufzustehen und schwankend zum hundert Quadratmeter großen Badezimmer zu schlurfen. Beim Blick in den Spiegel sah Tiff eine traurige Gestalt, die mit seinem normalen Äußeren herzlich wenig gemeinsam hatte. Groß, schlank, zellgeduscht-langlebig, mit dichten braunen Haaren, das Lächeln ebenso optimistisch wie selbstsicher, galt er als der Traum einer jeden Schwiegermutter, die Verkörperung des sympathischen, nicht richtig erwachsen gewordenen Jungen von nebenan. Von diesem Ideal war nun wenig zu bemerken; das Haar war zerzaust und verschwitzt, die Schultern hingen herab, um die Augen lagen dunkle Schatten, Bartstoppeln bedeckten Kinn und Wangen, und die Zahl der Fältchen und Falten schien unvermittelt seinem wahren Alter zu entsprechen – immerhin war er, Jahrgang 1961, inzwischen 86 Jahre alt. Eine Zahl, die in seiner Jugend nur Greise erreicht hatten; zitternd, triefäugig, runzlig, geplagt von Rheuma, Arthritis und Senilität.

Nachdenklich den Zeigefinger an die Nase gelegt, musterte Tiff die Einrichtungen, tastete dann das gewünschte Programm einer »Morgentoilette« in die Servoautomaten – Duschen, Massage, Anti-Alkohol-

Medikamentation, Dampfbad, Whirlpool, ausgedehntes Frühstück, Aktivierung von Butler und sonstigen Servos –, fluchte, begann von neuem, um die richtige Reihenfolge zu finden, und überließ sich dann den mechanischen Helfern. Sie schafften es, den Terraner innerhalb von zwei Stunden wieder so weit herzurichten, daß er sich halbwegs als Mensch fühlte.

In dieser Zeit hatte Tiff ausreichend Gelegenheit zum Nachdenken. Die Erinnerungen stellten sich ein, demnach konnte der Blackout nicht ganz so gravierend gewesen sein, wie es im ersten Augenblick den Anschein gehabt hatte. Der Empfang in der Botschaft von Zeklon V – die Zeklonen besaßen ein den Terranern ähnliches Aussehen, waren aber Arkon-Nachkommen mit fast zehntausendjähriger eigenständiger Geschichte; viele hatten dem Zoltral- und anderen Khasurn als Leibgarde gedient, und ihre Heimat lag in einem Sektor des inneren Zentrumsbereichs.

Tiff wußte nicht mehr, wie viele solcher Empfänge, Antrittsbesuche und Gegeneinladungen er seit seinem Dienstantritt Anfang September absolviert hatte. Und an die noch bevorstehenden wollte er gar nicht denken. Aber seit einigen Tagen war es besonders wüst geworden: Irgend jemand hatte herausgefunden, daß in wenigen Tagen terranischer Zeitrechnung ein traditioneller Festtag bevorstand, der dem christlich-abendländischen Kulturkreis entstammte. Plötzlich schien jeder Botschafter, der etwas auf sich hielt – und bei den Terranern einen guten Eindruck hinterlassen wollte –, nichts anderes im Sinn zu haben, als »Weihnachtsfeiern« zu organisieren, einschließlich blitzenden Tannenbaums und pausbäckigen Weihnachtsmanns ...

Und weil eine Ablehnung als diplomatischer Affront gewertet werden würde, bleibt mir nichts anderes übrig, als mich wenigstens kurz sehen zu lassen, dachte Tiff. *Scheißspiel! Vor allem: Nie wieder Vengis! Erst recht nicht mit diesen Rotbärten! Teufel, die müssen eine Leber wie Saurier besitzen!*

Vengis, so die süffisante Erklärung von Patriarch Gartox, sei in der Zeit zwischen 12.150 und 12.700 da Ark ein beliebtes Modegetränk gewesen. Pfefferminzlikörartig im Geschmack, feurig und mild zugleich, alkoholreich, dennoch aufgrund geschmacklicher »Weichmacher« so leicht zu trinken wie Kamillentee. Aus Gründen, die heute kaum noch nachzuvollziehen waren, war Vengis dann aus der Mode gekommen und rangierte bis heute nur unter ferner liefen. Weil ein Kunde nicht bar hatte zahlen können, war Partriarch Gartox in den Besitz einer Containerladung Vengis gekommen, und weil er das Zeug – »Die Sternengötter haben mich verlassen, dieses wankelmütige Pack!« – nicht an den Mann oder die Frau bringen konnte, verteilte er es als Gastgeschenke bei Festen wie dem in der Zeklon-Botschaft, mitunter sehr zum Verdruß der Gastgeber.

Inzwischen konnte Tiff sogar schon wieder grinsen: *Irgendwie sind mir diese rauhbeinigen Halsabschneider sogar sympathisch! Beste Kosten-Nutzen-Auswertung würde Homer G. das wohl nennen: Gartox spart die Ausgaben für andere Geschenke, wird sein Vengis los, das nur Lagerkosten verursacht, und kann sich überdies einen antrinken – ob er aber, indem er andere Besucher quasi unter den Tisch säuft, eine Renaissance von Vengis erreicht und somit seine Restbestände doch noch gewinnbringend verhökern kann, möchte ich bezweifeln! Bei den Nachwirkungen!*

Der Alkoholgehalt von Vengis betrug beachtliche 62 Prozent. Doch das hatte der Patriarch Tifflor erst nach dessen viertem Glas »unter der Hand anvertraut«. Noch jetzt dröhnte Tiff das polterndes Lachen Gartox' in den Ohren; sein Gesicht mußte einen sehr indignierten Ausdruck gezeigt haben. Nachträglich gönnte Tiff dem Springer diesen kleinen Triumph, es einem »Terraner mal so richtig gezeigt zu haben«. Nicht alle Mehandor-Sippen haßten die Menschen, aber selbst die Gemäßigten und Wohlwollenden sahen in ihnen auf lange Sicht ernsthafte Konkurrenten. Aber Konkurrenz belebte bekanntlich das Geschäft, und Geschäft war alles für die Springer.

Zum Glück ließ sich ein Botschafter, auch der Terras, samt Begleitdelegation stets chauffieren – Tiff war sich sicher, daß er selbst vermutlich nicht einmal mehr den Autopiloten für den Heimflug hätte programmieren können. Die Botschaft des Solaren Imperiums befand sich in einem 300 Meter hohen Trichterbau am Rand der »Inneren Sicherheitszone« von zwanzig Kilometern Durchmesser, die den Kernbereich des Thek-Laktran rings um den Kristallpalast im Zentrum bestimmte, knapp zehn Kilometer nördlich des Imperatoren-Raumhafens, auf dem auch die STARDUST II in Bereitschaft stand.

Äußerlich hatte Tiff sich möglichst wenig anmerken lassen, aber der »Hammer«, der ihn beim Hinaustreten in die kühle Nachtluft traf, war beachtlich gewesen. Seine Begleiter hatten sich wohlweislich zurückgehalten, allen voran Oberstleutnant Hubert Gorlat als SolAb-Verbindungsoffzier, der mit wachen Augen und Ohren, mit den obligatorischen Bodyguards per Ohrstecker verbunden, stirnrunzelnd darauf achtete, daß sein Vorgesetzter, immerhin im Rang eines Generals, beim »über die Stränge schlagen« keine sicherheitsrelevaten Geheimnisse ausplauderte. *Nun, dazu ist mehr nötig als ein Vengis-Rausch, mein Lieber!*

Beim Flug zurück zur Terra-Botschaft hatte er mit offenen Augen gedöst, den Weg in seine Suite zwar ohne Mithilfe der von Ohr zu Ohr grinsenden *Space Marines* der Solaren Flotte geschafft, sich beim Ausziehen aber mehrfach auf dem Boden wiedergefunden und das Bett nur mit letzter Kraft erreicht.

Und dann diese sonderbaren Traumbilder ...

Spiralen, Labyrinthe, Geheimgänge, Kristallpalast! Mit unendlicher Langsamkeit kroch eine Idee durch Tifflors Gehirnwindungen, sprang zögernd über synaptische Spalten und trat irgendwann mit einem Neuronenfeuerwerk in sein Bewußtsein, daß er sich abrupt aufrichtete und die Stirn am knetenden Robotarm rammte. Er ignorierte die aufblitzenden Sternchen in seinem Blickfeld und das flaue Gefühl im Magen, murmelte »Programm Ende« und beeilte sich, in die Kleidung zu schlüpfen.

Eine halbe Stunde später saß er am Terminal seines Arbeitstisches und ging Berichte durch. An der Wand hinter dem Botschafter waren die Flaggen Terras und des Solaren Imperiums gekreuzt; der von zwei Händen gehaltene Milchstraßennebel auf blauem Grund und das rot-weiß gestreifte Banner mit dem goldenen Schnörkelsymbol auf violettem Rechteck in der linken oberen Ecke.

Holofenster klappten auf, Textzeilen scrollten. Atlans Bericht über das Attentat in den Hallen der Geschichte stand zur Verfügung – bis heute war das Motiv der Attentäter nicht eindeutig geklärt. Daß es mit Jahaq Garr und den Stachelkugel-Schleimpilzen – in ihrer Einzellergestalt – zu tun hatte, war nur ein Aspekt, ebenso der Versuch, den Imperator von Arkon auszuschalten. Trotz Improvisation zeugte die Ausführung von beachtlicher Professionalität; es war nicht auszuschließen, daß ohnehin ein solcher Anschlag für den Tag der Investitur der ARK SUMMIA-Absolventen geplant gewesen war. Zeitpunkt und Ort dagegen waren Ergebnis einer eher hastigen Umstellung des Plans, immerhin hatte sich Atlan damals sehr kurzfristig zum Schlendern in den Hallen der Geschichte entschlossen. Daß er überdies über eine besondere »Ausstrahlung« verfügte – vielleicht als Folge des Zellschwingungsaktivators –, die den Einzeller-Beeinflußten die Köpfe sprengte, hatten die Tekteronii nicht einkalkulieren oder wissen können.

»Die Kernfrage lautet: Was suchten die Beeinflußten in den Hallen der Geschichte? Sie waren vor Atlan dort!« murmelte Tiff. »Was hätte Atlan gegebenenfalls finden oder entdecken können, das den Anschlag in dieser Form rechtfertigt? Was haben wir alle, einschließlich Kosnow, bislang übersehen?«

Die automatische Aufzeichnung war gestört worden; Bildmaterial des Anschlags lag demnach nicht vor. Aber Tiff konnte die Aufriß- und Schnittpläne des Tatorts abrufen; sie waren Atlans Bericht als Anlage beigefügt. Seinen Weg hatte der Arkonide, dank des photographischen Gedächtnis, zentimetergenau rekonstruieren können.

Dokumentationen der Archaischen Perioden und Darstellungen der Heroen-Sagas. Holosimulation des Gijahthrako-Absturzes auf Iprasa. Die Ausstellungsvitrinen diverser Zeiten: Kristallverträge mit den Therborern; Schmuck der legendären Girte da Ragnaari; Arion I.; Fufulgon II.; Robal II. Hinüber zur Abteilung der Scüs, dann die der Faehrl-Institute. Die Zehnmeterarkaden des Hallenrands, nahe Portal sieben. Die Hallen der Geschichte waren entlang der Innenrundung der dritten Kelchetage angeordnet, hier waren markante Wendepunkte und wichtige Ereignisse des Tai Ark'Tussan und seiner Einzelvölker dokumentiert. Gesamtausstellungsfläche knapp 90.000 Quadratmeter, das Mehrfache eines Sportstadions!

Bei seiner Suche nach Hinweisen konnte sich Tiff auf einen deutlich kleineren Abschnitt beschränken; das Gesuchte mußte in der Nähe von Atlans Weg zu finden sein. *Beeinflussung der Überwachungsgeräte, Auftragserteilung und Waffenübergabe einkalkuliert,* dachte Tiff und konnte den Bereich weiter eingrenzen. Sosehr er aber die Berichte, Listen und 3-D-Zeichnungen durchging, er fand nichts, was seine Aufmerksamkeit erregt hätte. *Im Grunde weiß ich ja nicht mal genau, wonach ich suche! Ein besonderes Ausstellungsstück? Etwas, das auf die Tekteronii hindeuten könnte? Auf die »Erwachenden Legenden«? Hhm, es könnte etwas im Bereich der Heroen-Sagas sein. Aber was?*

Der Heroe Tran-Atlan war Atlans Namenspatron. Hing es damit zusammen? »Eher unwahrscheinlich«, knurrte Tiff, lehnte sich zurück und schwang die Beine auf die Tischkante. »Obwohl – die Sagas insgesamt deuten auf ferne Vergangenheit hin. Verlieren sich zwar im Mystischen, aber da in jeder Legende irgendwo ein Körnchen Wahrheit steckt ... Verflucht!«

Tifflor rief sich ins Gedächtnis, was er über die Heroen wußte: Kern der Sagas waren vielfältige Erzählungen, die nicht allein auf den Kulturkreis der Arkoniden beschränkt waren und von den Taten der Zwölf Heroen berichteten; elf außergewöhnliche Frauen und Männer, die gegen Bestien kämpften und sie besiegten – je nach Kultur und Erzählungsraum die verschiedensten Ungeheuer, Drachen oder Monster – und nach dem Zwölften, einer mystischen Rettergestalt, suchten, allerdings vergeblich. Im arkonidischen Lebensraum war ein Retter als *Vretatou* bekannt; es gab auch andere Aussprachen und Schreibweisen – *Vhrato* oder *Vhratatu* zum Beispiel. Wirklich aktuell waren diese Mythen selbstverständlich nicht, aber sie gehörten zum Kulturgut des Großen Imperiums, genau wie auf der Erde die Taten eines Prometheus, Herakles, Achill, Odysseus oder König Arthus zu Phantasien anregten, in die Kunst einflossen oder zu gängigen Begriffen der Umgangssprache transformierten: *Achillesferse, Odyssee, Tafelrunde und so weiter.*

Vretatous Gestalt wurde meist als lichtumglost beschrieben und so auch in diversen künstlerischen Umsetzungen dargestellt. Der ovale Schädel, glänzend wie uraltes Elfenbein, besaß keine Detailmerkmale, das Gesicht fehlte, die Körperkonturen wurden von faltenreicher Robe überdeckt. Halb erhobene Arme, die Handflächen ausgestreckt, reckten sich stets in gebieterischer Geste angreifenden Bestien entgegen, schienen deren Bewegungen zu stoppen. Sämtlichen Sagas gemeinsam war, daß er als Lichtgestalt aus der Sonne beschrieben wurde, die Früh-Arkoniden vor fürchterlich wütenden Bestien rettete, Anhänger um sich scharte und dann – nach der Ankündigung, in Zeiten größter Not erneut zu erscheinen – wieder ins Licht entrückt wurde. Diese lebendige Entrükkung ins Nirgendwo oder -wann betraf auch das Schicksal der übrigen Heroen; das Tran-Atlans verband sich beispielsweise mit dem sagenhaften Land Arbaraith und dessen Kristallobelisken, angeblich Herkunftsort der Arkoniden, ehe sie Arkon besiedelten.

Kaum weniger legendär als die Zwölf Heroen, dachte Tiff in plötzlicher Assoziation, *sind die Große Feuermutter und das mit ihr verbundene Projekt, auf das sich Atlan eingelassen hatte.*

Ganz deutlich waren ihm die Worte im Gedächtnis, die Kitai Ishibashi am 5. September gesagt hatte. Kurz zuvor waren sie mit der STARDUST II auf Iprasa gelandet und sorgten sich, angesichts der Nachricht, daß Atlan unvermittelt zur *Totenwelt* Hocatarr versetzt worden war, sehr um den Imperator von Arkon. Auf Tiffs Frage, was denn der Arkonide genau vorhabe, hatte der japanische Arzt und Psychologe eher sibyllisch geantwortet, daß die Initiation mit Hilfe der Initiationsriten den Initianten erstens von der bisherigen Lebenssphäre lösen und ihn zweitens in die neue Lebenssphäre einführen sollte

Tifflor hatte die Arme gehoben und geseufzt. »Schon gut, Mister Bauchaufschneider! – Wie gefährlich ist das, auf das sich Atlan eingelassen hat? Wenn ein Mann wie er zwei Jahre lang zögert, ehe er sich durchringt, läuft es mir eiskalt den Rücken runter!«

»Es ist überliefert, daß Zen-Meister Nyojo sagte: Um vollkommene Erleuchtung zu erleben, müßt ihr Leib und Seele fallen lassen.«

»Wollen Sie damit etwa andeuten ...?«

Der »Bauchaufschneider des Imperators« war Tiff eine eindeutige Antwort schuldig geblieben.

Als Atlan dann erstmals Seite an Seite mit der Großen Feuermutter in der Öffentlichkeit auftrat und die mit ihr verbundenen Informationen im Imperium verbreitet wurden, hatte Tifflor geahnt, daß sie bald mit weiteren Aktionen der Tekteronii rechnen mußten.

Zum wiederholten Mal rief er die Datensammlung zur Großen Feuermutter auf: *Tai Zhy Fam, die Große Feuermutter: Eine modifizierte Form des Dagor-Mystizismus diente vor Jahrtausenden als Auswahlmechanismus jener Feuerfrauen, die ihr Wahres Sein auf eine stabilisierte Körperprojektion übertrugen.*

Die Große Feuermutter sollte mit dem Imperator als oberstem Exekutivorgan des Großen Imperiums in paranormaler Direktverbindung stehen, auf diese Weise zu den Bewohnern des Großen Imperiums eine unmittelbare transpersonale Beziehung aufbauen und ihn so tatsächlich zum Millionenäugigen, Allessehenden *werden lassen.*

Der Kuß der Großen Feuermutter als die endgültige Verbindungsherstellung zwischen Ihr und Seiner Erhabenheit in Anlehnung an den zeremoniellen Adelskuß kommt einer mystischen Initiationsweihe gleich. Voraussetzung hierzu sind allerdings Eigenschaften und Gaben, die der jeweilige Imperator zuerst erwerben und vorweisen muß. Leider versanken die Rituale in Vergessenheit, nahezu alle Imperatoren erwiesen sich von vornherein der Hohen Ehre als nicht würdig.

Stunden vergingen. Mißmutig ging Tiff weitere Daten durch, suchte nach Querverweisen, Auffälligkeiten – und kam zu keinem Ergebnis.

Bißchen hochmütig, Alter, nicht wahr? fuhr es ihm durch den Kopf. *Der Sohn des bekannten Strafverteidigers James Frederik Tifflor wollte wohl dessen kriminalistisches Gespür überbieten – ohne zu bedenken, daß Leute wie Peter Kosnow ebenfalls keine Stümper sind! Wäre des Rätsels Lösung so einfach, hätten Peter und seine Leute das Ergebnis ebenfalls längst gefunden.*

Je mehr er sich festbiß, desto stärker entschwand auch die Ausgangsidee, die ihm sein Traum beschert hatte. Weil sich mit Gewalt selten etwas erreichen ließ, griff Tiff auf die Methodik freier Gedankenassoziation zurück. Er rief andere Dateien auf, stöberte in den Informationen, die inzwischen über die Tekteronii gewonnen worden waren. Tifflor ließ sich hierbei auch zum wiederholten Mal einen Bericht des Historischen Archivs des Robotregenten vorspielen, in dem die Ereignisse rings um die Gründung des Vasghad-Fürstentums abgehandelt wurden.

Historische Betrachtung: ... *wurde 10.853 da Ark in der Schlacht von Gondorn gegen die mit den Maahks verbündeten Thaafs – auch als »die Grauen« umschrieben – die Erste Arkonflotte nahezu vollständig aufgerieben; Imperator Grishkan X. geriet in die Fänge von Maahks, die ihn folterten und dann töteten. Grishkans Sohn und Nachfolger, Grishkan XI., schon zu Lebzeiten mit dem Beinamen »der Rächer« versehen, gelang es mit der Unterstützung der zwangsverpflichteten Baahmys, die ursprünglich aus der Haloregion der Galaxis stammenden Thaafs in zweijährigem Kampf zu schlagen, zu unterwerfen und ins Große Imperium zu integrieren (mehrere Welten wurden mittels Arkonbomben zerstört, von totaler Vernichtung sah der Imperator nach der bedingungslosen Kapitulation ab, obwohl die stärkste Waffe, die Konverterkanone, massiv hätte eingesetzt werden können; überlebende Thaafs wurden auf den 39. Planeten des Gondorn-Systems umgesiedelt und mit dem Verbot von Raumfahrt belegt; vgl. Anlage drei und vier). Durch Ansiedlung von Kolonialarkoniden (spätere Tordoven, Kantorsen und Zaater) im Gondorn-System, die, in enger Kooperation mit der über sieben Sonnensysteme ausgebreiteten* Baahmy-Koalition *(autonome Fremdvolk-Enklave), die Sektorenkontrolle übernahmen, galt der gleichnamige Sektor am Rand der Sogmanton-Barriere für mehrere Jahrtausende als »befriedet«* ...

Grishkans Brustbild rotierte langsam im Holokubus; ein Mann mit spiegelnder Glatze, massivem Kinn und energischen Gesichtszügen. Er wurde 10.826 da Ark geboren, also 7635 vor Christus, in dem Jahr, als sein Großvater als 224. Imperator den Kristallthron bestieg. Der »Rächer« regierte bis ins Jahr 10.879 da Ark und blieb kinderlos, weil nie liiert oder verheiratet; mit Helonk I. kam dann ein anderer Großkelch des Adels an die Macht.

In jener Zeit, als Atlan schon seit fast vier Jahrhunderten auf Larsaf III festsaß und im Tiefschlaf schlummerte, erreichte der Methankrieg einen seiner Höhepunkte. Heiße und kalte Kriegsphasen hatten einander abgelöst, längst verfügten die Arkoniden über die Konverterkanone, dennoch war ein endgültiger Sieg nicht in Reichweite. Tiff erinnerte sich fröstelnd an eine Andeutung Atlans; er hatte davon gesprochen, daß die »Methans« zeitweise über 800.000 und mehr Schiffe verfügten, mindestens 300.000 davon im *durchgehenden* Einsatz. »Methans« war hierbei die vereinfachende und spöttische Bezeichnung der Arkoniden für eine ganze Gruppe eigentlich Wasserstoff atmender Lebensformen gewesen; als Hauptgegner hatten hierbei die gefürchteten Maahks gegolten – aber auch viele andere Gegner waren in den Krieg involviert gewesen.

Atlans Worte aus seinen Atlantis-Berichten kannte Tiff auswendig: »... war, als hätten sich *sämtliche nichtarkonidischen Intelligenzen* plötzlich gegen uns verschworen ... Das Große Imperium unter Arkons Vorherrschaft rang um sein Weiterbestehen. Der sogenannte Methankrieg nahm all unsere Kräfte in Anspruch. Wir wußten zu jener Zeit noch nicht, daß er unser Volk zum Ausbluten und das Imperium an den Rand des Abgrunds bringen würde.«

Trotzdem war das erst der Anfang! fuhr es Tiff durch den Kopf. *Mit diversen Unterbrechungen dauerten die Kämpfe, wenn auch mit abnehmender Stärke, bis in die Zeit Epetrans, des Erbauers des späteren Robotregenten, der um 3900 vor Christus lebte.*

Als er Atlan einmal – verblüfft über diese kaum vorstellbare Länge – dazu befragt hatte, war dessen Antwort zunächst ein rauhes Lachen gewesen. »Die Dauer der Auseinandersetzung«, fuhr er dann fort, »erklärte sich unter anderem durch die gewaltige Größe des Handlungsschauplatzes und die extreme Vermehrungsrate vor allem der Maahks. Schon ein einziges geflohenes Raumschiff konnte Basis für weitere Kriegsphasen nach einigen Jahrhunderten sein. Sie waren eierlegende, ungeheuer fruchtbare Geschöpfe; bei jedem Geburtsvorgang wurden bis zu neun Eier nach einer Reifezeit von nur dreieinhalb Monaten produziert. Ja, Tiff, Sie haben richtig gehört. Einen anderen Begriff als *produzieren* haben unsere Wissenschaftler nie gebraucht. Ich habe als Chef eines Eliteverbandes jahrelang gegen sie gekämpft. Sie haben uns dezimiert, wo sie konnten. Nie konnten wir unseren Bedarf an Raumschiffsbesatzungen so schnell ersetzen wie diese Wesen. Ohne die Konstruktions-unterlagen der Konverterkanone, die ich von ES erhielt ...«

Sein Daumen war die Kehle entlanggefahren. Seine Augen hatten sich verschleiert; erstaunt hatte Tiff das Zittern von Atlans Händen bemerkt, bis er sie zu Fäusten ballte. Kälte zog dem Terraner die Kopfhaut zusammen. Wenn ein Mann wie Atlan, den er bewunderte, wenn nicht gar insgeheim verehrte, derart reagierte, zehn Jahrtausende *nach* den Ereignissen ...

»Es gab Tausende Arten von Methans. Ein Volk war jedoch das beherrschende und auch das größte. Es hatte alle anderen unterjocht oder zu Partnern gemacht. Dieses dominierende Volk waren die Maahks! Merken Sie sich diesen Namen.«

Mehr war dem Arkoniden damals nicht zu entlocken gewesen. Doch Tiff wäre nicht General geworden, hätte er nicht den eigenen Kopf benutzen können. Er dachte: *Nachdem die Arkoniden über die Konverterkanone verfügten und ihre Raumschiffe zunehmend robotisierten und automatisierten, wäre ein endgültiger Sieg vielleicht sogar greifbar gewesen. Doch nachdem die Hauptbedrohung einmal beseitigt war, sprich der eigene Untergang, könnte eine Langzeitstrategie zum Einsatz gekommen sein. In der offiziellen Geschichtsschreibung wird sich davon selbstverständlich nichts finden lassen, aber vom Grundgedanken her dürfte sie ähnlich wie die Rhodans gewesen sein, um die Erde zu einen: Solange die Bedrohung im Außen akut ist, ist der innere Zusammenhalt groß! Wer weiß, wie viele Maahkraumer man damals ganz bewußt entkommen ließ, obwohl man wußte, daß damit das Kriegsende weiter hinausgeschoben wurde?*

»Vielleicht sollte ich mal mit diesem Archivar Hemmar sprechen? Er könnte dazu bestimmt mehr sagen«, murmelte Tiff und rief neue Infoblöcke auf die Holodisplays:

... erhielt 14.000 da Ark Keon'athor Torgh da Ghad von Imperator Tutmor VII. den Gondorn-Sektor als Lehen zugesprochen; ein Fürstentum, das zunächst 71 besiedelte Welten umfaßte, bis zum Jahr 18.300 da Ark jedoch auf insgesamt 246 Siedlungswelten erweitert wurde ...

... erreichten die Separatismusbestrebungen mit der Ermordung von Imperator Quertamagin XXIV. und der Machtübernahme des Mior-Khasurn, mit Mior III. als neuem Imperator, 18.337 da Ark ihren Höhepunkt: Fremdvölker und Kolonialarkoniden des Gondorn-Fürstentums fanden zusammen und gründeten das Vasghad *genannte eigenständige Staatsgebilde ...*

Vasghad-System (vormals Gondorn-System): 57 Planeten umfassendes Sonnensystem der orangefarbenen Sonne Gondorn, 27.520 Lichtjahre von Arkon entfernt. Die Welten 12 bis 16 liegen in der für Arkoniden geeigneten Ökosphäre (Gondorn XII und XIII waren natürliche Sauerstoffplaneten, die Planeten XIV, XV und XVI wurden ab 11.000 da Ark einem Ökoformprogramm unterzogen); Gondorn XII gilt als Tempelzentralwelt der Cyén (sog. »Erster Cyén« ist Ak'iakaton Cyén), auf Gondorn XVI wurden seit 19.010 da Ark verstärkt Baahmys angesiedelt. Bei Gondorn XXXIX handelt es sich um die Hauptwelt der Thaafs – Eigenbezeichnung: Qell-vo-Ghe-Thaaf *(»Ort der verbannten Thaafs«) ...*

Andere Dateien lieferten Informationen über Thaafs und Baahmys, über die bisherigen Aktivitäten der Tekteronii, ihre Reine Lehre und die rätselhaften Cyén, mit deren plötzlichem Auftauchen um 2025 herum überhaupt erst der Tekteron-Bund entstand. Die Zusammenhänge erschlossen sich nur zögernd, viel zu viele Fakten waren unbekannt. Rechnete man die ES-Warnung hinzu, ergab sich ein ziemlich wirres Konglomerat.

Labyrinth! schoß es durch Tiff. Plötzlich wußte er wieder genau, welche Traumbilder ihn kurz vor dem Erwachen geplagt hatten. Und er hatte eine Idee. Er konzentrierte sich und gab einen mentalen Impuls ab. Die Antwort kam fast augenblicklich:

Ihr habt gerufen, Herr und Meister?

Der plötzlich über dem Tisch schwebenden pechschwarzen Kugel von Fußballgröße war nicht anzusehen, über welche Kräfte und Möglichkeiten sie verfügte. Tiff grinste und winkte ab.

»Du hast einen Hang zur Übertreibung, Harno!«

Muß an den Kontakten mit euch Terranern liegen!

»Touché.« Tiff hob abwehrend die Arme und deutete dann auf die leuchtenden Holodisplays. »Bist du so nett und nutzt deine televisorische Fähigkeit?«

Obwohl das Wesen, eigenem Bekunden nach aus »Energie und Zeit« geformt und fünf Millionen Jahre alt, seit rund vier Jahren bei den Menschen war, hatte es nichts von seiner geheimnisvollen Art verloren: Sergeant Harnahan war ihm 1983 auf einem Mond des vierten Planeten der Sonne 221-Tatlira begegnet, wo es siebenhundert Jahre verharrt hatte, um Energie der Sterne aufzunehmen. Sechzig Jahre später hatte sich Rhodan an Harnahans Bericht erinnert und Marcus Everson mit der KUBLAI KHAN dorthin geschickt, um es um Hilfe gegen die Druuf zu bitten. Im Andenken an den inzwischen verstorbenen ersten menschlichen Freund nannte sich das Wesen, seither ordentliches Mitglied des Mutantenkorps, Harno. Er lebte von Energie, konnte nahezu beliebig seine Gestalt verwandeln, telepathischen Kontakt auf 200 Lichtjahre Distanz aufnehmen, durch den Hyperraum gleiten und vor allen Dingen weit Entferntes auf seiner Oberfläche beziehungsweise dreidimensional »in seinem Inneren« optisch darstellen.

Besondere Wünsche, Tiff? Ah, schon verstanden!

Die Kugel blähte sich auf einen Meter Durchmesser auf, wurde transparent und zeigte einen Ausschnitt der Hallen der Geschichte. Lebensechte Statuen der Heroen glitten vorüber. Fünf Frauen, sechs Männer standen im Halbkreis vor dem mystischen Retter. Hochgewachsen-athletische Gestalten, die in rüstungsähnliche Kampfmonturen gekleidet und mit zum Teil archaisch anmutenden Waffen ausgestattet waren: stachelbesetzten Morgensternen, rasiermesserscharfen Schwertlanzen, doppelschneidigen Streitäxten. Eine Frau hielt die Bogensehne bis zum Ohr gespannt, statt einer Pfeilspitze gab es die Verdickung eines Minisprengsatzes. Ein Mann – Tran-Atlan! – hielt das Dagor-Langschwert hoch, auf dem Rücken trug er eine Art Lyra.

Julian Tifflors Blick pendelte zwischen den Bildern in Harno und einem Grundriß auf dem Holodisplay hin und her. »Kannst du einen Echtzeit-Grundriß projizieren? Gleicher Maßstab?«

Kein Problem.

Sofort wechselte die Darstellung. Tiff griff nach dem taktil-sensiblen Prallfeld des Holos und verschob es, um es vor Harno in Deckung mit dessen Grundriß zu bringen.

»Teufel noch mal! *Das* könnte es sein!« Der Terra-Botschafter tastete eine Interkomverbindung. »Sicherheitsdienst: Gleiter für Flug zum Kristallpalast bereitstellen! Haben Sie in Ihrem Ausrüstungsfundus auch lasergestützte Entfernungsmesser? Ja? Sehr gut! Informieren Sie Betty Toufry – Abflug in fünf Minuten! Kündigen Sie Peter Kosnow unser Kommen an, danke. Er soll die Einlaßprozedur ein bißchen beschleunigen – richten Sie schöne Grüße aus. Unser Ziel sind die Hallen der Geschichte ... Kommst du mit, Harno? Was für eine Frage! Also los!«

Betty Toufrys schmales Gesicht umwölkte sich um so mehr, je länger Tiff den Sektor der Heroen abschritt, den Entfernungsmesser vor die Nase hielt und Unverständliches vor sich hin murmelte. Seine Gedankenabschirmung war perfekt, und auch Harno hatte sich in Schweigen gehüllt.

Die zierliche Mutantin hätte beim ersten Blick für eine nicht mal Zwanzigjährige gehalten werden können. Bei genauerer Betrachtung mußte das Alter jedoch nach oben korrigiert werden; vor allem der Blick besaß etwas Irritierendes. Sofern Augen wirklich der »Spiegel der Seele« waren, offenbarten die Bettys Erfahrung und Weisheit einer uralten Frau. Dem entgegen stand wiederum das faltenlos glatte Gesicht, scheinbar aus Marmor modelliert und von halblang-gewelltem schwarzem Haar umrahmt – auch sie war eine Zellgeduscht-Langlebige!

Bettys Stirn krauste sich. Nachdenklich ging die Frau die Heroen-Statuen entlang, las virtuell aufblitzende Beschriftungen, wich den Bereichen der erklärenden Flüsterfelder aus. Die Frauen waren von idealisierter Schönheit, schlank, hochgewachsen, dennoch trainiert, an Leichtathletinnen erinnernde Gestalten mit weißen Haaren und roten Augen: Hirsuuna, Osmaá Loron, Hattaga, Ovasa, Heydrengotha. Ähnliches betraf die Männer – Tsual'haigh, Hy'Tymon, Teslym, Jang-sho Wran, Separei und Tran-Atlan –, ihre Athletik war noch ausgeprägter.

Vor jeder der Heroenstatuen schwebte ein kopfgroßes Prallfeld, in dem ein handgroßes Amulett langsam rotierte; eine Seite war völlig glatt, die andere mit einem Reliefprofil eines Kopfes versehen. Irgendwie kamen Betty diese »Plaketten« bekannt vor, doch auf Anhieb wußte sie sie nicht einzuordnen.

»Hat man die Güte, dieses sonderbare Gehabe zu erläutern, Herr Botschafter?« fragte sie mit sarkastischem Unterton, tauschte einen irritierten Blick mit Peter Kosnow, der persönlich gekommen war, begleitet von Jana und einige anderen Sicherheitsbeamten, und zuckte etwas hilflos mit den Schultern. »Wenn ich's nicht besser wüßte, würde ich deine absonderlichen Handlungen als *alkoholbedingte Spinnereien* einordnen. Mann, ich rede mit dir!«

Tiff unterbrach seine Messungen nicht, sagte jedoch: »Harno, zeigst du die beiden Grundrisse? Danke.«

Die Kugel schwebte an Bettys und Kosnows Seite und teilte sich in zwei Bildhälften, während Tiff neben einem Steinsockel in der Nähe eines Zierbaums in die Hocke ging. Er rüttelte und zerrte an dem Basaltblock und fluchte leise, weil sich das Erwartete nicht tat. Betty musterte die Bilder, erkannte die Abweichungen und atmete zischend ein.

»Die linke Darstellung«, sagte Tiff mürrisch und sah über die Schulter, »ist die Ihrer Untersuchungsgruppe, Peter; angefertigt auf der Basis der Speicherdaten zu den Hallen der Geschichte. Laut Bericht hat sich Atlan recht lange hier in diesem Abschnitt aufgehalten; mehr als fünf Minuten. Er muß nachgedacht haben, ohne seine Umgebung so richtig wahrzunehmen. Die rechte Darstellung dagegen ist die Echtzeitprojektion Harnos. Ohne diesen Vergleich fällt es nicht auf – aber die reale Säule ist mindestens doppelt so dick. Außerdem sind die beiden Vitrinen um fünfzig Zentimeter aus der Fluchtlinie gerückt ...«

Er stand auf, fuhr mit den Händen die Oberfläche der Säule entlang, konnte jedoch keine Haarrisse entdecken, die er offenbar eigentlich erwartet hatte. Peter Kosnows breitschultrige, untersetzt-kräftige Gestalt wirkte angespannt, sein Gesicht verkniffen. Unbewußt spielten seine Hände mit dem Etui aus kostbarem, grünlich fluoreszierendem Zalos-Metall, das nur auf Zalit gefunden wurde. Der vormalige Sicherheitschef Terranias und enge Vertraute von Allan Donald Mercant, nun Geheimdienstchef in Diensten des Imperators von Arkon, atmete zischend ein.

»Perfekte Tarnung!« Betty nickte, machte eine halbkreisförmige Armbewegung und nickte erneut. »Du könntest richtigliegen: Die neue Position der Vitrinen ist erforderlich, um eine Drehung des Sockels um seine vordere linke Ecke zu ermöglichen; etwa die Hälfte der Säule scheint also ebenfalls herumschwenkbar zu sein.«

»Sieht alles nach einem geheimen Ein- und Ausgang aus. Aber ich kann absolut nichts entdecken.«

Ich auch nicht! Die Säule wirkt auf mich massiv! ergänzte Harno. *Weist auf eine Para-Abwehr hin!*

»Wäre sonst ja auch zu leicht und offensichtlich. Atlan hat wiederholt betont, daß es ein ganzes Netz von Geheimgängen geben muß, die nicht einmal mit moderner Arkon-Technik entdeckt werden können.« Die Mutantin seufzte. »Aber wozu ist unsereins Telekinetin?«

Sie konzentrierte sich und fixierte die Säule und den Sockelausleger. Eine Minute verstrich in quälender Langsamkeit; fast wagte Tiff nicht zu atmen – aufgeregt wischte er die feuchten Hände an den Hosenbeinen ab, ohne sich dessen bewußt zu sein. Noch eine Minute verging. Dann knackte es leise. Wie von Geisterhand bewegt rückte der Sockel zunächst einige Zentimeter nach vorne und mit ihm ein mannshoher Ausschnitt der Säule, anschließend schwang das Verschlußstück des getarnten Eingangs herum – mit der linken Sockelecke als Drehpunkt. Eine schwungvolle Bewegung, die abrupt abgebremst wurde. Ein Schwall muffiger Luft blies Tiff und Betty entgegen; von Staub oder Spinnweben gab es jedoch keine Spur.

Metallisches Klirren erklang: Aus einem der Geflechtknoten des Zierbaums sprangen beim abschließenden Ruck drei Metallscheiben, fielen auf den Boden und kullerten in drei verschiedene Richtungen davon.

»Danke, Harno, für den Hinweis – ich habe die Selbstschußfallen ausgeschaltet«, murmelte Betty und wischte sich fahrig über die Stirn. »Ganz schön anstrengend! Es gibt winzige Kristalle, die eine sehr hochfrequente hyperenergetische Emission projizieren. Verhindert wohl eine technische Durchleuchtung ebenso perfekt wie ein zufälliges Erkennen mit Parakräften. Nur wenn man genau weiß, wonach man zu suchen hat ...« Sie brach ab.

Das Innere der Säule war hohl, Metallkrampen von Steigeisen verschwanden im Dämmer ober- und unterhalb des Zugangsbereichs, der auf Fußboden-Niveau eine kleine Plattform bildete. In Kopfhöhe gab es eine Nische, deren Rückwand mit einer Schalttafel versehen war; das handflächengroße Display war matt und nicht aktiviert.

Vorsichtig sah Tiff in den Schacht, verzichtete allerdings darauf hineinzuklettern; das sollten Kosnows Leute machen. In Gedanken lächelte der jugendlich aussehende Mann: Als jemand, der lange genug selbst in Einsätze gegangen war und bis heute den Spitznamen »Kosmischer Lockvogel« trug, war es ein durchaus mühsamer Lernprozeß gewesen, Aufgaben an andere zu delegieren. *Etwas, das Atlan, trotz seines Alters und seiner Erfahrung, bis heute schwerfällt! Alles zuckt zusammen, wenn der Imperator das kleine Wörtchen »Chefsache« ausspricht!*

Unterdessen waren die drei knapp handgroßen Plaketten eingesammelt worden. Es handelte sich um scheinbar aus Bronze bestehende Amulette von sieben Zentimetern Durchmesser. Die eine Seite war glatt, die andere zeigte als Relief den Kopf eines Imperators. Kosnow las die Inschriften unter den Abbildungen: »Kanayath der Zweite, Grishkan der Zwölfte und Mior der Fünfte ... Das sind ... ja, die Hypnoschulung läßt keinen Zweifel: Das sind *Imperatorensiegel!* Deren Träger – und ausschließlich sie! – können ihr Amulett zum Leuchten bringen, indem sie die Daumen fest auf die glatte Seite pressen. Mit dem Aufleuchten weist der Träger sich als legitimiert aus, denn das Siegel ist auf seine Individualimpulse abgestimmt, die von denen des jeweils herrschenden Imperators gegengezeichnet sein müssen. Imperatorensiegel galten stets als fälschungssicher! Leider ging die Technik, neue Siegel herzustellen, im Lauf der Maahk-Kriege verloren. Lediglich die Imperatoren-Reliefe wurden noch ausgetauscht und die Individualdaten geändert. Es gibt nur noch *zwölf* von ihnen – zwölf, wie die Zahl der Heroen; alle sind hier ausgestellt. Bislang hat Atlan keines vergeben.«

»Verständlich!« Die Mutantin nickte und ließ sich die Amulette geben, um sie ebenfalls in Augenschein zu nehmen; jetzt wußte sie, weshalb ihr die Plaketten der Heroen bekannt vorgekommen waren. »Der Träger eines Imperatorensiegels erhält überall im Großen Imperium jede gewünschte Art von Unterstützung! Das ist eine Machtfülle, die bestenfalls von der des Tai Moas höchstpersönlich überboten wird.« Sie zeigte auf die Prallfelder vor den Statuen. »Ich bin sicher, daß drei der Siegel Fälschungen sind!«

Tiff saß auf dem Sockel und zeigte ein lausbubenhaftes Lächeln. »Sieht so aus, als hätten wir hier den Grund für das, mit dem die Tekteronii ursprünglich beschäftigt waren: Die Imperatorensiegel sollten heimlich aus dem Kristallpalast geschmuggelt werden. Weil Atlan jedoch zu lange in der Abteilung der Heroen stehenblieb, wähnte man den Austausch beziehungsweise die Geheimtür entdeckt. Jahaq Garr wurde informiert; er brachte die Handstrahler mit, veranlaßte die drei Arkoniden zum Attentat – vorschnelle Panikreaktion wegen schlechten Gewissens oder so?«

Seine Hände beschrieben eine umfassende Bewegung.

»Der Geheimschacht mündet bestimmt irgendwo außerhalb des Kristallpalastes und gestattet somit ein absolut unbeobachtetes Ein- und Ausgehen. Mit der Schalttafel im Schacht läßt sich sicher die Überwachungsanlage manipulieren. Vermutlich sogar von außen mit einer Fernsteuerung; diese wird der Andooz benutzt haben.«

Peter Kosnow nickte zu jedem dritten Wort des Terra-Botschafters. »Gratulation, Exzellenz. Hat alles verdammt viel Hand und Fuß!« sagte er knurrig und flüsterte einige Befehle ins Armbandgerät. Ein Analyse-Roboter stampfte heran, prüfte zunächst die drei gefundenen, dann die übrigen Imperatorensiegel, die nacheinander aus den Prallfeldgloben hervorglitten. Nur im ersten Fall wurden Negativsignale angezeigt. Die abschließende Beurteilung ließ keinen Zweifel aufkommen:

»Diese drei Siegel sind Attrappen, es fehlt die spezifische, hyperkristalldotierte Zalos-Luurs-Metall-Kernstruktur; alle anderen sind dagegen echt!«

»Also wurde man beim geplanten Austausch von Atlan gestört!« Tiff schnippte mit den Fingern. »Deshalb das Versteck in dem Bäumchen dort?«

Kosnows Assistentin Jana D'Alessandro hatte unterdessen über ihren Armband-Minikom eine Reihe von Daten abgerufen, nickte mehrmals und sagte: »Die Sache ist sogar noch komplizierter: Zum Stichwort Imperatorensiegel gibt es Speicherdaten des Robotregenten; genau jene drei echten, von denen wir jetzt die Nachbildungen entdeckt haben, wurden bei der Untersuchung des Leichnams von Segno Kaáta gefunden ... November 2044!«

Betty Toufry atmete zischend ein. »Der Anti-Mutant, der den Zellaktivator Atlans raubte! Ich erinnere mich!«

Oh-oh! machte Harno und schwebte als faustgroße pechschwarze Kugel näher. *Da werden bemerkenswerte Verbindungen erkennbar!*

»Tja!« Tiff kratzte sich hinter dem Ohr.

»Von einem Austausch der Siegel war seinerzeit jedoch keine Rede«, fuhr Jana mit Blick aufs Display fort. »Muß aber nichts heißen: Im Zuge der Aufklärung der Aktion wurden die Helfershelfer auf der Kristallwelt verhaftet; sie waren von den Antis paranormal beeinflußt worden – besonderes Kennzeichen: anhaltende Kopfschmerzen ... Oh, zwei von ihnen wurden fast zur gleichen Zeit enttarnt, als Kaáta starb. Ratet mal, wo!«

Peter Kosnow hüstelte. »Hier in den Hallen der Geschichte?«

»Genau, Chef. Jemand muß demnach der Meinung gewesen sein, daß der Hohepriester nach seiner Flucht aus dem Tempel von Arkon Zwei keine Chance habe. Die Siegel-Duplikate sollten also vorsorglich entfernt werden, vermutlich, um später nochmals auf sie zurückgreifen zu können, wenn die Originale wieder an Ort und Stelle waren. Aber die damit Beauftragten wurden verhaftet ... Sieht so aus, als hätten sie die Siegel im letzten Moment im Baum versteckt. Und es kommt noch besser: Beide Verhafteten begingen, kurz nach dem Besuch ihres Anwaltes, im Gefängnis auf Celkar Selbstmord! Ihren Auftraggebern dürfte demnach das Versteck bekannt gewesen sein, denn der Anwalt war ein – Báalol-Priester!«

»Hhm, die Antis haben damals Gas eingesetzt.« Betty tippte sich nachdenklich an die Nase und begann eine unruhige Wanderung; fünf Schritte hin und ebenso viele zurück. »John Marshall hätte sie fast überrascht, wurde angeschossen. Er konnte noch zwei Männer in weiten Umhängen sehen; einer davon muß Kaáta gewesen sein. Des weiteren gab es die erwähnten Helfershelfer im Kristallpalast; John behauptete, durch empfangene Gedankenimpulse aufgeweckt worden zu sein. Die Antis selbst dürften vermutlich über den Geheimschacht hereingekommen sein. Auf eine Ermordung Atlans hatte man verzichtet, weil dann unweigerlich der Robotregent wieder die Macht übernommen hätte ... Das Betäubungsgas wirkte etwa für drei Stunden, dennoch hatte man es eilig. Ziel des Diebstahls war Erpressung; Cardif und die mit ihm verbündeten Springer und Aras wollten erreichen, daß Atlan den Robotregenten umprogrammiert oder ganz ausschaltet. Seine Erhabenheit sollte wohl zunächst zu einer Galionsfigur degradiert werden, aber weil Atlan über einen aktivierten Extrasinn verfügt ... Mercant vermutete damals, die Gegner hätten befürchtet, daß Atlan telepathische oder sonstige Parakräfte entwickelt haben könnte. Deshalb wurden ja die Antis bei dem Überfall eingesetzt. Mit Blick auf das inzwischen realisierte Projekt der Großen Feuermutter eine nicht einmal so weit hergeholte Vermutung. Hhm-hm, sieht so aus, als habe der Hohepriester, nachdem er von Cardif über den Zellaktivator informiert worden war, ein eigenes Süppchen zu kochen versucht.«

Kosnow zog den Kopf zwischen die Schultern. »Und als erster Schritt der Machtübertragung wären naturgemäß Vorrang-Bevollmächtige wie

Träger des Imperatorensiegels die ideale Besetzung gewesen! Bestätigt unsere Informationen, daß der Báalol-Kult – zumindest seine höchsten Kreise rings um den Hohen Báalol – zweifellos auf eine langfristige Machtübernahme hinzuarbeiten scheint. Endgültige Beweise fehlen zwar noch, aber ...«

»Und wie passen die Tekteronii ins Bild?« unterbrach Julian Tifflor, um sich dann selbst die Antwort zu geben: »Heißt es nicht, daß die Báalols mit diesen Fanatikern paktieren? Nachdem ein erster Siegeltausch nicht funktioniert hat, ließ man wohl eine angemessene Zeitspanne verstreichen, um Gras über die Sache wachsen zu lassen. Demnach müssen die Attrappen die ganze Zeit über in dem Ziergewächs deponiert gewesen sein! Zum Glück ist auch der zweite Versuch fehlgeschlagen. Daß die Tekteronii von den Nachbildungen und ihrem Versteck wußten, belegt eindeutig die damalige Verbindung zwischen Kaáta und den Fanatikern! Warum wurden die Siegel eigentlich nach dem ersten Diebstahl nicht besser gesichert oder in einen Tresor gelegt?«

Peter Kosnow tauschte einen Blick mit seiner dunkelhaarigen Assistentin und wiegte den Kopf. »Wurden sie doch!« sagte er rauh. »Die Prallfelder sind Teil einer gesonderten Überwachungsanlage. Das dürfte der Grund sein, weshalb der zweite Austausch erst so spät versucht wurde und eben nicht gelang! Es dauerte, bis man glaubte, die Sicherheitseinrichtungen umgehen oder ausschalten zu können. Zum Glück für uns kam Atlan mit seinem unplanmäßigen Besuch der Geschichtshallen dazwischen!«

Er verzog das Gesicht.

»Wie Jana schon sagte: Die Sache ist komplizierter! Vor kurzem hat uns Kaátas Nachfolger eine inoffizielle Information zukommen lassen. Von einem Paktieren der Tekteronii mit den Báalols insgesamt kann demnach nicht die Rede sein – was durch unsere eigenen Beobachtungen bestätigt wird. Andererseits mehren sich allerdings die Anzeichen, daß insbesondere Segno Kaáta in der Tat mit den Tekteronii zusammengearbeitet haben muß, und zwar schon seit längerer Zeit. Wahrscheinlich war er, laut Thalom Goéto, sogar ins Projekt Stachelkugel involviert; was wiederum Verbindungen zu Kreisen der Aras bedeutet. Auch das allerdings nichts Neues. Die Anti-Priester und Galaktischen Mediziner scheinen häufig gemeinsame Sache gemacht zu haben oder zu machen ... Mal sehen, was die Großpositronik an Ergebnissen auswirft, wenn wir sämtliche bekannten Daten eingegeben haben. Dürfte wohl auf eine Bestätigung unserer Ad-hoc-Vermutungen hinauslaufen und den Alten keineswegs begeistern!«

Jana nickte. »Als hätten wir nicht schon Probleme genug.«

Betty und Tiff sahen einander an, sagten aber nichts. Ihre gemeinsame Ahnung, daß sich etwas tat, sollte sich erst Tage später bestätigen – als Atlan den terranischen Botschafter zu einer Privataudienz bat, ihm für die »Ermittlungsarbeit« herzlich dankte und dann über die eingeleiteten Maßnahmen in Kenntnis setzte.

Frösteln befiel Julian Tifflor, als er von den vierzehn »Blockadebereichen« und ihrer Bedeutung erfuhr. Noch am gleichen Tag startete eine schnelle Kurier-Kaulquappe, nach arkonidischem Vorbild als »Ultraleichtkreuzer« gestaltet, mit Ziel Terra.

Enorketron, vierter Planet des Trantagossa-Systems: 26. Prago der Coroma 19.017 von Arkon (= 21. Dezember 2047 Terra-Standard)

»... werden die Festungssystem-Einheiten, sobald sie mit schockreduzierenden Strukturkompensatoren und Eigenschwingungsdämpfern nachgerüstet sind, Zug um Zug in die Bereitschaftsräume verlegt. Trantagossa wurden 40.000 zugeordnet, *Sir*; Sammelpunkt sind die bekannten Koordinaten einen Lichttag außerhalb der Systemgrenze.«

Has'athor Senekho bestätigte mit einer knappen Handbewegung und musterte den ihm vom Imperator persönlich beigestellten Stabschef. Natürlich ein Terraner, fachlich höchst qualifiziert, ein ehemaliger Oberst der Solaren Flotte. Jetzt trug er die arkonidische Orbtonen-Uniform eines Raumschiffskommandanten Erster Klasse und stand als Dreiplanetenträger im Rang eines Vere'athor.

»Umbau und Nachrüstung erschweren die zeitliche Planung«, murmelte Senekho bedrückt. Ein Arkonide seiner Art erhob niemals seine Stimme so weit, daß sie verzerrt, schrill oder unschön klang. Stets war es Sache des Angesprochenen, sich um Verständlichkeit zu bemühen. »Ohne sie würden die Massentransitionen jedoch mehr Aufmerksamkeit erregen, als uns lieb sein kann. Ich kann die Ungeduld Seiner Erhabenheit sehr gut verstehen, aber die Sachzwänge stehen dem entgegen. Nicht nur logistisch steht uns ein Gewaltakt bevor.«

»Exakt, Sir. Bislang verläuft aber alles nach Plan, jede unnötige Aufmerksamkeit wird vermieden«, sagte der Offizier steif. »In dieser Hinsicht ist die robotische Sturheit positronischer Programme endlich einmal von Vorteil. Wenn Tarnen und Täuschen befohlen ist, heißt das auch Tarnen und Täuschen bis zum letzten Bit. So etwas läßt sich in dieser Perfektion selbst mit der besten Elitebesatzung kaum erreichen.«

»Die Betonung liegt auf *kaum?«* Senekho gestattete sich trotz der Anspannung ein Lächeln. »Und selbstverständlich sprechen Sie von einer *terranischen* Elitebesatzung, Don Alfonso ...«

Sein Gegenüber hüstelte dezent. »Nicht nur, Sir. Mit Ihren Ahnen hätten es sogar Terraner schwer gehabt, Admiral. Der Imperator ist das beste

Beispiel; vor dem hat sogar ein Perry Rhodan ziemlichen Respekt, und das will was heißen.«

Senekhos Lächeln wurde breiter. Seit rund zwei Arkon-Perioden war er Kommandeur des ersten Hauptstützpunktes und nicht länger auf dem ungeliebten Posten des Kristallmarschalls – als Admiral haßte er die überbordenden Girlanden des Kristallprotokolls kaum weniger intensiv als der Imperator. Und die Ambitionen eines Admiral Tara Ta-Emthon waren ihm nicht minder suspekt; er hatte den Imperator eindringlich gewarnt und sich für seine Teilnahme an den konspirativ zu wertenden Treffen demutsvoll entschuldigt. *»Ich danke, Has'athor«, hatte Seine Erhabenheit gesagt. »Eine erkannte Gefahr ist nur eine halbe Gefahr!«*

Damit gab sich der Admiral zufrieden. Tara war weiterhin Chef der 22. Schlachtkreuzerflotte des Zentral- oder Kernsektors, dessen Verwaltung sich nicht im Arkon-System, sondern im Voga-System auf Zalit befand und dem Zarlt unterstand. *Und Tara strebt – zunächst! – recht offen die Nachfolge von Kosoka an, der weiterhin mit den Folgen des Attentats ringt!* Senekho nahm es dem Imperator nicht einmal übel, als dieser ihm den terrastämmigen Orbton als Stabschef quasi als »Aufpasser« zuwies. Anfängliche Skepsis dem Vere'athor gegenüber hatte sich jedoch rasch verflüchtigt. Inzwischen schätzte Senekho den schwarzhaarigen, hageren Mann, der etwa in seinem Alter war; vielleicht, weil er in seiner ganzen Art den *wahren* Arkoniden so ähnlich war, den ruhmreichen Ahnen, die die Macht Arkons auf einen Großteil der *Öden Insel* ausgedehnt hatten. Stolz, ehrenhaft, aristokratisch vom akkuraten Scheitel bis zur Stiefelsohle, mit jeder Faser überdies ein loyaler Soldat. Die Tatsache allerdings, daß er aus seiner grundsätzlich monarchischen Gesinnung keinen Hehl gemacht hatte und mit der republikanischen Staatsform Terras nicht so recht einverstanden war, ließ ihn vor zwei Jahren das Angebot Seiner Erhabenheit annehmen. *Inzwischen besitzt er sogar die Staatsbürgerschaft des Tai Ark'Tussan!* dachte Senekho mit einer Spur des Staunens und in Erinnerung an das Dossier. *Aber diese Terraner sind ja für ihre Konsequenz berüchtigt!*

»Je mehr und je länger Terra auf der galaktopolitischen Bühne aktiv ist, desto mehr wird uns bewußt, welch unverschämtes Glück wir bei den ersten Vorstößen gehabt haben«, fuhr der Stabschef fort; eine steile Falte erschien auf seiner Stirn. »Es hätte leicht ins Auge gehen können, zumal die innenpolitischen Konsequenzen nur zögernd ans Tageslicht kommen: Erst jetzt scheint der eigentliche Kulturschock als Folge der permanenten Begegnung mit nichtirdischem Leben Wirkung zu entfalten.«

Don Alfonso Luis Isidoro de Rivera y Torres hatte sich in der Tradition jener ursprünglich auf 25 Titelträger beschränkten Angehörigen der obersten Klasse des spanischen Adels, der *Granden,* gesehen. Am Uniformkragen trug er weiterhin das Wappen des terranischen Bundesstaates Spanien, ein lokalpatriotisches Emblem, an dem der Orbtone mit nostalgischem Bedauern hing; der Text eines der um die seitlichen Säulen geschlungenen Spruchbänder war unter dem Wappen nochmals hervorgehoben, als persönliches Motto. Der Vere'athor hatte es für Senekho übersetzt: *plus ultra* bedeutete »noch weiter, darüber hinaus« und war, wie er wiederholt erklärte, eine Anspielung auf die Fahrten eines gewissen Christoph Kolumbus, der vor fünfeinhalb Jahrhunderten terranischer Zeitrechnung einen Ozean mit primitiven Segelschiffen überquert hatte.

Tradition und Aufbruch ins Neue gleichermaßen, dachte Senekho. *Offen für das Unbekannte, neugierig, dennoch fest ruhend auf der Basis des Überlieferten. Kein Wunder, daß er sich von unserer Kultur angezogen fühlt – wenn auch mehr jener ursprünglichen, aus der Imperator Gonozal stammt. Die Gegenwart ist ja auch eher zum Heulen!*

Er nickte mehrmals. »Ein aus unserer Geschichte sehr vertrautes Verhaltensmuster. Im Zuge der Expansion des Imperiums gab es Kontakte zu Hunderten Fremdvölkern. Während Welten mit eingeborenen Intelligenzen der Zivilisationsstufen A bis C kolonisiert werden durften, waren solche ab Stufe D als eigenständige Kulturen zu betrachten und in ihrer internen Autonomie zu akzeptieren. Leider reichte häufig schon der Erstkontakt an sich aus, das damit verbundene Wissen, *nicht allein zu sein,* um als Hemmschwelle zu wirken. Im Zuge ihrer Entwicklung wurden die Kontakte dann zwar behutsam intensiviert, Waren- und Informationsaustausch setzten ein und auch ein Technologietransfer fand statt. Doch der von Ihnen angesprochene Kulturschock, Don Alfonso, häufig einhergehend mit dem totalen Zusammenbruch religiöser, philosophischer und sonstiger autochthoner Werte und Kategorien, wurde oft nicht mehr überwunden. Viel zu leicht und gerne paßte man sich den Normen und Standards des Imperiums an – und verlor auf lange Sicht die individuelle Identität. Terras Erstem Administrator steht diese Hürde im interstellaren Zusammenspiel noch bevor.«

Obwohl sie autonome Enklaven im Bereich des Großen Imperiums waren oder gar außerhalb der imaginären Grenze lagen, erlangten die meisten Fremdvölker nie jene Bedeutung, die ihrem ursprünglichen Potential adäquat gewesen wäre. *Die Erkenntnis, einem Moloch von Imperium von wahrhaft erdrückender Größe gegenüberzustehen, muß lähmend auf sie gewirkt haben. Übermäßigen Respekt in dieser Form haben die Terraner zwar nicht – kein Wunder angesichts der arkonidischen Degeneration –, dennoch werden sogar sie mit den psychologischen Aspekten zu kämpfen haben!*

»Er scheint es erkannt zu haben«, sagte Don Alfonso und wiegte den Kopf. »Nachdem die Hauptgefahren von Druuf und Robotregent ausgeschaltet sind, widmet man sich auf Terra bevorzugt dem inneren Aufbau des Solaren Imperiums. Eine notgedrungene Selbstbeschränkung, die noch einige Jahrzehnte andauern dürfte, bis eine Generation herangewachsen ist, für die Aliens völlig normal und alltäglich sind. Vorteilhaft kann hierbei natürlich auch sein, daß Sol zum Bereich der Imperiumsrandzone gehört. Dann wird man weitersehen müssen ...«

Senekho wuchtete seine untersetzt-gedrungene Gestalt, gekleidet in prächtige Admirals-Uniform, aus dem Sessel und begann eine unruhige Wanderung entlang der vollverglasten Längswand des Konferenz- und Besprechungssaals im obersten Stockwerk des Kelchbaus. Im Hintergrund standen Kampfroboter des Personenschutzkommandos sowie arkonoid gestaltete Servodiener mit lächelnden Plastikgesichtern. Der Tisch in der Saalmitte glich eher einem reichinstrumentierten Kommandopult denn einem Besprechungstisch; vielfältig leuchteten Holoprojektionen mit Kartendarstellungen, Auswertungsdiagrammen und Lageberichten.

»Fragt sich«, brummte Admiral Senekho, »ob die Tekteronii uns und Ihnen Zeit für eine solche Entwicklung lassen werden! Wenn das Tai Ark'Tussan strauchelt oder gar fällt, reißt es alle anderen mit in den Abgrund! Einschließlich Terra! Und dann haben die Missionare des Tekteron-Bundes das Sagen!«

Don Alfonso runzelte die Stirn und sah sich gezwungen, auf den unausgesprochenen »Vorwurf« zu reagieren: *Warum greift Rhodan nicht ein? Sonst hat ihn doch nichts zurückgehalten!* »Terra wird zwar nachgesagt, in alles seine vorwitzige Nase hineinzustecken, aber bei aller Verwegenheit und Chuzpe: Terraner kennen auch ihre Grenzen, Sir! Fanatikern, die sich auf beste Guerillataktik verstehen, andererseits aber über die Rückendeckung einer Flotte von mindestens 30.000 Einheiten verfügen, ist nicht so einfach beizukommen. Mit Blick auf die bürgerkriegsähnlichen Zustände im Imperium vermeidet der Imperator nicht umsonst einen militärischen Präventivschlag gegen den Tekteron-Bund selbst; er hätte eine unabsehbare Kettenreaktion von Kriegen zur Folge. Dazwischen würde Terra zerrieben werden und nicht nur Terra! Nein, ich denke, daß die Erde den richtigen Weg beschreitet: volle Unterstützung für Atlan und das Tai Ark'Tussan, wo und wann immer sie angefordert wird, ohne selbst als Solares Imperium aktiv zu werden. Schon die zugesagte Teilnahme als Beobachter an der vorbereiteten *Vollversammlung für Sicherheit und Zusammenarbeit im Großen Imperium* wird ein Balanceakt. Die innenpolitischen Schwierigkeiten haben wir eben besprochen, Sir. Es gibt genügend oppositionelle Kreise, die verstärkt für Neutralität plädieren und die eigene Weiterentwicklung forciert sehen wollen, statt eines Engagements im fernen Arkon.«

Der Has'athor öffnete die Glassitschiebetür und trat auf die Dachterrasse des Administrationspalastes hinaus, atmete tief ein und aus; sie lag achthundert Meter über dem Boden und war, um die nachträgliche Wirkung von dünner Luft, Wind und sonstigem Wettereinfluß fernzuhalten, von einem transparenten Prallfeld überwölbt.

»Es sollte kein Vorwurf sein, Don Alfonso«, sagte er rauh, während ihm der Vere'athor folgte und sinnend über die Brüstung blickte.

Kelchbauten erhoben sich in lockerer Anordnung aus hügelreicher Wald- und Parklandschaft, standen an Seen und neben bizarren Felsblökken. Graugrünlich eingefärbte Kraftfeld-Hochstraßen wanden sich stützenlos zwischen Gebäuden, deren fensterlose, strahlendweiße Fassaden etwas Ablehnendes, in sich Gekehrtes besaßen. Traditionell war diese arkonidische Architektur auf Abschirmung nach außen gerichtet; das Leben fand im Bereich der terrassierten Innenhöfe statt.

Senekho seufzte. »Schon die Konstituierung der Vollversammlung ist ein Kraftakt ohnegleichen! Terras Teilnahme hat Vor- und Nachteile. Während wir Militärs im Hintergrund die Aktion Schattenzonen vorbereiten, darf sich Seine Erhabenheit mit den obligatorischen Tätigkeiten eines Höchstedlen herumplagen: Audienzen, Empfänge, administrative Aufgaben, Pressetermine, Auszeichnungen und Belobigungen. Letzteres von besonderem Reiz – nicht umsonst heißt es zynisch, das Imperium vergebe drei Arten von Auszeichnungen: die verdienten, die erdienten und die erdienerten ...«

»Das alles ändern zu wollen ist das, was wir eine Sisyphusarbeit nennen«, bestätigte der Stabschef trocken. »Ich will nicht wissen, wie oft sich der Imperator inzwischen nach der im Vergleich wohl eher beschaulichen Tätigkeit der Jahrtausende unter uns Barbaren von Larsaf Drei zurückgesehnt hat. *So* wird er sich die herbeigesehnte Heimkehr kaum gewünscht haben. Wie hieß doch gleich der chinesische Fluch meiner Heimatwelt: Mögen deine Wünsche wahr werden ...? Treffend, möchte ich sagen.«

»Zum Glück hat er die Unterstützung der Großen Feuermutter, die an vielen Stellen an Seiner Statt und mit Seinem Äußeren in Erscheinung tritt; schon bemerkenswert diese Art, Projektionskörper zu formen, die Seine Erhabenheit zum wahrhaft Millionenäugigen machen ... Erstarrung, Arroganz und Engstirnigkeit vor allem des Hochadels sind erschreckend. Kaum zu glauben: Gewisse Kreise scheinen sich zu der Erkenntnis durchgerungen zu haben, daß vielleicht eine Neuwahl des Thi Than in Erwägung gezogen müßte! Es ist beschämend, daß ich diese Hohlköpfe meine Artgenossen nennen muß! Fiktivspielsüchtig, dekadent, unfähig, Entscheidungen zu treffen. Die She'Huhan mögen sie mit der Zentrumspest strafen!«

»Na, na!«

Der Admiral beantwortete Don Alfonsos sarkastischen Einwurf mit einem heiseren Lachen. Als Kristallmarschall hatte er viel zu lange das Gehabe im Umfeld des Kristallpalastes ertragen müssen; er dachte: *Beim Anblick festlich Gewandeter, die voller Erwartung auf prunkvolle Festivitäten und die anschließende »zwanglose Zusammenkunft« im Rahmen der obligatorischen Schlacht am kalten Buffet anstehen und darin einen Hauptsinn ihres jämmerlichen Daseins sehen, wird mir übel. Arkonidischer Lebensart entsprechend ist es das Auffahren erlesenster Delikatessen im Wert vieler Millionen Chronners, also die reinste Verschwendung!*

Laut sagte er: »In den Pragos vor dem Jahreswechsel will Seine Erhabenheit die unterbrochene Goodwilltour fortsetzen – für unsere Aktivitäten die beste Tarnung und, wenn alles nach Plan läuft, ein weiterer Schritt hin zur angestrebten Vollversammlung. Hoffentlich können wir die Tekteronii weiterhin in Sicherheit wiegen.«

»Diverse Ablenkungsmanöver haben schon begonnen!« erinnerte ihn der Vere'athor. »Auf allen Ebenen! Vom forcierten Einsatz der Augen über Razzien gegen eindeutig Identifizierte bis hin zur gnadenlosen Jagd auf die abscheulichen Sklavenhändler samt ihren Strukturen, die die Tekteron-Galeeren mit Nachschub versorgen! Morgen soll ein *Stift* mit dem dortigen Götzen-Tempel ausgehoben werden: Er ist kaum zweitausend Lichtjahre vom Einflußbereich der Dron entfernt; die Echsenleute brennen darauf, diese Geschwulst direkt vor ihrer Haustür auszubrennen!«

»Alles schön und gut – aber weiterhin ist und bleibt unklar, was es mit den nicht von der Großen Feuermutter einsehbaren vierzehn Zonen wirklich auf sich hat. Können die Stachelkugeln und was mit ihnen zusammenhängt derart weitreichenden Einfluß entfalten? Steckt nicht noch viel mehr dahinter? Wenn sogar die Gijahthrakos keine Einzelheiten eruieren können, wird mir angst und bange, Don Alfonso!«

»Nicht nur Ihnen, Erhabener, nicht nur Ihnen!«

Sie standen nebeneinander und starrten sinnend in die Ferne. Ihre Gedanken wälzten die eingeleiteten Maßnahmen hin und her, suchten nach Fehlern und Schwachstellen. Hunderte Male hatte die Großpositronik die Daten analysiert, sämtliche Planungen waren vielfach kontrolliert, versuchten Unwägbarkeiten durch Alternativen auszuschalten. Ob es gelang, stand in einem anderen Speicherkristall.

Wetterleuchten hochspannender Riegelfelder zuckte außerhalb der Schutzglocke des Tranta-01-Stadtkomplexes über den fahlen Himmel; zwischen rasend bewegten Wolkentürmen und riesigen Projektorkugeln entstanden lichtbogengleiche Erscheinungen in kalkigem Blauweiß. Elektrostatische Kräfte wurden abgeleitet, Ionisationseffekte und Ozonbildung reduziert, und Traktorstrahlen nahmen weiträumig Einfluß auf

Kondensationsneigung, Tröpfchenbildung und atmosphärische Konvektionsströme.

Diese Welt war ein »ökologischer Alptraum«, der ohne die Aufbereitungstürme, Wetterkontrollsatelliten und riesigen Kraftfeldprojektoren und ihre permanenten Eingriffe ins globale Klima jeglichem Leben abträglich gewesen wäre. Bis auf die Wohngebiete in ausgedehnten »grünen Oasen«, meist von bis in die Hochatmosphäre reichenden Kraftfeldkuppen überwölbt, war die Oberfläche des Planeten, genau wie das Vorbild Arkon III, eine einzige Aneinanderreihung von Raumhäfen, Werften, Produktionsstätten, Lagerhallen, Rohstoffdepots und Hangars. Dazwischen zogen sich wenige Verbindungsstraßen dahin, die meist schnell in Tunneleingänge zum subplanetarischen Personen- und Frachtverkehrsnetz mündeten. Von den arktischen Polbereichen abgesehen, gab es zwischen 50 Grad Nord und Süd kaum einen Landstrich, der nicht bebaut gewesen wäre: Gebirge waren mit Desintegratoren eingeebnet, Täler aufgeschüttet worden. Sogar am Grund der seichten Meere zogen sich Anlagen und Transportröhren hin, und in die Krustenplatten des Planeten hatten sich im Verlauf der Jahrtausende ebenfalls Maschinen vorgefressen, so daß ein undurchschaubares System von Gängen und Hallen entstand, das bis auf wenige tausend Meter an die glutflüssigen Magmaschichten heranreichte. Aberbillionen Chronners mußten im Laufe der Jahrtausende investiert worden sein, vermutlich sogar noch mehr.

Has'athor Senekho kannte die Bildberichte früherer Zeiten: In den heißen Phasen des Methankriegs landeten und starteten unaufhörlich Raumschiffe aller Größenklassen; das endlose Dröhnen der Triebwerke war auf Enorketron allgegenwärtig gewesen. Kugeln auf zerbrechlich wirkenden Landebeinen hatten sich auf Raumhäfen aneinandergereiht, die von Horizont zu Horizont reichten und von Kuppeln gesäumt waren, die als Bodenforts dienten oder Tore zu den Subetagen besaßen. Hochbetrieb hatte geherrscht: anfliegende und herabschwebende Geschwader, Gleiter- und Containerkonvois, Robotkommandos zwischen energetischen Frachtgloben und Transportern, die Soldaten, Ausrüstung und Ersatzteile zu wartenden Schiffen brachten. Es war lange her, daß letztmalig Maahk-Alarm ausgelöst wurde, dennoch kannte auch heute noch jeder im Großen Imperium den an- und abschwellenden Rhythmus infernalischen Heulens, ein besonderes Geräusch von fast traumatischer Art.

Heutzutage heulten die Sirenen nur vereinzelt, wenn sich Schutzschirme aufbauten, um empfindliche Anlagen und die Eingänge zu den subplanetarischen Bereichen unter schimmernden Energieblasen zu verbergen. Auch das Gewirr von Stimmen, Impulssendungen und Peilsignalen klang nur dünn aus Stationslautsprechern. Roboter jeder Gestalt und Größe bestimmten vielmehr das Bild, auf dem ganzen Planeten lebten nur wenige Dutzend Millionen Lebewesen. Schon seit Jahrhunderten hielten es hochwohlgeborene Arkoniden – unabhängig ob Essoya oder Khasurn – für unter jeder Würde, sich um solche barbarischen Niederungen wie das Kriegsgeschäft zu kümmern. Aktiver gebliebenen Arkon-Nachkommen waren quasi die »Söldnerdienste« übertragen worden, ohne daß die Befehlsgewalt ebenfalls auf sie übergegangen wäre – diese übten die Rechner und Roboter aus, und ihre Grundsatzprogramme unterdrückten schon den Gedanken an jegliche Rebellion im Keim.

Mit der gesellschaftlichen Wandlung war langfristig der Niedergang vorprogrammiert gewesen, dachte Senekho mit einem ärgerlichen Anflug. *Nicht umsonst haben Epetran und seine Mitstreiter in weiser Voraussicht vor rund fünf Arkon-Jahrtausenden den endgültigen Ausbau der Großpositronik auf Arkon III beschlossen und umgesetzt. Es entstand ein Automat aus dem schon viel länger bestehenden Hauptrechner und -koordinationszentrum, der bei Bedarf die totale Befehlsgewalt übernehmen konnte, dazu befugt, den Großen und Hohen Rat seines Amtes zu entheben und sogar den Imperator abzusetzen ...*

Für kurze Zeit hatte der Robotregent in den Jahren des Druuf-Kriegs die Flottenmaschinerie hochgefahren, dennoch blieb das maschinengeprägte Wimmeln bestenfalls ein Abklatsch ruhmreicher Epochen. Der Stampfschritt marschierender Robotheere schmerzte den Admiral in der Seele, vom Anblick der glänzenden Kolosse ganz zu schweigen. Stahl, Metallplastik, Verbundkeramiken und exotische Plaste, kontrolliert und zu Pseudoleben erweckt von den positronischen Gehirnen. Robotkommandanten waren häufig arkonoidem Äußeren nachempfunden, besaßen devot lächelnde Kunststoffgesichter und unterschieden sich aus der Ferne kaum von einem Arkoniden; doch sogar sie standen stramm, schleppte sich auch nur ein müde blinzelnder Edler vorrüber.

Dabei gab es auf Enorketron wenigstens noch Bruchteile lebenden Personals. Doch der vierte Planet war nur das Zentrum des Trantagossa-Stützpunktes, 21.228 Lichtjahre von Arkon entfernt: Mehrere tausend voll bewegliche, waffenstarrende Wach- und Verteidigungsstationen von gigantischen Ausmaßen flogen Patrouille im System, es existierte ein dichtes Netz von Beobachtungs- und Relaissatelliten, und andere Plattformen dienten als Reparaturdocks, die planetarischen Großwerften in nichts nachstanden. Wieder andere hatte man zu riesigen Spitalstationen ausgebaut, gedacht für die Erstversorgung von Schwerverletzten, die nicht sofort weitertransportiert werden konnten.

Senekho rief sich die weiteren Daten in Erinnerung: Sämtliche zwölf Planeten der gelben Sonne waren mehr oder weniger ausgebaut. Das galt für die äußeren Eiswelten ebenso wie für den Wasserstoff-Methan-Riesen, der weiter innen seiner Bahn folgte, und auch den ersten Planeten, der mehr einem ausgeglühten Mond glich – sie alle und ihre Monde waren als genau aufeinander abgestimmte Teile einer gewaltigen Rüstungs- und Kriegsmaschinierie anzusehen. Auf Enorketron liefen die Fäden zusammen – ein Drittel der Flotten, die das Große Imperium gegen die Methans aufgeboten hatte, war von hier aus dirigiert worden. Nominell befehligte das Trantagossa-Kommando 30.000 Großeinheiten, hinzu kamen Verbände von Leichten und Schweren Kreuzern, Raumjägern und sonstigen »Beibooten«. Eineinhalb Milliarden Arkoniden hatten seinerzeit permanent im Trantagossa-System gelebt, hinzu kamen die Raumschiffsbesatzungen.

Lange her ...

Die positronischen Überwachungs- und Steuerungsanlagen standen denen des Robotregenten kaum nach; mit seiner Aktivierung als »Großer Koordinator« waren sie per Hyperfunkstandleitungen mit ihm vernetzt worden und hatten seine Kapazität nochmals gesteigert. Und je mehr sich die arkonidische Gesellschaft in feudalem Prunk und Pomp erging, desto mehr Entscheidungen waren den Rechnern überlassen worden – doch schon vor zehn Jahrtausenden hätte kein noch so genialer Stratege die Vielzahl der Meldungen, die innerhalb nur einer Tonta einliefen und beantwortet wurden, überschauen können. Schon damals waren die meisten Befehle, die das System verließen, keinem organischen Gehirn entsprungen, sondern Ergebnis mathelogischer Berechnungen und Analysen. Anders hatten sich bei diesen Größenordnungen die weit im Weltraum verteilten Verbände nicht mehr koordinieren lassen.

Und dabei war Trantagossa nur einer von drei Stützpunkten dieser Art, vom Arkon-System selbst ganz zu schweigen. *Wer hier das Kommando führt,* schoß es Senekho durch den Kopf, und Frösteln prickelte eisig seine Wirbelsäule entlang, *verfügt über eine Machtfülle, die fast den Verstand überfordert; ein Fingerschnippen der Kommandeure genügt letztlich, um ganze Planeten dem Untergang preiszugeben.*

Er schickte ein hastiges Stoßgebet an sämtliche Sternengötter, damit er unter der ihm übertragenen Verantwortung nicht zusammenbrach. Aus den Augenwinkeln musterte er Don Alfonso; die aufrechte Gestalt des Terraners gab dem Arkoniden Kraft – so gefährlich es sein mochte, diesem Volk als Gegner gegenüberzustehen, so aufbauend war auch das Wissen, sie als Freunde an der Seite zu haben.

Wären wir zur Blütezeit des Tai Ark'Tussan aufeinandergetroffen, dachte Admiral Senekho, *hätten wir uns vermutlich gegenseitig vernichtet – oder gemeinsam die gesamte Galaxis erobert! Wer weiß? Vielleicht sind wir sogar enger verbunden, als es uns heute bewußt ist. Auf Hunderten oder noch mehr Welten wurden Ruinen und Artefakte des »Großen Volkes« gefunden, und konnte Perry Rhodan mit Thora da Zoltral nicht sogar einen Nachkommen zeugen? Spricht das nicht für eine Verwandtschaft, eine Verbindung in ferner Vergangenheit, die heute niemand mehr kennt? Es gibt so viele Sagen und Galaktische Mythen – vermutlich ist deren Kern ebenso wahr wie der von der »Welt des Ewigen Lebens«.*

Er seufzte.

Schon aus diesem Grund und nicht nur mit Blick auf das Stichwort »Erwachende Legenden« ist Seiner Erhabenheit Anweisung an den Obersten Archivar und Historiker, seine Nachforschungen zu intensivieren, voll und ganz berechtigt! Nicht nur ich bin gespannt, was Hemmar Ta-Khalloup alles herausfinden wird.

3.

Aus: *Welten des Großen Imperiums,* autorisierte Info-Sammlung des Flottenzentralkommandos (Geheimwelten unterliegen Zugriffskode #***-****-**), reich bebildert, 224. Auflage der Kristallchips, 19.017 da Ark

Reno-System: *... bilden zwei Rote Riesen und ein gelber Überriese eine eng stehende Konstellation, so daß sich, bei annähernd gleicher Masse der Einzelkomponenten, aber einem Radius von 11,2 respektive 70 Millionen Kilometern die Eckpunkte eines gleichseitigen Dreiecks von rund 100 Millionen Kilometern Kantenlänge ergeben, als das die Sonnen den gemeinsamen Schwerpunkt in 36,55 Arkontagen umkreisen: Während die Oberflächen der Roten Riesen fast 78 Millionen Kilometer voneinander entfernt sind, beträgt die Distanz zu der des gelben Überriesen nur knapp 19 Millionen Kilometer.*

Von den etwa sechzig Planeten sind sieben bewohnt; vier Welten waren von jeher mit geeigneten Umweltbedingungen ausgestattet, ohne jedoch eingeborene Intelligenzen entwickelt zu haben, die übrigen drei wurden einem Ökoform-Anpassungsprogramm unterzogen (Hinweis: Die Formulierung »etwa« sechzig Planeten beruht darauf, daß fünf öde Steinbrocken und so klein sind, daß sie als Irrläufer-Monde der neun Gasriesen eingeschätzt werden müssen).

Reno 25: *Die erdähnliche Sauerstoffwelt mit ihren acht Hauptkontinenten umkreist die Dreifachkonstellation in einem mittleren Abstand zum gemeinsamen Schwerpunkt von 13,68 Milliarden Kilometern. Ein Mond (Renpal); Durchmesser: 12.304 Kilometer ...*

... galt schon seit Jahrtausenden der Planet als die Hauptwelt des

Systems: Es ist ein wichtiger Umschlagplatz des Großen Imperiums, Handelsstützpunkt der Springer und Stationierungsort einer arkonidischen Schlachtkreuzerflotte. Ein Piratenüberfall wurde 19.011 da Ark vom »Großen Koordinator« wirkungsvoll abgewehrt. Für Imperator Gonozal VIII. lag es bei diesen Ausgangsbedingungen auf der Hand, das System und damit Reno 25 zu einer jener Freihandelswelten zu machen, die parallel zu Zhygor entstehen ...

Freihandelswelt Reno 25, Kelchpalast der Administration: 4. Prago des Tartor 19.017 von Arkon (= 6. Januar 2048 Terra-Standard)

Das Mischlicht der hochstehenden Dreifachsonne überschüttete das weite Rund des Innenhofes mit roten und goldenen Speeren, die vielfältiges Glitzern entlang der tieferliegenden Terrassenfassaden erzeugten. Dreihundert Meter Durchmesser erreichte die Innenrundung der obersten Etage mit ihrem weiten, freitragenden Balkon. Penthousegleich reihten sich hier Prachtsuiten aneinander, die als Gästeunterkünfte hoher Würdenträger ausgestaltet waren.

Ich beschattete mit der Rechten die Augen und sah zur Sonnenkonstellation hinauf. Das Reno-System war schon bemerkenswert. Von Reno 25 aus besaß der gelbe Überiese eine scheinbare Größe, die etwa der von Sol auf der Erde entsprach, während die beiden anderen Sonnen, obwohl real ebenfalls Giganten, nicht einmal einen Winkeldurchmesser von sechs Minuten erreichten.

Meine Robotleibwache, Thantan Eversons Naatgardisten und Zhy-Famii-Amazonen flankierten den lichtpulsierenden Pfad rings um die Aussichtsterrasse. In »betont respektvoller Distanz« entdeckte ich meinen Kristallmarschall, Ersten Zeremonienmeister und Protokollchef Truk Drautherb. Das weißblonde Haar war von einer Platinspange zum Zopf gerafft, und fast einem Stirnreif gleich wirkte das über den Augenbrauen verlaufende Band der zwölf implantierten Edelsteine, Symbol der zwölf legendären Heroen. Weiterhin ging der junge, feminin wirkende, aktive und nicht degenerierte Mann in seinem Amt auf wie ein britischer Butler und blieb ein strenger Wahrer höfischer Sitten, geheiligter Bräuche und unergründlicher Gesetze von Protokoll und Etikette. An seine Bewegungen, die nur aus den Augenwinkeln wahrzunehmen waren, verbunden mit einem »Quasi-Stolpern« über den lautlos Herangetretenen, würde ich mich wohl nie gewöhnen können. Zur Zeit war er mit den Endvorbereitungen des Arbeitsessens beschäftigt, das für mich und Perry Rhodan serviert werden sollte.

Ich beugte mich weit über die Brüstung, bis ich von einem unsichtbaren Energiegatter sanft zurückgehalten wurde, und versuchte das besorgte

Grunzen meines persönlichen Naatleibwächters zu ignorieren. »Schon gut, Movruul, übertreib's nicht mit deiner Fürsorglichkeit!«

Sein dunkler, lederhäutiger Kugelkopf mit den drei Augen zeigte keine Regung. »Heißt es nicht bei den Terranern: Unverhofft kommt oft, Dagor-Bruder?«

»Mann, mal den Teufel nicht an die Wand!« Ich lachte rauh; Attentate hatte es wirklich in ausreichender Zahl gegeben. »Auch das eine terranische Spruchweisheit, falls du sie nicht kennen solltest.«

Er winkte ab, ohne die Umgebung aus den Augen zu lassen. »Wie sich mein Imperator erinnern wird, arbeite ich schon eine Weile mit Marcus Everson zusammen. Außerdem habe ich die Hypnoschulungen über Terra mit wachsender Begeisterung absolviert. Sie haben was, diese äußerlich so *schmächtigen,* ansonsten aber so selbstbewußten Menschlein! Viele meiner Artgenossen sehen in ihnen ein nacheifernswertes Vorbild!«

Ich sah zu der drei Meter hohen, an 2,8fache Gravitation angepaßte Gestalt in martialischer Raumrüstung auf, schielte dann zu Everson hinüber und nickte. Marcs imposante 1,90-Meter-Gestalt in schlichter, lindgrüner Uniform wirkte neben den dreiäugigen Riesen in der Tat schmächtig. »Stimmt, terranische Lebensart färbt ab, mein Lieber. Ich weiß, wovon ich rede! Zehn Jahrtausende haben ihre Spuren hinterlassen.«

»Kann man wohl sagen!«

Ich lachte befreit auf, seine Ironie gefiel mir. Der ausgebildete Dagormeister war längst zu einem guten Freund geworden – und er war der beste Beweis dafür, wie wenig die Klischees über die Naats zutrafen. Untereinander waren sie zwar erwiesenermaßen rauflustige Gesellen, aber ihre grundlegende Mentalität war von solcher Langmut und solcher Loyalität geprägt, daß meine Artgenossen, die häufig hochnäsig auf diese »Affenartigen« herabgeblickt hatten, eigentlich den Planeten Naat in Gold hätten aufwiegen müssen. *Nun, so ganz zutreffend war das mit dem »hochnäsig« auch wieder nicht,* korrigierte ich mich in Gedanken. *Nicht umsonst stellten Naats traditionell die Leibgarde der Imperatoren. Und die Naats wiederum bewerteten eher die Taten als verbale oder sonstige Ausrutscher ...*

Eine Anekdote aus der Frühzeit des Tai Ark'Tussan stahl sich über die Schwelle zu meinem Wachbewußtsein: Beim Spaziergang durch den Park des Kristallpalastes begegneten zwei hochedle Angehörige Großer Khasurn einem Naat-Gärtner, der seine hingebungsvolle Arbeit unterbrach und sehr höflich die Zhdopanda grüßte – woraufhin einer der beiden diesen Gruß ebenso höflich erwiderte.

»Heiliges Arkon!« entfuhr es seinem Begleiter. »Wie kannst du nur so höflich gegenüber einer solchen Kreatur sein? Das ist ja nur ein Naat, nicht einmal ein richtiges Intelligenzwesen!«

»Der Gedanke wäre mir unerträglich«, antwortete der andere, »daß eine solche Kreatur bessere Manieren haben könnte als ich!«

Eine Anekdote, sicher, dachte ich und starrte über das Rund des Innenhofes. *Aber vermutlich bezeichnender als alles andere.*

Der Kelchpalast war insgesamt vierhundert Meter hoch, sein Stiel bestimmte davon ein Viertel und erreichte einen Durchmesser von hundertfünfzig Metern. Am Grund des Trichters gab es jedoch nicht die übliche Parklandschaft, sondern die leicht gewölbte, undurchsichtige Haut eines Kraftfeldes. Darunter liefen die abschließenden Bauarbeiten, die eine Halle von den Ausmaßen eines Stadions entstehen ließen: der Tagungsort der angestrebten Vollversammlung, auf den sich die Vertreter der Imperiumswelten zwischenzeitlich geeinigt hatten. Neben dem Hauptraumhafen in Äquatorhöhe breitete sich über mehr als hundert Kilometer Durchmesser die Metropole von Tai'Reno aus – das »Große Reno« –, an deren Nordrand der Kelchpalast lag.

Gestern waren wir angekommen – erste Station der wiederaufgenommenen Goodwill-Rundreise, während weiterhin mit zäher Langsamkeit die Flottenumgruppierungen stattfanden. In wenigen Minuten würde Perry Rhodan eintreffen; die DRUSUS war soeben auf dem Hauptraumhafen gelandet. Es sollte eine informelle, inoffizielle Begegnung sein, ohne Pomp und Protokoll, die über Tiff vereinbart worden war.

Fast drei Jahre war es her, seit wir uns das letztemal persönlich begegnet waren. Damals in Terrania, beim Staatsakt zu Ehren von Crest. In seinem Auftrag war in dem Park am Ende der Orionallee, die im Nordwesten des City-Kreises von der Khooloi Road abzweigte und nach rund zwölf Kilometern am Fuß der Crest Hills endete, das Crest Memorial entstanden: Vom hellen Natursteinsockel erhob sich die in einen weiten Umhang gehüllte schlanke Statue des großen Arkoniden, dessen rechter Arm in beschützender Geste ausgestreckt war. Einzige Aufschrift des Sockels waren die Worte: ein Freund der Menschen.

Seither waren unsere Kontakte auf Hyperfunkverbindungen meist kurzer Dauer beschränkt gewesen – professioneller Informationsaustausch, ein paar persönliche Bemerkungen, das war es dann. Sein hageres Gesicht wirkte angespannt, der Blick seiner graublauen Augen nachdenklich und besorgt. Wie stets bei solchen Anlässen trug er nur eine schlichte lindgrüne Uniformkombi. Die Schirmmütze war immer noch verbeult, die schmale Goldborte verblaßt und abgegriffen.

»Hallo, kleiner Barbar«, sagte ich.

Er lächelte, sein großer und sehniger Körper streckte sich. »Hallo, Arkonhäuptling.«

Sein Händedruck war fest und kraftvoll, wie ich ihn in Erinnerung hatte. Schnörkellos, unsentimental – auch wenn es ein inoffizielles Treffen war, so standen sich hier nicht nur Freunde gegenüber, sondern vor allem Staatsmänner zweier politischer Systeme, wie sie kaum unterschiedlicher sein konnten.

Er, Perry Rhodan, war der Erste Administrator des aufstrebenden Solaren Imperiums; die präsidialdemokratische Republik mit bundesstaatlicher Verfassung und einer rasch wachsenden Anzahl von Siedlungswelten war jung, agil, dennoch galaktostrategisch nur als Mittelmacht einzustufen, kleiner als manches Fürstentum des Tai Ark'Tussan. Auf Arkon II war Rhodan mal von Beamten des Amtes für Fremdvolkbelehrung in Stufe IV eingereiht worden, umschrieben als »Absolutistischer Nachahmungsherrscher mit einem Machtbereich über wenigstens ein Sonnensystem von zumindest acht Planeten«. Durchaus zutreffend, allerdings: Klein, aber oho – wie man auf Terra zu sagen beliebte.

Ich dagegen war der Zhdopanthi der parlamentarischen Monarchie Arkons; Herrscher über mehr als 50.000 Siedlungswelten und Abermilliarden degenerierter Artgenossen, deren kultureller, sozialer und politischer Niedergang das immer noch Große Imperium auf sehr tönernen Füßen stehen ließ, und ihrer Nachkommen-Völker. Es war ein unüberschaubarer Moloch, schwerfällig, träge und von Unruhen heimgesucht, aber weiterhin die unbestritten maßgebliche Großmacht der bekannten Milchstraße.

»Man hört ja so einiges von deinen Aktivitäten ...«, begann Perry. Der ironische Unterton konnte nicht das in den Worten mitschwingende »Stirnrunzeln« überdecken; ich kannte ihn zu gut, um nicht zu wissen, daß er mit einigen meiner Entscheidungen nicht so ganz einverstanden war. In erster Linie spielte er auf die Umsetzung des Projekts der Großen Feuermutter an.

Wenn zwei das gleiche tun, ist es noch lange nicht dasselbe! zischte der Extrasinn. *Wenn er auf das Mutantenkorps zurückgreift, ist das völlig in Ordnung. Deine Hinwendung zum Paranormalen der Dagor-Philosophie ist ihm jedoch suspekt, Arkonide! Vergiß nicht, daß er dem westlichen Kulturkreis entstammt und davon geprägt ist; mit fernöstlich Angehauchtem hat er, bei allen Versuchen, vorurteilslos zu sein, wenig im Sinn. Und ein bekennender Royalist ist er selbstverständlich ebenfalls nicht, sondern vielmehr vom* American way of life *des zwanzigsten Jahrhunderts geprägt!*

Ich lachte leise. Einem guten Beobachter wie Perry war mein »innerer Monolog« nicht entgangen, dennoch runzelte er nun tatsächlich die Stirn. »Der Humor scheint dir nicht vergangen zu sein?«

Manchmal konnte er sehr sarkastisch sein. »Galgenhumor trifft die

Angelegenheit besser, Perry. Und was meine Aktivitäten betrifft: Wenn es an tausend Orten gleichzeitig brennt und die Fabel vom Hasen und Igel die Untertreibung des Jahrhunderts ist, bleibt kaum etwas anders übrig, als auf die besondere Lage mit besonderen Handlungen zu reagieren.«

Er winkte ab. Eine beiläufige Geste, deren Zweitbedeutung mir sehr wohl bewußt war: *Mach, was du willst – sofern es nicht Terras Interessen tangiert!*

»Und die Lage, mein Lieber«, fuhr ich ungerührt fort, »ist mit dem Begriff brisant nur annähernd richtig zu beschreiben.«

Jetzt horchte er noch mehr auf. Sein Blick bekam sogar etwas Lauerndes. »Stichwort Tekteron-Bund?«

»Die Spitze des Eisbergs!« Meine Stimme klang rauh, die kleine Narbe an Perrys Nase verfärbte sich – Beweis für mich, daß er mit den Tekteronii ebenfalls schon seine Erfahrungen gemacht haben mußte; keine angenehmen, wohlgemerkt. Die neuesten Nachrichten von Terra sprachen von einer »Regierungskrise«; Einzelheiten wollte ich mir von Perry persönlich berichten lassen. »Die Zeichen mehren sich, daß sie mit jenen Dingen zu tun haben, die von ES als *Erwachende Legenden* umschrieben wurden. Noch sind uns die Einzelheiten unbekannt, und es fragt sich, ob wir sie je erfahren werden. Aber das sich abzeichnende Muster ihrer Aktivitäten läßt keinen Zweifel daran aufkommen, daß wir es hier mit einem Gegner zu tun haben, der in seiner Gefährlichkeit der der Methans kaum nachsteht. Und diese Einschätzung könnte sich unter Umständen noch als sehr optimistisch erweisen.«

Perry nickte zögernd. »ES ... Dein Hang zum Pessimismus, den du gerne Realismus nennst, ist bekannt, in diesem Fall allerdings ...«

Er war auf eigene Faust aktiv! behauptete der Logiksektor; Dinge, die meiner bewußten Wahrnehmung entgingen oder auf Ahnung beruhten, konnten vom ihm unabhängig von den Gedanken des Wachbewußtseins zu einem Gesamtbild extrapoliert werden – er lag in den seltensten Fällen falsch. *Und die erfolgsverwöhnten Terraner haben offensichtlich eins vor die Nase bekommen!*

»Klartext, Barbar!« sagte ich kurz angebunden.

Er sah mich ernst an, senkte dann erstaunlich schnell den Blick und zuckte mit den Schultern, als er sagte: »Fehlschlag auf der ganzen Linie. Ich habe kritische Freunde und Mitarbeiter, die sogar von Desaster sprechen ...«

»Bully?«

»Unter anderem. Er nimmt bekanntlich kein Blatt vor den Mund. Und, verflucht noch mal, er hat recht!« Sein Ausbruch kam für mich nicht überraschend; die Einschätzung des Extrasinns bestätigte sich. »Es ist besser, wenn man seine Grenzen früh genug erkennt. Die wenigen Jahrzehnte unseres weitgehend ungestörten Aufbaus reichten keineswegs, um im großen Maßstab auf der galaktischen Bühne aktiv zu werden. Seit die Position der Erde kein Geheimnis mehr ist, ist es vorbei mit der Zeit der Nadelstichtaktik. Ohne breite Basis ...«

Er brach ab; jetzt besaß sein Blick fast etwas Verzweifeltes. So hatte ich meinen Freund das letztemal gesehen, als das Hypnotron des Robotregenten seinen Sohn Thomas Cardif mit einer neuen Identität versah. Seither hatte er nie wieder darüber gesprochen, ebensowenig wie über Thoras Tod. Beides waren Tabu-Themen in seiner Umgebung. Cardif lebte in seiner neuen Identität Edmond Hughers auf Zalit, vom terranischen wie auch von meinem Geheimdienst beobachtet; einer Andeutung Mercants zufolge hatte Perry noch keinen der regelmäßigen Berichte gelesen. Wenn es eine Niederlage gab, die er nicht verkraftet hatte, dann diese; sie nagte an seiner Seele, aber er wollte alleine damit fertig werden. *Vielleicht ein Fehler, aber durchaus nachvollziehbar, um nicht zu sagen verständlich.*

Daß einige Nachwirkungen der »Affäre Cardif« längst noch nicht ausgestanden waren, war ein anderes Thema. Der Extrasinn lieferte automatisch die Stichworte: *Segno Kaáta, Imperatorensiegel, Langlebigkeitsserum der Aras, Verbindungen zu den Tekteronii ...*

»Fünf, sechs Jahrzehnte werden wir mindestens brauchen, um die nun zutage getretenen Defizite ausgleichen zu können«, murmelte Perry heiser. »Eine fatale Fehleinschätzung meinerseits; ich dachte, die Terraner wären weiter. Aber die Menschheit als Ganzes muß sich erst noch an die Situation gewöhnen, nicht allein zu sein, sondern Teil einer galaktischen Gemeinschaft. Einer Gemeinschaft überdies, in der es nicht zwangsläufig friedlich zugeht. Wir müssen akzeptieren, daß es Hunderte verschiedener Völker gibt, jedes davon mit eigener Mentalität, eigener Religion, Philosophie, eigenen Wertvorstellungen – solchen vor allem, die mit den uns geläufigen absolut nichts gemeinsam haben. Dir brauche ich es natürlich nicht zu sagen, aber der menschliche Hochmut, sich als Mittelpunkt des Kosmos zu betrachten, muß einer neuen Sicht weichen. Das geht nicht von heute auf morgen, sondern ist eine Sache von Generationen.«

Wie stets war er gegen sich selbst am härtesten. Fehler anderer mochte er verzeihen, die eigenen jedoch nie. *Oh, Freund, ich kenne das seit zehn Jahrtausenden! Sogar du knabberst an deinen Vorurteilen! So schnell ändern sich die Larsaf-Barbaren nicht! Niemand weiß das wohl besser als ich!* Laut sagte ich: »Einsicht? Bislang hätte dein Motto doch den Oden von Horaz entstammen können: *Nil mortalibus erdui est* – nichts ist dem Menschen unbezwinglich ...«

»Selbstverständlich wollen wir nicht überrollt werden«, fuhr er rauh fort, ohne auf meinen ironischen Einwurf einzugehen. »Aber weder wirtschaftlich noch militärisch ist Terra wirklich in der Lage, mit den anderen mitzuhalten, sollte es hart auf hart kommen. Wir haben zwar einen Beistandspakt, Imperator, doch du hast Probleme genug am Hals. Uns steht eine immense Aufbauarbeit bevor; eine Anstrengung, die alle unsere Ressourcen bis an die Grenze belasten wird, die materiellen ebenso wie die der *man power.* Schulung, Ausbildung, wissenschaftliche Forschung, weitere innenpolitische Einigung, Förderung des allgemeinen Lebensstandards, eine behutsame Entwicklung hin zu dem, was unsere Soziologen inzwischen kosmisches Bewußtsein nennen.«

Ich kannte diese Problematik seit meinen Lehrgängen an der Galaktonautischen Akademie. Für die Erde hatte der eigentliche Knackpunkt »Fall Kolumbus« gelautet und war am 16. Mai 2044 in die Geschichte eingegangen. Mit dem Angriff von 8000 Kampfschiffen der Druuf – 5000 stießen schon als erste Welle tief ins Sol-System vor, erreichten Jupiter und den Mars – erlitt die terranische Selbstsicherheit einen empfindlichen Dämpfer, denn ohne die von mir zu Hilfe geschickte Robotflotte, von Admiral Senekho befehligt, gäbe es heute kein Solares Imperium mehr. Die lange geheimgehaltene Position der Erde war seither bekannt, bei Freund wie Feind, und eine neue Epoche hatte begonnen – das Versteckspiel war vorbei.

Gravierender als alle politischen und militärischen Aspekte waren jedoch die psychologischen: Erstmals war der Menschheit als Ganzes bewußt geworden, wie nahe sie dem Abgrund gewesen war, verursacht durch etwas von draußen, von Aliens, die nichts Menschliches an sich hatten. Erst bei der direkten Bedrohung erfaßte auch der vielzitierte »Otto-Normal-Bürger«, daß nichts mehr so war wie vorher. Perry ging zwar nicht darauf ein, aber ich war mir sicher, daß sich seit diesem traumatischen Tag im Mai 2044 die globalen Suizid-Zahlen deutlich gesteigert hatten; ein untrüglicher Indikator, der den unverarbeiteten Kulturschock mehr als alles andere verdeutlichte.

Perry sprach unterdessen weiter: »... nicht nur Globalisierung von Handel und Wirtschaft, sondern auf allen Feldern die Ausdehnung auf *interstellare* Größenordnungen! Nicht zuletzt auch eine Aufrüstung, um gewappnet zu sein, denn unsere wenigen Raumer ...«

Eine Handvoll Superschlachtschiffe, etwa sechzig Schlachtschiffe, dreihundert Schlachtkreuzer, ein paar tausend Schwere und Leichte Kreuzer ..., zählte der Extrasinn auf. Ich wußte, daß er mehrere hundert Milliarden Solar investiert hatte, um den Trabanten der Erde in eine Waffenschmiede nach dem Vorbild von Arkon III zu verwandeln. Dennoch waren beispielsweise für den Bau der 1500 Meter großen KUBLAI KHAN noch sechzehn Jahre benötigt worden, und sogar heute wurden noch mindestens zwölf Jahre veranschlagt – also kein Vergleich zum

Ausstoß der vollautomatisierten Fertigungs- und Robotbandstraßen arkonidischer Werften, die das gleiche Ergebnis in maximal fünf Monaten erzielten.

Er hob abwehrend die Hand, als ich den Mund zu einer Entgegnung öffnete. »Sag nichts, alter Freund. Ich weiß, daß du wiederholt darauf hingewiesen hast. Du hast recht! Wenn wir Glück haben, sind wir mit einer blutigen Nase davongekommen. Eine verharmlosende Umschreibung – drei Mutanten, vormals Mitarbeiter des *Overhead,* wurden getötet, ein kompletter Einsatztrupp ebenfalls, und fünf Leichte Kreuzer samt ihren Besatzungen vernichtet!«

»Was habt ihr ...?«

»Hochmut kommt vor dem Fall, nicht wahr?« Er sah mich zerknirscht an; Ausdruck seiner peinigenden Selbstvorwürfe. »Hintergrund war, daß Mercant feststellte, daß mit der Ausbreitung ins All auch das organisierte Verbrechen mitwanderte. An sich kein Wunder, allerdings von uns unterschätzt: Schließlich wurden Strukturen von Mafia, Yakuza oder Triaden nicht dadurch beseitigt, daß wir das Solare Imperium schufen – im Gegenteil. Sie fanden neue Betätigungsfelder, mit der Arkon-Technik auch neue Möglichkeiten. Seit zwei Jahren muß es unter anderem Kontakte zu den Tekteronii gegeben haben. Sie liefen bevorzugt über den Treg-Stift. Wenn Terraner was machen, dann bekanntlich richtig; im Guten wie im Schlechten. Terranische Anhänger der Reinen Lehre scheinen noch extremer, noch fanatischer als die anderen Tekteronii zu sein.«

Äußerlich gleichen die Treggl den Terranern, wisperte der Extrasinn. *Distanz Treg-Arkon: 26.351 Lichtjahre; zu Sol: 28.101 Lichtjahre; zum Tekteron-Bund: nur 1853 Lichtjahre.*

Ich seufzte; das photographische Gedächtnis lieferte weitere Informationen. »Der Treg-Stift ist einer der einundzwanzig vorgeschobenen Brückenköpfe. Die degenerierten *Treggl* standen schon 2040 im Verdacht, mit Hilfe unbekannter Intelligenzen gegen Arkon zu konspirieren. Damals hielten sich die Tekteronii noch zurück. Seit einem Jahr gibt es dort einen Tempel; das Zweimilliardenvolk gehört geschlossen zum Tekteron-Bund, von Degeneration ist seither nichts mehr zu bemerken ... Diese Erfahrung mußten wir schon mehrfach machen: Sobald die Tempelkuppeln mit Götzen ausgestattet sind, dauert es nicht lange, bis die gesamte Bevölkerung der Reinen Lehre verfallen ist. Es muß eine sehr subtile Form der Beeinflussung sein, die die Betroffenen nicht einmal als solche erkennen – nach dem Initialimpuls sind sie mit Leib und Seele und ohne weitere Fremdmanipulation glühende Anhänger des Tekteron-Bundes. Nicht einmal die Gijahthrako-Hochmeister kommen so ohne weiteres dagegen an, und sogar ihnen ist das Phänomen rätselhaft.«

»Trotz deiner Informationen erschien uns das etwas übertrieben«, sagte Perry leise. »Mercant erstellte einen Plan, und du weißt, wie sehr man sich auf den gewieften Fuchs verlassen kann. Normalerweise ... Erspar mir die Einzelheiten – unser Kommandounternehmen wurde jedenfalls sofort enttarnt. Der Versuch, sie herauszuhauen, war eine Niederlage auf ganzer Linie. Das parlamentarische Nachspiel einschließlich der obligatorischen Mißtrauensanträge, aufgeputschten Presseberichte und dergleichen glich einem beachtlichen Erdbeben und dauert noch an. Ohne entsprechende Konzessionen hätte es für mich und meine Regierungsmannschaft das Aus bedeutet. Dir ist klar, was das bedeutet, Imperator?«

»Erzwungene Zurückhaltung und Neutralität!« antwortete ich mit bitterem Lachen. »Man hat einen Perry Rhodan an die kurze Leine genommen?«

»Die demokratischen Spielregeln habe ich zu respektieren; die Mehrheit der Parlamentarier, Senatoren und Administratoren hält nichts von weiteren Aktionen dieser Art. Terras Schutz und Aufbau gehen ihrer Meinung nach vor; eine Logik, der ich nicht widersprechen will, ist es doch auch mein Ziel, die Menschheit zu stärken. Man hat mehrere Untersuchungsausschüsse eingerichtet, die mir sehr genau auf die Finger sehen und ständig Rechenschaftsberichte anfordern. Ärgerlich, aber nicht zu ändern: ohne gewonnene Wahlen kein Erster Administrator Rhodan – eine einfache Gleichung. *Ich* bin kein Arkon-Imperator ...«

Ich winkte ab und ignorierte den Seitenhieb; nicht zum ersten Mal drängte sich mir der Eindruck auf, daß Perry die wahre Mentalität der Arkoniden nicht verstand, sondern sich von Vorurteilen leiten ließ. Er hatte nur das abgehalfterte Tai Ark'Tussan der Degenerierten und das Regime des Robotregenten kennengelernt – am so geprägten Bild hatten auch Thora und Crest wenig verändern können. Mehr als deutlich stand mir seine Aussage bei unserem Duell auf Hellgate vor Augen:

»Kleine Schlafmütze, du«, hatte er gesagt. »Während meiner Arkon-Einsätze bin ich mit hundert Leuten von deiner Sorte auf einmal fertig geworden.«

Natürlich hatte er mich reizen wollen – aber in der damaligen Streßsituation, in der es um Leben und Tod ging, hatte er unbewußt mehr von seiner Einstellung offenbart, als ihm sein logischer Verstand vorschrieb. Als ausgebildeter Kosmo-Psychologe wußte ich diesen »Ausrutscher« einzuordnen, zumal ich die Larsaf-Barbaren kannte. Ich hatte Jahrtausende Zeit gehabt, sie zu studieren!

Im Gegensatz zu ihnen, die auf die winzige Zeitspanne ihrer westlich geprägten Staatsformen mit der Hervorhebung von Menschenrechten und -würde, von individueller Freiheit und verfassungsrechtlich-demokratischer Grundordnung sicher zu Recht stolz waren, konnte ich nicht verhindern, bei den Begriffen *Liberté, Égalité, Fraternité* auch an die fürchterlichen Auswüchse der Französischen Revolution zu denken, an Danton, Robespierre, die Guillotine auf dem Place de la Révolution, die Septembermorde, an das Wüten des Pöbels, das Blutbad in der Vendée mit 600.000 Geschundenen und Toten zwischen Saumur, Nantes und der Golfküste ...

Sicher, in den Reihen meiner 495 Vorgänger auf dem Kristallthron hatte es – ich brauchte nur an Orbanaschol III. zu denken! – ebenfalls viele absolutistische Tyrannen, Größenwahnsinnige und Massenmörder gegeben, Debile ebenso wie Schwächlinge und Versager, aber in der neunzehn Arkon-Jahrtausende umfassenden Geschichte hatte die Zahl der Verantwortungsvollen bei weitem überwogen und die gesetzmäßige Kontrolle von Großem und Hohem Rat funktioniert. Die *parlamentarische* Monarchie der Arkongesellschaft an sich war nichts Schlechtes, zumal sie auf uralter Tradition fußte und der Mehrheitsmeinung entsprach – es gehörte nun mal zu den Arkoniden und ihrer Mentalität.

Feudale Strukturen und das Erbrecht von Imperator und Kristallprinz ließen sich aus terrazentriertem Blickwinkel leicht kritisieren, dabei durfte jedoch nicht unterschlagen werden, daß die Imperiale Ebene von der der untergeordneten der Einzelwelten zu trennen war. Anders ließ sich ein solches Riesengebilde wie das Tai Ark'Tussan gar nicht regieren und verwalten. Auch ohne Erbrecht hätte ein starker Präsident, beispielsweise nach früherem amerikanischem oder französischem Vorbild, oder ein Erster Administrator kaum anders handeln können als die großen Imperatoren unserer Geschichte. Unsere Herrscher an der Spitze waren von gewählten Ratsmitgliedern kontrolliert worden, hatten Rechenschaft abzulegen und konnten sogar abgesetzt werden!

Die jetzige Ausnahmesituation mit den unfähigen, unwilligen, fiktivspielsüchtigen Adligen verschleiert viel zu leicht den Blick darauf, was Recht und Gesetz sind! dachte ich. *Stets bestimmen die Persönlichkeit an der Spitze, ihr Berater-Umfeld und intakte Kontrollgremien und -institutionen, ob und wann Diktatur, Korruption, Vetternwirtschaft, Machtmißbrauch und dergleichen zu unerträglichen Auswüchsen werden oder nicht!*

Diese Zusammenhänge schien sogar ein Perry Rhodan viel zu schnell zu vergessen – oder zu ignorieren. *Ich sagte es doch!* behauptete meine innere Stimme. *Als Amerikaner des 20. Jahrhunderts setzt er Monarchie mit Unfreiheit und Absolutismus gleich. Als geborener Brite oder Spanier würde er die Sache ganz anders sehen!*

Perry hüstelte und riß mich aus den Gedanken.

»Du brauchst dich nicht zu rechtfertigen, mein Lieber«, murmelte ich.

»Hättest du mich vor eurem Alleingang informiert, hätte ich dir davon strikt abgeraten. Aber genau deshalb hast du mich ja zweifellos nicht kontaktiert.«

»Du kennst deine Pappenheimer!«

Für Augenblicke zuckten Säbelrasseln und das Donnern abgeschossener Musketen durch meinen Kopf. Kürassiere galoppierten vorbei. 1623 wurde Gottfried Heinrich Graf zu Pappenheim Chef des Regiments, 1632 deckten seine Leute nach Wallensteins Niederlage bei Lützen den Rückzug der Kaiserlichen. Auf seine Reiter, die »Pappenheimer«, war Verlaß gewesen. Er starb, genau wie Gustav Adolf, in der Schlacht. Ich dachte: *O ja, ich kenne meine barbarischen Pappenheimer!!*

Entschlossenes Funkeln erschien in Perrys Augen. »Aus Schaden wird man klug, heißt es wohl. Oder, um ein anderes Beispiel zu nennen: Kleine Kinder müssen sich mitunter zuerst die Finger an der heißen Herdplatte verbrennen. Brauchst gar nicht so unverschämt zu grinsen, du selbsternannter Mentor meiner Heimat! Gerade du solltest doch wissen, daß zu häufiges Heben des Zeigefingers und eindringliches Mahnen eher Trotzreaktion als Einsicht zur Folge haben ...« Er sah sinnend in die Ferne, und als er weitersprach, klang seine Stimme belegt: »Du kennst mich gut genug, um zu wissen, daß mich parlamentarische Hürden im Zweifelsfall dennoch kaum abschrecken könnten, einem Freund zu helfen! Ja, ich spreche von dir. Vorgestern allerdings ... Nun, ich war auf Wanderer bei unserem *Alten Freund*. Das Fiktivwesen machte nach viel Gelächter durch die Orakel-Blume deutlich, daß ich mich aus gewissen Angelegenheiten heraushalten solle, um anderen nicht in die Quere zu kommen!«

Ich stieß einen schrillen Pfiff aus.

Perry nickte. »Genau! Somit wird gleich von drei Seiten Zurückhaltung angemahnt: von ES, von dir und von den irdischen Parlamentariern.«

»Und für dich gilt natürlich die Gewichtung in der genannten Reihenfolge? Dachte ich mir ...«

Jetzt grinste er schon wieder. »Terra wird kleine Brötchen backen, offiziell! Welche privaten Entscheidungen einzelne Terraner treffen, ist deren Angelegenheit: Vielleicht solltest du nochmals Aufrufe zur Mitarbeit starten; eine Werbekampagne oder was auch immer. In dieser Hinsicht, das sichere ich dir zu, wird man uns keine Knüppel zwischen die Beine werfen! Zuviel solltest du andererseits auch nicht erwarten – ein Millionenheer wird nicht in dein Reich strömen, das ist ebenfalls gewiß.«

»Bekannt. Aber immerhin etwas.« Ich wies auf den Durchgang zur Suite und stieß ihn an. »Ich sehe, das Essen wird aufgetragen. Nach dir, Barbar, mit vollem Magen spricht es sich leichter.«

Sein Lächeln wirkte noch etwas verkrampft, entspannte sich aber zusehends. Wir nutzten die Gelegenheit, um nacheinander die maßgeblichen Themen abzuhandeln, vereinbarten regelmäßige Kontakte und Termine und verabschiedeten uns nach Stunden voneinander im Bewußtsein, doch nur einen Bruchteil dessen ausgesprochen zu haben, was uns eigentlich bewegte. Er würde nach Terra zurückkehren, ich hatte mich um das Große Imperium zu kümmern – Aufgaben, die uns beide bis an den Rand der Leistungsfähigkeit trieben.

Aber dein Freund hat vermutlich den leichteren Part vor sich! zischte der Extrasinn.

Mit Blick auf meine lange Verbannungszeit war ich mir nicht sicher, ob diese Beurteilung zutreffend war. Jahrtausende hatten stets nur Bewegungen in winzigen Schrittchen verzeichnet, häufig von Rückschlägen gekennzeichnet. Meine haßgeliebten Barbaren – die Unbekümmertheit der ersten Tage des Aufbruchs ins All war unwiderruflich vorbei.

Tix, fünfzehnter Mond des Riesenplaneten Voner im Arkon-System: 10. Prago des Tartor 19.017 von Arkon (= 13. Januar 2048 Terra-Standard)

Am Fuß einer Reihe schroff aufragender Berge unterbrachen Krater die Ebene aus rötlichem Staub. Vor Ekral erhob sich der Stützpunkt als scheinbar wirre Ansammlung ansonsten klarer geometrischer Formen; vorgelagerte Halbkugelhallen waren über Tunnelröhren mit Sockeln verbunden, von denen sich Kugeln und Ellipsoide emporschwangen, gekrönt von bizarren Antennenkonstruktionen. Die lichtüberfluteten Hälften standen im Kontrast zu violett angehauchtem Dämmer, dessen Verlauf nur durch die zum Teil erleuchteten Luken und Fensterbänder unterbrochen wurde. Eine Stimme aus der Leitstelle erklang in Ekral da Oshs Hinterohrempfänger: »Startfreigabe erteilt.«

Die Antwort Khynogheraans, kurz Khyno genannt, war ebenso deutlich zu empfangen: »Verstanden. Ich hebe ab.«

Ekral da Osh, Ex-Schläfer an Bord des Raumschiffs der Ahnen, befand sich alleine außerhalb des Stützpunkts; die Kollegen saßen vor den Meßgeräten in der Leitstelle, während er es genoß, nicht in beengten Räumlichkeiten sein zu müssen. Sein Verstand arbeitete klar genug, um zu erkennen, daß diese mehr unbewußte Anwandlung eine klaustrophobische Folge seiner Erlebnisse war. Trotz psychologischer Behandlung war das Trauma nicht ganz überwunden, würde es unter Umständen nie sein: Das Auswandererschiff war seinerzeit etwa zum gleichen Termin gestartet, als Atlan erstmals ins Larsaf-System abkommandiert wurde. Aus Gründen, die nicht mehr nachvollziehbar gewesen waren, hatten die Roboter an Bord die 5000 Arkoniden einschließlich Kommodore Ceshal da Ragnaari überwältigt und das ursprüngliche Vorhaben auf ihre Art fortgesetzt.

»Unternehmen Regeneration« war das Projekt genannt worden, weil die Berater Imperator Gonozals VII., von Langzeitberechnungen und -prognosen aufgeschreckt, behaupteten, das Reich bedürfe eines Tages »frischen Blutes«. Die im Tiefschlag konservierten lebendigen Zeugen der Vergangenheit sollten deshalb für die fernste Zukunft bereit sein. Die revoltierenden Roboter machten dem einen Strich durch die Rechnung, planten offenbar, eine Robot-Zivilisation auf irgendeinem Planeten zu errichten – mit den Schläfern als Sklaven, deren Vermehrung sie an Bord so steuerten, daß stets einige tausend in geschlossenen Enklaven lebten, während die übrigen im Tiefschlaf gehalten wurden und mit der Zeit auf annähernd 100.000 Personen anwuchsen.

Vergangenheit! Vorbei! rief sich Ekral zur Ordnung.

Völlig lautlos stieg unterdessen der Diskus empor und verharrte bewegungslos schwebend über der Station. Der mattgraue Raumer, entgegen der sonstigen Gepflogenheit der Gijahthrakos nicht als roter Ellipsoid eines Sphärenschiffs ausgelegt, besaß einen Durchmesser von dreihundert Metern.

Die Luftschicht unter der mächtigen Kraftfeldglocke war nicht hoch genug, um durch Lichtstreuung eine Blaufärbung des »Himmels« zu gewährleisten, dessen Schwärze andererseits ebenso unnatürlich war, wurde doch ein Großteil des Lichts der nahen Sonnen des Kugelsternhaufens an der Grenzschicht quasi ausgefiltert.

Der Diskus glitt über den Wissenschaftler hinweg, der dem Flug mit in den Nacken gelegtem Kopf folgte, sich umdrehte und beobachte, wie der Raumer in der Ferne herabsank. Der milchige Schleier verdichtete sich noch mehr, die umhertastenden Lichtkegel konzentrierten sich auf einen Punkt, wurden fokussiert und lösten großflächig Gestein spurlos auf, ohne die für Desintegratoren typischen Begleiterscheinungen zu zeigen. Es gab weder ein grünliches Leuchten noch den Ultrafeinstaub – insgesamt eine äußerst sanfte Methode, die gesuchten Objekte aus ihrem Felspanzer zu schälen. Dutzende Roboter und Meßstationen waren weiträumig verteilt; auf die Distanz nur als Pünktchen zu erkennen.

Dicht über dem stark gekrümmten Horizont leuchtete klein die Sonne Arkon, fast die Hälfte des Himmels wurde vom Riesenplaneten Voner bestimmt. Das prächtige Ringsystem schuf einen deutlichen Schlagschatten auf wild aufgewirbelten Wolken, die als bläulich-weiß-rote Bänder, von Strudelausläufern begrenzt, Voner umgaben.

Ekral erinnerte sich genau an die Worte Seiner Erhabenheit: »Es zeugt vielleicht nicht von wissenschaftlicher Methodik, etwas auf Visionäres zu geben oder von solchen Eindrücken gar einen Auftrag ableiten zu wollen.

Ich bin mir aber sicher, daß es auf Tix irgendwelche Dinge gibt – Artefakte, Artifizielles, was auch immer im einzelnen –, die eine Untersuchung nicht nur rechtfertigen, sondern geradezu erzwingen. Leider kann ich nicht konkreter werden, Sie müssen schon vor Ort suchen. Ausgangspunkt ist, daß ich nach dem Kuß der Feuermutter für Augenblicke den Riesenplaneten Voner und den Mond Tix zu erkennen glaubte. Ein merkwürdiges Schwingen befiel mich, erinnerte an die Ereignisse nach der Cho-Übertragung auf Zhygor: Genau wie damals gab es plötzlich eine Hyperresonanz, und ich hielt mit meinem erweiterten Blick unwillkürlich nach Schwarzen Metallkugeln Ausschau – den rätselhaften Hinterlassenschaften der Galaktischen Ingenieure. Die Eindrücke blieben vage, es schien eine Blockade oder Sicherung zu geben, doch es dürfte irgendwo tief unter der Mondoberfläche diese Kugeln geben. Fliegen Sie also nach Tix, Ekral, errichten Sie einen Stützpunkt, fordern Sie an Unterstützung, was Sie benötigen – und finden Sie diese Hinterlassenschaften.«

Das war am 4. Prago der Prikur gewesen. Zwei volle Perioden arkonidischer Zeitrechnung waren seither vergangen – und die Ergebnisse konnten sich inzwischen sehen lassen! Es gab die Kugeln! Trotz der Unterstützung der Gijahthrakos hatte es zunächst Probleme bereitet, diese sublunaren Konstruktionen überhaupt zu entdecken. Erst als Khynogheraan, der einer der führenden Wissenschaftler dieses Volkes war, mit seinem Diskusraumschiff eintraf, ließen sie sich an Hand indirekter Nachweismethoden aufspüren. Auf direktem Wege lieferten weder Kontur-, Masse-, Energie- oder Strukturortung Ergebnisse, und auch die verschiedenen Taster mit ihren aktiv ausgesandten Impulsen erzeugten keine Reflexechos. Eine »Gesamtdurchleuchtung« von Tix zeigte allerdings schattenhafte Absorptionsbereiche, und damit war die erste Spur gefunden gewesen, denn irgend etwas schluckte zumindest in einigen Spektralabschnitten die hyperenergetischen Impulse. Nachdem das erkannt war, ergaben die weiteren Vermessungen ausreichend genaue Werte, um mit dem Desintegrator-Aushub beginnen zu können. Die Grobarbeit hatten Roboter übernommen, erst die Feinarbeit übernahm der Gijahthrako persönlich mit seinem Diskusraumer.

Sanftes Summen der Projektoren und Generatoren durchzog die mit Luft geflutete Energieblase, die als flache Kuppel den in den Boden gefrästen Krater und die Station an seinem Rand überspannte, um die künstliche Ökosphäre gegen die ansonsten unwirtliche Umwelt des Mondes abzuschirmen. Ekral stand am Kraterrand und starrte die zunächst steile, dann flacher werdende Wand hinab; fast zehn Kilometer Durchmesser erreichte dieses Loch, annähernd viertausend Meter war es im Zentrum tief. Und dennoch waren die entdeckten Objekte nicht ganz freigelegt: Exakt 349 Meter Durchmesser besaßen die vier Kugeln, die so übereinandergeschichtet waren, daß sie eine dreiseitige Pyramide ergaben, wenn man sich deren Außenflächen hinzudachte. Die obere Kugel war ein chromblitzender Ball ohne jegliche Fugen, Aufbauten oder Vertiefungen; die drei der »Pyramidenbasis« dagegen waren von einem Schwarz, das jegliches Licht zu schlucken schien – sie waren bisher erst zu einem Drittel vom sie umgebenden Fels befreit, doch schon jetzt ließ sich die Gesamtanordnung einwandfrei erkennen.

Am Vortag abgeschlossene Detailsondierungen hatten ergeben, daß sich neben der nördlichen Basiskugel in wenigen hundert Metern Entfernung ein weiteres Bauwerk im Fels befand, und dieses wollte Khynogheraan heute freilegen. Die Hauptmassen waren schon beseitigt worden, deshalb wurde das Ergebnis recht schnell erkennbar.

»Eine Art Kristallpalast!« sagte Ekral erstaunt, aktivierte die Antigravaggregate seines Anzugs und flog langsam in den Krater hinab, um dann in angemessenem Abstand das verschachtelte, gläsern-filigrane Bauwerk mit seinen flachen Nebenkomplexen zu umkreisen. Geheimnisvoll, von einem goldenen und silbernen Glimmen durchdrungen, lag es vor dem Wissenschaftler, der immer neue Formen und Gestaltungen entdeckte: Türmchen, verschnörkelte Balkone und Balustraden, bizarre Ausleger, Spitzbogenarkaden mit zierlichen Säulen, insgesamt von einer Ästhetik, die an die von Schneeflocken und Eiskristallen erinnerte. »Und damit die nächste Besonderheit!«

Daß die gefundenen Objekte von den Petroniern erbaut wurden, welche auch, sofern den vagen Überlieferungen zu trauen war, vor fast einer Million Arkonjahren Galaktische Ingenieure genannt worden waren, konnte bislang nur als Arbeitsthese gelten. Inschriften oder vergleichbare Zeugnisse waren nicht gefunden worden, und die metallischen Kugeln widersetzten sich sogar Khynos Eindringversuchen. Das Material war nicht zu durchleuchten oder aufzubrechen; anfänglich sehr vorsichtige Versuche waren schnell gesteigert worden. *Ohne Ergebnis!* dachte Ekral fröstelnd. *Weder Plasmabrenner, die Arkonstahl wie Butter durchtrennen, noch Desintegratoren zeigten die geringste Wirkung, nachdem wir es zunächst mit Diamantbohrern und Vibratorsägen versucht hatten.*

Die Untersuchungen waren auf den ersten Fundort konzentriert worden; insgesamt gab es auf Tix jedoch vier davon. Schon ihre Position hatte die Wissenschaftler von Ekrals Team aufhorchen lassen und den Gijahthrakos anfangs einige schiefe Blicke beschert, handelte es sich bei den ermittelten Koordinaten doch um solche, die, wurden sie miteinander verbunden, die Form eines in die Kugel des Mondes eingeschriebenen Tetraeders ergaben! Und die Tetraederform war bekanntlich jene, die der Originalgestalt der Gijahthrakos entsprach. In langen Diskussionen schafften sie es allerdings, Ekral und die übrigen Forscher davon zu überzeugen, daß diese »Ähnlichkeit« nur eine zufällige sein konnte – immerhin gehörte das Tetraeder, neben Würfel, Oktaeder, Dodekaeder und Ikosaeder, zu den fünf regulären Körpern, deren gemeinsames Kennzeichen war, daß sie aus kongruenten regelmäßigen Vielecken bestanden, in deren Ecken immer gleich viele Flächen gleichartig zusammenstießen.

»Einer der Scheitelpunkte des Koordinatentetraeders«, murmelte Ekral, »liegt am Südpol von Tix. Die anderen drei befinden sich auf 19,5 Grad nördlicher Breite in gleichmäßigen 120-Grad-Abständen des 360-Grad-Vollkreises. Interessant hierbei ist, daß sich auf vielen Planeten genau an diesen Punkten – oder, sofern ein Scheitelpunkt am anderen Pol liegt, auf dem 19,5er-Süd-Breitenkreis – mit nur geringer Fehlertoleranz geophysikalische, atmosphärische oder sonstige Störzonen befinden. Die größten vulkanischen Erhebungen und Aktivitäten zum Beispiel oder bei Gasriesen bemerkenswert stabile Wirbelformationen.«

Ekral hatte Altdaten der Großpositronik herangezogen, mit Khyno und Manolito Almeda diskutiert und gemeinsam mit ihnen herausgefunden, daß es in der Hyperthorik, jener meist als spekulativ angesehenen Grenzwissenschaft einiger altarkonidischer Mathematiker, eine Reihe von dimensionsgeometrischen Algorithmen gab, die rotierende physikalische Referenzkörper mit dreidimensionalen Projektionen einer höhergeordneten Matrix in Verbindung brachten. Ähnliches vermutete der terranische Professor als Grundlage der materieprojektiven »Körpermasken«, die die Gijahthrakos verwendeten; sie formten, so seine von ihnen unwidersprochene These, eine Matrix aus hyperenergetischen Mustern ganz spezifischer Konfiguration extrem hochfrequenter Abschnitte des Hyperspektrums, so daß die dritte reale Ableitung der Hyperfunktion im konventionellen raumzeitlichen Kontinuum materiell wurde.

Zu diesen Ergebnissen paßte dann, daß auch die mit Hyperkristallen verbundenen Aspekte vergleichbare Phänomene widerspiegelten: Den Hyperkristallen gemeinsam war, daß es sich um Minerale auf Quarzbasis handelte, deren »Hyperelement«-Einschlüsse ebenfalls hyperenergetischer Natur waren, welche als »pseudomaterielle« Struktur mehr oder weniger stabile Stofflichkeit erlangt hatten. Das Kristallgitter von Quarz als der bei Temperaturen unterhalb von 870 Grad Celsius stabilen Form kristallisierten Siliziumdioxids wurde von nahezu regulären Tetraedern gebildet, bei denen ein Silizium-Ion von vier Sauerstoff-Ionen umgeben war, die jeweils zwei Tetraedern gemeinsam angehörten. Weil physikalische und chemische Messungen an Hyperkristallen stets zu stark schwankenden Ergebnissen führten – die Bandbreite des festgestellten »Atomgewichts« pendelte beispielsweise willkürlich zwischen 0 und 1024, chemisch zeigte sich edelgasähnliche Reaktionsträgheit neben solcher von chlorgleicher Reaktionsfreudigkeit – und sich die Einschlüsse nicht ins Periodische System der Elemente einordnen ließen, hatten die praktisch orientierten Arkoniden die Hyperelemente als »hyperenergetisch-pseudomaterielle Konzentrationskerne« definiert.

Khynos Stimme riß den Wissenschaftler aus den Gedanken: »Im Zentrum des Kristallpalastes wurde eine hochfrequente Hyperemission angemessen. Die Grobpeilung besagt, daß der Impuls Richtung Galaktisches Zentrum weist ...«

Was bei entsprechender Auffächerung, durchzuckte es Ekral, *auch Zhygor, Sogmanton-Barriere oder Tekteron-Bund bedeuten kann! Große She'Huhan – hoffentlich haben wir keine Dahondra aufgescheucht.*

Laut sagte er ins Mikrofon seines Kommunikators: »Gefahr, Laktrote?«

»Unmittelbar nicht, Erhabener. Es handelte sich um einen sehr kurzen, unmodulierten Ausstoß. Dennoch schlage ich eine eingehende Analyse vor, ehe wir die Ausgrabungen fortsetzen.«

»Einverstanden.«

»Vielleicht wurde der Impuls von anderen Empfängern ebenfalls angemessen, so daß die wahrnehmbare Maximaldistanz und per Kreuzpeilung eine genauere Richtungsbestimmung möglich werden.«

»Wir werden sehen, Erhabener.«

Hemmar Ta-Khalloup: *Jahre der Krise, Betrachtungen zum beginnenden 20. Jahrtausend*; Arkon I, Kristallpalast, Archiv der Hallen der Geschichte, 19.035 da Ark

Die Monde des Schreckens: ... *blieben die Versuche, weitere Informationen vor allem über die* Augen *zu erlangen, im Ergebnis gleich Null, und Tai Zhy Fam Sinyagi fand weiterhin keinen Zugang – mit Eindringen in die Blockadebereiche erlosch jedesmal sofort die Verbindung. In gleicher Weise versagten sogar die televisorischen Kräfte der Wesenheit Harno. Die Große Feuermutter war hinsichtlich der vierzehn Bereiche handlungsunfähig und mußte notgedrungen dem Tai Moas und der Flotte das Feld überlassen. Die Fortsetzung der Goodwilltour war hierbei nicht nur Ablenkung, sondern diente der Vorbereitung der Vollversammlung für Sicherheit und Zusammenarbeit im Großen Imperium – beide Ziele ließen sich, wie die Ereignisse bestätigten, erreichen.*

Hinsichtlich des Kolafton-Systems konnte die Indizienkette allerdings vervollständigt werden: Tato Jahaq Garr, seit 19.005 da Ark im Amt, war zweifellos mit jenem Andooz identisch, der – so die Nachforschungen bei der Aztual-Springersippe – 18.998 da Ark als mit der AZTU VI bei der Sogmanton-Barriere verschollen galt. Obwohl eine Ausspähung auf telepathischer Basis keine Bestätigung geliefert hatte, galt seine Ver-

wicklung in die Kristall-Affäre der schadhaften Schutzfeld-Projektoren, den Anschlag auf Seine Erhabenheit in den Geschichtshallen des Kristallpalastes sowie seine Anwesenheit im Tekteron-Tempel von Gillam IV als gesichert. Die positronische Hochrechnung des Robotregenten lieferte eine Wahrscheinlichkeit nahe eins, daß Garr in der Tekteron-Hierarchie eine maßgebliche Funktion zuzuweisen war – somit das Kolafton-System eine Schlüsselrolle besaß (Kontakte zu Mary Miller im benachbarten Aponti-System konnten leider nicht schlüssig verifiziert werden, waren jedoch als durchaus gegeben einzukalkulieren; vgl. Querverweis: Langlebigkeitsserum).

Unklar war zu jenem Zeitpunkt, welche Rolle der Báalol-Hohepriester Segno Kaáta genau eingenommen hatte. Der Grund seiner Verhaftung 18.999 da Ark, die Beziehungen zu Aras und der Diebstahl der Imperatorensiegel – später im Auftrag Garrs nochmals versucht – belegten recht enge Kontakte zu den Tekteronii respektive sogar seine Zugehörigkeit ...

»... deutet sich vermehrt an, Erhabene und Erlauchte, daß die Rundreise Seiner Erhabenheit, entgegen allen vorherigen Prognosen, doch von Erfolg gekrönt sein könnte. Mit jedem Prago mehren sich die Zusagen, an der Vollversammlung teilzunehmen, seitdem viele maßgeblichen Fremdvölker und noch mehr Siedlungswelten ebenfalls ihre Bereitschaft signalisierten: Die Scüs der Shyndain-Koalition gehörten zu den ersten, ebenso die genialen Komponisten von Therbor, die dronsche Uqurado-Föderation oder die trebolanischen Spinnenwesen des Vidaarm-Fürstentums, die Naats und Zaliter sowieso. Seit aber vor zwei Pragos, dem einundzwanzigsten Tartor, mehr als fünfhundert Mehandor-Großsippen zustimmten und die Terraner, die sich nur als Beobachter angemeldet haben, für die Unterstützung des Imperators werben, scheint das Schirmfeld gebrochen. Während Seine Millionenäugige Erhabenheit, an vielen Orten unterstützt von der Großen Feuermutter und ihren Gestaltprojektionen, weiterhin von Welt zu Welt reist, schließen sich seinem Geschwader Einzelschiffe der schon besuchten Planeten, Sonnensysteme und Sektoren an. Ein wahrer Konvoi!«

Der Arkon-Trivid-Kommentator Gellor Ma-Kynaan, sonst für seinen ironischen und scharfzüngigen Ton bekannt, ließ deutliche Begeisterung durchklingen. Seine Berichte erreichten zeitverlustfrei Tausende Welten.

»Die eindringlichen Ansprachen Seiner Erhabenheit scheinen Wirkung zu zeigen: Die Erinnerung an die von den Überlappungszonen entvölkerten Welten sind frisch, und auf vielen Planeten hatte man es schon mit den aufdringlichen Tekteron-Fanatikern zu tun. Berücksichtigen wir

diese Erfahrungen, erweist sich eine Gesamtkonferenz wie die angestrebte als mehr als notwendig – Sicherheit und Zusammenarbeit im Großen Imperium müssen auf eine neue Basis gestellt werden, darüber sind sich alle Beobachter und Sachverständigen einig. Sollte sich in der nächsten Zeit die erkennbar werdende Zustimmung verstärken, muß fast von einer Schockwelle gesprochen werden: Tausende Teilnehmer werden sich dann schließlich auf der Freihandelswelt Reno fünfundzwanzig versammeln, ja vielleicht sogar Vertreter von sämtlichen mehr als 50.000 in den Stellar-Katalogen verzeichneten Siedlungsplaneten ...«

Der Arkonide hüstelte; Fiktivbilder umwaberten seine Gestalt, die ihrerseits mehrfachem Morphing unterworfen war – exakt abgestimmt auf die bekannten Kompositionen von Oscer und anderen Künstlern, untermalt von therborischen Chorgesängen.

»Leider halten sich die Kleinen, Mittleren und Großen Kelche sehr zurück – die Fürsten und Herzöge, die Grafen und Barone scheinen einmal mehr hin und her gerissen und zu keiner Entscheidung fähig. Dabei würden sie doch vermutlich von den Ergebnissen der Vollversammlung am meisten profitieren, zeigt sich doch endlich einmal wieder Glanz und Glorie unserer ruhmreichen Ahnen, die wahre Größe des Tai Ark'Tussan! Aber nein – diese dekadenten Herrschaften überlassen lieber den Arkon-Nachkommen das Feld und regen sich vielmehr darüber auf, daß ihnen der Zugang zu rauschenden Festivitäten im Kristallpalast, der Perle Arkons, eingeschränkt wird ... Sie merken, Erhabene und Erlauchte, daß der Wortschatz unseres Tai Moas inzwischen sogar auf den Kommentator abzufärben beginnt. Aber, ich gestehe es gerne, Seine Erhabenheit Imperator Gonozal der Achte haben völlig recht! Unsere Gesellschaft muß aufgerüttelt werden! Wir können auf eine neunzehn Jahrtausende umfassende Geschichte zurückblicken, eine grandiose Kultur und Errungenschaften, wie sie kein zweites Volk in der bekannten Galaxis, der Öden Insel, vorzuweisen hat. Besinnen wir uns also auf die wahren Traditionen und Tugenden! Es lebe Arkon! Und wenn ich lebe sage, dann meine ich nicht dieses Dahinsiechen vor Fiktiv- und Simultangeräten, Erhabene und Erlauchte!«

Abermals hüstelte Gellor Ma-Kynaan.

»Stehen wir gemeinsam auf, unterstützen wir unseren Imperator! Mit ihm an der Spitze des Großen Imperiums hat Arkon eine Zukunft! Es gibt noch so viel Unbekanntes zwischen den Abermilliarden Sternen zu erforschen: Geheimnisse fremder Zivilisationen, Rätsel ferner Vergangenheit und untergegangener Kulturen harren der Entdeckung, und die galaktischen Mythen scheinen Gestalt zu gewinnen. Seht Seine Erhabenheit: Gemeinsam mit der Tai Zhy Fam ist er der wahrhaft Millionenäugige, eine reale Verkörperung des Heroen, dem er seinen Namen verdankt! Er

ist Hoffnung und Zuversicht, durch ihn gewinnt der ins Licht entrückte Tran-Atlan neue ...«

Ich verzog das Gesicht und schaltete die Übertragung ab. Mein Extrasinn meinte sarkastisch: *Er ist und bleibt ein Schwätzer! Seine ironischen Zwischentöne sind ja durchaus amüsant, aber wenn er ins Pathos abgleitet – au Mann!*

Die Goodwilltour hatte in der Tat recht vielversprechend begonnen, dann aber ein vorzeitiges Ende gefunden, weil die Tempel auf Waza-rom III, Gillam IV und Hazhoi II entdeckt worden waren. Erinnerungen stiegen in mir auf, verdichteten zu einem Resumee ...

Goodwill-Rundreise: 6. bis 21. Prago der Prikur 19.017 von Arkon (= 15. Oktober bis 2. November 2047 Terra-Standard)

»Erste Station Zalit«, murmelte ich und schloß den Gürtel der Galauniform, »vierter Planet der roten Riesensonne Voga, nur 3,14 Lichtjahre von Arkon entfernt. Acht Milliarden Zaliter leben hier, dreißig Millionen davon in der Hauptstadt Tagnor.«

Obwohl die Zaliter den Arkoniden näher stehen als jedes andere der drei- bis fünftausend Völker, die aus ihnen hervorgegangen sind, raunte der Extrasinn, *gelten sie seit Jahrtausenden als Exoten und Fremde.*

Ich nickte. *Deutlich gesagt wird das zwar nicht, aber jeder weiß es, und die Zaliter läßt man es diskret bei jeder Gelegenheit spüren.*

Hauptgrund war, daß sich die Zaliter im Verlauf ihrer Entwicklung körperlich verändert hatten und nicht mehr der »Arkon-Norm« entsprachen: Ihre Haut war rotbraun, und die kupferfarbenen Haare besaßen zum Teil einen grünlichem Oxidationsschimmer. Trotzdem galten sie als das intelligenteste Kolonialvolk der Arkoniden und als deren zuverlässigste Verbündete, obwohl zum Ritual zwischen Arkon und Zalit gehörte, gewissermaßen als Demutsgeste, daß der Zarlt mindestens einmal jährlich offiziell bei Hofe erschien und die »immerwährende Freundschaft und Ergebenheit« bei den Sternengöttern schwor.

Thantan Marcus Everson erwartete mich auf dem Korridor und grinste breit. »Die Empfangsdelegation ist nahe der ARKON aufmarschiert, das Abschreiten der Ehrenformation dürfte, denke ich, ein zweifelhaftes Vergnügen sein.«

»Jedem Tierchen sein Pläsierchen, mein Lieber. Verkneifen Sie sich das Grinsen. Du auch, Movruul!« Als häufig belächelte Besonderheit der Zaliter galt bekanntlich, daß sie bevorzugt Uniformen von papageienhafter Buntheit liebten. Ebenso berühmt wie berüchtigt waren schon in meiner Jugendzeit insbesondere die des Zarlt-von-Zalit-Garderegiments gewesen, in ihrer noch pompöseren Farbenpracht nur als extrem teure maßgeschneiderte Kleidung erhältlich, was den besonderen Ruf dieses Regiments steigerte. *Ausschließlich vermögende Adelssöhnchen konnten sich den Eintritt leisten und auf diese Weise den zweiten Vorteil erkaufen – das Garderegiment versah nämlich keinen Dienst an der Methanfront ...*

»Dagor-Bruder!« Der Naat klang ironisch-vorwurfsvoll. »Naats grinsen nie!«

»Das ist es ja!« An dieser verdrehten Logik hatte er eine Weile zu knabbern.

Exakt nach Truk Drautherbs Kristallprotokoll-Vorgaben spulten wir das Programm ab – obwohl inzwischen Kristallmarschall, ließ er sich die persönliche Umsetzung als Zeremonienmeister nicht nehmen: Es gab Dutzende Empfänge, Audienzen und offizielle Termine. Ich besuchte den nur langsam genesenden Zarlt, hörte mir Berichte an, hielt Reden vor dem Parlament, der Versammlung der Wirtschaftsverbände und zwei Universitäten. Leibwächter Movruul, Marcs Kristallgardisten und die Zhy-Famii-Amazonen wichen nicht von meiner Seite, Zwischenfälle gab es aber zum Glück keine.

Der Aufenthalt war auf drei Zalittage begrenzt, es wurden etliche Verträge unterzeichnet, Kontakte verbessert oder neu geknüpft, und mit Abschluß des Staatsbesuchs sah ich nicht mehr ganz so pessimistisch in die Zukunft: Die Konstituierung der Großen Feuermutter hatte bei den Zalitern einen positiven Eindruck hinterlassen, zumal Peter Kosnow geschickt durchsickern ließ, daß *Ihr* letztlich die Rettung des Zarlts zu verdanken war. *Einige zehn Millionen Zaliter wollen sich verstärkt im Imperium engagieren, und das ist unter dem Strich ein Erfolg. Angesichts der wahren Größenordnungen zwar auch nur ein Tropfen auf dem heißen Stein, aber immerhin!*

Peter sagte zusammenfassend: »Tara Ta-Emthons Propaganda wird es fortan nicht ganz so leicht haben, doch sein Bestreben, neuer Zarlt zu werden, hat längerfristig gesehen durchaus Aussicht auf Erfolg. Meine Mitarbeiter und ich befinden uns hier in einer Zwickmühle: Solange es keine eindeutigen Beweise gegen ihn gibt – justitiabel, wie es so schön heißt –, sind uns vorläufig die Hände gebunden.«

»Richtig«, sagte ich. »Der bloße Anfangsverdacht reicht nicht, schon gar nicht, wenn er mehr auf persönlicher Abneigung als Fakten basiert: Diesbezüglich ist der Admiral geschickt genug, um keinerlei Angriffspunkte zu liefern. Als Chef der zweiundzwanzigsten Schlachtkreuzerflotte mit zweihundert Fünfhundert-Meter-Raumern ist seine Nähe zum Voga-System nun einmal einsatzbedingt sehr gut begründet.«

Daß ich mit ihm noch Probleme bekommen würde, stand für mich fest, und wir entwarfen ein Maßnahmenbündel, um ihm politisch entgegentreten zu können. Im übrigen waren wir allerdings darauf angewiesen, daß Tara entweder einen Fehler beging oder wir im Zuge anderer Ereignisse – wie Bekämpfung von SENTENZA, Verfolgung von Terrorgruppen oder der Aufdeckung von Aktivitäten der galaktisch organisierten Kriminalität – Erkenntnisse gewannen, die dann eine offizielle Anklage rechtfertigten.

»Wir behalten ihn im Rahmen der gesetzlichen Vorgaben im Auge«, versicherte Peter. »Alles Weitere bleibt abzuwarten.«

10. bis 15. Prago der Prikur:

Abschlußverhandlungen und Vertragsunterzeichnung mit den maßgeblichen Mehandor-Sippen auf Archetz. Wirtschaftliche Aspekte, vor allem mit Blick auf die Freihandelswelten, standen in diesen Tagen im Vordergrund, ein schweißtreibendes bis nervenaufreibendes Feilschen, das letztlich aber zur Zufriedenheit beider Seiten abgeschlossen wurde. Kelaso, »neu-arkonidischer« Direktor der Bank von Arkon, von Homer G. Adams höchstpersönlich geschult, stellte sein Verhandlungsgeschick unter Beweis, so daß es sogar den gewieften Rotbärten ein anerkennend-polterndes Lachen entlockte. Atual und Ortece, Cokaze, der Überschwere Onkto – in mehr als hundert Einzelgesprächen gelang es mir, die Springer weitgehend davon zu überzeugen, daß wir, wenn es um das Wohl des Imperiums ging, an einem Strang zogen: »Von Euch geschürte Konflikte«, sagte ich eindringlich, »werden sich letztlich nur negativ auf Eure eigenen Geschäfte auswirken, Stabilität und Frieden dagegen schlagen sich in klingenden Chronners nieder!«

Ein Argument, dem die Mehandor zustimmten. *Politische Differenzen, vor allem mit Blick auf Terra, sind keineswegs beseitigt und sollen zunächst hintangestellt werden, und es bedarf noch viel Überzeugungsarbeit, bis wirklich ein Großteil der Sippen mehr als nur pures Eigeninteresse sieht.*

Nach dem Start vom fünften Planeten des Rusuma-Systems schien zumindest eine ausreichend gesicherte Grundlage geschaffen, auf der nun aufgebaut und weiter verhandelt werden konnte: Meine eindeutige Zusage, nicht am Monopol der Springer zu rütteln, hatte Mißtrauen und Ablehnung etwas abgebaut. *Der eigentliche Durchbruch steht allerdings noch aus ...*

Ich seufzte. Wie hatte Kon mal gesagt? *»Weisheit, junger Freund, ist häufig das Ergebnis leidvoller Erfahrungen. Dein Leben sollte dich dies gelehrt haben. Du stehst vor einer gewaltigen Aufgabe fern der dir vertraut gewordenen Welt. Der Weg ist sichtbar, beschreite ihn.«*

Ich versuchte es – aber deutlich schwieriger gestalteten sich die Konferenzen mit dem Rat der Zehn auf Aralon vom 17. bis 19. Prago der Prikur: Nach außen hin versicherten die Galaktischen Mediziner zwar Treue und Loyalität zum Imperium, huldigten in pompösen Veranstaltungen dem Imperator von Arkon, unterzeichneten Verträge und gaben sich nicht die geringste Blöße ...

Doch ihre wahren Gedanken kann selbst wohlfeil formulierte Diplomatensprache und zuvorkommend lächelnde Maske nicht wirklich verbergen! dachte ich grimmig. *Mein Einsatz gegen Tolimon und den »Galaktischen Zoo« ist unvergessen, ebensowenig das harte Vorgehen, sobald Arkongesetze übertreten werden – und letzteres betrifft mehr als achtzig Prozent der Aktivitäten.*

So segensreich die medizinischen, biologischen und pharmazeutischen Erkenntnisse der Aras bei der Bekämpfung von Krankheiten und Verletzungen auch waren, ihre Forschungen, das von keinerlei Skrupel gehemmte Streben nach Wissen, überschritten fast ausnahmslos die Schwelle zur Illegalität. *Hier zu einer befriedigenden Einigung zu gelangen,* raunte der Extrasinn, *erfordert eine Mentalitätsänderung dieser Springer-Nachkommen, und davon sind sie mehr als nur Lichtjahre entfernt.*

Sicher, es gab viele Galaktische Mediziner, denen nichts vorzuwerfen war, die tatsächlich nur das Beste für ihre Klienten wollten und im Rahmen ihrer Richtlinien absolut korrekt handelten – um die Aras insgesamt aber zu einer Änderung ihrer Einstellung und Handlungsweise zu verleiten, war ein auf Generationen ausgelegtes Programm erforderlich.

Meine innere Stimme ergänzte: *Vor Urzeiten mag der Wunsch, anderen Wesen zu helfen, ausschlaggebend für die Aras gewesen sein. Doch ihre Mehandor-Herkunft können sie nie leugnen; die Gesundheit anderer ist eine teuer zu bezahlende Ware, statt von Patienten sprechen die Aras prinzipiell von Klienten! Bestenfalls dann, wenn eine außergewöhnliche Krankheit vorliegt und der Ehrgeiz der Galaktischen Mediziner geweckt ist, kann ein Klient auf kostenlose Behandlung hoffen – ist gleichzeitig dann aber auch »Versuchskaninchen«!*

Die Kenntnisse und Fähigkeiten der Aras waren unbestritten, nur die Wanderpflanzen von Morann konnten vergleichbare Ergebnisse vorweisen. Da es für einen hochwohlgeborenen Arkoniden meist unter aller Würde gewesen wäre, hinsichtlich der Bezahlung zu feilschen, insbesondere die Essoya des einfachen Volkes jedoch nicht unbedingt die horrenden Preise zu bezahlen vermochten, gab es seit der Intitiative Seiner Erhabenheit, Imperator Tutmor VII., einen Staatsvertrag zum Gesundheitswesen zwischen Arkon und Aralon: Befreiung von jeglicher Steuer- und Abgabenlast von seiten des Imperiums – im Gegenzug freie Individual-Behandlung für alle Arkongeborenen, bürokratisch verklausuliert umschrieben als »Krankenversicherung Arakos«.

Ein Vertrag, der bis heute gültig ist! dachte ich. *In dieser Hinsicht ist auf die Aras wie auf die Springer Verlaß; jede Vereinbarung, selbst wenn sie nur per Handschlag besiegelt wird, ist zu erfüllen. Das gehört zur Händlerehre und entspricht durchaus dem* pacta sunt servanda *des irdischen Rechts – Verträge müssen eingehalten werden.*

Mit Blick auf diesen Aspekt begab ich mich zur elften Verhandlungsrunde; sollte es mir gelingen, die Aras zu einem ähnlichen Staatsvertrag bewegen zu können, der ihre Dienste zum Wohl des Tai Ark'Tussan band, bestand eine gewisse Hoffnung. Leider hatten sich die Galaktischen Mediziner bislang als ebenso dürr wie zäh erwiesen. Sie wußten genau, worum es ging, und gaben kein Jota nach. Eine gewisse Hoffnung verband ich mit den Assistenten und Stellvertretern der zehn uralten Räte: Auf absehbare Zeit würde wohl ein »Wachwechsel« anstehen.

»Der 128 Erdjahre alte Cendrogim Tashtxan hat sich als vergleichsweise zugänglich erwiesen«, murmelte ich im Selbstgespräch. »Bei Jerx Gushagia, Hoxel Aghan, Cimoc Elerke und Nadroj Tychard bin ich mir dessen nicht so sicher.«

Die Assistentinnen Ipse Leveda und Suamol Zhydurch schätze ich als eher dubios ein, sagte der Logiksektor, während der Gleiter sich dem »Palast der Forschung und Heilung« näherte, in dem der Rat der Zehn zusammentrat: Der Semeckla-See inmitten reich bewaldeter Hügel gehörte ebenso wie die Ebene der Aladiah-Insel zum alten, traditionell wenig veränderten Bereich des Planeten. Vor Jahrtausenden hatten hier die hageren Springer-Nachkommen Schatten und Kühle gesucht und kreisförmige Bauwerke um begrünte Innenhöfe errichtet. Der Raum zwischen den Außenmauern und die Dächer wurden im Laufe der Zeit aufgefüllt und bepflanzt. Mittelpunkt der Ebene war der Palast; sein Haupteingang eine von Säulen gesäumte Rampe in die Tiefe des Ringbauwerks.

Der Gleiter landete neben dem Empfangskomitee, ich stieg aus; als eisig zu umschreibende Grüße wurden gewechselt. Nur Cendrogim Tashtxan rang sich so etwas wie ein freundliches Lächeln ab, bei den anderen war es eine »erstarrte Maske«. Wir erreichten das Zentrum des kreisrunden Hofes; unter uralten Riesenginkgos stand der Tempel des Mo – auch auf Aralon, nur 38 Lichtjahre von Arkon entfernt, wurde dieses medizinische Genie, das vor 3000 Jahren bei einem Selbstversuch umkam, fast wie eine Gottheit verehrt. Lautlos öffneten sich die schweren Glastüren zum Versammlungssaal. Den schwarzen Glasboden bedeckte ein runder Teppich ...

Fünf Stunden später stapfte ich grimmig davon. Erreicht hatte ich nichts!

Mit Verlassen des vierten Planeten der Sonne Kesnar war der schale Nachgeschmack maßgeblicher Eindruck. Vor allem die Tatsache, daß wir nichts Neues zum Stichwort Stachelkugel*n* in Erfahrung gebracht hatten, dämpfte die Stimmung beträchtlich. *Welches Vorhaben verbirgt sich dahinter?* Eine Ahnung sagte mir, daß es vermutlich etwas Teuflisches sein würde – und Sinyagi teilte, ohne es näher definieren zu können, diese Einschätzung.

Zwischendurch: Auswertungen der Mammutpositronik, Holokonferenzen, Berichte aus allen Teilen des Imperiums, Verwaltungsarbeit, administrative Entscheidungen, Krisenmanagement. Hier zettelte ein beleidigter Hochedler fast einen lokalen Krieg mit dem Nachbarfürstentum an, dort prallten *Nocto-Nos*-Mehandor mit einem Händlerkonvoi der Miir zusammen, an dritter Stelle lynchten rebellierende Talsuter fast den arkonidischen Tato, weil dieser, die lokalen Gepflogenheiten mißachtend, die *Heiligen Quellseen von Gendrom* mit unbedecktem Haupt besuchte und Handschuhe trug. Positive Entwicklungen vermeldete dagegen die Freihandelswelt Valissa; ich hatte von diesem Handelsplaneten, der am Rand des Ullishtan-Sektors in der Randzone des Imperiums lag, erstmals im Jahr 10.500 da Ark gehört – damals war er eine Basis der Organisation der *Macht der Sonnen* gewesen.

Killian voo Mispanor faßte weitere Ereignisse zusammen: »... bewaffneter Aufstand der den Andooz gleichenden Kergonen – sind Pseudoamphibien von Arkonidengröße, deren Anatomie und die dunkle Schuppenhaut an gepanzerte Kröten erinnern. Ein SENTENZA-Schiff, beladen mit mehreren hundert Tonnen der Hyperkristalldroge Nyguu, wurde aufgebracht, die Besatzung auf Celkar verurteilt, das Schiff samt Inhalt vernichtet – ein winziger Teilerfolg. Die als *Nasen-Riesen* umschriebenen Gefirnen, auch das eine gute Nachricht, engagieren sich vermehrt auf den neuen Freihandelswelten einschließlich Zhygor.«

Wer diese Geschöpfe erstmals sah, konnte ein Schmunzeln kaum vermeiden: Pelzbedeckt, mit drei Armen und drei Beinen wirkten sie auf den ersten Blick eher unbeholfen und komisch. Aber sie waren überaus clevere Händer, die hinsichtlich der Witterung für gute Geschäfte den Springern in nichts nachstanden. Außerdem besaßen sie gewaltige Körperkräfte und eine sprichwörtliche Furchtlosigkeit.

»Die Unither dagegen machen weiterhin Probleme, ihr System steht unter Notstandsgesetzgebung, weil sie alles und jeden angreifen ...«

Wie hat Tanja mal gelästert? »Diese Kerle rüsseln dir auf sehr unverschämte Weise vor die Füße!« Eine überaus treffende Umschreibung.

»... und im Zwaan-System ...« Killan stockte. »... vernichtete eine Robotflotte einen Mond, weil er von den Bewohnern des Planeten Zwaan Sieben heimlich zur Interstellarfestung ausgebaut wurde ...«

In den nachfolgenden Gefechten waren Tausende gestorben, bis ich endlich davon erfuhr und eingreifen konnte – statt Diplomatie mal wieder positronische Fehlleistung: Mein Fluchen hallte durch die gesamte ARKON II.

Über Sinyagi »sprach« ich mehrmals mit Tanja, die sich weiterhin auf Zhygor befand: Trotz aller Bemühungen hatte meine Freundin nicht die geringste Spur von *Lichtwesen* gefunden, wollte aber weiterforschen, weil sich vor allem unter den Kooann Nervösität breitmachte. Ähnlich wie Thom schon vor Jahren erfaßten sie unbewußt, daß etwas nicht stimmte, konnten diese »Ahnungen« jedoch nicht konkretisieren. Ein erster Versuch, auch auf Zhygor Feuerfrauen in Stasis zu legen, um ihre Bewußtseine ins Kollektiv der Großen Feuermutter einzubinden, schlug fehl: Ich war zu abgelenkt und unkonzentriert und schaffte es nicht, trotz Unterstützung des Amazonenkorps, ausreichend stabilisierend zu wirken – *Wiederholung in einigen Pragos ...*

Nächste Rundreisestation war die Heimat der felidoiden Orbeki:

Die Doppelsonne Orelio-Berlian war 21.407 Lichtjahre von Arkon entfernt und lag rund 1300 Lichtjahre »oberhalb« der Milchstraßenhauptebene. 21 Planeten gehörten zum Sonnensystem, Nummer vier hieß Or, Nummer fünf Be – sie waren die Hauptsiedlungswelten. Um das Jahr 7920 vor Christus war durch Raumnomaden erstmals der Kontakt zwischen Orbeki und dem Großen Imperium hergestellt worden; zu jener Zeit hatten die Orbeki neben Be sieben weitere Planeten in fünf benachbarten Sonnensystemen besiedelt. Beim Anflug rief ich nochmals die Hintergrundinformationen auf; Datenblöcke erschienen auf den Displays:
... verlief die Frühgeschichte der auf Or von der Evolution bevorzugten Felis-Arten zum Teil recht kriegerisch; matriarchalische Tendenzen standen dem Paschagehabe der »Kater« gegenüber, bis sich schließlich eine recht gleichberechtigte Form des Zusammenlebens entwickelte. Während der technologische Fortschritt Männersache war, richtete sich das Augenmerk der Frauen – ähnlich den Zhy-Famii von Iprasa – auf die philosophisch-metaphysischen Aspekte, einhergehend mit Förderung und Entwicklung von zunächst schwachen Paragaben ...

... wurden in den Methankriegen schwer getroffen, als Ende 10.629 da Ark, zur Regierungszeit von Imperator Orcast II., der ein Jahr später im Kampf gegen die Methans fiel, bei einem Großangriff der Maahks die von den Orbeki besiedelten Planeten zu achtzig Prozent »entvölkert« wurden. Nur die herbeieilende Arkonflotte, die in Gefechten von fast einer Periode Länge zur Hälfte aufgerieben wurde, konnte den totalen Untergang dieser Kultur verhindern ...

Seither hielten sich die Orbeki aus der galaktischen Großpolitik heraus und besiedelten keine weiteren Sonnensysteme, sondern beschränkten sich auf ihre ureigene Interessensphäre von sechs Sonnensystemen. *Einzelmitglieder der Felidoiden sind zwar auf vielen anderen Welten zu fin-*

den, wisperte meine innere Stimme, *doch umgekehrt gibt es wenige Fremde auf ihren Planeten, so daß eigentlich ziemlich wenig über sie, ihre Kultur und Fähigkeiten bekannt ist.*

Sie galten als loyales Fremdvolk im Reigen der zum Großen Imperium zählenden Spezies, wußten jedoch ihre Geheimnisse, die unter dem Stichwort »Innere Angelegenheit« rangierten, strikt zu wahren. »Kiun sei mit Euch«, murmelte ich die Grußformel mit dem Namen der archaischen Gottheit der Doppelsonne Orelio und Berlian – *Kiun-Tse'yn, Rotes und Gelbes Auge von Kiun.*

Beim Landeanflug sah ich die vieltausendjährige Terrassenstadt unter perligem Doppellicht, bewohnt von draufgängerischen Felidoiden, eigensinnig, anmutig und exotisch. Erwartungsvolle Spannung hatte von mir Besitz ergriffen; die bisherigen Kontakte mit den Orbeki hatten bewiesen, daß ich auf dieses Volk bauen konnte, viele ihrer Feuerfrauen gehörten zum Amazonenkorps. Inwieweit sie sich allerdings in die Karten sehen ließen, war eine andere Frage. *Halte dich zurück, Imperator!* mahnte der Logiksektor. *Zum diplomatischen Geschäft gehört auch, daß bestimmte Fragen nicht gestellt werden!*

Bis zum 21. Prago der Prikur gelang es mir zwar dennoch, behutsam erste Einblicke zu gewinnen, zu einer abschließenden Auswertung blieb uns keine Zeit. Ich wußte nur, daß es mit den überall anzutreffenden *Kecz'dharr* etwas Besonderes auf sich haben mußte, obwohl sie nur terranischen Hauskatzen glichen. Aber sogar Sinyagi beziehungsweise die mit der Großen Feuermutter verbundenen Kräfte versagten in diesem Fall. Auf den Welten der Orbeki wußten sie wirklich, wie sie ihre Rätsel zu schützen hatten. Aber wie stets kam es erstens anders und zweitens als man denkt und plant; Meldungen gingen ein, die alle weiteren Kontakte und Termine über den Haufen warfen. Meine Befürchtung bestätigte sich: Das offizielle Auftreten von Tai Zhy Fam, verstärkt durch unseren Versuch zu ihrer Erweiterung, ließ rasche Reaktionen der Tekteronii folgen. Die ARKON II nahm Kurs auf den Leuchtstern Mhalloy.

Aus: *Klinsanthor, der Magnortöter – Klinsanthor-Epos von Klerakones* (hier: Kurzfassung); Arkon I, Kristallpalast, Archiv der Hallen der Geschichte, Katalognummer A:224.225/236 – Entstehungszeit um 2100 da Ark auf Hiraroon

... und das Volk von Arkon erhob sich gegen die, die es in seiner Freiheit unterdrückten. So, wie das wilde Xarph sich nach der Entwöhnung selbst gegen die Mutter stellt und kämpft, bäumte Arkon sich gegen Bevormundung und Unfreiheit auf. Aber der Krieg dauerte lange, und die Opfer waren schwer. Das junge Arkon bemühte sich, die Fesseln sei-

ner Kindheit abzustreifen, aber die Ketten wurden immer schwerer. Als die Kraft der Arkoniden fast erloschen war, richtete das Volk sich ein letztes Mal auf und schrie nach Hilfe.

Der Ruf fand Gehör. Ein gewaltiger Sturm erhob sich zwischen den Welten und zerbrach die Bande. Klinsanthor in seiner unfaßbaren, unschaubaren Gestalt warf seinen Schatten über die, die im Unrecht waren, und sie wichen angstvoll zurück. Die Vernichtung folgte ihnen und trieb sie vor sich her, und Klinsanthors Schlachtruf klang schauerlich zwischen den Sonnen und brachte die Kristallobelisken von Arbaraith zum Klingen. Als die Feinde, geschlagen und von Furcht erfüllt, in ein Versteck zurückwichen, aus dem es für sie kein Entkommen mehr geben würde, jubelte das Volk von Arkon laut.

Von Freude und Dankbarkeit erfüllt, eilte es dem Magnortöter entgegen. Aber Klinsanthor wandte sein Gesicht von ihnen und eilte zurück in die Skärgoth, seine Unwelt, und ein Teil seines Schattens überzog die, die ihm danken wollten. Wen der Schatten berührt hatte, der welkte dahin wie eine Blume. Unzählige starben, und das Volk der Arkoniden erstarrte in Furcht und Trauer, bis der mächtige Klinsanthor in die Ruhe der Grüfte zurückgekehrt war. Dann erst verlor auch der Schatten seine Macht ...

Nur geflüstert wurden seither die Berichte: vom Aufgehen im Weltraum verlorener Arkoniden in rätselhaften Energieströmen und die Herkunft des Magnortöters. Denn es war einmal in fernster Vergangenheit ein Raumfahrer. Er gehörte einem unbekannten Volk an, und er hieß Klinsanthor. Er geriet zufällig in einen Schnittpunkt kosmischer Kraftlinien, blieb dort hängen und wurde von den She'Huhan persönlich mit übernatürlichen Kräften ausgestattet, die Klinsanthor völlig veränderten. Seine Fähigkeiten hätten ihm zu großer Macht verhelfen können, aber er konnte sich ihrer nicht frei bedienen. So geriet er in Abhängigkeit zu anderen Wesen, die ihn rufen und sich seiner bedienen konnten.

Die Art der Kontaktaufnahme wird nirgends konkret geschildert, dennoch gelangten immer wieder Wesen an das Geheimnis, und sie riefen Klinsanthor. Dem Fremden blieb nichts anderes übrig, als derart erteilte Aufgaben zu erfüllen. Bezeichnenderweise wendeten sich hauptsächlich Leute an ihn, deren Ziele nicht unbedingt positiv waren: Der verschollene Raumfahrer wurde gründlich mißbraucht. Es gab große Katastrophen, die man auf ihn zurückführte, und so kam Klinsanthor zu dem Beinamen Magnortöter. Später hieß es, daß nur der Imperator von Arkon selbst Klinsanthor rufen könne ...

Derpan, achter Planet der Sonne Ysheenan, Rhenkon-Hotel des Hauptarchiv-Komplexes von Derpanoi: 27. Prago des Tartor 19.017 von Arkon (= 2. Februar 2048 Terra-Standard)

Hemmar Ta-Khalloup war sich des Risikos bewußt. Als Oberster Archivar und Historiker des Imperiums gehörte er zu jenem erweiterten Kreis der Eingeweihten, die von den vierzehn Bereichen wußten und sich an den Fingern einer Hand ausrechnen konnten, daß Seine Erhabenheit nicht untätig bleiben würde. Gerade weil er scheinbar »nichts anderes tat«, als Planeten auf seiner Goodwill-Rundreise anzusteuern. Die Liste der angeflogenen Welten verlängerte sich fast täglich, und die zum Teil bombastischen Staatsempfänge, Besuche kultureller Stätten, Tischreden und Vertragsunterzeichnungen waren Thema der imperiumsweiten Hauptnachrichten. Nicht selten wurden Namen von Völkern genannt, mit denen sogar Hemmar wenig anzufangen wußte: Zekonen, Zakreber, Visalesen, Zarkoler, Manoler und wie sie alle heißen mochten.

Doch gerade weil Derpan zu den Bereichen gehörte, war Hemmar – von einer unguten Ahnung getrieben – hierhergekommen, um weitere Recherchen vor Ort durchzuführen. Zwar waren die maßgeblichen Informationen in der Großpositronik von Arkon III gespeichert und die projizierbaren Holosimulationen meist sogar von besserer Qualität als die konservierten Originalaufzeichnungen. Aber es gab keine Garantie dafür, daß wirklich alle relevanten Quellen Eingang in den Robotregenten gefunden hatten. Insbesondere solche, die in den letzten Jahrtausenden zutage gefördert wurden, waren häufig nur als Querverweis-Katalognummer in den Datenbanken aufgelistet oder fehlten häufig ganz, so daß es sich als erforderlich erwies, nicht nur auf die positronischen Rechner-Netzwerke zu vertrauen. Zu oft hatte der Historiker schon die Erfahrung machen müssen, daß in diversen Depots wahre Schätze schlummerten, um die sich nicht einmal mehr die pedantischen Roboter nach der Eingangserfassung und Einlagerung gekümmert hatten.

Robotisches Defizit – die Metallburschen besitzen nun mal keinen Forscherdrang, keine Intuition, keine Neugierde eines Lebewesens, dachte Hemmar ärgerlich. *Bei Erfassung, Verwaltung, Logistik und Konservierung mögen sie ihre Stärken ausspielen können, die unbestritten sind. Aber was die Kreativität betrifft, sind und bleiben sie ziemliche Versager, allen Verbesserungsversuchen zum Trotz!*

Er war ein Mann mit wachem Geist, aktiviertem Extrasinn und immensem Wissen, was die arkonidische Geschichte und die historischen Zusammenhänge betraf, und bei den schon erreichten 178 Arkonjahren Alter hatte er keine Illusionen mehr – allzu viel Lebenszeit blieb ihm ohnehin nicht, obwohl er ein keineswegs degenerierter, sondern bemerkenswert rüstiger Arkonide war. Lebhaftes Blitzen erfüllte seine tiefroten

Augen. Der kantige Schädel mit langer Hakennase, dünnlippigem Mund und winzigen Ohrmuscheln war kahl, die pergamentene Haut fleckig, und Hunderte Falten umgaben den dünnen Hals. Auch heute trug er eine hellviolette Robe von Knielänge mit Stehkragen, weiten Dreiviertelärmeln und einer dunkelvioletten Schärpe als Gürtel.

Unbewußt rückte Hemmar die Simultanhaube zurecht, konzentrierte sich wieder und musterte die langsam scrollenden Zeilen, die im linken Blickbereich einen Block bildeten und Texte zum Magnortöter Klinsanthor beinhalteten: Vor dem Archivar hatte sich eine holographische Illusion aufgespannt, die einen archaisch anmutenden Säulentempel simulierte. Zwischen den kannelierten Blöcken traten »Propheten« und »Orakelfrauen« vor, sobald sich ihnen über einen gewissen Schwellenwert angenähert wurde – positronischer Schnickschnack, der den virtuellen Besucher der Datenbanken und Archive quasi auf Schritt und Tritt begleitete und nur in wenigen Ausnahmen ausgeschaltet werden konnte.

»Auch das eher ein Anzeichen unserer Dekadenz, ah, ah, als ein wirkungsvolles Hilfsmittel!« brummte Hemmar, gähnte, trieb mit einer Handbewegung die »Orakelfrau« zurück und korrigierte seine Position in der Virtualität. Sie war das Ergebnis einer Kombination von dreidimensionalen Lichtkonfigurationen, taktil wahrnehmbaren Prallfeldern und paramechanischen Impulsen mit leicht halluzinatorischer Eindringlichkeit. Eine Steigerung dieser Effekte gab es bei den Fiktivspielen, denen die Arkoniden im allgemeinen Kompositionstaumel frönten.

Persönlich hatte Hemmar keinen Sinn für die ineinander verquirlenden Lichtsymbole, zumal das fürchterliche Jaulen und Schrillen hinzukam, das von dem unter einem Simultan- oder Fiktivspielprojektor liegenden Künstler durch Nervenreflexe erzeugt und gesteuert wurde. Es waren Geräte, wie sie überall zur Erzeugung der Farben- und Formenspiele verwendet wurden. Sie ermöglichten die »Verbildlichung« von Gefühlsregungen und Geisteseindrücken, indem sie die vom Detektorteil aufgenommenen Gedankenimpulse umformten und auf einem Schirm oder in einem Holo sichtbar werden ließen. Eine sehr genaue Darstellung von Bildern aller Art war möglich. Die Qualität des Bildmaterials schwankte je nach den psychischen Kräften des organischen Senders. Nahezu alle, die etwas auf sich hielten, besonders natürlich Adlige, hatten große Übung im gedanklichen Spiel mit dem Simultangerät.

Im Hauptarchiv von Derpanoi suchte Hemmar bevorzugt nach Daten, die mit den Zwölf Heroen zu tun hatten – bei seinen bisherigen Recherchen war er nämlich wiederholt auf Hinweise gestoßen, die belegten, daß die Ursprünge dieser Sagas unter Umständen viel weiter in die Vergangenheit zurückreichten, als sie bei oberflächlicher Betrachtung vermuten ließen. Mehrfach war die »heilige Zahl« Zwölf in herausgehobener Position auch bei Hinterlassenschaften des »Großen Volkes« vorgefunden worden, was Hemmar zu dem Schluß kommen ließ, daß auch diese Kultur die Zwölf Heroen gekannt haben dürfte. Eine Kultur, deren Mitglieder offenbar arkonoides Aussehen gehabt hatte. Unter Einbezug der mindestens eine Million Jahre zurückliegenden Zivilisation der Barkoniden und ihrer über die Galaxis verstreuten Nachkommen war das allerdings wenig verwunderlich. Leider widersetzten sich die Dateien im Juwel von Kariope weiterhin einer Entschlüsselung, aber in den Kommentaren zu den Sternenmythen wurden die Heroen, verklausuliert als »zwölf Kämpfer des Lichts«, ebenfalls mehrfach erwähnt.

»Da steckt viel mehr dahinter! Vielleicht, ah, ah, sogar etwas, das mit den *Erwachenden Legenden* zu tun hat?« knurrte Hemmar überzeugt, zwinkerte müde und schaltete die Anlage aus. »Ah, ah, Schluß für heute!«

Die virtuelle Erscheinung erlosch, und der Wohnraum der Suite im Mittelbereich des Rhenkon-Hoteltrichters wurde sichtbar – weitläufig, lichtüberflutet, von gediegener Eleganz, genau wie es einem Haus dieser Qualität entsprach. Der Historiker stand ächzend auf und lächelte schmerzlich. Der Begriff Rhenkon besaß für die Arkoniden einen ähnlichen Klang voll mitschwingender Meta-Bedeutung, wie es auf Terra für das Wort Marathon und die davon abgeleitete olympische Disziplin galt: Im letzten Regierungsjahr von Imperator Borlac II., 12.900 da Ark, war es im Rhenkon-System zu einer großen, berühmten Schlacht mit den methanatmenden Maahks gekommen. Dreihundert Arkon-Raumer hatten einer Übermacht von mehr als fünftausend Walzenschiffen gegenübergestanden. Dreieinhalb Tontas hielten die Arkoniden stand, bis sämtliche Kugelraumer vernichtet waren. Aber diese Zeit hatte ausgereicht, einer anderen, sehr viel größeren Flotte den Anflug ins System zu ermöglichen, so daß am Ende die Maahks eine entscheidende Schlacht verloren und für viele Jahre zurückgedrängt werden konnten ...

Leises Stöhnen aus dem Nebenraum riß Hemmar aus den Gedanken. »Laury? Geht es Ihnen gut, meine Freundin?«

Das Stöhnen wurde lauter. Sofort rannte der Historiker los und fand die dunkelhaarige Mutantin nahe dem Durchgang zur Terrasse am Boden. Sie regte sich schwach, ihre Lider flatterten unstet. Als er ihren Kopf in seinen Schoß bettete und erregt einen Medoroboter herbeizitierte, erwachte sie endgültig. »Antis!« flüsterte sie. »Unheimlich ... Strahlung, die unseren dimensional übergeordneten Paraimpulsen gleicht ... Schmerzen! Ich habe fürchterliche Kopfschmerzen! Müssen mich ... überwältigt haben ... konnte nichts wahrnehmen, keine Gedankenfetzen ... bis es zu spät ...«

»Ruhig, meine Freundin, nicht aufregen.« Hemmars Stimme klang sanft, obwohl in ihm ein Vulkan auszubrechen drohte und er sich bittere Vorwürfe machte; während er völlig in seine Recherchen vertieft gewesen war, wurde die ihm als »Leibwächterin« zur Seite gestellte Mutantin überfallen und überwältigt. *Wir waren uns zu sicher, trotz oder gerade wegen des Risikos ...*

Das metallische Ei des Medoroboters glitt aus einer aufklappenden Bodenöffnung, fuhr Sensoren aus und untersuchte die junge Frau, die unvermittelt von einem Antigravkokon umschlossen wurde und bis in Hüfthöhe emporschwebte. Mit dem Einchecken ins Hotel waren für die Suite selbstverständlich die maßgeblichen Speziesdaten geladen worden, so daß auch der Medo über den Metabolismus einer Terranerin Bescheid wußte – so etwas gehörte zum Service. Scanfächer tasteten Laury Martens Körper ab, kurz darauf verkündete die Vocoderstimme die Diagnose:

»Psychischer Schock, Gebieter. Die Ursache läßt sich nicht verifizieren; körperliche Krankheiten, Gebrechen oder ernsthafte Verwundungen liegen nicht vor. Zwischen dem vierten und fünften Nackenwirbel wurde jedoch eine Einstichstelle entdeckt, die auf die vor kurzem erfolgte Entnahme von Rückenmarksflüssigkeit hindeutet. Ich habe der Erlauchten ein Beruhigungsmittel verabreicht und empfehle für die nächsten Tontas ...«

»Schon gut, danke.« Hemmar winkte ungnädig, woraufhin Laury aus dem Antigravfeld entlassen wurde. Auf den Mann gestützt, wankte sie zur nahen Couch aus formvariablen Plasten und sank ins Polster.

»Verdammt«, ächzte sie. »Was hat das zu bedeuten?«

»Sieht aus, ah, ah, als hätte man es genau auf Sie abgesehen, meine Liebe. Die Gewebeentnahme deutet auf eine beabsichtigte genetische Untersuchung hin, nicht wahr? Wenn es wirklich Báalols waren, ist ihr Interesse sogar nachvollziehbar – Ihre Anwesenheit in Seiner Erhabenheit und meiner Umgebung ist ja kein Geheimnis, und über Ihre Fähigkeiten wird man sich informiert haben. Sind Sie nicht der erste terrastämmige *Vollblut-Psi-Mensch* in zweiter Generation? Das muß die Báalols ja förmlich angelockt haben! Wir sollten die Behörden des ...«

Sie sah zu ihm auf, runzelte die Stirn und unterbrach: »Es *waren* Báalols! Und vergessen Sie die Behörden; die Kerle sind längst über alle Berge. Ich bin mit dem Schrecken davongekommen, ein zweites Mal passiert so was nicht. Damit hat es sich!«

Hemmar wiegte den Kopf. »Diese terranische Entschlußfreude! Meine Bewunderung ... Und Sie sind sicher, daß ...«

»Hemmar! Was soll ich mich aufregen? Passiert ist passiert! Es wird mir eine Warnung sein! Seien wir froh, daß es nicht schlimmer kam, okay?«

»Hhm-hm, wenn Sie meinen, meine Freundin.«
»Ich meine! Und jetzt – lassen Sie mich, bitte, allein, ja?«

Zwei Tage später, zurück auf Arkon I, kam Laury Marten über die Parkterrasse in das mehrere hundert Quadratmeter messende »Büro« des imperialen Archivars, schlenderte an Arbeitstischen, Regalen und konservierten Aufzeichnungen vorbei. Ganze Batterien von Speicherkristallen glitzerten im Licht, Roboter arbeiteten geräuschlos an der Konservierung von Khasurnblättern aus der Spätphase der *Archaischen Perioden*. Die dunkelhaarige Frau mit der faszinierenden Gestalt trug eine enge Kombi mit kniehohen Stiefeln; ihr ovales Gesicht war von leicht geschlitzten Augen markant geprägt. Zwischen Daumen und Zeigefinger drehte sie versonnen eine im Park des Kristallpalastes gepflückte, an eine schwarze Rose erinnernde Blüte.

Hemmar Ta-Khalloup goß aus der Weinflasche nach, trank einen Schluck und wandte sich, die faltigen Lider halb geschlossen, leise an die Mutantin: »Sie machen einen nachdenklichen Eindruck, junge Freundin. Wie geht es Ihnen?«

Laura Marten lächelte sanft. In einem Wabenschirm-Tresorball neben Hemmars Schreibtisch rotierte das Juwel von Kariope im Antigravfeld: ein faustgroßer, blaufunkelnder, reich facettierter Edelstein mit den 1024 eingespeicherten »Dateien« oder »Kapiteln«. »Danke, ganz gut«, sagte Laury. »Keine Nachwirkungen oder Kopfschmerzen mehr. Wie erwartet verliefen Peters Nachforschungen im Sande ... Atlan ist informiert; soll ganz schön geflucht haben. Eine scharfe Nachfrage beim Hohenpriester Thalom Goéto hatte eine bestürzte Reaktion zur Folge. Zwischen den Zeilen deutete er an, es könne sich nur um eine Aktion anderer Kult-Kreise gehandelt haben und er wolle behutsam recherchieren ... Der junge Mann scheint tatsächlich etwas aus der Báalol-Art geschlagen zu sein.«

»Sehe ich, ah, auch so, meine Liebe. Ich habe ein paar Altdaten konsultiert. Meine erste Vermutung wurde von einer Reihe Indizien gestützt; zweifellos arbeiten manche Báalol-Gruppen schon recht lange mit solchen der Aras zusammen, bevorzugt bei Genom-Forschungen mit Blick auf mögliche Wechselwirkungen zwischen latenten oder aktiven Parakräften und dem Erbgut – dem eigenen wie auch dem anderer Völker.«

»Mit dem langfristigen Ziel einer entsprechenden Manipulation? Halten Sie ihre ausgeprägten Anti-Kräfte gar für das Ergebnis einer solchen?«

Hemmar Ta-Khalloup wiegte den Kopf, nippte am Wein und antwortete bedächtig: »Ja und nein. Mein Logiksektor behauptet, daß die Ziele der Báalols viel weiter gesteckt sein dürften. Das okkultistisch Angehauchte des *Báalolul* mit dem Ziel einer geistigen und körperlichen Gesunderhaltung des Individuums gehört zum offiziellen Kultbereich – bezogen auf den inoffiziellen läßt sich daraus einiges extrapolieren, nicht wahr?«

Laury kam näher und lehnte sich an ein positronisches Terminal. »Stimmt, Erhabener. Man kann ebenso an eine Steigerung dieses Zieles – bis hin zur Langlebigkeitsforschung, Stichwort Ara-Serum – wie auch an das Gegenteil denken. Beim Erzeugen von Krankheiten aller Art sind die Aras ja ebenfalls an der Spitze. Und wenn man das mit dem Paranormalen der Báalols kombiniert ... Erschreckend! Immerhin besaß das Ara-Serum ebenfalls eine maßgebliche psionische Komponente.«

Sie erinnerte sich an den Tolimon-Einsatz und ihre vorherige Ausbildung zur Expertin in Zoologie und Serum-Medizin; den Gedanken an Graf Rodrigo de Berceo unterdrückte sie sofort.

»Sofern es diese – mit Blick auf die Tekteronii! – nicht sogar weiterhin besitzt!« ergänzte der alte Arkonide und leerte sein Glas. »Im übrigen, ah, ah, dachte ich – respektive meine innere Stimme – sogar noch einen Schritt weiter. Gab es bei Ihnen nicht die These, die terranischen Mutanten seien Ergebnis gewisser radioaktiver Einwirkungen auf Ihrem Heimatplaneten – Parakräfte als Folge besonderer genetischer Disposition? Und hatten Sie nicht auch schon mit einem Mehrfachbegabten zu tun, der *Overhead* genannt wurde?«

Laury hielt unwillkürlich die Luft an, starrte Hemmar an, versuchte in seinem faltigen Schildkrötengesicht zu lesen und atmete zischend aus. »Clifford Monterny; Telepath, Hypno und Suggestor! Ein wahrer Supermutant! Meine Eltern haben mir vom Kampf gegen ihn erzählt. Und Sie meinen, die Báalols ...?«

»Wäre nur konsequent und logisch, oder? Ob von Erfolg gekrönt, sei einmal dahingestellt. Das, was wir bislang über die Schleimpilz-Mutation durch die Tekteronii wissen, deutet ebenfalls in diese Richtung! Kombination von Genetik und Paraphysik: Einzeller, die Individuen beeinflussen können und bevorzugt Hyperkristalle aussaugen; entstanden aus Stachelkugel-Sporen, die ihrerseits aus Künstlichen Monden hervorgehen, welche beim Zusammenschluß ungezählter Einzeller-Gallerten gebildet werden.«

Er seufzte und machte eine vage Geste.

»Stachelkugeln überdies, die die Wirkung von Gravitationsbomben mehr oder weniger gut wegstecken können! Ich fürchte, beim Einsatz gegen die vierzehn Bereiche steht uns eine böse Überraschung bevor. Die von Seiner Erhabenheit forciert vorangetriebene Zusammenkunft der Vollversammlung könnte sich bald zu einer mehr als notwendigen Einrichtung entwickeln! Viele der drei- bis fünftausend Völker der Arkon-Nachkommen scheinen nicht abgeneigt, was von den maßgeblichen Khasurn leider weniger behauptet werden kann ...«

Laury lächelte versonnen und legte die Blüte ab. »Das bringt mich zu Ihrer Eingangsfrage zurück, Erhabener: Ich dachte über die arkonidische Starrköpfigkeit nach.«

»Und was verstehen Sie darunter?« Er lehnte sich zurück und musterte sie mit begeistert glitzerndem Blick. Laury spürte allerdings auch seine plötzliche Anspannung, sogar ohne auf ihre telepathische Gabe zurückgreifen zu müssen.

»Seien Sie beruhigt, alter Freund, es ist zweifellos nur der Eindruck einer gerade der Primitivraumfahrt entronnenen Eingeborenen eines Hinterwäldlerplaneten – insofern unwichtig. Auf Derpan wurde es mir jedoch nochmals sehr bewußt, und ich frage mich, wie es möglich ist, daß über einen Zeitraum von Jahrzehntausenden – sei es nach terranischer oder arkonidischer Rechnung – die Traditionen nahezu unverändert Bestand hatten. Und damit meine ich sowohl die des Kristallprotokolls als auch die der Kriegsführung, der Besiedelung, der Industrialisierung ... Ich habe einige Ihrer Geschichtswerke gelesen, alles machte einen sehr ritualisierten Eindruck. Eine Beschreibung fällt mir schwer ...« Verwirrt brach sie ab.

Der alte Historiker nickte. »Sagen Sie, junge Freundin, die zweifellos länger leben wird als ich, welche interstellaren Zivilisationen Ihnen außer der arkonidischen bekannt sind.«

»Nun, die der Springer natürlich. Die Aras, Báalols ...« Sein heftiges Kopfschütteln ließ die Mutantin, die bei seinem Hinweis auf ihre Langlebigkeit zischend eingeatmet hatte, sofort verstummen.

»Nein, nein, nein. Falsch!« rief er. »Die Springer und die Aras sind besondere Ausformungen der arkonidischen Zivilisation und können darunter subsumiert werden. Vergessen Sie auch die anderen arkonoiden Formen, die die interstellare Raumfahrt beherrschen. Lassen Sie sich folgendes gesagt sein ...« Er winkte die Terranerin an seinen Schreibtisch, holte mit der linken Hand ein weiteres Glas vom Regal und mit der Rechten eine neue Flasche; der Inhalt war von interessanter Farbe. Er schenkte ein, schob Laury, die nur aus Reflex protestierte, ein gefülltes Glas hin, wartete, bis sie daran gerochen hatte und sich ein fasziniertes Lächeln auf ihrem Gesicht ausbreitete, hob das eigene Glas und fuhr fort: »Die derzeit einzige galaktopolitisch relevante, nichtarkonidische Zivilisation in dem von Arkoniden erforschten Bereich der Galaxis ist die terranische!«

Laurys Gesicht zeigte Überraschung. Ta-Khalloup gestikulierte weit ausholend mit seinem Glas, in dem die türkisfarbene Flüssigkeit schwappte. »Oh, natürlich muß ich diese Aussage relativieren. Ich meinte nicht die ins Tai Ark'Tussan mehr oder weniger intensiv integrierten Fremdvölker. Ebenso mag es Zivilisationen geben, die uns verborgen blieben, ah, ah, Zivilisationen außerhalb unseres Forschungsbereiches, denen wir noch nicht begegnet sind – die müssen natürlich aus der Rechnung herausgenommen werden. Aber die Terraner sind etwas Besonderes. Weil sie sich nicht einig sind.«

»Das stimmt nicht«, begehrte Laury auf und krauste die Stirn. »Seit fast siebzig Jahren haben wir eine Weltregierung, seit knapp sechzig Jahren gibt es das Solare Imperium – natürlich sind wir uns einig ... Im Gegensatz dazu kann von Einigkeit bei den Arkoniden wohl kaum gesprochen werden!«

»Ich bitte um Vergebung.« Hemmar Ta-Khalloup schüttelte irritiert den Kopf. »Es war mein Fehler. Mit nicht einig meinte ich ... nicht gleich. Es gibt auf Terra kein einheitliches kulturelles und technisch-zivilisatorisches Niveau! Dennoch wagten Sie den Schritt nach draußen ...«

»Das müssen Sie mir erklären, Erhabener«, forderte die Mutantin; ihr Stirnrunzeln verstärkte sich.

»Sie verstehen es wirklich nicht?« sagte Hemmar Ta-Khalloup leise. Er lehnte sich zurück und verschränkte seine Hände mit dem Glas über seinem Bauch. In der Holofenster-Projektion an der Wand ging Arkon unter und zeichnete die ersten violetten Streifen an den weißblauen Himmel. »Ein Exkurs also. Soweit wir wissen, entwickelte sich die arkonidische Zivilisation über einen Zeitraum von etwa zehntausend Jahren weitgehend unbehelligt – von der Zäsur der Archaischen Perioden einmal abgesehen. Wir erforschten, wir eroberten – und wir achteten sehr darauf, daß unsere innere Einheit gewahrt blieb. Unsere Aufzeichnungen waren stets präzise, der Nachrichtenaustausch von Planet zu Planet, von Schiff zu Schiff war umfassend, jedoch bürokratisch formalisiert. Auf allen von uns besiedelten Planeten etablierten wir rasch die Datensphären großer Positronik-Netze; alles, was die Mutterwelt und die älteren Planeten wußten, wurde eingespeichert und war den anderen zugänglich. Zunächst selektiv, später umfassend dehnten wir diesen Prozeß auf die vom Imperium vereinnahmten Fremdvölker aus. Selbst als sich die Mehandor und andere weitgehend selbständige Völker ausbreiteten, bewahrten sie dieses Erbe. Das Gewicht der abgefragten Informationen verlagerte sich, aber der wachsende Inhalt blieb allen zugänglich. Rein äußerlich mag es Veränderungen gegeben haben, sicher, dennoch empfinden sich, wie Sie wissen, sogar Zaliter, Preboner, Ekhoniden und wie sie alle heißen als Arkoniden! Alle waren und sind Arkon!«

Hemmar trank einen Schluck, wirbelte den Drehsessel schwungvoll herum und sah blinzelnd in den Sonnenuntergang. Als er wieder sprach, klang seine Stimme leise und vibrierte.

»Wir waren Arkon, und wir sind es noch. Und das ist unser Erbe, unser Fluch.« Er drehte sich wieder Laury Marten zu, beugte sich vor, stützte die Ellbogen auf den Tisch und sah die dreißigjährige Terranerin an. »Wir bestimmten unsere Größe, unsere Grenzen – die natürlich ständig erweitert werden mußten –, unsere Macht, unser zivilisatorisches Streben. Arkon definierte sich uns nur über sich selbst. Sie kennen doch die Selbstglorifizierung durch die drei Synchronwelten!«

Laury schüttelte verwirrt den Kopf. Ihr Glas rührte sie nicht an.

»Es spricht für Ihren Anstand, ah, ah, daß Sie nicht in meine Gedanken eindringen, junge Freundin. Ich werde versuchen, Ihnen noch deutlicher zu machen, was ich meine: Arkon hat niemals versucht, andere Völker zu einem tragenden Teil des Imperiums zu machen! Verstehen Sie? Wir versuchten immer nur, sie in das Tai Ark'Tussan einzugliedern. Begreifen Sie jetzt?«

Laury nickte zögernd. »Arkon, das Arkon-Imperium ... brachte den anderen Völkern zwar die arkonidische Lebensweise ...? Übernahm im Gegenzug aber nichts? Kultur-Chauvinismus?«

»Ganz genau. Oh, es gab durchaus Informationen über die Xenointelligenzen, einschließlich solcher, die sie selbst beigesteuert hatten. Selbstverständlich sind therborische Kompositionen auch bei Arkoniden beliebt, und viele Erkenntnisse anderer flossen beispielsweise in die Dagor-Lehren ein. Mit dieser Adaption jedoch wurde das alles arkonidisch! Die Originale dagegen waren in den Positronik-Netzen ausdrücklich als aus nichtarkonoider Quelle stammend gekennzeichnet. Die Geschichtsschreibung des Tai Ark'Tussan verzichtete bewußt auf fast alle Daten, die mit Arkon nichts zu tun hatten. Deshalb ist es für mich als Archivar mitunter so schwer, an fremde Originalinformationen heranzukommen. Und wenn nun unsere jungen Studenten sich mit der Geschichte des Reiches befaßten, erhielten sie genau diese arkonidischen Informationen – und keine anderen.«

Die Mutantin nickte zögernd. »Die Informationen in den Datenbänken waren zwar vorhanden, aber vorsortiert, so daß nicht nach artfremden Aspekten geforscht werden konnte?«

Hemmar lehnte sich zurück und stellte erneut sein Glas auf dem Bauch ab. »Oder nur unter gewissen Schwierigkeiten. Zudem waren – und sind – viele dieser Dateien beim Aufruf mit automatischen Benachrichtigungskodes ausgestattet, die bei den entsprechenden Behörden je nach Art und Umfang der Abfrage verschiedene Grade ungebührlichen Interesses bezeugen. Keine Zensur, jedenfalls keine direkte, aber eine subtile Form der Überwachung! Xenologische Forschung wurde eher entmutigt, damit die Pioniere nicht – wie sagt Ihr Kipling? – über die Mauer gingen.«

Laury nickte abermals. Ihre Gedanken rasten. »Und dieses System hat sich über die Jahrtausende erhalten?«

»Ja.«

Die Mutantin stand auf und ging mit kleinen Schritten auf und ab. »Die von Arkon abstammenden Völker«, murmelte sie, »fragten im Laufe der Zeit für sie wichtige Daten ab, brachten auch neue ein, aber das war vorhersehbar und bewilligt ... Der Gesamtprozeß hat sich sicher auch im Laufe der Zeit gewandelt. Durch die permanente kulturelle Einverleibung fühlten sich alle als Arkoniden, wenngleich sie unterschiedliche Privilegien und Funktionen besaßen – allerdings wurde immer wieder darauf hingewiesen, daß nur auf Tiga Ranton selbst die wahren Arkoniden leben ... Somit wurde einerseits ein hohes Maß an Loyalität geschaffen, und andererseits wurde die Hierarchie der Arkon-Völker eingerichtet. Kein schönes Bild.«

Sie blieb stehen und starrte Hemmar wütend und frustriert an. Der Historiker breitete die Arme aus und hob die Schultern. Das Glas blieb auf seinem Bauch stehen, ohne daß durch die Bewegung ein Tropfen verschüttet worden wäre.

»Aber es hat bis vor siebzig Jahren funktioniert. Bis der Große Koordinator aktiviert wurde.«

»Und wieso unterscheiden wir Terraner uns so sehr von den Arkoniden?«

Hemmar lächelte. »Ist es nicht offensichtlich, ah? Vor ihrem Erstkontakt waren die Terraner kein geeintes Volk. Sie hatten keine einheitliche Regierungsform, keine einheitliche Kulturstufe, die damalige Verteilung ihrer Technik ist mit *ungleich* nur sehr mangelhaft umschrieben ... Während von Ihrem amerikanischen Nordkontinent primitive Raumschiffe aufstiegen, lebten einige Stämme in entlegenen Gegenden noch auf steinzeitlicher Kulturstufe. Visiphone und Trommeln, moderne Pharmazie und Schlammbandagen, Computer und mündliche Überlieferungen – Terra war und ist ein Planet der Widersprüche! Ich war Mitglied Seiner Erhabenheit Delegation, die zum Staatsakt nach Crests Tod nach Terra reiste; bei meinen zugegebenermaßen nur kurzen Studien habe ich Anzeichen für über zweitausend verschiedene Herrschaftsformen in Ihrer Geschichte entdeckt! Und das gilt nur für die gerade einmal sechstausend Jahre, die Sie von Ihrer eigenen Vergangenheit zu kennen glauben. Unser erhabener Imperator könnte Ihnen vermutlich noch weit mehr darüber erzählen, aber im Augenblick hat er bekanntlich anderes zu tun.«

Laury bemerkte, daß Hemmar ziemlich angetrunken war. Die Erkenntnis verstärkte ihre Frustration noch. »Was hat denn moderne Pharmazie mit Naturheilmitteln zu tun? Ich ... Oh!«

Er nickte zufrieden. »Ah, meine junge terranische Freundin hat es gemerkt. Sehr gut. Lassen Sie sich folgendes gesagt sein: Crest da Zoltral hatte ab 1972, seit dem ersten Zutritt in die Festung von Larsa – Sie nennen sie den Venus-Kommandanten, nicht wahr? –, die Möglichkeit, eine arkonidische Flotte herbeizurufen, die Ihrem Hinterwäldlerplaneten ›beigestanden‹ hätte ...«

Laury schüttelte verwirrt den Kopf. *Crest hätte die Arkon-Flotte rufen können? Hat Rhodan nicht eine ausschließlich auf ihn und seine Individualimpulse geeichte Sicherheitsschaltung installiert? Andererseits – ein Wissenschaftler wie Crest hätte sicher eine Möglichkeit gefunden, wenn er ...*

Ta-Khalloup lachte leise, fast wirkte es, als könne er ihr in diesen Sekunden die Gedanken ansehen. »Er tat es nicht«, sagte er, »und dafür hatte er einen guten Grund: Die Kolonisierung eines neuen Imperiumsplaneten mit Eingeborenen bis Stufe C geschieht durch Indoktrinierung und wirtschaftlichen Zugang. Ganze Bevölkerungen werden hypnogeschult; der Kulturschock ist unbeschreiblich. Alle Völker verfügen unvermittelt über den gleichen Wissensstand. Das ist zugegeben der Extremfall. Aber auch nicht so ungewöhnlich.« Sein dürrer Zeigefinger zielte auf die Stirn der Frau, die unwillkürlich einen Schritt zurückwich. »Sie, junge Freundin, Sie wurden knapp zwei Generationen nach dem Erstkontakt Ihres Volkes geboren, und Sie wissen immer noch um die Möglichkeiten alternativer Medizin. Haben Ihre Eltern Ihnen von der ›Turbulenten Dekade‹ erzählt? Von der Zeit zwischen 1975 und 1984? Interessant, daß ein Arkonide Ihnen Nachhilfe in Geschichte erteilt, nicht wahr?«

Hemmar lachte lauter. Er griff nach der Flasche und schenkte sich nach.

»Eine faszinierende Zeit. Wissen Sie, Rhodan beging einen gewaltigen Fehler. Die Hypnoblockade seines Vertreters Michael Freyt entsprach voll und ganz einer Maßnahme, die arkonidische Kolonisatoren ebenfalls getroffen hätten. Freyt sorgte für den Ausbau der privaten und staatlichen Raumfahrtindustrien. Ganze ... hm, ›Flotten‹ von interplanetaren Raumschiffen wurden gebaut, und Ihr Ostblock setzte zwei davon ab 1979 zur Invasion der Venus ein, aber das ist nicht so wichtig. Die Planeten Ihres Systems wurden erforscht. Ihre Wissenschaft machte derartige Sprünge, daß sie fast schon über ihre eigenen Erkenntnisse stolperte. Natürlich vieles nur im Vier-D-Bereich, aber immerhin ... Nun: Wenn Rhodan nicht zurückgekehrt wäre, dann hätte Freyt einige Jahre später die Erde gleichfalls geeint – und zwar mit dem zivilisatorischen und kulturellen Niveau der Dritten Macht als Maßstab. Etwas Schlimmeres hätte Ihnen gar nicht passieren können. Freyt hatte die Macht, aber nicht die Befugnis! Er war programmiert worden, und dieses Programm war so einseitig, daß es auf lange Sicht den kulturellen Tod Ihres Planeten bedeutet hätte. Es hätte einige Jahrzehnte gedauert, aber es wäre geschehen. Auch nach Rhodans Rückkehr war die Lage schlimm genug. Der ontologische Schock, dem eine auf die Existenz außerirdischen Lebens im wesentlichen unvorbereitete Erdbevölkerung ausgesetzt wurde, wirkt sich weiterhin aus. Bis auf Freyts technische Maßnahmen und die Invasion der Springer im Jahr 1982 betrafen die Aktivitäten der Dritten Macht und ihrer außerirdischen Gegner schließlich immer nur einen zahlenmäßig sehr geringen Teil der Menschheit, und bis 1984 hatten sich die Terraner insgesamt kaum an die neue Zeit gewöhnt.«

Laury starrte den Historiker böse an. »Worauf wollen Sie wirklich hinaus, Erhabener?«

»Geduld, ah, ah ... Wo war ich stehengeblieben? Ah, ja. Crest wird Rhodan gehörig die Leviten gelesen haben – ein herrlicher Ausdruck. In der Konsequenz tat Rhodan etwas Großartiges. Er verzichtete auf die Indoktrinierung nach arkonidischem Vorbild. Dieser deutschstämmige Hugenottensprößling sah über den Tellerrand seiner militärischen Ausbildung hinaus und verzichtete auf eine großmaßstäbliche Maßnahme, die ihm innerhalb von nur wenigen Jahren ein stehendes Heer von Milliardenstärke eingebracht hätte. Er ging das Risiko ein, indem er darauf hoffte, daß die Menschen der Erde innerhalb der Zeit, die sie vielleicht unentdeckt bleiben würden, den Schock des Erstkontakts verwinden würden, um sich offen und neugierig dem Kosmos zu stellen.«

Hemmar stürzte den Inhalt seines Glases hinunter, wollte sich nachschenken, stellte fest, daß die Weinflasche leer war, runzelte die Stirn und warf sie mit lässiger Geste hinter sich. Ein Fesselfeld brummte auf, die Flasche wurde aufgefangen und dem Recycling-Konverter zugeführt. Ein anderes Servo-Feld brachte selbständig eine bereits entkorkte Flasche.

»Hervorragend. Wollen Sie vielleicht auch, junge Freundin ...? Ich habe lange gebraucht, diesen herrlichen Tropfen zu entdecken – stammt von einer entlegenen Siedlungswelt namens Trageson ... oder Traver... ah, jetzt fällt's mir wieder ein, Traversan ... Nein? Auch recht.« Ein tiefer Seufzer, dann ein Schluck, der das aufgefüllte Glas halb leerte. »Gelegentlich ist es an der Zeit, sich dem gepflegten Unmaß hinzugeben! Und dies ist eine solche Tonta, ah, ah, da ich Ihnen bittere Weisheit verkünde.«

Mittlerweile hatte Laury Hemmars Stimmung als das erkannt, was sie war: eine Mischung aus Zynismus, Frustration, Begeisterung und Sentimentalität. Gleichzeitig wurde Laury sich des unterschiedlichen Alters ihrer Zivilisationen bewußt. Als Zehnjährige hatte sie mit ihren Eltern die Chinesische Mauer besichtigt. Damals, als sie auf das kilometerlange bröckelnde Bauwerk sah, das sich über Hügel und Täler in die Ferne schlängelte, hatte sie ein ähnliches Gefühl verspürt. Sie hatte sich gebückt und die Hand auf den Mauersims gelegt. Die Vielzahl der empfangenen Eindrücke ließen sie beinahe das Bewußtsein verlieren. Ihre Fähigkeiten brachen durch, und die Mauer wurde über vier Meter Breite aufgelöst, ehe ihre Mutter sie in eine psychokinetische Fessel nahm. Telepathie und paranormale Desintegration hatten sich damals verbunden. Mittlerweile konnte sie keine Bilder mehr aus Steinen lesen oder Stimmen aus Stahl vernehmen. Wahrscheinlich eine selbstauferlegte Blockade ... Doch die Chinesische Mauer war nur etwa zweitausend Jahre alt. Hinter Hemmar Ta-Khalloup standen fast zwanzigtausend Jahre!

»Sechzig Jahre später nennen Sie sich ›Terraner‹. Das Jahr des Erstkontakts ist allgemein als der Wendepunkt in der Geschichte Ihres Planeten anerkannt worden – aber Ihre Volksgruppen besitzen weiterhin eine eigenständige Geschichte und Identität. Die Primitivvölker Ihres Planeten wurden nicht gewaltsam eingegliedert, und ihre Angehörigen werden, sofern sie Interesse zeigen, behutsam auf die Zeit der Raumfahrt vorbereitet. Solche Hypnoschulungen gehen nur an Freiwillige. Ihre hundert- und tausendfachen Traditionen werden von Ihnen selbst erforscht und aufgezeichnet. Sie respektieren Ihre eigene Barbarei!« Die letzten Worte hatte Ta-Khalloup fast gebrüllt. Tränen rannen über seine Wangen. »Sie haben wirklich unverschämtes Glück! Denn auch diese langsame kulturelle Osmose würde sich im Laufe der Jahrhunderte fatal auswirken, wenn Sie nicht einen großen Vorteil hätten – eine Ressource, über die meines Wissens nach kein anderes Volk in dieser oder vielleicht auch einer anderen Galaxis verfügt. Sagen Sie mir, junge Freundin, wie viele Menschen sind mittlerweile auf der Welt des Ewigen Lebens einer Langlebigkeitsbehandlung, Zelldusche genannt, unterzogen worden, hm? Achtzig? Hundert? Mehr?«

Laury verkrampfte sich und zögerte mit einer Antwort, die der Historiker gar nicht erwartete. Hemmar winkte lässig ab, sprach brummig weiter: »Die Geheimhaltung, ich verstehe schon. Es spielt keine Rolle. Die Zahl ließe sich herausfinden, aber sie ist nicht wichtig. Wichtig ist allein die Existenz der Langlebigen in der kulturellen Matrix der Terraner. Sehen Sie: Sei es durch Trance oder durch natürliche Begabung – die Langlebigen Ihres Planeten können jederzeit auf ihre Erinnerungen zurückgreifen! Das durchschnittliche terranische oder arkonoide Gehirn versagt nach etwa zweihundertfünfzig terranischen Jahren den Dienst, wobei sich die ersten Anzeichen schon Jahrzehnte vorher bemerkbar machen; ich kenne das aus eigener Erfahrung.«

Sein ironisches Lächeln wirkte aufgesetzt.

»Die Langlebigen scheinen diesem Effekt nicht zu unterliegen. Das ist natürlich bislang nur eine Theorie, aber wenn ich mir unseren verehrten Imperator so ansehe ... Sei's drum. Alles, was Sie erlebt haben, wird von dieser wundersamen Behandlung ebenfalls konserviert und in Ihrem Gedächtnis verankert, Laury Marten! Es steht Ihnen nicht ganz so unmittelbar zur Verfügung wie Ihrem *Homa Dschi Edems* – habe ich das richtig ausgesprochen? –, aber es ist da. Sie sind lebende Augenzeugen, organische Archive! Sie stellen ein stabilisierendes Element dar. Wie oft sind zum Beispiel Ihre Eltern schon von Journalisten und Wissenschaftlern interviewt worden? Trifft es nicht zu, daß praktisch zu jeder Zeit einer oder mehrere Zellduschenempfänger mit historischen Projekten beschäftigt sind?«

Laury nickte. »Und die Überlebenden des zwanzigsten Jahrhunderts entstammen zahlreichen kulturellen Traditionen ...«

»Auf weiten Teilen Ihres schönen Planeten haben sich die alten Lebensweisen fast vollständig erhalten, und sei es auch nur als Folge einer gewissen Trotzreaktion. Bezogen auf die Auswahl seiner langlebigen Helfer kennt Rhodan nur zwei Vorurteile: Sie müssen etwas Besonderes an sich haben, und sie müssen sich für Terra verantwortlich fühlen. Sogar nach Ihrem Erstkontakt erhalten Sie sich die *terranische* Perspektive, die es Ihnen ermöglicht, die Nachteile und Möglichkeiten einer galaktischen – und vielleicht, ah, ah, sogar irgendwann einmal intergalaktischen – Perspektive zu beurteilen, ohne sich zu verlieren.«

»Wie passen dann beispielsweise die Gijahthrakos in Ihre Theorie? Auch sie sind ungeheuer langlebig! Sogar ohne Zelldusche!«

»Gar nicht. Sie sind vielleicht die zweite maßgebliche uns bekannte Ausnahme. Seit Jahrtausenden gehören sie zum Imperium, haben es fast von den Anfängen her aufgebaut und unterstützt – aber wir wissen so gut wie gar nichts über sie, weil sie sich bedeckt halten! Und so sind sie im Selbstverständnis meines Volkes kaum mehr als rätselhafte Verbündete. Gleiches dürfte, bei genauer Betrachtung, auch für einige andere Fremdvölker gelten, die erst durch die Aktivitäten unseres Imperators verstärkt in den Blick der Öffentlichkeit getreten sind.«

Atlan ..., dachte Laury. *Er ist dem Vielfältigen, Differenzierten Terras inzwischen viel mehr verbunden als seiner Arkon-Herkunft! Vielleicht setzt er genau deshalb ziemlich unvoreingenommen auf die Fremdvölker im Imperium? Fest steht jedenfalls, daß ihn die barbarischen Jahrtausende auf Larsaf III ziemlich geprägt haben!*

Hemmar beugte sich vor und stützte das Kinn auf die gefalteten Hände. Sein Blick ging ins Leere, als er sagte: »Gehen Sie jetzt, junge Freundin, ehe ich ganz im Rausch versinke. Aber gehen Sie in dem Wissen, daß Sie mir Hoffnung geben.«

Als sie das Büro des Historikers verließ, hörte die Mutantin noch, wie Hemmar leise ein Lied anstimmte. Eine melancholische Liebesballade aus dem Frühwerk von Upoc, das der spätere Imperator erst vierzehnjährig komponiert haben sollte: *Caycon und Raimanja ...*

4.

Hemmar Ta-Khalloup: *Jahre der Krise, Betrachtungen zum beginnenden 20. Jahrtausend*; Arkon I, Kristallpalast, Archiv der Hallen der Geschichte, 19.035 da Ark

Die Monde des Schreckens: *... im nachhinein stellt sich zwar die Frage, inwieweit die Verantwortlichen beim gegebenen Informationsstand die Ereignisse hätten voraussehen müssen – immerhin war nach der Entdeckung des Künstlichen Mondes und der »Einzeller«-Gallertkugeln der Lebenszyklus der Saams ebenso bekannt wie die Tatsache, daß die von Gravitationsbomben getroffenen Stachelkugeln keineswegs endgültig vernichtet waren. Aber in der Rückschau ist man stets klüger.*

Imperator Gonozal VIII. jedenfalls zog nach Rücksprache mit der Großen Feuermutter und den Flottenkommandeuren in den letzten Tagen des Jahres 19.017 da Ark die zuvor zusammengestellten und instruierten Verbände endgültig zusammen. Zehntausende Raumschiffe bewegten sich auf vorgeschriebenen Kursen und nahmen ihre Position ein. Mascant Tokoontlameer übernahm die Einsatzkoordination, der Höchstedle in seiner Eigenschaft als Begam *von der ARKON II aus den Oberbefehl der Aktion* Schattenzonen.

Die Festivitäten des Jahreswechsels als Abschluß der fünf Pragos der Katanen des Capits dauerten noch an, als die Flotten in der zweiten Tonta des Jahres 19.018 synchron losschlugen ...

An Bord der ARKON II, Kolafton-System: 1. Prago des Eyilon 19.018 von Arkon, t02.01 (= 20. Februar 2048 Terra-Standard)

Ich hörte Stratons Stimme in der vollen Lautstärke eines Dron donnern. Verabredungsgemäß ging er mächtig ran, der Alte: »... Sonderverband *Imperator Gonozal* unter dem Kommando von *Begam* Gonozal dem Achten an alle Einheiten des Kolafton-Systems: Dies ist ein Einsatz im Rahmen der Notstandsgesetzgebung! Auf Befehl Seiner Erhabenheit wird das gesamte Sonnensystem zum militärischen Sperrgebiet erklärt.

Jede unerlaubte Bewegung ist ein kriegerischer Akt und wird sofort geahndet. Im All befindliche Raumschiffe haben in freien Fall überzugehen und die Überprüfung abzuwarten. Ich wiederhole: Sonderverband ...«

Das System war von außen abgeriegelt, Einheiten materialisierten nahe Kolafton VI – ungeachtet der dadurch verursachten Strukturerschütterungen. Tausende Einmannjäger schwärmten zu großräumigem Patrouillenflug aus. Ich knurrte mit Blick auf die Holoprojektion, die die eigenen Schiffe ebenso wie den Systemschutzverband zeigte: »Ich habe es befürchtet!«

Hunderte von Kontrollanzeigen flammten, auf Monitoren wechselten Parameterkolonnen und Zahlenreihen mit analogen Symbolbildern von Prozeßabläufen. Die fünfzig Leichten Kreuzer des Systemschutzes reagierten verzögert, aber entgegen unseren Hoffnungen; sie vollzogen Alarmstarts, sofern sie nicht sowieso im interplanetarischen Raum unterwegs waren. Killan voo Mispanor sagte:

»Glücklicherweise scheinen die Händler der Anordnung zu folgen.«

Die ARKON II war fliegendes Hauptquartier und Flaggschiff zugleich; superstarke Hypersender gestatteten von nahezu jedem Ort des Imperiums via Relaisstationen eine Verbindung zum Gehirn auf Arkon III, dem Flottenzentralkommando oder dem Kristallpalast auf Arkon I. Fiebernd wartete ich auf weitere Reaktionen und starrte auf die Anzeigen. Die angemessenen Emissionen deuteten auf Angriffsflug hin. Was in den anderen dreizehn Sperrbereichen geschah, vermittelten mir Kurzmeldungen, die Killan zusammenstellte: *Überall das gleiche Bild; keine Spur von Aufgabe.*

Die Reliefprojektionen der Taster und Orter verdeutlichten alle Bewegungen der georteten Raumschiffe. Vektorangaben wurden eingeblendet, gefolgt von Kurshochrechnungen. Aus den Augenwinkeln sah ich die routinierten Abteilungschefs an ihren Vorrangpulten. Donret, der Erste Offizier. Akese, Chef der Waffenabteilung. Lasam, verantwortlich für Funk und Ortung. Ollanthon, der Leiter der Technik-Sektion. Der erhöhte Mittelteil der Kommandozentrale, ein Dom von annähernd hundertdreißig Metern Durchmesser, war über Gitterlaufstege zu erreichen. Mehrere Dutzend Besatzungsmitglieder versahen in dem umlaufenden, um zwei Meter tiefer versetzten Leitstellengraben entlang der Außenrundung ihren Dienst. Der massive Hauptsteuerpult, als M-förmiger Doppelbogen gestaltet, war mit fünf klobigen Sitzen bestückt. Rechts und links außen waren die Plätze des Ersten und Zweiten Piloten, innen die des Kommandanten und seines Ersten, und dahinter, in der Mitte, war mein Platz.

Es kam, was wir alle befürchtet hatten: »Gefechtsalarm!« – »Feuerbereitschaft.« – »Verschluß hergestellt.« – »Abwehrschirme aller Kategorien.«

Das Fremde setzt alles auf eine Karte! Ich dachte an die Bewußtseinsüberlappung und fragte mich zum wiederholten Mal, was mit Tanja geschehen war. *Lebt sie noch? Nichts ist schlimmer als Ungewißheit, dieses Bangen zwischen Hoffnung und Resignation.*

Ich glaubte nicht, daß Tanja tot war. Aber es gab Dinge, die waren unter Umständen schlimmer ...

Und nun stand uns ein fürchterlicher Kampf inmitten des Imperiums bevor. Eigene Leute, und seien sie auch irgendwie »umgedreht«, standen uns gegenüber. Ich fluchte in Gedanken. In den Schwerindustrie-Raumstationen sah ich den Hauptschwerpunkt: Die Wahrscheinlichkeit, auf Gallertkugeln zu treffen, war dort am größten. Von hier stammten die Kristalle der defekten Projektoren, die im Kampf gegen die Galeere fast das Ende der ARKON II bedeutet hätten. Mit der Produktionsserie OZ-II-518-EA-KO waren neben meinem Flaggschiff 359 neue 1500-Meter-Raumer bestückt worden. Zum Glück hatte es keine weiteren Ausfälle gegeben.

Hemmal Ki'Hoy stieg mit polternden Schritten die Rampe des umlaufenden Leitstellengrabens herauf und näherte sich dem Hauptpodest. Bis auf den Kopf war der gesamte Körper von der schwarzen Raumrüstung umhüllt. Flexibel verbundene Segmentteile knirschten, als der Raumtruppen-Orbtone hart mit dem Schwanz auf den Boden schlug. »Euer Erhabenheit?«

Nachdenklich musterte ich den Echsenmann, registrierte seine unbeugsame Energie und rang mir ein zaghaftes Lächeln ab. Ich schaltete auf Vorrangfrequenz. »Wir müssen mehr über unseren Gegner erfahren!« schärfte ich den Naats und Dron-Kriegern ein. Die Raumlandetruppen des Imperators als Teil des Imperialen Gardegeschwaders umfaßten insgesamt fünfundzwanzig Tausendschaften Naats, Dron und Scüs, kommandiert von den Naats Kornon und Gallaam, den Dron Hemmal Ki'Hoy und Sronee und dem Scü Sonem. »Stärken und Schwächen sind zu ermitteln. Wie wirken unsere Waffen? Gibt es Schutzmaßnahmen? Findet es heraus!«

Auf das Risiko des Einsatzes ging ich nicht ein; es hätte vor allem die stolzen Echsen nur gekränkt.

»Verstanden, Begam.« Ki'Hoy lachte dröhnend und riß den zahnbewehrten Rachen drohend auf. Das Vorhaben war ganz nach seinem Geschmack, trotz oder gerade wegen des Risikos. Ki'Hoys Grollen glich einer kleinen Explosion; mit mächtigen Schritten, den Schwanz waagrecht ausgestreckt, eilte er nach lässigem Gruß davon.

»Landungstruppen ausgeschleust!« meldete Donret kurz darauf.

Manöver-Rotlicht hatte die Zentrale abgedunkelt. Den Kontrollmonitoren meiner Konsole konnte ich alle wichtigen Parameter entnehmen –

Hauptdaten der ARKON, Eilmeldungen von den übrigen Schauplätzen und Verbindungen zu den Flottenkommandeuren. Virtuelle Projektionen wirkten wie über meiner Konsole in der Luft hängende Fenster. An den Raumhelmen der Soldaten befestigte holooptische Sensoren vermittelten mir ihren Blickwinkel. Ich konzentrierte mich auf die Bildflächen. Mein Hauptaugenmerk galt Bildern, die Einsatzleiter Sronee zur ARKON sandte.

Kol-IV-Orbiter-II, geformt wie eine flache Kreisscheibe von 5000 Metern Durchmesser; in die Gitterkonstruktion sind Fertigungs- und Verarbeitungsmodule eingehängt. Vom Rohstoffeingang im Mittelpunkt der Scheibenunterseite weisen als Radialspeichen Arbeitssektoren bis zu den peripheren Lagerstätten, wo andockende Raumschiffe die Fracht aufnehmen. Jede Plattform verfügt über bis zu zweitausend Personen zur Überwachung und Kontrolle.

Mit Ausschleusung der Truppen begann die Untersuchung des riesigen Strebengewirrs. Hunderte von Einmannjägern flogen außerhalb der Station Rückendeckung. Die Soldaten passierten den Endlagerbereich genormter Arkonstahlbarren. Tausende Quader schwebten, von Fesselfeldern gehalten und verankert, im Vakuum, verteilt über einen mehr als zweihundert Meter langen Abschnitt.

»Keine besonderen Vorkommnisse«, sagte Sronee. Er und seine Leute waren in die Sphären ihrer Körperschutzschilde gehüllt und somit bestens gesichert, sofern es nicht zu Volltreffern großkalibriger Strahlwaffen kam. »Kein Feindkontakt, mein Imperator.«

»Verstanden.« Der Bildausschnitt wanderte, während sich Sronee langsam drehte; Dron- und Naat-Trupps glitten vorbei. »Weiter!«

Ich sah, daß er zum wiederholten Mal die Ladeanzeige seines schweren Impulsstrahlers kontrollierte; eine klobige Beidhandwaffe von beachtlicher Masse – von Arkoniden kaum zu handhaben –, mit der bevorzugt 50er- und 100er-Burststöße abgefeuert wurden. *Auch Dron kennen Nervosität,* dachte ich betroffen und trocknete meine feuchten Handflächen an den Hosenbeinen ab. Der Katalyse-Deuteriumtank von Sronees Waffe, deutlich auf der Bildfläche zu erkennen, wies die Markierung 100 Prozent auf. *Jahaq Garr sollte mal fühlen, was ein Volltreffer heißt! Ich weiß, wovon ich rede – ich hab's als Millionenäugiger im Körper des Zarlt erlebt!*

»Begam, wir messen artfremde Hyperemissionen an!«

»Standortbestimmung der Fremdemissionen? Höchste Wachsamkeit, Leute!«

»Verstanden.« Sronees im Blickfeld auftauchende Hand wies nach vorne. »Dort, am Ende der Feldpressenstraße, etwas nach unten versetzt.«

»Langsam vorrücken.« Ich tastete eine Vergrößerung, die sofort das alte Bild ersetzte. Es handelte sich um eine nur teilweise einsehbare Ebene; ihre massive Bauweise deutete auf einen Überwachungssektor hin. Ich runzelte die Stirn. »Achtung, Ziel unterliegt künstlicher Schwerkraft.«

Sronees Antwort war ein Grunzen. Rechts von ihm erstreckten sich Kraftfeldröhren, in denen rotglühende Stahlrohlinge dahintrieben, bis sie in wuchtige Blöcke feldunterstützter Hochdruckpressen einschwebten. Die Formgebungen erfolgten nach Vorgabe-Programmen, die je nach Bedarf geladen wurden.

»Weiter«, rief ich. »Und Vorsicht!«

Pechschwarze Schlagschatten zwischen Maschinen und Streben wechselten sich ab mit Zonen gleißender Helligkeit. Weißgelb leuchtete die Riesenscheibe von Kolaftons Stern, durch keine Atmosphäre in der Intensität abgeschwächt. Lücken im Stationsgerüst gestatteten manchmal einen Blick auf die Halbkugel des Planeten. Rostiges Rot, Beige und dunkles Braun waren vorherrschende Farben. Auf Kolafton IV, in dessen geostationärem Orbit die Industrieplattform flog, arbeiteten riesige Schürfroboter, deren hypermechanische Hochdruck-Abstoßfelder Rohstoff-Preßballen in den Weltraum beförderten, wo Zug- und Fesselfelder alles einfingen und zum Stationsmittelpunkt zerrten.

»Achtung!«

Leuchtendviolett fingerten Strahlschüsse durchs Vakuum, trafen im Stationsbereich auf Mikromaterie und ionisierten sie. Sronee glitt zur Seite und nutzte die Nische eines Maschinenblocks als Deckung. Die Bilder verwackelten für Augenblicke. Drei Dutzend Gestalten gaben von der hundert Meter entfernten Plattform aus Sperrfeuer, ziemlich ungezielt zwar, aber auf Dauer nicht weniger gefährlich. Auftreffdetonationen loderten; thermische Spannung zerriß Metall, wenn Waffenstrahlen einschlugen. Glühende Partikel und Tropfen, in der Schwerelosigkeit zu Kugeln ausschwingend, trieben davon. Neben den Gestalten wurden Gallertkugeln sichtbar.

Sronee schrie: »Müssen Hunderte sein. Suggestive Beeinflussung! Paraströme von Zwang und Qual. Haßschwingungen kommen hinzu, der Wille zur Vernichtung ...«

Schon wieder!

Der Truppleiter näherte sich, von Impulsen seines Feldtriebwerks beschleunigt und wieder abgebremst, der umkämpften Plattform und gab gezielte Schüsse ab. Aber die Burststöße beeindruckten die Kugeln nicht – unversehrt glitten sie aus Glutbällen hervor. Blitzentladungen zuckten umher, Explosionen flammten auf, kohlige Trümmer trudelten davon. Mit Sronee rückten die anderen Dron vor. Mein Extrasinn machte mich auf einen von ihnen aufmerksam: *Bildfläche vier!*

Er schoß mit einer schweren Desintegrator-Magnum. Der Zylinder mit Pistolenhandgriff und lasergestütztem Zieloptik-Tubus war meterlang und unterarmdick; aus dem parallel unterhalb angeordneten Magazinzuführungsrohr wirbelten fingergroße Ein-Schuß-Energiezellen seitlich davon. Die Waffe entstammte der arkonidischen Frühzeit, als die Energiezufuhr noch nicht einwandfrei beherrscht wurde, aber jeder Strahl hatte es in sich: Rasch auffächernd, fast ohne Leistungsverlust, wurden in hundert Metern Entfernung quadratmetergroße Flächen metertief zu wirbelnden Staubwolken. Der Dron zog die Griffschale des Magazinrohrs nach hinten, repetierte mechanisch durch. Der nächste Schuß: Gallertkugeln verschwanden in einer Leuchterscheinung.

Der Logiksektor sagte laut: *Das Ergebnis des nichtthermischen Auflösungsprozesses von Desintegratoren ist niedermolekularer Ultrafeinstaub. Offensichtlich vertragen die Gallertkugeln das nicht!*

»Sronee«, rief ich. »Desintegratoren! Damit lassen sich die Kugeln ausschalten!«

»Geht klar.«

Etliche Dron fingen Streifschüsse oder Volltreffer ein, die die Abwehrsphären aufglühen ließen. Kaskaden strömten nach allen Seiten. Die enorme Aufschlagswucht wirbelte Gestalten haltlos herum. Für Sekunden huschten schneegestöberartige Störungen über meine Bildflächen. Ich fragte besorgt: »Alles in Ordnung, Sronee?«

»Ich ... ja.« Er ächzte nach einer Pause, die mir wie eine Ewigkeit erschien. »Nur ein Streifschuß. Es kommen immer mehr Blasen. Unsere Schutzschirme sind für sie kein Hindernis!«

»Rückzug, Leute!« schnarrte ich. »Verlaßt die Station. Sofort!«

Bestätigungen gingen in knisternden Übertragungsstörungen unter, die Bilder zitterten immer mehr. Mein Blick ging zum leuchtenden Band der Panoramagalerie hinüber. Perspektivisch verzerrt sah ich die Vergrößerung der Gitterkonstruktion als flache Ellipse. An einer Stelle begann es zu glühen und wabern. Dann gab es eine Explosion, gefolgt von Sekundärentladungen, die zungengleich in den Raum schossen.

Wie bei einem Blasenstrom unter Wasser quoll es aus den Orbitalstationen von Kolafton IV hervor. Es mußten Millionen Gallertwesen sein; einige größer als hundert Meter. Strukturtaster knisterten und zeigten an, daß die Kugeln Teleportationen vollzogen. Und zwischen den Planeten tobte weiterhin der Raumkampf.

»Gesamtüberblick, Lagebeschreibung«, sagte Killan. »Die Abriegelung des Systems steht. Verstärkungsverbände können kurzfristig herangeführt werden. Widerstand des Gegners ist ungebrochen.«

»Verluste?«

»Fünfzehn Kreuzer bei uns, siebenundzwanzig beim Gegner!« Killans Stimme klang monoton, und in mir krampfte sich alles zusammen. Ich schluckte.

Behalte einen klaren Kopf, Mann. Trauern kannst du später! Mein Extrasinn kreischte aufgebracht. In dieser Sekunde haßte ich ihn für seine Logik und betonte Sachlichkeit. Bitterer Metallgeschmack erfüllte meinen Mund. Ich ächzte: »Was ist mit den Raumtruppen?«

»Sronee spricht, Imperator: Wir sind draußen. Zählappell läuft ... Es fehlen, Augenblick ... 127!«

127 von 1500! Jeder davon ist einer zuviel! Ich schaltete eine weitere Verbindung und fragte: »Kon, hast du eine Auswertung?«

»Die Lage ist sehr undurchsichtig«, meldete sich der Kristallmeister, sein Bild erschien auf der Projektionsfläche. »Die Gallertblasen sind parabegabt, aber animalischer Natur. Es gelingt ihnen, Imperiumsbewohner suggestiv zu beeinflussen. Im Zusammenhang damit dürfte das Eindringen von Kleinablegern in die Körper stehen. Ernährungsgrundlage ist hyperaktive Substanz, bevorzugt Hyperkristalle. Als Nebeneffekt, von den Tekteronii einkalkuliert, entstanden so minderwertige Geräte. Die defekten Projektoren sind die Kruste eines Magmastroms. Die Einsichtblockade der Großen Feuermutter stufe ich unter anderem als Selbstschutzfunktion der Gallerten ein, Atlan. Selbstverständlich von den Tekteronii so gewollt!«

»Danke«, murmelte ich matt.

Mein Extrasinn behauptete: *Vermehrung und die Stillung ihres Hungers treiben die Kugeln an. Ihre suggestive Beeinflussung der Kreuzerbesatzungen entspringt unter Umständen instinktivem Selbsterhaltungstrieb, könnte allerdings auch ein vorgegebenes Programm der Tekteronii sein. Nach Kons Theorie müßten aus den Gallerten Künstliche Monde entstehen ...*

Ich wandte mich an meinen mispanischen Stabschef: »Wie lauten die Meldungen aus den anderen Gebieten?«

»Ähnliche Geschehnisse wie hier«, rief Killan. »Kämpfe mit Beeinflußten, Gallertkugeln zu Millionen. Große Verluste im Girom-System.«

Die siebte Welt, Girmomar, war eine der bedeutendsten Handelswelten, verzeichnete viele Milliarden Tonnen Warenumschlag täglich, neben Arkon II und Archetz wichtigste Börse, insgesamt unersetzlich für das Imperium. Ich beherrschte mich mühsam, ballte die Hände zu Fäusten.

»Anhaltende Gefechte im Attam-System. Trügerische Ruhe dagegen über Terngrum. Auf Mahash'gon wurde sogar ein *Tempel* entdeckt! Und ...« Ein gellender Schrei unterbrach ihn:

»Sie geben auf!«

»Was ...?«

»Alle Systemkreuzer treiben im freien Fall. Keine Sublichtbeschleunigung mehr, Begam. Die Gallerten verlassen die Schiffe und schließen sich der allgemeinen Sammelbewegung an!«

Straton und ich tauschten einen bedeutungsvollen Blick. »Was geht dort vor?«

»Vermutlich sind sie satt«, meinte der Erste Offizier lapidar und erntete Kopfschütteln.

Diagrammprojektionen wurden ins Hauptsichtband der Panoramagalerie eingeblendet. Sie kennzeichneten die Einzelbewegungen der Kugelpulks. Hochrechnungen liefen, und bald ließ sich der Sammelpunkt ausmachen: eine hohe Orbitbahn um den vierten Planeten. Ich gab mir einen inneren Ruck und sagte: »Imperator an alle Einheiten: Kampfhandlungen bis auf weiteres einstellen, Systemkreuzer aufbringen und untersuchen. Gefangennahme der Beeinflußten. Die Kommandanten handeln nach eigenem Ermessen. Berichte an die ARKON. Vorortuntersuchungen bei den Modulstationen und auf Kolafton Sechs; Jäger geben Landungstruppen Feuerschutz. Der vierte Planet ist Sperrgebiet. Keine Annäherung unter zweihunderttausend Kilometer! Funkzentrale: Zusammenfassung der Ereignisse an uns und das Flottenzentralkommando überspielen.«

Straton sah mich an. Ich bestätigte seine unausgesprochene Frage mit einer müden Handbewegung. Er lachte humorlos und knurrte: »Kommandant an Technischen Leitstand: Sublicht-Flug zum Künstlichen Mond, Sicherheitsabstand zwanzigtausend. Ortung: Ich will jede noch so kleine Regung registriert und ausgewertet haben!«

»Verstanden, Erhabener.«

»Sublicht-Fahrt kommt.«

Freihandelswelt Zhygor, Kristallwand von Nord-Tla: 1. Prago des Eyilon 19.018 von Arkon (= 20. Februar 2048 Terra-Standard)

In das Summen klobiger Maschinenkörper, die, von Antigravpolstern getragen, ähnlich einer Riesenraupe dicht über das Eis glitten, mischte sich das helle Singen hochgespannter Hyperfelder, die flimmernd den Gletscher entlangrollten und auf Resonanzbasis Hyperkristalle »ernteten«. Milazhid klapperte mit dem Schnabel, musterte die Anzeigen der Kanzel und veränderte die Flugbahn leicht, weil die Positronik ein warnendes Signal abgab.

»Mach aus einer Feder keinen Gockel!« flötete der Scü und fuhr in unbewußt-polierender Bewegung über den Brustharnisch. »Sind doch nur kinetische Streuwirkungen der Kristalle, Pseudogehirn.«

Die Kette der zehn angegliederten Ernteaggregate folgte den Befehlen des Leitfahrzeugs und umrundete eine filigrane Kristallformation. Der Scü pfiff ärgerlich, als ihn Signale auf absinkende Kristallqualität aufmerksam machten.

»Zhygorische Kristalle liegen in seltener Reinheit vor, sind – im Gegensatz zu anderen Welten – kaum mit Normalmaterie vermischt und wachsen, als Auswirkung der zhygortypischen Aktivitäten, ständig nach.« Milazhid musterte verwundert die Displays und sprang auf. »Eckiges Ei, was landet denn jetzt in den Frachträumen?«

Er verließ den Leitstand, lief durch den engen Gang nach hinten und öffnete das Schott des Frachtraums, in dem sich 5-D-Quarze stapelten: In Kraftfeldsilos eingeordnet, verdeutlichte der »Farbwert« die Effektivität des nutzbaren hyperenergetischen Potentials. Milazhid starrte auf die transparenten Silos und verbog den langen Hals, während an der Schwelle seines Wachbewußtseins Informationen aufstiegen:

Am effektivsten sind die violetten Criipas, *dann die blauen* Mivelum *und grünen* Skabol. *Meist nur für katalytische Effekte verwendbar die gelben* Losul, *während die roten* Khalumvatt *schon in die Kategorie »Ausschuß« fallen und ihre Hyperwirkung nach kurzem Gebrauch verlieren; zu Pseudo-Rubinen »ausgefroren«, nutzen sie bestenfalls der Laserproduktion ...* Kyasoo-*Mischformen aller Kristalle, weißlich oder klar wie Bergkristall, können multifunktionell verwendet werden: kaum ein Wandler in Raumschiffen und Aggregaten, der nicht auf Hyperkristalle angewiesen wäre, um die Kräfte des übergeordneten Kontinuums nutzen zu können.*

In allen Silos rieselte grauer Staub aus rotumwaberten Aufrissen, die sich zwischen Kugelprojektoren spannten. Milazhid rannte zum Leitstand zurück, stoppte das »Ernten« und sah durch die Scheibe nach draußen. Weiße Schemen tanzten vor Ernteschwebern, die ihren Vormarsch beendet hatten. Scanfächer glitten über das Eis und analysierten den Vorgang. Das Äquivalent von Verwirrung durchzog die positronischen Strukturen hochwertiger Computer: Überall, wo die *Lichtwesen* Kristalle berührten, zerfielen diese zu Staub. Streuemissionen überschütteten die Ernteraupe und wechselwirkten mit der Positronik.

»Da trägt jemand Wasser im Schnabel!« pfiff der Scü mißtrauisch und schaltete hektisch auf neue Analyseprogramme um. »Die Gestalten besitzen keine Substanz, Hüllfelder in der Art einer Semi-Transition umgeben anscheinend ihre zerfließenden Formen.«

Seine Faust krachte auf eine breite Schaltplatte – Alarmmeldungen gingen von den Schwebern aus. Doch die Nebelgeschöpfe waren spurlos verschwunden, als Fesselfelder zuzufassen versuchten. Nur grauer Staub zerfallener Kristalle bewies, daß wirklich Fremde vor Ort gewesen waren. Mühsam beherrscht wollte der Scü die Sensorauswertungen durchgehen, doch die Positronik war schlicht und einfach »abgestürzt« – Folge der Streuemission in Verbindung mit der Überforderung durch das Phänomen an sich. Milazhid überlegte lange, nachdem der Rechner wieder hochgefahren und durchgecheckt war, und verzichtete schließlich darauf, eine Verbindung nach Tatalal herzustellen und einen Bericht abzugeben. Niemand hätte ihm vermutlich geglaubt, sondern vielmehr den Diebstahl der Hyperkristalle vorgeworfen ...

Kolafton-System: 1. Prago des Eyilon 19.018 von Arkon, t02.92 (= 20. Februar 2048 Terra-Standard)

Siebenundsiebzigtausend Kilometer vom vierten Planeten entfernt sammelten sich die Gallertkugeln. Es waren Millionen oder gar Milliarden; eine quirlige, pulsierende Wolke von annähernd tausend Kilometern Durchmesser. Fremdartige Prozesse bestimmten die weitere Entwicklung. Parakräfte wirkten, vereinzelt wurden aufrißfrontähnliche Hyperraum-Durchbrüche festgestellt, bei denen offensichtlich beachtliche Energien abflossen und zur Stofflichkeit ausgefroren. Die Gallertwesen leiteten einen gewaltigen Umwandlungsvorgang ein.

Nach einer Stunde hatte sich die Wolke verkleinert. Mit der Verdichtung war eine weitere Massezunahme verbunden. Während der Durchmesser kontinuierlich abnahm, wurde das Gebilde kompakter, massiver; seine Oberfläche verdunkelte sich. Irgend jemand nannte das Gebilde *Terror-Mond* – ein Objekt, das schließlich bei 578 Kilometern Durchmesser seinen stabilen Endzustand erreichte ...

Thooryan-System, an Bord der ARKON I – Flaggschiff des Sondergeschwaders TROMPON: 1. Prago des Eyilon 19.018 von Arkon, t03.17 (= 20. Februar 2048 Terra-Standard)

Ebenso fassungslos wie die Beobachter an dreizehn anderen Orten, verfolgte Sonnenträger Khol Trayz das Entstehen des Künstlichen Mondes. Außer drei kleinen Handelsschiffen hatte sich dem Flottenverband im Weltraum kein Angreifer entgegengeworfen. Das Thooryan-System befand sich 3763 Lichtjahre oberhalb der galaktischen Hauptebene und gehörte zum Verteidigungsbereich des Hauptstützpunktes Trantagossa.

»Einmannjäger los!« befahl der junge Geschwader-Kommandeur. »Sie sollen die regulären Sicherheitskräfte unterstützen. Wir müssen Plünderungen, Lynchjustiz und ähnliche Ausschreitungen verhindern.«

Er machte eine Pause und musterte die auf seinen Monitoren eingeblendeten Szenen: Boden- und Luftkämpfe. Einige hunderttausend Longhon-Siedler von Terngrum, dem zweiten Planeten der Sonne K Tau

Thooryan, 19.298 Lichtjahre von Arkon entfernt, standen bewaffnet Unbeeinflußten gegenüber. Massaker und fürchterliche Gemetzel tobten unter den Hornträgern, riesige Plantagen standen in Flammen, die die Ernten vernichteten.

»Enterkommandos zu den Händlern! Kreuzerverband: Angriffsflug auf den Mond. Desintegratoren und Gravitationsbomben-Mörser einsetzen.«

Er trug das lange Silberhaar zum Nackenzopf gerafft; ein schlanker, kräftiger Mann mit einem kantigen Gesicht. Seine Augen besaßen eine goldrote Farbe, und der schmale Oberlippenbart lieh ihm etwas Verwegenes. Wie alle an Bord trug er eine S-900-Raumrüstung.

»Alles klar, Zhdopan. Sublicht-Fahrt kommt.«

Zehn Raumer flogen los. In Sekunden verglühte der nur zweitausend Meter große Künstliche Mond. Im gleichen Augenblick gellte ein paraverbaler Schrei auf, so daß sich alle schmerzerfüllt die Köpfe hielten. Es glich dem Zustechen heißer Nadeln, war intensiv und peinigend. Während aber der Schmerz rasch verging, dauerte das Entsetzen an. Die erste Meldung kam von den Enterkommandos; ihre Berichte wurden von überspieltem Bildmaterial begleitet: »Es ist schrecklich, Sonnenträger. Alle sind tot, alle! Wie bei kleinen Explosionen. Etwas zerriß von innen her ihre Köpfe.«

Rasch wechselnde Bildsequenzen zeigten leblose Körper, von Blutspritzern bedeckt, die Köpfe zu unförmigen Fleisch- und Knochenmassen deformiert. Würgend, bleich und erschüttert starrte die Zentralebesatzung auf Bildflächen und Holos, einige Leute brachen zusammen. Jemand brüllte hysterisch und verstummte erst, als medizinisches Personal Beruhigungskristallnadeln ansetzte. Khol Trayz barg sein Gesicht in die Hände und stand mit zuckenden Schultern da.

»Erhabener!« Die Leiterin der Funkleitstelle ächzte und mußte mehrmals neu ansetzen, um weiterzusprechen. »Viel schlimmer ... Es ist noch viel schlimmer! Von Terngrum wird gemeldet ... Auch dort! Alle Beeinflußten! *Alle!* Genau wie bei den Galeeren-Sklaven.«

Oder den Attentätern!

Kostbare Minuten verstrichen, bis sich der junge Raumnomade wieder in der Gewalt hatte und eine Hyperfunk-Eilmeldung an das Flottenzentralkommando sandte.

An Bord der ARKON II: 1. Prago des Eyilon 19.018 von Arkon, t03.21 (= 20. Februar 2048 Terra-Standard)

Thek'athor Wroma reagierte unverzüglich und informierte mich; ich verbot weitere Angriffe auf die Monde. Für das System von Zandigs Stern kam die Anweisung zu spät – hier war der Künstliche Mond bereits zerstört worden –, mit gleichfalls fürchterlichem Ausgang für die Beeinflußten. Erneut waren Hunderttausende gestorben, die Gehirne regelrecht ausgebrannt. Ungläubig und schockiert registrierten wir Verantwortlichen den bisher geleisteten Blutzoll.

Für das gesamte Imperium wurde Staatstrauer angeordnet – eine automatische Reaktion der verwaltungstechnischen Programmierung des Großen Robotgehirns von Arkon III. Die Große Feuermutter schwieg erschüttert; weiterhin war Ihr die direkte Einsicht in die Sperrsektoren der *Schattenzonen* verschlossen. In den Medien überschlugen sich die Meldungen; Vergleiche mit jener Zeit, als die Methans das Imperium fast überrollten, wurden bemüht und die Künstlichen Terror-Monde fortan nur noch *Monde des Schreckens* genannt; ein Begriff, der von Gellor MaKynaan geprägt worden war.

Nach und nach vervollständigte sich das Bild, das zur ARKON II übertragen wurde. Kälte zog mein Inneres zusammen, je mehr Einzelheiten bekannt wurden. Daß eine Reihe von Besatzungsmitgliedern zusammengebrochen war, verwunderte mich bei den übertragenen Bildern nicht einmal; sogar ich mußte mich zusammenreißen. Professor Manolito »Speedy« Almedas besorgtes Gesicht und sein Tuscheln mit dem Swoon Rafon registrierte ich in diesem Zusammenhang nur am Rande – und dachte mir nicht viel dabei.

Wichtiger war jetzt die Lageanalyse: Insbesondere die Nachrichten aus dem Attam-System gaben zur größten Sorge Anlaß. Mascant Tokoon persönlich war an Bord eines schnellen Gijahthrako-Sphärenschiffes dort schon eingetroffen; Verstärkungsverbände von Trantagossa, Amozalan und Calukoma wurden herangeführt, und auch mein Flaggschiff war unterwegs dorthin.

Leider erwischte uns, rund 7000 Lichtjahre vom Kugelsternhaufen entfernt, ein Hypersturm, der nicht nur die Kommunikation nach außen lahmlegte, sondern auch Auswirkungen auf den Transitions-Flug mit pulsierender Taktgebung hatte. Normalerweise betrug die Maximum-Distanz je Intermitter-Transition fünf Milliarden Kilometer. Das machte bei einer Frequenz von 1000 Transitionen pro Sekunde und einer Speicherkapazität von 600.000 Einzelsprüngen je Standardetappe eine Relativgeschwindigkeit von 317 Lichtjahren in zehn Minuten, entsprechend einem ÜL-Faktor von knapp siebzehn Millionen. Anschließend war eine halbstündige Pause für die Speicheraufladung vonnöten.

Im Vergleich zu den normalen Transitionen mochte diese Geschwindigkeit nicht unbedingt berauschend sein – immerhin erreichte die Versetzung bei Gewaltmanövern bis zu 35.000 Lichtjahre –, aber im

Gegensatz dazu war die Sprungdatenermittlung einfacher und vor allen Dingen nicht so langwierig. Überdies ließen sich die intermittierenden Transitionen schon bei vergleichsweise geringer Geschwindigkeit initiieren.

Eine emporschießende Erinnerung: »Der weitere große Vorteil ist«, hatte Speedy erklärt, »daß die Schockdämpfung fast bestmögliches Ergebnis erreicht hat: Bis auf kaum wahrnehmbares Ziehen gibt es keine Schmerzen mehr, und die Aneinanderreihung der vergleichsweise kleinen Sprünge führt zu einem Verdrängungseffekt – es wirkt, als rase man mit scheinbarer Überlichtgeschwindigkeit durchs Weltall. Wie beim alten Fernsehbild: Statt Einzelbildern mit Austastlücken nehmen unsere groben Sinne nur die eigentliche Bewegung wahr!«

Hilft bei einem Hypersturm alles nichts! zischte der Extrasinn. *Sofern ihr keine gefährliche Nottransition in Kauf nehmen wollt, heißt es abwarten und später versuchen, mit normaler Großtransition den Zeitverlust aufzuholen. Gravierender könnte allerdings sein, daß du keinen Kontakt zur Tai Zhy Fam mehr hast ...*

Stimmt – aber keine neue Erfahrung, antwortete ich. *Mit solchen hyperphysikalischen Störgrößen müssen wir eben jederzeit rechnen.*

Fast glaubte ich, das bedrohliche Knistern von Entladungen im Wabenschirm der ARKON II zu hören. Aber das war selbstverständlich eine Illusion. Unüberhörbar war allerdings das verstärkte Wummern von Energieerzeugern und Generatoren – die Einschußraten von Katalyse-Deuterium in die Arkon-Meiler erhöhten sich, verbunden mit Taktänderungen bei den Abschirmungs- und Isolations-Röhrenfeldern. Aber die Schiffsführung wußte ich bei Straton in guten Händen; darum mußte ich mich nun wirklich nicht kümmern. Statt dessen ging ich gemeinsam mit Kon und Killan die Positronikauswertungen durch.

Eine Katastrophe deutet sich an! behauptete der Logiksektor. Dem war nicht zu widersprechen. Schaudern befiel mich beim Anblick der auf Dutzenden Displays eingespielten Szenen – die letzten, die kurz vor dem Ausbruch des Hypersturms übermittelt worden waren.

Girmomar: Neben dem Mond Giri verfügte der Planet nun über einen weiteren Trabanten von 430 Kilometern Durchmesser. Die viertgrößte Börse des Imperiums brach zusammen, in den Städten und Kelchsiedlungen fielen Beeinflußte zu Zehntausenden über die Unbeeinflußten her, die sich ebenso brutal zur Wehr setzten und kein Pardon kannten. Vor allem die Springer rächten jedes Massaker mit noch größerem Gemetzel. Keon'athor Vetron da Tatstran überwachte zwar die Einsätze der vom Robotregenten entsandten Einheiten, in ihrer robotischen Sturheit und mechanischen Kälte drohten sie das Chaos aber eher zu verstärken, zumal die Betäubungsstrahler kaum oder gar keine Wirkung zeigten und die von Gallerten Beherrschten zu Amokläufern geworden waren. Bei Abwägung aller Faktoren, bei denen der Schutz der normalen Zivilbevölkerung oberste Priorität hatte, war fast unausweichlich, daß die Roboter eher früher als später zur finalen Lösung greifen mußten.

Kalors Illalen-System: Tausende von Gallerten verseuchte Scüs auf Kitias, ein zusätzlicher Mond von 1260 Kilometern Größe; Paralysatoren und Schocker zeigten ebenfalls keine Wirkung, der Einsatzversuch von Psychostrahlern im großen Maßstab scheiterte – wie schon an anderer Stelle starben die Manipulierten, weil bei »Überlastung« ihre Gehirne zerfetzt wurden. Sonnenträger Teseel hatte das Kommando über die bei Kitias eingesetzten Geschwader inne; seine letzte Nachricht besagte, daß er den mobilen Robotern Schießbefehl erteilt habe – eine andere Wahl hätte er nicht gehabt.

Das Dienstleistungs- und Verwaltungszentrum des SON-1 Sektors: Hier kamen die Bewohner des elften Planeten von Sonqols Stern, Vomor, mit dem Schrecken davon, während der 22. Planet einen kleinen Mond des Schreckens erhielt, kaum hundert Kilometer groß. Hunderte Raumschiffe trieben allerdings durch das All, weil ihre Aggregate infolge zerfallener Hyperkristalle versagten. Dreisonnenträger Malka, als Oberbefehlshaber dieses zum Hauptstützpunkt Amozalan gerechneten Sektors, hatte sich in einer Kurznachricht erleichtert geäußert – immerhin konnten so Verbände nach Attam umgeleitet werden, über eine Distanz von mehr als 20.000 Lichtjahren.

Inzwischen war Ceshal da Ragnaari mit dem Imperialen Gardegeschwader in direkte Kämpfe mit den Tekteronii verwickelt worden: Patrouilleneinheiten, die nahe dem offenen Sternhaufen im Dreieck zwischen dem Leuchtstern Mhalloy, dem Katalogstern mit dem vernichteten Künstlichen Mond und dem Kampfort mit der Galeere pendelten, waren auf Tek'gool-Henker und Baahmy-Zerstörer gestoßen und lieferten sich seither ein erbittertes Gefecht. Daß die Zhy-Famii des Geschwaders im Inneren des Sternhaufens kurzfristig den Eindruck eines gewaltigen Bewußtseinsfeldes verspürt haben wollten, beim Nachsetzen jedoch nicht mehr hatten feststellen können, mußte vorläufig als so gegeben hingenommen werden ...

Zum Glück, durchfuhr es mich, und die visionären Bilder der *Lichtelfen* tanzten mir für einen Augenblick vor Augen, *haben die Tekteronii nicht zum Frontalangriff auf Zhygor angesetzt! Wäre angesichts des von ihnen verursachten Chaos ein naheliegender Garrabo-Zug gewesen.*

Du setzt voraus, daß dies ihr Hauptziel sei! kritisierte der Logiksektor. *Selbst wenn es zuträfe: Zhygor ist durch das Tabufeld ebenso geschützt wie der Bereich der Sonne Sarende insgesamt aufgrund der dimensiona-*

len Verzerrungen und Überlappungen unzugänglich. Da verbietet sich ein Flotteneinsatz fast von selbst.

Ich hoffte, daß die Einschätzung meiner inneren Stimme auch diesmal richtig war. *Wenn nicht ...*

Derpan im Ysheenan-System: Dieses wichtige Kommunikations- und Informationszentrum mußte als vernichtet betrachtet werden, denn ohne Hyperkristalle gab es keine Speicherung in diesem wichtigen Archiv. Was Hemmar nach dieser Nachricht denken und empfinden mochte, wollte ich mir nicht vorstellen; vor wenigen Tagen war er noch dort gewesen. Der Mond des Schreckens über Derpan erreichte einen Durchmesser von 812 Kilometern; an seinem Entstehen hatte auch Admiral Tara Ta-Emthons mutiges Vorgehen nichts ändern können. Ich wußte, daß er seine Ambitionen durch diese Ereignisse nicht aufgeben würde. Aber auf Bedrohungen von außen hatte mein Volk stets recht allergisch reagiert – und zusammengestanden!

Attam-System: 1. Prago des Eyilon 19.018 von Arkon, t04.06 (= 20. Februar 2048 Terra-Standard)

»... konnten zugeführte Verstärkungsverbände die inneren Planeten abriegeln. Der Mond des Schreckens im Orbit von Rauwon ist auf zwanzigtausend Kilometer angewachsen, und immer noch ist der Zustrom der Gallertblasen nicht beendet, kämpfen Beeinflußte in fürchterlicher Besessenheit weiter.«

Mascant Tokoon faßte die Situation zusammen. Mit dem Konferenzraum holographisch verbunden waren die Flottenkommandeure über Hyperfunkstandleitungen. Weiterhin gab es keine Nachricht von Seiner Erhabenheit Flaggschiff, das offensichtlich immer noch im Hypersturm feststeckte. Sie mußten alleine entscheiden ...

»Wir haben fast zehntausend Raumer, darunter zweihundert Schlachtschiffe, hier konzentriert. Rund eintausend Raumschiffe sind den Beeinflußten zuzurechnen. Sie sind allesamt von Dron bemannt, zu deren Einflußsphäre das Attam-System gehört.«

Die Sonne O Delta Attam befand sich 22.754 Lichtjahre von Arkon entfernt. Attam II, Droncanq, war von jeher mit geeigneten Lebensbedingungen ausgestattet gewesen, der dritte und vierte Planet – Rauwon und Dornesh – waren durch ein Ökoformprogramm kultiviert worden. Es waren wichtige Industriestandorte. Rund vier Milliarden Individuen lebten im Sonnensystem, meist Angehörige der Echsennachkommen.

»Die Dron beeindruckt unsere Übermacht nicht im geringsten«, schnappte Has'athor Senekho und starrte den Gijahthrako ärgerlich an; neben seinem Holo-Brustbild schwebte das von Vere'athor Don Alfonso

Luis Isidor de Rivera y Torres, das zustimmendes Nicken zeigte. »Sie preschen vor, schlagen mit allen Mitteln zu und verschwinden sofort in der nächsten Kurztransition – ungeachtet der Schockwellen-Auswirkungen auf die Planeten! Wir haben schon hundertachtzig Robotschiffe verloren, Mascant!«

»Das ist mir bekannt«, flüsterte der dunkelhäutige Weise von Gikoo. »Wir haben es mit ausgebildeten Kämpfernaturen zu tun! Davon profitieren auch die Gallerten!«

»Zehntausende Tote!« rief der zugeschaltete Regierungschef der Dron anklagend und mit kaum zurückgehaltener Wut. »Und kein Ende absehbar.«

»Vielleicht doch«, warf Sonnenträger Eldho-Anan ein, der Kommandeur der fünften Arkon-Einsatzflotte. Sein rotbraunes Kopffell wirkte stachelig, die Ohren waren gespitzt, und seine Tasthaare zitterten. »Wir dürfen nicht länger auf den Einsatz von Gravitationsbomben verzichten! Allein ihre große Wirkungsreichweite kann uns helfen.«

Tokoontlameer senkte den Kopf, die Haut wurde pflaumenblau. »Es könnte den Untergang des ganzen Systems bedeuten! Bereits jetzt sind die Auswirkungen auf die Planeten katastrophal.«

Zwischen den zehn Welten lohte der Weltraum, Strukturschocks fortgesetzter Transitionen ließen Planetenkrusten beben. Tokoons brüchig klingender Stimme war anzuhören, wie schwer ihm die Entscheidung fiel.

»Dennoch, ich muß – allen Bedenken zum Trotz – dem Vorschlag zustimmen. Wir haben keine andere Wahl. Erhabene, wir setzen Gravitationsbomben ein! Vorher müssen wir versuchen, die Beeinflußten in die Außenbereiche des Systems abzudrängen.«

»Verstanden.«

Nach Ausgabe der Detailbefehle setzte sich das Flottenaufgebot in Bewegung. Selbstmörderisch angreifende Einzelgegner wurden ignoriert; es galt, das Hauptkontingent zu schlagen. In Höhe der siebten Planetenbahn flammten erste Aufrisse und ordneten sich zur kaum durchdringlichen Barriere. Störungen der Strukturfeld-Konverter waren auf beiden Seiten die Folge, je größer die Aufrißzone wurde. Die Beeinflußten zogen sich zurück und sammelten sich nahe Attam IX.

»Das ist die Chance! Konzentrierter Angriff!« rief der Gijahthrako.

Dreißig Schlachtschiffe verließen die eigenen Reihen, überwanden in Kurztransitionen die Distanz und brachten ihre Gravitationsbomben-Werfer zum Einsatz. Während erste Aufrisse die Raum-Zeit-Struktur spalteten, entstanden nahe Attam IX die nächsten. Ein Drittel der Beeinflußten verschwand sofort, unter Zurücklassung grellster Blitzentladungen, aus dem Standarduniversum. Dann griffen Ausläufer nach dem

Wasserstoffriesen. Das Ringsystem des neunten Planeten verzerrte sich, drei kleinere Monde zersprangen zu Staub. Vom fürchterlichen Orkan mitgezerrt, wirbelten Fragmente, vermischt mit Wolken aufgesplitterter Ringe, um die Aufrißballung. Schutzfelder von Raumschiffen leuchteten grell auf, bevor sie, von riesigen Brocken getroffen, verwehten oder platzten.

Als riesiger Strudel umkreisten Trümmer das wabernde Schwarz, das den Durchbruch zum Hyperraum markierte. Normalerweise extrem kurzlebig, entwickelte das »Loch« eine erstaunliche Stabilität und zerrte immer stärker am neunten Planeten. Zunächst lösten sich hauchzarte Nebel aus der Hochatmosphäre, dann verzerrte sich die Welt, fast ausschließlich aus Wasserstoff, Methan, Ammoniak, Spurengasen und einem winzigen Steinkern bestehend, zum immer stärker abplattenden Ellipsoid. Als der Planet mit einem wahren Donnerschlag detonierte, war das Ergebnis eine aufleuchtende zweite Sonne. Während sich der Aufriß schloß, strahlte sie schrecklich hell weiter.

Tontas später, als das Licht die Distanz zu den inneren Planeten überwunden hatte, waren die Bewohner vorbereitet und vermieden den Blick zum Himmel. Attams Stern, von Schockwellen getroffen, schleuderte gewaltige Protuberanzen empor. Starker Sonnenwind störte sämtliche Funkverbindungen.

Es glich einem gewaltigen EMP-Schlag: Sämtliche High-Tech-Gerätschaften fielen wegen des elektromagnetischen Impulses aus. Und die Trümmer zerstörter Monde drohten als kosmische Bomben die Planeten heimzusuchen. Zwar wurden die Beeinflußten besiegt, aber der Preis war gewaltig.

Mascant Tokoontlameer reichte fünf Tontas nach seinem Befehl den unverzüglichen Rücktritt ein; ich nahm, soeben vor Ort eingetroffen, schweren Herzens das Gesuch an. Der Gijahthrako wurde kurz darauf als matte Tetraederform entdeckt, weil sein Sphärenschiff abrupt erlosch, sich spurlos auflöste – er hatte auf die Art seines Volkes seinem Leben ein Ende gesetzt.

Attam-System, an Bord der ARKON II: 1. Prago des Eyilon 19.018 von Arkon, t12.23 (= 20. Februar 2048 Terra-Standard)

Tookons Suizid hatte mich tiefer getroffen, als ich mir eingestehen wollte. Hinter mir glühten die Holoprojektionen und Displays; die Einzelheiten der Katastrophen hatten sich vervollständigt, aber noch immer liefen Berichte ein. Inzwischen gesellten sich vermehrt Beileidsbekundungen der Siedlungswelten hinzu; eine der ersten war von Perry gekommen, verbunden mit dem Angebot, bei Bedarf Soforthilfe leisten zu wollen. Ich hatte meinem Freund gedankt, aber abgelehnt. Die mit den Monden des Schreckens verbundenen Aspekte erreichten Größenordnungen, mit denen das Tai Ark'Tussan alleine fertig werden mußte.

Tokoon ...

»Atlan?« Killans rauhe Stimme riß mich aus den Gedanken.

Ich verschränkte die Arme und nickte. »Gut. Machen wir weiter.«

»Baidkhabin im Worzaiin-System«, sagte der Mispaner. »Ein Mond des Schreckens kreist im Orbit des fünften Planeten und hat eine Ausdehnung von rund 5000 Kilometern erreicht. Abermillionen Gallert-Beeinflußte wüteten auf der Sauerstoffwelt. Dutzende Raumschiffe sind noch auf den Raumhäfen detoniert. Inzwischen aber herrscht Ruhe. Die Ruhe des Todes ...«

Im System Tharlo Anmuk Alda kam zu den vierzehn Monden des Riesen Ruun ein fünfzehnter mit 8500 Kilometern Durchmesser hinzu. Auf der Ökoformwelt Murassab waren sämtliche Hyperkristallvorräte unbrauchbar geworden. Beeinflußte und sonstige Verluste hielten sich zum Glück in Grenzen, doch die riesigen Fertigungsstätten und Bandstraßen fielen auf nicht absehbare Zeit aus – schließlich gab es kaum ein Aggregat der Arkon-Technik, das keine Hyperkristalle beinhaltete.

Abertausende Beeinflußte und erbittert geführte Raumkämpfe im Sunaledan-System: Das hauptsächlich von Ishkhorern bewohnte Dienstleistungszentrum des vierten Planeten Stovannan wurde aus dem All bombardiert, während hoch über dem siebten Planeten die Gallertkugeln zum Mond zusammenfanden, dessen Entstehen auch von Malkathoorgen nicht hatte verhindert werden können.

Nicht anders sah es schließlich im Miiree-System aus; auf Bwakiil Baidi, dem zweiten Planeten, tobten und rasten Beeinflußte, die Mondfamilie der fünften Welt wurde um einen weiteren Trabanten erweitert. Auch Sonnenträger Quar Kha Xoraq blieb nichts anderes übrig, als hart und rücksichtslos zuzuschlagen. Das Überleben der Unbeeinflußten hatte, so erschreckend es klingen mochte, und so unmenschlich es war, Vorrang.

Der fünfte Planet im Sajon-System, eine von Orbeki-Feliden, Prebonern, Visalern und anderen Arkon-Nachkommen besiedelte und zum Industriestandort ausgebaute Welt, wurde zwar von Gallerten verschont, doch die reichen Hyperkristall-Fundstätten des vierzehnten Planeten waren nahezu komplett »geplündert« – der Mond des Schreckens erreichte im Endstadium einen Durchmesser von 4000 Kilometern.

»Bleibt der Tempel im Mahash'gon-System ...«, schloß Killan voo Mispanor mit seiner rauhen Stimme. »Neben Kolafton Sechs scheint der dortige Planet als eine Art Einsatzzentrale gedient zu haben. Die Mooffs sind sicher, Tatjana Michailownas Individualimpulse geortet zu haben – auch sie ist eine Gallert-Beeinflußte! Soeben ging eine nochmalige Bestätigung ein!«

Beeinflußt – aber sie lebt!

Ich glaubte ihr ovales Gesicht vor mir zu sehen, das einen besonderen Reiz von den schmalen Augen verliehen bekam. Ich roch plötzlich ihren Duft, bemerkte ihr kitzelndes, dunkelbraunes Haar, fühlte den schlanken Körper, die ausnehmend hübschen Beine – und verwünschte die Eindringlichkeit meines photographischen Gedächtnisses und seine Perfektion.

Unvermittelt erklang Sinyagis Chor auf telepathischer Übermittlungsbasis und versetzte meinen Monoschirm in Schwingungen: *Weitere Gijahthrakos und Mooffs sind unterwegs ins Mahash'gon-System – sobald die Lage vor Ort eindeutig geklärt ist, greifen sie an! Aber du weißt, wie schwer es ist, gegen Götzen und Tempel vorzugehen.*

»Uns bleibt keine andere Wahl.« Ich ballte die Hände zu Fäusten.

Drei Stunden später ersuchte Manolito um eine Unterredung unter vier Augen. Ich brauchte ihn nur anzusehen und wußte, daß er eine weitere Hiobsbotschaft auf Lager hatte. Der Extrasinn erinnerte mich an das Tuscheln mit dem Swoon und die zusammengebrochenen Besatzungsmitglieder. Speedy wirkte zerknirscht und schuldbewußt, als er auf den »Stotterantrieb« zu sprechen kam, auf Analysen und Berechnungen, deren Endauswertung er erst vor wenigen Minuten abgeschlossen hatte:

»... hat sich inzwischen eine klare Schwachstelle gezeigt: Im Einsatz wird laut Positronik-Hochrechnung der Energieverbrauch nach etwa zehn direkt hintereinander vollzogenen Etappen aus noch nicht exakt nachvollziehbaren Gründen fast unvertretbar hoch. Im Vergleich zu normalen Transitionen bleibt die Geschwindigkeit darüber hinaus zu klein und unwirtschaftlich. Dies wird kaum ausgeglichen durch die angenehmen Seiten, die vor allem mit der Schockdämpfung – Schleichfahrt nennt man es an Bord – und dem fast Aus-dem-Stand-Springen verbunden sind. Außerdem reagiert der Konverter extrem empfindlich auf äußere Einflüsse wie Hyperstürme; aber dieses Problem ließe sich vielleicht mit besserer Isolation lösen ...«

Er stockte, rang nach Worten; nicht einmal die vom Servo gereichte Cola rührte er an.

»Schließlich, auch das darf ich nicht verschweigen, beobachten wir verstärkt einen Effekt, der unter Umständen das gesamte Konzept kippen könnte: Wie dir sicher bekannt ist, Atlan, liegt der Anteil von Personen, die an der Ferm-Allergie erkranken, bei zwei Prozent der Raumfahrer. Sie sind zur Einnahme der Shaks gezwungen, und es bleibt im einigermaßen erträglichen Rahmen ...«

Den Gedanken an den debilen Imperator Nardonn XX., der das Verbot der Transmitter erlassen hatte, unterdrückte ich, kaum daß er durch meine Gehirnwindungen kriechen wollte. Es bedurfte nicht des Hinweises durch den Extrasinn, um zu erkennen, worauf Manolito in seiner umständlichen Art hinauswollte. Meine innere Stimme machte: *Oh, oh! Verstärkte Ferm-Neigung!*

»... im Gegensatz dazu verzeichnen wir seit Monaten einen extremen Anstieg von an Ferm Erkrankten! Fast dreißig Prozent, also deutlich über den bisherigen statistischen Werten! Und die Begründung ist so einfach und einleuchtend, daß ich mir selbst in den ... Na ja; keiner hat's in der anfänglichen Euphorie bedacht: Normale Transitionen gehen im Mittel über eine Distanz von fünfhundert Lichtjahren, mal mehr, mal weniger; das macht, wenn ein Raumfahrer in seinem ganzen Leben insgesamt vielleicht rund fünf Millionen Lichtjahre zurücklegt, so um die zehntausend Hypersprünge ...«

»Wir haben es allerdings bei jeder Stotterschleichfahrtetappe«, führte ich den angefangen Satz fort, »schon mit 600.000 Einzelsprüngen zu tun!«

Speedys Gesicht spiegelte seine Selbstvorwürfe wider. »Genau! Die überwundene Distanz ist hierbei weniger von Belang als vielmehr die Tatsache, daß es sich jedesmal um eine vollständige Ent- und Rematerialisierung handelt. Unsere Untersuchungen sind bei weitem noch nicht abgeschlossen, aber es sieht derzeit so aus, als würde durch diesen extremen intermittierenden Wechsel zwischen Normal- und entmaterialisiertem Zustand die Materie hyperphysikalisch weniger stabil, beziehungsweise es bleiben teilverstofflichte Moleküle zurück – vielleicht als Folge der Trägheit von Materie an sich. Und auf diese veränderten Moleküle reagiert der Körper eines Lebewesens dann mit der bekannten Ferm-Allergie. Ich habe die prophylaktische Einnahme von Shaks angeordnet, doch ich befürchte, daß langfristig unser Stotterantrieb keine Zukunft hat! Auslaugung und Ausfall der Hyperkristalle könnten unter Umständen ebenfalls ein Nebeneffekt sein beziehungsweise wurden auf diese Weise, da es sich um Sabotage handelte, weiter beschleunigt!«

In Gedanken stieß ich eine Verwünschung aus, dann seufzte ich. »Beobachte das Phänomen und leg mir möglichst bald einen abschließenden Bericht vor«, sagte ich brummig. »Dann treffen wir eine Entscheidung, okay?«

Er nickte; sein Schnauzbart hing traurig herunter.

Mahash'gon-System: 4. Prago des Eyilon 19.018 von Arkon (= 24. Februar 2048 Terra-Standard)

Das Halbdunkel des Urwalds war erfüllt von vielfältigen Tierstimmen, die ein kreischendes Konzert ergaben. Feuchtheiße Luft, angereichert mit modrigen Ausdünstungen, kondensierte zwischen Baumriesen zu bleichen Schwaden und zerfaserten Nebelbänken. In vereinzelt durchbrechenden, spitzwinkligen Lichtbahnen tanzten und summten unzählige Insektenschwärme. Falter gaukelten über bunt leuchtenden Blüten, Kletteraffen tobten in Baumkronen, gluckernd bewegten sich Oberflächen sumpfiger Tümpel, die von abgestorbenem Laub, kleinen Ästen und Fasern bedeckt waren.

Dreifachsonnenträger Malkathoorgens Blick wanderte über die Monitoren seines Pults; höchste Spannung erfüllte das gelandete Sphärenschiff, in dem sich Gijahthrakos meditativ vorbereiteten. »Vask Hihat-Gijah-Thra!« sagte Malkathoorgen. »Ruhe vor dem Sturm des Verderbens.«

Auf der Lichtung neben dem konusförmigen, mit facettierter Oberfläche ausgestatteten Großen Todesboten erhob sich der strahlend weiße Tempel. Die Kuppel überragte die Baumkronen und wirkte doch, obgleich mit dreihundert Metern Höhe keinesfalls klein, winzig neben dem thaafschen Kristallraumer. Tausend Meter Höhe erreichte der kegelförmige Teil, weitere dreihundert Meter beanspruchte die zwölfhundert Meter breite Kalotte. Schimmernde Kraftfeldstützen stabilisierten das Raumschiff, aus dem dunkle Pünktchen hervorquollen.

Die Thaafs stammen, erinnerte sich Malka, *ursprünglich aus dem Halobereich der Galaxis und waren in den Methankriegen Verbündete der Maahks. Es handelt sich um wasserstoffatmende Riesenquallen, die evolutionär in handwerklicher Hinsicht benachteiligt waren; ihr Einfluß beruht deshalb – ähnlich den Mooffs – auf extrem ausgeprägten Paragaben, die im Verlauf der letzten Jahrtausende perfektioniert wurden. Sie gelten als ein altes Volk, das wegen seines Aussehens mit dem Beinamen »die Grauen« umschrieben wird. Neben den Cyén zeichnen sie offensichtlich maßgeblich für die Entstehung des Tekteron-Bundes verantwortlich ...*

Ein Monitor zeigte im Laderaum des Sphärenschiffes schwebende Tetraeder; durchscheinend rot, an scharfen Kanten perlmuttern, waren die glitzernden Kristallkörper der Gijahthrakos bis zu zwei Meter groß. »Wir dürfen ihnen keine Chance lassen«, flüsterte Malkathoorgen. »Der Tempel darf nicht länger seine Wirkung entfalten.«

Intensive Paraströme wechselwirkten zwischen den dreieckigen Pyramidenleibern; Malka fühlte sich mehr und mehr eingebunden. Er wußte: Hoch über Mahash'gon, dem einzigen Planeten der gleichnamigen

Sonne, nur 3975 Lichtjahre von Arkon entfernt, kreisten Flotteneinheiten und beobachteten den Mond des Schreckens. Gallertbeeinflußte hatte es hier kaum gegeben, weil es nur einige tausend Kolonialarkoniden und Aras auf dem Planeten gab; sie überwachten und steuerten Roboter, die die riesigen Dschungel der Urwelt durchstreiften, um eine Reihe von exotischen Pharmaka zu gewinnen – vor allem Ausgangsstoffe für die Shaks-Kapseln, das einzige Mittel, um die heimtückische Ferm-Allergie, die durch Raumschiffstransitionen und Transmitterdurchgänge hervorgerufen wurde, zu bekämpfen. Weiterhin machten sie die bei Arkoniden geschätzten kostbaren Hölzer transportfertig. Ansonsten diente der Planet vereinzelten Jagdgesellschaften als archaisches Ausflugsziel und blieb, als geschütztes Naturreservat, weitgehend sich selbst überlassen.

»Das ideale Versteck für Tekteronii! Trotz ihrer Entdeckung besitzen sie eine provozierende Selbstsicherheit!« Xanthyn Ol'dan hatte eines seiner Körperfragmente stationiert und konnte, obwohl nicht persönlich anwesend, in jede Auseinandersetzung eingreifen. »Verdammte Götzen! Verdammte Cyén!«

Malkathoorgen stand auf, die hominide Gestalt verschwamm und machte einem rötlichen Wirbel Platz, aus dem sich die Konturen des zwei Meter hohen Tetraeders hervorschälten. Nach kurzer Konzentration vollzog der Gijahthrako eine Teleportation und rematerialisierte im Laderaum. Drei Sphärenschiffe mit je tausend Gijahthrakos waren rund um das Tekteronii-Areal gelandet; die Gijahthrakos waren als einzige in der Lage, wirkungsvoll gegen den Tempel vorzugehen – zu ihrer Unterstützung befanden sich allerdings im Orbit die versammelten Arkon-Raumer mit vielen tausend Mooffs und Zhy-Famii an Bord. Hinzu kamen rund fünfhundert Báalols des Iprasa-Standortes unter der Führung von Thalom Goéto: Der Hohepriester hatte seine Unterstützung augenblicklich zugesagt, als er von Atlan darum gebeten wurde.

»Wir rücken geschlossen vor!« signalisierte der Sonnenträger paraverbal. »Es wird, beim Ring der Goldenen Sonnen, keine leichte Auseinandersetzung. Die geballte Macht von Thaafs und Götzenfragment steht bereit!«

An Bord der ARKON II, Mahash'gon-Orbit: 4. Prago des Eyilon 19.018 von Arkon (= 24. Februar 2048 Terra-Standard)

Geräuschlos öffneten sich die Arkonstahl-Panzerpforten der Vorraumschleuse. Das Material, mit zwanzig Millimetern Dicke stark ausgelegt, hielt auch bei extremen Druckdifferenzen und Temperaturgefällen. Ich überschritt die schwarz-gelbe Schraffur der Dichtungsschwelle und hörte flexible Schuppensegmente meiner S-900-Raumrüstung knistern, als Straton meinen Arm ergriff und sagte:

»Ich kann dich nicht davon abhalten, Atlan?«

Ich schüttelte den Kopf. »Kon ist dabei, und du weißt, zu was die Dagor-Hochmeister seines Volkes imstande sind.« Kontaclatiis lächelte höflich und betont zurückhaltend. »Der Einsatz ist Chefsache, alter Freund. Es gibt eine persönliche Rechnung zu begleichen!«

Ich dachte an Tanja, winkte Straton und ging, nachdem wir die Schleuse durchquert hatten, neben Kon dem Leka-Kleinraumschiff entgegen. Die Nachricht, daß auf Mahash'gon ein Tempel stand, hatte mich ebenso elektrisiert wie die, daß sich Tanja hier befand.

Über die sanft geneigte Rampe bestiegen wir die Leka-ARK-1 vom Typ LE-52-20, deren unterste Ebene als kombinierte Schleuse und Frachtraum ausgeführt war. Kons Faust krachte auf die Schaltplatte. Die Rampe rollte zusammen, das Schott glitt durch Dichtungswülste, und Riegel schnappten mit metallischem Klicken zu. Erst jetzt wurde der Öffnungsimpuls für die Luke freigegeben, die aus der Decke klappte, gefolgt von einer Leiter.

»Ich übernehme die Startvorbereitungen, Kon.«

»Ich komme später rauf.« Er legte das geschulterte Ausrüstungspaket ab. Ich erklomm die Leiter zum Cockpit, ließ mich vor den Instrumenten vom wolkigen Kraftfeld umfassen und sah kurz durch die Panzertroplonkuppel zum Hangarleitstand, der unter der Decke in die Halle ragte. Signallichter blinkten, spiralig gewundene Kabel und Versorgungsschläuche schnappten aus Normanschlüssen. Die Selbstversorgung der Leka sprang an. Ich lächelte schmerzlich; meiner Freundin hatten alle technischen Erkenntnisse nicht geholfen. Mit schlafwandlerischer Sicherheit huschten meine Finger über holographisch projizierte Sensorpunkte; Buchstabenketten, Symbole und Zahlenreihen erschienen: *Grundcheck, Endstufe.*

Die Kommunikationsstrecke zur Leitstelle stand; ich sagte: »Leka-ARK-Eins erbittet Startfreigabe!«

»Bestätigt, Begam.«

Eine Dreiergruppe positronischer Mikrogehirne in redundanter Funktion überprüfte die Bordaggregate und anschließend sich gegenseitig durch Datenvergleich und Kontrollimpulse. Endergebnisse wurden augenblicklich auf Bildflächen angezeigt. Neue Anzeigenbänder huschten vorüber, ich berührte weitere Sensorpunkte. Fast glaubte ich, das »Wispern« der Rechner zu vernehmen; Lichtquantenströme über positronisch-holographischen Terabitchips, umherhuschend, sich abspaltend und wieder vereinigend, durch neue ersetzt oder verlöschend – Bewegungen entlang holooptischer Informationsmuster, die ihre Prägung durch Hyperkristalle erhielten.

»Weiter.« Antigravkissen, Semi-Manifestation für Andruckabsorption und künstliche Schwerkraft; der hypermechanische Abstoß-Schutzschirm, das Ionisations-Prallfeld: *alles 100 Prozent.*

Als das Raumschiff auf dem Antigravpolster schwebte, fuhren die Teleskopstützen ein. Mit einem dumpfen *Plopp* arretierten die Landebeinteller. Rauschen von Luftmassen, um so rascher verebbend, je geringer die Dichte wurde, umgab die Schiffszelle. Von den Eigenvibrationen der Leka-ARK-1 abgesehen, wurde es still; im Vakuum gab es keine Schallübertragung.

»Fertig bei Kraftfeldkatapult.«

»Verstanden, Leitstelle. Wir sind bereit.«

Ein Pfeifton informierte Kon, er kam herauf. Das von der ARKON erzeugte Feld packte das Kleinraumschiff und beschleunigte es abrupt. Mitgerissene Restfeuchtigkeit kondensierte zur Nebel- und Eiswolke. Aufflammende Kraftfelder griffen nach dem Boot und beschleunigten es weiter, Impulstriebwerke brüllten. Der Landeanflug auf der dem Tekteron-Tempel entgegengesetzten Hemisphäre begann, grünliche Leuchterscheinungen – Polarlichtern vergleichbar – zeigten mir den Kontakt des Prallfelds mit der Hochatmosphäre an. Im Sturzflug lenkte ich die Leka der Oberfläche entgegen und fing sie erst fünfhundert Meter über Grund ab. Wolkenschleier huschten vorbei, Dunst waberte über dem Dschungel. Im Tiefflug raste der Diskus auf die programmierten Zielkoordinaten zu.

Eine Stunde später: Zum wiederholten Mal versuchte ich, sicheren Halt im Geäst zu finden, und musterte die Vergrößerungsprojektion auf der Helminnenseite. Obwohl der Kampf begonnen hatte, vermied ich es, die ortungsintensiven Antigravfelder zu aktivieren. Die Landung der Leka war nicht bemerkt worden.

Lautlos schwebten Gijahthrako-Tetraeder durch geöffnete Schleusen, und ohne Geräusche tobte der Kampf: ein zähes Ringen, das sich ausschließlich auf übergeordneter Ebene abspielte. Tetraeder schwebten scheinbar ruhig vor den Reihen grauer Quallen, deren zarte Leiber von Feldschilden eingehüllt wurden und im Inneren Druck und Atmosphäre einer Wasserstoff-Riesenwelt bargen. Die mir normalerweise über Sinyagi zugänglichen Parakräfte waren zur Zeit ziemlich eingeschränkt – die Große Feuermutter besaß insbesondere im Mahash'gon-Sperrbereich keine Einsicht, und das wirkte sich auf mich aus. Außer sehr vagen Eindrücken, kaum mehr als Schemen, bekam ich von der eigentlichen Auseinandersetzung wenig mit. Aber ich wußte, daß den Tekteronii unsere geballte Kraft entgegengeworfen wurde: Gijahthrakos, Mooffs, Zhy-

Famii und Báalols zogen an einem »Para-Strang« – und das war ein sehr beachtliches Potential.

Minuten vergingen.

Erste Tetraeder wurden stumpf und stürzten, ihrer telekinetischen Tragkraft beraubt, zu Boden und zerbarsten in Millionen Scherben. Mit dem Tod dieser Gijahthrakos wurde ihr wahres Kraftpotential freigesetzt, das auf die Tekteronii einschlug. Getroffene Quallen torkelten davon, ihre Schutzhäute zerstoben, und in Explosionen platzten nun nicht mehr dem Druck ausgesetzte Leiber wie überdehnte Ballons. Von Kraftfeldern aussprühende Entladungen trafen auf Wasserstoffwolken, deren Knallgas-Detonationen blendende Feuerbälle formten. Je mehr Tekteronii den Angriffswellen erlagen, desto intensiver war die Wirkung auf den Kristallraumer des *Großen Todesboten*; Brocken lösten sich aus dem materieprojektiven Verbund und schmolzen, während sie zu Boden sanken, wie Eis in der Wüste. Risse huschten dunkel über die Oberfläche, dehnten sich aus, so daß, begleitet von einem Knirschen und Knistern, das Raumschiff insgesamt verblaßte.

Ich wandte meine Aufmerksamkeit dem Tempel zu. Auf dem planierten Vorplatz stand eine Leka mit ausgefahrener Rampe, zwei Baahmys hielten Wache, und ich dachte: *Ebenfalls Gallertbeeinflußte? Oder – noch schlimmer – Tekteronii aus Überzeugung!*

Bis zu dreieinhalb Meter wurden diese Geschöpfe groß, Massen von fünf Tonnen waren nicht selten. Den vorne emporragenden Rumpf mit ansteigender Rückenlinie trugen vier Säulenbeine. Als Halskrause entsprangen vier bis zu zwei Meter lange Tentakelarme. Der Kopf war kegelförmig; Hyperkristallovale – nach allen vier Seiten ausgerichtet – dienten als Multirezeptoren. Die »Haut« der Baahmys war mattgrau, konnte bei Erregung dunkelbraun oder schwarz werden. An der Schwelle zum Wachbewußtsein tanzte die Erklärung des Robotregenten:

»... autotroph-xenomorphe Lebensform mit organischen Halbleitern verschiedener Typen. Ursprünglich molluskenhafte Riesenviren einer Extremwelt. Konverterverdauung mit direkter Ausnutzung molekularer Bindungsenergien, atemgasunabhängig. Natur- und Umweltanpasser. Geringer Anteil freier Körperflüssigkeiten, Kristallwachstum der Körpermaterie, bioenergetisches und osmotisches Reiz- und Nervensystem. Computerartige Gehirne, starke Paragaben! Zivilisationsalter rund zwanzigtausend Jahre ...«

Ich wußte, daß die Báalols mit Baahmys die meisten Probleme hatten. Obwohl die Antifähigkeiten die Parakräfte der Baahmys blockierten, half das nicht viel – diese Wesen waren sogar ohne das Paranormale erschrekkende Kämpfer, aufgewachsen auf einer Welt mit zweifacher Standard-Gravitation.

Eine Gestalt watschelte scheinbar schwerfällig die Rampe herunter, gefolgt von zwei anderen. Ich justierte meine Helmsensoren neu; die Personen schienen auf mich zuzuspringen, als eine weitere Vergrößerungsstufe wirksam wurde. Ich stöhnte. »Tanja ... Ronua! Und Jahaq Garr!«

»Verstanden. Ich erfasse ihre Paraströme«, signalisierte Kontaclatiis. »Ich greife ein, sobald du ...«

Hastig aktivierte ich meinen Schutzschild, schaltete um auf Normalsicht und sprang vom Baum. Wenige Meter entfernt begann der gerodete Bereich vor dem Tempel. Ich bahnte mir einen Weg durch Gestrüpp, zog meinen Impulsstrahler und hoffte, nicht entdeckt worden zu sein. Jahaq Garr und die Frauen waren zehn Meter vom Leka-Diskus entfernt, als ein schrilles Pfeifen erklang und die Baahmys ihre Waffen hoben. Schreie gellten.

Der erste Strahlschuß jaulte und zog eine feurige Spur durch den Dschungel. Pflanzen entflammten, mein hypermechanisches Individualfeld zeigte ein Flirren. Ich zielte sorgfältig und berührte den Abzug. Tosend raste der Plasmaimpuls davon, traf einen Baahmy und wirbelte ihn zur Seite. Ich warf mich herum, landete überschlagend in einem Busch und konzentrierte mich auf die Verbindung zu Kon.

»Ich werde ihre Schutzfelder ausschalten!« signalisierte er.

Neben mir schlugen Strahlen ein und setzten feuchte Pflanzen in Brand. Mit aktiviertem Antigravfeld flog ich zehn Meter weit und schoß dreimal. Glut sprühte in Kaskaden, und der Baahmy, seines Abwehrschirms beraubt, schrie kurz auf. Die Tentakelkrause hochgerissen, wankte er zwei Schritte und brach, während Funken aus der durchschlagenen Brust leckten, zusammen. Es war, als falle ein ausgewachsener Elefant zu Boden; die Säulenbeine zuckten kurz und erschlafften dann. Ich flog weiter und überwand dreißig Meter, bevor ein Streifschuß mein Schutzfeld grell aufleuchten ließ. Es hielt der Belastung stand, trotzdem rüttelte die kinetische Energie an mir.

Ich landete hart, rollte ab und wich einem weiteren Schuß aus. Nach kurzem Zielen gab ich eine Serie schneller Feuerstöße ab, die meinen TS-40-Luccot an den Rand der Überhitzung brachten, und sah den zweiten Baahmy als lebende Fackel davontaumeln. Metalltropfen wirbelten von der Leka davon, Rauchwolken verschleierten die Sicht. Meine Sorge um Tanja und die Orbeki-Frau ließ mich die geringste Leistungsabgabe der Waffe benutzen; dank Kons Para-Unterstützung reichte es aus – der Hochmeister zeigte, was in ihm steckte!

Die beiden Frauen waren stehengeblieben und rührten sich nicht, während Jahaq Garr zum Torbogen des Tempels hetzte. Meine Waffe im Anschlag, brüllte ich: »Jahaq Garr, bleib stehen!«

Der massige Kopf flog herum, als der Andooz meine Stimme aus den

Anzuglautsprechern hörte. Ohne zu wissen, von wo der Ruf kam, hob er die rechte Hand. Der Plasmastrahl schlug etliche Meter neben mir in den Boden. Flüssiges Gestein spritzte fauchend davon. Ich jagte dem Andooz mehrere Deutsalven hinterher, ohne zu treffen, und aktivierte abermals mein Feldtriebwerk, das mich bis auf zehn Meter an ihn heranbrachte. Ich wich gleißenden Impulsen aus Garrs Waffe aus, schoß meinerseits und sah, daß der Krötenmann getroffen herumwirbelte. Seine Waffe flog davon, der rechte Arm war ein verkohlter Stummel. Langsam ging ich dem Andooz entgegen und hob den Impulsstrahler.

Vom strahlenden Weiß des Tempeldoms geht heller Glanz aus, der in Wellen die Dschungellandschaft überzieht. Mit dem Pulsieren verbunden ist niederfrequentes Dröhnen. Erneut zersplittern matt gewordene Gijahthrako-Tetraeder. Tekteronii platzen in Gruppen, und der Kristallraumer verschwindet abrupt, nachdem das Zittern seiner Gestalt zum unwirklichen Schemen geworden ist.

In kalter Wut musterte ich den Andooz, sah zu Tanja und Ronua hinüber und steckte meine Waffe fort. »So nicht, mein Lieber!« zischte ich und lief mit gellendem Kampfschrei los.

Der Andooz schraubte sich in die Luft, das linke Bein zum Tritt ausgestreckt.

Dagor-Zweikampf!

Ich bückte mich nach links und warf mich nach vorne. Garr rauschte über mich hinweg; seine Verwundung schien er nicht zu spüren. Ich fuhr herum und versetzte ihm zwei Hiebe in die Nierengegend. Einen weiteren Schlag blockte er ab. Ich drehte mich, und seine Linke schrammte an meinem Helm vorbei. Mit gestreckter Hand sprang ich vor und traf den Andooz unter dem breiten Maul.

Er stieß sich mit den langen Beinen ab, nahm nach hinten überschlagend dem Stoß seine Wucht und wirbelte herum. Ein Tritt schmetterte auf meinen linken Oberarm, nach kurzem Schmerz bemerkte ich die Lähmung des Muskels. Ich hörte das Knirschen meiner Zähne, rollte seitwärts ab und wich einem weiteren Tritt aus. Garr versuchte sich auf mich zu stürzen, doch ich donnerte ihm meinen Ellenbogen unters Auge. Sein linker Arm umfaßte meine Brust. Prustend entwich mir die Luft, als er den Klammergriff schloß. Blutunterlaufene Kugelaugen starrten mich an, der Kehlsack blähte sich.

Ich dachte an Tanja und die unzähligen Toten und Gallertbeeinflußten, legte die Hände aneinander und schlug so lange auf den Schädel des

Andooz ein, bis sein Griff nachließ und er die Augen verdrehte. Mühsam wälzte ich den Arm fort und richtete mich keuchend auf. Schweiß rann mir in Bächen aus allen Poren, jeder Muskel schien zu schmerzen.

Mein linker Arm war taub, als ich den Bewußtlosen musterte und seinen Gürtel samt Schulterriemen löste. Ich warf beides weit fort, sah Kon heranfliegen und wankte zu Tanja. Meine Freundin starrte mit leblosen Augen in die Ferne und reagierte nicht auf meine Anwesenheit. Ich nahm sie in die Arme und hatte das Gefühl, eine Puppe zu halten.

Kon kam näher und bat: »Ich kümmer' mich um alles, Euer Erhabenheit. Flieg zur Leka zurück. Schnell! Denk an die Attentäter im Kristallpalast! Dein Zellaktivator könnte ...«

Ich nickte, löste mich hastig von Tanja. Der Flug zur Leka erschien mir wie eine Flucht; ich fühlte mich scheußlich.

Fast eine halbe Stunde verging, bis das Dröhnen der Kuppel verebbte. Gijahthrakos, auf die Hälfte ihrer ursprünglichen Zahl reduziert, landeten im weiten Umkreis und verharrten reglos. Sie waren nicht einmal mehr in der Lage, ihre pseudomateriellen Ganzkörpermasken zu erzeugen. Sonnenträger Malkathoorgen meldete den im Orbit fliegenden Schiffen das Ende des Kampfes, und kurz darauf landeten Zubringer-Shuttles. Naat- und Dron-Soldaten umstellten die Tempelkuppel und brachten Sprengladungen an. Malkathoorgen, der zwischenzeitlich wieder seine hominide Gestalt zurückgewonnen hatte, betrat als einziger den riesigen Dom.

Diffuses Zwielicht erfüllte die Kuppel.

Lange blieb der Gijahthrako, versonnen an seinem Zopf nestelnd, vor dem zentralen Podest stehen und musterte das dunkelbraune, in Ringsegmente unterteilte Walzengebilde, aus dem Dutzende stempelartiger Beine ragten. Es war mehr als zwanzig Meter lang. Spezialisten würden die Leka Garrs exakt untersuchen. Der Tempel selbst, das wußte Malka aus Erfahrung, bot kaum weitere Anhaltspunkte, von Garrs Transmitter-Gegenstation abgesehen. Sämtliche Kommunikation lief stets über den Götzen, der, trotz seiner Trennung vom Originalleib, Bestandteil des gemeinsamen Bewußtseinsverbundes blieb. Über der Schnittfläche konnte der Körperrest materieprojektiv simuliert oder ein idealisiertes »Spiegelbild« des Tempelbesuchers vorgegaukelt werden.

»Xanthyn Ol'dan!« Malkathoorgen flüsterte in kalter Wut. »Die Toten sind nicht vergessen!«

Das gelbgrüne Leuchten oberhalb der zwei Meter breiten Schnittfläche erlosch endgültig, was bewies, daß dieses bisher größte Fragment eines Cyén keine Gefahr mehr darstellte. Malka verließ den Tempel und betrachtete das Fesselfeld mit dem eingepferchten Andooz.

»Sprengen!« sagte er eisig. »Und nehmt diese Kreatur in Gewahrsam. Jahaq Garr – Ex-Gouverneur des Kolafton-Systems, die Anklage ist eindeutig: Hochverrat in Tateinheit mit Versklavung und Massenmord! Wenn ich nicht irre, gibt es jemanden, der möchte dir deine Fangzunge aus dem Rachen reißen! Eine verständliche Reaktion, was meinst du?«

Jahaq Garr gab keine Antwort.

Die Gijahthrakos zogen sich ebenso wie die Truppen zurück, bevor der Knall über den Urwald rollte. In einer dunkel aufwallenden Staubwolke fiel die Kuppel zeitlupenhaft zusammen. Hausgroße Brocken kollerten davon und türmten sich zu einem Schuttberg auf. In den Staub fingernde Desintegratorstrahlen vollendeten das Werk, hinterließen nichts als eine riesige Düne feinsten Staubes mitten auf der Urwaldlichtung.

Malkathoorgen bestieg das Sphärenschiff; diese Gefahr war beseitigt, vorerst. Das gesamte Ausmaß der von den Tekteronii verursachten Katastrophe offenbarte sich dennoch erst nach und nach in allen Details. Ihr Ziel, das ohnehin brodelnde Tai Ark'Tussan weiter zu destabilieren, hatten sie in jedem Fall erreicht.

Entsetzt saßen die Bewohner Tausender Welten vor Trivid-Holos und verfolgten die Nachrichtensendungen, informierten sich in den positronischen Netzen oder lauschten Berichten von direkt Beteiligten, die in vielen Fällen nur das nackte Leben hatten retten können.

Rückflug zum Kugelsternhaufen Thantur-Lok, an Bord der ARKON II, Medostation: 5. Prago des Eyilon 19.018 von Arkon (= 24. Februar 2048 Terra-Standard)

Auf dem Holodisplay zeichneten sich hell die Konturen des Schädelknochens ab, durchsichtig und blaß waren Gehirnwindungen zu erkennen. Nahe dem Kleinhirn schimmerte weiß ein zwei Zentimeter langes, wurmähnliches Gebilde von Schreibstiftdicke.

»Es ist wie bei allen Beeinflußten«, sagte der Arzt, dessen Namen ich nicht kannte. »Die Gallertkugeln haben diese Art von Kleinorganismen zurückgelassen oder erzeugt. Eine operative Entfernung ist ausgeschlossen, sie hätte den augenblicklichen Tod des Wirtes zur Folge.«

»Ist man sich zwischenzeitlich einig, ob von Parasiten oder Symbionten die Rede ist?« Ich war kraftlos und deprimiert. Mein Blick wanderte vom Bild der Durchleuchtung zum Kraftfeldpolster hinüber, auf dem Tatjana Michailowna lag. Betroffen registrierte ich den verklärten Ausdruck in ihrem Gesicht. Sie schien ihren Zustand sogar zu genießen, war für mich zur Fremden geworden. Zum Glück gab es keine Wechselwirkung mit dem Zellaktivator wie in anderen Fällen.

»Wir tendieren zur Bezeichnung Symbiont, in Anlehnung an Euren

Cho-Symbionten, Imperator. Soweit feststellbar, vermitteln die Würmer ihren Wirten eine höhere Intelligenz. Erkauft wird dieses durch die Ausschaltung des freien Willens. Die Wurmbefallenen sind Befehlsempfänger ohne Selbsterhaltungstrieb; hochintelligent, ohne Angst, ohne Emotionen, die perfekten Soldaten!«

Ich nickte müde; der Lha'hon-Quarz, Überbleibsel des Cho-Pseudoinsekts, vibrierte sachte in meiner Stirn. Wer die Befehle gab, war kein Geheimnis. Neben der weiterhin bestehenden Verbindung zu den Monden des Schreckens waren es die Tekteronii. Besser: hätten es sein sollen. Zum Glück war der Tempel ausgeschaltet worden, ehe Xanthyn Ol'dans Götze, als »Macht im Hintergrund«, seine Anweisungen hatte geben können. Inwieweit der Cyén selbst oder andere seiner Körperfragmente noch die Kontrolle ausüben konnten, war bislang ungeklärt. Auszuschließen war es nicht, deshalb wurden sämtliche Beeinflußten scharf von Robotern bewacht. Die allgemeine Apathie, um nicht zu sagen Agonie, deutete allerdings darauf hin, daß die Tekteronii auf diesem Weg zunächst nicht weitermachen wollten.

Sie haben Zeit! sagte der Extrasinn. *Du hast doch gehört, daß es keine operative Entfernung geben wird! Sofern nicht doch noch ein »Gegenmittel« entwickelt wird, sind und bleiben sie Beeinflußte!*

Die Gesamtaktion gewann mit jeder weiteren Information völlig neue Dimensionen. Der Tekteron-Bund hatte versucht, das Imperium von innen her aufzurollen und lahmzulegen: Ausreichend Beeinflußte vorausgesetzt, insbesondere in führenden Positionen, wäre über kurz oder lang unser Lebensbereich zum Vasall der Tekteronii geworden. Einmal in gewissem Umfang etabliert, hätte sogar der Robotregent wenig gegen Xanthyn Ol'dans Befehle unternehmen können, zumal dann, wenn die Sache mit den Imperatorensiegeln erfolgreich gewesen wäre.

Ich sollte einige davon an meine Mitarbeiter verleihen, zuckte ein Gedanke durch meinen Kopf. *Und dann die Vollversammlung – die erste Zusammenkunft auf Reno fünfundzwanzig wird wohl schneller zustande kommen, als wir alle gedacht haben.*

»Das Schicksal der Befallenen ist ungewiß. Sie sind im allgemeinen nicht ansprechbar. Sogar die Aras und Morannii sind ratlos! Wir werden die Patienten voraussichtlich in Stasis-Konservierung überführen müssen, bis es eine Heilungsmethode gibt. Dient gleichzeitig unserem Schutz.«

»Sofern es eine solche Methode gibt.« Ich wandte mich von Tanja ab. Ich konnte ihr Gesicht nicht länger ansehen. Der Arzt legte seine Hand auf meine Schulter und sagte:

»Es tut mir leid. Ich kann Euch keine bessere Auskunft geben, Euer Erhabenheit. Noch nicht.«

»Danke.« Fluchtartig verließ ich den Untersuchungstrakt der Bordklinik. Wie Preßfelder quetschte etwas meine Brust und drohte mir den Atem zu rauben. Straton erwartete mich auf dem Korridor und senkte den Blick, als er den Ausdruck meines Gesichts bemerkte.

»Die Verhöre kommen nicht voran.« Grollend versuchte er, mich durch Themenwechsel abzulenken. »Allein auf Kolafton Sechs wurden 1217 Personen verhaftet, die sich eindeutig zum Tekteron-Bund bekennen; keine Wurmbefallenen wohlgemerkt. Kosnows Meldung ist eindeutig!«

»Also Überzeugungstäter.«

»Genau. Ex-Tato Jahaq Garr war dafür verantwortlich, daß unbemerkt eine Spore bis zum Thantur-Lok-Rand befördert werden konnte.«

»Jahaq Garr. Er muß einen bedeutenden Rang in der Tekteron-Hierarchie erreicht haben.«

»Kein Zweifel. Er befindet sich in der Psychoabteilung und wird verhört.«

Ich nahm mich zusammen, verdrängte die Sorgen um Tanja und stieß Straton an. »Komm, Freund. Sehen wir uns den Kerl an.«

Wir schritten durch die Korridore der ARKON, wiesen uns bei Robot-Wachtruppen aus und durften passieren. Der eigentliche Verhörraum war kahl und leer. Der schwergewichtige Andooz hockte nackt und allein dort, von Wasserstrahlen berieselt. Sein Armstumpf war von Heilplasma umhüllt. Das Verhörteam, ausgebildete Feuerfrauen von Iprasa, befand sich im Nebenraum, betrachtete Bildflächen und konzentrierte sich auf die Paragaben. Physiologische Daten des Andooz wurden registriert und berücksichtigt, hinzu kamen die rein optischen Informationen und die permanente Individualschwingungsanalyse.

»Wie sieht's aus, Feuermutter?« sagte ich nach der Begrüßung.

Telyna Zyryf war eine kleine, hagere Frau von mindestens hundert Jahren. Gebeugt, das Gesicht von Furchen überzogen, sah sie mich von unten herauf an. »Sein Willensblock ist sehr ausgeprägt, Imperator«, sagte sie leise. »Vermutlich wurde er mentalstabilisiert oder sonstwie von den Cyén abgesichert. Um an ihn heranzukommen, müßten wir seine Persönlichkeit zerstören. Die von uns konsultierten Báalols sind gleicher Meinung. Goétos Priester arbeiten allerdings an einer Möglichkeit, wie vielleicht den Wurmbeeinflußten geholfen werden könnte ...«

»Er geht ganz in seinem Glauben auf«, ergänzte Telynas Assistentin. »Hört selbst.«

Monoton wie eine Litanei erklang die Stimme des ehemaligen Gouverneurs, nachdem ein Regler die Lautstärke hochgefahren hatte: »... der Weg der Entwicklung führt von den Teilen zum Ganzen, das in seiner Vielheit die Einheit darstellt. In der Erkenntnis des Weges liegt die gestaltende Kraft der Handlungen, und die Übereinstimmung von Wunsch und Tat beweist die rechte Haltung zur Vermehrung des Wissens ...«

»Er rezitiert aus den *Verkünderkristallen*, und das seit er inhaftiert wurde.« Telynas Gesicht verdüsterte sich.

Ich schüttelte den Kopf. Glauben war eine Angelegenheit, die eigentlich keine Diskussion erlaubte. Durch Argumente überzeugen ließ sich niemand; er glaubte, oder er glaubte nicht. Fanatische Extremisten wie die Tekteronii jedoch waren keinesfalls zu tolerieren.

Telyna seufzte. »Das zentrale Bekenntnis eines Tekteronii, auch *Hingabe zum Ganzen* genannt, lautet, ich zitiere: *In seiner Vielheit ist Wahres Sein die Einheit des Ganzen, und Ipotherape – Schöpferin der Ordnung – ist die Erweckerin des Wissens*. Wir wissen bis heute nicht genau, wer oder was diese *Ipotherape* sein soll, da es sich nicht um eine kultisch verehrte Gottheit handelt.«

Ich schwieg und sah auf den Monitor mit Jahaq Garrs Abbild. Daß es überhaupt in Zeiten hochmoderner Interstellar-Raumfahrt Religionen gab, begründete sich im gleichzeitig fortgeschrittenen Wahrnehmungsniveau übergeordneter Art, das die Verbundenheit mit der Natur förderte. Alle, die beispielsweise Paragaben beherrschten, mußten zwangsläufig dem mystischen Drängen nachgeben, zumal diese Fähigkeiten reale Wirkungen entfalten konnten, die jeder Primitive ohne Zweifel als göttlich oder Wunder umschrieben hätte. Was allerdings die über diese Grunderfahrung hinausgehenden Inhalte anging, die verschiedenen Gottesbilder und damit verbundenen Vorstellungen, klafften die Ansichten weit auseinander. Am extremsten, weil missionarisch, traten die Tekteronii in Erscheinung. Fanatisch bekämpften sie alle Nichtgläubigen, die Tek'gools, die sich der Missionierung widersetzten.

»... denn im Ganzen der Einheit ist Trennung Illusion.« Jahaq Garr gurgelte dumpf. »In der Erkenntnis der Vielfalt ist das Wahre Sein sein eigener Richter, so daß die Handlungen in sich Strafe und Lohn bergen, auf dem Weg zum Ganzen.«

Telyna Zyryf murmelte heiser: »Für alle Tekteronii ist Tekteron zweifellos eine Lebensform, die das ganze Individuum wie die Gemeinschaft umfaßt. Einfachheit des Dogmas, strenge ... hm, *Gebets*vorschriften, in der Extremform geistliche Übungen zur Zucht des eigenen Willens – für sie bietet das Sicherheit; religiös gleichgültiges Tun kennen sie deshalb nicht. Ein Verweigern der Tekteron-Lebenspraxis bedeutet Ausschluß aus der Gesellschaft und damit sein wie die verhaßten Nicht-Tekteronii, die Tek'gools.«

Ich winkte mürrisch ab. Mir sagte die Reine Lehre nichts, weil ich nicht verstand, auf welches Ziel sie eigentlich hinaussteuerte. Wenn dieses darin bestand, die ganze Sterneninsel mit Krieg, Tod und Vernichtung zu überziehen, in Erfüllung einer »Heiligen Mission«, so diskreditierte sich diese Religion in meinen Augen von selbst. Zwar mußte ich mir eingestehen, mich nie im Detail mit dem Glauben der Tekteronii befaßt zu haben, aber wenn er guthieß oder gar forderte, was derzeit im Großen Imperium geschah, wollte ich auch nicht mehr wissen.

»Nur wer dem Licht zugewandt ist und den natürlichen Stufen des Seins folgt«, sprudelte der Andooz laut hervor und blähte die Backen-Schallblasen, »erreicht Erlösung und die göttliche Vereinigung mit dem Ganzen! Eine Verkürzung dieses Weges bedeutet nichts anderes als Absturz in Unfreiheit!«

Da war er, der Kernsatz, der sich als waffenstarrender Vorwurf an uns richtete. *Angeblich verkürzen unsere Aktivitäten den »natürlichen Weg«.*

»Gehen wir, Straton, dieser Irre ist mit dafür verantwortlich, daß Tatjana ...« Ich brach schaudernd ab. Eigentlich hatte ich dem Andooz gegenübertreten wollen, um ihm in die Kugelaugen zu sehen. Ich hatte nicht gewußt, was passieren würde. Statt meine Beherrschung zu verlieren, resignierte ich. Mit diesem Geschöpf ließ sich nicht reden; obwohl ein Andooz und damit Mitglied des Imperiums, erschien er mir fremdartiger als die Metallkugeln in den Katakomben von Tatalal oder auf Tix.

Hinter uns kreischte Jahaq Garrs Stimme aus den Lautsprechern: »... und deine Große Feuermutter, Imperator, ist der erste Schritt, den Weg des Wahren Seins zu manipulieren; eine unvergleichliche Perversion!«

Es muß mit der künstlichen Blockbildung von Bewußtsein zusammenhängen, wisperte mein Extrasinn. *Bekanntlich sind Blickfeld und Handlungsvermögen von Sinyagi umfassender als bei normalen Individuen: Bis zu einem gewissen Grad können alternative Universen eingesehen, zukünftige Entwicklungen erkannt und, als Konsequenz, von der Gegenwart aus in der einen oder anderen Richtung beeinflußt werden. Vielleicht meinen die Tekteronii das mit der Manipulation des natürlichen Weges? Die angesprochene »Dunkelheit« müßte dann im Sinne eines Determinismus aufgefaßt werden, einer sich selbst erfüllenden Prophezeiung wegen der Einschränkung auf das, was als Zukunft erkannt und in der Gegenwart realisiert wird. Eine gewisse Logik läßt sich der Reinen Lehre also nicht absprechen!*

»Hör auf, Quälgeist. Soviel Verständnis geht zu weit«, sagte ich leise und fügte in Gedanken hinzu: *Selbst wenn deine Vermutung zuträfe, die hehre Lehre steht im krassen Widerspruch zu den Taten, die wir erleben, oder?*

Daraufhin schwieg die innere Stimme.

Gellor Ma-Kynaan: *Institutionen des Großen Imperiums, ein Wegweiser für Karrierebewußte*; kopiergeschützte Kristallspeicherversion, ergänzte Auflage von 19.020 da Ark

Erste Vollversammlung für Sicherheit und Zusammenarbeit im Großen Imperium: *Eilig einberufen von Seiner Erhabenheit im Rahmen der Krise zu Beginn des Jahres 19.018 da Ark, handelte es sich nicht nur um die Elite der Imperialen Ebene der Ära Gonozal VIII., die führenden Persönlichkeiten aus Exekutive, Legislative und Justiz, Verwaltung, Militär, Handel, Wirtschaft und Industrie. Alle besaßen, so wurde beteuert, das uneingeschränkte Vertrauen des Imperators: handverlesene Raumnomaden, Ex-Schläfer, Politiker, Adlige, Offiziere, Lehnsträger, Minister, Administratoren, Wissenschaftler, Feuerfrauen, Dagor-Weise.*

Die hundert Meter große Versammlungshalle im vormaligen Administrationspalast auf der Freihandelswelt Reno 25 ähnelte einer KAYMUURTES-Arena; in den Sitzlogen der ansteigenden Rängen fanden 150.000 Personen Platz. Mittelpunkt des Dreiviertelrundes war das Podest, über dem pseudoflammenumloht die Große Feuermutter in ihrer Crysara da Kentigmilan-Gestaltprojektion schwebte, bekannt als Ihre Heiligkeit, Hohepriesterin und Arkanta der Totenwelt Hocatarr, die Erste Seherin des Reiches. Neben ihr erhob sich die Halbkugel einer mobilen Außenstation der Großpositronik von Arkon III.

Im offenen Viertel versammelte sich das seit der Auflösung des Tai Than bestehende Kommissarische Exekutivorgan des Großen Imperiums; in der Mitte der Imperator, rechts die leitenden Beamten der Ministerien und Verwaltungsbehörden und die Hohen Vertreter der Justiz des Gerichtsplaneten Celkar, links die Raumfahrtkoordination mit den Kommandeuren des Flottenzentralkommandos und den Lordkanzlern des Raumnomadenadels.

Auf einem erhöhten Balkon in der Mitte überblickte das von der Versammlung gewählte Präsidium alles; Vorsitzender war ein trebolanisches Spinnenwesen, der Stellvertreter ein Therborer.

Entlang der obersten Tribünenrundung, dicht unter der gewölbten Kraftfelddecke, die mit dem Holobild der Galaxis verziert war, fanden sich die Hauptrepräsentanten und Lehnsträger der Wirtschafts- und Industriekonzerne ein, der Handels- und Transportgesellschaften, der Großbanken, Versicherungen und Börsen. Vor ihnen saßen die Vertreter der öffentlichen Medien und die Gesandten von 50.000 bewohnten Planeten. Hauptkontingent auf den Rängen stellten diese Mitglieder der Imperiumswelten: in der ersten Reihe die gewählten Ausschußsprecher und Ressortchefs.

Eigene Logen waren für die vielen zur Einflußsphäre des Tai Ark'Tussan gehörenden Fremdvölker bereitgestellt: Therborer wie Trebolaner

des Vidaarm-Fürstentums, Scüs der Shyndain-Koalition, Orbeki und Mitglieder der dronschen Uqurado-Föderation, Miir, Hasproner, Ishkhorer, Elloanty, Longhoner und wie sie alle hießen.

Die Terraner, vertreten durch den Ersten Administrator Perry Rhodan persönlich und seine Delegation, beanspruchten den Sonderstatus von neutralen Beobachtern.

Freihandelswelt Reno 25, Kelchpalast der Vollversammlung: 15. Prago des Eyilon 19.018 von Arkon (= 8. März 2048 Terra-Standard)

»... soweit unsere Darstellungen; Sie kennen jetzt das Ausmaß!« beendete ich den Rechenschaftsbericht.

Bedrücktes Schweigen folgte. Entsetzen, Betroffenheit und Wut waren dominierende Emotionen im Saal, eine kaum in Worte zu fassende Stimmung, irgendwo zwischen purer Aggression und tiefer Niedergeschlagenheit, die Lähmung gleichkam. Die Subströme und Schwingungen wurden von Sinyagi an mich weitergeleitet. Im Hintergrund standen die Amazonen der Zhy-Famii neben Marcs Leibgardisten. Ich wechselte einen Blick mit Perry; sein kaum merkliches Kopfnicken konnte auch nicht mehr als psychologische Unterstützung sein. Erste Diskussionen begannen zögernd.

»... sollten alle noch vorhandenen Monde des Schreckens vernichten, um die Bedrohung ein für allemal zu beseitigen!« hörte ich den Ausschußsprecher für Imperiale Wirtschaft rufen.

»Und das Schicksal der Wurmbefallenen?« warf jemand ein. »Sie werden mißbraucht und sind nicht für das verantwortlich zu machen, was sie getan haben und tun.«

»Suspendierte Animation und Hyperfelder zur Abschirmung! Desintegratoren gegen die Monde!« rief General Sutokk und erntete Applaus. Ich schüttelte mich unwillkürlich; manchmal war der rein militärische Blickwinkel des Ekhoniden verdammt eingeschränkt.

Unterschätze die Grundstimmung nicht, mein Lieber! raunte der Extrasinn. *Sie sind alle verzweifelt! Und Verzweifelte schlagen ganz leicht wild um sich!*

»Zuschlagen – das ist unsere einzige Chance!« bestätigte der Erste Lordkanzler des Khuvaan-Raumnomadenhabitats den Kurs für ein hartes Vorgehen. Das am Morgen von der Versammlung gewählte Präsidium schaltete sich ein:

»Ist das der Grundtenor? Wir bitten um Abstimmung!«

Auf einer riesigen Bildfläche erschienen Säulendiagramme. Eine Mehrheit von über sechzig Prozent befürwortete den eingeschlagenen Weg. Damit überwog die Horimad-Fraktion, sogar sanftmütigste Therborer paddelten erregt in ihren Tanks. Vierzehn Prozent enthielten sich, waren unsicher und schwankten, der Rest plädierte für Nachgiebigkeit, lehnte die Konfrontation ab.

»Sollen wir im Präventivschlag direkt gegen den Tekteron-Bund vorgehen? Das könnte Selbstmord sein! Solange der Bund aber besteht, sind wir bedroht!« Der Gesandte der Gefirnen-Händlergilde äußerte sich skeptisch. »Die Zusammenarbeit zwischen den Freihandelswelten und den übrigen Imperiumsplaneten muß gestärkt werden, der Freihandelsfrieden zum Allgemeingut im Tai Ark'Tussan werden ...«

»Und wer soll ihn garantieren?« brüllte aufgebracht der Vorsitzende der Worzaiin-Großbank, die aus den Ereignissen als Trümmerhaufen hervorgegangen war. »Hat der Imperator oder haben die Gijahthrakos dazu die Macht? Oder sonstwer?«

Tumulte entstanden, als sich einige Redner sogar dafür aussprachen, mit dem Tekteron-Bund ein Arrangement auszuhandeln; sie wurden von mißmutigen Kommentaren übergossen. *Angesichts der aufgezeigten Lage können alle Redebeiträge nicht verhehlen, daß letztlich totale Ratlosigkeit besteht,* raunte mein Extrasinn.

Ich nickte und betrachtete die vor mir leuchtende Bildfläche: Insgesamt waren 28.956.904 Tote zu beklagen, hinzu kamen mehr als dreißig Millionen Verwundete. In den Gefechten wurden 3367 Raumschiffe vernichtet, 1829 davon auf seiten der Beeinflußten. Zu den Wurmbefallenen rechnete die Mammutpositronik rund eine Milliarde Lebewesen, es konnten aber auch bedeutend mehr sein; sämtliche Kliniken waren überfüllt und überlastet. Ausnahmezustand mußte als Beschreibung eine Verharmlosung sondergleichen bleiben.

»Es ist absolut unverständlich, daß Abermillionen eindeutig als Tekteronii identifiziert wurden – sie handeln aus Überzeugung und glauben an die Richtigkeit ihres Tuns!« Die Herzogin des Habitats KHAROON XII brachte es auf den Punkt. »Im Verlauf der Vorbereitungen der letzten Jahrzehnte sind sie als Verbindungsleute zum Tekteron-Bund aufgetreten oder haben das unbemerkte Eindringen von Stachelkugeln tatkräftig unterstützt!«

»Wir brauchen Einigkeit im Imperium!« schnarrte Oberbeschaffungsmeister Krishal da Quertamagin. »Wie soll der Kampf erfolgreich sein, wenn uns eigene Leute in den Rücken fallen? Die Tekteronii hätten noch größeren Erfolg gehabt, wäre nicht die Träger-Galeere vom Imperator ausgeschaltet worden.«

Wir hatten von der mobilen Einheit des Robotregenten Statistiken zu hören bekommen, die in ihrer kalt-sachlichen Art das unglaubliche Ausmaß an Leid verdeckten. Zahlen standen Emotionen gegenüber; es ging um Dimensionen, die die Verstandeskraft eines normalen Wesens überforderten. Was die Tekteronii betrieben, ließ sich bestenfalls mit dem Begriff Völkermord umschreiben – und auch das war nur ein hohles Wort.

Ich schaltete meine Bildfläche zum Hauptnachrichtenkanal des Imperiums um.

»... gehen die entstandenen materiellen Schäden in die Billiarden, die immateriellen lassen sich gar nicht abschätzen«, erklärte Gellor Ma-Kynaan. »Das Große Imperium steht am Rande eines Abgrunds!«

Im Hintergrund donnerte die Stimme des Mis von Mispan durch den Saal: »... keine Neutralitätspolitik vor dem Hintergrund der galaktischen Gesamtlage möglich. Schon die normalen Krisen im Imperium sind ...«

Ich dachte: *Wir wußten, was auf uns zukommt, als mit dem Aufbau der Freihandelswelten und dem Projekt der Großen Feuermutter begonnen wurde!*

»... ist ein zu geringer Machtfaktor. Wir müssen uns der Hilfe des Imperiums versichern.«

»Es gibt nicht viele, die uns in ausreichendem Maß helfen könnten. Alle Völker sind bedroht.«

»Imperator!« Es war der Anruf eines martialisch gekleideten Dron. Hornschuppen sträubten sich in seinem Nacken und an den Halsseiten. »Was ist mit den Gijahthrakos? Sie sind maßgeblich am Aufbau von Zhygor beteiligt; dieses ganze Projekt entstand auf ihre Initiative hin, oder?«

»Das Volk von Gikoo steht zum Imperium«, versicherte die angesprochene Delegation. »Wir werden alle unsere Möglichkeiten einsetzen und zur Verfügung stellen, um die Bedrohung zu meistern.«

Vor der Vollversammlung zeigten sie sich in ihrer Originalgestalt; rot, kristallin, einer uns weiterhin unbekannten Evolution entstammend. Die Zusicherung schien einen Teil der Versammelten zu beruhigen.

»Wunder vollbringen sogar wir nicht!« raunte Mascant Malkathoorgen neben mir.

Sämtliche Monde des Schreckens waren zwischenzeitlich zu ihrer vollen Größe herangewachsen und hatten je zwischen zwölf und zwanzig Riesensporen ausgestoßen, Stachelkugeln von 700 bis 5300 Metern Durchmesser, und es sah so aus, als würde es mit der Zeit weitere Generationen geben: Nach dem Ausstoß hatten sich hyperenergetische Zapfstrahlen ausgebildet, die die Monde mit den Sonnen verbanden und mit nahezu unerschöpflicher Energie versorgten. Gleichzeitig entstanden paraphysikalische Kraftfelder rings um die Gebilde, die eine Entrückung ähnlich einer Semi-Manifestation bewirkten und die Monde des Schrekkens einem Zugriff entzogen. Sogar Fusionssprengsätze von 500 Gigatonnen zeigten keine Wirkung! Um die Ausbreitung weiterer Gallertkugel-Einzeller in der Art einer Kettenreaktion zu verhindern, hatten Robotraumschiffe mit Desintegratoren einen Teil der Sporen vernichtet;

die übrigen waren plötzlich mit unbekanntem Ziel durch Großtransitionen verschwunden und hatten sich ihrer Zerstörung entzogen. Der Austrittspunkt war nicht anzumessen gewesen, lag vermutlich aber im Bereich des Tekteron-Bundes. Gravitationsbomben wagte niemand einzusetzen, weder gegen die Monde noch gegen die Sporen: Es hätte den Tod der Wurmträger bedeutet, und die Sporen konnten, wie Kon annahm, wieder materielle Stabilität gewinnen! *Ein Problem, das im Auge zu behalten ist!*

Fest steht, raunte der Logiksektor, *daß Schreckensmonde, Sporen und Gallerten weiterhin der Fernkontrolle durch die Tekteronii unterstehen – von alleine hätten sie kaum so handeln können, wie sie es taten. Du hast es hier mit einer vielschichtigen Planung zu tun! Ohne sich irritieren zu lassen, wird sie von den Cyén Zug um Zug umgesetzt. Die Ausschaltung des Mahash'gon-Tempels kannst du unter der Rubrik Pyrrhussieg verbuchen, Arkonide!*

An den Imperiumsgrenzen nahe der Sogmanton-Barriere und zwischen dem Tekteron-Bund und Zhygor waren unsere Patrouillenverbände unterwegs – 100.000 Schlachtkreuzer des Festungssystems, gesteuert und koordiniert vom Robotregenten. Sie sollten weitere Infiltrationen verhindern; leider ein mühseliges Vorhaben, das auf lange Sicht wenig Erfolg versprach. Zu groß war ganz einfach das zu überwachende Gebiet, zu klein die uns zur Verfügung stehende Anzahl der Schiffe. Es waren winzige Sonden im Gespräch, aber diese mußten erst einmal hergestellt werden, zumal ihre Zahl Hunderte von Milliarden würde betragen müssen. Erste Prototypen entstanden auf Arkon III; ob sie die an sie gestellten Aufgaben erfüllen konnte, mußte sich noch erweisen.

Die Probleme wachsen zu einem unüberschaubaren Bergmassiv an, dachte ich schaudernd.

»Schon die Fremdartigkeit der Gallertlebensform reicht im Grunde, um sie als tödliche Gefahr zu betrachten«, sagte der Kommentator von Arkon-Trivid. »Es steht definitiv fest, daß es sich hier um eine Waffe der Tekteronii handelt, künstlich mutiert, konditioniert und herangezüchtet. Was mit den verbliebenen Monden des Schreckens geschehen soll – darüber muß die Vollversammlung entscheiden, denn nicht nur das Schicksal der Wurmbefallenen steht auf dem Spiel.«

Ich schaltete ab und fröstelte. Jahaq Garr hatte sich gestern durch Suizid einer Hochverratsanklage entzogen; ich empfand keine Befriedigung bei seinem Tod, nur Ausgebranntheit, Leere und – Trauer. Letzteres allerdings weniger um den Andooz.

Während ich meinen Gedanken nachhing, erfüllte die lebhafte Debatte den Saal, wurden Argumente hin und her gewälzt, die Situation von allen nur denkbaren Seiten betrachtet und Alternativen ent- und wieder verworfen. Meine Ahnung sollte sich bald bestätigen: Zwar war es gelungen, die Vollversammlung zu etablieren, doch sie entwickelte sich zunächst zu einem Forum der Endlosdiskussion, ohne zu Ergebnissen zu kommen.

An anderer Stelle wurde fieberhaft daran gearbeitet und geforscht, wie die Lösung unserer Probleme aussehen konnte. Gijahthrakos, eine Aragruppe unter der Führung von Cendrogim Tashtxan, Thalom Goétos Báalols, die Terraner und viele andere – ihre eher hektische Aktivität konnte kaum verbergen, daß niemand wußte, wie mit der Lage umzugehen war.

Ich sprach kurz mit Perry: Er war erneut auf Wanderer gewesen, doch dort hatte sich ES von Homunk verleugnen lassen – das Kollektivwesen sei angeblich mit anderen Dingen beschäftigt, man solle es nicht mit »untergeordneten Problemen« behelligen. Selten hatte ich meinen Freund derart sprachlos gesehen. Diese Abfuhr durch seinen *Alten Freund* nagte ganz schön an seinem Selbstbewußtsein. In einer weiteren persönlichen Teilnahme an der Vollversammlung sah er keinen Sinn mehr. »... rate dir ebenfalls, dich an anderer Stelle um Schadensbegrenzung zu bemühen«, sagte er und lachte humorlos. »Deine grandiose Idee mit der Vollversammlung könnte sich als Bumerang erweisen, Arkonhäuptling: Hinsichtlich der normalen Krisensituation in deinem schwankenden Reich wäre es langfristig ein probates Gegenmittel gewesen. Mit Blick auf die jetzige Situation allerdings ... da ist ein solches Gremium eindeutig überfordert!«

Ich nickte. »Du dürftest absolut recht haben, Barbar. Mein erstes Ziel steht ebenfalls fest, obwohl ich – nach deinem Erlebnis auf Wanderer – nicht sonderlich viel Hoffnung habe: Zhygor und der dortige ES-Nebeldom. Es mag vielleicht sehr egoistisch klingen, mein Freund, aber ich würde mich schon ein bißchen besser fühlen, wenn wir wenigstens Tanja helfen könnten. Sinyagi strapaziert zwar Ihr Bewußtseinskollektiv, aber zu einem positiven Ergebnis ist Sie noch nicht gekommen.«

»Viel Glück, Imperator!«

Sein fester Händedruck verlieh mir, so verrückt es vielleicht klang, etwas Zuversicht. Sein aufmunterndes Zwinkern, dieser betont optimistische Blick – *Wir werden es schaffen, irgendwie! Du mußt nur davon überzeugt sein!* – war so typisch terranisch, so unendlich vertraut, daß er mich tatsächlich aufbaute. Wenigstens für ein paar Augenblicke.

Die Große Feuermutter hielt sich zurück und griff nicht in die Diskussionen der Vollversammlung ein. Eine Handlungsweise, die mit der Zeit erstaunte. Raunen breitete sich aus, verunsichert sah man einander an, mehr und mehr verstummten die Gespräche. Die Aufmerksamkeit richtete sich auf den Projektionsleib, und es wurde ruhig. Eine umfassende

Stille, in der das Rascheln von Sandkörnern zu hören gewesen wäre. Als die Große Feuermutter sich paraverbal an alle wandte, glich es Donnerhallen: ein gewaltiges Brausen in den Köpfen.

»Erhabene! Wir haben mit großem Interesse die Beiträge verfolgt und wissen sehr genau um die Stimmung. Auf den ersten Blick mag sie gerechtfertigt sein und die sich aus ihr ableitenden Handlungen richtig. Wir, die kollektiv vereinigten Bewußtseine, können Uns den vorgetragenen Meinungen jedoch nicht anschließen, getreu Unserer mit Unserer Existenz verknüpften Grundhaltung. Wir sprechen Uns eindeutig gegen die Fortsetzung aggressiv-militärischer Vorgehensweisen aus! Wir sind aber auch nicht für ein Nachgeben. Auf diese Weise ist langfristig das Imperium weder zu halten noch auszubauen; Gewaltmaßnahmen wie eine Unterwerfung sind die schlechtesten Mittel einer Reaktion. Mit ihnen als Grundlage ist das Ende des Tai Ark'Tussan vorprogrammiert, und die Tekteronii haben ihr Ziel erreicht! Von Gewalt getragen, die über eine Notwehr-Verteidigung hinausgeht, würden wir Teil eines Großen Kriegs und hätten langfristig keine Überlebenschance. Alle würden sich verändern, Gewalt zu ihrem Lebenszweck machen. Wie sollte es da später eine Rückkehr zu normalen Handlungen geben? Verhandeln läßt sich mit dem Tekteron-Bund andererseits auch nicht ... Nein, Erhabene! Unser Vorgehen muß ganz anders aussehen und der gegebenen Lage wie Unserer Grundeinstellung angemessen sein. Etwas anderes kann und darf nicht in Frage kommen; das Ziel ist die Umwandlung des Negativen ins Positive! Laßt uns also gemeinsam auf eine Lösung in diesem Sinne hinarbeiten!«

Damit war ein kleinster gemeinsamer Nenner geschaffen, dem man durchaus zustimmen konnte. Die Diskussionen gingen weiter, diesmal allerdings zielbewußter. Wie jedoch letztlich die Lösung aussehen konnte, wußte auch die Tai Zhy Fam nicht zu sagen.

5.

Aus: *Zhygors planetarischer Visitator – Multimedia-Einweisungschip für Freihandelsweltbesucher*; Touristik-Center Tatalal/Zhygor, 4. Auflage, 19.017 da Ark

Muo: *In West-Ost-Richtung bis zu 12.000 Kilometer und in Nord-Süd-Richtung bis zu 8000 Kilometer großer Kontinent, der sich als verzerrtes Viereck, von vielen Buchten zerklüftet, in Äquatorhöhe ausbreitet. Der*

Planetoiden-Absturz im Nordwesten der Landmasse bewirkte vor ziemlich exakt 907.000 Arkonjahren die U-förmige Auffaltung des Lal-Gebirges. Die Kontinentmitte wurde hierbei extrem gedehnt und brach von Nord nach Süd: Muos Ostteil, aufgrund der Massenträgheit weiterhin in Bewegung, schob sich über den Bruch, so daß das Yarkov-Gebirge Höhen bis zu 10.000 Meter erreichte. In der Gegenwart formt der abgesenkt-gedehnte Bruchrest eine Schwemmlandmulde, die, vom Güna-Strom zerschnitten, von tropischem Regenwald bedeckt ist. Gletscher der Yarkov-Berge entwässern nach Westen und Osten.

Hauptsiedlung ist Tatalal und – 750 Kilometer südöstlich der »Stadt der Tausend Wunder« – der Komplex des Tata-Raumhafens ...

Tatalal: *Hauptstadt der Freihandelswelt Zhygor, 1467 Kilometer nördlich des Äquators (Tatalal-Zentrum = Nullmeridian, 12° 52,8' Nord), von bis zu elftausend Metern hohen Gipfeln des Lal-Gebirges U-förmig umgeben, wurde auf einer Kuppe errichtet: Das im Zentrum zweitausend Meter hohe Kugelsegment ist der sichtbare Rest eines Planetoiden von etwa zweihundert Kilometern Durchmesser, der, ähnlich einer Semi-Transition (auch: Semi-Manifestation) raumzeitlich entrückt, durch den Aufprall nicht zerstört, sondern beim »unvollständigen« Übergang zum Hyperraum* ohne *Entmaterialisation Teil einer mit Zhygor überlappten Enklave wurde. Zenitpunkt der Kuppe ist das aus drei Pyramidenbauten bestehende administrative Zentrum der Freihandelswelt, Tatalal-Center genannt.*

Es gilt als sicher, daß der Planetoid maßgeblich für Zhygors Aktivität ist, die mühsam von Gijahthrakos und Dagoristas gebändigt wird. Andererseits werden alle Lebewesen, sobald sie in die Entrückungszone eindringen, die etwa tausend Meter von der Planetoidenoberfläche ihre Grenzschicht besitzt, in ein bemerkenswertes Hyperfeld gehüllt, das von den Gijahthrakos »hyperenergetische Aura« genannt wird: Es simuliert perfekt individuelle Umweltbedingungen, übernimmt die »Ernährung« und erlaubt, obwohl nur auf paranormaler Sinnesebene wahrnehmbar, sogar Fremd-Metabolismen das Überleben ohne weitere Schutzeinrichtungen; siehe auch ...

Freihandelswelt Zhygor, Crest-Memorial-Klinikum von Tatalal: 17. Prago des Eyilon 19.018 von Arkon (= 10. März 2048 Terra-Standard)

Sie sah schwach und winzig aus, das Gesicht bleich und starr. Fast verschwand sie unter dem Gewirr medizinischer Geräte; Sauerstoffversorgung, Schläuche in Nase und Ellenbeugen, Sensorfühler. Es summte, klickte und zirpte, Blibs huschten über Monitoren, Lämpchen flackerten. In der Mitte das Antigrav-Krankenbett der Intensivstation.

Wenn ich gedacht hatte, es könne keine Steigerung von Sorge und Angst geben, sah ich mich getäuscht. Es *gab* eine Steigerung! Nicht genug, daß meine Freundin zu den Wurmbefallenen gehörte, nein, beim Anflug auf Zhygor fiel sie plötzlich ins Koma und lebte nur noch dank der externen Versorgung! Alle standen vor einem Rätsel: Bauchaufschneider Kitai Ishibashi ebenso wie die übrigen Ärzte – einige mehrfach parageprüfte Aras wie Zuu-gar, Wanderpflanzen von Morann, Gijahthrakos –, und auch ich fragte mich verzweifelt, was das alles zu bedeuten hatte.

Jetzt saß ich an Tanjas Bett, eingepackt in einen grünen aseptischen Kittel, eine Maske vor Mund und Nase. Neben mir materialisierte in durchscheinender Sinyagi-Gestalt der Projektionskörper der Großen Feuermutter und legte mir mitfühlend die Hand auf die Schulter. Vor der Intensivstation warteten Freunde und Mitarbeiter, die Zhy-Famii des »Amazonenkorps« und Mediziner. Ich hob den Kopf und begegnete Sinyagis Blick; tiefrote Augen sahen mich ernst an. In einer Art Morphing-Überlagerung schimmerte plötzlich das Gesicht der Arkanta von Hocatarr durch das Antlitz, wurde zum bestimmenden Eindruck – genau wie diese alte Frau auch das dominierende Bewußtsein im Verbund des aus fast zweihundert Einzelwesen bestehenden Kollektivs war. Ich sah das faltige Gesicht einer mindestens Hundertfünfzigjährigen. Sie besaß ein »Drittes Auge«-Implantat, und auf den runzligen Wangen entdeckte ich bläuliche Tätowierungen, die rechts Thantur-Lok darstellten und links das Symbol des Großen Imperiums.

»Thalom Goéto hat sich direkt an Uns gewandt«, vernahm ich ihr chorähnlich-auditives Pararaunen. »Es sieht so aus, als hätten die Báalols eine brauchbare Alternative entwickelt. Das Risiko ist groß, ob es funktioniert, wissen Wir nicht ... Nur ein Versuch gibt Klarheit! Tanja kann nicht ... Stimmst du zu, Atlan? Trotz der Gefahr, die damit verbunden ist?«

Wie hat mal jemand gesagt? dachte ich. *Leben überhaupt heißt in Gefahr sein!*

Ich nickte, mehr unbewußt erfaßte ich die auf mich überströmenden Informationen; der Logiksektor äußerte sich am Rand der Wahrnehmungsschwelle mit einem positiven Signal. »Es ist wenigstens ein Hoffnungschimmer! Probieren wir es. Schlimmer kann es kaum noch werden.«

Sie weitete Ihr Bewußtseinsfeld aus, das Vibrieren meines Lha'hon-Quarzes intensivierte sich. Blickwinkel und Wahrnehmungsvermögen erweiterten sich abrupt. Überall pulsierte, pochte und bebte Wahres Sein, war sich seiner bewußt, dehnte sich aus, komprimierte, war farbig, strahlend, licht – und lebendig. Merkwürdigen Schatten glichen erkennbar werdende Fremdkörper, deren Zahl in die Milliarden ging.

WURMBEFALLENE!

Dunkle Linien und Fasern verbanden sie untereinander, andere reichten zu den Monden des Schreckens, zu Stachelkugeln, und wahre Kabelstränge führten über die Grenzen des Imperiums hinaus, konzentrierten sich in einem mächtigen Knoten, der offensichtlich mit dem Tekteron-Bund identisch war – oder in dessen Raumsektor liegen mußte.

... die »Kabel« stören, sind zu kappen. Seufzend und erleichtert das Aufatmen, lautlos, paraorientiert. Eine erste positive Reaktion. Sezierende Blicke untersuchen Tanjas Symbiosewurm, erkennen die genetisch-parastrukturierte Programmierung. Absoluter Gehorsam das maßgebende Element, die Befolgung von Befehlen. Muster werden umgestellt, zunächst versuchsweise, dann sicherer und schneller. Vollständig läßt sich die Konditionierung nicht beseitigen, zu tiefgreifend ist die Veränderung. Es bleibt nur die Metamorphose. Ein neues *Programm! Informationsmuster der Individualität, der Freiheit. Kein Zwang mehr von außen! Eine Umhüllungsschicht entsteht, die jede weitere Manipulation, von wem auch immer, unterbindet ...*

Hoffnung ergriff Besitz von mir, es schien gelungen zu sein. Wie sehr ich selbst an dem Prozeß beteiligt war, wußte ich nicht exakt zu sagen. Große Feuermutter und Millionenäugiger Imperator bedurften einander, um Wirkung erzielen zu können – ohne die eine Komponente hatte die andere ebenfalls keinen Zugriff auf das Paranormale, in gegenseitiger Abhängigkeit wie Ergänzung waren wir dann zwei Seiten einer Medaille.

Mir war nicht bewußt, wieviel Zeit verstrich. Es mußten Stunden sein oder mehr. Vielfache Kontrollen bestätigten zögernd den anfänglichen Eindruck. Der von den Saam-Gallerten geschaffene Wurmsymbiont in meiner Freundin hatte keine Macht mehr über sie – dennoch erwachte sie nicht aus dem Koma. Da gab es noch etwas anderes, ein weiterer Einfluß, kaum weniger negativ ...

Bevor ich mich darauf konzentrieren konnte, wurde ich von weiterem Pulsieren erfaßt, einem strahlenden Leuchten, das sich zu einer hoffnungsvollen Prognose verdichtete, trotzdem zum jetzigen Zeitpunkt kaum mehr als eine Utopie sein konnte, ein anzustrebendes Ziel:

... bestehen Verbindungslinien der Wurmbefallenen als komplexes Netzwerk untereinander und zu den Monden. Letztere wirken erstarrt, fast erwartungsvoll; Hoffnung und Freude haben Haß und Aggression ersetzt. Erste Fasern fallen, lösen sich auf, entlassen Befallene ins Leben normaler Wesen. Aber sie müssen Veränderte für immer bleiben; Veränderte im positiven Sinne. Es gleicht einem gellenden Aufschrei des Glücks, als die letzte Verbindungsader verschwunden ist.

Ekstase. Seufzende Zufriedenheit.

Isoliert sind nun die Monde des Schreckens, in denen weiteres Leben heranreift. Genau wie das übrige auch hat es nichts anderes im Sinn, als zu leben. Schwierig der Vermittlungsprozeß, die Bewußtmachung der Tatsache, daß Leben in dieser Form anderes Leben schädigt, manipuliert und tötet.

Fragen. Zögerliches Verständnis. Dann Scham und Einsicht, Reue für Taten, die andere erzwungen haben. Wieder Fragen, drängend, voller Betroffenheit.

Und das Angebot einer Alternative, zum Nutzen und zum Fortbestand aller. Bedenken, erneute Auseinandersetzung, schwierige Verhandlungen.

Als endlich die Zustimmung kommt – endet die Vision unvermittelt und schleudert mich in die Realität zurück.

»Ein Traum! Aber er könnte Wirklichkeit werden!« flüsterte Sinyagi. »Doch dazu bedarf es Unterstützung, eines Machtpotentials, das zur Zeit – noch! – nicht zur Verfügung steht. Uns fehlen die Möglichkeiten, allen übrigen Wurmbefallenen zu helfen. Einige Einzelpersonen können Wir nacheinander befreien ... Ronua zum Beispiel. Aber im großen Maßstab ...«

Vage stahl sich mir der Gedanke an den vom bläulichen Reflexionsnebel umgebenen Mirkandol-Sternhaufen ins Bewußtsein. Ich erinnerte mich an die Mitteilung von Ceshal da Ragnaaris Zhy-Famii, dort kurz ein gewaltiges Bewußtseinspotential bemerkt zu haben. *Vielleicht* ... Die Idee versank so rasch, wie sie gekommen war, obwohl sie mehr oder weniger unbewußt als »Strohhalm« erhalten blieb. Viel intensiver schoben sich andere Bilder in den Vordergrund. Der Planetoid unter Tatalal; *Mooshar* in den *Sternenmythen* genannt. Das Bild der drei Kristalle, rot, grün und blau. Die Empfindung, mit ihnen unglaublich riesige Kraftkonzentrationen verbinden zu müssen ...

Ein weiterer Strohhalm? durchfuhr es mich. *Was hat das alles zu bedeuten? Verflucht, noch passen die vielen Puzzleteilchen nicht zusammen, ergeben keinen Sinn.*

Tief in mir ahnte ich, daß ich mich eigentlich viel intensiver um diese Dinge hätte kümmern müssen. Aber die Probleme im Imperium, die Nachwirkungen der Katastrophe verschleierten den Blick, nahmen meine vordergründige Aufmerksamkeit so in Anspruch, daß ich keine Zeit für anderes fand. Als Imperator von Arkon trug ich die Verantwortung für das Ganze. Schon die Tatsache, daß ich mich nun bevorzugt auf meine Freundin konzentriert hatte, widersprach dem eigentlich. Aber ich war auch nur ein »Mensch«, keine Maschine und kein bloßer Funktionsträger.

Tanjas Koma ... Ich lauschte ins Innere und erschrak. *Anormale Bewußtseins-Konfiguration! Da sind nicht nur Tanja und der Wurm! Warum hat das keiner erkannt? Weder Morannii noch Gijahthrakos ... Aber: Auch die »Lichtelfen« habe stets nur ich »gesehen«!*

Ich aktivierte mit Sinyagis Hilfe die Parasinne und tauchte in die höhergeordnete Sinneswelt ein. Schlagartig verschoben sich alle Eindrücke; ihre Beschreibung erforderte Gleichnisse, Symbole und Metaphern.

Stille, Dunkelheit, kein Geruch und kein Geschmack, keine taktilen Wahrnehmungen – die konventionellen Sinne waren ausgeschaltet. An ihre Stelle traten hyperenergetische Wechselwirkungsmuster. Statt der materiell manifestierten Gestalt »sah« ich das Äquivalent; ein pulsierendes Konglomerat flockenartiger Partikel, die scheinbar nur losen Zusammenhang besaßen. An der Peripherie der Individualaura gab es pastellene Farben, zum Zentrum hin dominierte kräftiges Leuchten. Funkenkaskaden brachen immer wieder hervor, Organellen pumpten sprühende Fontänen. Der Kern war eine Miniatursonne, hell und glänzend, eine vielfach gestaffelte Schalenansammlung in allen Spektralfarben: Bewußtes Sein, dessen materieller Fokus die Ich-Persönlichkeit manifestierte! Tiefrot und düster brachen wiederholt Protuberanzen hervor, und das irritierte mich. Die »Farben«, Interpretationen der Parasinne, waren analog dem Energiegehalt elektromagnetischer Wellen zu sehen.

Niederfrequentes Rot der Ausbrüche hat im Bewußtseinskern von Tanja nichts zu suchen! dachte ich mühsam beherrscht und intensivierte die Anstrengungen, vernahm wesenloses Raunen und Klingen. Auch hierbei gab es einen Fremdeffekt ähnlich wimmerndem Klagen. Das Pendant eines bitter-metallischen Geschmacks erreichte mich, auf parataktiler Ebene kratzte etwas wie Sandpapier, stand für Widerwillen und Ablehnung. Ich begriff, daß sich in meiner Freundin etwas Fremdes eingenistet hatte, ein Parasit, der – wie das Rot verdeutlichte – zwar schwach war, aber auf die Frau so stark einwirkte, daß sie, vom Wurmsymbionten ohnehin geschwächt, ins Koma gefallen war. Ich erkannte, von stechenden Impulsen meines photographischen Gedächtnisses geplagt: *Das ursprüngliche Einnisten geschah schon vor einiger Zeit! Als ich nach dem »Kuß« erwachte, habe ich unbewußt dieses Fremde in Tanja erkannt, ohne jedoch seine Natur zu erfassen. Beim Anflug auf Zhygor muß nun eine ähnliche Komponente hinzugekommen sein, das führte zum endgültigen Zusammenbruch.*

Keine gefahrlose Beseitigung des Fremden möglich, flüsterte meine innere Stimme. *Die Verschmelzung ist zu weit fortgeschritten!*

Wie soll ich da helfen? Wer oder was ist das Fremde? Ich schob Parafühler vor, um eine Bestätigung meiner Vermutung zu erhalten. Gegensätzliche Eindrücke prasselten auf mich ein. Tanjas natürliche Struktur stellte sich mir nicht entgegen, blieb weich und anschmiegsam. Unbewußt erkannte sie in mir den Helfer und Vertrauten. Das *Andere* dagegen wirkte hart, ablehnend und spröde. Je tiefer ich kam, desto schärfer wurde der Widerstand. Ich wurde attackiert, geritzt, verbrannt und gestochen. Mir wurde klar, daß das Fremde sich in seiner Schwäche um so stärker an Tanja klammerte, und indem es sich festbiß, drohte es das »Gesamtsystem« zu zerstören. Ich befahl: *»Aufhören!«*

Die Antwort bestand aus einem lautlosen Schrei voller Hysterie und Panik, der die schwache Frage fast ganz überdeckte: *»Atlan?«*

»Tanja, hörst du mich?«

Sie reagierte auf meine behutsame Frage: »Atlan? Ja, ich höre dich. Was geschieht? Wo bin ich?«

Der Durchbruch war geschafft. Ihr Bewußtsein erwachte, allerdings auf einer für sie völlig ungewohnten Daseinsebene. Ihre Gedanken irrten umher, fragten und bebten unter ängstlichen Wellen. Konzentriert signalisierte ich: »Tanja, du schläfst! Du träumst! Aber etwas ist bei dir, das dir Alpträume beschert, dich verfolgt und ängstigt. Kannst du es erkennen?«

»Es ist fremd ... und doch vertraut.« Ihre Antwort klang schwach. »Ich glaube, ich kenne es! Es braucht Hilfe, bedrängt mich – wie ein Ertrinkender, der seinen Retter in die Tiefe reißt!«

»Das ist es! Ich versuche dir zu helfen. Du mußt stark sein, Liebste!«

Reibung entstand auf psychischer Ebene. Tanja war ohne Widerstand, obwohl ihr aufgewühltes Ego einem brodelnden Kessel glich. An seinem Grund umkreiste mich der Wirbelwind archaischer Strukturen, unerfüllter Phantasien und unbewußter Wahnvorstellungen. Hagel aus Ängsten prasselte, Flutwellen verdrängter Erinnerungen und Wünsche, Träume und Hoffnungen schwemmten über mich hinweg, und wie Lanzen stachen Triebregungen auf mich ein. Für lange Sekunden erschien mir das aufgeschwemmte Gesicht des Overhead – ich wischte das Trugbild zur Seite, und es zersplitterte in unzählige aufflammende Fragmente, die augenblicklich erloschen.

Ein anderes Bild: Die Gipfel des Lal-Gebirges ragten in den trüben Bernsteinhimmel. Schroffe Sechs- und Achttausender, von Gletschern zerschnitten, wechselten ab mit riesigen Schichtvulkanen, die die Elftausendergrenze erreichten. Hänge glühten, Fahnen und Staubfontänen durchzogen die Hochatmosphäre. In der Ferne »sah« ich Tatalals Lichter und beobachtete Kooann-Rochen bei ihrem majestätischen Flug entlang dünnflüssiger Magmaseen über die Flammen fegen.

Daß die aufgewühlten Kräfte der Natur nicht mit zerstörerischer Macht über uns hereinbrechen, verdanken wir Orten wie der Kijai-Dagorabtei, die, intensiv vom paranormalen Fluidum durchdrungen, Knotenpunkte im Netzwerk der von Gijahthrakos geleisteten Bändigung sind. Es waren die Dagor-Hochmeister von Gikoo und ihre Adepten, die auf Zhygor Orte der Kraft *schufen. Trotzdem bleibt Zhygors Natur unbe-*

rechenbar! Die Kijai-Abtei ist mit fast fünfhundert Arkonjahren der älteste Kraft-Ort, aber ...

Mein Extrasinn ergänzte weitschweifig den Gedanken: *Weise, Wissenschaftler und Kämpfernaturen in einem, nach außen hin zwergenhafthominid, tatsächlich aber Geschöpfe, die einer fremdartigen Evolution entstammen – auch den Gijahthrakos widersetzt sich das hyperorientierte Wirkungsfeld, das vom semi-entrückten Planetoiden unter Tatalal ausgeht ... Und sogar sie können deine »Lichtelfen« nicht wahrnehmen!*

Tanja!

Unter den vordergründigen Ego-Strukturen lagen andere Schichten; parallele, frühere und zukünftige Ego-Formen, Alternativ-Szenarien, komplementäre Gestalten und Ausdrucksmöglichkeiten verschiedenster Inkarnationen – unterbewußte Dinge, die charakteristischer Bestandteil des weit in den Hyperraum reichenden Wahren Seins eines jeden Wesens waren. Mitten im gepeinigten Bewußtsein hockte das Fremde: ein tiefroter, fast schwarzer Moloch, amorph wie eine Amöbe, mit ausgebreiteten Tentakeln, deren Krallen an Tanja zerrten. Ich erreichte das Fremde. Dieses Etwas kämpfte verzweifelt um den Bestand, war nichts als Furcht vor dem nahenden Tod.

Vor allen Dingen ist es kein normales Bewußtsein, sondern bestenfalls ein Fragment! Mühsam breitete ich unsichtbare Arme aus, wob mit Sinyagis Hilfe ein paranormales Netz um den Geifernden, füllte den Kokon mit stabilisierender Hyperenergie. *Das Fremde muß besänftigt werden: betäubender Schlag auf den Kopf eines Ertrinkenden.*

Tanjas dankbare Impulse erreichten mich, als ich zur höheren Ebene auftauchte. »Atlan, was ist es?«

»Sei stark, Liebste! Wenn du aus dem Alptraum erwachst, wirst du einen unsichtbaren Begleiter haben; zwei Seelen im gemeinsamen Körper!«

»Ich verstehe nicht. Was geschieht mit mir?«

»Das Fremde in dir hatte keinen Körper. Seine besonderen Kräfte gestatteten ihm aber, sich in der uns vertrauten Welt zu stabilisieren. Statt in jenseitige Zonen abzudriften, verschmolz es mir dir und hätte in seiner strukturellen Schwäche bald deinen Tod bedeutet. Ich konnte dir helfen. Wenn du erwachst, können wir dieses Etwas vielleicht genauer untersuchen und beseitigen. Es ist, denke ich, nur ein Bewußtseinsfragment!«

Ihr mentaler Seufzer erreichte mich, gefolgt von Unsicherheit, Verwirrung, Angst – und auch der Scham, fortan einen Begleiter zu haben, wie er intimer nicht sein konnte. »Atlan, wer oder was ist es?«

Meine Antwort war knapp: *»Ich denke, eine Lichtelfe!«*

Ein weiteres Seufzen, diesmal akustisch – und sie öffnete unvermittelt die Augen, während von Sinyagi hinsichtlich meiner Einschätzung ein skeptisches Signal einging. Obwohl mir das Bewußtseinskollektiv der Feuerfrauen bei der Bändigung geholfen hatte, war es ihm nicht möglich, ohne mich dieses *Etwas* wahrzunehmen – genau wie bei den früheren Erscheinungen. Weiterhin war ich der einzige, der die *Lichtelfen* als solche erkannte ...

»Es wird Zeit«, sagte ich in Erinnerung von Tanjas Begrüßung nach der *Letzten Prüfung* im Kristall-Labyrinth – scheinbar grantig, innerlich zutiefst erleichtert –, »daß du wach wirst, Frau!«

Sie kicherte schwach und winkte ab. »Ich liebe dich auch, Eisjunker!«

Obwohl ich nicht vergleichen wollte, konnte ich die unbewußte Regung nicht verhindern; immer häufiger wurde ich bei ihrem Anblick an Amoustrella Gramont erinnert. Natürlich war Tanja anders, und doch, tief im Kern, glichen sich die Frauen sehr, waren vom gleichen Schlag, von gleicher Faszination. *Mondam Amou, die Unvergessene, gestorben auf Miracle – sofern nicht ...*

Der Gedanke endete abrupt: Miracle war tabu; höherer Befehl! Ich sah Tanja lächelnd an. Sie war intelligent, mit starken Paragaben ausgestattet, zellgeduscht-langlebig und überdies eine Schönheit. Sie empfing mich am oberen Ende der Treppe, die vom großen Platz zum Podest der »Seele Zhygors« hinaufführte, und sagte schlicht: »Ich bin bereit, Euer Erhabenheit!«

Sie hob ihre Arme, und als sich unsere Handflächen aneinanderpreßten, sprangen Individualströme über; Impulse des Vertrauens, der Sympathie und gegenseitiger Hochachtung. »Ich ebenfalls, Tatjana Michailowna.« *Ich liebe dich!* »Feuertochter, beginnt der Tanz der Monde erneut?«

»Ich, Tatjana, wähle dich, Eisjunker!«

Wir umarmten einander, und ich preßte sie fest an mich, als wolle ich sie nie wieder loslassen. Es konnte keinen besseren Ort geben als diesen, um unseren Bund erneut zu besiegeln: Am Rand Tatalals glänzte die Seele Zhygors in Gestalt einer pseudomateriellen Hundert-Meter-Kugel, war Ausdruck Myriaden mentaler Abdrücke, die im Laufe der Zeit hier »abgelegt« worden waren. Das intensive Leuchten erfüllte den kreuzergroßen Ballon mit Eigenleben. Eine Prozession schwebte vom Platzrand her der Kugel entgegen. Deutlich fühlte ich aufgeregte Subströme der versammelten Kinder; sie würden ihren Teil zur Seele beisteuern und das unglaubliche Leuchten auf Paraebene noch verstärken.

Tanjas schlanken Arme umklammerten meinen Hals, und wir küßten uns.

»Es geht dir wirklich gut?« murmelte ich, als wir Hand in Hand unter der Seele standen. Eine Gruppe Feuertöchter hockte im Meditationskreis auf dem Boden, die Körper seltsam transparent und unwirklich. In ihrer Mitte erhob sich ein Gijahthrako-Tetraeder, von goldenem Leuchten eingehüllt.

»Es ist mir nie besser gegangen, Atlan.« Tanja lächelte. Die ehemalige Wurmbefallene war geheilt, obwohl der Symbiont weiterhin mit ihrem Gehirn verbunden war. »Wenn man es mal verstanden hat«, sagte sie, »und dann die Vorteile der Symbiose erkennt, ist es ein herrliches Gefühl. Meine Parafähigkeiten lassen sich besser kontrollieren, sind deutlich stärker geworden! Wenn ich als *deine* Zhy-Fam fungiere, wird mir, denke ich, sogar eine Teleportation wie bei Ras, Tako oder Gucky möglich sein. Zwar nur einige hundert Meter, aber immerhin. Und die von dir erkannte ... hm, *Lichtelfe* hält still, ist nicht mehr zu bemerken! Ich danke dir!«

Ihr Lächeln vertiefte sich, und mir wurde klar, daß sie meine Gedanken problemlos erkennen konnte. Ich merkte, daß sie meine Hände ergriff. Kraft floß zu mir über und wieder zurück, ich fühlte mich beruhigt und zuversichtlich, glaubte in Tanjas dunklen Augen zu versinken. Das Beispiel meiner Freundin gab Hoffnung: Es war ein gewaltiges Projekt, das die Große Feuermutter umzusetzen versuchte, jetzt, da es eine Chance gab. Vielleicht gelang es Ihr und uns wirklich, das Negative ins Positive umzuwandeln, denn Andersartigkeit allein war in der multikulturellen Gesellschaft des Großen Imperiums kein Grund für Krieg. Nicht zuletzt dafür stand das uralte Prinzip der Großen Feuermutter; statt vernichten bewahren, statt spalten zusammenführen!

Irgendwo im Weltraum: 19. Prago des Eyilon 19.018 von Arkon (= 12. März 2048 Terra-Standard)

Wie eine Naturgewalt stürzte das Raumschiff aus dem übergeordneten Kontinuum hervor: Die starke Strukturerschütterung der Materialisation löste Schockwellen aus, die zeitverlustfrei auf sämtliche nahe stehenden Sterne übergriff und dort mächtige Ausbrüche und Sonnenwinderuptionen erzeugte. Unsynchronisierte Impulse machten aus dem anfangs geraden Kurs ein Schlingern und Taumeln, als stampfe das dreihundert Meter große Schiff auf sturmgepeitschtem Ozean. Milchige Schleier umwaberten die mattgraue Doppelschale.

Im winzigen Leitstand kämpfte der Gijahthrako verzweifelt, aber immer mehr Signale pendelten zum Negativ-Wert. Warnungen erklangen. »Ich muß die Nachricht absetzen!« Khynogheraan sah ächzend auf eine Holoprojektion. Im Globus funkelten die Stachelausleger einer Kugel; mörderische Emissionen gingen von ihnen aus, drangen vom Hangar durch den gesamten Diskus und drohten seine Struktur aufzulösen. »Schnell!«

Khyno fiel es schwer, sich zu konzentrieren, Schmerzwellen rasten durch seine hominide Körpermaske. »Die Nachricht!« beschwor er sich, und es gelang ihm mit letzter Kraft, das Info-Paket zu kodieren und den Hyperfunk zu aktivieren. »Raus damit!«

Beißende Qual pulsierte durch ihn, weil neue Entladungen aus Kugelstacheln sprühten. Erschütterungen durchdrangen den Diskus, irgendwo erklang eine dumpfe Detonation. Die Maske verschwand, machte dem Tetraeder Platz, das von Rissen und Sprüngen überzogen wurde. Der Gijahthrako starb, kaum daß er die Klarmeldung der abgesetzten Nachricht registriert hatte: Sein Bewußtsein zerstob, und die Negativ-Werte näherten sich der 100-Prozent-Marke.

Keine Minute nach der Rematerialisation folgte die Katastrophe. Risse entstanden auf der glatten Raumschiffshülle. Dann brach blendende Glut aus den Spalten hervor, und im nächsten Moment war das Raumschiff verschwunden: Ultrahell glühte die sich ausdehnende Blase, aus der Protuberanzen aufschossen und Lichtkometen vom Zentrum des Infernos fortstoben.

Schon nach wenigen Sekunden verblaßte die Lichtflut freigesetzter Energien. Raumschiffsreste trudelten dahin, von Blitzen umsprüht oder von Sekundärexplosionen weiter zerrissen. Nachglühen erfüllte das All und durchdrang die dünne Staub- und Gaswolke, aus der eine stachelige Kugel hervorschoß, die die Kräfte förmlich aufsaugte, größer wurde, sich immer mehr aufblähte und dann entfernte. Nahe strahlte eine orangerote Sonne; auf sie und ihre Planetenfamilie eilte, klein und unscheinbar, das Objekt zu.

Kurz darauf tauchte der Körper in die Atmosphäre des Planeten ein. Aus zunächst schwachem Flirren wurde rasch rotes Glühen, bald heller und blendender. Immer länger sprühte der Schweif ionisierter Luftmoleküle, Stirnfläche und Stacheln des Objekts strahlten sonnenhell. Schrilles Pfeifen und Jaulen begleitete den Sturz, Vibrationen rüttelten an der aufbockenden Masse. Ein Stachel löste sich, blieb trudelnd zurück, blitzte auf und zerfetzte. Grell stand der feurige Ball in der Atmosphäre, Strahlenschauer prasselten auf den Planeten hinab. In einer Abfolge tosender Detonationen sprangen Oberflächenteile davon, sirrten Ausleger als tödliches Bombardement, das Hügel zersprengte, Wälder abrasierte und entflammte und Tierherden in heller Panik vertrieb.

Als das Objekt niederging, wurde die polare Nacht von hellem Glanz verdrängt, in dem Gletscherflächen und Schneefelder glitzerten. Pastellene Bänder von Polarlichtern verblaßten gegenüber der Helligkeit. Unter Dröhnen riß der Körper eine breite Furche ins Eis, absplitternde Stacheln wirbelten umher. Schnee und Felsbrocken krachten zur Seite. Die Glutkugel schrammte weiter, überschlug sich mehrmals, rollte, hüpfte und schob, als sie sich eingrub, einen sichelförmigen Wall auf. Eine Serie von Explosionen tobte, kalte Luft dampfte, Knacken kündete von abkühlendem Material. Nur langsam verschwand das Glühen und wurde von Emissionen ganz anderer Art ersetzt.

Blauweiße Irrlichter umtanzten den Körper, leckten an Stachelresten empor und formten einen blendenden Baldachin, der sich buckelartig höher wölbte und schließlich als schimmernde Halbkugel den Schauplatz überspannte. Knisternde Entladungen verdampften Eis und Schnee. Ein bauchiger Spalt, pechschwarz und von blutroten Schlieren umwabert, entstand in der Lichtkuppel. Eisiger Sturm riß Flocken und Eiskristalle mit, sog sie zur klaffenden Öffnung, die die raumzeitliche Dimension sprengte. Pulsieren erfaßte die Helligkeit, und mit jeder Ausdehnungsphase stoben Körper auf. Als handele es sich um Schaumblasen, trudelten Objekte, auf deren Oberfläche perlmutterne Reflexe glitzerten, umher und quollen nach allen Seiten. Wiederholt teilten sich Körper zu winzigen Kügelchen und entfernten sich mit zunehmender Geschwindigkeit.

Viele hundert Kilometer entfernt stoppte eine Herde Laiqud. Schwingende Hautflügel verlangsamten ihre Bewegungen, lange Geißelschwänze zuckten unruhig. Das Leittier blähte den flachen Leib, jaulend verstärkte sich der aus Bauchklappen pfeifende Luftstrom. Eingehüllt in eine Schneewolke, stieg das Tier, vom ausgeblasenen Polster getragen, höher und bewegte die Tentakelaugen. Ängstliches Zirpen kam von der Herde, wo sich kleine Laiqud an schuppige, kristallübersäte Rücken ihrer Mütter preßten.

Das schrille Signal des Leittiers ließ die Herde zusammenzucken. *Panik:* Laut surrend quirlten Geißelschwänze, Leiber pumpten verstärkt Luft – trotzdem entkamen die Tiere nicht der herbeiströmenden Wolke. Bläschen, an sich aufbäumende Laiqud geheftet, drangen in Körper ein, Bewegungen endeten abrupt. Nacheinander sanken die Tiere auf den Gletscher, Hautkristalle wurden matt und verwehten als Staub. Mit letztem klagenden Wimmern richtete sich das Leittier auf, dreieckige Flügellappen schlugen wild, dann verkrümmte sich der Körper, aus dem gläserne Blasen stoben und sich rasch wieder zu einer Wolke sammelten.

Freihandelswelt Zhygor, Tlakhxi-Spielfeld von Tatalal: 19. Prago des Eyilon 19.018 von Arkon (= 12. März 2048 Terra-Standard)

Ich schrak hoch und brauchte Sekunden, um mich zu orientieren. Eine

Stimme erreichte mich gedämpft: »Wie ein nasser Eisjunker! Du mußt sie stabilisieren, Mann! Eure Materieprojektion hält nicht von alleine.« Telyna Zyryf trieb mich unerbittlich an! Je länger sie zum Amazonenkorps der Zhy-Famii gehörte, deren »Chefin« sie seit kurzem war, desto häufiger wechselte sie zur vertraulicheren oder ironischen Anrede über. »Was ist los, Euer Schläfrigkeit?«

Die Augen der alten Frau funkelten wie Feuer. Meine Wahrnehmung überlappte erneut, und das Spielfeld erschien aus zwei Blickwinkeln. Ich sah mich selbst von der Tribüne herab auf der vierzig mal fünfzehn Meter großen Fläche agieren …

… und war auch dort!

Tanja drohte mir ärgerlich mit der Faust, weil wir die Kugel verloren hatten, und rief: »Konzentrier dich, Atlan!«

Sie hat sich bemerkenswert schnell erholt! durchfuhr es mich bei ihrem faszinierenden Anblick.

Der Logiksektor ergänzte kritisch: *Ob sie den Schock von Entführung, Wurmbefall und Lichtelfen-Inkubus allerdings wirklich verkraftet hat, muß die Zeit zeigen.*

Ich nickte, sah Ronuas Hereingabe und hechtete vor, um die elastische Kugel mit dem Ellenbogen in den gegnerischen Feldbereich zurückzubefördern. Ronua war inzwischen ebenfalls »geheilt«; sie und Tanja nannten sich »Saam-Zhy-Famii«, beide gehörten nun zu »meinen« Amazonen. Die Orbeki-Frau hatte ihre Mannschaft hervorragend plaziert; irgendwo stand immer jemand, der die Kugel traf, bevor sie den Boden berührte. Diesmal bekam Khol die Schulter unter sie und wuchtete sie hoch in die Luft, Tanja lief in Position und antwortete mit einem gezielten Hüftstoß. Die Kugel schrammte am Steinring vorbei, wurde abgelenkt und berührte den Boden des anderen Feldes, ehe die katzenähnliche Ex-Agentin sie mit einem gewagten Sprung erreichen konnte.

»Yeah!« rief Tanja und sah mich glutvoll aus dunkelbraunen Augen an. Haare klebten an der Schulter. Ich blickte zu meinem *Original* hinauf, das neben der alten Frau verkrampfte ...

Gleichzeitig: »Etwas hat mich abgelenkt«, murmelte ich entschuldigend und versuchte den doppelten Wahrnehmungsfokus zu halten; Sinyagis mentales Raunen durchdrang mich. Vom Spielfeld klang ein Fluch herauf. In zehn Metern Entfernung sah ich mich selbst durchscheinend werden. Spieler beider Mannschaften hoben ärgerlich die Arme. Die mich mit ihren Parakräften unterstützenden Amazonen auf der Tribüne winkten beschwichtigend ab.

Ich verstärkte die Konzentration und verlieh dem Zweitkörper feste Gestalt. Tanja schob eine Strähne aus der Stirn und warf mir die Kugel zu. Mein Aufschlag war gut! Ronua konnte nur mit einem gewagten

Rückfallzieher antworten, fauchte ärgerlich und entblößte spitze Eckzähne. Für einen Augenblick zuckten ihre Krallen vor. Tanja stand exakt in Position: Mit einem Schulterstoß beförderte sie die Kugel durch den Ring, der in drei Metern Höhe an der Spielfeldlängsseite befestigt war.

Tlakhxi glich einem Ballspiel, das auch die mesoamerikanischen Völker gekannt hatten – damals wurde jedoch grundsätzlich nackt gespielt, und das Schicksal der Teilnehmer ...

Der Extrasinn bemerkte spöttisch: *Von wem wohl lernten sie dieses Spiel, Barbaren-Mentor? Schon die Eingeborenen auf Atlantis waren davon begeistert!*

Schon gut. Ich bin für die blutrünstigen Auswüchse nicht verantwortlich!

Hat auch niemand behauptet.

Ein fremdartiges Summen durchdrang mein Bewußtsein, und verwirrt fragte ich mich, weshalb ich plötzlich an eine *Explosion* dachte. Wieder entglitt mir die Materieprojektion, mein Wahrnehmungsfokus wechselte ganz zum Original. Ich stand auf. »Schluß! Es hat heute keinen Zweck.«

Mein Doppel löste sich endgültig auf, als ich die Konzentration beendete und mich an die Ablenkung zu erinnern versuchte. Bilder stiegen, ohne Klarheit zu gewinnen, in mir hoch. *Was ist es gewesen, verdammt?*

Telyna betrachtete mich aus zusammengekniffenen Augen. »Das Parapotential ist beachtlich, Zhdopanthi, aber du hast Schwierigkeiten, es gezielt einzusetzen. Du solltest mehr trainieren! Kein Ruhmesblatt für die am Projekt Große Feuermutter Beteiligten.«

Ich brummte unwirsch: »Du verlangst, daß ich mit vollem Wachbewußtsein an zwei Orten aktiv werden soll. Perfekte Bilokation! Tlakhxi-Spiel dort, Gespräch über komplexe Dagor-Philosophien mit dir hier. Da entgleitet mir die Materieprojektion, und ich bin überfordert – Sinyagi hin oder her. Es ist was anderes, wenn Sinyagi mein Äußeres simuliert oder ob ich zusätzlich in diese Projektionsform schlüpfen soll. Außerdem ...«

Tanja eilte heran. »Du warst schon besser, mein Schatz!« Sie ließ sich schwer atmend auf die Bank fallen. »Was ist mit dir los?«

Auf dem Spielfeld standen die Mannschaften in Gruppen beisammen und diskutierten. Khol Trayz stieg neben der felidoiden Ronua die Stufen herauf. Der junge Raumnomade, Chef des TROMPON-Sondergeschwaders, war am Morgen auf Zhygor eingetroffen. Ceshal da Ragnaari befand sich mit dem Imperialen Gardegeschwader weiterhin im Raumsektor des Leuchtsterns Mhalloy.

»Ich wurde abgelenkt.« Bedauernd hob ich die Schultern und betrachtete fasziniert Tanjas Rücken, über den Schweißperlen rannen; sie strich nasse Strähnen in den Nacken, und ihr Trikot war recht knapp bemessen.

Khol, ein Tuch um den Hals geschwungen, nickte betont ernsthaft, zwinkerte Ronua aber, nach einem Blick auf Tanja, verschwörerisch zu. »Ich weiß auch was, lieber Atlan.«

Die Orbeki unterbrach das Lecken ihres Unterarmfells, fauchte kurz und sagte schnurrend: »Für ein Primatenweib ist sie ganz anständig gewachsen.« Geschickt wich sie Tanjas vorstoßender Faust aus. »Aber Äußerlichkeiten sind ja nicht alles.«

Ich seufzte. »Schön wär's, leider liegt ihr mit eurer Vermutung völlig falsch. Ich lass' mich gern von Tanja ablenken, erst recht seit sie ... Aber in diesem Fall ...«

Für Augenblicke wurden die Bilder klarer. Ich glaubte, ein diskusförmiges Raumschiff zu sehen, dann eine Explosion – und schon war der luzide Augenblick vorbei. Mein Extrasinn gab keinen Kommentar ab; sogar das Ergebnis des dritten Grades der ARK SUMMIA konnte die »Wahrnehmung« nicht einordnen. Ich fühlte, daß sich meine Nackenhaare aufrichteten und ein kalter Schauer über die Haut rann.

Telyna schloß die Augen und sagte bedächtig: »Televisorische Fernwahrnehmung?«

»Könnte sein, Feuermutter.«

»Realzeit?«

»Da bin ich überfragt. Es bleibt ein unvollständiger Eindruck. Der Diskus ... Hhm, sieht fast wie der von Khynogheraan aus. Aber der ist doch auf Tix und untersucht mit Ekrals Team die Kugelpyramiden!« Eine weitere Sequenz stand mir vor Augen. »Eine *Saam-Spore* ist dem Explosionsherd entkommen. Der Diskus wurde vernichtet!«

Aschgraue Gesichter sahen mich an. *Xanthyn Ol'dan?* durchfuhr es mich. *Die Tekteronii? Die nächste Stufe ihres Plans?*

»Dagor-Konzentration, Imperator«, sagte Telyna ernst. »Laß dir von den Amazonen helfen.«

Ich nickte. Langsam kamen die Bilder zurück, mein Logiksektor versuchte, sie in Details aufzulösen. Der Lha'hon-Quarz vibrierte stärker, heißes Pulsieren ging vom Zellaktivator aus. Informationen flossen ins Wachbewußtsein über, eine Einzelbildanalyse: *Rematerialisation. Der Gijahthrako setzt eine Nachricht ab. Detonation. Flucht der Stachelkugel. Ihr Aufprall auf einem Planeten ...*

Ich rieb meine Schläfen. »Es bleibt eine aus dem Zusammenhang gerissene Bilderfolge«, sagte ich dumpf. »Keine Ahnung, wo das Ereignis stattgefunden hat.«

Verwirrt sah ich zum purpurnen Himmel über Tatalal. Ich stöhnte. Eine weitere Vision suchte mich unvermittelt heim: *Violettes Gleißen entsteht über den Kugeln von Tix. Etwas wie ein Summen erfüllt die Luft. Deutlich bemerke ich die Anwesenheit einer gewaltigen Kraftballung, bereit, vom Potential ins Konkrete umzuschlagen. Etwas wie ein Pfeil geht von den Petronischen Kugelformationen aus, umwabert kurz den kristallinen Palast und entschwindet dann im All – um sich bei einem Flirren zu verdichten, das vage Konturen von Stachelkugeln beinhaltet: jene, die beim Angriff auf die Galeere von unseren Gravitationsbomben erfaßt wurden – und Khynogheraan startet mit seinem Diskus, um der Spur nachzugehen.*

Tatalal-Center, kurz darauf: »... viele rätselhafte und ungeklärte Phänomene, aber keine *Lichtelfen!*« schloß Dagor-Hochmeister Suinsintung, wies auf die Bildflächen und Holoprojektionen und runzelte die Stirn. Zhygors Globus rotierte langsam über dem Konferenztisch, mehr als ein Dutzend rote Lichter blinkten. Muo, Tla, Yrgaa, die Großinseln – überall hatte es in den letzten fünfundvierzig Jahren Vorfälle gegeben, die aus dem Rahmen fielen. Es war kaum zu vermeiden gewesen, daß meine erneute Vision die Sprache auf die *Lichtelfen* gebracht hatte. Eine Nachfrage im Arkon-System lieferte eine Teilbestätigung meiner Wahrnehmung: Khynogheraan befand sich in der Tat nicht mehr auf Tix, sondern war vor einigen Tagen mit unbekanntem Ziel abgereist. Noch hatten die Nachforschungen, ob und wenn ja wo genau der Rest meiner Eindrücke einzuordnen war, kein Ergebnis geliefert. Mit einer raschen Antwort war wohl nicht zu rechnen: Ceshal würde einige Zeit benötigen, um sich vor Ort zu informieren.

»Bedeutend mehr Sorgen machen mir die Hyperaktivitäten«, fuhr Suinsintung unterdessen fort, »die verstärkt seit einem Arkonjahr auftreten. Dreißig neue Vulkane im letzten Vierteljahr; schwere Erdbeben mit Tsunamis im Bereich der Nordmeer-Großinseln; Sintflutregen an Yrgaas Nordküste, ein *Ort der Kraft* wurde vor kurzem zerstört. Dann extremes Kristallwaldwachstum trotz unserer Erntemaschinen; Waldbrände, Orkane, Tornados. Im Trupül meint man, etwas baue sich auf ...«

Wahrheitsfindung kennt viele Methoden, raunte mein Extrasinn bissig. *Terraner ziehen was ab, Arkoniden fügen hinzu – und Gijahthrakos wechseln das Thema!*

»Es waren keine Trugbilder!« knurrte ich. »Sie waren da, eigenständig und real. Ihr habt meine Erinnerungen analysiert ...«

Ratlose Impulse und fahle Individualauren waren die Antwort. Qinterolee winkte mürrisch ab. »Genau wie die Aufzeichnungen der Raumwurmhöhle in den Katakomben! Wenn es was gab, lag es außerhalb der Geräte-Empfindlichkeit.«

Tanja legte besänftigend die Hand auf meinen Unterarm; in einem Hologlobus war der Parkrand von Tatalal-Center zu sehen – das Raumwurmfossil wurde von Sensoren und Gijahthrakos umschwirrt. *Die Leuchtkugeln waren eine Wechselwirkung der Wurm-Hyperkristalle mit dem Strukturfeld. Aber die Lichtelfen ...?*

Nolivaika meckerte leise und zupfte am Kinnbart, Suinsintung und Qinterolee zeigten unbeeindruckt-verschlossene Gesichter, Sinyagi wiegte den Kopf, Kitai-San hatte die Augen halb geschlossen. Straton Zaghyt wirkte, auf den dicken Schwanz gestützt und in die schwarze Raumrüstung gehüllt, wie eine Statue. Unterdessen betrachtete Ras Tschubai eingehend seine Fingernägel, während Kontaclatiis mit Speedy und Rafon tuschelte.

Neben ihnen schwebte Guntomman, Repräsentant des Zhygor-Rates, mit acht umherringelnden Tentakeln; der Therborer bedurfte im Bereich der Semi-Transitions-Zone keines Überlebenstanks – nur eine verwaschene Schicht über dem 150 Zentimeter langen Kopf-Rumpf-Sack verwies auf die »Aura«, die ihm seine natürliche Meeresökosphäre simulierte. Der Cephalopode hielt sich zurück: Faustgroße Linsenaugen blickten nachdenklich, der Papageienschnabel klaffte kurz auf, und die rotblaue Verfärbung der Haut war einziges Anzeichen, daß er unbewußt Angst empfand.

Ähnliche Impulse gingen von Meec'pal aus – auch der Sprecher der Mooffs konnte sich in Tatalal frei bewegen. Movruul stand im Hintergrund, den Impuls-Beidhänder geschultert.

Seufzend zog ich eine projizierte Bildfläche näher und zitierte aus der umfangreichen Auflistung: »18.983 da Ark: exotische Himmelsphänomene wie lokal begrenzte Pseudo-Gewitter, Hagel aus heiterem Himmel und Leuchtkugeln. 18.987: In einer kompakten, walzenförmigen Wolkenstruktur verschwindet ein Explorerkommando spurlos; es wird beobachtet, daß die Wolke in den Bergen von Tla verschwindet, aber die Leute tauchen nicht wieder auf. 18.996: Feuerbälle, Flammenkugeln und Kugelblitze am Rand des Kristallwalds. 19.003: Über einem im Bau befindlichen Landefeld des Tata-Raumhafens geht absonderlicher Regen nieder; zwischen allen möglichen Tierleichen befinden sich Gewebestücke, Fettklumpen, Fleischfetzen und Unmengen Blut. Drei Arkonjahre später schlagen an gleicher Stelle tonnenschwere Felsen auf, in denen Glasperlen, Nägel, Schrauben, Metallsplitter und diverse Maschinenteile eingeschlossen sind. 19.007: In der Fendor-Wüste auf Yrgaa werden siebenzehige Abdrücke unbekannter Wesen entdeckt; sie verlaufen schnurgerade, über alle Hindernisse hinweg, neunzig Kilometer weit und enden abrupt. 19.009: Nach einem Gewitter über Tatalal zeigen Hunderte Fensterscheiben Bilder, als seien sie zu Fotos geworden; es gibt fremde Landschaften, Gesichter, unbekannte Wesen. Und so weiter und so fort.«

Kon sagte bedächtig: »Atlan! Wir kennen die Berichte, und sie sind merkwürdig genug. Deine *Lichtelfen* sind wahrscheinlich ein weiteres Puzzleteil in diesem Reigen.«

»Das ist nicht der Punkt.«

»Sondern?«

»Warum sehe ich sie und niemand sonst?«

Sinyagi knurrte leise, fast aggressiv, so daß ich sie erstaunt ansah: »Du bist der allessehende Imperator! Wir sehen sie ebenfalls nicht! Ohne dich hätten Wir in diesem Punkt Tanja nicht einmal helfen können!«

»Hhm.« Ich dachte an Thom. *Angst, die Welt könne zerspringen ... Ob Zhygor selbst Kräfte manifestiert? Oder stammen sie von außen?*

Sinyagis Projektionskörper rückte die Kuttenärmel zurecht und zupfte am Turbantuch, das sie sich verliehen hatte – auf diese Weise war ihre Ähnlichkeit mit der längst verstorbenen echten Sinyagi nicht ganz so frappierend. Im Hintergrund grollte mein Flaggschiffskommandant: »Die meiste Zeit und Kraft werden vergeudet, um Probleme breit darzustellen – statt sie zu beseitigen.«

Ich nickte entschlossen. »Die *Lichtelfen* sind da – ob einheimisch oder von außerhalb, sei dahingestellt! Das ist die Lage!«

Péusa Jao-Chihi sprang auf, stemmte die Arme auf den Tisch, beugte sich vor und schien mich, Tanja und Straton gleichermaßen anspringen zu wollen. Ihr kupfernes Stirnfell war gesträubt. »Eine bislang unbekannte Lebensform? Sehr unwahrscheinlich!« sagte die Chefingenieurin der Tatalal-Holding knurrig und schüttelte den fuchsähnlichen Kopf. »Die Gijah-Weisen sind seit Jahrhunderten hier und haben nichts dergleichen festgestellt!«

»Von den Kooann gibt es keine neuen Berichte«, ergänzte Qinterolee. »Von außen können sie nach unserem Ermessen nicht kommen: Das Tabufeld wehrt sogar Geistreisende wie zum Beispiel Individualverformer ab, der Korridor wird von uns geschaltet! Und es befinden sich auch keine Tekteronii oder gar Cyén auf Zhygor!«

»Wahrscheinlichkeitsaussagen erzeugen Skepsis!« sang der Therborer in Molltönen. »Ein Habenichts und ein Chronner-Millionär besitzen, statistisch gesehen, jeder eine halbe Million. Ob unwahrscheinlich oder nicht: Etwas ist da! Der Millionenäugige hat es gesehen!«

Kaltes Kribbeln rann meine Wirbelsäule hinab. Mehr denn je war ich davon überzeugt, daß mit den *Lichtelfen* eine Gefahr verbunden war. Ihr Auftauchen ließ damals, in Verbindung mit den Leuchtkugeln des Raumwurmfossils, den Strukturfeld-Konverter durchgehen – und ob mich der Schemen wirklich geschützt hatte, war alles andere als sicher ...

Es ist viel zu schnell gegangen, dachte ich beklommen und rang mich zu einem Entschluß durch. *Und danach waren sie spurlos verschwunden.*

Ich ergriff Tanjas Hand und wandte ich mich an Straton: »Ich brauche eine Biga-Jet.«

Er atmete tief ein und aus. »Was hast du vor?«

»Ich gehe, wenn man nichts dagegen hast, auf *Lichtelfenjagd!*«

Straton Zaghyt beschleunigte, kaum daß Tanja und ich Platz genommen hatten, den *Odona & Bral II* und raste steil aus der Subgarage in den verhangenen Schwefelhimmel hinauf. »Die Hochmeister sind nicht gerade begeistert, Atlan«, knurrte der Dron, schwenkte nach Süden ab und steuerte, fünfhundert Meter über Grund, den linsenförmigen, schweren Gleiter in die mattflirrende Energiehohlröhre des automatischen Leitsystems. »Zwar bist du der millionenäugige Imperator, aber wenn es um das Paranormal-Transpersonale geht, sehen sie sich als die eigentlichen Experten: In ihren Augen bist und bleibst du vermutlich trotz allem nur ein Lehrling.«

Im Grunde ja sogar richtig, dachte ich. *Aber daß sogar Kon ... Fast scheinen sie gekränkt darauf zu reagieren, daß es jemanden gibt, der mehr und anderes wahrnimmt als sie.*

Ich sah, während sich Tanja an mich schmiegte, demonstrativ aus der Glassitkanzel und antwortete nicht. Tatalal-Center, die geometrische wie administrative Mitte der Hauptstadt, bestand aus drei Pyramiden in einem üppigen Park, dessen Zentrum eine fünfhundert Meter hohe Holoflamme von grob hominider Gestalt überragte – Symbol der Großen Feuermutter.

Die Nordpyramide, weiß mit goldener Spitze und dreihundert Meter hoch, war Residenz und Sitz der Zhygor-Administration; in der südwestlichen tagte der Zhygor-Rat, und die südöstliche diente der Handelsgilde als Hauptniederlassung. In konzentrischen Ringen wuchs Tatalal die Hänge der Kuppe hinab: Zwischen Ringpromenaden und sternförmigen Radialachsen waren Stadtteile nach den architektonischen Vorlieben der Imperiumsvölker erbaut. Arkonidische Kelche, naatsche Kuppelbauten, ekhonidische Säulen. Einer Ansammlung verschachtelter Würfel glich die Elloanty-Siedlung im Nordosten; im Südosten lag die Terrassenanlage der Dron, und weiter im Süden schwebten Ishkhorer-Hauskugeln.

Straton lachte ruppig. »Es gibt drei Kategorien: wenige, die was tun, viele Zuschauer – und eine Mehrheit, die nicht weiß, was überhaupt passiert. Mir gefällt deine energische Art, den Dingen auf den Grund gehen zu wollen. Manchmal wirkt's nämlich, als färbe die träge arkonidische Art sogar auf unsere Tetraeder-Freunde ab ...«

»Seht mal!« Tanja stieß mich an. »Das *Kunstwerk von Zsik* verfärbt sich grau!«

Wir sahen nach Süden, wo in 2500 Metern Höhe, etwa fünfundzwanzig Kilometer von Tatalal-Center entfernt, das ehemalige Asteroiden-Habitat auf einem bläulichen Antigravtrichter schwebte: Die Gesteinsscheibe, fünf Kilometer im Durchmesser und zwei dick, besaß an der Oberseite eine leicht gewölbte Arkonstahlfläche, über der eine tausend Meter große 3-D-Projektion das Land mit bunten, bizarr geformten Lichtspielen übergoß. Mein Extrasinn raunte zum unwillkürlichen Informationsschub: *Das Kunstwerk, 19.005 von* Zo-Sath If Kharoon – ZSIK – *mit Hilfe hyperaktiver Kristalle geschaffen, reagiert auf mentale Ausströmungen der Tatalaler und wechselt ständig entsprechend der unbewußten Vorstellungswelt Form, Farbe und Größe. Düstergraue Schattengebilde, wie sie jetzt zwischen grellen Labyrinthfäden entstehen, sind Ausdruck allgemeiner Verwirrung und gedrückter Stimmung!*

»Schlechtes Zeichen!« Straton grunzte. »Tatalals Einwohner reagieren, selbst wenn es ihnen noch nicht bewußt ist. Ob es mit deinen *Lichtelfen* zusammenhängt?«

»Wollen's nicht hoffen, Straton. Wenn doch, ist es wenig ermutigend. Nicht nur ich scheine die Gefahr zu spüren! Schon vor Jahren hatte Thom schlechte Ahnungen.«

»Wie willst du vorgehen?«

»Vom Raumwurm abgesehen, fanden meine ... hm, Begegnungen und Visionen alle bei *Orten der Kraft* statt: Trupül, Zhy-Kloster, Ghillmoi-Menhirkreis ... Das ist, denke ich, ein Ansatzpunkt. Selbst wenn ich alle abklappern muß. Erste Station: Trupül!«

Die 750 Kilometer bis zum südöstlich von Tatalal gelegenen Tata-Raumhafen legten wir schweigsam zurück. An der Schwelle zum Wachbewußtsein tanzten unzusammenhängende Informationen, vermischt mit vagen Assoziationen: *Tatu, tatau: im Polynesischen Zeichen, Malerei; übertragen beim Tätowieren. Tata – die Geisterstadt in den Wolken bei einigen nordamerikanischen Indianerstämmen ... Irgendwie ist Zhygor engstens mit Terra verknüpft, und sei es über den ES-Nebeldom und Wanderer.*

Bald tauchten die ersten Landefelder am Horizont auf; insgesamt zehn dieser Flächen mit je dreißig Kilometern Durchmesser waren kreisförmig um das 7800 Quadratkilometer große Zentralterminal angeordnet, von dem aus zehn fünfzehnhundert Meter hohe Transmitter-Pyramidengatter schwarz wogende Transportfelder projizierten, die von den Landefeldern zu den Orbitstationen reichten. Mittelpunkt war die Hauptpyramide zur Korridor-Schaltung – allesamt Produkte gijahthrakoscher Technologie.

In die Landefelder integrierte Werft- und Dockanlagen sind für Raumschiffe bis maximal zweitausend Meter Größe ausgelegt. Zum Wispern des Extrasinns vibrierte der Lha'hon-Quarz in meiner Stirn noch stärker.

Tata-I bis -X können 2250 solcher Interstellar-Großfrachter gleichzeitig abfertigen, überholen und neu aufrüsten!

Straton bog nach Tata-IV im Süden ab, stellte die Verbindung zur Landefeldkontrolle her und bekam sofort Antwort: »Verstanden, Vere'athor. Peilstrahl steht. Wir weisen Sie nach Tata-vier-siebenundzwanzig-a ein. Die ARKON ist unterrichtet.«

Wir glitten über Markierungen hinweg und an kleinen Raumern in Dockgerüsten vorbei. Nur an den wenigsten Stellen war das »Landefeld« völlig glatt; ausgefahrene Werftgitter, Montagetürme, Projektorkuppeln, Kraftfeldkräne und umherschwirrende Antigrav-Cargo-Spinnen überwogen. Klaffende Öffnungen führten zu Dockbuchten mit umlaufenden Bearbeitungsgalerien, verschachtelten Auslegern und Antigravbühnen. Millionen Robothelfer aller Größen und Formen wimmelten zwischen Taa-Insekten und Bodenpersonal. Auf Kraftfeldschienen huschten Container vorüber, wiederholt leuchteten Transmitter-Strukturfelder, oder es entstanden energetische Feldröhren für startende oder niedergehende Raumer, deren Vakuumzonen bis zur Hochatmosphäre hinaufreichten und orkangleiche Druckwellen verhinderten.

»Mäßig Betrieb heute«, sagte Straton und flog an zwei Leichten Kreuzern vorbei, die mit transparenten Kraftfeldschläuchen Frischwasser bunkerten.

Kriegsschiffe, bemerkte mein Extrasinn mürrisch. *Der teuerste Schrott des Großen Imperiums!*

Trotzdem notwendig, leider. Druuf und Tekteronii beweisen es.

Kurz darauf landeten wir neben dem Flaggschiff. Aus einem hundert Meter über dem Boden gelegenen Hangar schwebte die Biga und sank sanft neben dem Gleiter auf ausgefahrene Landekufen: *Bauchige Deltaform; 12,5 Meter lang, 8 Meter breit und 2,5 Meter hoch. Seitlich angeflanscht die Thermopuls-Triebwerkszylinder.* Zwei Taa-Arbeiterinnen des Bodenkommandos, klein, sechsgliedrig, facettenäugig, glitten mit ihren Antennenfühlern die Jet entlang, lösten Checkgeräte und dirigierten einen Robotsensor zur Abschlußkontrolle. Ein Scannerfächer huschte über den Rumpf. Dumpfes Brummen brach ab. Wir stiegen aus dem *Odona & Bral II*, und der Dron klopfte zufrieden gegen die sepiafarbene Hülle des Zweisitzers.

»Deine TMS-99-2 *Biga-Jet*, Atlan. Eigenkennung: LICHTELFE. Etwa zwanzig Tonnen Fluggewicht bei Standardgravitation. Ein Impulshaupttriebwerk DEL-HY Hef & Fong B250 mit 2187,5 Metern pro Quadratsekunde Maximalbeschleunigung im planetennahen Weltraum. Der kleine Transitions-Konverter besitzt fünfhundert Lichtjahre Maximalreichweite – durch Parabegabte wie Raumnomaden-Zhy-Famii natürlich steigerbar, eine von Professor Almedas Neuentwicklungen ...«

Er hat einen Hang zur Weitschweifigkeit, wenn es um »techno-mystische« Produkte geht, dachte ich und sah den Taas hinterher, die mit raschelnden Chitinleibern in einer Bodenöffnung verschwanden. *Wie betont er immer wieder? Es ist keine rein »mechanistische Technik«, selbst bei Berücksichtigung quantentheoretischer und relativistischer Gesetze, sondern durch para- und hyperphysikalische Komponenten stets ein quasilebendiger, holistischer Ausdruck des Seins! Obwohl es kaum parabegabte Dron gibt, besitzen diese Kriegerechsen ein unglaublich feines Gespür für komplexe Naturzusammenhänge.*

»Für den Atmosphärenflug zwei Thermopuls R-MUR Jun 95-30; Gipfelhöhe zwanzig Kilometer, Höchstgeschwindigkeit Mach drei. Reichweite dank Reaktoraufheizung und nichtmechanischen Kraftfeldverdichtern nahezu unbegrenzt. Zur Unterstützung Antigravlamellen Fan-Zar BC-3 für Schwebeflug bis 250 Stundenkilometer. Zwei HHe-Kugelreaktoren, leichter hypermechanischer Abstoßschirm als Aerodyn-Blase. KSOL-227/95-Positronik; kybernetisches Pseudo-Bewußtsein – hört auf den Namen *Lichtelfe* ...« Er lachte ironisch, als er meinen indignierten Blick bemerkte. »Bordwaffen: links Thermo-Zwilling, rechts Desintegrator und Paralysator – alle starr eingebaut. Überlebens- und Biwakausrüstung ist geladen, Raumrüstungen sind vorhanden, ebenfalls ein kleiner Multirobotor TKS-45. Alles klar, Euer Erhabenheit?«

»Alles klar, alter Freund. Danke.«

Gemeinsam mit ihm umrundete ich die Jet, kontrollierte die Ansaugöffnungen der Thermopuls-Aggregate und musterte den Düsentrichter des Impulstriebwerks; gerippte Wülste bargen die Impulsabweiser und Umlenkfeldprojektoren. Mit Tanja kletterte ich auf den Rumpf und löste die Arretierung der hinter dem Cockpit angebrachten Luke. Zentimeterdickes, plastbeschichtetes Arkonstahlblech in mehrlagiger Staffelung, von Dichtungswülsten und einer gelb-schwarzen Schrägschraffur umgeben, schwang nach oben. Sicherheitsbedingt zischte die Luke zu, ehe ich die Schotts zum Cockpit beziehungsweise zu der heckwärts gelegenen Ladebucht öffnen konnte. Ich legte mein Dagorschwert ab und verstaute das Wehrgehänge.

»Eng, aber perfekt.« Tanja musterte die beiden Kojen und festgezurrte Gepäck- und Ausrüstungsstücke. Als hüfthohe Tonne, die Spinnenarme und -beine angezogen, stand der TKS-45 im Hintergrund. »Im Zweifelsfall ein bewegliches Liebesnest! Soll ich deine Lichtelfenjagd als eindeutige Aufforderung mißverstehen?«

»Später«, sagte ich grinsend und drückte sie an mich. »Jeder Wunsch ist Vorbote des Möglichen.«

Sie kicherte, kniff mich in die Seite und untersuchte die Ausrüstung. Ich ging ins Cockpit, setzte mich in den linken Sessel, zog den Kommunikatorbügel über und strich die Sensorleiste der Hauptaktivierung entlang. Leichte Vibrationen durcheilten die Biga, summend erwachten Aggregate. Die auf die Frontscheibe gespiegelte Bildfläche zeigte Check-Parameter an, Zeilen scrollten ab: *Reaktoren, Triebwerke, Schutzfeld, Andruckabsorption, Ortungsanlage, Bordrechner, Kommunikation, Lebenserhaltungssystem – alles 100 Prozent.*

Ein murmelgroßer Criipas schwebte violett glänzend aus seiner Vertiefung, so daß ich die Individualschwingungsabstimmung mit der Positronik vollziehen konnte. »Standardprogramme geladen«, meldete die Rechnerstimme. »*Lichtelfe* bereit.«

»Kurs-Vorprogramm«, murmelte ich, kopfgroß erschien Zhygors Holo-Globus. »Ziel: Trupül. Großkreisflug über Pol. Parabelmaximum: zwanzigtausend Meter.«

»Verstanden. Zielposition: 81,2 Grad Nord, 176 Grad West. Distanz: 9837 Kilometer. Flugzeit inklusive Steig- und Sinkphase: etwa drei Stunden. Programm steht. Wetterdienst abgefragt.«

»Danke, *Lichtelfe* ... Verbindung Hauptkontrolle Tata-vier. Ersuchen um Starterlaubnis und Peilstrahlleitung durch Raumhafen.«

Tanja glitt in den zweiten Sessel und spielte, nachdem sie ebenfalls die Einstimmungsprozedur vollzogen hatte und der Kristall verschwunden war, das Checkprogramm der Bordwaffen durch; ihre Position war die des Waffenwarts und Funkers.

Voll aufgerüstet, wisperte mein Extrasinn grämlich, *ist die Biga-Jet eine Kampfmaschine. Zu den starr eingebauten Waffen kommen dann mehrrohrige Kanonen in Drehkuppeln, Luft-Luft-Marschflugkörper, Raketen und Fusionsbomben für den leichten Kraftfeld-Mörser.*

»Starterlaubnis erteilt. X minus fünf Minuten. Peilstrahl erfaßt.« Tanja winkte Straton, der entspannt am Gleiter lehnte. Symbol- und Zahlenreihen auf der Bildfläche wurden durch neue ersetzt. Die Biga stieg auf das Antigravpolster, in den Thermopuls-Aggregaten lief die Vorheizung, Kraftfelder begannen zu wirbeln und saugten Luft in Drosselphase ein. Grünlichblaues Ionisationsglimmen begleitete das Hochspannen des hypermechanischen Abstoßschirms, der eine – auf jeden Geschwindigkeits- und Luftwiderstandswert eingependelte – aerodynamisch perfekte Blase bildete.

»Viel Glück, ihr beiden!« funkte Straton und schloß die Gleiterkanzel.

»Können wir brauchen«, antwortete ich. »Bis bald, Kommandant.«

Bei *X-0* jaulten die Triebwerke, und wir rasten über das Landefeld, gingen in Steigflug und strebten zunächst in weitem Bogen nach Westen, ehe – außerhalb des Raumhafen-Flugbewegungssektors – das Kursprogramm griff und die Biga-Nase nach Norden ausrichtete. Im Schutzfeld prasselten Aschepartikel. Mächtige Wolkentürme zogen vorbei, als wir

Muos Nordküste überquerten und noch höher stiegen. Über den Wolken lag goldenes Sonnenlicht, in dem die Ballen, Schluchten und gestreckten Haufen phantastisch schimmerten.

Eine Verbindung zum Trupül, die unsere Ankunft avisierte, wurde von den dortigen Gijahthrakos ziemlich reserviert bestätigt; von der Tatalal-Administration informiert, schien man wenig von meiner Lichtelfenjagd zu halten. Mir wollte diese Einstellung, die ich vor allem den Dagor-Weisen nicht zugetraut hätte, ziemlich hochmütig erscheinen: »Proportional zur Intelligenz wächst die Fähigkeit, Schaden anzurichten – und sei's durch Nichtstun!« Die Reaktion der »Offiziellen« ärgerte mich, und ich mußte Dampf ablassen. »Vor allem hält Ignoranz immer Schritt: Sie wächst so atemberaubend wie Wissen, besonders wohl bei *Hochmeistern ...«*

»Sei nicht ungerecht, Atlan.« Meine Freundin rekelte sich entspannt im Nebensitz. »Sie haben mit Zhygor genug Probleme.«

»Hah – wer weiß? Vielleicht hängen Zhygors Probleme eben genau mit den *Lichtelfen* direkt zusammen?«

»Wir werden es herausfinden, ungeduldiger Freund ...« – »Ich wurde gerufen?« meldete sich gleichzeitig die Positronik. Ich verdrehte die Augen, schlug mit der Faust auf die Armlehne und brummte: »Entwickelt der Kasten ironische Ambitionen? Wir reden von *den Lichtelfen*, nicht von dir, Positronenquäler.«

Zwei Stunden später: Gewaltig ragte backbords die ES-Nebelsäule auf, als *Lichtelfe* Alarm gab. »Kursprogramm geschlossen! Fremdsteuerung wird wirksam! Kein Zugriff möglich. Neuer Vektor: Sinkflug dreihundert Meter pro Sekunde, Richtung 274 Grad.«

Die Biga-Nase richtete sich genau auf die Säule aus, die Thermopuls-Triebwerke jaulten langgezogen. Eisplatten und Schlote mit Lavafontänen rasten vorbei. Wir durchstießen eine Aschewolke, deren Partikel im Schutzfeld knisterten, und dann einen Turm verdampften Wassers. Nach wenigen Minuten umhüllten uns die Schwaden des Nebeldoms. Tanja und ich wechselten einen beklommenen Blick, während ich tonlos sagte: »Der Urheber der Kursänderung dürfte wohl klar sein – fragt sich allerdings, ob es ein gutes oder schlechtes Zeichen ist, wenn sich ES einschaltet.«

Ich hatte ohnehin den Nebeldom aufsuchen wollen, war aber wegen Tanjas Koma und der trauten Zweisamkeit nach ihrer Rettung bislang noch nicht dazu gekommen. Die Erinnerung an Perrys Abfuhr auf Wanderer erzeugte weiteres Unbehagen. Für einen Sekundenbruchteil öffnete sich ein Spalt zu meinen Erinnerungen, lieferte einen Wust von Eindrükken: In allen spielte ES eine maßgebliche Rolle! Aufträge, gellendes Gelächter, gejagte Androiden. Dann eine klare Szene, damals, auf Larsa, dem zweiten Planeten, den die Menschen Venus nannten. Ich hörte mich selbst sagen:

»Du kennst mich gut, ES.«

Wäre es nicht so, würde ich dir nicht einen Planeten als Spielfeld für eine Auseinandersetzung von entscheidender Wichtigkeit überlassen. Die Barbaren werden eines fernen Tages von großer Wichtigkeit sein. Nicht alle! Nur bestimmte Menschen, die berufen sind. So, wie du berufen bist. Sie wissen es nicht. Auch dann, wenn es soweit ist, werden sie es nur schwer begreifen. Du, Arkonide Atlan, Mann der tausend Masken, weißt es. Richte dich danach. Du hast den besten Freund, den diese Welt kennt – mich.

Eine tiefe Pause aus lastendem Schweigen entstand. – Der klare Augenblick endete abrupt; die Erinnerungen versanken hinter einem Schleier.

»Eines hast du zumindest erreicht, Liebster.« Tanja schüttelte sich und musterte aus halb geschlossenen Augen die Flugdaten-Einblendungen. »Man reagiert auf deine Jagd!«

Außerhalb der LICHTELFE wogten Schleier und zerfaserte Ballen im Grau. Helligkeitsaufbrüche oder fremde Landschaften, die ich beim ersten Besuch erlebt hatte, zeigten sich nicht. Fünf Minuten vergingen quälend langsam.

»Etwas stimmt nicht!« knurrte ich. »Bei hundert Kilometern Durchmesser müßten wir doch längst aus der Suppe raus sein. *Lichtelfe*: Kursanalyse!«

»Keine klare Ortung und Tastung – raumzeitliche Verzerrung bei 87 von 100; Wahrscheinlichkeit steigt mit jeder weiteren Sekunde.«

Ich wandte mich an Tanja: »Kannst du mir sagen, was das zu bedeuten hat?«

Sie blieb eine Antwort schuldig. Abrupt glitten wir aus dem Grau heraus und rasten dicht über ein Meer, das unter hellem Himmel tiefblau schimmerte. Direkt voraus war eine Küste zu erkennen: Weißer Strand, von Sandbänken und Nehrungen zergliedert, endete vor kalkigen Steilwänden. Weiter rechts sah ich dunkle Klippen, über die Brandung gischtete. Im Landesinneren bedeckte üppige Vegetation sanft gerundete Bergkuppen. Während die Jet parallel zur Küste einschwenkte, meldete sich die Positronik unaufgefordert: »Sonne steht im Zenit – scheinbare Größe: 32 Minuten.«

Wie auf Terra – auf Zhygor sind es nur 25! durchzuckte es mich. »Hast du eine Transition bemerkt?« Tanja verneinte ebenso wie die *Lichtelfe*. »Also hat ES zugeschlagen und uns ... hm, per distanzlosen Schritt versetzt! Zhygor ist das jedenfalls nicht mehr. Wanderer? Oder Terra? Vielleicht in ferner Vergangenheit? Eine Parallelwelt? Oder einer der Phantomplaneten neben Zhygor im Sarende-System?«

»Du denkst an die *Erwachenden Legenden?«*

»Naheliegend, oder?«

Sie zuckte mit den Schultern. Die Biga steuerte an bizarrer, wildromantischer Sandsteinformation vorbei in eine geschützte Bucht, deren ockerfarbener Sand fast unmerklich von durchsichtigem Wasser ins türkisschillernde Meer überging, und setzte am Halbmondstrand auf. Das Summen der Geräte verstummte, und *Lichtelfe* sagte: »Kein Start möglich! Blockadeprogramm ist an eine Zeitschaltung gebunden. Endpunkt bei 95 Stunden, 59 Minuten, 2 Sekunden.«

»Also ein längerer Aufenthalt.« Verwirrt betrachtete ich die Digitalanzeige mit ihren kontinuierlich umblendenden Sekunden.

Tanja wies nach draußen. »Sehen wir uns um.«

»Einverstanden.«

Mißtrauisch sprang ich auf den Strand und reichte der Freundin höflich eine Hand; sie dankte mit einem Nicken und lächelte. Wie ich bewegte sie sich vorsichtig; unbewußt erwartend, daß die Landschaft wie ein Traumbild verwehte und das gellende Lachen von ES erklang. Das Meer rauschte leise, Wellen leckten an den Strand, der rechts in einen Hain wiegender Fächerpalmen überging. Im Hintergrund der Bucht rauschte silbrigweißes Glitzern über vielfältige Kaskaden und Terrassen und staute sich in gerundeten Felsbecken. Am Fuß einer weiter links gelegenen Steilwand ragte, halb vom Sand bedeckt, ein kugeliger Steinkopf auf. Eine Art Helm oder Kapuze war nur angedeutet, Schlitzaugen starrten aus der Bucht hinaus über das Meer. Die Nase war breit, die Lippen wulstig – insgesamt ein hominides Gesicht und mir von der Art durchaus vertraut.

»Die Luft ist viel frischer als auf Zhygor und vollkommen klar!« Tanja drehte sich im Kreis und hob die Schultern. »Und 96 Stunden Zeit – für was?«

Begeistert betrachtete ich ihre schlanke Gestalt in der hautengen Kombination. »Eine spontane Idee hätte ich schon!« Ich atmete tief durch und fühlte, daß die Bucht ähnliche Vibrationen besaß wie die Orte der Kraft; körperlich war der Energiefluß spürbar – ein Prickeln geistig-seelischer, fast sexueller Erregung. »Aber deswegen wurde die LICHTELFE garantiert nicht umgeleitet.«

»Stimmt.« Sie nickte betont ernsthaft, verschränkte die Hände im Nakken und seufzte. »Trotzdem eine hervorragende Idee. Das kristallklare Wasser lädt ja förmlich zum Baden ein. Ist ES eigentlich ein Genießer? Sein Spieltrieb soll ja schon sprichwörtlich sein.«

»Der Humor ist jedenfalls gefürchtet, vor allem von einem gewissen

Staatsmarschall. Verschaffen wir uns zuerst einen Überblick. Ich mag keine Voyeure.« Neben dem Wasserfall kletterten wir die terrassierten Felsen hoch und dann den Grat oberhalb des Kugelkopfes entlang. Das Panorama beeindruckte: dunkelgrüner Wald, tiefschwarzes Lavagestein, Kalkklippen, Ockerstrände, Schaumspuren im Meer entlang der Korallenriffe, heiß herabbrennende Sonne, salzige Brise im Haar. *Und ein aufregendes Fluidum auf Paraniveau!* »Ein Idyll. Zu schön, um wahr zu sein.« Beunruhigt wischte ich mir übers Gesicht und sah Tanja an. »Es ist zwar niemand zu sehen ...«

Sie lächelte schief. »Irrtum, mein Lieber.«

Ich fuhr herum und sah die braunhäutige Gestalt ebenfalls, die am gegenüberliegenden Rand des Wasserfalls stand: bis auf den Lendenschurz nackt, groß wie ein Arkonide und sehr hager; das Gesicht glich dem Steinkugelkopf, das Haar war kurz, schwarz und kraus. Weiße Streifen und Schnörkel, die entfernt an Schmetterlinge erinnerten, bedeckten Wangen, Kinn und Brust des Mannes – offenbar rituelle Symbole. Die Individualaura glich dem Leuchten einer Sonne, ein beeindruckendes Potential strahlte zu uns herüber. Nach einer Minute gegenseitiger, stummer Musterung drehte sich der »Mann« um und ging davon, verschwand hinter monolithischen Blöcken. Als Tanja und ich seinen Standort erreichten, war von ihm nichts mehr zu sehen, und auch die Paraströme verebbten.

»Große Feuermutter!« Meine Geliebte ächzte ratlos, und auch ich wußte nicht, wie wir uns am besten verhielten. Auf dem Weg zurück zur LICHTELFE sagte ich heiser:

»Vom Zeitlosen hergebracht und dann allein gelassen. Was will das Fiktivwesen von uns? Wer war der Fremde? Homunk? Rätselhafter geht es nicht mehr. Will ES uns was zeigen? Kein homerisches Gelächter, keine Nachricht, nichts.«

»Ich erkenne ebenfalls keinen Sinn. Und deshalb mache ich jetzt, was *mir* gefällt!« Sie zog sich aus, warf ihre Sachen in die Biga und rannte ins aufspritzende Wasser. Prustend auftauchend und auf dem Rücken schwimmend, rief sie: »Was ist? Komm schon, Mann. Wenn *man* was von uns will, soll *man* sich gefälligst melden.«

Ich nickte nach kurzem Zögern – und folgte ihrem Beispiel.

Das rauchlose Feuer knisterte. Dämmerung lag unter dem zwischen Palmen aufgespannten Sonnensegel. Von der LICHTELFE klang leise Musik herüber; Lo'uv Latse, *Mondtanz.* Kupferreflexe der Flammen huschten über Tanjas Haut, während sie sich an mich schmiegte, meine Brust streichelte und mit dem Zellaktivator spielte. »Unkraut brauchst du nicht zu säen, und es wächst allein – Liebe bedarf Pflege«, schnurrte sie leise. »Diesbezüglich hat uns ES einen Gefallen getan.«

»Du bist ein Schatz.« Ich umfaßte ihre Taille und zog sie an mich, fühlte federnden Druck ihrer Brüste und ihre Lippen an Hals und Kinn. Körperliche Nähe vermischte sich warm mit harmonischen Paraschwingungen überlappender Bewußtseinsfelder. »Du faszinierst mich immer mehr, Schönste, je besser ich dich kennenlerne.«

»Schmeichelei ist, anderen das zu sagen, was sie von sich glauben zu sein«, sagte sie lächelnd. »Sprich weiter!«

Den Tag hatten wir mit Baden, Umhertollen und der Liebe verbracht. Wir speerten Fische, nahmen sie aus und brieten sie über offenem Feuer, ehe uns wieder Leidenschaft packte und wir uns am Strand wälzten, von kühlen Wellen umspült. Im Rotgold des Himmels flirrten erste Sterne in unbekannter Konstellation, Böen strichen über die Bucht und ließen die Wasseroberfläche glitzern. Sanft fuhr ich Tanjas Rücken entlang, fühlte das Liebkosen ihrer Finger und murmelte:

»Sei mir so nah, wie du kannst.«

»Dieser Ort verzaubert uns, Geliebter.« Sie keuchte, als ich in sie glitt, den Atem anhielt und dem sanften Wiegen ihrer Hüften folgte. »Ich spüre ... die Kraft ... die uns ... mit ihm verbindet!«

Bald atmeten wir stoßweise und klammerten uns aneinander, als gäbe es keine Zukunft. In Wellen schlug die Ausströmung der Landschaft über uns zusammen: *Seelische Stabilität, innere Ruhe und Gelassenheit, intensive Glücksgefühle. Sogar der gebändigte Saam-Wurm und das fremde Bewußtseinsfragment in Tanja waren vergessen ...*

In der Nacht überfiel mich ein »Traum«, dessen Inhalt ich genau kannte, weil es sich um Dinge drehte, die ich selbst erlebt hatte, vor langer Zeit. Doch diesmal sah ich die Szenen nicht aus meinem Blickwinkel, sondern wurde Teil völlig anderer Lebewesen, die dennoch auf ganz sonderbare Art auf das engste mit mir verbunden schienen. Ich verstand nicht, was das alles zu bedeuten hatte, denn irgendwie schien – durchscheinend, entrückt, feenhaft – die platinhaarige Unbekannte über allem zu schweben, zu beobachten und auf schwer nachvollziehbare Weise sogar zu beeinflussen, denn auch sie gehörte zu dieser Ebene der Traumzeit.

... und genau wie die anderen Mitglieder der Horde duckte Tyrsa sich hinter die Deckung, beobachtete die Handlungen des Weißhaarigen Gottes, der in seiner fürchterlichen Wut eine ganze Handvoll der Ihren ins Reich der Nichtwiederkehr geschickt hatte, kaum daß Ghoran den Begleiter des Gottes mit einem Faustkeil traf. Furchterfüllt, aber dennoch neugierig hatten sie sich den Göttern genähert, als diese mit ihrem Zaubervogel landeten – vorsichtig, gebeugt, unwiderstehlich angelockt von einem zarten Pulsieren, das von der Brust des Weißhaarigen Gottes ausging.

Sie hatten die machtvolle Magie mit all ihren Sinnen gespürt! Tyrsa erinnerte sich genau an das Beben ihrer Nasenflügel, das tief in ihrem Leib erwachsende Zittern. Pure Lebenskraft! Genau das, was sie suchten, im Auftrag der Stimmen der Traumzeit. Doch die beiden Götter waren nicht mit ihrem Zaubervogel gekommen, um mit ihnen die Magie zu teilen. Der Kleinere stieß Ghoran vielmehr hart zurück, als dieser sich dem Weißhaarigen Gott näherte. Ghoran hatte sich aufgerichtet und wild gebrüllt, und die Horde antwortete dem Ruf. Dann ging alles so schnell. Plötzlich lag ein Gott mit zerschmettertem Schädel am Boden, und der Weißhaarige tötete die Ihren. Entsetzt flüchteten die Überlebenden, näherten sich später aber im Schutz der Bäume, zwischen denen das Schreien der kleinen Waldtiere erklang.

Die Horde sah, daß der Weißhaarige Gott im Hang eine Grube aushob und seinen Begleiter darin bettete, mit Erde bedeckte und einen großen Stein darüberwälzte. Der Fluß machte hier eine scharfe Krümmung, Felsen begrenzten den Durchlaß zu beiden Seiten; vor den schwarzen Wänden bewegten sich Nebelfetzen. Irgendwo tobte der Gott des Donners, und ein Himmelslicht spaltete den strömenden Regen. Große Tropfen hämmerten auf die Felsen, den Fluß und die Horde. Weiteres Krachen fegte durch das Tal und ließ die geduckten Beobachter erzittern.

Mit lautem Schrei zerschmetterte der Weißhaarige Gott den Grabstock am Felsen, langsam ging er durch strömenden Regen zum Zaubervogel und verschwand in dessen Schnabel. Die Augen des Tieres glühten wie das Tageslicht, hell und blendend, und breite Fächer strichen, als sich der Zaubervogel summend in die Luft erhob, über die Horde hinweg.

Nur zögernd ließ der Sturm nach. Die Wolken wurden hochgerissen, der Regen hörte auf. Der Weißhaarige Gott und sein Zaubervogel waren längst verschwunden, als das Tageslicht auf das Kiesbett des Flusses zu brennen begann, eine schneeweiße Fläche aus Sandbänken und kleinen Steinen, die an den Ufern größer waren und Wälle formten. Zwischen den Sandbänken floß hellgrünes Wasser. Reißende Strömung hatte einen weißen Baumstamm mit den Resten einiger Astfortsätze angeschwemmt und in den Boden gerammt. Dahinter lag das Gerippe eines Tieres, und mitten auf der sichelförmigen Kiesfläche ragte ein Schädel auf; weiß, abgesplittert und mit doppelarmweit ausspannendem Gehörn.

Etwas in Tyrsa signalisierte Ratlosigkeit und grenzenloses Bedauern; fast glaubte sie, das aufgebrachte Zetern und Schreien der Traumzeit-Stimmen zu hören, und für Wimpernschläge sah sie das glatte Gesicht, das von glitzerndem Mondhaar umrahmt war. Andere Gesichter gesellten sich hinzu, deren Haar sich wie dicke Schlangen bewegte, überdeckt vom funkelnden Glanz eines blauen Leuchtsteins, wie sie manchmal in Höhlen gefunden wurden. So rasch die Gesichter entstanden waren, so schnell vergingen sie wieder, und die Traumzeit-Stimmen wurden zum fernen Säuseln, das sich mit dem des unsichtbaren Windgottes mischte. Nur zögernd wagten sich die Hordenmitglieder aus ihrer Deckung, denn in ihnen brannte die Enttäuschung. So nah war die machtvolle Magie gewesen, doch sie hatten sie nicht erringen können, sie war ihnen wie Sand zwischen den Fingern zerronnen. Verschwunden war der Weißhaarige Gott, unerreichbar für sie – wie die Gesichter der Traumzeit-Stimmen.

Klagendes Knurren und Brummen erhob sich im Flußtal, als die Horde ihre Toten zusammentrug: In Hockstellung betteten sie sie rings um den Felsen der Toten Gottes in Gruben, bestreuten sie mit Ocker, legten Blüten hinzu, auch einige Pfeilspitzen und Faustkeile. Das Klagen und Schreien schwoll an; alle zerrten an ihrem Haar, schlugen sich vor die Brust, zerfetzten Haut an Armen und Beinen. Sand und Steine bedeckten die leblosen Leiber, deren Lebenskraft eingegangen war in den Hain der Nichtwiederkehr. Tyrsa tanzte zu ihren Ehren, vom Grunzen der anderen begleitet, schwang die Kette aus Knochen, Raubtierzähnen und kleinen Muscheln, stampfte im harten Takt mit den Füßen und steigerte sich, nachdem sie mehrmals den ihr gereichten Pflanzensud geschluckt hatte, in jenen Zustand, der ihre Sinne in die Traumzeit entrückte. Zwischen wogenden Farbschleiern, blitzenden Himmelslichtern und dämmrigen Schwaden glaubte Tyrsa Gestalten zu entdecken, die sie riesig umringten und mit ihr sprachen. Doch diesmal verstand sie die Stimmen nicht; es blieben ferne Geräusche ohne Sinn. Entsetzt sah Tyrsa schließlich, daß sich die schattenhaften Gestalten abwandten und verschwanden. Mondlichttränen quollen aus ihren Augen.

Als sie mit schmerzendem Schädel wieder zu sich kam und von ihrem Sehen berichtete, abgehackt, bedrückt, erfüllt von Schmerz und Verzweiflung, überkam die Horde die Ahnung nahender Gefahr. Und bald sollte es sich bestätigen: Die Jäger fanden kaum noch Wild, Neugeborene verhungerten, nacheinander starben weitere Mitglieder der Horde. Die Traumzeit-Stimmen hatten sie verlassen! Und mit ihnen schwand alle Hoffnung, denn ohne die Hilfe von Zauber und Magie gab es kein Überleben ...

... der mächtige, stark behaarte Bulle stand außerhalb des Wäldchens; ein merkwürdiger Zwang hatte ihn hierhergeführt, zu dem Fremden, der nun den Hang abwärts stolperte und unvermittelt stehenblieb. Das Tier war zweimal so hoch, der riesige Rüssel zitterte unruhig, die langen gelben Stoßzähne waren angesplittert. Stoßende und rumpelnde Geräusche des Magens und des Darms gingen von dem Bullen aus. Er hob, als er den Zweibeiner sah, den Rüssel und stieß einen Schrei aus, der erschrekkend große Wut ausdrückte, Angst und Unsicherheit und Todesfurcht.

In großer Eile packte der Fremde Teile seiner Fellhütte, die Waffen und Ausrüstung zusammen. Schließlich befand sich alles in zwei Fellsäcken, aus denen die Schneiden der Wurfspeere hervorsahen. Ein Seil flog über den zuckenden Rücken des Tieres, die Bündel wurden links und rechts hinter den Gelenken der säulenartigen Vorderbeine befestigt. Kopfschüttelnd stand der Zweibeiner vor dem Bullen, dessen Kopf hin und her schwankte. Der Rüssel bewegte sich wie ein Pendel. Dann änderte dieses lange Stück aus dunkler Haut und Muskeln seine Bewegung, formte sich zu einer Schlange und griff um die Hüften des Fremden. Der Rüssel packte zu, wirbelte die Gestalt in die Höhe und setzte sie hinter dem Kopf des Giganten ab. Wieder stieß der Bulle einen Schrei aus und drehte sich auf der Stelle. Dann riß er den Rüssel in die Höhe und begann zu rennen.

Der Zweibeiner wurde durchgeschüttelt, klammerte sich an die Ohren, hielt sich mit einer Hand an dem Seil fest, während ein wilder Ritt durch die Nacht begann. Die Sterne funkelten, als sich der Gigant ächzend und schnaufend einen Weg durch die Wüste bahnte, über Lavaasche hinweg. Das dunkelgraue Tier, haarig und verwirrt, wütend und offensichtlich hungrig, rannte geradeaus. Ein Dämon schien es gepackt zu haben, und fremdartiges Wissen vermittelte ihm das Ziel genauso, wie es zeitweise glaubte, durch fremde Augen beobachtet zu haben wie ein Falke die Beute:

Obwohl der Zweibeiner wußte, daß er allein war, waren seine Bewegungen, als er endlich das Wasser der Oase erreicht hatte, die eines wachsamen Raubtiers. Seine Haut glänzte; an einigen Stellen war gelbe Masse dick aufgetragen, an anderen klebten halbdurchsichtige Blätter. Bis auf einen weißen Lendenschurz, der an einem breiten Gürtel befestigt war, trug der Mann nichts. Er war groß und sehnig, aber er schien die volle Gewalt über seinen Körper noch nicht zu besitzen. Das Gesicht war schmal und hager; die Sonne hatte Gesicht und Oberkörper braun gebrannt.

Der Geruch eines kleinen, rauchlosen Feuers kroch irgendwann wie unsichtbarer Nebel zwischen den Bäumen mit dicken Ästen und großen, schattenspendenden Kronen. Auf einem hölzernen Spieß hingen die Reste eines gazellenartiges Tieres. Hin und wieder tropfte von den Speckteilen ein Fetttropfen ins Feuer und verbrannte zischend und mit grauem Qualm. Wenige Tage nachdem der Fremde in der Oase aufgetaucht war, war sein Haar sauber ausgekämmt und mit einem Lederband im Nacken zusammengefaßt. Vorher war es, weiß und verwildert, bis auf die Schultern gefallen. Der Fremde drehte den Kopf und blickte zwischen den Stämmen und den knorrigen Ästen hinaus auf die Wüste und die Düne hinauf.

Aber da war nichts als das silberne Singen der Sandkörner. Beruhigt wandte sich der Mann wieder seinen Arbeiten zu. Er schien sich auf eine schwere Jagd vorzubreiten. Vor einem Tag hatte er mit einer langen Knochennadel und breiten Lederstreifen die Teile eines Felles zusammengeheftet. Jetzt waren die Stiefel, deren Fellabschluß bis eine Handbreit unter das Knie reichte, fertig. Sie standen auf einem Fell neben der Hütte aus vier gebogenen Ruten und dunklen Fellen. Es mußte eine schwere Jagd sein, die dem Fremden bevorstand. Er selbst wirkte wie ein erfahrener Jäger. Je kräftiger und ausgeruhter er wurde, desto deutlicher zeigte es sich.

Am Eingang des kleinen Zeltes lehnte ein Bogen. Er sah aus wie aus Holz gefertigt, aber wenn der Pfeil von der Sehne schnellte, verriet der Ton, daß es kein Holz war. Der Bogen reichte fast bis ans Schulterblatt, die Pfeile berührten mit der Kerbe, wenn sie im Boden steckten, den Hüftknochen des Jägers. Sein Körper war frei von Streifen oder Zickzacklinien, also hatte er den Jagdzauber noch nicht gemacht.

Der Fremde lief immer wieder rund um die Oase; deutliche Spuren bewiesen es. Er aß Früchte und Beeren, trank das klare Wasser, aß den Braten der Gazelle, übte ununterbrochen, indem er sich an den untersten Ästen der Bäume hochzog, wusch sich oft und mit einer schäumenden Substanz, wobei er darauf achtete, die Quelle nicht zu verunreinigen. Wenn er sich Erleichterung verschaffte, ging er hinaus in die Wüste. Er schlief lange; und nur manchmal ging er, als treibe ihn die Suche nach dem Todesgott aus der Oase, hinauf zur großen Düne und starrte in die Sterne, zur narbigen Fratze des Mondgottes oder weit über das Land unter dem fahlen Licht, das von knisterndem und flüsterndem Leben erfüllt war.

Die Tage wechselten, und niemals legte der Jäger sein Amulett ab, das an einer glänzenden Schnur um seinen Hals hing und vor der Brust baumelte. Es war ein kleines, schweres Lederbeutelchen, von dem ein kräftiges Pulsieren ausging, ein mächtiger Zauber, der einem Lichtschein gleich manchmal die Gestalt des Fremden mit urgewaltiger Lebenskraft zu umhüllen schien. Und diese Lebenskraft sprang auch auf den Bullen über, der ununterbrochen in gleichmäßig schnellem Trab rannte. Schon kroch im Osten die erste Helligkeit des Morgens hoch, griff nach den schwindenden Sternen und löschte sie nacheinander aus. Graues Licht fiel über die Savanne. Die Zeit verging. Glühende Hitze am Tag, Durst und Hunger. Eisige Kälte in der Nacht und dazu die schneidende, stinkende Luft.

Der Bulle fraß nicht, aber er blieb bei jeder Wasserstelle stehen und trank ungeheure Mengen in sich hinein. Lichter am Himmel, die wandernde Sichel des Mondes. Keine einzige Wolke. Die Landschaft war meistens eben wie ein Brett. Hin und wieder schoben sich am Horizont Berge aus der Ebene.

Das Tier magerte ab, es schrie nicht einmal mehr; mehr tot als lebendig hing auch der Zweibeiner hinter dem Kopf des Bullen. Lange schwebten über ihnen die Geier; sie verschwanden vor der Abenddämmerung und kamen am Vormittag wieder. Sichelförmige Schattenrisse am qualvoll blauen Himmel. Wieder Hitze, wieder Kälte. Der Jäger aß einige Früchte, trank und wurde vom Rüssel gepackt und in seinen Sitz hinaufgehoben. Und weiter; der Bulle war schon verendet, er hatte es nur noch nicht gemerkt: Zauberkraft hielt ihn aufrecht, denn inzwischen war er nur ein Gerippe aus schlenkernder Haut, voller Runzeln und Falten. Schließlich tauchten Berge auf. Zunächst nur dicht bewaldete kleine Hügel. Dann wurde die Steppe abwechslungsreicher. Die Hitze des Tages und die Kälte der Nächte wurden erträglicher, die Unterschiede wurden geringer. Schließlich erschien auf der Kuppe eines runden Hügels, halb verborgen zwischen uralten Bäumen, ein weißer Fleck. Der Bulle rannte genau darauf zu. Er walzte Gras, Büsche und Dickicht nieder. Seine Kraft ging zu Ende. Bei jedem Schritt schwankte das große Tier nach rechts und links.

Ein Stück stinkender Morast, über eine Sandfläche, der Schatten des Waldes. Die Ebene endete, es war Mittag; die Sonne erreichte eben ihren höchsten Stand. Der Bulle wurde langsamer, blieb auf einer kleinen Lichtung stehen. Über den Baumwipfeln kreisten drei Geier. Der Fremde ließ sich über die Stirn des Tieres nach unten gleiten, schnitt das Seil durch, so daß die Fellsäcke ins verfilzte Gras fielen.

Das riesige Tier schwankte. Ein Zittern durchlief seinen Körper. Aus den Ohrlöchern und dem Maul liefen dünne Blutfäden. Der Rüssel hob sich in einer letzten, verzweifelten Anstrengung. Das Tier sog zischend Luft in seine zerstörten Lungen, dann versuchte es einen letzten Schrei. Er brach ab, als habe man den Rüssel zerschnitten. Der Bulle knickte nach vorn in den Knien ein, dann in den Hinterläufen; er fiel mit einem dumpfen Geräusch zu Boden, federte hoch und blieb mit zuckenden Läufen liegen. Die Stoßzähne rissen im Todeskampf einen großen, mit weißen Blüten übersäten Strauch aus dem Boden.

Während der Jäger seine Ausrüstung zusammenraffte, fielen die Geier wie Steine aus dem blauen Himmel. Der Zweibeiner trabte, die Fellsäcke geschultert, langsam davon; er drehte sich nicht um, sah nicht, wie der Bulle röchelnd starb und daß, noch bevor die letzten Spuren seiner Lebenskraft aus ihm herausgeströmt waren, die Schnäbel der Geier gierig zu hacken begannen ...

... aufrecht stand der Gottkönig da, jede Handbreit der Herrscher der zwei Länder. Die Barke war an einem schlammverkrusteten, abgestorbenen Akazienstamm vertäut, auf dessen Ästen zwei Geier saßen, die Köpfe unter den Schwingen. Auf einem kupfernen Holzkohlebecken stand, längst erkaltet, aber noch immer stark riechend, ein Krug mit Würzwein. Narmer starrte den plötzlich auf dem Schiff erschienenen Besucher an; langsam, tief nachdenklich sagte er:

»Ehe ich sterbe, in wenigen Tagen, wollte ich noch einmal mit dem einzigen Freund sprechen, den ich je hatte in dem langen Leben, das mir Anubis schenkte. Der älteste meiner wenigen Söhne, Aha, gleicht dir und mir, kennt als einziger die Geschichte, wie wir dieses Land schufen und das mächtige Menefru-Mirê bauten.«

»Aha folgt dir auf den Thron des Landes?«

»So ist es.« Die Stimme des Gottkönigs, der im *Per-Ao* herrschte, dem Großen Haus, einst kühl vibrierend, war zum unbetonten Murmeln des Greises geworden. »Ich sehe, du bist jung geblieben, seit wir die *Säulen der Ewigkeit* aufgestellt haben. Jedes Bild und jede Zeile habe ich dem Aha erklärt, tausendmal. Er will dich kennenlernen.«

»Ich werde ihn sehen.« Der Besucher trank lauen Würzwein, der ihm von der Sklavin gereicht worden war. »Du jagst Flußpferde?«

»Die letzte Jagd. Ich werde von ihr nicht mehr zurückkehren. Denk an die Prophezeiung. Frieden ist im Land. Die Nomaden haben wir gezähmt, der Handel blüht mit Gubal, wir suchen das Goldland Punt, und selbst die aus dem elenden Kusch bringen uns Gold, Pantherfelle und Geparde. Stirbt jemand, dann nicht an den Wunden des Krieges. Ich bin zufrieden mit dem, was wir schufen, Rê-Atlan-Anhetes.«

Seine Stimme verlor sich im Schweigen, das der Morgendämmerung voranging. Ruderer und Sklavinnen versorgten das Schiff. Lange Schatten erschienen hinter dem Schilf, dann zuckte der erste Sonnenstrahl über das flache Land. Schlagartig erwachte alles: Tausend Vögel schrien, die Flußpferdherde wälzte sich aus dem Schlamm. Der Besucher hob die Decke Narmers auf und legte sie um die Schultern der fröstelnden Sklavin.

Der Herrscher und der Fremde sprachen miteinander. Plötzlich, als habe ihn die Sonnenwärme hellwach gemacht und um Jahre verjüngt, hämmerte Narmer gegen den Kupfergong, der am Mast hing. »Auf!« rief er. »Ein gutes Essen bereiten! Dann ablegen. An die Riemen. Wir jagen die Flußpferde.« Zu dem Freund sagte er heiser: »Diesen dicken, fetten Bullen lasse ich salzen und pökeln. Seinen Schinken nimmst du mit in dein Fürstentum. Los! Schneller!«

Etwa eine Stunde danach schoß die Barke hapiabwärts, den dreizehn Flußpferden nach, die grunzend mit Wasser und Schlamm spritzten und die rosafarbenen Rachen weit aufrissen. Das Rahsegel knatterte im Morgenwind, die Riemen tauchten ein und wurden durchgezogen, und die Barke durchpflügte die kleinen Wellen. Die Illusion alter Tage kam über die Männer, als sie in der Wüste gejagt und mit Harpunen den Katzenfisch gehetzt hatten. Die Riemen ächzten, die Ruderer stöhnten: Rufe an die Schwingen des Horus. Sie standen, die Harpunen mit schweren Kupferspitzen in den Händen, im Bug der Barke.

Aus der Herde sonderte sich ein mächtiger grauer Bulle ab, rammte mit der Schulter die Barke, und Narmer schrie mit überkippender Stimme: »Für Narmer und Aha!«

Er beugte sich weit über die Balkenstrebe und zielte sorgfältig. Im erbarmungslosen Morgenlicht wirkte er wie ein Geist; verbraucht, gealtert und ausgezehrt. Die Haut war braun, und die Muskeln waren kräftig geblieben, aber die gepardenhafte Spannkraft hatte ihn verlassen. Der Bug, der das Udjatauge trug, wich nach links aus. Der Hals des Bullen reckte sich hoch, wütende Äuglein blitzten die Männer an, und Narmer warf die Harpune. Er hatte alle Kraft in den Wurf gelegt; die Harpune drang tief ein. Der Bulle schrie, bäumte sich auf und tauchte kopfüber in den Hapi.

Die Lederschnur rollte sich ab, flog in Schleifen und Ringen über die Verstrebung und schlug hart gegen den Fuß des Besuchers. Narmer sah nach, wohin der Bulle getaucht war, und der erste würfelförmige Holzklotz wurde hochgerissen. Er sollte das Seilende markieren und schlug zweimal polternd auf, ehe er mit gräßlichem Knacken Narmers Hinterkopf traf. Die Schlingen verwirrten sich, schlangen sich um Narmer und rissen ihn durch die splitternde Strebe ins Wasser.

Hundert Schritt weiter vorn, in der Nähe eines Gebüschs, tauchte der Bulle wütend mit der wippenden Harpune auf, schlug um sich und tauchte ab. Das Lederseil bildete eine knallende, spritzende Linie, als das Tier wieder an die Oberfläche kam. Der Gottkönig war verschwunden. Gefunden wurde später nur das tote Flußpferd, als es aufgebläht wie ein praller Sack im Wasser schwamm. Als die Harpune aus dem Hals gezogen und das Seil aufgewickelt war, fand sich, irgendwo vom Grund hochgerissen, darin verheddert der weiße Knochenschädel eines großen Wüstenfuchses, vollständig von Fleisch und Haut befreit ...

... UND DA DER GOTTKÖNIG NICHT MEHR ATMETE, ERHOB SICH GESCHREI IM REICH. UND SIE MACHTEN VIER SÄRGE UND GESCHMEIDE, ERSCHLUGEN EINE SKLAVIN UND GABEN SIE MIT INS GRAB DES KÖNIGS. UND SIE SETZTEN DIE SARKOPHAGE IN DIE GOLDENE BARKE UND SCHLOSSEN DEN STEIN. UND DAS VOLK WARTETE AUF DIE RÜCKKEHR DES EWIGEN, WIE ER ES GESAGT HATTE.

SO SCHRIEB MAN ES – SO IST ES GESCHEHEN. GEGEBEN IM JAHR 1 DES AHA, SOHN DES NARMER-MENES, GOTTKÖNIG.

Im Morgengrauen erwachte ich plötzlich und sah zunächst nur eine Silhouette: An einen Palmstamm gelehnt, stand der dunkelhäutige Mann keine zwei Meter entfernt und sah mich wortlos an. Meine Bewegung weckte Tanja. Wir standen vorsichtig auf. Klar verständlich war das paraverbale Signal, als er erklärte, ohne die Lippen zu bewegen: »Nicht alles Fremde ist automatisch Feind. Und nicht jeder Feind ist es auf Dauer. Ihr seid auf dem richtigen Weg.«

»Wer bist du?«

Er reagierte nicht auf meine Frage, sondern winkte uns und schritt langsam zum zwei Meter großen Kugelkopf hinüber, dessen Oberfläche ein zartes Glitzern zeigte.

Knirschend öffneten sich steinerne Lippen, der Fremde wies darauf. »Das Orakel spricht zu euch!«

Die Stimme war dumpfes Brummen auf telepathischer Übermittlungsbasis: »Es kennzeichnet den Meister, auch Außergewöhnliches zu integrieren. Wird aufs Unerwartete richtig reagiert, kann es in bestehende Konzepte eingebunden werden. Das Unsichtbare ist deshalb nicht weniger real; erkennt die Kräfte, die von euch Besitz ergreifen. Beseitigt Mißverständnisse – und geht gestärkt aus der Gefahr hervor, zum Nutzen aller!«

»Die *Lichtelfen?«* fragte ich tonlos und lauschte dem Flüstern des Extrasinns:

Unsichtbar, trotzdem real! Mit Meister dürfte wohl ES gemeint sein; auch das Fiktivwesen scheint überrascht zu sein, hat aber die Gefahr erkannt. Die Lösung des Problems wird an euch delegiert. Mißverständnis paßt zur Aussage, die sich auf Fremde und Feinde bezieht.

Und welche Kräfte ergreifen von uns Besitz?

Lichtelfen! Sie reagieren auf dich – und auf deine Freundin. Vielleicht könnt ihr sie aus der Reserve locken?

Tanja zog ähnliche Schlüsse: »Was sollen wir tun, Orakel, wie auf die fremden Kräfte reagieren?«

Der Steinkopf antwortete nicht, der Hagere sah uns wortlos an. Sein Blick besaß allerdings eine Macht, daß ich den Kopf senkte und die harsche Bemerkung, die mir auf der Zunge lag, hinunterschluckte.

»Warum 96 Stunden?« krächzte ich statt dessen, nur mühsam in der Lage, den Mann wieder anzusehen. Einige Falten erschienen in den Augenwinkeln, ein kurzes, amüsiertes Leuchten ging von der Individualaura aus. Für einen Augenblick glaubte ich in dem Mann Homunk zu erkennen, dann schien er jenen ES-Androiden zu gleichen, mit denen ich es mehrmals in der Larsaf-Vergangenheit zu tun gehabt hatte, gefolgt von einem uralten Mann – Archetypus Zauberer Merlin –, und schließlich verdichtete eine energetische Spirale zur transparenten Blase, die augenblicklich wieder dem Dunkelhäutigen Platz machte.

»Festigt eure Bindung, fühlt das Lebendige des Transzendenten und werdet Teil der Kraft«, sagte er, ging davon, verschwand hinter dem Wasserfall.

»Äußerst gesprächiger Bursche«, nörgelte Tanja und verschränkte fröstelnd die Arme. Ich legte den Arm um ihre Schultern, und wir gingen, nach einem letzten Blick auf den Kugelkopf, zum Lager zurück. Die Beine an den Leib gezogen, setzte sich die Geliebte neben das erloschene Feuer und starrte auf graue Asche. »Mal sehen, ob ich alles verstanden habe ... Die *Lichtelfen* sind real – und eine Gefahr, die allerdings beseitigt werden kann. Das ist unsere gemeinsame Aufgabe, der Ort hier bereitet uns offenbar darauf vor.«

»Aber wir wissen nichts über die eigentliche Natur der *Lichtelfen«,* murmelte ich und kratzte den Nacken. Sonnenstrahlen übergossen die Bucht. »Stammt diese merkwürdige Lebensform von Zhygor? Vielleicht läßt sie sich irgendwie herausfordern? Wieso hat sich das Fremde in dir festgebissen? Und wann? Und wie passen meine Visionen in dieses Muster?«

Tanja blickte nachdenklich, ihre Parasinne ertasteten meine Gedankenmuster. »Ohne weitere Informationen ist jede Provokation ein zu großes Risiko, Atlan.«

»Dann müssen wir diese Informationen erlangen, Liebes. Bin gespannt, was *Lichtelfe* auf Lager hat. Vielleicht können wir was aus den Daten herausfiltern.« Sie ergriff meine Hand, ließ sich hochziehen, und kurz darauf saßen wir im Cockpit. Ich rief Zhygors Hologlobus auf, die KSOL-Positronik projizierte Fremdphänomene und fügte dann die Standorte von *Orten der Kraft* hinzu. »Kugelblitz- und ähnliche Leuchteffekte scheinen mit geologisch instabilen Zonen gekoppelt zu sein; meist Bruch- und Spannungsbereiche.«

»Gipfelentladungen, Erdbebenlichter«, sagte die Positronik. »Seismoelektrizität in der Nähe geologischer Verwerfungen kann zu atmosphärischen Ionisationseffekten führen.«

»Zusätzlich vielleicht teilmaterielle Projektionsformen als Entlastungsreaktion.« Tanja nickte und zupfte am Ohrläppchen. »Ist zwar kein sonderlich wahrscheinlicher, aber durchaus möglicher Prozeß. Kommen energetische Kräfte wie bei Gewittern hinzu, wird es unter Umständen ein gewöhnlicher Blitz.«

»Elektrostatischer Austausch und zisch-bum ... Gut, haken wir das ab.« Die Liste auf der Bildfläche scrollte weiter. »Materialisationen?«

Sie krauste die Stirn. »Mehrere Möglichkeiten. Dimensionale Überlappung dürfte die häufigste sein, ähnliches bei plötzlichem Verschwinden, sprich Entmaterialisation.«

»Also makroskopischer Tunneleffekt; bei hoher Hyperaktivität durchaus zu erwarten ... Spuren Unsichtbarer?« Unwillkürlich dachte ich an Perrys Bericht von den Unsichtbaren auf Barkon. *Besteht da vielleicht ein Zusammenhang? Vermutlich zu weit hergeholt!*

»Abhängig davon, wer der Unsichtbare ist. Im Zweifelsfall umhervagabundierende telekinetische Kräfte; fällt in die gleiche Kategorie wie Leuchteffekte.«

»Kein normales Wesen rennt schnurgerade Dutzende Kilometer über Berg und Tal, soviel steht fest! Hhm, alle diese Phänomene passen nicht zu den *Lichtelfen* – zumal ihre Erscheinungsplätze nicht mit denen der *Kraft-Orte* korrelieren. Welche haben wir auf Zhygor?«

»754 Brennpunkte des *Numinosen.« Lichtelfe* zählte sie auf: »Quellen, Wasserfälle, Seen, einzelne Felsen, Felsengruppen, Grotten, Klippen, Schluchten, Inseln, Haine und Wälder, uralte Baumriesen, schließlich die Steinsetzungen als künstliche Erweiterung und Gleichgewichtsförderung.«

»Topographie des Ortes, der Kosmische Atem des Transzendenten!« Kontaclatiis' Einweisungen huschten durch meine Gedanken. *»Der schwarze Drache flüstert, der goldene Vogel singt ... häufig visuelle Wahrnehmungen, aber auch Musik, Summen und Sausen im Kopf, Kribbeln am Körper. Negative Orte bedingen oft Fluchtreflex ...«*

»... als physikalische Wirkungen: veränderte natürliche Radioaktivität; planetarisches Magnetfeld erzeugt bei geeigneten Bodenbedingungen Induktionsströme; elektrostatische Aufladung; positive, oft heilende Wirkung bei stark negativ ionisierter Luft; Ultra- und Infraschallwellen ...«

Tanja flüsterte zu der Meldung der KSOL-Positronik: »Mist, die *Lichtelfen* bleiben nicht greifbar. Wir brauchen Meßdaten, irgendwelche Parameter, mit denen sich was anfangen läßt.«

»Zumindest eine Arbeitsthese, die der Natur der *Lichtelfen* zugrunde liegen könnte. Meine erweiterte Parasicht muß hierbei ebenso berücksichtigt werden wie die Tatsache, daß Zhygor erst seit wenigen Jahren in das Tabufeld integriert ist. Zhygors Hyperaktivitäten werden mit Wechselwirkungen zur Planetoiden-Verzerrungszone erklärt. Hhm, das Tabufeld entrückt doch Fremdobjekte ähnlich der Semi-Transition ...«

»Und Semi-Transition, behaupten die Gijah-Weisen, ist der erste Schritt zur Technologie vollständig in sich geschlossener Miniaturuniversen, die sich zwangsläufig dem normalen Paraspektrum entziehen!« Sie schnippte mit den Fingern und sah mich mit leuchtenden Augen an. »Ist Wahres Sein in solche Enklaven eingebettet – womöglich sogar nichtphysisch zentrierte Bewußtseinsformen! –, läßt es sich nur unter besonderen Bedingungen wahrnehmen, Allessehender!«

»Was den Trugbild-Vorwurf endgültig entkräftet! Die Cho-Übertragung geschah unter dem Einfluß von Hyperaktivitäten und Tabufeld, deshalb sehe ich vermutlich die *Lichtelfen!«* Ich lachte rauh. »Wie ist doch gleich Zhygors Status definiert? Nun, Freiheit ist auch das Recht, anderen zu sagen, was sie nicht hören wollen! Den Hochmeistern werde ich was flüstern, wenn wir im Trupül sind!«

»Die *Lichtelfen* stammen vermutlich also von außerhalb!« flüsterte meine Freundin. »Wer das Tabufeld überwinden kann, ist ganz bestimmt eine potentielle Gefahr – kein Wunder, daß ES reagiert! Die Orakelsprüche haben Sinn!«

Ich schaltete *Lichtelfes* Anzeigen aus. »Der Aufriß beim Raumwurm scheint sie, in Verbindung mit der Leuchtkugel-Wechselwirkung, angezogen zu haben ... Wir sollten feststellen, inwieweit das Tabufeld vielleicht doch auf sie Einfluß hat!«

Tanja sah mich nachdenklich an und nickte. »Das wäre eine Möglichkeit, auf die sie reagieren müßten: offizielle Arenakampf-Forderung!«

»Zuerst locken wir sie aus der Reserve – und dann ... *Lichtelfe:* Wie lange dauert unser Zwangsaufenthalt noch?«

»77 Stunden und 14 Minuten.«

Tanja lachte herzlich. »Viel Zeit, die Kräfte der Landschaft aufzunehmen.«

Die verbleibenden Stunden vergingen wie im Rausch. Sand, Meer, gleißendes Licht, Hitze und Leidenschaft. Besinnliche Momente beim Klang ruhiger Balladen, entspanntes Schmusen unter Sternenglitzern. Oft stand die hagere Gestalt des »Wächters« auf den Felsen.

»Fast wirkt er wie ein Teil der Umgebung!« sagte Tanja und wühlte mit den Zehen im feuchten Sand, malte Spiralen und schirmte die Augen ab, um zur Silhouette auf dem Grat hinaufzusehen. »Ich glaube, mir würde was fehlen, wäre er nicht da.«

»Ob es eine Art ES-Inkarnation ist? Oder doch Homunk in neuer Gestalt? Oder ein Androide?«

Mein Murmeln beantwortete sie mit einem Achselzucken: »Schon möglich – aber nicht zu beantworten. Komm her – ich sehne mich nach dir!«

Wir rollten durch das seichte Wasser. Tanjas Augen verschleierten sich, und ich vergaß die Welt um mich herum. Schließlich bestiegen wir den Biga-Jet, dessen Maschinen summend erwachten, fühlten uns aufgeputscht und glücklich: Sogar ohne Sinyagi erfaßte ich Tanjas Gedanken!

Es glich einer kalten Dusche, als die Positronik, nach dem Durchstoßen des Nebeldoms, meldete: »Laut Satellitentakt entspricht unsere Rückkehr exakt dem Zeitpunkt des Verschwindens: Vom Zhygorstandpunkt betrachtet, habt ihr *keine* Sekunde verloren!«

ES, der Zeitlose! dachte ich und fühlte eisige Schauer den Rücken hinabrinnen.

Die kurz darauf eingehende Nachricht aus Tatalal beendete unser Vorhaben vorzeitig: Die Nachforschungen hinsichtlich des Verbleibs von Khynogheraan hatten schneller zum Erfolg geführt, als ich es erwartete; immerhin waren für die »Außenwelt« nur rund zwei Stunden verstrichen. Der Name des Planeten, auf dem die Spore abgestürzt war – genau wie in meiner Vision! –, verstärkte noch die Eisschauer.

Tatalal-Center: 19. Prago des Eyilon 19.018 von Arkon (= 12. März 2048 Terra-Standard)

»Wazarom Drei!« seufzte ich. »Eigentlich hätte ich mir denken können, daß dieses Kapitel noch nicht abgeschlossen ist!«

Mascant Malkathoorgens pflaumenblaues Gesicht überzog sich mit Runzeln; er nickte heftig, daß der Zopf herumwirbelte, und sagte: »Bis heute konnten die Beobachtungssonden keine außergewöhnlichen Aktivitäten feststellen. Im Gegenteil. Im Verlauf der letzten Periode hat die Manifestationsneigung der vernichteten Sporen eher nachgelassen.«

Die Hyperfunkverbindung nach Arkon III und den Hauptstützpunkten stand; die im Konferenzraum erstellten Holoprojektionen vermittelten den realistischen Eindruck, sämtliche Anwesenden seien auf der Freihandelswelt – tatsächlich trennten uns jedoch Distanzen von Lichtjahrtausenden.

Vom photographischen Gedächtnis gespeicherte Erinnerungen gewannen Gestalt: Drei Monate war es her, daß wir 1209 Lichtjahre von Wazaroms Stern entfernt die Tekteron-Galeere durch Gravitationsbomben vernichteten. Damals verhinderten wir, daß Stachelkugeln ins Große Imperium eingeschleust wurden. Wie sich später durch Kons Untersuchung herausstellte, waren die Riesensporen zweifellos in der Lage, wieder im konventionellen Universum zu materialisieren. Mein Extrasinn flüsterte: *Voraussetzung ist eine ausreichende Hyperkraftzufuhr von außen.*

»Die Gefahr der *Saams* ist nicht beseitigt!« rief Dreisonnenträger Quar Kha Xoraq; der wuchtige Andooz rekelte sich unter den Wasserstrahlen seiner Antigravsänfte. Beim Anblick seiner vorquellenden Augen und dem aufgeblähten Kehlsack dachte ich unangenehm berührt an Jahaq Garr.

Malkathoorgen nickte erneut. »Xanthyn Ol'dan traue ich jede Teufelei zu.« Der Gijahthrako fuhr sich über den Schädel und sah mißmutig in die Runde; für wenige Augenblicke leuchtete seine tetraedische Originalgestalt durch den Projektionskörper. »Es war abzusehen, daß sich die Aktion nicht in Wurmbefallenen und Monden des Schreckens erschöpft.«

Die wichtigsten Befehlshaber waren zugeschaltet: Malka, zum Mascant befördert, fungierte nach Tokoons Tod auch als amtierender Kommandeur der Ersten Arkon-Einsatzflotte; neben ihm saß Quar Kha Xoraq, weiterhin Chef der Dritten Arkonflotte; Dreisonnenträger Eldho-Anan war der der Fünften Arkonflotte, Thek'athor Wroma Leiter des Flottenzentralkommandos. An seiner Seite schwebte der Wassertank des Therborers Hamkammon. Hinter ihnen war ein Ausschnitt der Kugelhalle zu erkennen: Als riesige Holoprojektion glitzerte die Milchstraßen-Simulation, von Lichtnetzen und vielfältigen Markierungen durchzogen.

Was geht dort draußen vor?

Die Große Feuermutter selbst war nicht körperlich anwesend, konnte sich aber jederzeit paraverbal einschalten.

General Sutokk blickte ernst, hatte die Stirn gerunzelt. »Die Sonden konnten den Diskus nicht registrieren, als er in die Manifestationszone eindrang. Sinyagi wußte nichts von seiner Anwesenheit dort.«

Mascant Malka winkte ab. »Hat nichts zu bedeuten. Ihm stand Gijahthrako-Technik zur Verfügung!«

Wroma gab einen Befehl; die Holoprojektion der Sondenaufzeichnung flammte über dem Konferenztisch auf, Raunen wurde lauter: »Beobachter WAZ-I: Standardkoordinaten: x plus 3509, y minus 11.975, z minus 325; Entfernung zu Arkon: 27.303 Lichtjahre; Entfernung zu Wazaroms Stern: 1209 Lichtjahre. Stand: Neunzehnter Prago des Eyilon 19.018 da Ark; Berichtssequenz: 23.567. Manifestationszone ist aus Detektorspektrum verschwunden! Keine Emissionen mehr anzumessen. Achtung: Strukturerschütterung, weist auf Transition hin ...«

Schaubilder und Ortungsauswertungen wurden eingeblendet. Ein Koordinatennetz markierte den Standort des Manifestationsbereichs, in dem von einer Sekunde zur anderen sämtliche Aktivitäten erloschen. Ein Licht blitzte auf; die Zeitangabe entsprach ziemlich genau der, die ich von meiner Vision in Erinnerung hatte. Mein Extrasinn bestätigte lautlos.

»Rematerialisationspunkt: Wazarom-System. Nach 56 Sekunden extremer Energieausbruch; Simulationsanalyse: Explosion eines Raumschiffes sehr wahrscheinlich ...«

»In Verbindung mit Eurer Vision ergibt sich ein erstes Bild«, sagte die Vocoderstimme Hamkammons. »Vermutlich drang Khynogheraan in den Sporenbereich ein, und es gelang ihm, eine an Bord zu nehmen. Ob sie danach erst materialisierte oder zuvor schon Stofflichkeit besaß, ist unklar. Jedenfalls scheint sie die Explosion ausgelöst zu haben, stürzte dann auf Wazarom Drei.«

Kha Xoraq meldete sich blubbernd: »Gibt es Nachrichten von der Randwelt?«

»Die Antwort auf unsere Anfrage brach mitten im Text ab.« Wroma verzog das Gesicht. »Der Kontakt ließ sich nicht wiederherstellen! Kein Durchkommen seit einer halben Tonta, etwas blockiert die Hyperkommunikation.«

Sinyagi bestätigte lautlos, daß ihr ebenfalls die Einsicht versperrt war – genau wie bei den vierzehn Mondbereichen! Bedrücktes Schweigen senkte sich über den Raum; jeder ahnte, daß dem Imperium eine neue Krise bevorstand. Xanthyn Ol'dan und die anderen Cyén hatten mit den Saam-Gallerten, Stachelkugeln und Monden des Schreckens eine unglaubliche Gefahr heraufbeschworen – und ich konnte mir nicht vorstellen, daß sie schon alle ihre Trümpfe ausgespielt hatten.

Sie werden sogar den Gravitationsbomben-Angriff einkalkuliert haben, raunte mein Extrasinn. *Erinnere dich daran, daß der Tempelbau auf Hazhoi Zwei, Gillam Vier und Wazarom Drei eher unter die Rubrik »Ablenkung« fiel!*

»Mhalloy?« rief ich. »Tut sich sonst etwas im Sektor des Leuchtsterns? Beim Treg-Stift? Dem offenen Sternhaufen Mirkandol?«

»Bisher nicht. War stets das gleiche Bild. Die vernichteten Stachelsporen versuchten zu materialisieren, ohne endgültigen Erfolg.« Der Elloanty Eldho-Anan hob ärgerlich die Arme. »Imperator: Wir müssen die Angelegenheit näher untersuchen!«

»Hamkammon«, sagte ich grimmig. »Hast du eine Strategie?«

Der Therborer im wuchtigen Lebenstank gestikulierte: Von Luftblasen umgeben wirbelten Tentakel um den halbmateriellen Kopfleib. »Entsatz eines Verbandes nach Wazarom, Aufklärung vor Ort. Beobachtung des gesamten Mhalloy-Sektors weiter intensivieren. Alarmbereitschaft für gesamte Arkonflotte.« Mit wenigen Worten, die aus dem Tankvocoder pfiffen, umriß der Sprecher des therborischen Planungskollektivs seine Überlegungen. »Ohne weitere Informationen sind keine Detailplanungen möglich.«

»Ich gehe an Bord der ARKON. Benachrichtigt Ceshal da Ragnaari.« *Ceshal – gemeinsam haben er, Khol Trayz und ich am Tanz der Monde teilgenommen!* Ich freute mich auf das persönliche Wiedersehen mit dem Kommandeur des Imperialen Gardegeschwaders. »Treffpunkt: Leuchtstern Mhalloy.«

»Verstanden, Imperator.«

Thek'athor Wroma arbeitete am Terminal. »Legitimation ist eingetragen und definiert, Keon'athor da Ragnaari wird informiert«, sagte er. »Wünschen Sie besondere Versetzungen zur Unterstützung, Chef?«

»Hhm.« Ich überlegte kurz. »Ich melde mich, wenn mir jemand einfällt.«

Interludium: in ferner Vergangenheit

Aus: *Inschriften einer tbaischen Stele,* Abschnitt 832; Entstehungszeit ungefähr 360.000 v.Chr.

Hast du gefunden die Träger der Kraft, die aus Asche zum Morgenrot steigt, dann prüfe sie mit Bedacht, damit du keinen Fehler begehst.

Achte nicht auf die Form, sondern nur auf den Geist, denn die Form sagt nichts über Wesen und Ziel des Geistes, der sich wiegen und beurteilen läßt – und Waage und Richter ist allein DAS GESETZ.

Und neigt die Waage sich zur Seite des Lichts, das den Weg zur Erneuerung weist, dann wappne deine Seele mit Stahl, denn du mußt den bitteren Kelch leeren.

Zeige das Motuul, *doch zeige es so, daß die anderen blind sind und spotten, und mit Stärke zeige dich schwach, denn das Licht soll nur leuchten für* Tba.

An Bord eines Mutterschiffs von Beauftragten der Kosmokraten
Standort: Zehnplanetensystem einer gelben Sonne
Zeit: kurz vor der planmäßigen Ankunft des Schwarms in dieser Galaxis

»Es handelt sich in der Tat um ein erstaunliches Sonnensystem«, sagte Semjasa; das sonderbar unfertige Gesicht des Androiden blieb ebenso ausdruckslos wie seine Augen. »Auf den ersten Blick unscheinbar: nur zehn Planeten, eine gelbe Normalsonne. Aber bei genauerer Analyse ... Der vierte Planet war, wie aus den uralten Berichten des Beauftragten Walurus hervorgeht, vor etwa einer Million Jahren Gegenpol einer Durchdringung von der Minus- zur Plusseite des Standarduniversums. Und auf dem dritten Planeten, in dessen Standardorbit wir kreisen, existiert sogar ein Zeitbrunnen der Mächtigen! Bis auf weiteres verwenden wir die Dauer seiner Rotation und seines Sonnenumlaufs als Bezugspunkt für zeitliche Festlegungen ...«

Geschwätzig! dachte Kommandant Therbus und kämpfte gegen eine ärgerliche Welle, die in ihm aufstieg. *Er ist ja so geschwätzig!*

Der kleine Hominide, dessen violette Iris wie lackiert wirkte, sah grimmig zum hochgewachsenen Androiden im blauen Anzug auf; ein künstliches, wenn auch intelligentes Geschöpf, das den Kommandanten fast um die Hälfte der eigenen Körperlänge überragte. »Die Beobachter sind unterwegs?« vergewisserte er sich launig, nur um etwas zu sagen. »Wann kann der Zusammenbau des *Drugun-Umsetzers* beginnen?«

Semjasa blieb ungerührt. »Telemetrische Verbindung steht, Kommandant, die ersten Auswertungen sind abgeschlossen. Sofern nichts Unvorhergesehenes passiert, wird der Drugun-Umsetzer in wenigen Tagen montiert. Es bedarf allerdings einer besonderen Justierung, obwohl die Aggregate grundsätzlich geeignet sind, Objekte aus eigenständigen Mikrouniversen ins Standarduniversum zu versetzen.«

Therbus seufzte kaum merklich. Der Auftrag hatte sie in diese Galaxis geführt, zwischen deren Sternen seit 45 Jahren Manipulator-Schiffe unterwegs waren, um eine behutsame Reduzierung der 5-D-Feldlinien-Gravitationskonstante einzuleiten, ohne die der Schwarm seiner Aufgabe der Intelligenzsteigerung und -verbreitung nicht nachkommen konnte. Ein solches Vorhaben war erwiesenermaßen stets eine Gratwanderung, weil nur wenige Einheiten über Erfolg, nämlich eine schnell erwachende Intelligenz, oder Verdummung oder gar Wahnsinn entschieden – und die Toleranzgrenze in Abhängigkeit von den jeweils vorgefundenen Völkern mitunter einen noch geringeren Spielraum ließ.

Und ausgerechnet kurz vor der Ankunft des Schwarms bauen die Psionischen Informationsquanten des Kosmonukleotids DORIFER ein »akausales Hyperpotential« auf, dachte Therbus. *Einer der Fokuspunkte ist dieses Sonnensystem, das schon einmal Schauplatz eines kritischen Zwischenfalls war! Wir konnten das Schiff von Permanoch von Tanxbeech anmessen; der Ritter der Tiefe ist tot, hat sich wohl bei der Justierung der Formenergie-Konservierung verrechnet. Auf diese Individualisten war offensichtlich schon damals kein rechter Verlaß! Kein Wunder, daß die Mächte jenseits der Materiequellen nicht mehr sonderlich viel von dem Orden zu halten scheinen.*

Als vor rund 50.000 Jahren der Ritter der Tiefe Armadan von Harpoon starb, erloschen die Sterne nicht, wie die uralte Legende des Ordens behauptete, obwohl von Harpoon strenggenommen zu jener Zeit der letzte Ritter war – zumindest der letzte Ritter alter Art. Von Harpoons Tod war eine Tatsache; mit weithin hallendem Schlag einer mächtigen Glocke hatte der Dom Kesdschan auf Khrat sein Lied gesungen – er tat es bei jeder Ritterweihe und immer dann, wenn ein Mitglied des Wächterordens starb.

Vielleicht erloschen die Sterne deshalb nicht, überlegte Therbus, *weil sich die Kosmokraten schon vor dem Tod von Harpoons entschlossen haben, Kampf und Verteidigung gegen die Mächte des Chaos und ihre zerstörerischen Kräfte auf eine realistischere Basis zu stellen, vor allem, weil sie erkannt haben, daß ein Mythos allein nicht stark genug war, die Ordnung aufrechtzuerhalten und auszubauen!*

Statt weitere Ritter der Tiefe zu weihen – ein ungeheurer Zwischenfall hatte den Orden pervertiert, und es hieß, das Schicksal Igsorian von Veylts hinge damit zusammen –, wurden vermehrt andere als Beauftragte der Hohen Mächte bestimmt: kleine Hominide und ihre Androiden – Pragmatiker und Techniker, pure Technokraten. In den Augen anderer Beauftragten der Kosmokraten galten sie als reine Befehlsempfänger, bar jeden Verständnisses für kosmomythologische Zusammenhänge. Therbus und die übrigen Hominiden scherte dieser Vorwurf wenig, auch nicht, daß ihre Art – abwechselnd herablassend, jovial oder von solch gönnerhafter Weise, als seien sie die eigentlichen Vertrauten der Kosmokraten – vor allem die Ritter der Tiefe häufig zur Weißglut gebracht hatte.

Semjasa sagte: »In diese Galaxis, die zur Mächtigkeitsballung der Superintelligenz ES gehört, haben sich die Porleyter, die man auch die *Regenbogen-Ingenieure* nannte, zurückgezogen, kurz nachdem der Hathor Terak Terakdschan von ihnen den Gedanken des Wächterordens übernahm und erster Ritter der Tiefe wurde! Ihre Experimente vor einer Million Jahren mit Schwächen im Raum-Zeit-Gefüge müssen in DORIFER Spuren hinterlassen haben: Es kam zu raumzeitlichen Anomalien in diesem Sonnensystem hier – Permanoch von Tanxbeech nannte es *Frenczy* – und in einem 34.000 Lichtjahre entfernten Kugelsternhaufen, schließlich auch in der Nähe desjenigen, den die Porleyter von den Kosmokraten als neuen Lebensbereich zugewiesen bekamen, nachdem sie, obwohl reif für einen evolutionären Sprung, darauf beharrt hatten, ihre Daseinsdimension zu behalten.«

Der Androide sprach über die kosmologischen Zusammenhänge mit einer Selbstverständlichkeit, als zitiere er aus einer Bedienungsanleitung eines primitiven Transmitters. In Therbus regten sich Zweifel, ob Semjasa überhaupt in der Lage war, die wahre Bedeutung der Informationen zu erfassen, welche ihnen mit dem Auftrag von den Hohen Mächten jenseits der Materiequellen übermittelt worden waren. *Vermutlich wiederholt er deshalb so weitschweifig diese Fakten,* durchfuhr es den Kommandanten, während der Androide weitersprach:

»Es ist davon auszugehen, daß die sieben Mächtigen genau aus diesem Grund einen ihrer Zeitbrunnen auf dem dritten Planeten geschaffen haben. Ein weiterer Zeitbrunnen existiert auf der Barkon genannten Welt; dort leben die Nachkommen jener aus dem Geisteskollektiv der 36 Schwarmerbauervölker Ausgetretenen, die mit der Bändigung des *Sternenfressers* beauftragt waren. Sie hinderten die *supraheterodynamische*

Existenz, die aus der Antimateriewolke eines anderen, antimateriellen Universums entstanden war, an der Vernichtung dieser Sterneninsel. Die heute lebenden Barkoniden haben bis auf wenige Ausnahmen – den *Hüter der Stationen* – ihre ursprüngliche Herkunft vergessen. Gleiches betrifft das technologische Wissen, das sie damals zu *Galaktischen Ingenieuren,* den Petroniern, machte ...«

Schwätzer! durchfuhr es Therbus erneut, doch er griff nicht in den Redefluß des Androiden ein. Im Verlauf ihrer Zusammenarbeit hatte sich herausgestellt, daß Ignorieren im allgemeinen die einfachste Methode war. *Manchmal frage ich mich allerdings, was wohl bei der Genprogrammierung dieses Kerls schiefgelaufen ist.*

Laut sagte er: »In welchem Zusammenhang steht das akausale Hyperpotential DORIFERS zu all diesen Dingen?«

Der Androide wies auf die Holoprojektionen der Zentrale, in deren Hintergrund weitere Blaugekleidete ihren Dienst taten. »Sternenfresser, Porleyter-Aktivitäten, der Durchbruch zur Minusseite und die Existenz des Zeitbrunnens haben eine bleibende Strukturveränderung dieser Galaxis insgesamt, im besonderen aber dieses Sonnensystems bewirkt. Auf diese Veränderung reagiert das Kosmonukleotid. Unsere Berechnungen besagen, daß es beim Ausbrüten potentieller Zukunfts-Alternativen ganz ohne Zweifel zu Negativ-Aspekten gekommen ist, die eine verstärkte Wechselwirkung schon im temporalen Vorfeld erforderlich machen – deshalb die Umschreibung *akausales* Hyperpotential! Hinzu kommt eine weitere Wechselwirkung, deren Ursprung 30.048 Jahre zurückliegt: Damals kam es, zweifellos ebenfalls als Reaktion auf die vorhandenen Bedingungen, zu einem *extrauniversellen Kontakt,* der allerdings nicht nur dieses Zehnplanetensystem und hierbei in erster Linie den dritten Planeten betraf, sondern eine weitere raumzeitliche Verzerrungszone in rund 24.000 Lichtjahren Entfernung! Die uns zur Verfügung stehenden Informationen lassen eine Simulation zu.«

Semjasa schaltete, eine weitere Holoprojektion stabilisierte sich zur Kugelform, in der eine durchsichtige Sphäre aufblendete, von der sich gestrichelte Verbindungen zu einem waagrecht projizierten Gitternetz erstreckten. In diesem gab es an zwei Stellen trichterartige Vertiefungen mit verzerrten Netzlinien, über deren Mitte einmal die Simulation einer gelben, zum anderen die einer blaßroten Sonne schwebte.

Texteinblendungen entstanden und verdeutlichten zusammen mit weiteren Simulationen den zeitlichen Ablauf: Vom Standort der blaßroten Sonne löste sich die Sphäre, indem sie zunächst einen mit der Sonne verbundenen Ballon formte, aber schnell die langgezogene Verbindung verlor und zur Kugel ausschwang. Zeitpunkt: *-73.168.*

Dann gab es ein Aufblitzen nahe der blaßroten Sonne, und rings um eine bräunliche Planetenprojektion entstand ein Gitternetztorus. Zeitpunkt: *-73.011.*

Gestrichelte Silberlinien entstanden; zunächst verbanden sie die Sphäre mit dem Gebiet rings um die blaßrote Sonne. Eine Ausbeulung deformierte die Sphäre, gewann spitz zulaufende Form und stieß weitere gestrichelte Linien aus, die jedoch zur gelben Sonne hinübersprangen. Die Spitze sank zurück und verschwand, weiterhin gab es aber die Linien – dünn angedeutet als Verbindung zur blaßroten Sonne, deutlich dikker als solche zur gelben. Zeitpunkt: *-30.048.*

Während sich der Maßstab der Holoprojektion verschob und die Sphäre zum Punkt verkleinerte, wurde am Gitternetzrand eine weitere Trichtervertiefung sichtbar, von der in abgehackten Pulsstößen Goldkometen ausgingen und die Distanz übersprangen. Die digitale Zeitangabe näherte sich dem Nullwert, also der Gegenwart. Abschließendes Bild war die Sphäre in Form einer bläulichen Kugel, auf deren Oberfläche helle Glanzlichter tanzten. Als diffuser Nebel war im Inneren ein weiterer Kugelkörper angedeutet.

»Ein in sich geschlossenes Miniaturuniversum!« Therbus machte eine vage Handbewegung, für einen Augenblick schien die violette Lackiris seiner Augen aufzublitzen. »Von dort versucht jemand, ins Standarduniversum einzudringen beziehungsweise zurückzukehren!«

»Und dieser Jemand hantiert mit Kräften und Mitteln, die DORIFER zu einer Reaktion zwingen! Wir erfahren vermutlich mehr, sobald wir mit dem Drugun-Umsetzer in diese eigenständige Kontinuumsblase vorgedrungen sind. Fest steht, daß wir ein temporal instabiles Ballungszentrum unter der Planetenoberfläche anmessen, dessen konkrete Manifestation zwar nicht abgeschlossen ist, sondern mehr im potentiellen Sinne existiert, aber in erster Linie der Masseenergiekonzentration eines Körpers aus Elementen der Ordnungszahlen 26 und 28 entspricht.«

Eine weitere Holoprojektion zeigte den dritten Planeten der gelben Sonne; im Bereich eines Binnenmeers nördlich des Äquators war ein roter Punkt markiert, der in unregelmäßigem Takt pulsierte.

Semjasa hob die Schultern und wiegte den Kopf. »Unklar ist, wie eine weitere Informationssequenz eingeordnet werden muß«, sagte er halblaut. »Es wird auf Berichte Armadan von Harpoons verwiesen, die aus der Zeit des *Hordeneinfalls* stammen: Zu ihrer Abwehr seien verschiedenste Waffensysteme geschaffen worden, unter anderem wird von einem Objekt namens Vhalon gesprochen, der Zentralfestung *Mooshar* sowie von *drei Sternjuwelen.* Angeblich kam diese Festungsanlage wegen Verrats nicht zum Einsatz.«

Therbus sagte grob: »Für uns und unseren Auftrag demnach nicht von Bedeutung! Wir haben uns um diese Sphäre zu kümmern, damit

DORIFER nichts ausbrütet, was für den gesamten Bereich seines Wirkungsspektrums zur ultimaten Gefahr wird! Immerhin ein Raum-Zeit-Sektor von mehr als 40 Millionen Lichtjahren Radius!«

Er sah zum Androiden hoch, und für einige Augenblicke hatte der Kommandant den Eindruck, als wolle das Kunstgeschöpf widersprechen. Gesicht und Augen blieben jedoch ausdruckslos, und Semjasa sagte, indem er eine knappe Verbeugung andeutete: »Verstanden, Kommandant.«

Wenige Rotationsperioden des Bezugsplaneten Frenczy III später:

Die gewaltigen Hiebe fortgesetzter Strukturerschütterungen brachten die gesamte Sterneninsel zum Beben, als in mehreren Wellen Zehntausende Sonnen, Planeten und Raumschiffe aus dem Hyperraum ins Standarduniversum eindrangen und Stofflichkeit zurückgewannen. Ein Gebilde von vielen tausend Lichtjahren Länge entstand, umgeben von kristallinem Schimmer, der sich aus ungezählten Blasen und gerundeten Formen zusammensetzte. Halb-, Viertel-, Achtelkugeln waren wie erstarrter Schaum verbunden, reihten sich in lichtjahregroßen Ballungen aneinander, umgaben Sterne, verschoben sich kaum merklich, gewannen neue Konfiguration, gruppierten sich erneut um: Wieder einmal hatten die ockergelben Karties in gewohnter Perfektion ihren Sternenschwarm zum vorbestimmten Etappenziel gebracht; eine Lebensform, die wegen ihres ausgeprägten Zugvogeltriebes und der technischen Beherrschung von Groß- und Massentransitionen vor langer Zeit von den Schwarmerbauern für diese Aufgabe ausgewählt worden war.

Das Gebilde bewegte sich mit einem Viertel Lichtgeschwindigkeit schräg durch die Hauptebene der Galaxis, halbwegs zwischen Randzone und Galaktischem Zentrum: eine überdimensionierte Kristallraupe, die sich in das Glitzern des Sternenmeers bohrte und je nach Blickwinkel, Beobachtungsstandpunkt und -geschwindigkeit von einem grünlichen Flirren umgeben war, erfüllt und durchdrungen vom Leuchten der integrierten Sonnen.

Von außen betrachtet wirkte der beeindruckende Schwarm ruhig, und er war angesichts seiner intelligenzverbreitenden und -steigernden Funktion für den Wissenden durchaus von einer erhabenen Schönheit, doch im Inneren erreichten dramatische Ereignisse ihren Höhepunkt: Vom verräterischen Cyno Heeze Goort mit Paradimschlüssel samt Tabora ausgestattet, trat die Revolte der insektoiden Karduuhls in ihre entscheidende Phase – versehen mit beachtlichen paranormalen Kräften, wild entschlossen, die Herrschaft der Cynos zu beenden, gingen die »kleineren Kinder der Intelligenzverteiler« mit äußerster Brutalität vor.

Die Cynos waren Geschöpfe mit der Gabe zur Para-Modulation, die sie dazu befähigte, die Gestalt jeder Wesensform mittels eines hyperphysikalischen »Spiegelfeldes« darzustellen, so daß diese pseudomateriellen Projektionen, deren Ursprung die übergeordnete Matrix des eigentlichen Wesens war, in jeder Hinsicht sinnlich wahrgenommen werden konnten. Nun wurden die Cynos in genau abgestimmtem Vorgehen von den Karduuhls überall im Schwarm zur Versteinerung gezwungen und erstarrten zu Obelisken, die deshalb keinen konventionellen Schatten warfen, weil es sich hierbei schon um die pseudomateriellen Schatten der im Hyperraum angesiedelten Grundmatrix handelte. Nur jene Cynos, die augenblicklich aus dem Schwarm flüchteten, überlebten die Attacken.

Die Neun Imaginären waren die eigentlichen Lenker und Herrscher des gewaltigen Gebildes gewesen, Cynos einer höheren Existenzstufe, die dank der energetischen Zustandsform in der Lage waren, beim Eintritt des Todes eine Versteinerung zu vermeiden.

Nun wurden sie in die Enge getrieben und durch Parafallen an einer Flucht gehindert.

Von totaler Vernichtung bedroht, mußten sie sich in ihre Energiegräber auf Stato II zurückziehen. Stato II, das war die Zentrale Rechenwelt Nummer Zwei, jener Planet, der im Falle eines Versagens der eigentlichen Rechenwelt die Koordination der Schwarm-Transitionen gewährleisten sollte. Da der Planet unerreichbar für die Karduuhls im Hyperraum eingebettet war, blieben die Neun Imaginären trotz ihres indirekten Todes eine dauerhafte Bedrohung für die neuen Herren des Schwarms.

Den Dienern und Betreuern der Neun Imaginären, den Ewigen Brüdern Imago I und II, gelang gemeinsam mit fünf weiteren Vertrauten und engen Mitarbeitern quasi als letztes die Flucht aus dem Schwarm. Noch hatten sie die Hoffnung, daß die Herrschaft der Karduuhls nicht allzulange dauern würde: Unfähig zur Fortpflanzung und deshalb auf gentechnische Methoden zur Arterhaltung angewiesen, die nur den Cynos zur Verfügung standen, betrug die natürliche Lebenserwartung der Insektoiden etwa 2000 Jahre. Sie waren das Ergebnis eines 20.000jährigen Aufbauprogramms, das aus der in den Schwarm aufgenommenen ursprünglichen Insektenrasse die eigentlichen Karduuhls hatte entstehen lassen. Die Ewigen Brüder hegten also die berechtigte Hoffnung, daß es zu einem vergleichsweise schnellen Aussterben der Rebellen kommen und ihre Herrschaft zeitlich eng befristet sein würde.

Auf der Suche nach einem geeigneten Domizil für diese Wartezeit entdeckten die Cynos das in vielerlei Hinsicht hyperphysikalisch ausgezeichnete System der gelben Sonne in der galaktischen Randzone. In diesem hielten sich weiterhin die Beauftragten der Kosmokraten auf – durch undurchdringliche Ortungsschirme geschützt und deshalb für die

Cynos nicht wahrzunehmen –, ohne jedoch auf die Ankunft der Cynos zu reagieren, die mit ihrem schwarzen Scheibenraumschiff auf dem dritten Planeten landeten.

An Bord der KOAH-SHARA

Aufregung beherrschte die Cyén, seit die sie einschließende Barriere von unglaublichen Strukturerschütterungen heimgesucht wurde. Leider blieben die Beobachtungsdaten von geringer Aussagekraft, die Situationsanalysen der Hypertroniken lieferten kein schlüssiges Ergebnis.

Fest stand nur, daß ein riesiges Objekt – oder eine große Anzahl von Objekten – eine Transition absolviert hatte und in der Bezugsgalaxis rematerialisiert war. Mit den Erschütterungen der raumzeitlichen Struktur verbunden waren Reaktionen der Grenzschicht, und über die schon bestehende Verbindung sprangen Kräfte übergeordneter Art, die kurzfristige Kontakte ins Ursprungsuniversum zuließen. Die 13 Cyén waren sich nicht sicher, ob sie das, was ihnen an Informationen zufloß, korrekt interpretierten. Unter dem Strich blieb es bei einer Ansammlung von Begriffen, mit denen sie nichts anzufangen wußten: Schwarm, Cynos, Rebellion, Karduuhls ...

Dritter Planet der gelben Sonne:

Nur zögerlich trafen bei den Ewigen Brüdern Meldungen anderer Cynos ein, die sich bei ihrer Flucht über die gesamte Galaxis verteilt hatten, und vervollständigten das erschreckende Bild: Als eine der ersten Maßnahmen hatten die insektoiden Rebellen – vermutlich auch das ein Verrat Heeze Goorts! – die rochenförmigen Manip-Raumer umprogrammiert! Diese gingen nun daran, die schon reduzierte Gravitationskonstante über jene Gradschwelle abzusenken, die Verdummung für alle Lebensformen innerhalb der Sterneninsel bedeutete!

»Zwar sind wir Cynos von dieser Maßnahme direkt nicht betroffen«, dachte Imago I, »aber auch die indirekte Wirkung ist katastrophal, insbesondere die der weiteren Demütigung und Demoralisierung: Statt Intelligenz zu fördern und zu steigern, wie es seine Aufgabe ist, bringt der Schwarm mit einemmal das genaue Gegenteil, stürzt die gesamte Galaxis in einen Zustand, wie er schlimmer kaum sein könnte!«

Somit war sogar die heimliche Hoffnung hinfällig, sich der Unterstützung der in dieser Sterneninsel lebenden Zivilisationen bei der schnellen Rückeroberung des Schwarms zu versichern. Es würde unter Umständen Jahrhunderte oder gar Jahrtausende dauern, bis sich die betroffenen Völker, von diesem zivilisatorischen Rückschlag erholten.

Ungezählte Lebewesen starben infolge fehlgeschalteter Anlagen, weil die Ver- und Entsorgung zusammenbrach und selbst die einfachsten Lebensbedürfnisse nur mir Mühe befriedigt werden konnten. Millionen Raumschiffe trieben hilflos durch das All, verwandelten sich in metallene Särge oder explodierten.

Imago I und II und ihren Begleitern war ein weiterer Aspekt zunächst nicht bekannt: Die Karduuhls hatten in Vorbereitung der Revolte herausgefunden, daß junge Karties bei ihrer Teilung ein honigfarbenes Sekret abgaben; für die Insektoiden war es ein Aktivierungselixier, das sie potentiell unsterblich machte! Erst als ganze Flotten von Wabenraumschiffen, begleitet von Pilzraumern der Schwarminstallateure und Raumschiffen der Karduuhls, aus dem Schwarm vorstießen und auf vielen Welten eine Sekundäranpassung vorgenommen wurde, bei der die für die Teilung der Karties benötigte 2,2fache Gravitation und eine Temperatur von 63 Einheiten über dem Schmelzpunkt von Wasser entstanden, begannen die Ewigen Brüder zu ahnen, daß sie sich mit großer Wahrscheinlichkeit auf eine sehr lange Wartezeit würden einrichten müssen.

Da der Schwarm einen festen Rundkurs von rund einer Million Jahren des Fluchtplaneten besaß, konnte es ein vorheriges Eingreifen nicht geben, sobald der Schwarm erst einmal diese Galaxis verlassen hatte. Und im Augenblick besaßen die Cynos keine Möglichkeit, wirkungsvoll gegen die Karduuhls vorzugehen. Von größter Verzweiflung heimgesucht, ihrem bisherigen Leben entrissen, entwurzelt und ohne Heimat, zwangen sich Imago I und II zur Einrichtung einer Überdauerungsstation, in der sie abwarten und sich auf die Wiederkunft des Schwarms vorbereiten konnten. Sie wußten nicht, daß die von den Insektoiden über die Galaxis gebrachte Retardierung der Intelligenz an anderer Stelle ebenfalls gravierende Auswirkungen zeitigte.

An Bord des walzenförmigen Mutterschiffs

Die Montage des Drugun-Umsetzers sowie die ersten Testläufe waren abgeschlossen, als unvermittelt der Schleier der Verdummung Kommandant Therbus wie auch Semjasa und die übrigen Androiden heimsuchte. In einem ersten Versuch hatten sich die Hyperfelder des aus bizarr verschachtelten Geräte- und Aggregatblöcken zusammengesetzten Umsetzers aufgebaut und einen Nullfeldtunnel durch das übergeordnete Kontinuum getrieben, der zunächst noch nicht den eigentlichen Durchbruch in die abgetrennte Sphäre herstellte, jedoch in Wechselwirkung mit der sie umgebenden Grenzschicht trat und deren Struktur perforierte. Zwar existierten Notfallmechanismen und entsprechende Programme in den überwachenden Rechnern, aber die plötzlich verblödeten Androiden verursachten durch ihre absolut willkürlichen und unkoordinierten Eingaben einen Absturz der Systeme, die von den widersprüchlichen Befehlen völlig überfordert wurden. Normalerweise hätte ein solcher Krisenfall die Sofortstillegung des Drugun-Umsetzers bedeutet, der Ausfall der Steuer- und Regelmechanismen bedingte jedoch, daß das Aggregat weiterhin aktiv blieb ...

Die Wechselwirkung mit der Kontinuumsblase schaukelt sich mit jeder verstreichenden Zeiteinheit weiter hoch, steigert sich zu einer unwiderstehlichen Anziehungskraft – und bewirkt schließlich einen Aufriß zum Hyperraum! Dieser saugt das Mutterschiff samt den in seiner Nähe umhertorkelnden Disken auf, von denen einige in rasenden Miniaturtransitionen über kürzeste Distanzen, eingehüllt in bläuliches und rotes Leuchten, zwischen Normal- und entstofflichter Struktur hin und her wechseln, ohne sich jedoch sonderlich weit vom Mutterschiff zu entfernen.

Statt durch den Sog im Hyperraum zu verwehen, gibt es durch den Nullfeldtunnel des Drugun-Umsetzers einen stabilisierenden Faktor, der eine Angleichung mit der Grenzschicht bedingt. Eine Angleichung, die die Besatzung, ehe sie die Verdummungswirkung abschütteln kann, einer Transformation unterwirft und unwiderruflich in die Feldstrukturen der Kontinuumsblase integriert: Aus der Kombination zweier verschiedener Dinge entsteht etwas Neues, Drittes, dessen langfristige Konsequenzen sich erst mit der Zeit herausstellen.

Für einen kaum wahrnehmbaren Augenblick, der sich aufgrund der veränderten Umgebungsbedingungen scheinbar zu einer Ewigkeit ausweitete, gewann Kommandant Therbus die Kontrolle über seinen erniedrigten Geist zurück, doch außer abgrundtiefem Entsetzen, einem lautlos gellenden Schrei war der kleine Hominide zu keiner Reaktion fähig. Er fühlte, daß sich sein Körper wandelte und die bisherige Form verlor. Gleichzeitig gab es eine absonderliche Verschmelzung mit den Androiden, und irgendetwas schlug, bevor sich die Aufrißerscheinung wieder schloß, auf den dritten Planeten der gelben Sonne durch; etwas, das den einmal geschaffenen Bezug zwischen dieser Welt und der in den Hyperraum eingelagerten Kontinuumsblase weiter verfestigte ...

Bei den neuen Schwarmherrschern

Noch während die Karduuhls erstmals die Aktivierungswirkung des Kartie-Sekrets genossen, berauscht von der Vorstellung, potentielle Unsterblichkeit erlangt zu haben, die Machtstrukturen zu konsolidieren versuchten und darangingen, einen Planeten mit versteinerten Cynos aus dem Schwarmgefüge auszustoßen, kam es für kurze Zeit zu einem paranormalen Kontakt, über dessen Ursprung sich die Insektoiden nicht ganz im klaren waren.

Ein wirres Konglomerat von Bildern sprang auf die Karduuhls über, Bilder von einem mächtigen Reich, dessen Herrscher offensichtlich ebenfalls Insektoide gewesen waren und deren Macht auf der Verknüpfung von staatlicher Doktrin und religiösem Dogma fußte. Die Karduuhls sahen Szenen von Tempeln, vor denen sich Tausende Gläubige versammelten, deren Bewußtseine aufs engste mit jenen Götzen verbunden waren, die einerseits die Tempelmittelpunkte bestimmten, andererseits aber durch paranormale Verbindungen mit den Ursprüngen verknüpft blieben, aus denen sie hervorgegangen waren.

Fasziniert von dem, was sie wahrnahmen, analysierten die Karduuhls sämtliche Eindrücke, verbanden sie mit ihren eigenen Planungen und machten sich daran, sie konsequent umzusetzen: Die gelben *Schwarm-Götzen* entstanden! Absolute Herrscher über Leben und Tod, Befehlshaber der Gelben Eroberer und Schwarzen Dämonen!

Y'Xanthymr, das tötet und dabei rote Steine weint ...

Y'Xanthomrier, Herrscher über die Stätten Aclars, die von den Unwürdigen bewohnt werden: Mächtiger, dessen Farbe Gelb ist und der rote Steine weint ...

Y'Xanthymona oder YL'Xanthinor, das lachen, weinen, schwitzen und zugleich töten kann ...

Y'Xanthromyr, das die Tränen des Universums bewacht und die Nester bereitet ...

Y'Xantramon ... Y'Xanomrymer ... Y'Xanthair ... Y'Xamara ... Y'Kantomyros ... Y'Chatramyr ... Cryt Y'Torymona ... Creyc Y'Creycymon ... Corkt Y'Xamterre ... Ü'Krantromür ...

Als der Schwarm nach knapp einem Jahr Aufenthalt die Galaxis unter erschütterndem Getöse per Gewalttransition verließ, war das Terrorregime der Karduuhls derart gefestigt, daß es mit der Zeit bestenfalls unerbittlicher und gnadenloser werden konnte, kaum jedoch perfekter. Zurück blieb eine Sterneninsel im Chaos der Verdummung, die sich zögerlich wieder dem Normalzustand annäherte – und es war nur die erste Galaxis auf einer unabsehbaren Kette weiterer, denen der Schwarm auf seinem eine Million Jahre beanspruchenden Rundkurs das Verderben brachte.

Zurück blieben die vertriebenen und ihrer Herrschaft beraubten Cynos, die sich mühsam aufrafften, um dann in Gruppen zu fünf, sieben oder neun ein »Heimliches Imperium« zu errichten, das dezentralisiert war und getarnt nahezu alle Zivilisationen unterwanderte, langfristig ausgelegt auf die Rückeroberung des Schwarms, wenn er dereinst wieder in diese Lichtinsel kam: eine Million Jahre – eine lange Zeit! Viel Zeit sogar für die langlebigen Cynos, bei denen neue Generationen geboren wurden und heranreiften; nicht alle Nachkommen identifizierten sich noch mit den Ahnen, und es gab viele, die diese Herkunft ganz einfach verdrängten oder sogar vergaßen ...

Aus: *Apokryphe Bibeltexte – Buch Henoch*

... waren ihrer im ganzen zweihundert, die in den Tagen Jareds auf den Gipfel des Berges Hermon herabstiegen. Dies sind die Namen ihrer Anführer: Semjasa, ihr Oberster, Urakib, Arameel, Sammael, Akibeel, Tamiel, Ramuel, Danel, Ezequeel, Saraqujal, Asael, Armers, Batraal, Anani, Zaqebe, Samsaveel, Sartael, Tumael, Turel, Jomjael, Arasjal. Dies sind ihre Dekarchen. Diese und alle übrigen mit ihnen nahmen sich Weiber. Sie lehrten sie Zaubermittel, Beschwörungsformeln und das Schneiden von Wurzeln und offenbarten ihnen die heilkräftigen Pflanzen. Sie wurden aber schwanger und gebaren 3000 Ellen lange Riesen ...

Die Wächter des Himmels aber, die den hohen Himmel, die heilige ewige Stätte, verlassen hatten, konnten nicht mehr mit dem Herrn des Himmels reden noch ihre Augen zum Himmel erheben.

... Henoch wurde ihr Mittler, er aber verkündete die Botschaft des Herrn des Himmels: »Fortan werdet ihr nimmermehr in den Himmel hinaufsteigen, und es ist befohlen, euch mit Fesseln auf der Erde für alle Geschlechter der Welt zu binden ...«

Zu Raphael sprach der Herr: »Feßle den Asael an Händen und Füßen und wirf ihn in die Finsternis; mache in der Wüste Dudael ein Loch und wirf ihn hinein. Er soll ewig dort wohnen, und bedecke sein Angesicht mit Finsternis, damit er kein Licht schaue.«

Und zu Michael sprach der Herr: »Geh, binde Semjasa und seine übrigen Genossen, binde sie für siebzig Geschlechter unter die Hügel der Erde bis zum Tag ihres Gerichts. Man wird sie in den Abgrund des Feuers abführen, und sie werden in der Qual und im Gefängnis immerdar eingeschlossen sein.«

In dem brennenden Tal, durch das die Feuerströme flossen, wurden jene gerichtet, die die Bewohner des Festlandes verführt hatten ...

Der Herr des Himmels ließ sie von der Oberfläche der Erde verschwinden. Mit Ketten wurden sie gebunden und an dem Sammelort ihrer Vernichtung eingeschlossen; und alle ihre Werke verschwanden von der Erdoberfläche ...

Im Gefängnis: Vergehende Zeit, neue Versuche des Ausbruchs, verpaßte Chancen ...

Raunen, Wispern, Flüstern, Singen: ein vielfältiger Informationsaustausch erfüllte den Innenbereich der KOAH-SHARA. Durch die von Oon Batraál hergestellte Verbindung – durch eine Reaktion im *Außen* noch verstärkt – war der Kontakt zu einer neuen Bezugswelt eröffnet worden, die zwar in einem engen Zusammenhang zur blaßroten Sonne und ihrem verzerrten Raumsektor stand, aber einem ganz anderen Sonnensystem angehörte, wenn nicht gar einer anderen Universal-Sequenz. Dennoch wurde die gegebene Möglichkeit genutzt, verstärkt noch, nachdem erneut gewaltige Strukturerschütterungen angemessen wurden.

Die 13 Cyén versuchten, ihr Gefängnis zu verlassen: Anfänglich durchquerten kaum mehr als vage Projektionen die Barriere, streiften irrwischgleich über den blauweißen Planeten und erkundeten die Möglichkeiten. Bewußtseinsfragmente der Cyén lagerten sich tierischen Organismen an, förderten ihre Entwicklung, kehrten zum Teil zurück und öffneten Risse im Gefüge der Abschirmung. In der Folgezeit wurden winzige Materialmengen ausgeschleust, und in Erinnerung an frühe Befruchtungsprojekte der Cyén-Zivilisation verteilte sich virenähnlich kodiertes Erbgut. Mit weiteren Bewußtseinssplittern kombiniert, forcierte es die Entwicklung: Götter und Dämonen, Geisterwesen und abstruse Lebensformen entstanden – und vergingen wieder. Jedesmal mußten die Experimente als Fehlschlag eingeordnet werden, obwohl sich die Verbindung ins Außen etwas festigte.

Jahrzehntausende vergingen ...

»Problematisch bleibt, daß wir es einerseits mit einem Wirklichkeits-Büschel zu tun haben und andererseits an den Bezugsplaneten gekoppelt sind.« Czernaka Oulpka Cyén ging, aus der Stasis erwacht, die hypertronischen Situationsauswertungen durch, studierte Berechnungen, Simulationen und Vorschläge für neue Projekte; ihr Bericht war Resumee und Ausgangspunkt für neue Versuche zugleich. »Zwar blieb die Zahl eingeschränkt, aber es handelte sich um divergierende Welten; manchmal unterscheiden sie sich nur im Quantenbereich, dann wieder wirken chaotische Fraktale und bedingen eine rasante Abdrift, die uns einen weiteren Zugang unmöglich macht. Ständig werden vielfältige Überschneidungen von Universal-Strukturen beobachtet.«

Nach langer Zeit war es einem ersten Cyén gelungen, eine vollständige Bewußtseinsprojektion ins Außen zu versetzen; Xarmosta On'tils Anlagerung an das Primitivleben war allerdings ein Schock, bei dem die Herkunft vergessen wurde. Erst beim »Tod« schnappte das Wahre Sein zurück zur KOAH-SHARA – und diese Erfahrung veränderte Xarmosta On'til; er wurde wahnsinng. In einem nächsten Schritt gelang es, weil die »Brücke« weitere Stabilität erlangte, kleine Sonden und robotische Subeinheiten ins Außen zu schicken. Fast alle versagten, weil mit dem Transit eine Wandlung verbunden war, die ihre Funktionen beeinträchtigte. Ein paar dagegen arbeiteten halbwegs erfolgreich, kontaktierten die Lebensformen und begannen, primitive Stützpunkte zu errichten, deren Beständigkeit jedoch häufig deutlich unterhalb der der virtuellen Projektionsmuster lag, die in der KOAH-SHARA zur Landschaftsformung benutzt wurden.

»Schließlich kam es zu einer Verbindung, deren Ursache eindeutig im Außen lag, in seinen Einzelheiten leider nicht genau entschlüsselt werden konnte.« Czernaka verzog das Gesicht. »Fest stand nur, daß etwas mit der Grenzschicht verschmolz und sich dabei zu etwas ganz anderem umformte. Der Zeitpunkt dieses Ereignisses war nahezu identisch mit dem der beobachteten Strukturerschütterung Nummer eins.«

Langzeitbeobachtungen der Hypertroniken liefen: Trotz der unscharfen Sicht ins Außen konnten zahlreiche Referenz-Leuchtsterne mit bekannten Bewegungsvektoren angemessen und ihre Konstellationsverschiebungen ebenso wie die Umläufe und Eigenrotationen des Bezugsplaneten ausreichend exakt ausgewertet werden. Die Auswertungen besagten, daß in der Lichtinsel seit dem Raub der Sternjuwelen 73.169 Jahre der blauweißen Welt verstrichen waren, als die zweite Strukturerschütterungswelle registriert wurde.

Wiederum verging viel Zeit, bis sich weitere Reaktionen einstellten. Zeitweise gewannen die gefangenen Cyén den Eindruck, als habe sich die Barriere eher noch verfestigt. Etwas hatte im Außen reagiert, soviel stand fest – das aber rief Gegenreaktionen des STERNSAPHIRS hervor, zu dem es weiterhin keinen Zugang gab. Dann stellte sich heraus, daß infolge des Ereignisses in der Grenzschicht eine Art Eigenleben entstanden war. Je mehr Zeit verging, desto intensiver wirkten die Schnittmengen und Verschmierungen zwischen Innen, der Barriere und dem über verschiedene Universen ausgedehnten Außen, so daß sich in der Phasengrenze ein insektenschwarmähnliches *Pseudoleben* neben anderen Gestaltprojektionen verdichtete. Weil die Grenzschicht durchaus ein eigenständiges, wenn auch instabiles Universum war, konnte letztlich jeder Punkt im Außen zur Schnittmenge und als Übergang genutzt werden. *Das Schwarmwesen in der Grenzschicht war sich hierbei nicht bewußt,* dachte Czernaka, *wie sehr es Teil vielfältiger Manipulationen war.*

»Neue Vermessungen der Kausalsequenzen ergaben, daß 873.120 Sonnenumläufe des Bezugsplaneten seit dem Beginn unserer Gefangenschaft vergangen waren, als in dem Sonnensystem für uns nachträgliche Aktivitäten einsetzten«, sagte die Cyén-Fürstin zur Log-Vervollständigung. »Für vergleichsweise kurze Zeit konnten die Aktivitäten von Lebensformen identifiziert werden, deren Bewußtsein offensichtlich nach Belieben auf andere Lebensformen zu übertragen war ...«

Die Technologie glich in vielem der der Cyén, und auch die von dieser Lebensform durchgeführten Bioexperimente lieferten Ergebnisse, die von den Cyén nur zu gerne genutzt worden wären – leider erwies sich die Grenzschicht damals als zu dicht, als daß es, 873.671 Jahre nach dem Raub der Sternjuwelen, zu einem wechselseitigen direkten Kontakt gekommen wäre. Enttäuscht zogen sich alle Cyén in Stasis zurück und überließen es der Haupthypertronik, das Außen zu beobachten und weitere Versuche einzuleiten.

Aus: *Fragmentarische Texte von Yxathorm,* Vers a142; Entstehungszeit ungefähr 56.000 v. Chr.

... also sprach der Träger des Lichts: *Ihr, die ihr in der Dämmerung der Unwissenheit zufrieden schlummert, werdet niemals über das Stadium des Vor-Menschtums hinauskommen. Zu Menschen werdet ihr nur, wenn ihr die Verbote mißachtet, eure Augen öffnet und euch der Erkenntnis zuwendet. Von diesem Augenblick an werdet ihr nicht mehr unschuldig sein, sondern gut und böse zugleich, und ihr werdet wissen, daß ihr gut und böse seid. Große Mühen und Leiden werden über euch kommen, aber wenn ihr unbeirrt weiter nach dem Licht der Erkenntnis strebt, werdet ihr in ferner Zukunft die Vollkommenheit erreichen. Viele Fallen lauern auf euren Wegen, aber auch viele Hilfen erwarten euch. Eine dieser Hilfen ist der* Stein der Weisen; *in den richtigen Händen kann er Dinge vollbringen, die euch wie Wunder erscheinen werden. Doch schwer ist es, ihn zu suchen, und noch schwerer, ihn zu behalten.*

Wechselspiel von Innen und Außen:

Tora Cahoms zufriedenes Grinsen erstarrte, als plötzlich ein Schatten die Sonne verdunkelte: Der Mann atmete zischend ein, weil ein gewaltiger Vogel, von Flammenzungen umgeben, dem Schiff entgegenstürzte und den gebogenen Schnabel aufriß. Unwillkürlich duckte sich Cahom, fast glaubte er den Zugriff der Krallen zu spüren, die Hitze des Feuers. Doch so schnell die Erscheinung gekommen war, so rasch verschwand sie wieder. Zurück blieb nur eine niedertaumelnde Feder von Armlänge, die ins Wasser fiel und dicht am Schiffsbug vorbeigetrieben wurde.

Cahom schaffte es im letzten Augenblick, sie mit der Stange aus dem Strom zu fischen, drehte sie erstaunt zwischen den Fingern und runzelte verwirrt die Stirn. Unbewußt rieb er polierend am Symbol des *Unsterblichen Vogels* auf seiner Brust und fragte sich, ob er seinen Sinnen trauen durfte. Verworrene Erzählungen kamen ihm in den Sinn, uralt und von Generation zu Generation weitererzählt. Die Riesenfeder in seiner Hand war fest, Cahom konnte sie befühlen – seine Augen hatten ihn demnach nicht getäuscht. Dennoch wußte er nicht, wie er diese Erscheinung einzuordnen hatte, deshalb schwieg er den anderen gegenüber, und er berichtete auch nicht von den Träumen, die ihn fortan wiederholt aus dem Schlaf rissen: Nacht für Nacht sah er merkwürdige Geschöpfe, an deren genaues Aussehen er sich nicht erinnerte – nur der Anblick ihrer Augen brannte sich ihm ins Gedächtnis. Sie waren Schwarz-in-Schwarz und von einer erschreckenden Leblosigkeit.

An Bord der KOAH-SHARA

Vielversprechende Chancen wurden nicht genutzt, weil die Kontakte ins Außen weiterhin ungenügend gefestigt waren; in allen Fällen wurden vielfältige hyperenergetische Aktivitäten angemessen, ohne daß darauf angemessen reagiert werden konnte: Rund 150.000 Umläufe nach der ersten Gelegenheit bot sich eine weitere, da im Außen eine Zivilisation entstanden war, deren Mittel und Möglichkeiten ebenfalls denen der Cyén kaum nachstanden, und genügend Zeit stand ebenfalls zur Verfügung. Zwar war es zwischenzeitlich gelungen, die Barriere durchlässiger zu machen, aber von einem eigentlichen Durchbruch konnte keine Rede sein.

»Diese Chance verstrich nicht zuletzt deshalb ungenutzt«, flüsterte die Cyén bedrückt, »weil die Ereignisse im Außen zur Vorsicht mahnten: Die mühsam beobachtete Zivilisation stand offensichtlich in kriegerischer Auseinandersetzung mit anderen Lebensformen!«

Fast hundert Umläufe beanspruchte das Geschehen, ein Planet des beobachteten Sonnensystems wurde 1.020.118 Jahre nach dem Raub der Sternjuwelen vernichtet, der paraverbale Todesschrei eines gewaltigen Bewußtseins und Milliarden individueller Lebensformen wurde empfangen und brachte fast die von Oon Batraál geschaffene Verbindungsbrücke ins Außen zum Einsturz – und am Ende stand der Untergang der Zivilisation, ihr rapider Niedergang bis zur Primitivität. In einem Hologlobus drehte sich der Planet, der einmal als Nummer Fünf die gelbe Sonne des Bezugssystems umkreist hatte; plötzlich klaffte an seiner Stelle ein schwarzer Strukturriß, dessen Ränder und Flanken von weit ins All leckenden Verästelungen, Blitzen und vielschichtigen Aureolen in Rot-Schwarz umgeben waren. Kontinentgroße Metallbrocken trudelten vorüber, ehe sie im Flirren von Transitionen verschwanden. Auf Paraniveau gellte das Brüllen der Bewußtseine, die, abrupt ihrer Körper-Manifestationen beraubt, im Hyperraum zu verwehen drohten.

Für einige zumindest gab es einen Anziehungspunkt, der zwar ebenfalls zum übergeordneten Kontinuum gehörte, aber wenigstens teilweise physisch zentriert war: die Grenzschicht der KOAH-SHARA-Hypervakuole! Leben manifestierte, gewann Gestalt und verwandelte die Struktur der Barriere erneut, indem es mit dem hier Vorhandenen verschmolz. Vorstellungen, Erfahrungen und der Erinnerungsschatz der Lebewesen formten eine Landschaft, die für ihre »Bewohner« nicht weniger konkret war als die Welt, aus der sie stammten – für die Cyén dagegen blieb es ein labiles, zerfließendes, bestenfalls materieprojektives Gedankenkonstrukt, dessen Durchdringung auf dem Weg ins Außen ein Hindernis war und die Passage fortan sogar erschwerte!

»Bemerkenswert war die Technologie, die diese Zivilisation zum Einsatz brachte«, murmelte Czernaka und rief weitere Speichersequenzen ab, musterte Monitoren und Holoprojektionen. Ohne die Auswertung der Bewußtseinsinhalte in der Barriere wären diese Informationen nie zu erringen gewesen. »Sie müssen innerhalb kürzester Zeit die Möglichkeiten von Groß- und Massentransitionen perfektioniert haben! Sonnen wurden umgruppiert, um ihre hyperenergetischen Ausstrahlungen zu nutzen. Künstlich angeordnet in exakten geometrischen Konstellationen – als Doppelsonnen, Sonnendreiecke oder gar als Sechseck im Galaktischen Zentrum! –, formten sie regelrechte Sternenstraßen als Verbindung innerhalb der Lichtinsel ebenso wie als Direktsprungmöglichkeit zur benachbarten! Und Aggregate auf dem Bezugsplaneten scheinen weiterhin eine potentielle Kontaktspur zum galaktozentrischen Sonnensechseck aufrechtzuerhalten!«

In der Folgezeit forcierten die Überlappungen; das ganze Sonnensystem schien in Aufruhr geraten zu sein, vermehrt wurde für die Cyén wieder die blaßrote Sonne zum Hauptbezugspunkt. Als »Phantomplaneten« umschriebene Phänomene spiegelten virtuelle Erscheinungen wider, die zeitweise materieprojektiven Charakter bis zu vollständigen Materialisationen annahmen, um dann ebenso abrupt wieder zu verschwinden.

Ein Muster ließ sich nicht berechnen, dachte die Cyén-Fürstin, *die Effekte wechselten absolut willkürlich.* »Hinzu kamen dann Wirkungen, die wir vermutlich nur deshalb beobachten konnten, weil wir letztlich Teil eines höheren Wahrnehmungsmodus sind: Es entstanden weitere Überlappungen, Schnittmengen, Verzerrungen und abrupte Trennungen; Zeiten und Räume existierten in verwirrender Parallelität. Nacht neben Tag, Winter neben Sommer, begrenzt durch scharfe Linien, die ihrerseits ständig die Position wechselten.«

Die platinhaarige Frau aktivierte zusätzliche Bildflächen, rief frühere Berichte ab und lehnte sich im Sessel zurück; ihr Blick wurde nachdenklich.

»Anfangs auf eine geringe Anzahl von Alternativen beschränkt, änderte sich das Strukturmuster der verschiedenen Bezugsplaneten plötzlich exponentiell! Das progressive Wachstum immer neuer Formen war unglaublich! Mit der blaßroten Sonne einerseits und dem blauweißen Planeten andererseits als Bezugspunkt entstand in der Barriere eine beachtliche Lebenssphäre, deren Grenze einseitig durchlässig wie ein chemisches Diaphragma zu sein scheint: Der Weg ins Innen ist offen, der Weg zurück nahezu unmöglich. Wie ein Moloch saugt etwas gegebene Ausgangsformen an und kombiniert sie permutativ, während uns der Sprung ins Außen verschlossen bleibt. Weiterhin besteht die Hyper-Vakuole. Verfluchter STERNSAPHIR!«

Czernaka berührte Sensorpunkte der Konsole. Auf einer Bildfläche entstand das Schemaraster eines Schlauches, der sich, mit geringem Durchmesser beginnend, rasch zum klaffenden Trichter ausweitete, bis seine Begrenzungen zur Waagrechten umbogen und sich im Unendlichen verloren. Am tiefsten Punkt des Potentialtopfes schwebte, ohne die Schlauchwandungen zu berühren, die sphärische Projektion des Gefängnisses mit der KOAH-SHARA im Zentrum.

»Bis heute können wir dieses Phänomen nicht beseitigen«, murmelte Czernaka. »Eine Art Raum-Zeit-Loch. Als Analogie könnte vielleicht ein Schwarzes Loch dienen, das auf der einen Seite zwar Masse ansaugt und alles zum singulären Punkt verdichtet, sich aber zur anderen hin als Weißes Loch wieder öffnet. Unser Problem ist, daß wir uns eben auf dieser anderen Seite befinden! Unsere Verbindungen ins Außen sind zum Multikomplexdimensionalen zersplittert: Abertausende Bezugsplaneten samt ihren Parallel-, Komplementär- und Alternativaspekten stehen gleichberechtigt im ausgebreiteten Spektrum. Die Qual der Wahl! Selbst wenn wir uns entscheiden und eine Entwicklung im Hier einleiten, hat das Auswirkungen aufs Dort; es kommt zu Vervielfältigungen, Spiegelungen, Verzerrungen, und weil die Kontakte ins Außen weiterhin extrem schwierig sind, ist oft nicht zu unterscheiden, was nun von uns stammt und was ein Ableger ist, der quasi Eigenleben entwickelt hat.«

Sonden und andere Objekte, die die Grenzschicht passierten, zeigten stets Fehlfunktionen und Aussetzer. Mühsame Umrüstungen halfen wenig. Zum Nachteil der Cyén blieb die fehlerfreie Kontaktierung des Außen eine Ausnahme; was immer sie hinaussandten, es unterlag einem Filter, war verwaschen und undeutlich. Interaktionen mit den primitiven Bewußtseinsformen des blauweißen Bezugsplaneten bedingten weitere Verzerrungen; statt klarer Kommunikation beschränkten sich Wechselwirkungen auf Orakel und Träume, irreal-psychische Effekte und mäßig korrekte Interpretationen auf beiden Seiten. Selbst wenn es zu physisch konkreten Realisationen kam, war das Ergebnis selten eindeutig, weil alle

Übergänge von der einen in die andere Welt von unvorhersehbaren »Mutationen« begleitet wurden. Dennoch gelangten über die Grenzschicht als Mittler Botschaften ins Außen, die als Auftrag ein klar umrissenes Ziel beschrieben: Das *Gesetz* entstand – *die endgültige Beseitigung der Barriere!*

Die Cyén-Fürstin seufzte. »Inwieweit unsere Aktivitäten im Außen wirklich bemerkt werden oder auf eine wie auch immer geartete Resonanz stoßen, ist noch nicht ausreichend untersucht. Wir vermuten, daß hier die *Juwelen-Komponente* die Verbindung verhindert. Die verdammten Sternjuwelen waren und sind besser geschützt, als wir dachten; wir haben die Petronier unterschätzt!«

Grenzschichtleben:

Die Große Schwarmmutter achtete kaum auf die *Kleinen Grauen,* die sie mit langsamen Bewegungen umschlichen. Eigeninitiative konnten sie nicht entwickeln – sie waren Ausdehnungsfragmente des Bewußtseinskollektivs, das in der Schwarmmutter zentrierte Gestalt gewann. *Therbuskar* war die Herrin, Subformen der Gestaltungseinheiten unterstanden ihrer Lenkung wie Finger oder Zehen. Der aufgedunsene Leib rollte schwerfällig in den Polstern des biomechanischen Sessels herum, mit dem die Schwarmmutter förmlich verwachsen war.

Seit langem beobachtete Therbuskar den Bezugsplaneten, das Verständnis der dortigen Lebensform fiel ihr weiterhin schwer. Das Primitive war erschreckend in seiner unkontrollierten Hektik, dieser jedem Kollektiv spottenden Individualität. Ausgesandte Späher hatten stets Probleme; es war unmöglich, das Schwarm-Zentrum der absonderlichen Kultur zu entdecken.

Gestaltungseinheiten des Bezugsplaneten lieferten bei Untersuchungen kaum verständliche Ergebnisse. Solange sie unbeeinflußt waren, reagierten sie mit einer Panik, die die Schwarmmutter schockierte. Jedes Ausdehnungsfragment handelte, als sei es die eigene Schwarmmutter – und so etwas war unmöglich! Therbuskar richtete den Oberkörper auf, die Grauen erstarrten in ihren Bewegungen. Deutlich kleiner als die Schwarmmutter, glichen sie den Primitiven, besaßen hochgewölbte Schädel auf schmächtigen Körpern. Im Gegensatz dazu war Therbuskar eine massive Walze; schwarze Augen, vereinzelt von violetten Reflexen überzogen, dominierten den Riesenschädel.

Erneut fühlte Therbuskar das Drängen im Leib und gab den Kleinen Grauen einen lautlosen Befehl. Sie befestigten rasch einen transparenten Schlauch am Thron. Kaum eingeklinkt, rann in pulsierenden Stößen gelbe Flüssigkeit durch die Leitung, gefolgt von Hunderten Kügelchen, die als Schatten dahintrieben. Der Schlauch führte zu den Brutkammern, wo jedes Kügelchen eine eigene Wabenzelle erhielt, in der es zum Kleinen Grauen heranreifte. Das geistige Potential des Schwarms förderte die Manifestation, wies jeder Gestaltungseinheit einen genau definierten Platz zu. Aus den Kräften des Schwarms insgesamt entstand auch die Form des *Nestes.*

Während die Grauen, nachdem sich das Drängen in Therbuskars Leib beruhigt hatte, den Schlauch abnahmen und säuberten, dachte die Schwarmmutter daran, daß sie bald die Drohnen rufen mußte; wenige Geburtstakte noch, dann wurde es Zeit für eine neue Befruchtung, um den Fortbestand des Schwarms zu sichern. Das Nest war chronisch unterbesetzt; bis heute gelang es der Schwarmmutter nicht, den Populationsstand merklich zu erhöhen. Es überstieg ihre Leistungsfähigkeit bei weitem, auch nur die annähernde Dichte der Ausdehnungsfragmente zu erreichen, wie es offenbar dem Schwarm-Zentrum des Bezugsplaneten gelang. Dort lebten Millionen Gestaltungseinheiten, und es war – unter anderem – diese unglaubliche Fruchtbarkeit, die Therbuskar angst machte. Daran änderte nichts die Tatsache, daß das Entwicklungsniveau auf dem Bezugsplaneten nicht dem Standard des Nestes entsprach. Therbuskar verstand nicht, wie die andere Schwarmmutter sie so total ignorieren konnte.

Anfängliche Euphorie war längst vorsichtigem Taktieren gewichen. Zwar wurden die Späher weiterhin ausgesandt, aber Therbuskar gestand sich ein, am Ende ihrer Möglichkeiten angelangt zu sein. Sie wußte nicht, was sie noch unternehmen sollte, um den direkten Kontakt herzustellen, wie es das *Gesetz* von ihr verlangte, und sie wand sich unter Selbstzweifeln. *Vielleicht,* dachte sie, *bin ich zu alt, und nur eine neue Schwarmmutter kann mit dem Problem fertig werden.*

Ihr eigenes Schicksal war ihr gleichgültig, dem Schwarm galt die Aufmerksamkeit; Therbuskar hätte keine Mikrozeiteinheit gezögert, wäre sie sicher gewesen, daß eine neue Schwarmmutter wirklich die Aufgabe besser löste als sie. Sorge und Unruhe schüttelten den mächtigen Leib. In naher Zukunft, das wußte Therbuskar, mußte sie sich entscheiden. Spätestens mit der nächsten Befruchtung sollte die Aufzucht einer neuen Schwarmmutter beginnen: Es dauerte lange, einer Nachfolgerin die Aufgaben zu übertragen. Schon die Bewußtseins-Abbildung des Gesamtschwarms war ein langwieriger Prozeß. Trotzdem war Therbuskar klar, daß sie handeln mußte: Das *Gesetz* stand über ihr! Je länger sie nachdachte, desto besser gefiel ihr der Gedanke, die Verantwortung abzugeben. Sollte die Neue mit frischem Elan die Kontaktversuche fortsetzen, deren Ergebnislosigkeit Therbuskar zermürbt hatte.

Wechselspiel von Innen und Außen, rund 1.050.000 Jahre nach dem Raub der Sternjuwelen:

Urths tiefliegende Augen spähten mißtrauisch mit der Schärfe eines Adlers umher. Wulstige, dicht behaarte Brauenbögen waren ebenso rotbraun wie die Haut. Geschmeidig setzte sich Urth in Bewegung, obwohl seine Muskeln schmerzten. Der schneidend kalte, von Eiskristallen durchsetzte Wind war aber Ansporn, der knurrende Magen ebenfalls. Unruhig drehte der Mann den Kopf; es schien, als wölbe sich die mächtige Unterkieferlinie noch weiter vor.

Breite Nasenflügel bebten, als Urth geräuschvoll schnupperte, seine zurückweichende Stirn überzog sich mit nachdenklichen Runzeln. Der in zotteliges Fell Gekleidete lauschte, dann sah er, daß sich in der Schlucht etwas bewegte.

Eine Eisfläche bildete die Talmitte. Gipfel ragten wie beschwörend gereckte Finger in grauen Himmel. Felsbuckel waren von Schnee verkrustet, kahles Geäst von Rauhreif überzogen. Dröhnen hallte durch die Luft. Unruhig sah sich Urth um, weil das Donnern anschwoll und bedrohlicher wurde. Weithin schallende Trompetenstöße, vermischt mit dumpfem Stampfen, irritierten den Mann, der erneut die Schlucht absuchte.

In der Ferne walzte Schnee gewaltig in die Tiefe. Dunkle Leiber waren nur schwach durch den Schleier zu erkennen; Körper mit vier Säulenbeinen, langen Rüsseln, nach oben geschwungenen Stoßzähnen und braungrauem Fell – *Gerüsselte.* Tiere in der Menge von sechs Händen rutschten den Schneehang hinab, der Eisfläche entgegen. Urth kauerte sich entsetzt zusammen und wimmerte, als die Geräusche zu ohrenbetäubendem Tosen anwuchsen: Die polternde Lawine, panische Angstschreie, Trompetenstöße und wildes Stampfen waren wie das Toben böser Geister. Schneeausläufer erreichten als vorschnellende Zunge den zugefrorenen See, dann folgten als Punkte die Tiere.

Knirschend brach das Eis. Risse wurden breiter, klafften wie Dämonenmäuler auf. Schollen schwankten, stellten sich schaukelnd hochkant. Rüssel schwangen hin und her, Ohren bewegten sich hektisch; die Tiere verloren das Gleichgewicht, rutschten ab und stürzten ins kalte Wasser. Fontänen stoben auf, Schnee, Eis und Körper bildeten ein wirres, von Schaum umflocktes Knäuel. Unter gewaltigem Krachen schlug die Hauptlawine auf das Eis, in dem ein immer größeres, gezacktes Loch entstand. Fassungslos starrte Urth auf die Gerüsselten, die sich im Todeskampf wanden. Ihr Brüllen übertönte sogar die Lawine.

Immer mehr Schnee walzte heran, eine weiße Wand, die hoch aufstäubte und alles hinter Dunst verbarg; mehr Schnee, als im Eisloch versinken und vom Wasser geschmolzen werden konnte. Nach wenigen Atemzügen bedeckte ein weißes Fell den See.

Urth sah, daß abseits der Hauptlawine fünf Riesen überlebt hatten, sich mit schaufelartig eingesetzten Stoßzähnen aus dem Schnee wühlten und schnaufend durchatmeten; neblige Schwaden wurden vom Wind fortgerissen. Die Gerüsselten brüllten und trompeteten wild, nur ein schwacher Widerhall kam von den Felswänden zurück; kein weiteres Tier antwortete. Mit hängendem Kopf stapfte der Bulle am Seerand entlang, kehrte um, hob den Rüssel und trompetete so durchdringend, daß Urth zusammenzuckte. Zitternd sah er den Gerüsselten zu – drei Kühe mit einem Jungtier –, wie sie langsam hinter dem Bullen hertrotteten.

Zurück blieben der zufrierende See und Urth, der sich nicht zu regen wagte, weil plötzlich *brennende Faustkeile* durch das Tal rasten, einen merkwürdigen Reigen tanzten und ebenso schnell verschwanden, wie sie aufgetaucht waren. Es mußte ein Zeichen der Götter gewesen sein, Vergleichbares hatte der Mann noch nie gesehen. Er kauerte sich verwirrt zusammen, murmelte abgehackte Laute einer Beschwörung und merkte nicht, daß ein Faustkeil zurückkehrte.

Erst als blaue Helligkeit Urth einhüllte, registrierte er den von Götterlicht umhüllten Körper und schrie auf. Urth verstand nicht die lautlose Stimme, die in seinem Kopf aufhallte, doch er ahnte, daß *Götter* zu ihm sprachen. Ein riesiges Gesicht erschien ihm, fremd, blaß und von Augen beherrscht, die ihn völlig bannten. Urth wußte nicht, wieviel Zeit verging, bis ihn die Götter entließen. Er sah auch nicht die winzigen Staubpartikel, die, vom Wind verteilt, durch das Tal wirbelten und ihn trafen. Er atmete den Staub ein, andere Partikel drangen in seine Hautporen. Urth lebte weiter, verdrängte das Erlebnis. Unbemerkt von ihm und den Mitgliedern seiner Horde, »erwachte« jedoch der *Götterstaub.* Wärme und Feuchtigkeit im Körper reagierten mit den Partikeln; Moleküle entfalteten sich, Wasser sickerte in Schichten, Leben wuchs und reifte. Virenähnlich verschlüsselte Informationen befielen Urths Körper. Zunächst verlief der Prozeß langsam; je mehr Zellen aber einbezogen wurden, desto schneller folgte Urths Metamorphose: Seine Gestalt reckte sich, die Augen blitzten wacher, die Möglichkeiten der Stimmbänder wuchsen.

Die Hordenmitglieder beobachteten mißtrauisch Urths Wandlung; Angst befiel sie, und sie wollten den Dämon vertreiben und töten. Statt aber Urth zu schwächen, half ihm der Götterstaub: Seine kämpferischen Fähigkeiten waren denen der Artgenossen deutlich überlegen, er wurde intelligenter und wissender. Er war seiner Horde in jeder Beziehung überlegen; sie erkannten die neue Macht – und aus dem Dämon wurde ein *Gott ...*

Im Hintergrund raunten die Hordenmitglieder; sie verstanden nicht, was ihr Gott tat: Seit vielen Sonnenwechseln sammelte er farbigen Staub, mischte ihn in Nußschalen mit sorgfältig ausgesuchten Pflanzen und

Wasser, tauchte weichgekaute Fasern hinein und warf seine *Magie* an die Höhlenwände.

Vom Flackerlicht des Feuers immer wieder aus den Schatten gerissen, sahen die *Wilden Brüder* auf die Horde herab; zur Bewegungslosigkeit erstarrt, stand dort ein mächtiger Gerüsselter. Zottelige Vierbeiner schienen zu flüchten, im Hintergrund grasten weitere, Großgeweihbullen und rotfellige Hornträger. Klein näherten sich Gestalten dem Wild, in denen die Hordenmitglieder langsam sich selbst erkannten, ihre Jagd, die Wanderung, das ganze Leben.

Gott Urth vermochte Bewegtes zu bannen, hielt es fest, unterwarf es seinem Willen! Über allem aber schwebten leuchtende Faustkeile, Kreise und Spiralen wie riesige Augen, tanzten Gesichter und Gestalten, die die Horde noch nie gesehen hatte; magische Zeichen und Symbole, fremd und doch vertraut – aus den Träumen. Schaudern erfaßte die Hordenmitglieder, sie duckten sich, drängten sich zusammen; ihr Gott drang in eine fremde Welt vor, sprach mit den Wesen der *Traumzeit,* beherrschte sogar die Geister und Ahnen, die er mit seinen Händen formte.

Als Urth nach vielen Sommern ins Schattenreich der nie wieder Erwachenden einging, hatte sein Same den Götterstaub an sehr viele Kinder weitergegeben, entwickelte sich fort und wartete auf neue Befehle.

An Bord der KOAH-SHARA

Am bislang nahezu hermetisch verschlossenen Ort lächelte Czernaka Oulpka zufrieden; einmal mehr war sie aus der Stasis ins bewußte Leben eingetreten. Zögernd zwar, aber Zug um Zug wurden die Planungen der Cyén realisiert. Weiterhin war nicht abzusehen, ob und wann sich der Erfolg einstellte, und manche Cyén bezweifelten sogar, daß es überhaupt jemals gelingen würde, den Bann des STERNSAPHIRS zu überwinden. Czernaka selbst dagegen war zuversichtlicher denn jemals zuvor! Was sie nicht für möglich gehalten hatte, war eingetreten: Zwischen all den Universal-Strukturen und verwobenen Welten erfaßte die Fürstin immer öfter sehr vertraute Schwingungen. Sie waren blaß, nur Splitter und Fragmente dessen, aus dem sie ursprünglich bestanden. Aber sie schienen – langfristig – einer Wiedervereinigung zuzustreben.

Es gibt keinen Zweifel, dachte die Cyén, und heiser flüsterte sie einen Namen: *»Oon Batraál!«*

Etwa 40.000 Umläufe waren seit dem Untergang der Hochtechnologie-Zivilisation im Außen vergangen, 1.062.159 seit dem Raub der Sternjuwelen, als weitere Aktivitäten die Aufmerksamkeit der 13 Cyén weckten.

Inzwischen war die Grenzschicht ausgedehnt und der Kontakt ins Außen leichter geworden, und weiterhin bestand eine potentielle Hyperspur zum galaktozentrischen Sonnensechseck. Aber auch diesmal verhinderten die Ereignisse, daß im Innen angemessen reagiert werden konnte.

Plötzlich entstand ein riesiger Strukturriß, und die mit ihm verbundenen Erschütterungen der Raum-Zeit-Struktur waren kaum geringer als jene, die vor langer Zeit der Sternenschwarm verursacht hatte: Ein Spalt klaffte im Bezugssystem der gelben Sonne, dessen hyperphysikalische Sekundäremissionen mit der Grenzschicht wechselwirkten. Blitzschnelle Analysen der Hypertroniken lieferten die Erkenntnis, daß jemand im Außen einen beachtlichen Antimaterie-Kometen vernichtet haben mußte, sogar auf die Gefahr hin, daß dabei das halbe Sonnensystem in den Hyperraum gerissen wurde. Die in Nullzeit ausgebreiteten Strukturerschütterungen waren derart intensiv, daß sie unter Umständen im Umkreis von einer Million Lichtjahren oder mehr von geeigneten Meßgeräten wahrzunehmen sein mußten!

Gravierender noch waren Auswirkungen ganz anderer Art, weil durch den Strukturriß natürliche Barrieren niedergerissen wurden, ohne daß die Konsequenzen sofort erkannt worden wären: Als Höhepunkt der Entwicklung gab es raumzeitliche Überlappungen hyperphysikalischer Natur, die sich zwischen der Bezugsgalaxis und einem ganz anderen, merkwürdig rot gefärbten Universum ausbildeten, einem Universum überdies, dessen interne Zeitachse im Verhältnis zum Standarduniversum des Außen extrem gedehnt war und einem Faktor von annähernd 1 zu 72.000 entsprach.

Ohne das Dazutun der Cyén kam es zu Wechselwirkungen der Grenzschicht mit plötzlich klaffenden Aufrißerscheinungen, so daß gefährliche Energiekonzentrationen auf das Innen überzuschlagen drohten und die Hyper-Vakuole insgesamt zumindest zu einem Teil des verlangsamten Universums oder der entstandenen Schnittmenge machten. Neben der gelben Sonne und ihrem dritten Planeten sowie der blaßroten Sonne mit der Welt, auf der Mooshar abgestürzt war, gab es nunmehr einen *dritten* Bezugspunkt, der weitere Schwierigkeiten mit sich brachte: Ein Energieausstoß des STERNSAPHIRS verstärkte die Barriere, um diese gegen den temporalen Fremdeinfluß abzuschirmen.

Erst nach einer Weile stellte sich heraus, daß der blauweiße Planet durch die Ereignisse zum Hauptbezug geworden war – dennoch bestand die Barriere unverändert fort.

Czernaka sagte: »Einziger Ausweg scheinen nun dieser Planet und die sich auf ihm entwickelnden Lebensformen zu sein; es muß sich zeigen, wie stark die gegenseitige Einflußnahme ist. Denn eines ist nun absolut sicher: Jede Veränderung, die wir im Dort bewirken, hat eine Reaktion im

Hier zur Folge. Schon jetzt gibt es intensivierte, vielfältige Prozesse in der Phasengrenzschicht unserer Barriere; es ist durchaus möglich, daß sie irgendwann ins Innen durchschlagen ...«

Weiteres Wechselspiel:

... die Harpune drang tief ein. Der Bulle schrie, bäumte sich auf und tauchte kopfüber in den Hapi.

Die Lederschnur rollte sich ab, flog in Schleifen und Ringen über die Verstrebung und schlug hart gegen den Fuß des Besuchers. Narmer sah nach, wohin der Bulle getaucht war, und der erste würfelförmige Holzklotz wurde hochgerissen. Er sollte das Seilende markieren und schlug zweimal polternd auf, ehe er mit gräßlichem Knacken Narmers Hinterkopf traf. Die Schlingen verwirrten sich, schlangen sich um Narmer und rissen ihn durch die splitternde Strebe ins Wasser.

Hundert Schritt weiter vorn, in der Nähe eines Gebüschs, tauchte der Bulle wütend mit der wippenden Harpune auf, schlug um sich und tauchte ab. Das Lederseil bildete eine knallende, spritzende Linie, als das Tier wieder an die Oberfläche kam. Der Gottkönig war verschwunden. Gefunden wurde später nur das tote Flußpferd, als es aufgebläht wie ein praller Sack im Wasser schwamm. Als die Harpune aus dem Hals gezogen und das Seil aufgewickelt war, fand sich, irgendwo vom Grund hochgerissen, darin verheddert der weiße Knochenschädel eines großen Wüstenfuchses, vollständig von Fleisch und Haut befreit ...

... das Ziel war Aten, der »Unvergängliche Stern«, die geflügelte Scheibe, wo Re wohnte. Hier wurde der Pharao am Tor des Doppelpalastes von Re empfangen: *»Dein ist die Ewigkeit; du vergehst nie, du bist immerdar.«* Und raunend ging die Vitalkraft des Primitiven im Gefüge der Grenzschicht auf, verschmolz mit ihr und festigte die Brücke.

An Bord der KOAH-SHARA

Czernaka Oulpka Cyén atmete erleichtert durch; es wurde immer schwerer, den pervertierten Totenkult der Primitiven in brauchbare Bahnen zu lenken. Das Pseudoleben in der Grenzschicht hatte die fünfte Schwarmmutter manifestiert; mit dieser kam endlich eine Verbindung zustande. Die Kommunikation blieb problematisch, aber vielleicht konnte der Schwarm als Mittler fungieren, wenn die Cyén ebenfalls Teile beisteuerten und so die Mischform verstärkten. Die Frau konzentrierte sich auf die Steuerung des Zubringers, festigte die Paraverbindung zum Originalleib, der in der KOAH-SHARA zurückgeblieben war.

»Andere Raum-Zeit-Sphären vermitteln uns eine Kausalkonfiguration, die sich stark von den übrigen unterscheidet. Die Abläufe erscheinen gestaucht oder verzerrt, Schnittmengen entstehen und vergehen wieder. Es ist ein raumzeitliches Labyrinth! Die Wahrscheinlichkeit, daß jemand im Außen mit Durchbrüchen zwischen Paralleluniversen arbeitet, wird fast zur Gewißheit! Und dieser Jemand agiert nicht zu unseren Gunsten!« Die Projektionsgestalt der Fürstin saß unter der Kuppelwölbung eines konusförmigen Segments, das sonst Teil einer Kleinraumschiffskugel war und als Landegerät diente. Sie hatten, weil die Antigravlamellen unregelmäßig arbeiteten, an vier Teleskopauslegern Helikopterrotoren angebracht. Die Kuppel, einem polierten Riesenjuwel gleichend und von fingernagelgroßen Facetten überzogen, sank auf Sensorbefehl in das Innere des Konus; Irislamellen der Außenhaut griffen ineinander und rasteten ein. »Wir wissen, daß die Ordnungsmächte und Superintelligenzen nahezu beliebig zwischen Universal-Sequenzen rochieren können«, murmelte Czernaka deprimiert. »Die Sternjuwelen haben bewiesen, daß es sogar zu planmäßiger Einflußnahme universeller Strukturen kommt ... Und sie manipulieren weiterhin in großem Stil!«

Von knatternden Rotoren getragen, steuerte sie den Zubringer zum wartenden Kugelrest, verankerte das Segment und seufzte, als die Barriere unbeschadet durchdrungen war. Die hell erleuchtete Öffnung des Bodenhangars der KOAH-SHARA, zum Teil von stacheligen Auslegern flankiert, aus denen Andockgänge ragten, nahm das Kleinraumschiff auf. Die Cyén-Fürstin beendete routiniert den Abschlußcheck, trat durch die Schleusenkammer und vollzog die Verschmelzung mit ihrem Originalleib, der weiterhin an das Innen gefesselt war; das materieprojektive Doppel erlosch.

Sie vergewisserte sich, daß die Speicherkristalle ihren Bericht registrierten.

»Im Hyperraum bestehen keine Kausalgesetze, wie wir sie im eingebetteten Zustand der Körper-Manifestation kennen, weil es im alles umfassenden Jetzt keine Zeitlichkeit gibt.«

Ich kann Oon Batraáls Bewußtsein spüren! dachte sie. *Er lebt, ist aber in seiner Struktur ausgebreitet; vielleicht kann ich ihm helfen, sich wieder zu zentrieren?*

Langsam näherte sie sich dem Monolithen, die Kokonblase sprang empor und erfaßte die Frau, um sie dem erhöhten Transformationszustand zuzuführen. Die Stasis wurde eingeleitet.

»Mit jedem Übergang vom Innen ins Außen wird das übergeordnete Kontinuum passiert; seine Akausalität wirkt sich auch dann aus, wenn wir Einfluß auf die Universal-Sequenzen zu nehmen versuchen. Nichts ist absolut fest gefügt; Vergangenheit, Gegenwart und Zukunft bleiben im

Fluß, denn sie sind gleichberechtigte Zustände im Hyperraum.« Czernaka schluckte. »Wir werden uns wiedersehen, Geliebter! Und Xanthyn Ol'dan wird für das büßen, was er dir angetan hat.«

Weiteres Wechselspiel mit dem Primitivleben in der Nähe des Lebensenergieträgers:

Schwarzgraue Wassermassen wurden aufgetürmt. Hinter der ASHIU wuchs eine mächtige Grundsee wie eine Mauer, und Shahi, die Schwarze Göttin, kämpfte ums Überleben.

Oben war unten, es gab keinen festen Punkt, an dem Augen und Verstand sich anklammern konnten. Shahi wurde auf der breiten Liege im Achterdeck hochgerissen, zur Seite geschleudert und auf die Gurte und Seile gerammt, die sich über die Unterlage spannten. Unter Deck hatte sich stinkender Nebel ausgebreitet; es stank nach Erbrochenem, Angstschweiß, Urin, dem Inhalt zerbrochener Tonkrüge und umgestürzter Kupfergefäße. Shahi war halb von Sinnen; ihr Körper war ein Bündel aus Schmerz und Todesahnung, ihr geschundener Verstand schrie, daß schon der nächste Herzschlag der letzte sein konnte. Sie nahm die Vorgänge nur undeutlich wahr.

Gedanken der Furcht trafen sie wie nadelscharfe Dornen: Siebenundzwanzig Sommer hatte sie gelebt oder »Jahre«, wie *Atlantharro* die Zeitspanne nannte. Sie, die über die Menschen der Prächtigen Stadt herrschte und die Hälfte der Stadt erbaut hatte, schien nicht wirklich gelebt zu haben. Ihre Augen, durch die sie das Leben betrachtete, hatten den selbstgewebten Vorhang nicht durchdrungen. Sie führte ein kühles Leben, sah nur das Nützliche, den Erfolg, die Tugenden der Arbeit und des Gehorchens. Aber niemand liebte sie, obwohl sie dieses Ziel erreicht hatte, kein Mann küßte sie, und in einsamen heißen Nächten, wenn sie sich nach Leidenschaft sehnte, wies sie jeden Gedanken daran zurück. War sie die Schwarze Göttin? Sie war nur eine junge Frau, von Todesfurcht geschüttelt, deren Gedanken trotz aller Klugheit die Furcht nicht besiegten.

Das Schiff hörte auf, zu knarren und sich aufzubäumen. Es schüttelte sich, eine rasende Fahrt den Wellenberg hinauf begann. Die Planken und Spanten gaben grauenerregende Geräusche von sich, sie dröhnten wie im Inneren einer Baumtrommel. Wieder hämmerten Wellen gegen den Bug und aufs Deck. Das Stöhnen und Wimmern der Mannschaft verdichtete sich zu einem Chor, in dem Shahis Schluchzen unterging.

Ich muß lernen zu lachen, dachte sie. *Wenn ich das hier überlebe. Ich muß mein Wissen weitergeben. Ich will ein Kind; ein Mädchen. Wenn wir diese Fahrt überleben, werde ich mich zwingen, anders zu denken und zu empfinden. Ich weiß plötzlich, daß es eine andere Welt gibt, denn ich bin auf Zehenspitzen über den Abgrund balanciert. Da war ich einen winzigen Augenblick befreit von den Fesseln der Zeit und der Umgebung, abgetrennt von allem, eigenartig leicht. Kein Schrecken, keine Niederlage, kein Gedanke an Tod. Alles änderte sich. Ich bin verändert; die Shahi von gestern gibt es nicht mehr. Kaltes Feuer der Todesfurcht hat die Göttin verbrannt. Ich bin zur Frau geworden, die mit festem Schritt das Ufer betreten wird. Jedes Ufer.*

Als wären die Gedanken Beschwörungsformeln, machte die ASHIU eine ungewohnte Bewegung, als ob sie den sanften Hang einer himmelhohen Woge hinunterglitte, ohne Rütteln, fast lautlos, ohne Sturmgeheul und Wellenkrachen. Und durch die Stille ...

... Geschrei mischte. Die Luft erzeugte in den Federn der Schwingen ein fast metallisch wirkendes Geräusch, als der dunkelgraue Geier angriff. Sein Körper glich einem Geschoß, das sich wie ein Verhängnis aus dem lichterfüllten Himmel stürzte. Die langen Krallen waren gespreizt, der Hakenschnabel reckte sich schlagbereit. Die kleinen gelben Augen strahlten unversöhnlichen Haß aus. Ein heiserer Angriffsschrei ertönte und mischte sich in das Rauschen des Gefieders.

Laa H'arpeji lächelte verächtlich. Sie und ihre Gefährten waren die uneingeschränkten Herrscher des Luftraums über der Insel. Es gab kein anderes Wesen, das besser war. Laa reagierte mit provokanter Gleichgültigkeit. Sie wich mit drei verschiedenen Bewegungen schnell aus, gleichzeitig winkelte sie den rechten Flügel an und drehte das vorderste Glied. Die Schichten aus geschliffenem Horn, die sich unter den breiten Schwungfedern hervorschoben, wirkten wie Bronzemesser. Mit einem einzigen Hieb, im richtigen Augenblick geführt, riß die Waffe eine breite blutige Bahn in das dunkle Gefieder des Geiers.

Das Tier schrie erschrocken auf. Der große Geier warf sich in der Luft herum und schüttelte sich. Mit krachenden Flügelschlägen versuchte das Tier, Höhe zu gewinnen und in bessere Angriffsposition zu kommen. Ruhig blieb Laa H'arpeji auf dem Kreisausschnitt ihrer Flugbahn. Die heiße Säule der Thermik schraubte sich aus den Urwäldern der Insel in den lichtdurchflirrten Himmel. In aufwärts gekrümmtem Bogen griff der Geier an. Seine Flügelspannweite war um einige Handbreit größer als die von Laa H'arpeji. Er schrie mit häßlicher Stimme voller Angriffslust. Wieder schoben sich die harten Federn mit den stahlartigen Kielen zurück, die langen Borsten des Rückenkamms hoben sich, die dreieckigen Nägel der Greifhände verwandelten sich in gefährliche Waffen.

Laa H'arpeji erwartete gleichgültig den Angriff, schwebte ruhig weiter und blieb leidenschaftslos zu blitzschneller Aktion bereit. Irgendwann würden alle Wesen begreifen, daß die H'arpeji die wahren Herrscher verkörperten. Als der Geier genügend nahe herangekommen war, schlug Laa zu. In einem Winkel, der so steil war, daß das Tier ihn nicht nachvollziehen konnte, stieß sie abwärts. Ihre langen Arme mit stahlharten Muskelbändern über den Röhrenknochen und mit flaumigem Gefieder über der dünnen Haut krampften sich um den Hinterkopf des Geiers und um den Nacken, unterhalb des Kopfes. Die Nägel bohrten sich mit einem kurzen Ruck in die Augen. Die andere Hand zermalmte die Federn, zerriß die Haut. Die messerartigen Nägel fuhren zwischen die Wirbel, zerfetzten das Bindegewebe und zerrissen den Nervenstrang. Der Schrei des Geiers brach plötzlich ab. Sein Körper zuckte einmal und erschlaffte ...

... denn einige Männer hielten weiße Holztafeln, auf denen mit fettem Ruß Zeichen und Zahlen geschrieben waren. Eine Handbreit über dem Boden lag eine dünne Nebelschicht, in der am Fuß der Felsblöcke harzige Kienspäne und Fackeln brannten. Druiden und Schüler wanderten zwischen den Steinbauwerken umher, oder sie sangen, kauerten und standen hinter einzelnen Säulen und visierten einzelne Sterne an. Der Mond schob sich über die Szene; er war nun völlig rund.

Der dumpfe Sprechgesang hallte über die Ebene, die Sterne blinkten, und es geschah nichts anderes, als daß sich unsichtbare Geraden zwischen einzelnen Druiden, über Holzpfeiler, Steinmarkierungen und vage Schatten hinweg, und einigen Sternen spannten. Langsam kroch die narbige weiße Scheibe vor den Sternbildern durch den Himmel. In den Flammen brannten und schmorten Kräuter und verbreiteten sinnverwirrenden Rauch. In der Umgebung suchten Frauen bestimmte Pflanzen und schnitten sie mit Messern und Sicheln.

Marr schritt in der Mitte des innersten Steinkreises von einer Markierung zur nächsten, visierte einen Stern an, malte Zeichen auf das Brett. Plötzlich war er verschwunden. Der Gesang schwoll an, riß ab, und eine ältere Frau, die einen mit Kräutern gefüllten Korb trug, verschwand ebenfalls – sie hatte zwischen zwei senkrechten Steinsäulen gestanden. Noch einmal hallten die dunklen Gesänge über das Gemenge aus zuckendem Licht, tiefen Schatten und dünnem Nebel. Als der Gesang abriß, verschwand eine zweite Frau; wo sie eben noch gestanden hatte, tanzte nun Lichtschein auf dem schartigen Stein ...

... und das Flackerlicht von Fackeln und Lämpchen markierte den Umriß des Bauwerks. Die Ariadne saß auf einem steinernen Thron im Heiligtum. Die Armlehnen ähnelten rômetischen Sphingen, die Rückenlehne glich einem stilisierten Stierschädel mit übertrieben langem Gehörn. Ungefähr hundert Menschen, meist Männer, standen in Gruppen auf dem Boden aus gestampftem, gekalktem Lehm, der den Geruch des Weines ausdünstete. Tiefrot strahlte die Glut der Feuerstellen. Feierliche Stille senkte sich auf alle Anwesenden; lautlos huschten Sklavinnen umher und füllten die Trinkschalen und Rhytons. Die Ariadne stand auf, kam langsam die Stufen des Thrones herunter.

Sie goß Wein als Trankopfer auf den Boden, murmelte Anrufungen und beschwörende Formeln; tief in sich gekehrt. Sie trug einen Rock bis zu den Fesseln, der, wie Schuppen, ein dutzendmal abgestuft war. Über ein kurzärmeliges Wams fiel ein Wolltuch, von Bronzenadeln zusammengehalten, über Schultern und Brüste. An den Fingern steckten schwere Ringe, die Handgelenke trugen Bronzebänder mit Gold und großen Edelsteinen.

Flackerlicht beleuchtete die Wandgemälde: Menschen mit Stierköpfen, Tiere mit Menschenköpfen, Ranken und Gottheiten. Alles schien in unerklärlichen Tätigkeiten miteinander verwoben. Auf Sockeln und in Nischen standen Göttinnenstatuen; wie die Bilder altersgedunkelt und von zahllosen Berührungen poliert. Rauch wallte auf und zog durch Deckenöffnungen ab, hinaus in die Finsternis ...

... in abgerissenen Kleidern sammelte der alte Einsiedler, im Wald nördlich von Fulda, Bucheckern und Pilze. Das nächste Dorf war zwei Tageswanderungen entfernt. Seinen ärmlichen Unterschlupf, mehr ein Loch, hatte Malte, genannt Uhlenhorst, seit fünfzehn Jahren kaum verlassen; sein weitester Weg führte bis zu den Eichen auf einem Hügel. Dort traf er im Sommer Anno 1631 auch den weißhaarigen Fremden, als dieser mit der Armbrust ein Reh erlegt hatte. Seither besuchte ihn der Mann, der sich ihm als *Comte Atlan de Arcon et Sagittaire* vorgestellt hatte, in unregelmäßigen Abständen.

»Ich sage dir, Arcon«, brabbelte Malte, »ich werde es nicht mehr erleben. Ich hab's gesehen.«

»Was hast du gesehen?«

Er bewegte kichernd die Zehen in den weichen Schuhen, die ihm der Magister geschenkt hatte. Am meisten freute er sich über die dicke Unschlittkerze, die im Hintergrund des Unterschlupfes brannte. »Alles, Weißhaar. Zwanzig Jahre wird's noch dauern. Das Land wird zur Wüste. Aber nicht überall. Nicht hier.«

»Woher weißt du das alles?« fragte der Comte. Der Wein im großen Deckelkrug war noch nicht zu Essig geworden. Sie drehten Holzbecher in den rußigen Fingern.

»Ich hab' 's Gesicht! Das Zweite Gesicht, Arcon«, brummte Uhlenhorst und leerte den Becher. »Im Halbschlaf sehe ich alles. Die Schweden und die Kaiserlichen, den bösen Böhmen und die Spanier. Tausend mal tausend Höfe brennen. Die Weiber, geschändet und totgeschlagen. Die Soldaten graben unter den Häusern nach Geld und Gold.«

»Und das siehst du, Malte Spökenkieker?«

»Das erlebe ich alles. Nur wenn ich tief schlaf', hab' ich Ruhe vor den Bildern.«

»Und du kennst auch die Namen, die Feldherren?«

»Alle. Gustav Adolf, der Wasa, Wallenstein und Pappenheim, Bernhardt und Arnim, den Hansjörg, den bayrischen Max und seinen Freund, den Tilly. Keiner wird lange leben. Der Krieg schlägt sie alle tot.«

Malte kratzte sich im Nacken und unter den Achseln, schob ein Scheit ins knisternde Feuer und hielt dem Magister den Becher entgegen, als Comte Atlan den Krug hob. »Bringst du wieder Wein, wenn du kommst?«

Woher Malte sein Wissen bezog, wußte er selbst nicht. Es flog ihm in Wachträumen zu; aber mit seinen Prophezeiungen behielt er bestürzend genau recht.

»Ja, aber ich weiß nicht, wann ich dich wieder besuche«, antwortete de Arcon. »Du bist gesund?«

»Ich spür' manchmal das Zipperlein«, gestand er. »Weißt du, daß die Kaiserlichen das arme Magdeburg bald nehmen werden? Tod, Elend, tausendfaches Verwunden wird's haben, Arcon.«

»Wann?«

»Ich weiß es nicht. Bald, sag' ich dir. Sie sind innen faul und taub, die Bucheckern. Nicht einmal die Wildsäue werden satt in diesem Jahr. Ein böses Zeichen.«

»Ich werde dir berichten, was ich gesehen habe, draußen im Land«, versprach der Weißhaarige beunruhigt.

Malte Uhlenhorst schlief vor Sonnenuntergang ein, und Magdeburg fiel, genau wie er es vorausgesagt hatte. Irgendwann später: *Es fällt wie ein plötzliches Fieber auf ihn. Krämpfe schütteln seinen Körper. Stöhnend, weinend und lallend wirft er sich auf den Fellen hin und her. Ein fremder Verstand scheint sich Uhlenhorsts zu bemächtigen. In seiner Höhle schreit er unter furchtbaren Qualen fremde Namen, Orte, Begriffe und wirres Wortwerk heraus: Magdeburg, Lützen, Rain am Lechfluß. Elend nennen sich die Tage, die Nächte sind Rausch, Vergewaltigung, Raub und spitze Messer. Die Irrsinnshirse blüht und wuchert, und Horrorroggen wird geerntet, wenn aus Wein Blut wird und mitten im GROSSEN VERRECKEN Branntwein in blauen Flammen lodert.*

Malte Uhlenhorst stöhnt und ächzt. Er merkt nicht, wie Schweiß in Bächen aus seinem Körper rinnt. Kerze und Feuer verwandeln sich in Kämpfende. Mitten in seinem Delirium zuckt der Mann mit dem Zweiten Gesicht zusammen; seine Zähne krachen. Als er aufwacht, als er wieder zu sich kommt, erinnert er sich an jede Einzelheit. Das Grauen, das seine Gedanken an kommende Jahre erfüllt, ist nicht mehr zu steigern.

... und während im nächtlichen Nebel vor Lützen nach achtunddreißig Jahren – zwei Dutzend Tage fehlten an seinem Geburtstag – der Weg des Gustav Adolf zu Ende war, band sein Medicus Acker Gabbo, ohne davon zu wissen, den Wallach an einem Haltegriff des merkwürdigen »Wagens« von Comte Atlan de Arcon et Sagittaire fest. Zweimal hatte sich Acker in die Nähe der niedergebrannten Zelte zurückgewagt, aber er stand da mit leeren Händen – er konnte nur sterbenden Soldaten Trost zusprechen.

»Sinnlos«, sagte er dumpf. »Du hast Wein? Es wird meine Hand beruhigen, Atlan.«

»Trinke und zittere in Maßen«, empfahl ihm der Weißhaarige. Er trug ein warmes Hemd, das Brust und Bauch frei ließ. An den Füßen hatte er dünne, wadenhohe Stiefel, die Hose war bis zu den Knien heruntergerollt. In den nächsten Tagen würde der Mann seine Stiefel weder ausziehen noch anziehen können: Acker sollte ihm den Leib öffnen ...

»So klein wie möglich ... ein Ei ... und die Kette ...«, flüsterte der Weißhaarige; er hatte seit eineinhalb Tagen nichts gegessen, der Magen mußte leer sein. Die Zeit tröpfelte dahin, während Acker die richtige Stelle für den Schnitt suchte. Dann wagte er es, fischte in dem Blut umher und stocherte mit dem stumpfen Haken in der Höhlung herum, drehte und zog schließlich ganz langsam den Haken wieder in die Höhe und mit ihm die dünne Kette.

»Weiter! Langsam!« keuchte Atlan und rang gegen Würgen an. Gabbo zog aus dem kleinen Schlitz den Rest der Kette, das eiförmige Gebilde kam hinterher; es gab ein schwaches rotes Leuchten ab. Gabbos Atem wich pfeifend aus seinen Lungen. Er tauchte das Metallei und die Kette in ein Gefäß, legte dem Comte das gereinigte Amulett auf die Brust und griff nach der ersten Nadel.

Es dauerte eine Stunde, bis er das Blut weggetupft und die Naht im Magen gezogen hatte. Er zerschnitt den Faden hinter dem letzten Knoten, reinigte die Wunde, betätigte die Flasche, aus der feiner Tröpfchennebel sprühte, und löste die Klammern. Dann ging er daran, die Bauchhaut zu vernähen. In seinem Gesicht arbeitete es unaufhörlich; er fluchte flüsternd vor sich hin, schlang endlich den letzten Knoten und wischte mehrmals Blut, Hautreste und Schweißtropfen ab. Dann trug er eine Paste auf die Wunde, die Atlan »Bioplast« genannt hatte, pinselte eine Salbe darüber und öffnete die Gurte.

Der Weißhaarige richtete sich ächzend auf. Acker wickelte eine Binde aus dünnem Stoff um Bauch und Rücken und befestigte sie mit einer zusätzlichen breiten, nachgebenden Binde, die mehr Halt gab. Sein Fluchen und Flüstern hörte auf, als Atlan sich das Hemd zuknöpfte, die Hose hochzog und behutsam schloß. Ackers Schultern sanken nach vorn; er starrte den Mann an, als sähe er ihn zum erstenmal.

»Ich hab's geschafft, Atlan!« stöhnte er. »Du auch einen Wein?«

»Natürlich!«

»Jetzt zittern sie, die Finger«, vermerkte er verblüfft, als er zwei Glas-

pokale mit rotem Wein füllte. Probeweise bewegte sich Atlan und schob den Spiegel weg.

»Danke, mein Freund«, sagte er. »Merk dir alles, schreib es nieder, mach Zeichnungen. Niemand kann es besser als du. Natürlich hast du diese Betäubungsflüssigkeit nicht. Deswegen schenke ich dir auch diese Spritze nicht; du könntest nichts mit ihr anfangen. Alles andere weißt du schon von der *Operatio,* die wir an des Königs Schulter ausführten. Wie wird es ihm ergangen sein?«

Während sie tranken, räumte Acker Gabbo ein wenig auf. Er schaute Atlan fragend an und meinte: »Ich weiß es nicht. Lebt er? Ist er tot? Ich sehe nach, wenn die Nacht vorbei ist.«

Bezugswelt Erde, 19. Januar 1761

Nahith Nonfarmale trat aus dem Strukturtunnel und ließ die Welt voller bemooster Felsen, Wasser, Dampf und Nebel unter einem Himmel mit vielen roten Sternen hinter sich zurück. Knapp drei Jahre war es her, daß ihn dieser hartnäckige, langsam sehr lästig werdende Arkonide aus seinem letzten Domizil vertrieben hatte, und rund fünf Jahrzehnte dieser Welt waren seit dem Kampf auf der Ebene vergangen, wo er von diesem Arkoniden mit seiner Samurai- und Ninja-Truppe attackiert worden war.

Seither war er mehrfach auf der Erde aktiv geworden, im vollen Bewußtsein, daß der Strukturtunnel von seinem Gegner anhand der Streuemissionen zweifellos immer besser angemessen werden konnte, ja daß dieser *Atlan* vielleicht sogar ihre wahre Natur erkannt hatte. Auf den ersten Blick waren die Erscheinungen mit verirrten Nordlichtern zu verwechseln, oder sie wurden für Wetterleuchten gehalten. Für den heutigen Besuch hatte Nonfarmale eine möglichst kurzfristige Öffnung geschaffen und hoffte, daß sie nicht bemerkt wurde. Die Strukturtunnel und ihre Verbindungsmöglichkeiten, die eine ganze Reihe von Welten zwischen dem Galaktischen Zentrum und der Erde ebenso streiften wie Überlappungszonen zum Roten Universum mit dem verlangsamten Zeitablauf, entstanden und verschwanden in einem unberechenbar-willkürlichen Rhythmus. Nahith Nonfarmale war nur imstande, sie in der aktiven Phase für sich und seine Zwecke zu nutzen, da er durch lange Beobachtung herausgefunden hatte, wie lange sie – innerhalb einer gewissen Toleranz – für Passagen geeignet waren. *Dieser jämmerliche Arkonide weiß nicht, worum es geht!* durchfuhr es Nahith Nonfarmale. *Er hat nicht die geringste Ahnung, ist nur getrieben von Heimweh! Aber er entwickelt sich in seiner Verbissenheit zur Gefahr!*

Ein Mann mittleren Alters, in reich verzierte Kleidung gehüllt, erwartete Nahith Nonfarmale; an einen knorrigen Baum gelehnt, an dessen untersten Ast ein Pferd gebunden war, hob er nachlässig den Arm und sagte zur Begrüßung: »Willkommen unter den Barbaren, mein Lieber! Eure Maske zeigt ein recht grimmiges Gesicht; ich hoffe, es hat nichts mit unseren Plänen zu tun.«

»Sicher nicht. Ihr benutzt weiterhin die Identität des Cagliostro?«

»Aus reiner Gewohnheit – obwohl es einen gewissen Giuseppe Balsamo aus Palermo gibt, der mir meine Rolle streitig zu machen sucht.« Der Mann lachte leise, seine Stimme besaß einen weichen Klang. »Außenstehenden dürfte unser Verwirrspiel undurchschaubar bleiben, da ich mir die Freiheit herausnehme, auch in seine Person zu schlüpfen.«

Nahith Nonfarmale stimmte ins Lachen ein; bei ihm jedoch besaß es einen harten, arroganten Unterton. »Niemand ist in der Lage, uns Cynos als das zu erkennen, was wir wirklich sind! Es gelang weder den Cappins noch den Lemurern vor langer Zeit und auch nicht den Arkoniden auf ihrer kurzfristig existierenden Kolonie. Ihr letzter Überlebender hat sich allerdings verbissen an meine Fersen geheftet – es ist dieser Atlan von Arkon ...«

»Ich kenne ihn.« Cagliostro nickte mehrmals. »Ein gefährlicher Mann! Er steht in den Diensten der Superintelligenz, trägt einen besonderen *Lebensspender!* Vor einigen Jahren rettete ich ihn aus den Fängen eines meiner Schüler; dieser wurde von den ihm zur Verfügung stehenden Parakräften in den Wahnsinn getrieben.«

Nonfarmale schrie: »Gerettet ...?«

»Beruhigt Euch! Unser Auftraggeber hat anderes mit ihm im Sinn. Für das, was wir zu tun haben, ist dieser Arkonide nicht von Bedeutung. Er wird nicht einmal bemerken, was geschieht, und er würde es noch weniger verstehen! Gleiches gilt für die Ewigen Brüder, von denen sich Imago Zwei ohnehin seit knapp zwei Jahrhunderten in seinem Refugium aufhält.«

Nonfarmale beherrschte sich, obwohl sein Gesicht, von einer hellen Zickzacknarbe gezeichnet, noch düsterer wurde. Im Kopf dieses Wesens, dessen Äußeres ein »pseudomaterielles Trugbild« war – wenn auch von solcher Perfektion, daß sogar sein Besitzer es als echt und sinnlich empfand –, rasten plötzlich die Gedanken und mischten sich mit Erinnerungen.

Vor fast einer Million Jahren waren sie auf diese Welt gekommen, schmachvoll aus dem Schwarm vertrieben von vormaligen Dienern, deren Rebellion sie völlig überrascht hatte. *Aber wer konnte damit rechnen, daß einer von uns, dieser verdammenswerte Hesze Goort, zum Verräter werden würde?* dachte Nonfarmale. Eine halbe Ewigkeit schon warteten sie auf die Rückkehr des Schwarms, und es blieb nicht aus, daß viele Cynos mit der Zeit eigene Wege zu gehen begannen. Von jenen, die

die Rebellion persönlich miterlebten, gab es nicht mehr viele – längst waren die Nachkommen in der Überzahl. *Viele von ihnen frönen persönlichen Machtgelüsten; sie sind die Herrscher im »Heimlichen Imperium«.*

Auch Nahith Nonfarmale war eigene Wege gegangen, bis er die Strukturtunnel zwischen den Welten entdeckte und zu erforschen begann – und sich jene gewaltige Stimme mit gellendem Gelächter bei ihm meldete, um ihn zum Dienst zu verpflichten. Als einer jener Cynos, die zur Spitze unterhalb der Neun Imaginären gehört hatten, war Nonfarmale bekannt, daß das Universum in Mächtigkeitsballungen unterteilt war, über die Geschöpfe bestimmten, die mit dem Begriff *Superintelligenz* nur mangelhaft umschrieben wurden. Tiefster Respekt vor diesen Entitäten war eine ganz natürliche Reaktion, sogar für einen Cyno. Nahith Nonfarmale war ebenfalls bekannt, daß sie sich in der Mächtigkeitsballung der Superintelligenz ES aufhielten – und diese befand sich seit langem in einer Art »innerem Zwist«, bei dem sich eine Polarisierung in zwei konträre Identitäten einstellte.

ES und ANTI-ES! dachte Nonfarmale und fühlte das Schaudern seines paramodulierten Leibes.

Nach welchen Gesetzmäßigkeiten und Regeln die Auseinandersetzung ablief, war ihm nicht klar, auch nicht, auf welches Ziel sie hinauslief, wohl aber, daß es hierbei Stellvertreter gab, die gegeneinander anzutreten hatten. Dieser Arkonide, der ihm vermehrt zusetzte, agierte zeitweise im Auftrag von ES, während sie, die Cynos Nahith Nonfarmale und Cagliostro, es mit ANTI-ES zu tun hatten.

Aus Gründen, über die ihr Auftraggeber keine Auskunft gab, lag eines seiner schwer verständlichen Hauptinteressen an einem Objekt, das sich außerhalb des Standarduniversums in einer in sich geschlossenen Kontinuumsblase befand. Nonfarmale war nicht so vermessen anzunehmen, er und Cagliostro seien die einzigen oder Bevorzugten, die Aufträge der Superintelligenz ausführten. Aber es erfüllte ihn doch mit Stolz und Freude, seinen Betrag leisten zu dürfen: So bekam das lange Warten einen Sinn; sie hatten eine Aufgabe, auf die sie sich voll und ganz konzentrieren konnten.

Jahrtausende liegt die erste Kontaktaufnahme nun schon zurück! Es war kurz nach dem Zeitpunkt gewesen, als Nahith Nonfarmale erstmals auf die Strukturtunnel aufmerksam wurde. Um das Objekt in der Kontinuumsblase zu erreichen, war die Grenzschicht einem möglichst intensiven Paket vitaler Lebensenergie zur Erzielung des direkten Kontakts auszusetzen. So machte sich der Cyno daran, diese Kräfte von den Bewohnern der Erde abzusaugen und zu sammeln. Er selbst und seine Parakräfte dienten hierbei als Medium, und viel zu spät erkannte er, daß er sich dabei ebenfalls wandelte, quasi süchtig wurde! *Selbst wenn ich nur einen Bruchteil dieser Lebensenergien für mich abzweige, bin ich fortan von ihnen abhängig, giere danach, komme nicht mehr ohne sie aus!*

Machtvolle Emotionen, insbesondere solche von Haß, Gewalt und Krieg, erwiesen sich mit der Zeit als jene, die dem Cyno den besten *Push* versetzten und offenbar auch am geeignetsten zur Erfüllung des Auftrags waren. Daß er sich langsam, aber unaufhaltsam veränderte, unbändige Freude an Perversionen empfand, sich an dem Schrecklichen, an Terror und Mord, ergötzte, wurde ihm kaum bewußt oder ließ sich verdrängen. Irgendwann, bei einem klaren Augenblick nach dem Kampf gegen den Arkoniden, überkam den Cyno ein Wimpernschlag gläserner Bewußtheit: Er schüttelte sich vor Entsetzen, empfand Ekel vor sich selbst. Doch so schnell der wache Moment gekommen war, so schnell verging er wieder, wurde überdeckt vom höhnischen Lachen ANTI-ES'.

»... Vorbereitungen eingeleitet! Und ... Bester Freund, Ihr hört gar nicht zu!« Die Stimme Cagliostros riß Nonfarmale aus den Gedanken. Eine vage Handbewegung blieb seine einzige Reaktion.

»Wir werden also die Möglichkeiten der Strukturtunnel nutzen und durch sie die gespeicherten Vitalkräfte leiten!« wiederholte Cagliostro. »Wie sehen Eure Berechnungen aus?«

»Die Strukturtunnel besitzen für mindestens sieben Monate Stabilität«, antwortete Nonfarmale. »Und weil ihre Öffnungen auf ein Ziel außerhalb der Erde gerichtet sein werden, besteht sogar die Hoffnung, daß dieser aufdringliche Arkonide nichts davon mitbekommt. Alles Weitere bleibt abzuwarten. Ihr informiert die Eingeschlossenen?«

»Selbstverständlich. Obwohl unklar ist, wieviel von unseren Botschaften dort ankommt – nimmt man den Grad der Verstümmelung ihrer Nachrichten als Maßstab.«

»Fangen wir an, alter Freund. Es gibt noch viel zu tun.«

Wechselspiel von Außen und Innen:

Am 3. Mai 1761 riß die raumzeitliche Struktur nahe der *Venus* auf, wie die Bewohner der Erde die zweite Welt ihres Sonnensystems nannten.

Schon viele Jahrzehnte zuvor war das Raum-Zeit-Gefüge von den Cyén an dieser Stelle wiederholt perforiert worden, weil sich hier Restspuren jener Durchbruchsenergien erhalten hatten, die seinerzeit die Verbindung zum Roten Universum begleiteten. Übersättigungseffekte hatten instabile Projektionsformen zur Folge, die auf der Erde manchmal als *Venus-Mond* gedeutet wurden. Gleichzeitig mit dem Versuch vom Innen heraus gab es Unterstützung im Außen: Zwar hatten sich die Kontakte stets auf wenige Sätze beschränkt, aber Wesen, die von sich selbst als *Cynos* dachten und über beachtliche paranormale Potentiale verfügten, waren zur Hilfe bereit.

Nur kurz hatten die Cyén über die Namensähnlichkeit gegrübelt und daran gedacht, ob dies vielleicht auf eine gemeinsame Vergangenheit mit dem mythischen *Tba* zurückzuführen war, doch dann überwog der Pragmatismus: Fragen wie diese waren bestenfalls dann relevant, wenn ihnen der Ausbruch gelang. Und es schien, als könne das gemeinsam angegangene Vorhaben gelingen!

Jetzt entstand als tiefschwarzer Spalt der Strukturriß – von roten Fahnen, Schleiern und Blitzen umhüllt. In der Finsternis dehnte sich ein Punkt, wuchs zur Kugel und schwoll weiter an. Die KOAH-SHARA stabilisierte ihre Form, glitt halb aus dem Gefängnis der Hyper-Vakuole heraus und wurde mit einem Ruck gestoppt. Leuchten umwaberte das Raumschiff, dessen Konturen zur Transparenz wechselten, Festigkeit gewannen und wieder durchscheinend wurden.

Vom Innen drängte die konzentrierte Cyén-Macht in die schlauchförmige Verbindung, bemüht, sie auszuweiten und zu sprengen, den Zwang des STERNSAPHIRS zu überwinden. Bis zur Verausgabung kämpften die Cyén, versuchten die Barriere niederzuringen, aber je intensiver sie anrannten, desto größer wurde der Widerstand, den der STERNSAPHIR aufbaute. Sogar die Hilfe vom Außen brachte keine Änderung. Für Tage hing die KOAH-SHARA im multidimensionalen Loch fest, ohne sich weiter zu bewegen; mondgroß glühte und strahlte das Objekt, von Entladungen und wiederholten Detonationen umzuckt: Der Astronom Montaigne beschrieb seine Position nahe der Venus vom 3. bis zum 11. Mai 1761 in einem genauen Bericht. Dann schloß sich der Spalt, die Hyper-Vakuole glitt ins übergeordnete Kontinuum zurück, das Raumschiff blieb weiterhin gefangen.

Zwar tauchten vereinzelt auch in den folgenden Jahrzehnten »Phantom-Monde« auf, und für die Schwarmwesen der Grenzschicht war die Venus, neben der Erde selbst, ein weiterer Manifestationsknoten – der eigentliche Durchbruch aber war, wieder einmal, mißlungen. Und die Wechselwirkung zum Roten Universum hatte sich intensiviert.

An Bord der KOAH-SHARA

Czernaka Oulpka fluchte laut und unbeherrscht. Ringsum brachen Cyén wimmernd zusammen, hatten Mühe, die Körper-Manifestationen zu halten, und wurden instabil. Wie ein auf eine spiegelglatte Wasserfläche geworfener Stein für Wellen sorgt und den Blick auf den Grund verschleiert, so wirbelten Störungen durch Czernakas übergeordnetes Blickfeld; ihren paranormalen Sinnen entzog sich die Sicht ins makrokosmische Universum, und so war sie nicht sicher, ob der Fehlschlag ausschließlich auf die Macht des STERNSAPHIRS zurückzuführen war oder ob es noch andere Einflüsse gegeben hatte. Undeutlich glaubte sich die Cyén-Fürstin an die charakteristischen Vibrationen einer Superintelligenz zu erinnern, war sich allerdings nicht sicher.

Robotische Subeinheiten glitten herbei und versorgten die Cyén; viele mußten sofort in Stasis-Transformation überführt werden, darunter Czernakas Vater und ihr Onkel. Sie selbst fühlte sich ausgelaugt und kämpfte gegen Müdigkeit an, von der die Fürstin wußte, daß sie das Ende bedeutete, gab sie ihr nach. Enttäuschung und Frustration schienen wie Knüppel auf die Frau einzuprügeln; mühsam schleppte sie sich zu einem hypertronischen Terminal und rief Berichte und Auswertungen ab. Kräfte waren auf die KOAH-SHARA übergeschlagen, hatten sich ausgetobt und viele Sektionen zerstört.

Ob und in welchem Umfang der Kontakt zum Außen wiederherzustellen ist, läßt sich nicht absehen; es wird sicher schwierig werden! Die Frau stützte sich ab, ihre Muskeln zitterten; für Augenblicke umfing Schwärze ihr Bewußtsein. »Und es scheint sogar Kräfte im Außen geben, die gegen uns arbeiten! Seit dem ersten Tag unserer Gefangenschaft hat sich kaum was verändert. *Oon* ... Verfluchte Sternjuwelen! Verdammter Xanthyn Ol'dan!«

Weiteres Wechselspiel im Jahr 1788:

Monique, Gräfin von Beauvallon und Fraconnade, hatte nur noch ein Ziel: Le Sagittaire, den Transmitter und den Schutz der kühlen Kuppel. Selbst das Reittier schien zu spüren, daß es der Herrin nicht gutging. Der Wallach nahm seine letzten Kräfte zusammen und galoppierte über die schmale Straße, als wären Wölfe hinter ihm her.

Die Schmerzen krochen in Moniques Köper hin und her, auf und nieder. Sie keuchte und röchelte mit kurzen, harten Atemzügen. Vor ihren Augen drehten sich die Bilder. Sie versuchte sich mit dem letzten Wein zu beruhigen, den Schmerz zu betäuben. Ihr Körperinneres brannte. Sie fegte an den Pinien und Zypressen vorbei, die den Weg ins Tal hinunter säumten, an schroffen Felsen und den kalkweißen Blöcken.

Sie schien zu glühen, ihr Herz hämmerte, ihre Haut hatte sich rot gefärbt. Röchelnd und qualvoll arbeitete ihre Lunge. Sie hing im Sattel. Jeder Stoß, jeder Galoppsprung ließ sie vor Schmerz aufstöhnen. Sie preschte durchs Dorf und fiel aus dem Sattel, raffte sich auf und taumelte auf die Treppe zu. Von drei Seiten rannten die Bauern heran. Rico erschien am oberen Ende der Treppe, raste die Stufen herunter und hob

Monique auf. Sie flüsterte, während er wie ein Rasender durch die Gänge und über die Treppen des Schlößchens stob, dem Transmitter im Gewölbe entgegen: »Begrab mich in Beauvallon! Hörst du ...? Und sag Atlan, daß ich ...«

Monique glitt vom Koma in den Tod hinein, bevor er die medizinische Station der Kuppel erreichte: Ihre letzten Gedanken galten der langen Zeit, die sie an Atlans Seite verbrachte, seit er sie im Gebüsch abseits der Straße nach Orléans gefunden hatte. Das Bild ihres Geliebten überlappte kurz mit dem des *Psychovampirs,* der wiederholt mit absonderlichen Reit- und Flugtieren über der Welt erschien und weiterhin sein Unwesen trieb, indem er sich an den mörderischen Emotionen der Bewohner dieser Welt labte. Nonfarmale von den Inseln im Meer von Karkar, Herr über die Verbindungen zu »Jenseitswelten«, vom Äußeren her zeitweise Atlan recht ähnlich; vor langer Zeit hatte Rico eine Aufzeichnung gemacht, als der Fremde mit Gustav Adolf sprach:

»Ich bin aus Sarpedon im Meer von Karkar. Manche, die ich besiegt habe, nannten mich Nahith Nonfarmale. Aber ich habe viele Namen.«

Labrador, am 2. März 1916

Nonfarmale stand hoch aufgerichtet in einem Kreis aus geschmolzenem Schnee, ausgeglühtem Boden und kopfgroßer Steinbrocken. Er breitete die Arme aus, und im Flackerlicht stand zwei Lidschläge danach Charis da, die Schiffsherrin im Mittelmeer, und mit jeder Geste ihres nackten, reifen Körpers drückte sie Hingabe, Liebe und Verständnis aus.

Atlan hatte Nonfarmale in die Brust schießen wollen; jetzt glitt sein Finger vom Auslöser. Es war keine Illusion, kein Spiegelbild: Es war Ne-Tefnacht, die er beinahe getötet hätte. Noch während er sein staunendes Entsetzen niederzukämpfen versuchte, zerfloß das Bild – an Ne-Tefnachts Stelle stand Ullana Amiralis Thornerose in der eiskalten Landschaft.

»Verfluchter ... Bastard!«

Atlan versuchte, die Wirklichkeit zu erkennen. Ullana verschwand, machte Monique Platz; nackt, begehrenswert und schutzlos. Ihr Lächeln war schmerzlich, auffordernd. Monique verwandelte sich in Lisa Gioconda, Atlans Geliebte im Florenz des Leonardo da Vinci. Der Arkonide wußte nicht, ob Nahith Nonfarmale aufgegeben hatte oder eine besondere List anwandte. Der Psychovampir schien Atlan übertölpeln zu wollen, während er ihm zeigte, wie gut er seinen Gegner kannte. Wieder zerfloß das Bild, und an Monas Stelle stand Amoustrella mit langem Haar und leuchtenden Augen. Atlan war nun sicher, daß Nonfarmale ihn mit dieser

Modulation seines Körpers in den Wahnsinn zu treiben versuchte. Der Arkonide hob den Lauf der Waffe und schoß Amoustrella in den Kopf.

Die Frau verwandelte sich in Nonfarmale, dessen Schädel zerrissen war. Aber auch dieser Körper verwandelte sich, wurde zu einer zylindrischen Säule, höher als eineinhalb Meter. Atlans Knie zitterten, als er näher ging und die Waffe auf den Obelisken richtete. Von links strahlten die Fackeln, und als Atlans Enkel aus der Luft herunterschwebte und auf die Säule zuging, schaltete er die Helmlampe und den Gürtelscheinwerfer ein. Atlan starrte fassungslos die Säule an. Amir ging um den versteinerten Körper herum, der jegliche Kontur verloren hatte. Atlan stand schweigend da, erwartete, daß der Obelisk im starken Licht beider Scheinwerfer einen wuchtigen Schatten warf – aber der Boden blieb hell, schattenlos, wie immer sich Amir auch bewegte. Auch im Licht der Fackeln warf die Säule nicht einmal einen grauen Schatten.

Im Reich der *Zwei Schatten;* Key Largo, am 3. Juni 1971

Atlan kniff die Augen zusammen; obwohl seine Gedanken klar waren und die Zusammenhänge ein stimmiges Bild ergaben, schien es einen Schleier zu geben. Wie hatte sich der Rollstuhlfahrer genannt? Es wollte ihm nicht mehr einfallen. Es war auch nicht wichtig, denn nun gab es Hoffnung. »Du gehörst nicht in diese negative Zukunfts-Perspektive«, sagte Atlan. »Vielleicht ist doch nicht alles verloren. Hat ES dich geschickt?«

Der Mann sah aus, als sei ihm plötzlich übel. Mit schlecht gespielter Verwunderung wiederholte er: »ES?«

Atlan lächelte. »Das war nicht schwer zu erraten. Nachdem ich mir darüber klargeworden bin, daß ANTI-ES diese Falle gestellt hat, kann jeder, der mir helfen will, nur von ES geschickt worden sein.«

»Ich verrate nichts!« Der Rollstuhlfahrer sah sich um, schien sich erst jetzt bewußt zu werden, daß er sich nicht in der Welt befand, aus der er stammte. Eine Welt, die durchaus zu seiner werden konnte, wenn ihre endgültige Realisierung nicht verhindert wurde. Er blickte die türkisfarbene Statuette in seinen Händen an wie ein Lebewesen und fragte: »Was müssen wir dazu tun?«

Während Atlan noch nach Luft schnappte, blitzte und krachte es ringsum, so daß er einen Augenblick glaubte, die Welt ginge unter. Als er wieder sehen konnte, erkannte er zwischen Palmen und wilden Bananenstauden das »Blockhaus«. Der Mann im Rollstuhl zeigte mit einer Hand darauf, mit der anderen tippte er auf die Sensorleiste der Armlehne. Atlan begriff und lief neben dem summenden Rollstuhl her. Gleichzeitig erreichten sie die Hütte. Durch die offene Tür strahlte Licht. Der Mann rollte hinein, Atlan folgte. Das Kristallrhomboeder war noch da, alle Flächen bis auf eine jedoch dunkel. Das stereoskopische Bild zeigte Key Largo im hellen Tageslicht mit der Silhouette des Overseas Highway im Hintergrund. Das Bild wurde größer; wieder blitzte und donnerte es ohne den Anschein eines Gewitters.

An Bord der KOAH-SHARA; 1.072.211 Jahre nach dem Raub der Sternjuwelen:
12. April 2025

Czernaka Oulpka atmete tief durch, wurde sich ihrer selbst wieder bewußt; sie wußte, daß sie sich auf ein sehr riskantes Experiment eingelassen hatte, als sie ihr Bewußtsein auf der Erde in einem Menschen inkarnierte. Aber ein enger Kontakt war – endlich! – hergestellt worden; ob er zum Erfolg führte, war eine andere Frage.

Erst die achte Schwarmmutter konnte mit Hilfe vom Außen die entscheidende Phase einleiten ...

Ihr ganzes Potential erwachte nun nach der Rückkehr. Nach kurzer Entspannungskonzentration lief sie los.

Mit den Geräten ihrer Silberkugel erstellte die Fürstin rasch jene Szenarien, in die die vier transformierten Menschen, unabhängig von den anlaufenden Prozessen der KOAH-SHARA, eingebettet wurden; eine Sicherheitsmaßnahme, um vorzeitige Kontakte mit den anderen Cyén zu verhindern – insbesondere mit Xanthyn Ol'dan. Nachdem die Platinhaarige ihre Kampfkombination angelegt hatte, trat sie in die Pseudolandschaft hinaus und bereitete sich innerlich auf die abschließende Auseinandersetzung vor, denn noch war ihre Mission nicht abgeschlossen.

Xanthyn Ol'dan. Der STERNSAPHIR. *Oon Batraál!*

6.

Aus: *Welten des Großen Imperiums;* autorisierte Info-Sammlung des Flottenzentralkommandos (Geheimwelten unterliegen Zugriffskode #***.****.***), reich bebildert, 223. Auflage der Kristallchips, 19.015 da Ark

Wazarom: *Dritter von insgesamt fünf Planeten der gleichnamigen Sonne, 27.135 Lichtjahre von Arkon entfernt. Es handelt sich um eine glaziale Sauerstoffwelt, die 18.955 da Ark erstbesiedelt wurde. Der einzige Hauptkontinent, zur Hälfte von einem bis zu viertausend Meter dikken Eispanzer bedeckt, reicht auf der Südhalbkugel bis in Äquatorhöhe. Tausende Inseln ragen aus dem Meer der Nordhemisphäre. Neben glazialer Fauna (Gnyn-Schreckhörner, Säbelzahntigerähnliche, Riesengeier und dergleichen – Besonderheit: Alle Tiere besitzen mehr oder weniger intensive Auswüchse, Hautdeformationen oder innere Einschlüsse von Hyperkristallen!) sind vor allem die Laiqud-Flugrochen zu erwähnen; eine außergewöhnliche Lebensform, die ebenfalls über eine mit Hyperkristallablagerungen gesättigte Haut verfügt.*

Die Besiedlung erfolgte vor allem entlang den buchten- und flußmündungsreichen Kontinentküsten, auf den Großinseln und auf künstlichen Inseln. Hauptstadt: Wazarom-Zhad – eine ausgebaute Schwimmpflanze von zehn Kilometern Durchmesser und mit ausgedehnten Druckkavernen bis in dreihundert Meter Tiefe ...

An Bord der ARKON II: 19. Prago des Eyilon 19.018 von Arkon (= 12. März 2048 Terra-Standard)

Nach dem Start von ARKON II, Stabslakan und Khols Sondergeschwader lehnte ich mich zurück und gab in rascher Folge meine Anweisungen: »Kurs: Leuchtstern Mhalloy. Anflugprogramm erstellen, Standardorbit. Einsatzbesprechung mit Keon'athor Ceshal da Ragnaari vereinbaren. Funkzentrale ARKON: Orbton Lasam, chiffrierte Meldung an Einsatzleitung Thektran, Thek'athor Wroma. Kennziffer laut Speicherdatei. Wortlaut: Flaggschiff ARKON Zwo, Begam an Thektran, Arkon Drei ... Dringlichkeitsanfrage: Liegen inzwischen weitergehende Daten, Beobachtungsergebnisse oder Positronik-Auswertungen vor? Konnte die Nachricht des Gijahthrakos entschlüsselt werden? Wenn ja, sofort übermitteln. Gegebenenfalls ist Altspeicher-Material einzubeziehen. Gezeichnet: Gonozal der Achte, Imperator, Seiner Erhabenheit Schiff ARKON Zwo.«

»Verstanden.«

Außerhalb des Schiffes glühten die Abwehrfelder – Mikromaterie und Sonnenwind wirkten bei unserer Geschwindigkeit wie Megabomben. Die ARKON raste dem Transitionspunkt entgegen; auf den Einsatz des »Stotterantriebs« würden wir diesmal verzichten – und wohl auch in Zukunft. Ich dachte an Ceshal, der Senior-Kadett an der Galaktonautischen Akademie von Iprasa gewesen war, als ich, der Kristallprinz, in diese Ausbildungstretmühle eingebunden wurde, und auch an unseren Ausbilder Ghotor, diesen hartgesottenen, einem irdischen Sergeant vergleichbaren Arbtan, Veteran der Bekwyn-Schlacht, bei der unter Führung meines

Vaters die Maahks trotz Übermacht geschlagen und beinahe völlig aufgerieben wurden.

»Wir haben sechs kleine Taa-Stämme an Bord genommen, sicher ist sicher«, sagte Straton. »Somit kann das gemeinsame Bewußtseinsfeld der Taas nahezu beliebige Materiewandlungen herbeiführen. Ein unschätzbarer Vorteil, wenn es gilt, Ausrüstung und Gerät herzustellen oder Reparaturen durchzuführen.« Er wies vage zur Raumschiffspheripherie. »Die Stamm-Mütter erwarten dich; sie sind Befruchtete, aber noch keine Großen Mütter.«

»Hast recht, ich muß sie an Bord begrüßen«, antwortete ich und winkte dem Dron. »Und anschließend wird das versäumte Mittagsessen nachgeholt.«

Durch eine Schleuse verließen wir die innere Kugelzelle. Antigrav-Gleitfelder trugen uns zur Hangarregion. Nach dem Passieren einer weiteren Schleuse standen wir unvermittelt in völlig fremder Umgebung. Hallen, von deren Decken tropfsteinähnliche Gebilde hingen, reihten sich aneinander. Ich erkannte mächtige Strebepfeiler, porige Oberflächenstrukturen und schwammähnliche Aufsätze. Skurril geformte Säulen, zum Teil miteinander verbacken und nahtlos ineinander übergehend, entstammten unzweifelhaft der Bauweise der eingeborenen Lebensform von Iprasa. Aus Öffnungen raschelten metergroße Taa-Arbeiterinnen hervor. Ich folgte dem Freund, umringt von Soldatinnen, deren zu armlangen Quetschzangen umgebildete Mundwerkzeuge weit geöffnet waren. Zwei Meter hohe, sechsgliedrige Insekten mit mächtig aufgeblähten, hellbraunen Hinterleibern schoben sich raschelnd näher und hoben ihre Thoraxsegmente. Als *Große Mütter* wurden sie zu riesigen, unbeweglichen Kolossen, die, auf die Pflege und Versorgung ihres Stammes angewiesen, unablässig Eier ausstießen. Ich breitete die Arme aus und ließ mich von Antennenfühlern abklopfen, zartes Kribbeln begleitete die komplizierte Signalfolge.

»Willkommen, Imperator«, signalisierten die Mütter. Sie waren das eigentliche »Sprachrohr« eines jeden Stammes und wirkten – im Gegensatz zu normalen Taas – auf jemanden wie mich als Einzelperson.

»Ich danke.« Mein Spiegelbild wurde hundertfach von Augenfacetten reflektiert, und ich staunte nicht zum ersten Mal darüber, daß Lebensformen wie Taas und Arkoniden seit Jahrtausenden zusammenarbeiteten, miteinander kommunizierten und wir uns trotz der gegenseitigen Fremdartigkeit eigentlich hervorragend verstanden. *Leider ist es nicht überall so,* dachte ich betrübt. *Man sieht es an den she'huhan-verfluchten Tekteronii!*

Das Klopfen der Fühler auf meinen Händen verstärkte sich. »Toleranz, Imperator, läßt sich leider nicht erzwingen, sondern muß von allen Seiten ausgehen.«

Ich neigte den Kopf und bat meinen Extrasinn um Hilfe. Er vermittelte mir die Informationen des gewünschten Tastmusters. In rascher Folge berührte ich mit gebogenem Zeigefinger die Fühler der Taa-Mütter, die für Sekunden förmlich erstarrten und mir ein dankbares Parasignal übermittelten. Eine Mutter schob sich vor, rieb Kieferfühler aneinander und erzeugte ein Schnarren, das einigermaßen verständliche Worte ergab: *»Es ist uns eine Ehre, Euer Erhabenheit!«*

Ich vollzog das Abschiedsklopfen und sah den Müttern hinterher, als sie, von den kleinen Taas umringt, davonhuschten. Straton atmete schwer. »Imperator! Atlan!« keuchte er. »Du erstaunst mich immer wieder.«

Ich grinste matt. »Ich bin ein uralter Mann, Freund, vergiß das nicht. Überdies ist Völkerverständigung Voraussetzung im Tai Ark'Tussan.«

»Trotzdem – in einer Zeit von Translatoren und allgemeiner Interkosmo-Kommunikation gibt es wenige, die es in der Original-hm ... Sprache versuchen würden.« Gesträubte Stirnschuppen bewiesen, wie erstaunt der Dron war. »Beim heiligen Dotter!«

»Beruhige dich, Vere'athor«, sagte ich müde. Mehrmals bestätigte er mit den Nickhäuten, während ich mich verzweifelt fragte, warum es nicht zu einer ähnlich erfolgreichen Verständigung mit den Tekteronii kam – und gab mir selbst die Antwort: *Es ist ihre Reine Lehre, die trennender wirkt als jede fremdartige Sprache; immerhin gibt es in den Reihen der Tekteronii inzwischen Vertreter von nahezu allen bekannten Völkern, einschließlich Terranern!*

Mein Extrasinn wisperte leise; es klang wie eine Bestätigung.

Leuchtstern Mhalloy, an Bord der ARKON II: 20. Prago des Eyilon 19.018 von Arkon (= 13. März 2048 Terra-Standard)

»Die RAGNAARI ist bereit, Imperator.«

Ceshal da Ragnaaris Flaggschiff, dachte ich. *1500-Meter-Klasse!*

In der Holoprojektion schwebten die tausend Einheiten des Imperialen Gardegeschwaders neben jenen hundert von Khols TROMPON-Verband. Die RAGNAARI war wenige tausend Meter entfernt und schaltete eine Transmitter-Verbindung zur ARKON II. Fünf Stunden nach unserem Start begann die Einsatzbesprechung; dank der geringeren Distanz war Ceshal vor uns eingetroffen. Wir hatten die 4999-Lichtjahre-Distanz von Zhygor zum Leuchtstern mit zwei Transitionen zurückgelegt.

Zweisonnenträger Ceshal da Ragnaari, Ex-Kommodore des Schläfer-Schiffes, kräftig und groß, schüttelte meine Hand. »Hallo, Imperator. Treiben wir die Berkomnair an!« sagte er und erinnerte mich an den Tanz der Monde. Bilder aus der Zeit der Iprasa-Akademie stiegen in mir auf; später hatten wir vielleicht Zeit, Erinnerungen auszutauschen. Ceshal war mit Siina, seiner Feuerfrauen-Leiterin und Geliebten, gekommen. Die Frau trug ihr weißblondes Haar millimeterkurz und wirkte auf mich ähnlich temperamentvoll wie Rakina Kharoon, die Kommandantin der OTIA. »Alles bereit?«

»Die Feuerfrauen warten ungeduldig, ebenfalls die Mooffs, Naats und all die anderen«, sagte ich, während wir am Konferenztisch Platz nahmen. Straton Zaghyt saß neben Khol Trayz, Killan voo Mispanor, Kon und Tanja. »Hast du inzwischen eine Nachricht vom Thektran erhalten?«

Sinyagi war weiterhin »blockiert« – ich fühlte mich dagegen förmlich aufgeputscht, hatte fast das Gefühl, als müsse der Lha'hon-Quarz in meiner Stirn bersten. Zur Zeit reichte es aus, wenn Tanja oder die Amazonen nur in meiner Nähe waren, um mir paranormale Kräfte zu »verleihen«. Eine interessante Erfahrung, obwohl mir bewußt war, daß das kein dauerhafter Zustand sein konnte und auch nicht sein würde: Irgendwann mußte das Potential erschöpft sein, da es auf einer künstlichen Anreicherung des ES-Nebeldoms beruhte, nicht auf natürlicher Begabung wie bei Tanja, Ras, Kitai-San, Gucky und all den anderen.

Ceshal nickte betrübt und reichte Killan einen Kristallchip: Virtuelle Bildflächen entstanden, nachdem er ins Tischterminal geschoben war. Ich überflog die Zeilen, die Killan halblaut vorlas:

»... weiterhin keine Verbindung zu Wazarom Drei herstellbar. Fernbeobachtungen weisen auf einen starken Hyperenergieausbruch hin ... Raumzeitlich-dimensionale Verzerrung erscheint deshalb wahrscheinlich, Ähnlichkeiten zur Semi-Transition einer Entrückungszone bestehen; Robotregent spricht, mit Bezug auf Gijahthrako-Daten, von einer *metastabilen Raum-Zeit-Nische respektive Hyper-Vakuole und der Tendenz, ein eigenständiges Miniaturkontinuum auszubilden* ... Sondervollmachten gemäß Notstandsgesetzgebung werden hiermit erteilt ... – blablabla –, den Imperator, gemäß den einschlägigen Verordnungen und in seiner Verantwortung als Begam, mit der restlosen Aufklärung des Falles zu beauftragen ...«

Killan sah hoch und wich dem grimmigen Glitzern in Stratons Augen aus, als dieser aufsprang. Wütende Subströme ballten sich um ihn wie eine schwarze Gewitterwolke. Der alte Dron stand kurz vor einem Ausbruch. Als ein der Praxis verbundener Raumsoldat, hart und eiskalt wie Arkonstahl, und erst recht als Vertreter eines stolzen Echsenvolkes brachte ihn nichts so schnell zur Weißglut wie theoretisierende »Terminalköpfe«, die, weitab vom Schuß, Marschbefehle in bestens formulierter und juristisch einwandfrei abgesicherter Sprache erstellten – oft jedoch unter Verfälschung des ursprünglichen Wortlauts der Befehlsgebung.

Die stille Feindschaft zwischen den »Silberlingen«, wie wir früher die Verwaltungs- und Stabsorbtonen genannt hatten, und den Frontoffizieren war nicht immer ein Quell der Erheiterung gewesen. Im Kampf gegen die Methans war häufig rasches Entscheiden wichtiger als die exakte Einhaltung ausufernder Dienstanweisungen gewesen. Seit den Uranfängen des Tai Ark'Tussan gab es einen besonderen Orden, der offiziell nicht den geringsten Wert hatte, insgeheim aber als die größte Auszeichnung galt, die einem arkonidischen Orbtonen verliehen werden konnte. Er bekam ihn nur – eine groteske Ironie –, wenn er entgegen allen Befehlen und völlig nach eigenem Ermessen handelte, sich diese krasse Befehlsverweigerung *im nachhinein* aber als richtig und angemessen erwiesen hatte. *Ansonsten war eine Anklage wegen Insubordination noch der harmlose Teil dessen, was der betreffende Offizier und seine Familie zu erwarten hatten ...,* dachte ich und unterdrückte die stechenden Impulse meines einmal mehr zu exakten Gedächtnisses. *Meist wurde dieser Orden ohnehin posthum verliehen ...*

»... mit der restlosen Aufklärung des Falles zu beauftragen!« zitierte Straton ächzend, rollte die Augen und riß den zahnbewehrten Rachen auf. »Atlan, dieser Wroma hält sich ein wenig zu sehr an altüberlieferte Arkon-Formulierungen und das Flottenhandbuch, denn damit wird dir allein die volle Verantwortung übertragen. Wer entscheidet, was wirklich restlos bedeutet? Die Idioten im Hohen Rat, die nicht mal zur Versammlung kommen? Die Großpositronik? Du solltest ...«

»Kommandant Zaghyt!« zischte ich in einem Tonfall, der Straton sofort verstummen ließ. Kegelzähne knirschten, als der Mund zuklappte. »Ich bin nun mal der Imperator und habe die Verantwortung, schon vergessen? Was interessieren da spitzfindige Standardfloskeln?«

»Euer Erhabenheit, ich möchte darauf hinweisen ...« Killan begann im Versuch, Straton beizustehen, zu sprechen. Leider verkannte er den drontypischen Stolz und erntete ein dumpfes Donnern:

»Stabschef, der Imperator hat entschieden!«

Ich unterdrückte die in mir aufsteigende Belustigung und winkte ab. »Killan, weiter im Text.«

Straton grinste ebenfalls wieder. Ich lehnte mich zurück und musterte die Holoprojektion neben der Tür. Sie zeigte den Kristallpalast mit seinem glitzernden Außenbelag. Killan hockte mit spitzem Gesicht vor dem Monitorhalbrund seines Tischteils, und Straton, auf den kräftigen Schwanz gestützt, stand rechts nebenan.

»... konnte die Nachricht des Gijahthrakos erst teilweise entschlüsselt werden«, las der Mispaner. »Achtung, Bildsequenz folgt.«

In der Holoprojektion tauchte ein Kristallschiff vom Dodekaedertyp der Thaafs auf und näherte sich einer verschwommenen Blastula, einer aus vielen kleineren Kugeln zusammengesetzten großen. Eingeblendete Maßketten verdeutlichten die Größe des Objekts: fünfzig Kilometer

Durchmesser. Eine zweite Ziffer zeigte die Anzahl der beteiligten Stachelkugeln, die um Rematerialisation bemüht waren: *197.*

»Das Ergebnis unseres Angriffs auf die Tekteron-Galeere«, sagte ich halblaut. »Plus etliche Stachelkugeln, die in den Monden des Schreckens entstanden – jetzt wissen wir, wo ihr Rematerialisationspunkt gewesen sein muß! Bemerkenswerter Garrabo-Zug der Cyén.«

Schwacher Lichtschein flackerte auf, als das Dodekaeder in die Blastula eindrang und unvermittelt verschwand. Aus dem Kommentartext ging hervor, daß angemessene Impulse nur für ein einziges Wesen an Bord des Kristallschiffs sprachen. Khynogheraan unterstrich, daß es sich um die Individualmuster *Ak'iakatons* handelte: »... wiederhole: Der Erste Cyén selbst, kein Götzen-Fragment!«

»Ak'iakaton!« Verblüfft zischte ich den Namen; bislang hatten wir es vor allem mit Xanthyn Ol'dan zu tun gehabt. Rundum sah ich fahl gewordene Gesichter. Tanja schüttelte sich; ich sandte ihr einen aufmunternden Blick.

»Nach der Beobachtung – die unserer Sonde entging! – muß Khynogheraan ebenfalls in die Blastula eingedrungen sein, und es gelang ihm, eine Spore an Bord zu nehmen.« Ceshal hob die Schultern. »Der Rest ist bekannt: Vernichtung des Diskus und Absturz der Spore auf Wazarom Drei, während nahezu gleichzeitig diese Blastula spurlos verschwand – was bedeutet, daß die Aktion der Cyén läuft beziehungsweise einem weiteren Höhepunkt entgegenstrebt!«

Mein Extrasinn erinnerte mich an den Eindruck bei Tanjas Heilung: Ich hatte einen mächtigen, mit den Schreckensmonden und den Wurmbefallenen verknüpften *Knoten* nahe dem Raumsektor des Tektron-Bundes erkannt. *Jetzt* wußte ich, um was es sich dabei gehandelt hatte! Ich knurrte:

»Weitere Daten von den Beobachtungssonden? Was ist mit der Umschreibung metastabile Raum-Zeit-Nische respektive Hyper-Vakuole genau gemeint, Laktrote? Vakuole bezeichnet in der Biologie ein mit Flüssigkeit gefülltes Bläschen im Inneren einer Zelle.«

Kon machte eine vage Geste. »Es scheint eine hyperenergetische Restspur zwischen der Spore auf Wazarom und dem Blastula-Standort zu existieren. Leider sind die Meßgeräte nicht empfindlich genug, um mehr sagen zu können ... Und Hyper-Vakuole nennen wir, eben in Analogie zur Biologie, jenen Effekt, wenn eine mit konventioneller Raum-Zeit-Struktur ›gefüllte‹ Kontinuumsblase vom Standarduniversum zum Hyperraumniveau entrückt wird. Je nach Ausprägung der Verzerrung bleibt eine Verbindung bestehen, oder diese Blase ist völlig separiert im Sinne eines eigenständigen Miniaturuniversums. Ich vermute, daß für die Blastula ersteres zutrifft; die Wazarom-Spore könnte hierbei eine Art Ankerfunktion übernommen haben, sofern nicht gar eine Verbindung in Form eines hyperphysikalischen Nullfeld-Tunnels besteht ...«

»Was heißt?« murmelte ich – nicht zum ersten Mal verärgert darüber, daß unsere rätselhaften Freunde von Gikoo beim Wissenschafts- und Technologietransfer verdammt zurückhaltend waren. *Welche Möglichkeiten hätten wir, wenn sie ...* – ich brach den unergiebigen Gedanken ab.

»Interaktive Wechselwirkung«, antwortete Kon. »Informeller und vielleicht sogar stofflicher Austausch in beide Richtungen.«

Ich atmete zischend ein. »Das heißt, daß über den scheinbaren Umweg der Spore ein direkter Sprung in die Blastula zu Ak'iakaton möglich ist, während die Blastula selbst für uns wohl völlig außer Reichweite liegt?«

»Liegt im Bereich des Möglichen, Atlan.« Er wiegte den Kopf. »Aber erst genaue Meßergebnisse können ...«

»Danke!« unterbrach ich. Über dem Tisch entstand, von Killan geschaltet, eine Kartentankprojektion. Neben dem Wazarom-System wurden Koordinaten eingeblendet: *Arkon-Standard: x plus 9272, y minus 3317, z minus 6147; Distanz zu Arkon: 27.135.*

Ich wechselte einen Blick mit Ceshal. Für Momente blitzten Erinnerungen auf. Iprasa-Akademie, astro-mathematische Ausbildung, die Stimme eines Dozenten: *»... bleibt die exakte Darstellung Bordrechnern und Autopiloten vorbehalten, basierend auf einem im hypothetischen Milchstraßenmittelpunkt zentrierten Koordinatensystem, dessen x-Achse durch den Kugelsternhaufen verläuft ... ist jeder Stern vertreten durch seinen Standort zu einem definierten Zeitpunkt und seinen Bewegungselementen, mit denen der jeweils aktuelle Koordinatenpunkt bestimmt werden kann. Das werden wir üben, verlassen Sie sich drauf! Weitere Kennzeichnungen sind hyperphysikalische, für die Transitionsberechnung maßgebliche ...«*

Ich räusperte mich und zeigte auf die Projektion. »Es gibt wohl nicht mehr zu sagen, Freunde.«

Ceshal nickte. Es bedurfte keiner weiteren Diskussion: *Hinfliegen und nachsehen!*

Er berührte seinen Kommandokommunikator und sagte nach kurzer Überlegung: »Verbandschef an alle Einheiten der Garde: Vorprogrammierung und Aufladung der Strukturfeld-Konverter. Zieldaten für Transition Wazarom-System nach Berechnung astro-mathematische Abteilung ARKON. Alarmbereitschaft herstellen. Transitionszeit bei T minus einer Tonta, gleich voraussichtlicher Ankunft im Wazarom-System. Es gelten Sondervollmachten nach Notstandsgesetzgebung; Legitimation erteilt durch Imperator Gonozal den Achten. Für alle BF-Meldungen Verschlüsselung und Zerhackung laut Status Geheim; Wechsel Erkennungskode im Vier-Stufen-Rhythmus.«

Positiv-Leuchtmarken erschienen, Bestätigungen liefen in rascher Folge ein.

»Fragen?« wollte Ceshal wissen. »Keine? Gut. Kommandeur Ende und aus.«

Ich sagte: »Kommandant Zaghyt: Ausführung!«

»Verstanden, Euer Erhabenheit.« Straton salutierte und polterte aus dem Raum. Killan voo Mispanor kreuzte die Hände vor der Brust und verabschiedete sich ebenfalls. Während sich hinter ihnen das Schott schloß, lauschte ich eine Weile Stratons von der Zentrale übertragenen Befehlen, die die Schiffsführung betrafen. Ironisch fragte ich mich, warum der Alte diese gräßliche Lautstärke entwickelte, dann schaltete ich ab. Siina, Ceshal, Khol, Tanja und ich waren allein.

»Eure Wahrnehmung bei dem Sternhaufen ...«, begann ich.

Siina zog sofort einen Speicherkristall hervor und spielte eine auf der Basis eines Simultanprojektors erstellte Zusammenstellung jener Eindrücke vor, die die Zhy-Famii bei dem 27 Lichtjahre großen, mehr als hundert Sonnen umfassenden offenen Sternhaufen empfangen hatten: Kalkige Gestalten, die ständig verschwammen und nur grob dem Äußeren eines Arkoniden glichen, tanzten einen merkwürdigen Reigen vor dem bläulichen Reflexionsnebel kosmischen Staubs – Bilder, die mich wieder einmal an die *Lichtelfen* erinnerten. *Hoffentlich halten sie auf Zhygor Ruhe!*

Optimist! zischte der Logiksektor. *Denk an Murphy! Ein Unglück kommt selten allein!*

Diese innere Stimme war mal wieder sehr aufbauend!

Siina sagte nachdenklich: »Neben den paravisuellen Eindrücken waren die des Bewußtseinsfeldes maßgeblich; es ähnelte dem der Großen Feuermutter, war aber bedeutend stärker, kraftvoller, exotischer, fremdartiger. Kaum erkannt, war es aber wieder vorbei.«

Ich nickte. Die aufgerufenen Daten erschienen auf einem Display. Katalognummer, Koordinaten ... Der Sternhaufen war nur 794 Lichtjahre von Wazaroms Stern entfernt. Bemerkenswert andeutungsvoll erschien mir der Name: *Mirkandol* – »Ort der Begegnung«. Er stammte laut Datenbank von Imperator Gwalon I. persönlich, dem ersten in der langen Reihe von nunmehr 496 Höchstedlen des Tai Ark'Tussan.

Und aus der Zeit Gwalons, erinnerte mich der Extrasinn, *stammt das Juwel von Kariope mit den Daten über die Sternenmythen! Da könnte ein Zusammenhang bestehen!*

Fragt sich nur, welcher. Aber darum soll sich Hemmar kümmern!

Orbit von Wazarom III, an Bord der ARKON II, Lagebesprechung: 20. Prago des Eyilon 19.018 von Arkon (= 13. März 2048 Terra-Standard)

»Wir haben ein beachtliches Problem!« sagte Ceshal grimmig und wies auf die konvexe Projektion, die einen Oberflächenabschnitt des Planeten wiedergab. Das Geschwader befand sich in geostationärer Umlaufbahn in 38.071 Kilometern Höhe und bildete, in Gruppen aufgeteilt, die Eckpunkte eines gleichseitigen Dreiecks.

»Die Spore ist rund 930 Kilometer vom Südpol entfernt aufgeschlagen und hat verschiedenste Wirkungen freigesetzt.« Kon ersetzte die Projektion durch einen Vollglobus. »Die äußerste Zone, dreißigtausend Kilometer im Durchmesser, ist hyperaktiv und unterbindet beispielsweise den Einsatz von Transmittern und Hyperfunk. Es gibt vielfältige Interferenzen und Störungen.«

Eine milchige Blase, von rotem Gitternetz durchzogen, hüllte den Globus ein; über dem Südpol reichte sie fünfzehntausend Kilometer, über dem Nordpol knapp zweitausend ins All. Feldlinienartige Strukturen schwangen vom Südpolbereich in die Höhe und formten einen Torus.

»Die zweite Zone spannt mit neuntausend Kilometern Radius bis zum Äquator; hier dürfte Technologie höherer Formen blockiert sein. Näher zur Spore hin wird die Verzerrung immer stärker! Möglicherweise kommt es dort zum Ausfall aller High-Tech, sogar Paragaben dürften eingeschränkt sein. Ich denke, daß wir es mit einer Ausstülpung der Blastula zu tun haben; der Anker scheint langsam selbst zu einer Hyper-Vakuole zu werden. Leider ist die Ortung gestört, die Daten bleiben vage, aber die Tunnelverbindung existiert – genau wie vermutet.«

»Danke, Kon.« Ich nickte und betrachtete die Monitoren des Konferenztisches.

Lasam sagte halblaut: »Es ist gelungen, Normalfunkverbindung zu *Wazarom-Zhad* herzustellen. Die Pioniere sind noch nicht gravierend betroffen. Es gibt allerdings Berichte darüber, daß ungezählte Tiere von Gallerten befallen wurden.«

Ceshal sah mich nachdenklich an. »Wir wollen Aufklärung. Wenn möglich natürlich eine Beseitigung der Gefahr. Aber: Dort unten leben zwanzig Millionen Pioniere!«

Khol zählte an den Fingern auf: »Keine Transmitter bedeutet, daß auf diese Weise keine Evakuierung möglich ist. Wenn sich aber die kritische Zone ausbreitet, fallen unsere Impulstriebwerke und Antigravaggregate aus. Im eigentlichen Kernbereich sind sogar primitive Düsentriebwerke gestört. Hinzu kommen die Gallerten und die raumzeitlich-höherdimensionale Deformation im Zentrum bei der Spore. Freund Ceshal, das ist mehr als bloß ein Problem!«

»Nicht zu vergessen die Macht der Spore an sich!« Kon beugte sich vor und kniff die Augen zusammen. »Wir haben es ja nicht mit einer normalen *Saam* zu tun, sondern mit einer, die den Einsatz von Gravitationsbomben überstanden hat! Wer weiß, welche weiteren Veränderungen oder Mutationen damit verbunden sind? Immerhin hat sie Khynos Diskus vernichtet – und somit Gijahthrako-Technik ausgeschaltet!«

Ich sprang auf, ging nervös einige Schritte hin und her und brummte: »Teilen wir das Problem auf, Freunde. Das Geschwader muß sich um die Pioniere kümmern, gegebenenfalls ist Raumflottenunterstützung anzufordern. Evakuierung, solange unsere Technik noch funktioniert!«

»Atlan! Es sind zwanzig Millionen!« Ceshal hob verzweifelt die Arme. »Nur ein Drittel lebt in den Hauptsiedlungen, der Rest großflächig verteilt. Wie soll ich ...«

Ich winkte müde ab. »Das ist dein Part, Flottenadmiral! Laß dir was einfallen! Schleuse alle Beiboote aus, lande mit den Kreuzern, pfropf die Leute in die Hangarhallen. Ist mir egal. Ich kümmere mich um die Spore.«

Tanja warf mir einen nachdenklichen Blick zu; sie ahnte meine Gedanken und erfaßte als *Saam-Feuerfrau* meine Individualimpulse genau. Ceshal seufzte, hob die Brauen und musterte mich ärgerlich. »Hast du eine Idee?«

»Hhm, vielleicht.«

»Raus mit der Sprache, Imperator.«

»Jeder direkte Anflug scheitert, Raumgleitereinsatz ist problematisch. Möglicherweise können uns die Spore oder die hinter ihr stehenden Tekteronii sogar orten. Mini-Helikopter oder Fallschirmlandung sind zu unsicher. Was bleibt, ist das Vordringen vom Äquator her. Bodennah. Am besten mit Amphi-Trucks, antigravunterstützt, solange es geht. Einsatz möglichst einfacher Technik. Wenn die Trucks ausfallen, muß es zur Not zu Fuß weitergehen. Ziel: Ausschaltung der Spore. Die Verbindung ist zu kappen. Vielleicht sind wir damit die Blastula samt Ak'iakaton los?«

Kon starrte mich an, Ceshal schüttelte sich. »Du denkst an eine kleine Einsatzgruppe?«

»Höchstens hundert Leute«, stimmte ich zu und ignorierte Tanjas paraverbale Frage. »Eher weniger.«

Kons Finger huschten über Sensorkuhlen, auf seinem Display erschienen Berechnungen. Straton grunzte mißmutig, sagte aber nichts. Tanjas ängstliche Parasignale wurden stärker, obwohl sie sie zu unterdrücken versuchte. Ronua blickte eingehend auf die ausgestreckten Krallen.

»Wird schwierig, Atlan.« Kon zeigte auf den Globus mit den eingeblendeten Zonen. »Anfangs sind vielleicht tausend Kilometer am Tag zurückzulegen. Rund sieben Tage. Sobald die Antigravfelder ausfallen, können im Gletschergebiet hundert Kilometer am Tag geschafft werden. Die restlichen fünfhundert Kilometer sind die schwierigsten; Verzerrungszone, Polarnacht, Gallerten. Insgesamt nicht unter dreißig Tagen zu schaffen, schätze ich. Das sind drei bis acht Tonnen allein an Synthon-Verpflegung – für die einfache Distanz. Wie willst du zurückkommen? Vor allem dann, wenn die Spore nicht auszuschalten ist?«

»Dann, verehrter Hochmeister, brauchst du dir über uns keine Gedanken mehr zu machen«, knurrte ich scharf. »Wir müssen erfolgreich sein! Sind wir es, müßte der Technikausfall beendet sein, und ihr könnt uns schnell abholen – ansonsten ...«

Ceshal stemmte die Arme auf die Tischplatte, wiegte den Kopf und atmete heftig durch. »Was du vorschlägst, ist – wie sagen deine Terraner? – ein Vabanquespiel!«

Ich sah nachdenkliches Nicken rundum, fühlte bedrückte Paraströme im Konferenzraum und sagte: »Weißt du was Besseres?«

Er machte eine vage Geste, und Straton schnaufte: »Es gibt rabiate Möglichkeiten! Mörser: Megabombeneinsatz vom All aus oder Desintegratorbeschuß der Spore. Zur Not werfen wir einen Kleinasteroiden ab ...«

Ich schüttelte den Kopf. »Ich habe auch daran gedacht, Freund, aber es wird nicht funktionieren. Die Verzerrungszone absorbiert die Hauptwirkung eines solchen Angriffs – sofern er überhaupt durchkommt –, und die Nebenwirkungen sind nicht abzuschätzen. Eine für die Spore ausreichend starke Nuklearexplosion am Südpol läßt die Gletscher schmelzen, wenn nicht mehr passiert. Wir erfahren nichts über die Spore. Und wir wissen nicht, ob sie sich wehrt oder anderweitig schützt. Immerhin hat sie die Explosion des Gijah-Diskus überstanden! Nein, wir müssen an sie heran und sie quasi von innen her ausschalten, zumindest von der inneren Verzerrungszone her. Direkt am Anker!«

Ceshal trommelte einen nervösen Takt auf die Tischplatte; er fühlte sich ebenso unbehaglich wie ich. Stratons Schwanz beschrieb schwingende Bögen, Kon rechnete an seinem Terminal. Tanja, Siina und Ronua flüsterten miteinander, schienen Möglichkeiten der Feuerfrauen zu besprechen. Khols Gesicht wirkte grau, als er halblaut sagte: »Wird ein schönes Himmelfahrtskommando, Imperator.«

Kaltes Kribbeln huschte über meine Haut. »Ich weiß«, bekannte ich. »Aber uns bleibt keine andere Wahl. Also, Leute, beginnen wir mit der genauen Einsatzplanung. Auswahl der Freiwilligen, Zusammenstellung und Prüfung der Ausrüstung und so weiter. Planungsstab fürs *Sporen-Kommando* ist die ARKON.«

Ceshal stand auf.

»Und auf der RAGNAARI arbeiten wir die Evakuierung aus. Gut. An die Arbeit!«

Wazarom III, Wazarom-Zhad: 22. Prago des Eyilon 19.018 von Arkon (= 16. März 2048 Terra-Standard)

Zwielicht fiel durch die geöffnete Glassitwand, als ich aus der Naßzelle kam und das Tuch um die Hüfte schlang. An den Türrahmen gelehnt, sah ich, daß Tanja auf der Terrasse mit katzenhaften Bewegungen Dagor-Übungen absolvierte. Ihr nackter Leib formte eine purpurblaue Silhouette vor dem riesig aufgehenden Glutball von Wazaroms Stern.

Tanja schob das linke Bein vor, belastete das andere und hob die zu Fäusten geballten Hände in Abwehr eines scheinbaren Faustangriffs. Während die linke Faust schwungvoll zurückschnappte, stieß die Rechte vor. Eine schnelle Drehung – und die Übung wurde zur anderen Körperseite hin wiederholt. Tanja zog das linke Bein an, riß das rechte hoch und fand, nach dem Fußschlag aus dem Kniegelenk heraus, sofort festen Stand, verbunden mit einem abgehackten Kampfschrei. Ich klatschte beifällig und nickte anerkennend; jede ihrer Bewegungen war präzise wie aus dem Lehrkristall.

Sie sah auf und rief lächelnd: »Bin gleich fer...«

Das letzte Wort ging halb unter im Donnern einer Leka-Staffel; seit einer Stunde lief die Evakuierung auf vollen Touren. Ich winkte bestätigend, trat auf die Terrasse hinaus und betrachtete bewundernd das Muskelspiel, während Tanja unbeeindruckt ihr *Dagorcai* fortsetzte.

Erneut raste eine Staffel über den Schwefelhimmel. Mein Extrasinn raunte kaum verständlich: *Kurzwelliges Licht wird stärker gestreut als langwelliges und bedingt so beispielsweise die Blaufärbung eines Himmels. Bei Wazaroms Stern, einer K-Sonne mit 4500 Kelvin Oberflächentemperatur, liegt das Strahlungsmaximum gemäß Verschiebungsgesetz im Bereich von 640 Nanometern, gleich rötlichgelber Himmelsfärbung.*

Ein Schwarm Waza-»Möwen« segelte kreischend durch leere Straßenschluchten und über pagodenförmige Pflanzenschichtungen hinweg. Eine Brise brachte den Geruch von Jod und Tang mit und bewegte Sekundärbewuchs von lang gerippten Auslegern. Luftgefüllte Schwimmblasen, die Unterwasserkavernen und auch die mächtigen Schuppen waren größtenteils durch Kalk- und Kieselsäureabscheidungen mineralisiert; ausgefälltes Kalziumcarbonat führte zur Versteinerung.

Fünf Minuten dauerte Tanjas Dagorcai. Ich beugte mich über die Terrassenbrüstung und ließ meinen Blick über die schwimmende Inselstadt schweifen. Im Osten berührte flach gedrückt und mit 57 Minuten scheinbarer Größe fast drohend die Sonnenunterkante den Horizont. Trübes Rubinrot malte durchscheinende Kupferlasur an den Himmel, niedrige Wolkenfasern verbreiteten violetten Schatten über türkis angehauchtem Meer. Ich verzog schmerzhaft das Gesicht, weil das durchdringende Kreischen eines startenden Leichten Kreuzers, gefolgt von schmetterndem Überschallknall, der die Terrassenscheibe zittern ließ, an meine Ohren drang.

Tanja huschte heran, schmiegte sich an mich und küßte mich kurz und hungrig. »Ich liebe dich von Tag zu Tag mehr, Eisjunker!« sagte sie. Schweiß perlte aus ihrem Haar. »Ich dusche nur noch. Wann ist die Einsatzbesprechung?«

»In etwa einer Stunde. Beeil dich, Schatz, ja?«

Sie faßte vergnügt und mit geübtem Griff kurz unter mein Handtuch, grinste breit und eilte zur Naßzelle. Von meinem Extrasinn kam eine unverständliche Bemerkung. Ich seufzte, verließ die Terrasse und musterte das Gestell, über dem die »Unterwäsche« und die schuppig segmentierte S-900-Raumrüstung hingen.

Ich vollzog die Einstimmung, registrierte die bestätigenden Signale des Anzuggewebes und griff nach dem Trikot. Über hauchdünnem, sehr elastischem Netz pulsierte das künstlich gezüchtete Organ: Emulsionsgefüllte Taschen nahmen die Körperausscheidungen auf, Bakterienkulturen darin entsorgten, ohne die Haut zu benetzen, Urin und Kot – eine zwingende Notwendigkeit für alle Raumfahrer, die im Weltraumeinsatz oft tagelang nicht aus den Raumrüstungen herauskamen. Sekrete des Gewebes massierten und reinigten die Haut des Trägers, Talg und Schweiß wurden aufgesogen, und der drei Zentimeter dicke, viskose Rückenwulst diente durch eingelagerte Hyperkristalle der Paraunterstützung – eine von den Gijahthrakos gelieferte »Technologie«.

Hoffentlich halten die Anzüge in den »Zonen«, was die Konstrukteure vollmundig versprechen, dachte ich besorgt und zog über das Trikot die vakuumfeste Metallplastik-Kombination, legte Segmentteile an und schloß die Haftstreifen von Arm- und Beinschienen. In den Rückenpanzer integriert war der Versorgungsteil, der, zusammen mit dem *Symborgan,* die Innenklimatisierung sicherstellte. Durch Innendruckaufblähung und statische Materialaufladung nahm der volltransparente Kugelhelm Form an, eingespiegelte Symbolketten zeigten nach dem Grundcheck volle Funktionsbereitschaft. Antigravlamellen in den Stiefeln, Schutzfeldprojektoren: *In Ordnung.* Mit einem Ruck rastete mein Waffengurt ein, die Ladeanzeige des Kombistrahlers stand auf *100.*

Ich öffnete den Helm, der zur schlaffen Kapuze zurücksank und sich im Nacken einrollte, klemmte die Handschuhe unter den Arm, klopfte an die Naßzelle und rief: »Ich gehe schon vor, Tanja!«

Was sie antwortete, wurde vom Rauschen der Dusche übertönt. Ich verließ das Gebäude, ging über den Vorplatz und eine leicht geneigte Rampe hinab.

Die drei auf der Auslegermole geparkten, sepialackierten Amphi-Trucks wirkten im Morgenlicht wie fremdartige Ungeheuer: Langgestreckte Doppelschalen über sechs Niederdruck-Großreifen mit gewaltigem Profil waren um wuchtige Wasserstofftanks ergänzt worden, die die Brennstoffzellen für den Notfall versorgten. Die sechsrädigen Amphibien-Mobile waren vierzehn Meter lang, sechs Meter breit und fünf Meter hoch; auf dem Wasser erreichten sie bis zu fünfundzwanzig Stundenkilometer, im ebenen Gelände etwa hundert, beim Flug bis zu zweihundertfünfzig. Die Gipfelhöhe lag bei etwa 10.000 Metern.

Weitere Informationen stiegen in mir auf: *Das Cockpit besitzt eine breite Frontverglasung: Vier-Mann-Steuerung – Pilot, Waffen, Funk/Ortung, Logistik. Großer Stauraum, Heckschleuse mit Ladeklappe, Andockcontainer auf dem Dach für Außenlast. Maximal fünfundzwanzig Personen samt Ausrüstung und Verpflegung.*

Die Kanzeltür von AT-1 stand offen, aus dem Inneren hörte ich Killans Brummen. Khol und Hemmal krochen unter AT-2, Sonem und Hethan kontrollierten den dritten Truck. Flirrende Nervosität erfüllte mich plötzlich – den Freunden erging es nicht anders. Khol kam herüber und sagte knurrig: »Es ist, als vertraue man sich einer Primitivrakete an. Viel Improvisation, um High-Tech zu umgehen.«

Ich begutachtete Reifen, Fahrgestelle und die Kristallprojektoren der Antigravaggregate. »Wir müssen auf alles vorbereitet sein!«

»Normalerweise sind die ATs robust wie ein Stehaufmännchen«, grollte Hemmal Ki'Hoy, kletterte an der linken Seite des Trucks hoch und prüfte – zum wiederholten Mal – die angeflanschten Tanks. »Mit den Kugelspeichern haben wir eigentlich eine Reichweite von fünfzigtausend Kilometern. Hoffentlich halten die Brennstoffzellen, was die Taas versprechen.«

»Sind die besten Baumeister!« Khol verzog das Gesicht, seine Faust donnerte gegen das meterbreite Rad. »Aber hierbei kommen mir doch Zweifel.«

»Leute!« rief ich. »Macht euch nicht selbst verrückt. Die positronischen Simulationen haben optimale Ergebnisse geliefert. Besseres ist in der kurzen Zeit nicht abzuliefern. Khol, denk an den Tanz der Monde: Es geht auch ohne Arkon-Technologie!«

Er brummte griesgrämig und verschränkte die Arme vor der Brust. »Das ist es ja! Welcher Magmastrom treibt mich, daß ich mich, ein unverbesserlicher Habitatler, auf ein Irrsinnsvorhaben unter freiem Himmel einlasse?«

»Erwartest du eine Antwort?« Ich grinste kalt, und er winkte mißmutig ab. Von Hethan, der aufgeregt mit den Flügeldecken fächelte, wehte eine fruchtige Wolke herüber; seine Kiefertaster knisterten und schnarrten. Der Miir, Kommodore der ARKON-Beiboot-Flottille, war neben Khol und mir als einer der Truck-Kommandanten eingeteilt. Die Auswahl der Freiwilligen war nicht leicht gewesen, *alle* wollten an der Seite des Imperators sein.

»Mir gefällt die Lösung«, schnarrte Hethan. »Hat ein bemerkenswert harmonisches Muster.«

Ich nickte grimmig, kletterte neben dem Vorderrad hoch und schwang mich hinter der geneigten Panzertroplonwand ins Cockpit. Killan begrüßte mich, das graue Stirnfell gesträubt, den positronischen Filofax unter den linken Arm geklemmt: »Morgen, Chef. Die Logistik steht. Ich bin noch mal alle Listen durchgegangen. Wenn wir was vergessen haben, ist's jetzt zu spät.«

»Keine Sorge, der Planungsstab hat gute Vorarbeit geleistet«, sagte ich, sank in den hochlehnigen Sessel und klappte die halbrunde Steuerkonsole in Stellung. Ich streifte den Bügel des Kommunikators über den Kopf, richtete den Mikrofondraht aus und tastete eine Zahlenkombination. »RAGNAARI – eine Verbindung zu Ceshal, bitte.«

»Kommt sofort, Imperator. Augenblick.«

Zwei Sekunden vergingen, dann erschien im Hologlobus Ceshals Kopf. Er musterte mich aus rotgeränderten Augen und gähnte übermüdet; er hatte in den letzten fünfzig Stunden kaum geschlafen und knurrte kurz angebunden: »Hallo.«

Ich nickte aufmunternd. »Du hast schon besser ausgesehen, Freund.«

Khol kam herein und winkte grüßend.

»Was du nicht sagst.« Ceshal brummte unwirsch. »Wann brecht ihr auf? Alles in Ordnung bei euch?«

»Ja – nach dem Frühstück und einer letzten Besprechung«, antwortete ich. »Wie sieht es bei euch aus?«

»Zum Haareraufen! Ich werde noch wahnsinnig. Der erste Evakuierungstag brachte in der Abschlußzählung fast neun Millionen Personen. Die Hauptsiedlungen sind leer. Jetzt wird es richtig schwierig. Mit der Evakuierung allein ist es nicht getan ...«

Ich nickte erneut. »Die Taa-Stämme erstellen auf Gillam Vier Auffanglager, die herbeibeorderte Raumflotte wird die weitere Versorgung sicherstellen.«

»Du hast gut reden, Mann!« Ceshals Gesicht, hohlwangig und unrasiert, verzog sich ärgerlich. »Die Taas müssen die Infrastruktur einer Megastadt aus dem Boden stampfen! Und dann die Siedler! Stur bis zum Letzten! Besonders die Mispaner weigern sich. Die Hauptarbeit kommt noch – wir müssen den großflächig verteilten Rest einsammeln, lauter kleine Gruppen auf Einzelgehöften und wer weiß wo! Die Schweren und Leichten Kreuzer fliegen ständig Einsätze, hinzu kommen achtzehntausend Beiboote, die Transport-Ballonfelder erstellen und bis zu fünfzig Leute bergen können. Durch zusätzliche Kraftfeldetagen in den Hangars können wir rund hunderttausend Leute in einen Schweren Kreuzer zwängen, das ist eine ganze Stadt! Schön zusammengepfercht wie in Öl eingelegte Fische in der Dose! Aber es dauert allein einen Tag, um alle hinein- und unterzubringen! Vom Flug ins 338 Lichtjahre entfernte Gillam-System, den Transitionsschmerzen und dem Ausladen ganz zu schweigen: Alle sie sind in dieser Zeit zu versorgen, müssen aufs Klo, Kinder quengeln und ...«

Ceshals Redeschwall brach mit einem Seufzer ab, Khol und ich sahen einander wortlos an. Ich sagte betont ruhig: »Du bist der richtige Mann für den Job, alter Freund! Laß dich nicht von den Mispanern auf dünne Magmakruste führen! Setz Mooff-Suggestoren ein, wenn sonst nichts hilft. Selbst wenn wir Erfolg haben und die Spore ausschalten können, heißt das noch lange nicht, daß Wazarom keine dauerhaften Schäden erleidet!«

»Danke für die Ermutigung – ich möchte nicht mit euch tauschen. Trotz meiner Probleme!«

Kaltes Kribbeln rann meine Wirbelsäule hinab. »Wir werden es schaffen!« sagte ich brummig. »Die Route steht fest. Zwei einheimische Mispaner werden uns begleiten und die Kontakte zur einen oder anderen Niederlassung herstellen. Wir haben Ausweichplanungen erstellt, die Trucks fast völlig auf Primitivtechnik umgestellt, und zur Not robben wir auf den Brustwarzen weiter. Also alles halb so wild.«

»Deine Ironie spricht für sich, Eisjunker. Man sagt, du hättest auf deinem unfreiwilligen Exilplaneten häufiger solche Expeditionen unternommen ...«

»Stimmt. Deshalb ist's Galgenhumor, mein Lieber.«

»Alles Gute. Ich lege mich jetzt eine Runde aufs Ohr. Kommt heil zurück, ja?«

Er gähnte wieder und sah sinnend in die Ferne. Ich schaltete aus und gestand mir ein, daß ich mich sehr unwohl in meiner Haut fühlte. Vom Lha'hon-Quarz in meiner Stirn gingen verstärkt Schwingungen aus, der Zellaktivator pochte heftiger. Bilder von Larsaf schossen hoch; die *Wunderbare Karawane,* die Reise ins *Goldland Punt,* eine Weltumsegelung parallel zu der von Magellan ...

Dann blitzte für Sekundenbruchteile die Erinnerung an Ausbilder Ghotor durch meinen Kopf. Er war für seine markigen Sprüche berüchtigt gewesen; wenn es ernst wurde – und das geschah auch während der Akademiezeit häufig genug –, hatte er, sobald mehrdeutige Bemerkungen die Spannung aufzulockern versuchten, grimmig versichert: *»Ich scherze nie mit Toten!«*

Im Saal waren – einschließlich meiner Person – die 69 Teilnehmer des »Sporen-Kommandos« versammelt, schlürften heißen *K'amana* oder vergleichbar schauerlichen Flottentee und unterhielten sich halblaut. Gijahthrako-Zwerge hockten neben martialischen Dron- und Naat-Raumsoldaten, longhonische Feuerfrauen hatten ihre prallen Unterbaucheuter in – transparente! – Schutzkleidung gezwängt, Scüs kröpften mit gebogenen Hälsen, schnurrende Orbeki striegelten ihr Kopffell, von den Mispanern kam keckerndes Bellen. Ein Summen erfüllte den Raum, das erst verstummte, als ich aufstand. Neben mir saßen Khol und Hethan.

»Freunde!« rief ich. »Die Trucks sind aufgerüstet und überprüft. Die Einteilung ist bekannt. Gibt es noch Fragen oder Bedenken? Noch können wir sie berücksichtigen.« Niemand reagierte.

In Gedanken ging ich die Besatzungen durch: Mit AT-1 flogen Tanja, Killan, Telyna, Sronee, Kon, Movruul, Kitai, Akese, Marc, Jassir Zorgan, Khee-Poa und fünf weitere Amazonen, drei Dron- und zwei Scü-Arbtanen, Keenan voo Trun als Begleiter und ich.

An Bord der AT-2 würden sein: Khol Trayz, Hemmal Ki'Hoy, Ronua, Rakina Kharoon, Ras Tschubai und eine Orbeki-Amazone, Tarla Tryaz, drei Dron-Arbtanen, Großmeister Qondoreefdus, Girte Khuvaan, Unista, Talasi, der Ara-Bauchaufschneider Zuu-gar, Alsia da Hugral – eine arkonidische Amazone –, sechs Tharg'athoren der ARKON-Ultraleichtkreuzer – Zaliter, Ekhoniden und Preboner – sowie als einziger Naat Kornon. AT-3: Hethan, Tombe Gmuna, Sonem und sechs Scü-Arbtanen, Hochmeister Fhersoljihar, vier Amazonen der Raumnomaden, Gallaam, Zara da Zoltral, drei Kreuzerkommandanten, die Terraner Li Wan Dan und Pierre Kendoir als ZBV-Captains, die morannische Wanderpflanze Xeronalyr als Medospezialist sowie der Mispaner Hespyro voo Waz.

Auf ein größeres Kontingent Naats mußten wir verzichten; mit ihren drei Meter großen Körpern waren sie einfach zu groß und untereinander zu rauflustig; nichts also für die engen Trucks.

Khol sagte laut: »Wir werden von Anfang an auf High-Tech verzichten, um uns an die Primitiv-Reise zu gewöhnen. Gleichzeitig hoffen wir, daß die Aktivitäten des Evakuierungskommandos die unseren überdekken und die Spore nicht auf uns aufmerksam wird. Trotzdem wird es nicht leicht.«

»Alles klar?« Ich sah in die Runde. »Fertigmachen und aufsitzen, meine Damen und Herren!«

Knurrig kamen die Bestätigungen, Profilsohlen polterten, Stühle wurden gerückt. Die Gruppen nahmen Aufstellung vor den Trucks. Tanja und Kon kamen an meine Seite, Killan lief zum Heck. Wir stiegen ins Cockpit, die Heckklappe schwang auf, und auf den Monitoren verfolgte ich das Einsteigen.

»Fertig«, meldete Killan kurz darauf. »Klappe geschlossen und verriegelt. Alle auf ihren Plätzen.«

»Verstanden.« Ich gab Energie auf die Antigravprojektoren; schwach schimmernde Wolken hyperkinetischer Felder entstanden und hoben den Truck meterhoch an. »Wir fliegen in Pfeilformation«, sagte ich ins Mikrofon des auf Vorrangfrequenz gestellten Koms. »Kurs exakt Süd. Flughöhe fünfzig Meter. Marschgeschwindigkeit zweihundert.«

Die Klarmeldungen gingen ein, ich ergriff die Steuersticks und ging auf Steigflug. Die Mole von Wazarom-Zhad blieb zurück, und wir glitten auf das Meer hinaus. Summen erfüllte die Kanzel, grünliche Anzeigen huschten über die breite Frontscheibe – Diagrammbalken pendelten sich auf die vorgegebenen Werte ein. Killan kam ins Cockpit. Tanja kontrollierte die Konsole des Feuerleitstands, fuhr Bordkanonen und Rak-Werfer aus, brummte befriedigt bei der Anzeige des Schutzfelds und schaltete alles auf Bereitschaft. Unterdessen justierte Kon die Orter und Taster; das Relief zeigte in fünfzig Kilometern Entfernung den Start eines Leichten Kreuzers, sonst gab es keine besonderen Aktivitäten. Zu Sinyagi besaß ich seit der Landung nur sehr vagen Kontakt, war hinsichtlich des Paranormalen aber nicht einschränkt, solange die Amazonen anwesend waren und die Kräfte katalysierten. Wärme strahlte vom Lha'hon-Kristall auf meinen Kopf aus.

»Geduld und warten«, sagte Tanja, legte eine Hand auf meine Schulter und betrachtete die unter uns vorbeihuschenden Wellen. Links sprangen Ichthyosaurier aus den Fluten und versanken wieder. »Das Hauptproblem ist vorerst Langeweile. Hinten dösen sie, kontrollieren zum hundertsten Mal ihre Ausrüstung und Waffen und versuchen an nichts zu denken.«

»Das kann sich schnell ändern, Feuertochter.«

Nach drei Stunden Flug zirpte der Orter. Der Himmel verfärbte sich rostbraun, und unter einer tintigen Trombe ging in verwaschenen Grautönen Regen nieder. Das stahlblaue Meer riffelte immer stärker auf, gischtgekrönte Wellen quirlten durcheinander. Pfeifender Wind wurde rasch zum heulenden Orkan. Dunkelheit sank herab, wild trommelten Tropfen auf die Truck-Außenhaut. Ich schaltete die Frontscheibe um auf Positroniksimulation und aktivierte die Prallfeld-Stabilisatoren.

»Windstärke hundertfünfzig Kilometer pro Stunde, steigend«, rief Kon. »Da braut sich einiges zusammen!«

Flächige Blitze zuckten, gefolgt von rollendem Donner. Vereinzelt schwankte der Truck, von plötzlichen Böen getroffen, blieb aber weiterhin auf Kurs. »Eine Konsequenz dieser glazialen Welt.« Mit minimalen Bewegungen der Sticks glich ich Stöße aus. »Vereisung des Kontinents führt hier in den Tropen zu extremen Niederschlägen.«

Ich sah zur Seite. Tanja musterte die Ortung; angemessene Blitzentladungen flirrten über Anzeigenfelder. »Wir sollten vorsorglich das Schutzfeld hochspannen. Wenn ein Blitz in die Wasserstofftanks schlägt, wird es kritisch!«

»Stimmt, Tanja. Atlan an alle: Schaltet die Schutzfelder ein, sicher ist sicher.«

Von Khol kam ein spöttisches Lachen. »Herrliches Lüftchen, nicht wahr?«

»Dir wird das Lachen schon noch vergehen!« Ich seufzte, von einem Schub unguter Ahnungen heimgesucht. »Ich hatte mal einen Ausbilder. Ghotor ...«

»Keine Scherze mit Toten? Ceshal hat davon erzählt! Mann, mehr Optimismus! Nimm mich verweichlichten Habitatler als Beispiel.«

Er war führender Dagormeister des Trayz-Clans – einer der besten Nahkämpfer, die ich kannte!

»Gern – sobald wir heil zurück sind. Noch haben wir mehr als elftausend Kilometer vor uns, reine Luftlinie! Da kann viel passieren.«

Er brummte Unverständliches und verließ die Leitung. Tanja blickte schaudernd auf den Sturm. Im Schutzfeld glommen abgewehrte Regentropfen, die in dichten Schleiern fast waagrecht durch die Luft peitschten. Ein Blitz schlug ein, huschte knisternd die Blase entlang und gabelte sich auf. Helle Seitenäste sprühten davon. Für einen Moment wurde das Cockpit in kalkiges Licht getaucht, Blendsicherungen reagierten. Eine Bö, die ich behutsam aussteuerte, rüttelte am Truck. Langsam bekam ich das richtige Gefühl für die Manuellsteuerung, verringerte die Geschwindigkeit und verzichtete weiterhin auf positronische Unterstützung.

Richtig so, raunte mein Extrasinn. *Die Computer sind empfindlich und werden als erstes auf den Sporeneinfluß reagieren. Mach dich mit der Handbedienung genau vertraut, Imperator!*

Ich nickte und faßte die Sticks fester, fühlte bald jede noch so kleine Bewegung, die sich vom Antigravfeld auf die Steuerung übertrug. Wieder schmetterte ein Blitz in das Schutzfeld und ließ den Truck schwanken.

»Ich habe hyperorientierte Emissionen in der Ortung«, meldete Kon. »Der Orkan ist nicht so natürlich, wie du meinst, Atlan. Lokale Verdichtung des Sporen-Zonenfelds! Sekundäreffekt mit hyperkinetischer Wirkung.«

»Gesteuert? Ein Angriff?«

»Nein. Macht es aber nicht ungefährlicher. Achtung! Leistungsabfall bei Schutzfeld; es gibt Interferenzen!«

Ich fluchte, weil der Truck plötzlich absackte und durch eine hochgewirbelte Gischtwolke krachte. Fahlblaue Risse huschten das Schutzfeld entlang und glühten grell auf, als Blitze trafen. Der Truck bockte und war von lautem Summen erfüllt, statische Elektrizität knisterte.

»Zhy-Famii!« rief Tanja ins Mikrofon. »Konzentriert euch! Neutralisiert die Hyperballung.«

Für normale Sinne unsichtbar, griffen Parakräfte in den Orkan hinaus, lokalisierten die hyperkinetischen Ausläufer und stemmten sich ihnen entgegen. Das Flirren im Schutzfeld klang etwas ab, grell zuckte ein Flächenblitz über das Meer, schmolz zu einer verästelten Säule zusammen und wand sich als fahler Schlauch hin und her. Blauweiß schlug um in Violett, Seitenarme spalteten sich.

Tanja zischte gepreßt: »Weiter!«

Das Licht konzentrierte sich zur Kugel, die plötzlich beschleunigte, steil nach oben raste und einen glühenden Schweif nachzog. Donner brach über uns herein, Turbulenzen versetzten den Truck in Schwingungen, so daß die Steuersticks heftig zitterten. Dampf mischte sich mit pfeifendem Regen.

»Hyperballung neutralisiert – Orkan flaut ab!« rief Kon und blendete eine Kursmarke auf die Frontscheibe. »Flieg einen Bogen, Atlan.«

Nach dreißig Kilometern brach Licht durch die Wolkenlücken, deren Ränder golden erstrahlten. Zerzauste Waza-»Möwen«, die Köpfe von Hyperkristallen bedeckt, flatterten vorbei. Tanja justierte die Leistung des Schutzfeldes herab, behielt aber den Ruhevorlauf bei. Dunst stieg rasch vom Wasser auf, sobald die Sonne ganz durch die Wolken brach. Orangerot stand der Ball hoch am Himmel, wie ein Fanal, das mich schaudern ließ.

Am Nachmittag kam Tharg in Sicht, und die Trucks steuerten das vorspringende Westkap der fünfhundert Kilometer breiten Insel an. Tharg-Zhad war eine große Siedlung mit Bauten, die sich, aus dem Fels geschnitten, den Hang bis zum schottrigen Kiesstrand hinabwanden. Keenan voo Trun hockte neben Killan und stellte die Verbindung her, sprach mit dem Tshen der Stadt.

»Die Ishkhorer erwarten uns«, sagte Keenan mit bellendem Unterton, nachdem er die Bestätigung erhalten hatte. »Achtzig Prozent wurden evakuiert, der Rest will bleiben; rund zweitausend Kinder, Frauen und Männer. Der Platz am Bergfuß, Erhabener: Landet dort.«

»Gut.« Ich reduzierte Geschwindigkeit und Flughöhe, steuerte die Fläche an und setzte den Truck auf die nachschwingenden Räder. Nacheinander landeten die anderen Fahrzeuge, Luken und Klappen summten auf, und die Mitglieder des »Sporen-Kommandos« stiegen mit steifen Bewegungen aus, erwartet von der Delegation schwarzbrauner, kugelköpfiger, in wallende Gewänder gekleideter Ishkhorer.

Die von Beuteltieren abstammenden Leute sind im Schnitt 160 Zentimeter groß, allesamt haarlos und Vegetarier. Ein unwillkürlicher Informationsstrom huschte vom Extrasinn durch meine Gedanken. *Hauptnahrung sind schwerverdauliche Pflanzen. Es wird deshalb »Weichkot« gebildet, der, reich an Vitaminen, nach der Ausscheidung erneut aufgenommen und nun richtig verdaut wird. Mit den Pflanzen wird auch das Gros des Flüssigkeitsbedarfs gedeckt.*

»Hunderte Völker und Tausende Arkon-Nachkommen – und alle haben ihre Besonderheiten!« murmelte ich und ging den wartenden Siedlern entgegen. Tshen Ghyll if Tharg, umgeben von fünf Damen seines Harems, hob grüßend die Hand.

Khol raunte neben mir: »Größte Dummheit ist Nichtstun – aber leicht zu beseitigen. Warum lassen sie sich nicht evakuieren?« Er hob die Brauen und betrachtete die Frauen. »Sie setzen Frauen und Kinder der größten Gefahr aus!«

Ich hob die Schultern und erwiderte die Grüße der Ishkhorer, die von schweren Moschusschwaden umgeben waren. Ghyll schien Khols Bemerkung mitbekommen zu haben, denn er kniff die Augen zusammen und sagte laut: »Intelligente besitzen die Gabe, die Welt als solche zu akzeptieren. Es ist schwierig, die für uns lebensnotwendigen Gewächse – trotz gentechnischer Unterstützung – auf Siedlungswelten zu kultivieren. Wenn wir jetzt gehen, wird die Arbeit von mehr als vierzig Jahren zunichte gemacht! Wir kennen das Risiko, Erhabene, und kümmern uns schon um unsere Familien!«

»Möglich.« Khol winkte verärgert ab und schüttelte den Kopf. »Was nutzt euer Grünzeug, wenn es euch erwischt? Borniertheit läßt sich nicht widerlegen, denn jeder Widerspruch wäre Anerkennung!«

Ich legte die Hand auf Khols Unterarm und sagte beruhigend: »Wir sind hier Gast, Raumnomade, vergiß das nicht!«

Als geborener Habitatler ist er wie viele, die fast ausschließlich im Weltraum leben, Seßhaften gegenüber überaus skeptisch, sagte mein Logiksektor. *Typische Rivalität zwischen Raumnomadenadel und Planetariern.*

»Alter hat Vorteile.« Kon lächelte müde. »Keine Zahnschmerzen mehr, und dummes Gerede durchdringt nicht die Schwerhörigkeit.«

Hemmal Ki'Hoys grollendes Lachen entspannte die Situation etwas, zumal Rakina Khols Hüfte umfaßte und in sein Ohr brüllte: »Erfolgreiche Horimad klappern zwar mit den Scheren, brauchen sie aber nicht einzusetzen. Sei kein nasser Eisjunker.«

»Erkannte Fehler, nicht verbessert, sind die schlimmsten!« murmelte Khol und stocherte im Ohr, hielt sich fortan aber zurück. Wir folgten den Ishkhorern und ließen uns in die Unterkünfte einweisen.

Ich wies auf die ausgebreitete Karte. »Von der Keldor-Bucht den Rhagyn flußaufwärts bis zum Iz-See. Das dürfte in wenigen Tagen zu schaffen sein, etwa dreitausendsechshundert Kilometer. Problematisch wird es bei den Wasserfällen des Rhagyn-Orb. Mehrere hundert Meter Höhenunterschied – wenn da die Antigravs ausfallen ... Hhm, spätestens ab dem Gwad-See müssen wir ständig mit Störungen rechnen. Vielleicht schaffen wir es bis zur Psambor-Siedlung. Dann der Pusai-Gletscher, Beginn der Kontinentalvereisung. In Höhe des Polarkreises östlich der Markhy-Berge vorbei. Noch reicht die Störzone nur bis zum einundfünfzigsten Breitengrad, ab dem siebenundfünfzigsten herrscht Polarnacht.«

Ras Tschubai sagte mit vollem Mund: »Von Psambor wurden gallertbeeinflußte Tierherden gemeldet. Wir müssen also mit Überfällen rechnen.«

Er hatte es mehrfach versucht – aber seine Teleporterfähigkeit versagte, seit wir Wazarom-Zhad verlassen hatten. Zum Glück waren die übrigen Parafähigkeiten weniger intensiv betroffen. Auf dem langgestreckten Tisch waren neben Handdisplays und Speicherchips Bestecke und Teller zu sehen; ein »kreatives Chaos«. Aus Schalen und Töpfen dampfte es. Die Ishkhorer zeigten uns, wie *Synthon*-Speisen, durch Zugabe kleiner Brisen wazaromischer Gewürze und Mineralien, zu erstaunlich schmackhaften Menüs werden konnten. Im Hintergrund schäkerte Tshen Ghyll if Tharg mit seiner Favoritin und ließ sich grüne, an Eukalyptusblätter erinnernde Pflanzenteile in den Mund schieben; wie alle Männer seines Volks eigentlich von gutmütiger Natur, reagierte er extrem eifersüchtig. *Ziemlich überflüssig,* dachte ich. *Ihre Polygamie ist populationsbedingt: Zwei Drittel der Ishkhorer sind Frauen!*

»Sich eines Besseren überzeugen zu lassen ist keine Schmach – erst recht, wenn man es zugibt«, hatte Khol gesagt: Nach einer Aussprache mit dem Tshen verstand sich Khol nun – weil ganz bestimmt *kein* Rivale – ganz gut mit den Ishkhorer. Rakina Kharoons Einfluß wirkte außerdem positiv auf dem jungen Raumnomaden. Tanja vermutete, daß Rakina kurz davor stand, Khol offiziell »zu wählen«, wie es einer Feuertochter anstand.

Verfluchte Rituale und Traditionen des Imperiums! Selbstironisch dachte ich an den Tanz der Monde und unterdrückte die plötzlich aufkommende Sehnsucht nach Larsaf III alias Terra. *Werde mich wohl nie ganz daran gewöhnen.*

»Pessimisten erwarten das Schlimmste, sind aber auf das Beste gefaßt.« Marcus Everson lehnte sich entspannt zurück und strich sich über blonde Stachelhaare. »Wir schaffen es, weil wir müssen!«

Ronua sah auf, fauchte kurz und sagte: »Intellektuelle, in Scharen beisammen, brauchen für Komik nicht zu sorgen – sie ergibt sich von allein. Hat in unserer Situation bestimmt was Gutes.« Tasthaare vibrierten. »Heh, Rakina, entscheide dich schnell, morgen kann es zu spät sein!«

Khol verzog das Gesicht, Rakina funkelte die Orbeki-Frau an und zischte: »Der Kluge kann sich dumm stellen; umgekehrt ist es weniger einfach.«

Kon grinste ironisch und nickte gleichmütig – ganz der abgeklärte Dagor-Weise. »Treffliche Wortspielereien verachtet, wer nicht das Talent dazu hat.«

Sonem bog tschirpend den langen Hals auf den Rücken und riß den Schnabel weit auf, Tshen Ghyll schlug sich kichernd auf die Schenkel. Tanja, schmunzelnd an mich gelehnt, gab einen erstickten Laut von sich. Ich rollte die Karte zusammen, trank meinen Becher leer und stand auf. »Das zum Teamgeist. Viel Unsicherheit – es kommt auf uns an, das Beste daraus zu machen! Wird ein langer Tag morgen. Gute Nacht, Leute!«

Brummende Antworten waren zu hören. Arm in Arm verließen Tanja und ich die Versammlungshalle und schlenderten zum Truck hinüber. Nach kurzem Regenguß herrschte brütende Schwüle; kein Windhauch bewegte die Luft, träge schwappte Dünung auf das Geröll des Strandes und ließ es im Sternenlicht glitzern. Mirkandol formte einen kleinen bläulichen Cluster dicht über dem Horizont. Irgendwo schrie heiser ein Vogel.

Wir machten es uns in der Truck-Kanzel bequem, aktivierten Antigravfelder und schwebten in der doppelt polarisierten Dunkelblase aufeinander zu. Tanja klammerte sich an mich und versuchte das Zittern ihres Körpers zu unterdrücken.

»Mein *Saam-Symbiont* verbreitet Unruhe: Ich fühle Unheil kommen«, flüsterte sie dicht an meinem Ohr.

»Die Spore?«

»Nur ein Teil des Ganzen, Eisjunker.« Sie seufzte. »Etwas viel Größeres und Schrecklicheres verbirgt sich dahinter.«

Ihre Haut war klamm, als sie sich an mich preßte und lebhaft küßte. Wir versuchten einander Halt zu geben und vergaßen für einige Zeit Auftrag, Spore und Gefahr, mitgerissen von plötzlich aufflammender Leidenschaft.

Wazarom III, Keldor-Bucht: 23. Prago des Eyilon 19.018 von Arkon (= 17. März 2048 Terra-Standard)

Mittags rasteten wir auf dem westlichen Kap-Felsen der Bucht, die sich sechshundert Kilometer weit nach Süden erstreckte. Kalkige Klippen und schroffe Platten, vereinzelt von Gestrüpp und dornigen Büschen bedeckt, ragten zum blaßgelben Himmel auf, umkreist von kreischenden Vogelschwärmen.

Sronee putzte den klobigen Impulsstrahler, kontrollierte die Plasma-Ersatztanks am Gürtel und grunzte verhalten; der schimmernde Schuppen-Halskragen fächelte Luft. Ich lehnte am zwei Meter hohen Vorderrad von AT-1, wischte Schweiß von der Stirn und sah auf die Uhr. Wazaroms Eigenrotation betrug 26 Stunden, nach hiesiger Zeit war es 12.35 Uhr; *P Tau Wazarom* stand orangerot im Zenit. *Bisher funktionieren die S-900-Symborgane,* dachte ich, ging einige Schritte, setzte mich auf einen Klappstuhl, griff nach dem Plastontablett und stocherte appetitlos im Essen. In meinem Magen schienen Taas zu wimmeln. *Bleibt hoffentlich so.*

»In aufregender Zeit schockiert allein Langeweile«, bemerkte Kon zusammenhanglos und strich den weißen Overall glatt, der genau wie der Körper eine stabile Materieprojektion war und zur »Maske« des Gijahthrakos gehörte. *Ob sie sich bei Annäherung an die Spore aufrechterhalten läßt, ist eine der offenen Fragen!*

Qondoreefdus nickte zurückhaltend. »Weisheit beseitigt Zweifel, Entschlossenheit die Furcht.«

Der Gijahthrako zitierte aus den Heiligen Überlieferungen, und die Longhonin Jia Wor Mha versicherte halblaut mit meckerndem Unterton: »Reiß den Halm, sonst mußt du einen Baum fällen!«

Sie hatte wie ihre Artgenossinnen die beengende Raumrüstung abgelegt. Ich dachte kurz an Nolivaika, die nach Zhygor gereiste Feuermutter des Zhy-Klosters auf Iprasa, die ebenfalls stets voller Stolz ihr nacktes Unterleibseuter gezeigt hatte; eine für Longhoninnen ebenso typische Art wie für Scüs das peinliche Verdecken des federlosen Bauches.

Dreizehige Klauenhufe an extrem schlanken Beinen, bogenförmig nach hinten gekrümmte, an der Vorderseite von wulstartigen Knoten überzogene Hörner, vorspringende Münder und bei beiden Geschlechtern starke Kinnhaarbüschel – auf Longhon hatten wehrhafte Huftiere in der Evolution zur Intelligenz die Nase vorn gehabt. Ausgeprägte Paragaben prädestinierten die Longhoner zu Dagoristas. *Unser Kommando hat die Elite zusammengefaßt!* dachte ich nicht ohne Stolz. *Beste Teamarbeit – mehr als nur ein Synonym für Solidarität!*

Unter rasch ins Landesinnere ziehenden Wolkenbänken huschte tiefblaues Zwielicht dahin. Wir saßen zwischen den Trucks unter einem aufgespannten Persenningdach, tunkten Brotfladen in scharfe Soße und tranken *K'amana,* der auf Kochern heiß gehalten wurde. Dron-Gardisten dösten im dürftigen Schatten, immer wieder erklang Klatschen, wenn Hände nach Fliegen schlugen.

»Imperator! Ein Anruf von der RAGNAARI!« rief Killan und beugte sich aus der Luke. »Kontakt zu Ceshal.«

Ich winkte Kon, Khol und Hethan. »Ich komme.«

»Schlechte Nachrichten!« begann Ceshal. »Mehr als dreißig Lekas sind abgestürzt! Wir kommen nicht mehr über den südlichen Wendekreis hinaus. Die Spore scheint auf unsere Anwesenheit zu reagieren. Etwa zwei Millionen Siedler sind somit unerreichbar! Vor einer Tonta kollidierten beim Landeanflug zwei Leichte Kreuzer, glücklicherweise nur Blechschaden. Der Strukturfeld-Konverter eines Schlachtkreuzers ist ausgefallen, die Feuerfrauen sind total erschöpft. Auf Gillam spielen sich erschrekkende Szenen ab, obwohl die Taas mit voller Kraft arbeiten. Der Nachschub von der Raumflotte verzögert sich ... irgendwelche verfluchten bürokratischen Probleme auf Arkon oder eine Fehlschaltung der Großpositronik: Aus unbekanntem Grund wurde ein Hilfskonvoi statt nach Wazarom nach Wozaraim umgeleitet, und diese Welt liegt natürlich am anderen Ende des Imperiums! Wroma springt angeblich im Dreieck und versucht sein möglichstes! Peter Kosnow meldet, daß Admiral Tara auf Zalit seinen Wahlkampf forciert hat – er sammelt Anhänger, verteilt Geschenke und scheint auch mit Drohgebärden nach SENTENZA-Methodik zu arbeiten; letzteres allerdings unbewiesen. Tja, und die üblichen Krisen.«

»Na wunderbar.« Ich knurrte verärgert. »Sonst keine weitere frohe Botschaft?«

Ceshals Kopf machte dem Rhanteermalans Platz. Der Gijahthrako-Wissenschaftler erklärte: »Die Kernzone der Spore dehnt sich aus, offenbar schließt sich die Hyper-Vakuole immer mehr. Ihr solltet Euch beeilen, Imperator! Simulationsrechnungen ergeben, daß Auswirkungen auf den ganzen Planeten anstehen; eine ähnliche Aktivität wie auf Zhygor durch die Semi-Transition des Planetoiden unter Tatalal. Es besteht die Möglichkeit von Vulkanausbrüchen, Beben, Grabenbildungen, Orkanen und dergleichen. Rings um die Spore könnten die Gletscher schmelzen – mit gewaltigen Überschwemmungen als Folge.«

»Konsequenzen für unsere Trucks?« fragte Kon kurz angebunden.

»Prall- und Schutzfelder werden Probleme bereiten. Primär werden sie zwar von Hyperkristallen erstellt, aber die Steuermechanismen trifft es zuerst.«

Der Extrasinn brummte: *Ausfall der semipermeablen Transparenzschaltung, von Strukturlücken, Membraneffekten, Formgestaltung, klarer Vektorierung und so weiter.*

Khol sagte leise: »Ich informiere unsere Leute.«

Er kletterte nach draußen, und ich sah nachdenklich in den Hologlobus, in dem Ceshals Gesicht erschien. »Ist das alles?«

»Vorläufig, Atlan. Reicht es nicht? Die Vollversammlung tagt weiter, deine Mitarbeiter arbeiten, wie es sich gehört, die Großpositronik hat die Kleinigkeiten täglicher Verwaltung meistens im Griff – siehe die Ausnahmen. Sieht man von den dreitausend Krisenherden, Aufständen und SENTENZA-Aktivitäten, den Nachwirkungen der Schreckensmonde und Abermillionen anderer Schwierigkeiten ab, ist doch alles in bester Ordnung.«

Er entwickelt einen Hang zum Zynismus! murrte der Logiksektor.

Ich sagte: »Kontakte fortan nur in dringenden Fällen – wir dürfen die Spore nicht noch mehr in Aufruhr versetzen.«

»Auch wenn wir unsere Aktivitäten auf die Nordhemisphäre und bis zum südlichen Wendekreis beschränken, dient es hoffentlich als Ablenkung. Wenn ihr ungestört vorankommt, soll es mir recht sein.«

»Gut. Verbleiben wir so.« Ich hob die Hand. »Bis bald.«

»Viel Glück, Imperator.«

Der Hologlobus erlosch. Beklemmende Unruhe erfüllte mich, und ich konzentrierte mich auf eine kurze Entspannungsmeditation; starke Vibrationen gingen vom Lha'hon-Quarz aus. Nach der Pause packten wir die Ausrüstung zusammen, verluden alles in die Trucks und setzten unseren Flug fort.

In dreieinhalb Stunden überquerten wir die Bucht, erreichten die breite Trichtermündung des Rhagyn und stoppten auf einer flachen Sandbank. Mangrovendickicht säumte die Ufer, vereinzelt glitzerten Sandbänke im Licht der untergehenden Sonne. Dampfender Regenwald bestimmte das Landesinnere. Mammutbäume ragten aus dem Laubdach, Dunkelheit verbarg das Unterholz. Nachtfalter und Waza-Moskitos umschwirrten bald in dichten Wolken unsere Lampen oder zerknisterten in dem hauchdünnen Prallfeld, das das Lager halbkugelig überspannte. Ich fühlte mich müde und zerschlagen, war aber froh, daß der zweite Reisetag ereignislos endete.

Unbehagen befiel mich, sobald ich an die weitere Reise dachte. In der Nacht schlief ich schlecht, wälzte mich in wirren Träumen umher, die ich nach dem Aufwachen sofort vergaß, und fuhr mehrmals schweißgebadet hoch. Tanjas warmer Körper an meiner Seite kuschelte sich an mich.

Wazarom III, Trichtermündung des Rhagyn: 24. Prago des Eyilon 19.018 von Arkon (= 18. März 2048 Terra-Standard)

Ein Gewitter in der Morgendämmerung ließ den Fluß rasend anschwellen. Rostbraune Strömung, überzogen von ockerfarbenen Streifen und Schlieren, reichte als Fächer weit ins Wasser der Bucht hinaus. Schlamm quirlte vorbei, abgerissenes Blattwerk und Treibholz stauten sich am Ufer und verfingen sich zwischen Mangrovenwurzeln.

»Das nenne ich einen frohen Tagesbeginn, Daddy!« meinte Tombe Gmuna brummig und schüttelte sich, als er an mir vorbeieilte. Summend stiegen die Fahrzeuge auf die Antigravkissen und reagierten in gewohnter Perfektion auf alle Steuersignale; trotzdem achtete ich mißtrauisch auf jedes noch so winzige Zeichen eines Aussetzers.

In fünf Metern Höhe glitten die Trucks flußaufwärts, weiter nach Süden, der verfluchten Spore entgegen. Grüne Waldwände begrenzten die fernen Ufer. Aufgeschreckte Vögel stoben mit prasselnden Flügelschlägen davon. Abschnittweise war der Fluß bis zu fünf Kilometer breit, häufig von Inseln und mäandernden Seitenarmen untergliedert. Aus dichtmaschigem Urwald stieg Dunst, ballte sich zu Wolken und donnerte als Platzregen nieder. Umbradunkle Schlammfluten rissen an wogenden Binsen. Treibholz schaukelte fahlweiß und abgeschält unter den Trucks. Sandbänke ragten rötlichgelb auf, und angeschwemmte Kiesel glitzerten grauweiß.

»Bald bekommen wir Probleme mit den Kugelspeichern«, meldete Hethan gegen Mittag. »Die Ballonhüllen dünnen aus, die eingespeiste Energie diffundiert langsam heraus.«

Ich warf einen Blick auf die Kontrollen. Insgesamt fünfzehn Kugeln von je fünfzig Zentimetern Durchmesser besaß jeder Truck – kraftfeldumhüllte Ultrahochvakuumblasen, in denen, stehenden Wellen gleich, die eingespeisten Hyperenergien gehortet waren. Die angeschlossenen Wandelbänke und Generatoren lieferten Strom, Umformer für hyperphysikalische Effekte nutzbare Quintronen anderer Frequenzbereiche. *Wenn die Kugelspeicher ausfallen, müssen wir auf die Brennstoffzellen umschalten – und auf die Antigravfelder verzichten.*

»Noch haben wir mehr als siebzig Prozent«, sagte ich halblaut. »Wir gehen erst auf Wasserstoff, wenn es unumgänglich ist.«

»Verstanden.«

Später verengte sich der Rhagyn und durchfloß zerrissenes Gelände. Wasser gurgelte in steilen Schluchten, knotige Wurzeln umklammerten Felsblöcke, die uns moosüberwuchert den Weg versperrten. Ein Gewirr von Ranken, Lianen, Bartflechten und Farnen, ohne leuchtende Farben, engte die Flußarme ein. Ich schaltete auf Rundumfrequenz; zum Glück funktionierten unsere Kommunikatoren: »Aufsteigen auf fünfzig Meter! Wir überfliegen die Barriere.«

»Alles klar. AT-2 ist bereit.«

»AT-3 macht das Schlußlicht.«

Unter lautem Summen stieg der Truck an, ich sah mit zusammengekniffenen Augen das Umblenden von Grün nach Rot bei der Antigravanzeige. Widerstrebend reagierte das Fahrzeug auf plötzlich schwächer werdende Hyperemissionen.

»Engbegrenzte Störung«, beruhigte mich Marc. »Rasch durchfliegen, dann ist es vorbei.«

Ich nickte und verschob sachte die Sticks. Truckräder streiften Bambuswipfel, dicke schwarze Lianen eines Urwaldriesen schrammten über das Dach. Schwerfällig kamen wir voran, erreichten die angesagte Höhe und machten plötzlich einen Satz nach vorne. Über vergleichsweise ruhigem und deutlich breiterem Fluß stoppte ich und drehte das Fahrzeug um hundertachtzig Grad.

Telyna räusperte sich. »Die Hyperballung fokussiert! Es wird eng – Beeilung, Leute!«

AT-2 folgte genau auf Kurs, dreißig Meter dahinter flog Hethan. Im Osten waberte grauschwarz ein Tropengewitter und formte ein düsteres Gewölbe über den Baumriesen. Erste Tropfen prasselten. AT-3, in Bernsteinschein gehüllt, bäumte sich auf, etwas knisterte unter der Rumpfschale. Unvermittelt sackte der Truck durch, das Heck donnerte auf Fels, Räder platschten ins Wasser. Schaum sprühte hoch, rann an der aufflammenden Schutzblase ab, und Wellen wogten nach allen Seiten. Nach einem Wimpernschlag des Schreckens schaukelte der Truck ruhig aus, stieg langsam hoch und kam heran.

»Nichts passiert, Imperator«, rief Sonem und klapperte mehrfach mit dem Schnabel. »Kleiner Aussetzer, hat uns nur durchgeschüttelt.«

Aus Wipfeln aufgeschreckte Papageien und Wellensittiche – jedenfalls grün und schwarz-rot gefärbte Tiere, deren Aussehen den Äquivalenten auf Terra entsprachen – schwirrten in Wolken vorbei und strichen mit prasselndem Flügelschlag über die Trucks davon. Ich schluckte und versuchte den gallenbitteren Geschmack zu vertreiben.

»Tanja«, krächzte ich. »Bringst du mir einen Becher Tee, Liebes?«

»Sofort.« Sie drückte mir kurz darauf den Becher in die Hand. Draußen regnete es inzwischen in Strömen, brütender Dunst lag blaugrau über der Landschaft. Von pilzförmig ausgebreiteten Laubkronen, fingerartig ragenden Palmblättern und verschlungenen Lianen klatschte Wasser.

Killan blendete Karte und Log auf die Frontscheibe und sagte: »Sechshundert Kilometer in sechs Stunden. Vierhundert Kilometer voraus biegt der Fluß nach Südost ab und umfließt das Roozhem-Gebirge. Schaffen wir es bis dorthin, Chef?«

Ich wiegte den Kopf. »Wenn es keine weiteren Zwischenfälle gibt, vielleicht. Sronee, lös mich ab; ich bin zerschlagen.«

»Verstanden, Euer Erhabenheit.« Der Dron kam in die Kanzel und nahm meinen Platz an der Steuerung ein. Ich rieb die brennenden Augen und streckte den knackenden Rücken. Khee-Poa reichte mir, als ich in den »Frachtraum« kam, ein Tablett mit duftendem *Synthon* – Reis, Bohnen, Steak, alles ganz passabel aus der Basismasse zubereitet. Die Amazone schnurrte grantig:

»Ruh dich aus, Mann. Du bist nicht der einzige gute Pilot an Bord.«

»Jeder Fehler wird bemerkt – welch ein Glück.« Ich lächelte kühl. »Danke für die Aufmunterung!«

Die Hand der Orbeki-Frau wischte mit entblößten Krallen durch die Luft. »Auf Zehenspitzen schwankst du – breitbeinig kannst du nicht laufen: Jedes Extrem schadet, Euer Erhabenheit.«

Bei ihrem Anblick dachte ich an die Kecz'dharr ihrer Heimat, an das telepathische Raunen im Grottentempel bei unserem zweiten Besuch im Rahmen der Goodwillrundreise und nahm mir fest vor, irgendwann die »Inneren Rätsel« dieser felidoiden Zivilisation zu lösen. Ich nickte stoisch, fing zu essen an und fühlte bleierne Müdigkeit in den Knochen. Schaudernd dachte ich an die heiße und klebrige Luft des Dschungels und war froh, daß unsere Klimaanlage einwandfrei funktionierte.

Abwarten, wie lange noch, Imperator? wisperte der Logiksektor und dämpfte meine Stimmung noch mehr. Aus den Augenwinkeln sah ich, daß Khee-Poa an ihrer persönlichen Ausrüstungsbox hantierte, einem Kasten von der Größe eines Reisekoffers, um dessen Inhalt die Amazone ein Geheimnis machte, seit ich sie kannte.

Hundert Kilometer bevor der Rhagyn nach Südost abbog warnten uns die Orter. Eine beachtliche Störzone, die überdies erstaunliche Stabilität entwickelte, baute sich auf. »Ein breiter Streifen von Nordost nach Südwest«, murmelte Sronee. »Zweihundert zu neunhundert Kilometer, zwölftausend Meter hoch.«

Die auf der eingeblendeten Karte hervorgehobene Zone war violett schraffiert, reichte vom Shendam-Gebirge im Osten über den Rhagyn bis zu den Ausläufern des Roozhem im Westen. Khol Trayz meldete sich von der AT-2: »Nichts zu machen, Freund! Wenn wir nicht warten wollen, bis sich das Ding auflöst, müssen wir ausweichen. Statt dem Rhagyn zu folgen: genau nach Süden durch das Gebirge.«

Killan wies auf ein geschlängeltes Tal. »Siebenhundertvierzig Kilometer voraus liegt ein Bergdorf, dort können wir rasten.«

»Gut.« Ich verschränkte die Arme. »Irgendwelche Einwände?«

»Keine«, sagte Khol.

»Keine«, rief Hethan von der AT-3.

»Also los. Aufsteigen auf hundert Meter; hundertfünfzig pro Stunde.«

Der Truck reagierte gehorsam auf Sronees Steuerung. Wir flogen in Reihe auf die Berge zu, stiegen mit ihnen höher, überwanden den ersten Paß in fünfzehnhundert Metern Höhe und folgten dann einem Rinnsal, das sich in Mäandern durch braunes Geröll schlängelte. Farne und Sträucher wuchsen an den Hängen, auf flachen Terrassen Laubbäume, von deren Zweigen kaskadenartig Reben herabhingen. Wir glitten über Wiesen hinweg, als der Bach breiter wurde, störten Rotwild beim Äsen und sahen am Himmel kreisende Waza-Sperber.

»Ursprüngliche Natur«, sagte Tanja halblaut. »Wenn nur die Spore und ihre Wirkung nicht wären! Es ist zum Heulen.«

Sronee grollte überzeugt: »Wir werden sie ausschalten!«

Ich ging, ohne etwas zu sagen, in den Frachtraum, nahm Becher und eine Kanne und brachte der Cockpitbesatzung *K'amana.* Wazaroms Stern sank blutig dem Horizont entgegen, unsere Amphi-Trucks warfen lange Schatten. Wasser stürzte über steiniges Gefälle, sammelte sich in Becken und verschwand hinter einer baumlosen Hügelgruppe. Mit der Dunkelheit quollen diesige Schwaden durch die Hochtäler und verdichteten sich zu nassem Nebel, den nicht mal unsere Scheinwerfer durchdrangen. Es blieb uns nichts anderes übrig, als auf hypermechanische Relieftaster umzuschalten. Ich löste Sronee an den Kontrollen ab, betrachtete die Kursprojektion und wich kantigen Blöcken früh genug aus.

Kurz vor Mitternacht erreichten wir das Bergdorf; eine Ansammlung von einem Dutzend Hütten. »Die Leute scheinen sich für ein Einsiedlerdasein entschieden zu haben«, sagte ich heiser, schaltete – weil Keenan voo Trun schlief – zur AT-3 und fragte Hespyro voo Waz: »Wer lebt hier?«

»Orbeki.« Er trillerte kurz. »Dagor-Nonnen, die bei einfachem Leben ihren Meditationen nachgehen. Kaum Verbindung zu anderen.«

»Übernimmst du die Kontaktierung? Danke.«

Wir stoppten die Trucks fünfzig Meter von den Hütten entfernt, Hespyro tappte mit einer Lampe hinüber und kam nach einer halben Stunde zurück.

»Sie sind nicht begeistert, aber man heißt uns trotzdem willkommen. Zhy-Fam Tzindua wird uns persönlich begrüßen.«

Khol, Hethan, Killan und ich warteten geduldig. Die Scheinwerfer erzeugten gleißend gestreute Kegel im Dunst, aus dem sich fünf Gestalten, in dunkle Kutten gehüllt, herausschälten. Ich gähnte hinter vorgehaltener Hand und schauderte beim Anblick der gespenstischen Szenerie, während die Delegation anmarschierte. Tzindua war eine alte, aber keineswegs gebeugte Frau mit milchig-blinden Augen. Ausgeprägte Dagor-Intuition ersetzte zweifellos den optischen Sinn, denn sie bewegte sich ohne Probleme.

»Ich grüße euch«, schnurrte sie leise und wandte mir ihren Kopf zu. »Kiun sei mit euch.«

Ich verbeugte mich knapp und fröstelte beim Namen der archaischen Gottheit der Doppelsonne Orelio und Berlian. »Danke, Zhy-Fam. Wir hoffen, eure Gastfreundschaft nicht allzulange beanspruchen zu müssen.«

Killan sah mich kurz an; auch er erinnerte sich an die Goodwillrundreise, unsere Aufenthalte in der Hauptstadt der Orbeki, die Felsentempel – *Kiun-Tse'yn, Rotes und Gelbes Auge von Kiun.*

»Kiun auch mit euch.«

Sie fauchte bestätigend, ich sah aufblitzende Reißzähne unter erschrekkenden Augäpfeln von Weiß-in-Weiß, dann stapfte sie mit den anderen in den Dunst zurück.

Khol seufzte: »Ich schätze die Eleganz der Orbeki sehr – aber welch ein Gegensatz zu dieser Alten! Hat eine stachelige Ausstrahlung, finde ich!«

Ich gähnte erneut und befahl: »Standardwachen, der Rest in die Kojen, Hängematten und sonstigen Lagerstätten.«

Hethan hob die gewölbten Elytren und knisterte mit den Mundwerkzeugen. »Manchmal, Euer Erhabenheit, sind deine Anweisungen von erstaunlicher Präzision.«

Reflexe tanzten an aufgewölbten Facettenaugen. Ich winkte mürrisch ab und sagte selbstironisch: »Nach Mitternacht solltest du nicht zuviel von einem Imperator erwarten, mein Lieber.«

Khol lächelte kühl, verabschiedete sich, und auch ich kletterte, innerlich frierend, in den Truck zurück. Die Scheinwerfer erloschen, nur das sanfte Glühen der Ortungsanzeigen erhellte noch die Cockpitkanzel. Tanja schmiegte sich an mich und schlief bald darauf fest, während ich, trotz oder wegen der Müdigkeit, lange wach lag.

Später drückten Nachtmahre: Im Traum sah ich das Zwielicht im Grottentempel von *Kiun-Tse'yn,* rot und gelb glühten die Augen der gebukkelten Katzenstatue, riesige Oberkieferreißzähne blitzten im Schein der Feuerbecken – und über allem lag das telepathische Raunen, das nicht einmal von Sinyagi verstanden werden konnte, während Kecz'dharr mit aufgerichteten Schwänzen schnurrend um meine Beine strichen ...

Zuerst kamen sie vereinzelt: Schwer und dick fielen die Tropfen im Morgenlicht, begleitet von prasselnden Geräuschen. Dann wurden sie zahlreicher, bis der Regen als Flut niederpeitschte und das Tal zu überschwemmen drohte.

»Und über Nacht von der Blockadefront eingeholt!« knurrte Jassir Zorgan ärgerlich; auch als Truck-Besatzungsmitglied machte der Echsenmann, sonst Has'athor der DRON, eine gute Figur. »Nichts funktioniert mehr! Nicht mal eine primitive Quarzuhr.«

»Hoffentlich halten die positronischen Programmierungen.« Akese sah mich sorgenvoll an. »Wäre fatal, wenn wir schon jetzt auf reine Manuellschaltung umstellen müßten.«

Ich seufzte. »Abwarten – was anderes bleibt uns nicht.«

Alles Fluchen half nichts. Total durchnäßt errichteten wir Großzelte, befestigten Bahnen zum Abtrennen von Abteilen, schleppten Ausrüstung und Gepäck aus den Trucks und hofften, daß der Zwangsaufenthalt nicht zu lange dauerte. Dann hockten wir herum, lagen auf Hängematten und Faltbetten, brüteten stumm oder dösten vor uns hin. Unser Ausweichversuch brachte uns vom Regen in die Traufe – im wahrsten Sinne des Wortes: Drei Tage regnete es ununterbrochen, bindfadengleich fiel es vom Himmel, der zwischen den Bergen von schweren schwarzen Wolken bedeckt war.

»Weltuntergangsstimmung!« Tanja starrte immer wieder mißmutig auf die Schlieren der Frontscheibe.

Kaum jemand verspürte Lust, viel zu reden. Trotz der Ausweichzelte wurde die Enge ungemütlich. Wegen der ausgefallenen Klimaanlage mußten wir Luken öffnen, daraufhin wurde alles klamm und stickig. Die verschlossene Art der Dorfbewohner verleitete nicht dazu, sich wohl zu fühlen: Eine Wolke lag über den Hütten, die Beklemmung erzeugte. Khee-Poa schob irgendwann angewidert den Becher zur Seite und fauchte aggressiv: »Bald hasse ich jede Form von Flüssigkeit!«

Sie striegelte ständig Kopf- und Armfell, machte Stretching. Das Schaben von Krallen auf Zeltbahnen nervte ebenso wie das unausgesetzte Prasseln. Bäche rannen über tiefgeduckte Schindeldächer der Hütten, kaum aufgefangen von Regenrinnen, von Dachkanten platschend und sich auf den Gassen und in Holzbottichen sammelnd, die längst überliefen. Der Boden wurde zum wadentiefen Morast. Hinter winzigen Fenstern brannten flackernde Lichter von Öllampen, Kienspänen und offenen Feuerstellen. Wind pfiff und kreischte um Ecken und riß Tropfen wie Nadeln mit.

Der Bach wurde zur braunweißen Gischthölle, überflutete die Ufer und trieb Schlamm vor sich her. Ab und zu sah man eine vermummte Gestalt durch das Dorf huschen, bekleidet mit wasserabweisendem Cape, breitem Hut und Stiefeln, die hoch von braunem Morast verklebt waren. Vereinzelt erklang das klägliche Schreien eines Vogels.

Niedergedrücktheit zerrte an unseren Nerven. Wir traten uns gegenseitig auf die Füße, fluchten bösartiger und wünschten nichts sehnlicher herbei als ein Ende des Regens. Als es endlich kam und die Wasserfluten versiegten, bestand die Blockade immer noch, schien aber langsam nachzulassen. Pflanzen schüttelten Wasser ab, und Wazaroms Stern sandte rubinrote Strahlen aus, schuf eine phantastische Pyramide aus feurigem Licht: Dreieckige Fächer, zwischen Wolkenlöchern durchfallend, kontrastierten in der Ferne, wo letzte Tropfen sprühten, mit einem hochgespannten Regenbogen. Bald summten Insekten im aufsteigenden Dunst, trillerten Vögel und öffneten sich die Holztüren der Hütten.

»Wenigstens können wir jetzt die Trucks durchlüften und uns die Beine vertreten!« Telyna sprach uns allen aus der Seele, als unvermittelt der Himmel aufklarte und wir die Worte der alten Frau in die Tat umsetzen konnten. Ächzend tappten wir umher, reckten schmerzende Rücken und atmeten tief durch.

»Verfluchte Blockade!« Tombe hob die Fäuste und rutschte, während er den Truck umrundete, auf schmierigem Boden aus, schlug lang hin und fluchte noch lauter. In diesem Augenblick war nichts von der lächelnden Freundlichkeit zu merken, die ich von dem Afroterraner kannte.

Zwei weitere Tage vergingen.

Inzwischen brannte die Sonne heiß und unangenehm. Viele von uns legten die Raumrüstungen ab, verrieben Unmengen von Schutzsalbe auf der Haut und versuchten das Beste aus der Situation zu machen. Ukhan und Hemmal schossen ein Waza-Wildschwein, das wir unter freiem Himmel brieten. Die Orbeki des Dorfes verhielten sich zunehmend ablehnender; ich fühlte mich unangenehm an meinen ersten Aufenthalt auf Wazarom erinnert – damals jagten wir die eingesickerten Tekteronii und zerstörten ihren Tempel auf einer Schwimminsel im Nordmeer.

Beim abendlichen Rundgang entdeckte ich Tzindua auf einem Riesenfindling. Nackt, die Beine untergeschlagen, kauerte die Feuermutter dort, gelichtetes Fell an Oberarmen, Rücken und Beinaußenseiten. Die acht Zitzen, paarweise vom Unterbauch bis zur Brust angeordnet, stachen pechschwarz von rosigbleicher Haut ab.

»Ihr stört diesen Ort und seid unangenehm!« sagte sie tonlos, die blinden Augen sahen mich unvermittelt an; eine grimmige Gestalt, düster und ablehnend.

»Wir verschwinden, so schnell es geht.« Meine Stimme klang belegt. »Was wir tun, dient auch euch und eurem Überleben.«

Sie lachte abgehackt. »Mögen eure Wünsche wahr werden!« keuchte sie; es klang, als verfluche sie uns. Ich schüttelte mich betroffen und rannte zu den Trucks.

Am Morgen des dritten Tages stand ich unter der Regenwassertonne des kleinen Badezelts, stöhnte bei dem kalten Schauer und legte eilig das symbiotische Gewebe der S-900 an. Ein gellender Schrei ließ mich mit schußbereiter Maschinenpistole nach draußen stürmen, ehe ich die Haftbahnen der Raumrüstung schließen konnte.

»Alles funktioniert wieder!« Marc brüllte und sprang wie ein Verrückter um die AT-2. Jubelnd versammelte sich das Sporen-Kommando. Schmunzelnd warf ich den MPi-Gurt über die Schulter und fühlte ebenfalls große Erleichterung

Neben mir knackten Hethans Kiefertaster. »Noch sind wir nicht am Rhagyn – und erst recht nicht bei der Spore!«

Ich betrachtete ihn von oben bis unten. »Wenn einem hartgesottenen Iprasa-Pessimisten ein Lavabrocken vom Herzen fällt, dann ganz bestimmt auf den dicken Zeh!« sagte ich brummig, woraufhin er erstaunt den Kopf senkte und die borstig behaarten Klauenzangen betrachtete.

»Und wenn man keine Zehen hat, Imperator ...?«

Ich winkte ab, mein Extrasinn kicherte. Pfeifend schlenderte ich zum Truck hinüber, nahm die tanzende Geliebte in den Arm und küßte sie übermütig.

Eine halbe Stunde später waren wir unterwegs, schwebten in geringer Höhe den wieder Normalwasser führenden Bach entlang, folgten ihm durch tiefeingeschnittene Schluchten, überquerten Klippen, ausragende Platten und verdrehte Erker. Gestein in Grau und Dunkelbraun, aufgelokkert durch kalkige und rote Einschlüsse und Adern, wechselte ab mit geduckten Büschen, Hecken, Flechten und im Wind wogenden Grasflächen. In Engpässen schäumte der Bach, fauchte und röhrte.

Schließlich kamen wir an eine seichte und breite Aufstauung, von dunkelgrünem Dickicht begrenzt, und erlebten einen kurzfristigen Aussetzer der Antigravfelder. Die Truckräder krachten auf die ruhige Wasseroberfläche, wir wurden kräftig durchgeschüttelt und konnten zum Glück im nächsten Augenblick durchstarten.

»Es wird immer unberechenbarer, je weiter wir nach Süden kommen«, brummte Movruul mißmutig, Rückkopplungspfeifen erfüllte die Kabine, der Kontakt zu den anderen brach ab.

Beim letzten Höhenunterschied von dreihundert Metern bis zum Rhagyn brauste der zum Fluß verbreiterte Bach als Wasserfall über ein halbes Dutzend Terrassen nieder und ließ uns ängstlich fiebern. Diesmal verschonten uns aber die Aussetzer, und wir konnten das ohrenbetäubend donnernde Naturschauspiel genießen. Ein riesiger doppelter Regenbogen erhob sich durch den Dunst feinster Tröpfchen; seine Bahnen leuchteten in allen Spektralfarben.

Freihandelswelt Zhygor, Muo, Tata-Raumhafen: 29. Prago des Eyilon 19.018 von Arkon (= 24. März 2048 Terra-Standard)

Wagen des überschallschnellen Pneumozugs, sicher von dem Prallfeld-Gleitpolster umgeben, rasten durch das Vakuum des Führungsrohrs. Andruckabsorber verhinderten, daß beim Abbremsen die Massenträgheit auf die Passagiere durchschlug. Eine Servostimme verkündete:

»Endstation, Landefeld Tata-Eins-a.«

Der Zug stoppte ab, glitt durch die Schleuse in den Bahnhof und hielt mit aufschwingenden Flügeltüren. Dron-Gardist Qidvoor Ventasug schulterte sein Gepäck und stapfte mit knirschender Raumrüstung los. Lautes Summen vieler Stimmen durchzog die Halle, in die insgesamt zehn Pneumolinien mündeten. Hunderte Raumfahrer quirlten durcheinander: Springer, Aras, Zaliter, Raupen von Nykh, Vhirlghaner, Wasserstoffatmer von Terpoon, Exoten weniger bekannter Randzonenwelten ...

Kreisförmige, durch Lichtsignale gekennzeichnete Vertikalschächte zweigten von der Hallenperipherie ab. Tragende Kraftfelder von Antigravaggregaten entstanden unter den Füßen von Passanten, hoben sie zur mächtig gewölbten Empfangshalle des Landefelds hinauf; Holoprojektionen simulierten auf Wunsch gläserne oder milchige »Kabinen«, weil nicht jedes Lebewesen schwindelfrei war. Der Dron legte den kantigen Schädel schräg, fächelte mit rudimentärem Halskragen und musterte riesig flirrende Holoscheiben, die, durch eingeschossene Lichtquanten sichtbar gemacht, Hinweise auf startende und landende Raumschiffe gaben.

»Noch genug Zeit.« Qidvoor Ventasug erreichte ein Restaurant, ließ sich auf den Multiform-Plastsessel direkt an der Außenscheibe fallen und sagte der herbeieilenden Servo-Kugel: »Tseev, aber mit einem Schuß Garrmat. Verstanden?«

»Kommt sofort, Soldat.«

Während die Kugel davonhuschte, beobachtete der Dron mit mäßigem Interesse das Treiben vor der Kuppel; Zubringerkapseln dockten an, Raumfahrer stiegen aus. Andere Shuttles legten mit summenden Antigravkissen ab, flogen durch das Gewirr des Landefelds, vorbei an Kraftfeld-Startgerüsten – und erreichten in Dockbuchten verankerte Raumschiffe. Verzerrt wie durch einen Wasserschleier erschien neben einer ziselierten Arkonstahlsäule eine quasihominide Gestalt und huschte als weißlicher Schimmer quer durch das Restaurant. Am Eingang verschmolz die *Lichtelfe* mit einem Arkoniden, dessen Bewegungen erstarrten. Qidvoor Ventasug sprang auf, stieß den aus dem Tischzentralschacht schwebenden Becher um und polterte verblüfft:

»Was ist denn das?«

Automatische Überwachungssensoren der Raumhafen-Positronik zeichnen den Vorgang detailgetreu auf. Beginn in der Totale: das Restaurant mit formvariablen Plast-Möbeln, reich dekorierten Säulen und exotischen Zierblumen. Die transparente Schiebetür schließt sich hinter einem Mann.

Hyperemissionen werden angemessen: *Alarm – Stufe Eins!*

Falschfarbeneinblendung: Violettes Flirren umgibt plötzlich die Gestalt.

Zoom: größere Bilder. Der Arkonide: langbeinig, hager. Schweiß perlt auf Stirn und Oberlippe, unendlich langsam bewegt sich der Kopf.

Großaufnahme und Zeitlupe: das Gesicht. Braune Haut wird bleich. Wut und Anstrengung verzerren die Züge. Rötliche Augen – weit aufgerissen. Der Mund ist zum Schrei geöffnet. Der Shedar-Turban verrutscht.

Langsam wieder in Totale, immer noch Zeitlupe: Verästelt schlagen Blitze aus Boden und Decke, blauweiße Helligkeit überschwemmt die Umgebung. Hinter Säulen liegen tintige Schatten. Der Arkonide verändert sich: Silbrige Haut entsteht, Falten verschwinden, ebenso die Kleidung. Aus dem Kopf wird ein glattes Ei. Nach wenigen Sekunden wankt eine chromglänzende Gestalt durch das Restaurant.

»Beim doppelten Dotter!« ächzt Qidvoor Ventasug und wirft sich dem Veränderten entgegen. Mit spielerisch wirkender Armbewegung wird der Dron zur Seite geschleudert und rutscht meterweit. Fassungslos blickt er der Gestalt hinterher: Die Panzertroplonaußenscheibe zersplittert, als der Veränderte sie durchspringt und zu laufen beginnt. In rasendem Takt bewegen sich Beine, für Augenblicke wird ein davonhuschendes *Lichtwesen* sichtbar. Der Chrommann vergeht in hochschießender Stichflamme ...

Das weitere Geschehen: Neben einer prebonischen 250-Meter-Kugel, blau schimmernd und völlig glatt auf sechs spinnenbeinähnlichen Auslegerkraftfeldern schwebend, erschienen *Nebelwesen,* schwirrten an der gewölbten Hülle entlang und gaben zwitschernde Parasignale ab, deren Intensität ausreichte, um auch von Nichttelepathen verstanden zu werden:

»Biin-Goorl ... Biin-Goorl!«

Plötzlich zuckte Licht aus dem unteren Kugeldrittel, röhrender Donner einer Explosion breitete sich aus. Grelle Glutbälle wuchsen rasend schnell, verkohlte Trümmer wirbelten davon. Nicht weit entfernt detonierte ein Werftgitter, Frachtcontainer zerschmetterten an Wänden. Metall wurde zerfetzt. Rauchsäulen stiegen auf, Alarmsignale gellten. Löschroboter und automatische Helfer eilten herbei, Bodenpersonal wimmelte verwirrt durcheinander. Raumfahrer, Prospektoren und Händler starrten fassungslos auf die Zerstörung.

Völlig unbeeindruckt tanzten kalkige *Lichtelfen* aus Rauch und Feuer hervor und verschwanden dann von einer Sekunde zur nächsten ...

Gardisten marschierten inzwischen herbei, sicherten die Kuppel und das Landefeld, nahmen Zeugenaussagen auf und scannten die Umgebung zur Dokumentation. Schwere *Odona & Bral II* mit ausgefahrenen Impulsstrahlern gingen in Stellung, fanden allerdings kein Ziel. Kraftfeldglocken stülpten sich über Brandherde, wurden evakuiert und löschten die Feuer, während Arbeitskolonnen mit Kleintransmittern, Traktorfeldern und Antigravplatten an das Aufräumen gingen. In der Administration von Tatalal-Center wurden Berichte gesammelt und erste Auswertungen erstellt.

»Der Imperator hatte recht! Wenn das häufiger passiert, verwandeln sie Zhygor in Schutt und Asche, ohne daß wir viel tun können«, sagte Suinsintung tonlos, von bösen Ahnungen geplagt; erstmals waren die *Lichtelfen* für alle sichtbar gewesen, und ihr Vorgehen war nicht anders als ein Angriff auszulegen.

Trotz aller konzentrierten Bemühungen von Gijahthrakos und Dagoristas, unterstützt von der *Tai Zhy Fam,* gelang es aber nicht, weitere *Lichtelfen* aufzuspüren. In dieser Hinsicht waren und blieben sie weiterhin unsichtbar.

Und Seine Erhabenheit sitzen quasi auf Wazarom fest.

Wazarom III, am Rhagyn, Marschkilometer 4745: 29. Prago des Eyilon 19.018 von Arkon (= 24. März 2048 Terra-Standard)

Violettes Geflecht dünner Linien überzog zu einem Drittel die Frontscheibe. Kon wies auf glitzernde Knoten und murmelte: »Hier ... hier und auch hier, Atlan. Das Ortungsrelief ist eindeutig: Das Hypernetz der Zone wird engmaschiger, und sobald die Schnittpunkte eine bestimmte Größe erreichen, entladen sie sich spontan ... Dort!«

Verästelte Ausläufer zuckten aus einem Knoten hervor, fuhren Wazaroms Oberfläche entgegen, spalteten sich auf und formten einen Fächer.

»Wenn wir davon getroffen werden, kommt es durch Interferenzen zu Ausfallerscheinungen: mal beim Antigrav, dann beim Schutzfeld, der Steuerpositronik oder den Parakräften.«

Movruul, der Tanja an den Waffenkontrollen abgelöst und sich in den eigentlich für ihn zu kleinen Sessel gezwängt hatte, bewegte sich unruhig und knurrte leise: »Interferenz kann auch Verstärkung bedeuten!«

»Richtig.« Kon schwenkte vage die Hand. »Ist für uns aber nicht unbedingt von Vorteil. Plötzlich durch äußere Einwirkung hochgedrehter Antigrav kann nach der Ausgleich-Drosselung zum Absturz führen, erhöhte Parasensibilität zu Trugbildern und was weiß ich.«

»Also noch mehr Vorsicht, Freunde«, sagte ich mit rauher Stimme und lenkte den Truck in dreißig Metern Höhe um eine Flußbiegung; AT-2 und -3 folgten dichtauf. Ausläufer des Roozhem-Gebirges fielen steil zum Flußtal ab, wo schroffe Granitnadeln, im Dunst graublau schimmernd, eine Bucht umgaben. In der Sonne glänzte das Wasser wie eine polierte Kupferplatte. Hinter uns, weit im Norden, quollen mächtige Gewitterwolken empor. Viele tausend Flamingos stoben ähnlich Blütenblättern rosafarben und weiß über den Fluß.

»Ortung aus West!« meldete Kon. »Ein Schwarm Teatornis nähert sich mit großer Geschwindigkeit.«

Movruul fluchte leise. »Da haben wir es: Schutzfelder zeigen kaum Leistung. Zoneneinfluß stört die Projektion.«

»Höchste Aufmerksamkeit!« Ich musterte die näher kommende Wolke. Dunkelviolette Sicheln mit scharfkantigen Rändern zeichneten sich vor blassem Himmel ab. Kon zoomte Bilder heran, Umrißskizzen entstanden; der Weise murmelte:

»Teatornis! Riesengeier! Spannweiten bis zu fünf Metern. Annähernd siebenhundert Stück, offensichtlich gallertbeeinflußt. An alle: Alarmstufe Eins!«

»Waffen sind scharf!« sagte Movruul ruhig, Bereitschaft signalisierten auch die anderen Trucks. »Sie greifen an!«

Große Gruppen der Riesengeier stürzten sich auf uns. Ich wich der ersten Attacke aus, drehte den Truck auf der Stelle und senkte den Bug etwas. Dumpfe Schläge erklangen; grauweißer Rauch markierte die Bahnen handlanger Raks, die als Fünfer-Burst den Aasvögeln entgegenfauchten. Glutbälle entstanden zwischen den Tieren und zerrissen Flügel und Körper, Detonationen schmetterten. Grünlich zischten Desintegratorstrahlen, wieder pfiffen Raks davon. In Sekunden waren die Trucks von dunklen Wolken eingehüllt, die Außenmikrofone übertrugen schrilles Kreischen und hartes Flügelknallen. Warnlampen signalisierten Aussetzer in der Positronik.

Typisch! Ein Unglück kommt bekanntlich selten allein!

Gesetz der Serie, mein Lieber, zischte der Extrasinn.

»Es sind tatsächlich Gallerten!« rief Kon aufgeregt. »Ihre Hyperemissionen wechselwirken mit unseren Geräten. Suggestionsamplitude steigt, bleibt aber ungefährlich!«

Ich schwenkte den Truck in neue Position, beschleunigte und befahl: »Tanja, Ronua, Kitai-San – wehrt die Gallerten ab! Sie dürfen nicht von den Geiern zu uns wechseln!«

»Verstanden.«

Movruul feuerte Raks ab und ließ breitgefächerte Desintegratorstrahlen davonzucken, die Vögel zu Staub pulverisierten, während ich versuchte, die AT-1 in gute Schußposition für die starr eingebauten Waffen zu bringen.

Ohne positronische Unterstützung ist eine gleichzeitige Bedienung des kleinen Drehturms nicht möglich, dachte ich.

Killan voo Mispanor erkannte es ebenfalls und rief von hinten: »Ich übernehme die Turmwaffen manuell!«

Wir rasten durch einen Pulk Riesengeier, Detonationen donnerten rechts und links, sich ausdehnende Glutbälle blieben zurück. Ich wendete und runzelte die Stirn, als mich mein Extrasinn auf ein Kontrollsignal aufmerksam machte: *Heckklappe geöffnet!*

Ich krächzte: »Seid ihr wahnsinnig geworden?«

Auch bei AT-2 und -3 schwangen sich Raumlandesoldaten aus dem Heck und schwebten davon, von ihren Anzugantigravs getragen. Handwaffen blitzten, Plasma- und Desintegratorimpulse fauchten den Vögeln entgegen, deren Zahl nicht abzunehmen schien.

»Halten es ... Blechbüchsen nicht aus!« schrie jemand stoßweise; ich glaubte Li Wan Dan zu erkennen. »... greifen ein ... größere Chance!«

Drei Tiere verglühten in unserem Schutzfeld, das plötzlich von blaßgrauem Flackern überzogen wurde. Für einen Augenblick sah ich übergroß einen Teatornis vor der Scheibe: braunschwarzes Gefieder, weiße Halskrause, rosig nackter Hals, aufgerissener Schnabel und ein häßlicher Kopf, auf dem eine Kristallschicht glitzerte – dann war er vorbei, schrammte über das Schutzfeld und trudelte, funkensprühend und in Rauch gehüllt, dem Fluß entgegen.

Besonderheit der hiesigen Tierwelt, erinnerte mein Logiksektor. *Die meisten Arten zeigen Hyperkristallauswüchse.* Qualm, zu bizarren Wolken gedreht, verdeckte die Sicht, Geierschatten huschten umher. Immer wieder stürzten ganze Pulks gegen die Schutzfelder. Vereinzelt glaubte ich durchsichtige Kügelchen von Saam-Gallerten zu erkennen – sie platzten lautlos. Mein Extrasinn flüsterte bestätigend: *Die Zhy-Famii können sie aufhalten!*

Killan brüllte: »Schutzfeld ist ...«

Ein ganzer Schwarm drang unvermittelt durch, Vögel stürmten selbstmörderisch gegen die Frontscheibe, und aufplatzende Leiber hinterließen rote Striemen. Funkenkaskaden knisterten von verwehenden Schutzfeldresten. Ein Riß zuckte über die Scheibe. Wieder krachte es, gefolgt von dumpfem Knirschen. Splitter pfiffen mir entgegen, als es ein Geier schaffte. Die Verglasung zersprang – von einer telekinetischen Welle getroffen, der sogar Panzertroplon nicht standhielt. Federn stoben durch das Cockpit, Blutspritzer trafen mich im Gesicht. Ein kreischender Schnabel hackte nach allen Seiten, knallende Flügel versperrten mir die Sicht.

Mühsam versuchte ich Flughöhe und Position einzuschätzen, während der herbeieilende Sronee, unterstützt von Kon, mit dem Tier rang, Flügel abwehrte und dem Schnabel auswich. Weitere Geier rasten geschoßgleich heran. Eine Flügelkante fuhr mir wie ein glühender Draht über das Gesicht, etwas rann warm meinen Hals hinab. In meinen Ohren fauchte es, beruhigende Impulse des Logiksektors ließen mich kaltblütig reagieren.

Im letzten Augenblick sah ich die Felsnadel und bewegte instinktiv die Sticks. Der Truck knirschte an Gestein vorbei, schrilles Schirpen von Metall folgte. *Immer noch fünf Meter Flughöhe.*

Ich aktivierte das ganze Spektrum der Truck-Steuerung – und hatte Erfolg, die Positronik reagierte. Unvermittelt wechselte mein Blickwinkel, Tasterdaten wurden ins Holo eingespeist, ich erkannte die Lage des Fahrzeugs genau und lenkte es behutsam zum Boden. Die Ortungsergebnisse zeigten mir, daß eine Art »Gewitter« tobte: *Jederzeit kann uns eine Überlagerung treffen!*

Sronee drehte einem Vogel den Hals um, ein zweiter hackte von draußen herein. Das Schutzfeld flackerte, ließ sich aber nicht ganz aufbauen. Abrupt entglitt mir die Befehlsgebung wieder. Kons Desintegrator trennte einen Flügel ab. Ich duckte mich, wurde von der Blutfontäne getroffen und zur Seite gerissen, als der Truck nahe dem Ufer hart auf das Wasser schlug. Schäumend schwappte eine Welle über gezackte Scheibenränder, Funkenentladungen stoben auf, mischten sich mit Qualmwolken. Ohrenbetäubendes Kreischen erfüllte die Kabine.

Ein Schatten schoß an mir vorbei: Killan warf sich knurrend einem Geier entgegen, biß sich an seinem Hals fest und bewegte den Kopf, bis das Tier erschlaffte. Sronee stieß einen zweiten Vogel hinaus, gemeinsam gelang es uns, weitere Tiere mit den Desintegratoren abzuwehren. Ein im Sturzflug heransausender Pulk verglühte im plötzlich vollständig hochgespannten Abwehrfeld. Kon schaltete Geräte aus, Feuerlöscher zischten, die knisternden Funkenentladungen erloschen, und Rauchschwaden trieben durch die zerfetzte Scheibe.

Killan wischte Blut von Gesicht und Mund, zupfte an den großen, aufgestellten Ohrmuscheln, bemerkte meinen irritierten Blick und hob die Schultern. »Schnell wirksamer, absolut tödlicher Biß, Chef – unsere Urahnen waren *Blutsäufer.*« Er keckerte. »Genetisches Erbe läßt sich manchmal nicht unterdrücken. Barbarisch, aber wirkungsvoll!«

Sronee lachte donnernd – sein Halskragen war halb zerfetzt, und eine breite Wunde reichte von den Brauenwülsten bis zur Schädelmitte. Erstaunt musterte ich das Blut auf meiner Hand und bemerkte erst jetzt den schmerzhaften Schnitt richtig. Der Zellaktivator pumpte im Takt meines Herzens.

»Keine ernsthaften Schäden«, meldete Kon betont ruhig. »Genaueres muß die spätere Untersuchung zeigen.«

Ich nickte, ergriff die Steuer-Sticks und ließ den Truck aufsteigen. Ringsum tobte immer noch der Kampf gegen die Riesengeier. Vom Ufer aus schossen gelandete Soldaten methodisch Vögel ab, AT-2 und -3 kreisten und splitterten die Pulks auf. Nach fünfzehn Minuten stoben Schwarmreste auf und ergriffen die Flucht. Ich verständigte mich mit Khol und Sonem: Wir landeten am Ostufer des Rhagyn, Räder knirschten auf ockerfarbenem Sand, die Raumtruppen flogen herbei.

Ich schaltete die Maschinen aus, seufzte müde und ging auf Rundruf: »Verlustmeldung! Verletzte? Tote? Was ist mit den Trucks? Ausfälle?«

»Keine Gallertbeeinflußten«, rief Telyna.

»Zählappell läuft, Imperator. Verflucht! Zwei Dron hat es erwischt, drei weitere Tote, etliche Verletzte.« Killan sammelte die Einzelmeldungen, langsam ergab sich ein Gesamtbild. »Keine Schäden außer bei der AT-1. Wird problematisch: Wir haben keine Ersatzscheibe.«

»Zur Not fliegen wir mit geschlossenem Raumhelm.« Ärgerlich winkte ich ab. »Es gibt Schlimmeres!«

Ich stand auf, half dem torkelnden Sronee nach hinten in den Frachtraum und winkte Tanja beschwichtigend zu, als sich ihre Augen weiteten. Mein blutbeschmiertes Gesicht sah vermutlich schlimmer aus, als es war. Xeronalyr wieselte auf winzigen Wurzelfüßchen heran, die rote Cephalofangklappe knirschte. Parakräfte strahlten aus, griffen zunächst nach Sronee und beschleunigten die Zellteilung der Wunde, dann kümmerte sich der Morannii um mich.

Kribbeln begleitete die parakinetisch-materiewandelnde Wirkung, als die Wanderpflanze von Morann mein Gesicht versorgte. »Nichts wirklich Ernstes«, signalisierte Xeronalyr. »Infektion unterbunden, Euer Erhabenheit, der Schnitt schließt sich bereits.«

»Danke«, murmelte ich und nahm Tanja in den Arm. »Alles in Ordnung, Liebes.«

Sie griff nach einem Tuch und wischte mein Gesicht sauber; erst dann seufzte sie erleichtert. Durch das geöffnete Heck kamen nach und nach die Gardisten, ließen sich – sofern notwendig – verarzten, sicherten Waffen und Ausrüstung und begannen zielstrebig, ein Lager zu errichten. Wachen wurden eingeteilt und der Schaden an unserem Truck begutachtet.

Raumsoldaten flogen heran, zwischen sich ein Kraftfeld, auf dem die Toten lagen: Shungaan Zargh, Arbtan, Dron-Raumsoldat; ebenso Azpal Ghayt; Hermon Zernif, Thrarg'athor eines Ultraleichtkreuzers der ARKON II, ein Zaliter; im gleichen Rang eines Mondträger und in gleicher Funktion war der Ekhonide Ga'Dan gewesen; schließlich der Frankoterraner Pierre Kendoir, ZBV-Captain im arkonidischen Rang eines Dor'athors – alle waren tot, gefallen im Kampf gegen saambeeinflußte Riesengeier.

Ich starrte sie mit brennenden Augen an und verwünschte lautlos Spore und Gallerten.

7.

Hemmar Ta-Khalloup: *Jahre der Krise, Betrachtungen zum beginnenden 20. Jahrtausend;* Arkon I, Kristallpalast, Archiv der Hallen der Geschichte, 19.035 da Ark

Entwicklung auf wissenschaftlich-technischem Gebiet ist in den seltensten Fällen eine direkte Funktion der Zeit. Abgesehen davon, daß nicht einmal alle galaktischen Zivilisationen diesen Weg beschreiten, fällt auf, daß stürmische Entwicklungsphasen – oft an Krisensituationen gekoppelt – von lange andauernden der Unveränderlichkeit gefolgt werden oder gar in Zeiten der Stagnation und Degeneration münden. Unter Berücksichtigung der Größenordnungen in der Galaxis und den damit verbundenen zeitlichen Abläufen bietet sich der Schluß an, daß naturwissenschaftlich-technischer Fortschritt auf der einen Seite und räumliche Expansion auf der anderen einander offenbar ausschließen: Als Beispiel kann durchaus das Große Imperium der Arkoniden mit seiner rund 19.000jährigen Geschichte dienen. Es ist nun einmal leichter und zumeist effektiver, erreichte Entwicklungen konsequent auszunutzen und zur Anwendung zu bringen, ehe sich wieder auf neue Forschungen konzentriert wird, die im allgemeinen mit großem finanziellem und kreativem Aufwand verbunden sind.

Innovationen erfolgen schubweise, und jeder Abschnitt der Ruhe birgt in sich die Gefahr des Rückschritts. Die strikte Bewahrung des Erreichten stellt ein wichtiges Ziel dar, sofern es nicht in verkrustete Formen verfällt und Traditionen zum Selbstzweck werden. Leider ist der Weg dieser »Bewahrung« häufig der des geringsten Widerstandes. Sogar Zivilisationen, deren Geschichte nach vielen Jahrtausenden rechnet, besitzen aus diesem Grund nicht zwangsläufig den höchstmöglichen wissenschaftlich-technischen Entwicklungsstand. Auch hierbei ist das Große Imperium augenfälliges Beispiel.

Wazarom III, am Rhagyn: 29. Prago des Eyilon 19.018 von Arkon (= 24. März 2048 Terra-Standard)

Jassir Zorgan justierte den letzten fingernagelgroßen Kristallprojektor und nickte befriedigt, als das transparente Kraftfeld, Ersatz für die zerstörte Frontscheibe, entstand. »Solange es keine Störwirkungen gibt, wird es funktionieren«, sagte er und plusterte die Schuppen des Halskragens. »Also vermutlich nicht lange.«

Killan zählte auf: »Wegen des Wassereinbruchs ist die Waffensteuerung nur noch bedingt einsatzfähig, gleiches betrifft Ortung und Tastung und die Funkanlage. Unsere Kugelspeicher haben dreißig Prozent Ladekapazität, zwei sind ganz aufgelöst.«

»Dafür sind die anderen Trucks voll einsatzbereit.« Ich blickte sinnend über den Fluß. Flußpferde hoben mit dicken Kristallkrusten überzogene Schädel aus den Fluten und grunzten laut. »Wir sollten versuchen, heute noch den Iz-See zu erreichen! Jede Verzögerung kommt den Störwirkungen der Spore zugute und schadet uns. Bislang liegen wir sehr gut in der Zeit – trotz allem!«

»Einverstanden«, rief Khol heiser. »Wir nehmen die AT-1 fortan in die Mitte.«

»Gut.«

Zehn Minuten später waren wir unterwegs; am Ufer blieb die Steinsäule zurück, die wir zur Ehrung der Toten errichtet hatten, ihre Körper waren mit Desintegratoren aufgelöst worden. Wie es Tradition war, hatten wir die Rhudhinda gesprochen.

Nach vier ereignislosen Stunden breitete sich vor uns die kobaltblaue Fläche des langgestreckten Sees aus; von Ost nach West maß er fast sechzehnhundert Kilometer. Ein unwirklicher Sonnenuntergang, untermalt vom Lärmen der Froschähnlichen im Uferschilf, begleitete das Errichten unseres Lagers. Riesig tauchte Wazaroms Stern das Land zunächst in Ocker, dann in Scharlach und schließlich kam, nach kurzer Violettdämmerung, die Dunkelheit kategorisch schnell. In der Ferne grollte es verhalten, und als wir die rote Sichel über dem Nordhorizont sahen, wurde die Ursache klar: *ein Vulkan!*

Von der ARKON II kam kurz darauf die Bestätigung: »Insgesamt sind in den letzten drei Tontas zweiundzwanzig Vulkane ausgebrochen, gewaltige Mengen Asche werden bis zu neunzig Kilometern Höhe aufgeschleudert. Wazarom-Zhad wurde am Morgen von einer Tsunami in zwei Teile zerrissen. Mit weiteren Naturkatastrophen ist jederzeit zu rechnen. Ende der Durchsage.«

Ins Grollen des Vulkans mischte sich Gebrüll, das in einer Art Husten ausklang – Großkatzen! Wir verdoppelten die Wachen und fielen in unruhigen Schlummer, halb besinnungslos vor Wut; diese Welt taumelte am Abgrund entlang, und wir hatten die Spore immer noch nicht ausgeschaltet.

Geschrei weckte mich mitten in der Nacht. Ohne nachzudenken, zog ich den Kombistrahler und sah mich um. Kalkiges Licht warf scharfkantige Kegel durch die Dunkelheit und zeigte heranspringende braune Schemen, die sich gegen knisternde Schutzfelder warfen, sie aber nicht durchdrangen. Unterarmlange Reißzähne blitzen, kantige Köpfe wurden hin und her geschwenkt. Ich kletterte aus dem Amphi-Truck und schüttelte mich beim Anblick der riesigen Tiere; auch ihre Köpfe waren von Hyperkristallen bedeckt, und dreieckige Zacken folgten der Rückenlinie.

»Die Felder halten, Imperator«, rief Sronee rauh und starrte fasziniert auf die Waza-Säbelzahntiger. »Mindestens dreißig Stück!«

»Gallerten?«

»Wir können sie abhalten, Atlan.« Tanja rieb die Schläfen. Im Norden ragte eine feurige Säule zum Himmel, das Grollen hatte sich verstärkt. »Sie scheinen uns, weil wir ehemalige Gallertbefallene sind, als weisungsberechtigt anzusehen. Leider reichen zur Zeit unsere Kräfte nicht – verfluchte Störzone! –, auch die aufgeputschten Smilodonten zu beruhigen. Sie laufen Amok!«

»Wir sollten kurzen Prozeß machen!« Hemmal Ki'Hoy hob den schweren Desintegrator.

Ich tauschte einen Blick mit Tanja und Telyna und gab meine Zustimmung. Hemmal legte an und schoß, schnell durchladend, mehrmals hintereinander; kleine Ein-Schuß-Energiezellen wirbelten davon. Drei Säbelzahntiger samt ihren Gallerten wurden sofort zerrissen und verwehten als Ultrafeinstaub. Wildes Brüllen der anderen Großkatzen hallte über den See, Vögel stiegen mit knallenden Flügeln auf. Der Dron beendete, während ich mich abwandte, sein blutiges Geschäft in wenigen Minuten, danach senkte sich wieder trügerische Ruhe über die Trucks.

Als ich erwachte, tanzten goldene Schlieren über die Decke der Cockpitkanzel; es dauerte eine Weile, bis ich mich zurechtfand und in ihnen Lichtreflexionen erkannte. Bernsteinhimmel überwölbte den Truck, Federwölkchen färbten sich rosa. Blendend löste sich Wazaroms Stern vom Horizont und vertrieb die kurze Morgendämmerung. Ich beendete die Morgentoilette, goß einen Becher *K'amana* ein und nahm das Plastontablett mit dem Frühstück an mich. Wir hockten auf Klappstühlen unter dem Sonnensegel, das sich zwischen AT-2 und -3 spannte, die Gijahthrakos bildeten ein Meditationsdreieck aus glitzernden Tetraedern.

Telyna, gebeugt und uralt, bewegte sich bei ihrer Dagor-Übung geschmeidig wie eine Jugendliche. Aus einem Truck klang leise Musik herüber; Shingholay Ghrutoll, *Aufbruch der Sternenkarawane.*

Tanja kam die geriffelte Heckklappe herab und wies schaudernd nach Norden. Pechschwarz stand dort ein riesiger Fächer über düsterrotem Untergrund. Zerfaserte Ausläufer der Aschewolke reichten über ein Viertel des Horizonts, verwaschene Schleier gingen unter ihnen nieder.

»Wir sollten uns beeilen, sonst holt uns der Ascheregen ein.« Meine Geliebte verschränkte fröstelnd die Arme und lehnte sich gegen den Truck. »Vor uns riesige Gletscher, die Spore und wachsende Hyperdeformationen und hinter uns ein Vulkan; die Auswahl an Todesformen nimmt erstaunlich zu.«

Ich verzog das Gesicht, sagte aber nichts. Nach dem Frühstück bestiegen wir die Trucks und setzten unsere Reise fort, zunehmend mißmutiger und erschöpfter. Das Land südlich des Roozhem-Gebirges, vom Rhagyn-Orb zwischen Iz- und Gwad-See von Nordost nach Südwest durchschnitten, war von Trockenwald, Dornenbüschen und mannshohem Savannengras bestimmt. Hartgebackene Böschungen begrenzten teilweise den Fluß, an anderen Stellen wogten Schilfflächen.

Um die Kugelspeicher zu schonen, schalteten wir zu den Brennstoffzellen um und machten aus den Trucks Boote, die an der Spitze langgestreckter V-Wellen flußaufwärts fuhren.

Ich stieg durch die Dachluke auf die Kanzel, schloß den Kugelhelm und schaltete die Vergrößerungsprojektion ein. In der Ferne entdeckte ich riesige Kakteen und weidende Gnyn-Herden. Die mächtigen *Schreckhörner* trugen acht Noppen am Kopf und besaßen – obwohl reine Pflanzenfresser – in der Tat ein erschreckendes Aussehen. Bis zu zwanzig Zentimeter lange Knochenzapfen waren von Hyperkristallen umgeben.

Ich kletterte wieder hinab, suchte Keenan voo Trun und fragte ihn nach den Kristallkrusten. »Die Tiere besitzen eine aktive Parasinnesebene«, antwortete er. »Die Kristalle übernehmen – vor allem bei den Laiqud-Eisrochen der Gletscherregion – einen Teil der metabolischen Versorgung. Materiewandlung ähnlich den Taas, behaupten die Wissenschaftler. Aus dem Tranzendentalen gefriert konventionelle Masse im Standarduniversum oder so.«

»Hhm.« Ich erinnerte mich an die ersten Einsätze auf Wazarom; Xanthyn Ol'dans Tempel wurde zerstört, bevor seine Götzen eintrafen; ich sagte überzeugt: »Die Tekteronii suchten damals Wazarom mit Bedacht aus! Wäre ihnen die Aktion gelungen, hätten die *Saams* beachtliche Nahrung gefunden. Vielleicht hat sich ›unsere‹ Spore, ihrem alten Programm folgend, genau deshalb den Weg hierher gesucht?«

Telyna trat heran und sagte mit brüchiger Stimme: »Es gibt noch einen weiteren Aspekt, Imperator. Hyperkristalle *organischer* Herkunft eignen sich, passend aufbereitet und modifiziert, hervorragend zur Herstellung von *Nyguu!«*

Schaudernd dachte ich: *Eine der schlimmsten Drogen, die es gibt; greift direkt das Bewußtsein an und wirkt völlig unabhängig vom Metabolismus des Süchtigen. Sind die Tekteroni etwa auch hier involviert? Würde mich nicht wundern!*

Zwölf Stunden brauchten wir, um die dreihundert Kilometer bis zum ersten Wasserfall zurückzulegen. Über eine Breite von einem Kilometer stürzte perlweißes Sprudeln fast hundert Meter hohe Klippen herab. Wir aktivierten die Antigravfelder, schafften problemlos den Höhenunterschied und setzten unsere Fahrt fort, bis Dunkelheit über das Land fiel.

»Wir sollten weiterfahren!« sagte Khol energisch; ihn hatte ebenso Unruhe gepackt wie uns alle. Es gab keine lange Diskussion.

Nach kurzer Rast fuhren wir im Licht unserer Scheinwerfer weiter. Mottenumschwirrte Lichtkegel strichen über sachte plätscherndes Wasser, Zikaden schrillten durch die Nacht, in der Savanne trommelten Tausende Hufe von Viehherden. Sronee löste mich an den Kontrollen ab, ich schlief einige Stunden und erwachte vom klatschenden, vulkanaschedurchsetzten Regen.

Müde angelte ich die Feldflasche, zog den Korken und nahm einen kräftigen Schluck. Im matten Zwielicht des Frachtraums sah ich schlafende Gestalten, festgezurrte Ausrüstung und an Haken befestigte Raumrüstungen. Tsymid Tsiir und Üshee Zeshiir hatten ihre gefiederten Köpfe nach hinten auf den Rücken gelegt, Amazonen lagen zusammengerollt auf Matten, und die morannische Wanderpflanze stand neben der Heckschleuse wie eine exotische Dekoration. In Khee-Poas Box kratzte etwas leise; wie Krallen auf Metall ...

Ich ging leise ins Cockpit und raunte: »Wie sieht es aus?«

Killan döste im Sessel, sah kurz auf und schloß die Augen, ohne etwas zu sagen. Von Sronee kam ein leises Rumpeln. »Alles ruhig.« Der Dron gähnte und ließ die Nickhäute mehrmals über die Augäpfel schnappen. Seine verheilende Kopfwunde schimmerte rosig zwischen schwarzbraunen Schuppen. »In fünf Stunden müßten wir den zweiten Wasserfall erreicht haben, Euer Erhabenheit.«

»Atlan!« verbesserte ich halblaut. »Wir kennen uns lange genug, Mann. Laß die Förmlichkeiten!«

Er brummte leise, sein Schwanz klopfte an die Sessellehne. Ich setzte mich hinter die Waffenkontrollen, ging das Checkprogramm durch und registrierte ärgerlich die Ausfälle. *Sogar die manuelle Zielerfassung funktioniert nicht korrekt.*

»Die Kugelspeicher sind fast leer«, sagte Sronee dumpf, wich einer im Licht aufschimmernden Sandbank aus und folgte dem Kielwasser von Khols Truck.

Mit wenigen Schaltungen holte ich die Kartenprojektion auf einen Monitor, verglich Höhenlinien und Maßketten und rief gespeicherte Bildsequenzen ab. »Hhm.« Ich kratzte Bartstoppeln, dachte an die Schäden der AT-1 und knurrte: »Der zweite Wasserfall ist zweihundert Meter hoch, Steilklippen auch über viele Kilometer zu beiden Seiten. Wir sollten, bis auf die Piloten, die Trucks verlassen. Wenn was schiefgeht ...« Ich brach ab und hörte den Dron zustimmend murmeln.

In einem Ton, der jeden Widerspruch unterband, fügte er hinzu: »Ich fliege, Atlan!«

Aus: *Dokument XI* der Inquisitionsakten, 2. Juni 1592; Giordano Bruno, Pantheist (1548–1600, in Rom als Ketzer verbrannt)

Ich halte das Weltall für unendlich als Schöpfung einer unendlichen göttlichen Allmacht, weil ich es der göttlichen Güte und Allmacht für unwürdig halte, daß sie eine endliche Welt erschaffen hätte, wenn sie noch neben dieser Welt eine andere und unzählige andere erschaffen konnte. So habe ich denn erklärt, daß es unzählige Welten gibt ähnlich dieser ...

Des weiteren setzte ich in diesem Universum eine allgemeine Vorsehung, kraft deren jegliches Wesen lebt, sich erhält und sich bewegt und in seiner Vollendung dasteht, und ich nehme dies in immer zweifachem Sinne: Einmal ist diese Vorsehung allgegenwärtig als Seele ganz im ganzen Körper und ganz in jedem seiner Teile, und insofern nenne ich sie Natur, Schatten und Spur der Gottheit; sodann aber ist sie gegenwärtig auf eine unsagbare Weise als Allgegenwart Gottes seinem Wesen nach und als eine Allmacht in allem und über allem, nicht als Teil, nicht als eine Seele, sondern auf eine unerklärliche Weise

Silbriges Schimmern und Sprühen ragte gewaltig vor uns empor, breit spannte ein doppelter Regenbogen über vielfach gegliederten Klippen, Terrassen und Platten. Wasser gurgelte und schäumte in die Tiefe, donnerte ohrenbetäubend. Khols Truck, von Hemmal Ki'Hoy gesteuert, meisterte das Hindernis problemlos. Jetzt war Sronee an der Reihe. Wir anderen flogen per Anzugantigrav, Aussetzer gab es keine. Ich landete auf einer Felssäule, winkte und kniff gespannt die Augen zusammen, während die AT-1 langsam aufstieg und die erste Terrasse in fünfzig Metern Höhe erreichte.

Der Nordhimmel glich einer düstergrauen Wand, durch die ständig feurige Zungen und grelle Blitze fuhren. Meiner von den Amazonen aktivierten Parasinnesebene offenbarte sich das dichte Störzonen-Netz, von dessen Knoten dicke Äste herabzuckten.

»Sronee – die Emissionen werden stärker. Paß auf!«

»Werd's versuchen.«

Der Dron leitete die zweite Steigphase ein. Zehn, zwanzig, dreißig Meter. Innerlich fieberte ich. Mißtrauisch beobachtete ich die Hyperkraftlinien und schrie unwillkürlich auf, als eine neben dem Wasserfall einschlug. Kaskadengleich rannen Sekundärkräfte ab, trafen den Truck und hüllten ihn ein. Telekinetische Kräfte tobten los, wechselwirkten mit Schutzfeldprojektionen und Antigravkissen. Haarfeine Blitze zitterten handlang und dicht gesät über Räder, angeflanschte Tanks und das Dach.

»Sronee!« brüllte ich mit überschlagender Stimme. »Raus!«

Für einem Moment hing die AT-1 schwerelos in der Luft, dann sackte sie durch, kippte nach hinten und überschlug sich halb. Der linke Wasserstofftank krachte auf einen umsprudelten Felserker und riß wie dünne Alufolie auf. Fauchend entwich eine Gaswolke, der Truck polterte weiter, Wasser spritzte, es krachte laut. Ich sah, daß Hyperlinien den Truck in einen Kokon hüllten, Wellenausläufer deformierten Arkonstahlblech und falteten es spielerisch zusammen. Das Fahrzeug kollerte über Felsen, Flammen schossen zwischen Rädern hervor – und dann übertönte die Knallgasexplosion sogar den Wasserfall.

Der zweite und dritte Tank zerrissen, Glut breitete sich blitzschnell aus, wälzte über Wasser und Klippen hinweg und stieg brodelnd höher, gekrönt von gezwirbeltem Qualm. Wasserstoff fackelte grell ab, Dampfexplosionen schmetterten. Feuerhauch pfiff über mich hinweg und erzeugte Schlieren auf dem Körperschutzschild, eine noch gewaltigere Detonation stieg als Fontäne hoch, durchsetzt von kohligen Trümmern und wirbelnden Splittern, weil Munition, Raks und Deuteriumplasma in den Vernichtungsstrudel gerissen wurden. Es gab es nur noch Chaos: Pfeifen und Schrillen, Dampf, Feuer und Wasser, Bruchstücke des Trucks, blakender Wasserstoff, sengende Hitze, und ein winselndes Geräusch auf paraverbaler Ebene, das mir unmißverständlich den Tod des Dron, das Verwehen seines Bewußtseins anzeigte.

Hyperlinien zuckten umher, eine eisige Welle traf mich. Ich klammerte mich an Fels, umfaucht von Druckwelle und Sog, starrte in den Pilz aus Flammen, schwarzen Schwaden und bleichem Dampf, zitterte, fluchte und heulte in einem und schien doch bis zur letzten Muskelfaser versteinert. Mein Extrasinn rief, ohne daß ich reagierte. Merkwürdiges Singen ging von weiteren Hyperwellen aus, als schwinge das gesamte Netz am Himmel. Fasziniert lauschte ich, während ein anderer Teil meines Ichs um Fassung rang. Mein Körper verkrampfte, immer stärkeres Beben erfaßte meine Muskeln, aber ich konnte mich nicht vom Platz bewegen.

So fand mich mein Bauchaufschneider, und erst seine dritte Ohrfeige brachte mich wieder zu Verstand. Xeronalyr knirschte auf seinen Wurzeln näher und betäubte mich mit einem Hieb, der mich in Finsternis und Vergessen stürzte.

Mein letzter Gedanke war: *Er hat darauf bestanden, an meiner Stelle zu fliegen! Er hat darauf bestanden, als wüßte er ...*

... jemand beschwert sich ausdauernd darüber, von der »Gang« ausgebootet zu werden. Erstaunt frage ich mich: »Gang? Welche Gang?«

Panikerfüllte Entsetzensschreie erklingen plötzlich, ich fahre herum. Eine Stimme brüllt: »Das Tier! Das Große Tier!«

Ich sehe es auch, obwohl ich es nicht glauben will. Die Landschaft erscheint brettflach, ist bedeckt von giftig schimmerndem Bodennebel. Hoch aufragend blökt das TIER und schüttelt grauwolliges Fell. Diese absurde Kombination von Schaf und Ziege stakt unbeholfen, mit seltsam abgespreizten, steifen Beinen umher, als sei es ein neugeborenes Pferd. Ich höre überdeutlich das Klacken der Hufe und sehe über ihnen einen Streifen schwarzen Fells flattern. Die Hufe haben die Größe eines Einmannjägers; zwischen ihnen rennen kleine Arkoniden in Prunkgewändern davon. Hoch über ihnen pendelt der »Schiegen«-Kopf nervös hin und her.

Erst jetzt erkenne ich, daß es sich gar nicht um EIN Tier handelt: Wie Perlen einer Kette scheinen, in der Ferne kleiner werdend, viele hintereinander zu stehen. Sie sind miteinander verbunden – im Takt der pendelnden Kopfbewegungen schwingt dieser Tierkörperschwanz genau entgegengesetzt; ein riesiger, segmentartig unterteilter Rumpf mit Dutzenden von Beinen. Ich flüchte wie alle anderen, als gelblichgrünes Licht den Kopf einhüllt, der zum Medusenhaupt mutiert, und aus dem Körper ein segmentierter Walzenleib wird.

EIN GÖTZE! Xanthyn Ol'dans Fragment!

Neben mir rennt Sronee, seine Kopfwunde klafft weit, der Halskragen ist zerfetzt. »Ich fliege, Atlan!« brüllt er energisch und stößt mich zur Seite.

Der Truck stürzt zeitlupenhaft ab, umhüllt von brodelndem Feuer und schwarzem Qualm.

Aufschreiend fuhr ich hoch und starrte verwirrt durch den Frachtraum. Hände faßten meine Schultern, zogen mich zurück. Ein verkrampftes Schütteln packte mich.

»Sch!« machte Tanja, streichelte sanft mein Gesicht und wischte meine Tränen fort. »Ganz ruhig, Eisjunker! Ruhig, Liebster!«

Langsam ließ das Beben nach; Tanja beugte sich über mich, ihre Lippen hauchten zarte Küsse. Entspannende Wellen ihrer Individualaura hüllten mich warm ein, lösten Resonanz aus, bis wir im Gleichklang schwangen und ein stummes Trauersignal Sronees Bewußtsein hinterherschickten: Vere'athor, also Dreiplanetenträger, war der Chef der Dron-Raumlandetruppen gewesen; er hinterließ fünf Nachkommen von zwei Gelegen. Kon signalisierte paraverbal: *Aus der materiellen Zentrierung gelöst, ist der Dron wieder Teil des Kosmischen Bewußtseins, zurückgekehrt zum ursprünglichen Zustand Wahren Seins.*

Tanja wiegte mich wie ein Kind und sagte irgendwann leise: »Wir sind bald beim dritten Wasserfall, Atlan.«

Ich raffte mich auf und bemerkte die qualvolle Enge im Frachtraum der AT-2. In die verbliebenen Amphi-Trucks gepfercht, zum Teil auf den Dächern neben den Wasserstofftanks hockend, gingen deprimierte Impulse von den Mitgliedern des Sporen-Kommandos aus. Ich vermied es zunächst, den Leuten in die Augen zu sehen, entdeckte aber nur Anerkennung und echtes Mitgefühl, straffte mich und kletterte langsam zum Cockpit vor. Khol, Hemmal und Kon saßen an den Kontrollen, Khee-Poa auf ihrer Metallbox.

Der Raumnomade drehte kurz den Kopf, nickte wortlos und schaltete eine Kartenprojektion auf die Frontscheibe. »Die hundertachtzig Kilometer bis zum dritten Wasserfall sind geschafft. Weitere hundertfünfzig sind es bis zum Gwad-See«, sagte er, blendete Lichtzeiger ein und fuhr mit ihnen Höhenlinien entlang. »Es sind zwar nur siebzig Meter Höhenunterschied, aber wir sollten die Klippen umfahren. Nach Westen in die Savanne hinein und dann im Bogen zum Fluß zurück, was meinst du?«

»Einverstanden.« Meine heisere Stimme klang mir selbst fremd. Ich räusperte mich, seufzte und rieb die brennenden Augen. »Kon, Statusbericht!«

»Truck eins zerstört, ein Toter. Gesamte Ausrüstung verloren, die Besatzung auf AT-2 und -3 umquartiert«, meldete der Gos-Laktrote emotionslos. »Das Hypernetz der Spore wird dichter, Fünf-D-Technologie ist kaum zu gebrauchen. Bald wird es Aussetzer bei der übrigen Technik geben. Die Kugelspeicher sind bis auf winzige Reste leer.«

»Danke.« Ich nickte fahrig, lehnte mich gegen die Trennwand zum Frachtraum und sah in der Ferne das Schäumen des Wasserfalls hinter der Flußbiegung auftauchen. Hemmal betrachtete knurrig das Westufer, fand eine sanfte Böschung, schaltete den Radantrieb ein und fuhr mit mahlenden Reifen den Hang hinauf.

Ockerfarbener Sand ging in strauchloses Grasland über, vereinzelt sah ich gratige Monolithen. Hohes, scharfrandiges Gras wurde raschelnd von dem Truck niedergewalzt. Rostiger Staub wirbelte hoch. Kleine Gruppen verknorpelter Bäume umgaben ein brackiges Wasserloch, neben dem das ausgebleichte Skelett eines Schreckhorns dürftigen Schatten warf. Eine rötliche Windhose wirbelte vorüber, der Horizont flirrte. Hemmal steuerte den Truck zu einem Hang mit felsigem Untergrund, vertrieb eine Gruppe vierbeiniger Tiere mit verwaschen grauweißen Fellzeichnungen und erreichte nach einer Viertelstunde das obere Niveau des Wasserfalls. Links von uns befanden sich schroffe Monolithen und verkantete Steinplatten immensen Ausmaßes.

Khol sagte heiser: »Vier Kilometer voraus ist laut Karte ein ausgetrocknetes Bachbett. Dort müßtest du zum Fluß zurückkommen können.«

Der Dron grollte dumpf und beschleunigte. Das Wadi erwies sich als stauberfüllte Mulde, die, trichterartig ausgeweitet und von schotterigem Geröll bedeckt, zum Rhagyn-Orb führte. Der Fluß beschrieb einen langgestreckten Bogen, Auwald und Schilfflächen zogen sich die Flußniederung entlang, nach Süden bildete das Tal eine weite, von schroffen Wänden begrenzte Senke. Summend liefen die Motoren aus, die Räder bremsten auf prasselndem Kies.

»Halbe Tonta Rast?« sagte Khol Trayz.

Ich nickte, öffnete die Seitenluke und kletterte hinaus. Schatten legten sich unvermittelt vor den mächtigen Ball von Wazaroms Stern, heiße Vulkanasche stäubte über der Savanne nieder, in der Ferne geriet dürres Gras in Brand. Plötzlich erweiterte paravisuelle Wahrnehmung vermittelte uns ein Drama ...

Die Gnyn-Leitkuh der vieltausendköpfigen Herde äugte dumpf keuchend umher. Tiere stampften und trampelten unruhig, drängten sich zusammen und starrten zur fetten Qualmwand, unter der das Feuer rasend schnell näher kam. Gewaltiger Donner hallte über die Savanne, als die Stampede in die Herde fuhr wie ein Blitz – es gab kein Halten mehr.

Tiere rannten, die Kristallnoppen gesenkt, mit Lungen, die wie Blasebälge fauchten, nach Süden. Geschwächte oder Kranke wurden niedergetreten und von der grauen Welle überrollt. Schaumfahnen troffen flockig aus Mäulern, der rasende Lauf ging über viele Dutzend Kilometer. Dornengestrüpp und einzelne Bäume verschwanden unter panischem Wimmeln. Rötlicher Staub wallte, durchsetzt von herangewehtem

Rauch, dessen bläuliche Schleier brandigen Gestank mitbrachten, über die dichtgedrängten Rücken.

Als die schroffe Kalksteinklippe am Seeufer erreicht war, konnten die Gnyns nicht stoppen: Kreischend schoben nachdrängende Reihen die vordersten Schreckhörner weiter. Tonnenschwere Körper purzelten über die Kante, stürzten in die Tiefe und zerschmetterten auf Felsen, in Schluchten und am Geröllstrand. Milchige Brandung stob über zerrissene Gliedmaßen, aufgeplatzte Leiber und eingedrückte Schädel. Wasser färbte sich dunkelrot, immer höher wuchs der Kadaverberg; das Kreischen, Brüllen und Stampfen wollte nicht enden ...

Der Angriff der Gallerten kam mit dem Höhepunkt des Brandes, Hyperwogen blockierten sämtliche Technik und auch die Paragaben. Knallend platzten harzige Bäume am Fluß, andere ragten schwarz verkohlt auf. Fels und Geröll knackten in der Hitze. Staub und Asche, vom Wind aufgeschleudert, formten Schleier und legten sich ätzend auf die Lungen. Die Luft flirrte, sogar unsere Raumrüstungen fielen aus. Etliche Mitglieder des Sporen-Kommandos, von Gallerten getroffen und deren Beeinflussung unterworfen, drehten durch. Fluchend griffen wir nach rein mechanisch arbeitenden Rak-Werfern und Waffen, die hülsenlose Abbrandprojektile verfeuerten. Ras und Tombe jagten der Gallertwolke Salven fingergroßer Mini-Raks entgegen, ohne sonderlich viel zu erreichen.

Ein Projektil fetzte durch eine Weide, zirpte als Querschläger davon und detonierte im qualmenden Schilf. Ronua, von beeinflußten Scüs angegriffen, duckte sich tief unter austretenden Beinen und fauchte, die Reißzähne entblößt, die Ohren angelegt. Krallen zogen blutige Striemen über Testhoons Hals, der wild austrat und die Orbeki-Frau vier Meter weit schleuderte. Sie blieb reglos liegen, von den Ornithoiden nicht länger beachtet. Ein heftiger Stich raste mir bei ihrem Anblick durch die Brust; meine Sorge wuchs noch, weil Tanja zu ihrer Freundin sprang, um zu helfen ...

»Vorsicht!«

Ich hob die Waffe. Tanja schrie wütend auf, als die Scüs sie packten, und wehrte sich mit Händen und Füßen, bis ein Hieb sie ohnmächtig zusammenbrechen ließ. Plötzlich funktionierten die Desintegratoren wieder. Marcs Schrei übertönte alles, ehe er den kleinen Turm der AT-2 auf die Gallertwolke ausrichtete und die Kügelchen mit breitgefächerten Strahlen pulverisierte. Hastig angelte ich mir einen Satz Reservemagazine, sprang zu Ronua, die stöhnend den Kopf schüttelte, und rannte hinter den Flüchtenden her, die Tanja mitschleppten. Die plötzliche Erinnerung bedrückte: Genau diese Szene hatte ich, neben anderen, in den Katakomben von Tatalal visionär gesehen!

Ich lief weiter. Unterdessen kümmerten sich die Freunde um andere Beeinflußte und die Gallerten. Ich zählte vier Scüs, wagte nicht zu schießen und fluchte, weil die Steppenclanleute bald mit voller Laufgeschwindigkeit in die Savanne hetzten. *Bei einer Schrittlänge von drei Metern erreichen sie kurzfristig bis zu siebzig Stundenkilometer,* erinnerte ich mich an die Daten über die Ornithoiden, stieß eine bittere Verwünschung aus und nahm mit gleichmäßigem Trab die Verfolgung auf.

»Ruhig bleiben, keine Hektik!«

Unter meinen Stiefelsohlen zerpuderten Asche und Staub. Es stank bestialisch nach Rauch und heißem Gestein. Mißmutig kontrollierte ich den Kombistrahler; keine Reaktion, immer noch Blockade. In der Ferne galoppierten die Scüs, Tanjas Körper baumelte leblos auf einem Rücken. Haß auf Gallerten, Sporen und vor allem die Tekteronii begann in mir zu brodeln.

Mein Extrasinn summte beruhigend, kühle Wellen strömten vom Lha'hon-Quarz aus. Die Dagor-Schulung machte sich bemerkbar: Emotionen wurden ausgeschaltet, der Körper wurde zur Maschine, vollkommen dem Willen unterworfen. Keine Muskelfaser, die nicht beherrscht wurde, Eis schien durch die Nervenbahnen zu rinnen. Nicht ich lief, sondern *Es!* Schmerz war ausgeschaltet, Beanspruchung wurde verdrängt, das Bewußtsein zu einem integrierten Bestandteil der Umgebung:

Ich fühle das Knirschen des Staubs unter den Sohlen, sehe die winzige Echse, die von dem Stein flitzt, ertaste aufsteigendes Wasser in Pflanzen. Böen fauchen über verbranntem Gras, Vögel kreisen am Himmel, Insekten und Würmer tummeln sich im Boden.

Zeit wird bedeutungslos. Ich laufe, ohne zu denken.

Sie war schlank und hochgewachsen; braune Haare hingen wirr ins Gesicht. Und sie war an einen hohen Baumstumpf gefesselt, der geschwärzt aus den Waldresten einer Senke aufragte. Ein riesiger Waran, fünfzehn Meter lang, schob sich in immer engeren Kreisen näher.

Tanja wand sich, aber Metallplastikfasern ließen ihr wenig Spielraum. Sie war nackt, die Raumrüstung lag zerfetzt vor ihren Füßen. Häßlich kratzten Fesseln auf verkohltem Holz. Der Waran beugte den kristallüberzogenen Kopf, die gespaltene Zunge zuckte schlürfend vor und zurück. Ringsum hoben die Scüs, auf gratigen Felsblöcken hockend, Knüppel und schlugen einen eintönigem Takt auf die Steine. Das Trommeln nervte, ich beschwor mich zu Besonnenheit: »Noch ist es nicht soweit!«

Daß die Scüs ebenfalls unbekleidet waren, verdeutlichte mehr als alles andere ihren Zustand: Umnachtung und Wahnsinn – keine Spur mehr von

Zivilisation, die Gallertbeeinflussung gerät aus dem Ruder! Rosig schimmerten Hals, Beine und Bauch; rötlichbraune Federn mit dunkelblauen Spitzen bedeckten Rücken, lange Hälse bogen sich im Trommelrhythmus.

Ziilee, Üxain, Testhoon und Shemonö sind nicht länger Herr ihrer selbst!

»Und ich hab' keine Möglichkeit, die Gallertbeeinflussung zu beseitigen!« knurrte ich erbittert. Der Waran kam näher, Krallen schabten über Steine, und der Schwanz peitschte hin und her. Aus Aschefontänen wurden dahintreibende Dunstwolken. Tanja wimmerte. Ein Adrenalinstoß putschte mich auf, der Logiksektor sagte etwas, aber ich konnte seine Mitteilung nicht verstehen: Auch hier wirkte eine plötzliche Blockade!

Angst ist der erste Schritt zum Mut, durchfuhr es mich, und ich erinnerte mich an einen von Ghotors markigen Sprüchen: *Wer behauptet, sich nicht zu fürchten, ist ein Lügner, in der Regel ein Feigling und – nebenbei – ein Trottel!*

Die Echse fauchte, ihr Körper formte ein langgestrecktes S. Testhoon reckte die Arme, das dröhnende Klopfen endete. Gellend schrie ein Scü.

Ich nahm die Maschinenpistole von der Schulter, zielte sorgfältig und zog den Abzug fünfmal durch. Die Schüsse trafen, zwei Scüs wirbelten von den Felsen. Ich unterdrückte den Gedanken, daß sie mal gute Freunde gewesen waren, und zischte ein weiteres Ghotorzitat: »Verwirre deinen Gegner durch rasches Handeln; dadurch erhältst du Zeit, genauer zu zielen.«

Schrilles Tschirpen drang aus Scü-Schnäbeln, die Echse hüpfte verwirrt zur Seite. Sie traf mein nächster Feuerstoß, der das halbe Magazin entleerte. Der Waran platzte auf, rollte herum und schrie mit weit geöffnetem Maul. Fünf weitere Schüsse ließen ihn erschlaffen. Ich sprang aus der Deckung, spurtete los und gab Hüftdeutstöße ab, kurz, schnell und trotzdem wirkungsvoll. Neben den Scüs prasselten Steinsplitter, Staub stob hoch. Beim Waran blieb ich kurz stehen; weit klaffte die kraterartige Wunde der Hauptsalve. Üxain und Shemonö rannten herbei. Ich warf mich hinter einen Felsen und wechselte hastig das Magazin. Schweren Herzens tötete ich die Beeinflußten, salutierte stumm, dann ging ich Tanjas Fesseln durchschneiden.

»Wir müssen gehen! Schnell!«

Tanja fing sich, handelte rasch und überlegen wie eine Arkonidin. Die Frauen unserer Rasse werden von dem allgemeinen Zerfall weniger betroffen als die männlichen Wesen. Daher kommt es, daß sehr viele wichtige Positionen von Frauen besetzt wurden. Sie untersuchte die Reste der Raumrüstung und wählte Stiefelhose, Brustteil und Harnisch. Der »Unterwäschen«-Symbiont war zerfetzt, der Waffengurt verschwunden. Nach einigem Suchen fanden wir die Ausrüstung der Scüs und nahmen an uns, was noch brauchbar erschien, vor allem natürlich die Feldflaschen. Ich schüttelte mich. »Trotz Beeinflussung und Umnachtung haben sie in dieser Hinsicht logisch gedacht.«

Tanja hob einen filzbespannten Behälter an den Mund, trank und wischte mit dem Handrücken über die Lippen. »Gehen wir, Eisjunker!« sagte sie und rammte den Verschluß in die Öffnung; Schweiß perlte über ihr Gesicht, die Augen waren rot unterlaufen.

Aus Harnischsegmenten fertigen wir provisorische Hüte, sahen mißmutig zur riesigen, heiß brennenden Sonne hinauf und stapften los, bald von Tausenden Fliegen gequält. Die Fläche bis zum Fluß dehnte sich nahezu baumlos, war schwarz von verbranntem Gras. Glühender Wind blies Asche herbei. Schweißnaß und staubig, tanzende Kreise vor Augen, schritten wir wortlos nebeneinander her.

Nach dreißig Minuten zirpte mein Anzug-Kommunikator, und ich stieß eine Verwünschung aus. »Ist ja typisch! Wenn es vorbei ist, funktioniert die Technik wieder. Ja, Khol, Atlan spricht! Ich konnte Tanja befreien. Peilt uns an und holt uns, ja? Tanjas Antigrav ist unbrauchbar, außerdem mißtraue ich den Geräten.«

»Verstanden. Wir konnten die Gallerten abwehren, mußten aber zwei beeinflußte Feuerfrauen töten; Valtaya Zhymam und Yavhorta Kharior!«

»Rechne vier Scüs hinzu«, murmelte ich rauh. »Beeilt euch.«

Als endlich der Truck, eingehüllt in Schwaden, neben uns anhielt, fühlte ich mich ausgelaugt und deprimiert. Wut, Ohnmacht und eine merkwürdige Empfindungslosigkeit wechselten einander ab. Vom Zellaktivator ging ein Trommelfeuer belebender Reizimpulse aus.

Am Abend kam von der RAGNAARI eine weitere Schreckensmeldung: »Ihr müßt Ausweichkurs einschlagen! Der Pusaï-Gletscher hat mehrmals gewaltig gekalbt, und eine Fünfzehn-Meter-Woge rast nun den Rhagyn-Tsol abwärts. Die Psambor-Siedlung wurde vor zehn Minuten fortgerissen – dort dürfte es keine Überlebenden geben!«

Khol fluchte unbeherrscht, ich schaltete niedergeschlagen die Kartenprojektion ein, und gemeinsam betrachteten wir die Alternativen. Hemmmal grollte energisch: »Quer über den Gwad!« Seine Zeigefingerkralle tippte auf einen Punkt an der Mitte der See-Südküste. »Tusaal, eine weitere Mispan-Stadt; Entfernung rund zwölfhundert Kilometer.«

Er sah sich fragend um, erntete auch von Hethan in der AT-3 Zustimmung, und so setzten wir unseren Weg fort. Wir entgingen der Woge um Haaresbreite, die sich im Gwad auslief und eine schlammige Schicht voll Baumtrümmern und Geröll mitriß. Ohne weitere Schwierigkeit erreichten wir gegen Mittag Tusaal.

Eingefaßt von Felsriffen, öffnete sich eine Bucht, deren Hang sichelförmig weiße, luftige Häuser bedeckten. Steinstufen und Terrassen untergliederten Flachdachbauten, überall glitzerten Flächen von Solarwandlern. Fischerboote dümpelten an langen Molen, zum Trocknen ausgehängte Netze am Geröllstrand wirkten wie Spinngewebe. Waza-Möwen kreisten am bleichen Rotgelb des Himmels, Turteltauben gurrten aus Zedern, dunklen Korkeichen und Zypressen. Lavendelduft erfüllte die Luft, vereinzelt überdeckt vom Geruch nach Tang, Teer, Fisch und modrigem Holz. Links stürzten Pelikane von karstigen Steilhängen, kamen mit zappelnden Fischen im Schnabelsack schwerfällig hoch und strebten unter knallendem Flügelschlag zu ihren Startplätzen.

»Ein Idyll.« Tanja hockte neben mir auf dem Dach der AT-2, die Beine an den Leib gezogen, mit den Armen umklammert. »Zu schön, um wahr zu sein! Mich fröstelt!«

»Sie scheinen bisher wenig betroffen zu sein.«

Unruhe packte mich, während die Trucks knirschend auf den Strand rollten, von einer gestikulierenden Menge erwartet. Silberlinien tanzten auf dem klaren Wasser und wanderten über den Seeboden. Molenquader mit glitzernden Einschlüssen waren an der Wasserlinie grünschlickig gezeichnet, über vereinzelten Ginsterbüscheln gaukelten in Gold, Blau und Bernstein handgroße Falter.

Ich legte die Hände an den Mund und schrie: »Absitzen!«

Nacheinander klettern wir hinab und aus den Fahrzeugen; eine todmüde Truppe, innerlich ausgebrannt und von kaltem Schaudern geschüttelt. Mein Blick glitt über spitzte Gesichter der Mispaner, die Windräder der Wasserpumpen, efeuberankte Mauern, schiefergraue Brunnen und helle Hauswände. Ein alter silberhaariger Mispaner kam gebeugt heran und ächzte:

»Willkommen, Freunde! Wir wurden vom Geschwader informiert. Essen steht bereit. Badewasser ist heiß, die Hängematten laden zum Schlaf. Ruht euch aus, wir sorgen für alles!« Er keckerte anhaltend. »Ich bin Kenno wan Druq.«

»Die erste gute Nachricht«, sagte ich, sah mich mit verhaltener Begeisterung um und klopfte dem Alten auf die Schulter, »seit unserem Aufbruch! Leute, es freut mich, euch zu sehen!«

Wazarom III, Tusaal: 31. Prago des Eyilon 19.018 von Arkon (= 26. März 2048 Terra-Standard)

»Dem Friedfertigen nützt seine Friedlichkeit gar nichts, wenn er nicht Autorität und Macht besitzt – und sei es auch nur als Drohgebärde.« Kenno wan Druq schnarrte grimmig und trank den Kupferbecher leer. »Der Weise meidet den Kampf, besitzt aber die Fähigkeit, Frieden zu schaffen und zu erhalten, oder er versucht von vornherein Eskalationen durch frühzeitiges Eingreifen zu unterbinden! Soviel zur Theorie! In der Praxis tobt ein Krieg im Großen Imperium – und es fällt nicht leicht, ruhig zu bleiben, wenn einem der Planet unterm Arsch zu zerplatzen droht!«

Zustimmendes Keckern und Knurren erfüllte die rauchige Taverne, mindestens hundert Mispaner waren versammelt. Dazwischen hockte das Sporen-Kommando. Auf blankgescheuerten Holztischen standen Krüge, Becher, Platten, Teller und obstgefüllte Körbe. Gebratener und geräucherter Fisch, Algengemüse, Wildbraten, scharfe Tzam-Wurzeln, Knollen in süß-saurer Zubereitung, Unmengen Teigwaren, leckeres Gebäck zum Nachtisch, dazu ein trockener Roter: Geduscht und erfrischt, satt und von wohliger Schläfrigkeit erfüllt, ließ mich Kennos grimmige Aussage aufhorchen.

»Statt zu flüchten, müssen wir unser Schicksal selbst in die Hand nehmen!« schrie der Alte heiser und erntete Gebrüll, das meine Ohren klingeln ließ.

Killan voo Mispanor stand auf, hob die Arme und rief: »Mal halblang, Freunde! Ihr wollt uns helfen – gut. Wie?«

Kenno keckerte: »Laiqud!«

Ein anderer Mispaner fügte hinzu: »Wir brauchen die Eisrochen nur zu rufen! Sie bringen uns bis zum Pol, schnell und sicher – ganz bestimmt!«

Fledermäuse flatterten durch die Purpurdämmerung des Abends, über blakenden Öllampen tanzten Insektenwolken. Irgendwo gurrten Tauben, und im rissig-schwarzen Gebälk der Taverne, das sich als Pergola zur Gasse hin ausdehnte und von Reben umwuchert war, zirpten Zikaden. Khol goß aus einem Krug Wein in seinen Becher und brummte unsicher: »Darauf trinke ich!«

An ihn geschmiegt saß, die Arme um seine Brust geschlungen, Rakina Kharoon mit glühendem Gesicht und wirrem Haar; der Wein schien bei beiden noch bestehende Hemmungen zu beseitigen. *Der Zeitpunkt der »Wahl«,* dachte ich schmunzelnd. *Herzlichen Glückwunsch! Wazarom bietet offensichtlich nicht nur Schrecken und Tod.*

»Du glaubst uns nicht?« Hespyro voo Waz, ganz von der Begeisterung seiner Artgenossen angesteckt, sprach rauh, die Augen glänzten. »Mann, wir haben nichts vom Elan unserer Vorfahren verloren!«

Khol Trayz antwortete mit einem Spruch des Raumnomadenadels: »Pioniere, zu Wohlstand gekommen, verkommen verblüffend rasch; dann ist es Zeit, neue Horizonte zu suchen!«

Rakina flüsterte ihm etwas ins Ohr, er nickte und gab ihr einen schmatzenden Kuß. Aus dem Hintergrund rief Telyna heiser: »Eisjunker, nasser!«

Rakina lachte glockenhell.

»Mangel an Mut ist, eine Pflicht sehen und nicht handeln!« Kenno Wan Druq wankte leicht, als er aufstand und den Becher schwenkte. »Es ist *unsere* Welt, und wir werden nicht zurückstecken, um ihren Fortbestand zu sichern!«

Ein Tusaaler meinte ironisch: »Ordnung allein schafft kein Wohlbehagen. Erst ein gesundes Maß Chaos zeugt von Individualität. Man sieht's hier überdeutlich!«

Ich verdrehte seufzend die Augen, zog Tanja an mich, küßte sie und ließ die anderen reden. Es war ein trinkfestes, stimmgewaltiges und eigenwilliges Völkchen, diese Mispan-Siedler von Wazarom. Gekleidet in knielange Kilts – gehalten von breiten Gürteln –, Leinenhemde und schwarze Westen, Sandalen mit dicken Sohlen und Lederhelme mit glänzenden, paillettenbestickten Borden, schimmerte immer wieder das archaische Element dieser fernen Nachkommen marderartiger Geschöpfe durch. Ich kannte das von meinem Stabschef Killan voo Mispanor und seiner rauhen Stimme.

Vom Extrasinn huschte ein Datenstrom heran: In der Frühzeit ihrer Geschichte hatten auf Mispan grimmige Auseinandersetzungen getobt; in den Annalen waren Clankämpfe, Familienfehden und etliche Kriege verzeichnet. Später wurde die Aggression beim Vordringen in den Weltraum kanalisiert, Negativerscheinungen wurden abgebaut. Aber sie hatten Raubbau mit der Natur getrieben. Beim ersten Kontakt mit dem Großen Imperium wurden sie schnell in ihre »Schranken« verwiesen, so daß es gar nicht zu einer kriegerischen Expansion kam; seither beschränkten sie sich galaktopolitisch vor allem auf ihr Sonnensystem, das aber als »uneinnehmbare« Festung galt. Die dreitausend Raumer des mispanischen Flottenkontingents waren eine Eliteeinheit und Auswanderer auf vielen Siedlungswelten zu finden – als Pioniere an vorderster Front.

Jia Wor Mha klopfte an die Hörner und sagte laut, mit Blick auf die erregt trillernden Mispaner: »Irgendwann findet sich immer ein Rindvieh, das das Gras frißt, welches über eine Sache gewachsen ist. Ihre zivilisierte Tünche ist verdammt dünn!«

»Beachtet die Nachgiebigkeit von Wasser – und doch sprengt es härtesten Stein!« Fhersoljihar hob die Stimme, das dunkle Gesicht des Gijahthrakos glänzte im Licht der Lampen, Kerzen und Windlichter. »Das wirklich Starke siegt!«

»Für solche Diskussionen fehlt mir heut der Nerv«, sagte ich und sah Tanja an. Sie nickte, wir standen auf und zogen uns leise zurück, gingen am Kai von Tusaal entlang und lauschten dem Plätschern der Wellen.

»Was könnte die Welt schön sein ...« Sie brach ab und drängte sich an mich.

»Sie ist es – und wird es weiter sein!« Ich atmete den Duft ihrer Haare ein und fühlte ihre Wärme. »Wir schaffen es, egal wie! Später können Gijahthrakos, ähnlich wie auf Zhygor, die aufgewühlte Natur bändigen.«

»Auch die Große Feuermutter wird helfen. Momentan scheint ihr der Einblick ebenso verschlossen zu sein wie bei den vierzehn Sperrbereichen.« Ihre Augen blitzten grimmig. »Ich hasse die Tekteronii, ihre verdammte Lehre und das Leid, das sie bringen!«

Langsam schlenderten wir durch Tusaals Gassen, folgten einer ansteigenden Serpentine und erreichten das Plateau, wo uns heißer ablandiger Wind umwehte. Von Ginster und Lavendel gesäumt, führte der Weg weiter zu einer Senke, deren Rand hohe Zedern einnahmen. Etwas wie eine leuchtende Kuppel, nur für die Parasinnesebene als solche zu erkennen, überwölbte die Mulde, fächerartige Ausläufer wiesen nach Tusaal und hüllten auch die Siedlung ein, wenn auch deutlich abgeschwächt.

»Ein *Ort der Kraft!«* Tanjas Stimme war ein Flüstern. »Ich ahnte es! Deshalb wurden sie bisher verschont – es gibt ein starkes Gegengewicht! Sie haben es mit ihrer Vitalkraft gestärkt!«

Ich erinnerte mich an ähnliche Plätze auf Zhygor und Iprasa und nickte. Unter einer Zeder blieben wir stehen. Das Sternenlicht reichte aus, um die Örtlichkeit zu erkennen. Etwas abseits der Senkenmitte stand ein mächtiger Ölbaum, steinerne Zapfen bildeten daneben einen Dreiviertelkreis, warfen purpurblaue Schatten. Wir gingen bis zu den drei Meter hohen Menhiren, ohne den Kreis zu betreten. Tanja legte die Hand an einen und zitterte.

»Tiefengestein. Grobkörniger Granit! Quarz, Feldspat und Glimmer – viele Hyperkristalle. Die Setzung ist sehr harmonisch, nutzt die natürlichen Schwingungen aus. Hier war ein Könner am Werk!«

Ich sah zum Himmel und erfaßte die Kraftlinien der Störzone, inzwischen fast zur durchgehenden Fläche vereinigt. Etwas weiter im Süden, keine zehn Kilometer entfernt, schien sich ein Knoten aufzubauen, eine von zuckenden Ästen umgebene Ballung.

Mein Logiksektor zischte bestätigend, als eine vage Idee in mir aufstieg. Ich erstarrte und flüsterte: »Tanja, schnell! Verständige Zhy-Famii und Gijahs. Jetzt können sie und die Tusaaler zeigen, was sie können! Wenn es gelingt, diesen Ort zu nutzen, um die Kräfte der Ballung dort ...«

Sie verstand und stieß ein gellendes Parasignal aus, um die anderen herbeizurufen. Plötzlich aber entstanden Bilder in mir, so realistisch, daß es viel mehr als nur eine »Vision« sein mußte. Zhygor – dort gerieten die Dinge offensichtlich außer Kontrolle; ich wußte nicht, warum, aber diese Gewißheit setzte sich in mir fest. Und die Szenen – heiser wandte ich mich an meine Freundin: »Was ist die Yesugei-Burg für ein Ort?«

»Eine Festung nach altertümlichem Vorbild. Hauptsächlich Mispaner leben dort, einige Gijahs, Dron und arkonidische Dagoristas. In der Nähe gibt es mehrere *Orte der Kraft.* Ich habe mich dort sehr wohl gefühlt; das Meditieren half mir, den Entschluß zu fassen, zu dir zu kommen ... Wie kommst du ...?«

»Ich glaube, daß dort genau jetzt *Lichtelfen* zuschlagen«, murmelte ich überzeugt und lauschte dem Informationsstrom meines Logiksektors: *Aztla. Großinsel auf Äquatorhöhe, nördlich von Yrgaa. 900 Kilometer in Nord-Süd-Richtung, 750 Kilometer in Ost-West-Richtung groß. Im Norden ein sichelförmiger Bergrücken; im Süden eine fruchtbare Ebene, nur im Osten von Bergen begrenzt. Zwischen den Hügeln einer Halbinsel im Südosten liegt die Yesugei-Burg.*

Der Name Aztla weckte Assoziationen. Es mochte Zufall sein, aber darüber hinaus entsprachen die Inselumrisse, obwohl insgesamt kleiner, fast bis in die Einzelheiten exakt *Atlantis.* Und noch etwas wurde mir plötzlich bewußt: Der Kontinent Muo besaß eine Form, die ich vor sehr langer Zeit schon einmal gesehen hatte – als Bodenmosaik in einem Tempel der Atlanter! Sie hatten mir von *Mu* oder *Lemuria* erzählt, dessen Bewohner einst sehr mächtig gewesen sein sollten, damals, im Goldenen Zeitalter, das durch Drachen und Ungeheuer beendet wurde, gegen die zwölf ruhmreiche Heroen gekämpft hatten ... Auch hier: »Erwachende Legenden«? *Fast scheint es, als sei Zhygor tatsächlich auf schwer bestimmbare Weise mit Terra verknüpft.*

ES deutete es doch an, Imperator! erinnerte der Extrasinn grantig. *Erinnere dich an seine Aussage: Der Planet Zhygor wurde und wird nicht umsonst als Schnittpunkt kosmischer Entwicklungen umschrieben! Der Unsterbliche und Zeitlose von Wanderer mag sich verschlüsselt ausdrücken, aber die maßgeblichen Informationen besitzt du seit Mitte 2044, mein Lieber!*

»Warum Yesugei?« Tanja blickte mich verzweifelt an. »Was hat die Burg ...?«

»Du warst dort – mit der *Lichtelfe* in dir!«

Fiebernd sahen wir einander an, mein Blick wurde überlagert von der paranormalen Fernsicht; Tanja erfaßte meine Gedanken, nacktes Grauen schüttelte uns.

Freihandelswelt Zhygor, Yesugei-Burg: 31. Prago des Eyilon 19.018 von Arkon (= 26. März 2048 Terra-Standard)

Ihnen war nicht bewußt, wie sehr sie Teil einer dimensionalen Überlappung geworden waren; Satellitenmessungen sagten aus, daß im Osten Aztlas starke Hyperemissionen tobten. Einzelheiten waren zunächst noch nicht eruiert, aber es wurde eine Verzerrungszone vermutet – mit fremdtemporalen Komponenten. Die Gesamtstruktur glich einer sich schließenden, sehr bizarren Hyper-Vakuole: Mispanische Frühzeit schien zu abstrusem Leben erwacht, vermischt mit fremdartigen Elementen, die Zhygors hyperorientierten Aktivitäten entstammten. Alles war verändert, Illusionäres wurde zur physisch greifbaren Realität ...

... und so warteten die Burgbewohner hinter Zinnen und Schießscharten auf den Angriff: Erstes Licht blitzte über bewaldete Hügel, fiel in das trogähnliche Tal und schuf hinter dem Felsmonolithen, von dem sich die Burg erhob, einen langen Schatten. Grünspanbedeckte Kupferdächer glühten auf, im Graubraun der Bruchsteinmauern glitzerten Einschlüsse und Tau, Partikel torkelten im diffusen Zwielicht zwischen Häusern und Türmen. An langen Stangen aufgezogene Fahnen, Wimpel und Flaggen knatterten im Wind; das Wappen der mispanischen Zhygorer war der aufgerichtete Owo in Meerblau, umgeben vom silbernen Strahlenkranz auf Scharlachgrund.

Schilde deckten gepanzerte Körper, Speere reihten sich aneinander, und auf Langbögen waren Sehnen gezogen. Ab und zu blitzte ein Reflex; Sonnenlicht, das von einem Schild, einem polierten Helm, einem Kettenhemd oder dem Stichblatt einer Lanze eingefangen wurde. Katapulte und Pfeilschleudermaschinen standen auf Wehrgängen, aufgeschichtete Steine und Brocken lagen bereit, in Körben waren Lanzen gebündelt, und über mächtig angeschürten Feuern brodelten in Kesseln Pech, Öl und Wasser. Decken und Felle lagen griffbereit, und in Holzkübel und Tröge war Wasser gefüllt, um eventuell ausbrechende Feuersbrünste, von Brandpfeilen entzündet, gleich im Ansatz bekämpfen zu können.

Der Burggrundriß entsprach einem unregelmäßigen Fünfeck; unterschiedlich hohe Wälle und Mauern wurden von eckigen Türmen unterbrochen. Hauptgebäude, Burgfried, Stallungen und Lager umgaben einen kleinen Innenhof. Das innere Burgtor, von gedrungenen Rundtürmen flankiert, war durch eine Zugbrücke, die den schluchtartigen Graben überspannte, mit der Außenanlage verbunden. Vom Außentor mit seinem Fallgatter führte ein Serpentinenweg den gratigen Burgfelsen zum Talgrund hinab, setzte sich im Wald fort und verschwand zwischen Hügeln.

Viele Stunden vor Sonnenaufgang begann der Kampf; nicht Krieger gegen Krieger, sondern viel subtiler und demoralisierend für die Kämpfer der Feste: Zuerst war es nur der entnervende, monotone Klang einer einzelnen Trommel, deren Dröhnen im Wald widerhallte. Später kamen weitere Pauken hinzu. Hart und eintönig donnerte das *Bomm, Bomm, Bomm* wie der Schlag eines Herzens und verhinderte jeden Schlaf. In unregelmäßigen Abständen mischte sich das Quäken einer verstimmten Lure in das Spektakel, schrillte mit schockierender Plötzlichkeit und brach abrupt ab.

Der Burgherr, Dagormeister Elroy for Axmain, stand am Fenster des

Hauptgebäudes, nickte entschlossen, das Mardergesicht gespitzt, und knurrte: »Sollen sie kommen! Sie werden sich ihre Blechköpfe einrennen!« Und sie kamen, die *Silbrigen Horden:* Angetrieben von ihren schemenhaften Anführern, überwanden Gesichtslose Urwälder und Berge, schlugen Festungen, Grenzforts und Truppen. Als gellende Schreie das akustische Chaos verstärkten, zum Kreischen aus Hunderten metallischen Körpern anschwoll, brummte der Dagormeister an seinem Fensterplatz: »Diese Muur!«

»Wir werden sie besiegen!« sagte Tyswoa voo Skam und striegelte ihr graues Kopffell.

Schlagartig verstummten die Geräusche, unheimliche Stille sank über das Tal. Nur das klägliche Schreien eines Vogels war zu hören, dem knallendes Flügelschlagen antwortete. Als schnelles Pochen erklang, stob der Schwarm auf und formte am Himmel ein langgezogenes S, während ein einzelner Reiter über den Weg galoppierte. Das sechsbeinige Tolch jagte auf die Burg zu: Staubfontänen und Sand spritzten unter Krallen empor, eine Wolke zog sich hinter dem prächtig aufgezäumten Tier her. Besticktes Tuch flatterte unter dem Sattel, Silbernieten funkelten am Lederzaumzeug. Der Reiter glänzte wie Chrom. Geschmeidiges Metall war der ganze Körper, ein ovales Ei der Kopf, auf dem ein weißer Federbusch wippte. Der Wimpel an der Lanze zeigte das Zeichen der Angreifer; *dichtgedrängte helle Sterne zwischen blauen Streifen und Filamenten auf schwarzem Grund.*

»Verdammte Schemen!« Totuca Neel schloß die Schnallen ihres Panzers und trat neben for Axmain an das Fenster. Die zweite Amazone stülpte den Helm über und ließ ein angriffslustiges Trillern hören.

Das Tolch sprengte den Serpentinenpfad hoch und wurde knapp vor dem Außentor scharf gezügelt, so daß es auf die Hinterläufe einknickte und mit dem vorderen Beinpaar ausschlug. Der Reiter hob die Metallhand, bändigte das Tier, als es nervös tänzelte, und rief mit weithin schallender Stimme: »Das ist die Forderung der Biin-Goorl! Bedingungslose Kapitulation! Es gibt keine Wahl – Tod und Vernichtung sind die einzige Alternative. Wie lautet Eure Antwort?«

Die Mispanerinnen schrien verärgert, und Laktrote Elroy for Axmain brüllte mit kaum unterdrückter Wut: »Abgelehnt! Meine Burg wird sich euch Muur nicht kampflos ergeben!«

Der Reiter senkte den Arm. »Es ist Eure Entscheidung.«

Er riß das Tolch auf den Hinterläufen herum und galoppierte davon.

»Yesugeii!« For Axmain stemmte die Fäuste auf die Fensterbrüstung und wandte sich an die Kämpfer. »Es liegt an euch und euren Leistungen. Kämpft – und siegt!«

Die Worte wurden aufgenommen, weitergeleitet und verstanden. Dröhnendes Krachen antwortete dem Meister, als Frauen und Männer Waffen gegen Schilde schlugen. Dann kehrte Stille ein; die Ruhe vor dem Sturm. Die beiden Amazonen liefen zu den Wehrmauern, kontrollierten die Vorbereitungen und erteilten letzte Befehle. Tyswoa voo Skam nahm ihren Platz am inneren Tor ein, Totuca Neel bestieg einen Turm.

Derweil die Krieger auf der Burg fiebernd dem Angriff entgegensahen, ritt der »Parlamentär« zügig den Waldweg entlang, bis er die Biin-Goorl erreichte. Bei vollem Lauf sprang der Metallmann aus dem Sattel und stoppte schlitternd vor den Anführern. Schemen wogten und nahmen vereinzelt hominide Gestalt an. Kalkiges Leuchten überzog die Umgebung, scharfkantige Schatten zuckten umher. Der Metallmann kniete nieder, senkte den Eikopf und wartete.

»Sprich!«

»Biin-Goorl – for Axmain hat das großzügige Angebot abgelehnt. Er bleibt stur!«

»Nun denn.« Die Lichtgestalt zwitscherte amüsiert. »Er hat es nicht anders gewollt.«

Ein knapper Wink mit tentakelartigem Arm folgte. Gellende Schreie zerrissen die Stille, die Trommeln begannen wieder dumpf zu pochen. Ein durchdringender Ruf – und die Lure blies zum Angriff.

Metallmänner trieben Gespanne aus dem Dickicht und Schneisen zwischen den Bäumen entlang. Je sechs Tolch zogen schwere Katapulte und Wagen mit Wurfgeschossen. In Position gebracht, bestimmten Schützen Entfernung und Richtung. Felsbrocken wurden zu Wurflöffeln geschleppt, Kurbeln gedreht, die Waffen geladen. Mit schmetterndem Krachen schlugen Katapultarme, nach Lösen der Arretierungen, gegen dicke Polsterung. Die erste Salve lag zu kurz, nur drei Steine donnerten gegen Wehrmauern, schlugen Splitter heraus und polterten den Berg hinab. Nach kurzer Neujustierung zischte die zweite Salve davon und traf besser. Zinnen wurden fortgeschlagen, Gestein spritzte umher. Andere Brocken trafen Krieger, die meisten wichen allerdings früh genug aus. Anschließend ratterten die Geschütze der Burg.

»Trefft gut, Leute!« Keckernd schlug Tyswoa mehrmals mit der Faust in die Handfläche. Mannslange Lanzen pfiffen durch die Luft, kopfgroße Geschosse trudelten Angreifern entgegen, die jedoch nur in die Deckung des Waldes zurückwichen.

Salve um Salve wurde verschossen.

Felsen prallten gegen Mauern und Türme, zerschmetterten hölzerne Wehrgänge, durchschlugen Schindeldächer oder donnerten über das grobe Pflaster des Hofes. Im Gegenzug rissen Steine Grasnarben auf, fetzten durch Bäume und hinterließen splitternde Äste und niedertaumelndes Laub. Verletzte sanken hinter Zinnen zusammen, hielten sich aufgerissene Köpfe und zerschrammte Glieder. Andere starben im Brokkenhagel, weil sie zu spät auswichen oder der Platz dazu fehlte. Die Luft bebte unter lautem Krachen, dem Pfeifen niedergehender Felsen und dem Brüllen, Schreien und Kreischen Hunderter. Nebelhafte Biin-Goorl glitten an Katapulten entlang und trieben Metallmänner durch Zurufe an: »Feuer! Deckt sie mit Feuer ein!«

Felsige Munition wurde durch Ballen aus Werg, Stroh und ölgetränkten Lappen, von Kieseln beschwert, ersetzt. Fackeln entzündeten die Klumpen, die im nächsten Moment als glühende Kugeln der Burg entgegenstrebten, dunkle, wabernde Rauchspuren nachzogen und dort, wo sie aufschlugen, zu Funkenkaskaden zerstoben. Dichter, fetter Qualm breitete sich aus, brennende Fetzen taumelten umher. Glimmende Partikel trafen Verteidiger, bei manchem entzündete sich die Kleidung. Totuca Neel brüllte durchdringend: »Wasser! Bringt Wasser!«

Eine Balkenkonstruktion entflammte trotz des Löschversuchs. Unterdessen prasselten weitere Feuerkugeln, Gestein und, von den Geschossen herausgeschlagen, Mauerstücke auf die Wege, den Hof und mispanische Krieger.

»Sie lassen nach!« schrie ein Biin-Goorl. »Greift an!«

Sofort forcierten die Metallmänner ihre Attacke. Während Katapulte und Schleudermaschinen das Trommelfeuer fortsetzten, stürmten Reitergruppen aus dem Wald, gefolgt von Fußtruppen. Die Reiter preschten bis zu den gratigen Ausläufern des Burgfelsens, sprangen in Deckung und verschanzten sich hinter jedem erreichbaren Vorsprung. Die Fußtruppen bezogen in breiter Front Stellung, hoben Langbögen und verschossen einen wahren Pfeilregen: Für Augenblicke verdunkelte der Himmel, dann knatterten gefiederte Geschosse auf die Burg, klickten über Mauern oder Burgkämpfer, die sich hinter Schilden duckten und einen Großteil der sirrend-tödlichen Waffen abwehrten. Trotzdem fanden viele ihr Ziel: Verwundete und Tote sanken hinter Brüstungen zusammen. Totuca Neel stürzte, einen Pfeil in der Kehle, vom Turm und schlug dumpf durch einen splitternden Wehrgang. Staub stob auf, Holzfetzen pfiffen. Die Bogenschützen der Burg antworteten erbittert, aber ihre Pfeile glitten an Metallmännern ab, konnten sie nicht verletzen.

Ungerührt erreichten weitere Gruppen den Felsen, schleppten Sturmleitern und Enterseile heran. Ein letztes Mal donnerten die Katapulte und belegten die Burg mit einem Hagel glühender Kugeln und feuriger Ballen, und über den Mauern sammelte sich Rauch in dichten Schwaden. Waren erste Löscharbeiten noch erfolgreich gewesen, brachen inzwischen an vielen Stellen zugleich neue Feuer aus. Flammen fauchten, das Wasser wurde knapp, und Helfer ächzten unter Pfeilsalven. Bestialischer Gestank durchzog die Burg, die Luft bebte unter Schreien, prasselndem

Feuer und dem Klacken aufschlagender Pfeile. Während die Burg-Kämpfer aus ihren Deckungen Speere schleuderten, hangelten Metallmänner an Seilen den Berg hinauf. Sturmleitern wurden angelegt, und aus dem Wald rannte die nächste Angriffswelle vor.

»Achtung!« Tyswoa holte mit der Lanze aus und schleuderte sie mit aller Kraft. Eine silbrige Gestalt wurde aufgespießt, torkelte den Felsen hinab und blieb verbeult liegen. »Sie kommen durch! Empfangt sie mit heißem Gruß, Leute.«

Metallgestalten erreichten die Mauer. Aus Kübeln wurde kochendes Pech und Öl gegossen, platschte auf silbrige Körper, die zu merkwürdigen Fladen zusammenschmolzen. Grotesk verzerrte Leiber taumelten und fielen von kantigen Klippen. Augenblicklich verstärkte sich das Schießen, und diejenigen, die aus der Deckung von Schilden und Zinnen auftauchten, sanken getroffen zu Boden.

»Und jetzt den Rammbock!« befahl ein Biin-Goorl-Schemen, als er erkannte, daß sich die Aufmerksamkeit der Verteidiger auf die Wehranlagen konzentrierte. »Los!«

Ein Gespann, gezogen von acht Tolch, polterte aus dem Wald. Räder schnitten tiefe Furchen, Felgen warfen Staubfahnen auf. Das Fahrzeug – ein gestreckter Kasten mit durch Metallplatten verstärkter Überdachung – rumpelte die Schleifen des Weges hinauf und raste mit unverminderter Geschwindigkeit auf das Tor zu. Die Verteidiger wurden zu spät aufmerksam, Pfeile und Speere glitten von dem Schutzdach ab. Per Schnellentriegelung lösten Metallmänner im letzten Moment die Zugtiere und trieben sie seitwärts weg. Während Tolch über Felsen hüpften, zum Teil im Zaumzeug verheddert, erreichte der Wagen das Fallgatter. Dröhnend bohrte sich die metallbeschlagene Rammbockspitze in berstende Balken. Holzfetzen schwirrten davon, gefolgt von Balkenstücken. Von dem Schwung vorangetrieben, kippte der Wagen über den Rand des Grabens, Räder brachen, und das Dach bildete einen geneigten Übergang, der die Zugbrücke blockierte. Die Verteidiger kommentierten mit lautem Zetern den Angriff. Tyswoa zischte erbittert: »Krepiert, ihr verdammten Blechköpfe!«

Die Burg brannte an vielen Stellen. Wehrgänge, in Fauchen gehüllt, fielen funkensprühend in sich zusammen, rissen Krieger, Löschtrupps und Waffen in die Tiefe. Qualm hüllte alles ein, verzerrte die Schauplätze zum unwirklichen Panoptikum.

»Vorwärts!« Lichtgestalten trieben metallische Kämpfer an, die lautlos das Außentor erstürmten. Speere und Pfeile wurden wie lästige Insekten abgewehrt, Trümmer des Fallgatters zur Seite geräumt. Zehn, fünfzehn Chrommänner drangen in die Türme vor, kämpften sich Stufe für Stufe höher. In heftigen Zweikämpfen knallten Dagor-Schwerter und Äxte auf

Schilde, Klingen kreuzten sich mit entnervendem Klirren. Funken sprühten, wenn abgewehrte Waffen über Mauern schrammten. Blutend sanken Burgkrieger zusammen, während die Angreifer Verstärkung erhielten, so daß bald der letzte Krieger des Außentors niedergemacht war.

Zur gleichen Zeit erreichten andere Metallmänner, von Biin-Goorl geführt, über Sturmleitern die Mauerkanten. Viele stürzten auf die Klippen, von Verteidigern abgewehrt, doch der Ansturm war ungebrochen. An immer mehr Stellen wurden Verteidiger zurückgedrängt. Kaum ein Pfeil schwirrte noch durch die Luft, die Katapulte waren verstummt. Im Nahkampf drangen Krieger aufeinander ein, das Geschrei Hunderter übertönte Knistern und Prasseln von Feuer. Qualm wurde zur drohenden Wolke neben dem Burgfried. Über den Rammwagen erreichten Metallgestalten das innere Tor und enterten die Zugbrücke mit Leitern und Seilen. Die gespenstischen Krieger drangen unerbittlich vor, erstickten jede Gegenwehr im Keim und mähten die Verteidiger reihenweise nieder. Tyswoa voo Skam wehrte sich verbissen, hieb zwei Metallmännern die Köpfe ab, wich einem wuchtigen Axthieb aus und starb, von Klingen zerfetzt.

Es dauerte nicht lange, bis die letzten Burgkämpfer auf dem Innenhof eingekesselt waren; niemand, der keine Verletzung hatte. Ein waffenstarrender Ring hielt die Leute in Schach, unter ihnen Dagormeister for Axmain, der aus einer Stirnwunde blutete. Im Hintergrund sank ein Lagerhaus zusammen; Flammen loderten fauchend hoch, Funken wirbelten zur mächtigen Qualmsäule empor. Als das Krachen und Tosen verhallte, schwebten Lichtwesen herbei.

Ein fasrig-bleicher Tentakelarm wirbelte eine zweischneidige Streitaxt, von deren Doppelblatt Blut tropfte, im Halbkreis durch die Luft, und eine Stimme knirschte in kalter Wut: »Das alles hätte nicht sein müssen! Warum schlugt Ihr unser Angebot aus?«

Mit einem Aufschrei stürzte sich Elroy for Axmain auf den nebelhaften Feind – und stolperte durch ihn hindurch. Das Schwert prallte von der Streitaxt ab, und auch den nächsten Hieb parierte das Lichtgeschöpf gekonnt. Dann schlug es seinerseits zu, und das Schwert wirbelte davon, blieb summend in einem glimmenden Pfahl stecken.

»Jetzt habt Ihr alles verloren!« knurrte der Biin-Goorl. For Axmains Augen weiteten sich, als die Axt traf. Raunen und Murren ging durch die eingeschlossenen Krieger, steigerte sich zu wildem Gebrüll. Die Lichtgestalt übertönte mit ihrer Stimme alle: »Keine Gefangenen!«

Kaum ausgesprochen, war das blutige Werk vollendet. Metallmänner schwärmten anschließend aus, durchsuchten die brennende Feste und plünderten im feurigen Schein alles, was nicht niet- und nagelfest war. Kostbares Geschmeide und juwelenbesetzte Pokale wurden weggeschleppt. Weinfässer ergossen ihren Inhalt über das Pflaster. In fieberhafter Eile drängten die Sieger aus der Burg, niemand kümmerte sich um die Toten. Reittiere wurden herbeigezerrt, die Katapulte angeschirrt. Der Nachschubtroß rumpelte vor den Burgfelsen, das Geraubte wurde aufgeladen. Als das Trommeln der Krallenfüße zum fernen Pochen verebbte und der Heerzug zu Schwaden verwehte und dann ganz verschwand, stand das Hauptgebäude der Burg in Flammen. Prasselnd leckten lange Zungen zum Himmel, verzehrten alles, was brennbar war, und erloschen schließlich mit letztem Glimmen. Grauweiße Asche blieb zurück, von der Rauchspuren kringelten, die ausgekohlte Trümmer und geschwärzte Steine durchzogen.

Verkrümmt lagen Körper Erschlagener in ausgetrockneten Blutlachen; Mispaner in Kilts, Arkoniden in Roben, schuppige Dron und zersplitterte Gijahthrako-Tetraeder – sie alle wußten nicht, wie ihnen wirklich geschah, als sie Teil des dimensional verzerrten Szenarios wurden. Über der Ruine, die unvermittelt zum Wirklichkeitsniveau Zhygors zurückstürzte, kreisten Aasvögel als dunkle Sichelsilhouetten. Kleingetier raschelte aus dem Wald, gefolgt von freßgierigen Wurzelläufern. Häßlich krächzende Schreie durchbrachen die Totenstille, die über dem Tal lag ...

Wazarom III, Tusaal: 31. Prago des Eyilon 19.018 von Arkon (= 26. März 2048 Terra-Standard)

Mitternacht: Fontanarzy tanzte, sie war eine longhonische Schamanin, die Feuermutter von Tusaal. Langgestreckt ragte das Gehörn auf, der lange Kinnbart zitterte. Sie war extrem hager, Muskeln und Fleisch schienen auf einen Bruchteil reduziert, und pergamentartige Haut spannte beigebraun über Knochen, Bändern und Sehnen. Gelenkkapseln wirkten wie dicke Knoten; rosig-prall, mit vier dicken Zitzen, war nur das schwere Euter am Unterbauch.

Roter Schein flackerte aus Feuerbecken. Menhire und ihre Schatten gerieten in Bewegung. Fontanarzy schritt, ein Bein mit dreizehigem Klauenhuf stets ausgestreckt, graziös umher, den Oberkörper leicht gebeugt; eine Art ständig wiederholter, von Drehungen begleiteter Kratzfuß. An der zwischen den Hörnern schwingenden silbernen Mondsichel, deren Spitzen nach oben wiesen, tanzten helle Reflexe. Trommelwirbel und monotoner Sprechgesang kamen von den versammelten Mispanern. Kuttengestalten, in Polonäse aufgereiht wie Orgelpfeifen, umrundeten den Steinkreis; Männer, Frauen und Kinder. Plötzlicher Stopp: Die kleinste Gestalt am Schluß des Reigens lief auf, ärgerliches Zischen erklang von dem Kind.

Bei aller Ernsthaftigkeit, weiterhin schaudernd unter der nachschwingenden Visison über das Schicksal Yesugeis – ich konnte das Schmunzeln nicht unterdrücken. *»Verbissenheit schadet, auch beim Heiligen!«* Die Stimme Kymalthorans, Begleiter beim Tanz der Monde, wehte durch meine Gedanken, ein zarter Klang mit ironischem Unterton. *»Alle Ebenen sind im gleichen Maß heilig. Vor der Erleuchtung: Berkomnair treiben und Jurten bauen. Nach der Erleuchtung: Berkomnair treiben und Jurten bauen ...«*

Kontaclatiis und die beiden anderen Gijahthrakos bildeten ein Meditationsdreieck im offenen Viertel der Menhirsetzung; funkelnde Edelsteine, begrenzt von vier gleichseitigen Dreiecken. Ronua und meine Amazonen konzentrierten sich unter Telynas Anleitung. Von den Menhiren fuhren Hyperpfeile zum Himmel, der mächtige Knoten stand inzwischen genau über uns. Eine Art Lichtbogen spannte sich auf, wechselwirkte mit den Teilnehmern des Dagor-Rituals. Gewaltige Kräfte sprangen auf uns über, diesmal gab es keine Blockade!

Universal-Alternativen überschneiden sich, flüsterte Sinyagi plötzlich in mir. *Ihr seid das Zentrum eines Linienbüschels!*

Ich sah auf. Von Süden kamen herbeigerufene Laiqud. Stetes Pfeifen und Zischen begleitete die bis zu vierhundert Quadratmeter großen Flugrochen, lange Geißelschwänze wirbelten propellergleich. Schuppige Haut glitzerte vielfarbig, Kieselsäureablagerungen wurden durch Minerale bunt gefärbt – rot durch Eisen, grün durch Chrom, blau durch Kobalt. Dazwischen gab es dünne Hyperkristallschichten, energiegesättigt, auf Paraebene leuchtend, Sphären bildend, die fast einer Semi-Transition glichen. Ich schätzte, daß mindestens zweihundert Tiere einen weiten Halbkreis bildeten, und dachte: *Sie erreichen, bei einer Tragkraft von einer Tonne, Spitzengeschwindigkeiten von fünfzig Stundenkilometern!*

Individualauren pulsierten, überlappten einander. Mehr und mehr fühlte ich mich eingebunden, schwang im Gleichklang mit. Ich war aufgeladen wie ein Akku, platzte fast unter der immensen Kraftzufuhr, der Zellaktivator leuchtete hell auf. Mein Blickwinkel erweiterte sich über den begrenzten Körper hinaus, ich sprang förmlich davon, unvermittelt von Dunkelheit eingehüllt.

Als tauche ich aus einem unendlichen Tunnel auf, verdrängte Licht die Schwärze. Es war ein unwirkliches Glimmen, durch das ich verzerrt die Außenwelt erkannte. Mein Bewußtseinsfokus fächerte auf, die Wahrnehmung erweiterte sich um ein beträchtliches Maß. Mir wurde bewußt, daß ich keinen Körper hatte, sondern einem schwebenden Auge gleich zum Himmel raste – sofern überhaupt von Bewegung im konventionellen Sinn gesprochen werden konnte.

Panische Angst befiel mich für einen fürchterlich langen Augenblick, schleuderte mich zurück in wahrnehmungslose Finsternis, aus der sich nach unbestimmter Zeit Bilder hervorschälten; bewegte Szenen, die zuerst sporadisch auftauchten, als seien es Gischtflocken auf Wellenkämmen, dann lebhafter und zu Handlungsabläufen geordnet. Anfänglich blasse Impressionen, weit entrückt, gewannen Formen- und Farbenreichtum, und aus Mosaiksteinchen erwuchs die üppige Pracht lebhafter optischer Eindrücke:

Kugelraumer und aerodynamische Körper glitten rasend dahin. Metallkugeln ragten vor pechschwarzem Himmel auf, der von einem gestreiften Planetenkoloß beherrscht wurde. Geschwungen und von filigraner Feinheit erhoben sich gläserne Gebäude, teilweise ineinander verschachtelt wie bizarr geknüpfte Knoten. Durchscheinend leuchteten Blüten neben Arkaden mit zierlichen Kristallsäulen; dumpfes Dröhnen erklang, sobald sie von Schlegeln getroffen wurden. Vor langgestreckten Wandfresken, die einander umschlingende Gestalten darstellten, wiegten Leiber im monotonen Takt einer Litanei. Jemand schwebte, die Hände vor der Brust gekreuzt, hoch über dem Boden; sonderbar verschwommen die Konturen, mehr erahnt als wirklich gesehen. Petronier ...?

Und dann kamen ...

Erinnerungen, Tryaz-Habitat: 27. Prago des Ansoor 19.017 von Arkon (= 28. September 2047 Terra-Standard)

Fürstin Ellyna Trayz' Stimme glich heiserem Ächzen: »An lokalen Strukturen von Raum und Zeit zentriert, sind Individuen Ego-Fragmente des dahinterstehenden Wesens; sie leben viele Leben und entfalten sich in verschiedensten Gestalten als manifestierte Ich-Bewußtseine.«

Meine Konzentration stieg, aus Flirren entstand die Kontur eines Körpers, dessen Masse zunehmend Gestalt gewann. Die Materieprojektion, das fühlte ich genau, stand in engster Verbindung zu mir. Raunen und Wispern Sinyagis wurden lauter, Tanja hatte sich zu den Feuerfrauen des Amazonenkorps gesellt.

»Multiple Vielfalt kennzeichnet die Komplexität der Bewußtwerdung, Imperator Gonozal«, keuchte die alte Feuerfrau. »Dichotomie zwischen der Erfahrung als begrenzter Körper und der eines ausgedehnten Bewußtseinsfeldes! Ja, so ist's gut! Stabilisiere sie, Mann ... Du mußt die Kräfte der *Tai Zhy Fam* nutzen! Gegen unendlich strebend viele Möglichkeiten gibt es. Alle sind miteinander verwoben und interaktiv verbunden, materialisieren in Universal-Alternativen jeweils dort dominante Ego-Gestalten. – Wahres Sein ist die Kraft, die hinter der Stofflichkeit steht, so daß die daraus aufgebauten Muster als Gegenstände wahrgenommen und gebraucht werden können.«

Ein Ruck fuhr durch mich, als reiße ein straff gespanntes Tau; es war eine unheimliche, kaum zu beschreibende Situation: Ich stand mir selbst gegenüber, und dieses Gegenüber war ebenso Ich wie ich! Zwei Körper – einer eine von Sinyagi geschaffene Projektions-»Maske« –, aber *ein* Bewußtsein, das über *beide* Körper ausgebreitet war. Unsere Gedanken liefen synchron, waren eins: *Sind wir Wir? Bin Ich wir? Sind Wir Ich?*

»Wie soll man's nennen?« murmelten wir gleichzeitig und sahen Ellyna an; in mir/uns verdoppelte sich der Blickwinkel um die Perspektive des anderen. *Läßt sich Gleichzeitigkeit von Subjekt und Objekt sprachlich erfassen? Ich sehe Atlan, Atlan sieht Ich, Atlan sieht Atlan, ich sehe ich, »wir« sehen uns gegenseitig. Zweimal »Ich«? Oder zweimal »Du«? Wo bleibt das Ego, wenn's aus beiden Blickwinkeln Du-Objekte gibt?*

»Ich werd' noch wahnsinnig!« Wir riefen gleichzeitig, sahen in fiebrige Augen des »anderen« und brachen in ein synchrones Lachen aus, das ebenso plötzlich abbrach, wie es begonnen hatte.

Meine/unsere Gedanken verwirrten sich; Begriffe huschten dahin: *Ego, Ego-Einheit, Ego-Mehrzahl, Einheit, Wirheit, Vielheit, Ganzheit ... Mist!*

»Auf ein neues!«

Geteilter Körper, ein Ich. Teilung spaltet das Ich zum Wir, aber es ist keine Spaltpersönlichkeit, sondern ein *Bewußtsein in zwei Körpern!*

»Ich als Subjekt stehe vor dem Problem, im jeweiligen Körper des Gegenübers – wegen der räumlichen Distanz – ein Fremd-Objekt zu sehen, weiß aber auch, daß es ebenfalls Ich ist ...«

Hilflos ließ ich die Schultern hängen, die Materieprojektion verwehte zum bleichen Nebel. Bedauerndes Flüstern sprang von Sinyagi auf mich über. Und Ellyna schüttelte mißbilligend den Kopf, zauberte noch mehr Runzeln in ihr Gesicht und sagte brummig:

»Schlecht, Imperator! Sehr schlecht! Bedenke stets, daß außerhalb materieller Realität der von Ego-Mustern geprägten Erscheinungswelt zahllose andere Realitäten existieren. Im allgemeinen entgehen sie der Aufmerksamkeit des Individuums, weil dieses auf die eigene Dimensionalität konzentriert ist. Du mußt die Einschränkung überwinden, den Blick erweitern! Die Große Feuermutter hilft dir doch, sie liefert die primäre Kraft!«

»Leicht gesagt!« knurrte ich ärgerlich. »Meine Wahrnehmung verdoppelt sich! Wenn ich mit mir selbst Rücken an Rücken stehe, habe ich plötzlich einen 360-Grad-Rundumblick! Je weiter die Körper voneinander entfernt sind, desto gravierender wird die Dualität. Es sind dann zwei separate, voneinander unabhängige Blickwinkel! Zur gleichen Zeit mache ich also verschiedene Erfahrungen. Was ist dann Ego überhaupt noch? Ein Millionenäugiger hat's verdammt schwer!«

Die alte Frau kicherte. »Die Begrenzung der Ego-Gestalt aufs Ich erzwingt Entscheidungen hinsichtlich wahrnehmbarer Ereignisse – eine Illusion! Für Wahres Sein, mein Lieber, das seiner Natur nach nichtkörperlich und unsterblich ist, existieren alle Komponenten der Erfahrung gleichberechtigt nebeneinander, omnipräsent im *Alles Umfassenden Jetzt* des Hyperraums. Schon mit normalen Paragaben erschließt sich ein erweiterter Blick, auch wenn dieser bruchstückhaft bleibt. Bei dir ist's eine Stufe mehr – kaum so viel!«

Mit Daumen und Zeigefinger deutete sie den Abstand von einem halben Zentimeter an. »Also, Imperator: Weiterüben! Konzentriere dich!«

... und unvermittelt fand ich zur Gegenwart zurück. Konzentriert versuchte ich das Geschehen unter Kontrolle zu bekommen. Es dauerte einige Zeit, aber es gelang mir schließlich doch, einen Maskenkörper zu manifestieren. Er gewann keine volle Stofflichkeit, aber ich fühlte mich sofort besser, konnte mit einem vertrauten »Objekt« agieren.

Scheinbar schwerelos glitt ich durch das Glimmen und Leuchten und erkannte, daß ich offenbar Teil des Netzes war, das von der Spore ausstrahlte und Wazarom einhüllte. Visionen, von unbestimmbarer Quelle herangetragen, suchten mich heim:

Chromblitzende Räumlichkeiten. Ein sich fluoreszierend durch karge Landschaft windender Strang, an dem wie silbrigweiße Schlangen gegliederte Walzen entlanghuschen. Dunkelheit, aus der sich ein verwirrendes Gitterskelett hervorschält, dem sich winzige Kugeln nähern, von leuchtenden Aureolen umgeben. Von dumpfem Brausen begleitet der Start kugelförmiger Objekte. Flunderflache Zubringer mit kastenförmigen Aufbauten rasen über stählerne Ebenen. Als riesige Berge ragen Pyramiden auf, meist mit quadratischer Grundfläche, andere fünf- und achteckig und auch solche, die eher flachen Kegeln gleichen.

Eine schockierende Wiederholung: *Zhygors Ende, in einer Vision gesehen! Greller Feuerschein hüllt die Welt ein, der Orkan von vernichtender Wucht hinterläßt ein Gemisch aus Flammen und fauchend verdampfendem Wasser. Vibrationen verwischen Konturen, alles glüht, lodert und schäumt himmelhoch, verpufft im Schwarz der Aufrißzone. Von kosmischen Kräften aufgewühlte Elemente, die sich nicht beruhigen wollen, schleudern todbringendes Feuer, das aufsteigt und niederfällt, durchsetzt von verkohlten Fragmenten, die haltlos umhertaumeln ...*

Unbewußt fast schon erwartet, dann doch überraschend, erschien vor mir die Frau; jene Unbekannte, die ich schon mehrmals in Visionen zu

Gesicht bekommen hatte: *Platinhaare wehen im Wind, schwarze Mandelaugen sehen mich scharf an. Vertrautheit erfüllt mich bei ihrem Anblick, fast Sympathie. Ihre Stimme ähnelt sphärischem Klingen: »Wir werden uns begegnen, Atlan! Schon jetzt fühle ich, daß meine Kräfte bei dir sind. Noch ist die Zeit nicht reif, aber ...«*

Eine grelle Kuppel, aus der das Himmelsnetz entsprang, ersetzte abrupt die Bilder; Bedauern und Verlassenheit schüttelten mich einen Moment, dann hatte ich mich gefangen. Ich drang vor, durchstieß das Licht und versuchte verzweifelt, die neuen Eindrücke zu verarbeiten. Aus weiter Ferne drang eine Stimme in mein Bewußtsein: *»Der Kraftstoß hat Parakräfte freigesetzt – sein Bilokationskörper scheint zur Spore vorzudringen ...«*

Dann senkte sich Stille über die Umgebung und ihre verwinkelten Linien, die allen Gesetzen euklidischer Geometrie ebenso spotteten wie der der nichteuklidischen. Etwas wie ein Pumpen bewegte das Netz; Maschen und Knoten schienen Eigenleben zu entwickeln, wechselten rasend schnell zum Farbinversen wie bei einem Negativbild und wieder zurück. Ecken, in skurrilen Winkeln Linien verbindend, haftete etwas Unwirkliches an, obwohl ich nicht definieren konnte, was mich genau störte.

Gestalterfüllter Raum ist nach fremden Gesetzmäßigkeiten mit Substanz ausgestattet. Leben scheint diese Welt zu bestimmen. Hinter Schlieren ist die stachelige Kugel in ihrer Physis manifestiert; gleichzeitig ist sie mehr, reicht über das Greifbare hinaus. Unsichtbar gewobene Verbindungen zu Objekten ähnlicher Art bestehen. Auf der Ebene des Hyperraums existiert ein Knoten, dessen Ausläufer zu verschiedenen Orten in getrennten Alternativen des Multiversums reichen. Ein Linienfächer geht von multiplen Gestalten aus und kreuzt sich im Punkt, der ihr Ursprung ist ...

Mein Blick wanderte zu diesem Ursprung – und plötzlich befand ich mich in einer gewaltig ausgedehnten Blase, die von gelblichgrünen Schleiern erfüllt war. Diffus verzerrt glaubte ich als Begrenzung Kugeln zu erkennen, deren Stacheln ineinander verhakt waren: *Saam-Sporen!* Wie ein düsterer Schatten schwebte im Zentrum bizarrer Nebelwolken ein langgestrecktes Gittergestell, dessen wahre Ausmaße ich nicht abschätzen konnte. Die markante Form war allerdings Hinweis genug; es mußte viele Dutzende Kilometer lang sein: eine Tekteron-Galeere!

Kristallraumer von Thaafs, Große und Kleine Todesboten – Tek'gool-Henker! –, mit spitzen Polkegeln ausgestattete Baahmy-Kugelzerstörer, Kugel- und Walzenraumer schwirrten winzig um das Trägerschiff, dockten an auskragenden Plattformen an, entfernten sich oder folgten »Orbit«-Ellipsen. Im Gatter sah ich Quader als zentrale Druckkörper;

angeflanschte Zylinder an den Längsseiten mußten Triebwerke, Generatoren und Projektoren beherbergen. Zwischen verwinkelten Streben reihten sich Silowalzen aneinander, lange Batterien kleiner Kugeln schienen Tanks zu sein, klobig ins Gestell gehängte Kästen Frachtcontainer. Unter transparenten Kuppeln kreisten parabolische Kristallantennen, an geschichtete Teller erinnernde Platten waren von verästelten Lichtbögen umgeben. Mindestens zehn Tempel-Kuppeln standen auf den in das Skelett eingezogenen Ebenen. Meinen hochgeputschten Parasinnen offenbarte sich bedrückendes Schwingen vieler Götzen!

Von den Stachelkugeln ragten gläserne Kraftfeld-Schläuche zur Galeere; in ihnen trieben unzählige Gallertwolken wie riesige Schaumberge dahin. Trichterförmige Zapfen saugten Gallertpulks ab. Bucklige Maschinenblöcke endeten in hochgespannten Aufrißtoren, wo dunkelrotes Licht gewölbte Zonen aus tintig wabernder Schwärze überspannten. Ein Raumschiff flog zu einem dieser viele hundert Meter hohen Transmitter, blieb für zwei Sekunden verschwunden, erschien wieder und entfernte sich rasch, machte dem nächsten Raumer Platz.

»Eine Produktionsstätte von Gallertbeeinflußten oder Wurmbefallenen!« sagte ich überzeugt – glaubte jedenfalls zu sprechen – und trieb langsam zur Galeere. »Vermutlich gibt es jetzt komplexe Programmstrukturen, und die Versklavung ist viel wirkungsvoller als noch beim Angriff auf das Imperium! Und wenn das Ara-Serum hinzukommt ...«

Eine grauenvolle Vision: *Geschöpfe mit absolutem Gehorsam, der Reinen Lehre verfallen, perfekt konditioniert, Kämpfer mit ausgeschaltetem Selbsterhaltungstrieb, permanent verbunden mit Götzen und der Cyén Willen, überdies extrem langlebig ...! Nicht zu vergessen die eine Milliarde Wurmbefallenen im Tai Ark'Tussan! Hat die Galaxis je eine erschreckendere Streitmacht gesehen?*

»Und wer weiß, zu was die Sporen-Blastula noch in der Lage ist ...«

Als unwirklicher Schatten erreichte ich unbemerkt die Galeere, nutzte die Deckung riesiger Streben aus und folgte einem markanten Schwingungsmuster, das aus Millionen anderer herausragte: *Ak'iakaton, der Erste Cyén!* Er hockte irgendwo im Zentrum, steuerte seine *Saam-Horden* und schien sich absolut sicher zu fühlen. Problemlos durchdrang ich Wände und Decken und nahm erst Stofflichkeit an, als ich einen dunklen Frachtraum an der Druckkörperperipherie fand.

»Welche Möglichkeiten habe ich?« murmelte ich, setzte mich auf einen kleinen Container und ließ die Parasinne schweifen. »Von irgendwoher fließt mir Kraft zu. Hhm, könnte vom Netz der Wazarom-Spore stammen. Ohne es zu wollen, stärkt sie mich offenbar. Hinzu kommt die Aufladung des ES-Nebeldoms!«

Ich tastete mich Datenleitungen entlang, huschte televisorisch durch

Glasfaserkabel, folgte dem Gewirr paraverbaler Nachrichtenkanäle und gewann mit der Zeit Überblick. Zeit – sie war in meinem jetzigen Zustand ebensowenig von Bedeutung wie massive Trennwände: Die Projektion, versorgt von der unsichtbaren »Nabelschnur«, die bis nach Wazarom reichte, kannte keinen Hunger, benötigte keinen Schlaf und war leistungsfähiger als der Originalleib – weil weniger scharf in der konventionellen Raum-Zeit-Struktur zentriert. Ich beschwor mich: »Sobald ich stärker materialisiere, wird sich das ändern! Also Vorsicht!«

Unablässig produzierten die Sporen Gallerten, die, zur Galeere gesaugt, sofort an Tekteronii weitergeleitet wurden und sie konditionierten. Ich erkannte, daß das Blaseninnere Teil einer geschlossenen Sphäre und Bestandteil des Hyperraums war. Als »Tunnel« ragten Verbindungen von diesem höhergeordneten Standort zu dem Kampfschauplatz der vernichteten Galeere. Irgendwo weit draußen in der Galaxis schien es einen weiteren Punkt zu geben; von ihm war Ak'iakatons Galeere gekommen, und auch die ständig an- und abfliegenden Tekteron-Raumschiffe benutzten diese Verbindung, die einem Riesentransmitter glich, als »Vermittler« aber den Blasenhohlraum der Blastula-Hyper-Vakuole besaß.

»Verflucht! Vermutlich können sie die 27.000 Lichtjahre vom Tekteron-Bund bis nach Thantur-Lok mit *einem Schritt* überwinden. Bereiten sie eine Invasion vor?« *Sie folgen einem Langzeitplan!* dachte ich erschüttert. *Die Monde des Schreckens waren kaum mehr als ein Auftakt! Sie sollten uns weichklopfen – und wenn es geklappt hätte, um so besser für Xanthyn und seine Genossen. Verdammt, verdammt, verdammt! Was kann ich tun?*

Als Bekleidung meiner »Maske« entstanden, einem Impuls meines Unterbewußten folgend, eine weiße Ratsrobe und Sandalen; eine schwarze, an goldener Kette befestigte Holoscheibe, in der Thantur-Loks Lichter glitzerten und drei Planetenscheiben als gleichseitiges Dreieck angeordnet waren – das Zeichen Tiga Rantons –, hing plötzlich auf meiner Brust. »Symbole sind von großer Wirkkraft«, sagte ich und grinste kalt. »Man sollte sie passend einsetzen!«

Wild entschlossen eilte ich schnurgerade zum zentralen Dom der Galeere. *Trotz Aufspaltung in viele Götzenkörper stellt der Cyén eine Einheit dar; eine Bewußtseinsstruktur, die an vielen Orten gleichzeitig agieren kann ... Nun, Ak'iakaton – was du kannst, ist auch mir möglich! Ich bin der Millionenäugige Imperator!*

Der Cyén thronte auf einem Podest, noch hatte er mich nicht bemerkt. Langsam ging ich weiter, blieb zehn Meter vor ihm stehen und verschränkte – betont theatralisch – die Arme vor der Brust. Für einen

Moment lenkte mich Ak'iakatons bedrückende Ausstrahlung ab, dieses suggestive, Gehorsam verlangende Beißen und Brennen, und meine Projektionsmaske flirrte.

Der fast drei Meter hohe und mehr als zwanzig Meter lange, nach hinten dünn auslaufende Walzenleib fuhr mit einer Geschwindigkeit herum, die dem segmentierten Koloß kaum zuzutrauen war. Dutzende Stempelbeine polterten auf gemasertem Metall, der Oberleib richtete sich auf. Ich unterdrückte ein Stöhnen: Ich sah mich selbst, riesig vergrößert und idealisiert. Das Trugbild besaß materieprojektive Qualität, und die Parakräfte des Cyén – ich erkannte es mit einem Anflug von Entsetzen – übertrafen vermutlich die der Großen Feuermutter!

Hoffentlich hab' ich mich nicht überschätzt!

Ich riß mich zusammen, ignorierte die Halluzination und drang mit meinen Parasinnen tiefer, erkannte die wahre Gestalt hinter dem Vorgegaukelten und fühlte gleichzeitig den belebenden Strom, der mir von Wazarom kraftvoll zufloß.

Ak'iakaton: Faltige Hautlappen umhüllten den Vorderleib, überragt von einem großen, birnenförmigen Schädel, an dessen unterem, schmalem Ende sich gezahnte Platten des dreieckigen Mundes bewegten. Bernsteinfarbene Augen flammten in tiefen Höhlen; ein weiteres »Auge« prägte die Wölbung der Stirnmitte. Tropfenartige silbrige Fäden hingen von den seitlichen Augen – unwillkürlich erinnerte ich mich an eine Traumsequenz, in der von *Mondlichttränen* die Rede gewesen war. Vom Schädel entsprangen, dem schrecklichen Medusenhaupt der griechischen Sage gleich, armlange und fingerdicke Tentakel; einige endeten in weißgrauen Knoten, andere waren spitz. Violette Schwaden quirlten entlang den Konturen eines Körperschutzschildes.

Der Cyén wirkte nicht wirklich überrascht. Er reagierte jovial auf meine eigentlich unerwartete Anwesenheit, verbeugte sich knapp und versicherte:

»Es ist mir eine Ehre, Euer Erhabenheit. Ihr seid häufig am richtigen Platz, Imperator Gonozal; meist im für uns unpassenden Moment.«

Die Hallen der Geschichte, Gillam IV, Jahaq Garrs Flucht aus dem Tempel, unser Kampf gegen den Götzen im Künstlichen Mond – Bilder und Szenen stiegen blitzartig in mir auf.

»Schade, daß ihr Tek'gools eure Fähigkeiten vergeudet. Tekteron ist Weg und Ziel!«

»Ich halte nichts von eurer Reinen Lehre!«

Im Hallenhintergrund bewegten sich Gestalten, verharrten aber, als das lautlose Signal des Ersten Cyén sie zum Warten aufforderte. Er lachte. »Du hast recht – es ist nicht der Zeitpunkt für theologische Diskussionen. Die Tekteron-Ritter werden bald zeigen, wozu sie in der Lage sind!

Unsere Truppen kennen keine hinderlichen Emotionen, nur unbedingten Glauben! Als Cyén-Träger kämpfen sie bis zum Letzten – sie wissen, warum, denn das modifizierte Ara-Serum schenkt ihnen langes Leben! Schon das wäre Anreiz genug!«

Tekteron-Ritter – der reinste Hohn, dachte ich und fühlte Beklemmung. *Ausgeschalteter Selbsterhaltungstrieb, absoluter Gehorsam – das Konditionierungsprogramm unterdrückt jede Individualität!* Kälte kroch durch mich. »Ihr bringt nur Terror, Tod und Verderben!«

Jetzt lachte er noch lauter, ließ sich nicht provozieren. »Wir sind loyale Tekteronii, nicht mehr, nicht weniger, und bereit, für unsere Überzeugung zu sterben. Kann man von euch Tek'gools nicht unbedingt behaupten ...«

Die Parawelle traf mich nicht unvorbereitet – es gelang mir, ihr standzuhalten. Ein zähes Ringen setzte ein, ein stummer, bewegungsloser Kampf, dessen Wechselwirkungen der Paraebene entstammten. Ich ignorierte plötzliche Trugbilder, wehrte telekinetische Stöße ab und stemmte mich gegen den Druck, gab unvermittelt nach und versuchte Ak'iakaton mitzuzerren.

Er erkannte die Finte, zog sich rechtzeitig zurück und schnarrte anerkennend. »Du bist wirklich gut, Imperator! Deine Projektionsgestalt wird von außen gestärkt!« Ich schauderte, weil Ak'iakaton ein knarrendes Lachen ausstieß und rief: »Du willst einen Beweis unserer wahren Macht? *Xymondhoria* wird euch hinwegfegen!« Wieder lachte er: Selbstsicherheit, die schon an Überheblichkeit grenzte! »Ich werde bis ins Herz deines armseligen Imperiums vorstoßen! Es ist nicht nötig, dich schon jetzt zu töten. Du sollst sehen, was geschieht, *Tek'gool*-Imperator!«

Xymondhoria – das Lied, das eine »Alte Sternenfestung« besang. *Xymondhoria, der Sonnenkiller!* Augenblicklich wechselte mein Blickwinkel zum ...

Leuchtstern Mhalloy: 31. Prago des Eyilon 19.018 von Arkon (= 26. März 2048 Terra-Standard)

Die blauweiße Sonne, Typ BO-III, mit 22 Millionen Kilometern Durchmesser ein Gigant, stand drohend im All; eine gewaltige Plasmakugel mit 15.000 Grad heißer Oberfläche.

Der Blickwinkel übersprang 2817 Lichtjahre zum sonderbar durchscheinenden Objekt, das zunächst im Standarduniversum Stofflichkeit erlangte, dann eine Transition vollzog und als alabasterne Blastula, fünfzig Kilometer groß, geformt von fast zweihundert großen Saam-Sporen, der Sonnenoberfläche entgegenraste. Das wild aufgewühlte Meer glühender Masse, aus dem riesige Protuberanzen über Millionen Kilometer aufschossen, weite Bögen und Fahnen beschrieben und wieder zurück-stürzten, konnte das eindringende Objekt – letztlich eher ein optischer Sekundäreindruck der im normalen Weltraum manifestierten »Öffnung« der Hyper-Vakuole – nicht erreichen. Der paravisuellen Wahrnehmung offenbarte sich Grelle, die jedes Auge sofort für immer geblendet hätte.

Xymondhoria drang unbeschadet bis zum Mhalloykern vor, weiterhin von der Hyperblase geschützt, und verharrte einen Augenblick. Entlang den Sporenstacheln begann es zu flimmern. Kräfte vereinten sich, und Objekte, die einen Angriff mit Gravitationsbomben überstanden hatten, griffen auf die Möglichkeiten des übergeordneten Kontinuums zurück, von dem sie Teil geworden waren: Abrupt entstand das Schwarz einer gewaltigen Aufrißzone und zerrte am Kern des Sterns. Masse wurde zu einem Lichtblitz, dessen Druckwelle sich fortpflanzte und Mhalloy in knapp zwei Minuten zum Doppelten seines Durchmessers aufblähte. Unterdessen verschwand *Xymondhoria* und gewann in vielen 100 Milliarden Kilometern Distanz wieder Gestalt.

Mhalloy reagierte auf die Attacke: Im Zentrum seiner heißen Fusionszone beraubt, genügte der verbliebene Strahlungsdruck nicht länger, um der Eigengravitation zu widerstehen. Materie stürzte in die Hohlblase, heizte sich dabei zu kaum vorstellbaren Temperaturen auf, entartete, formte im nuklearen Brennen durch freigesetzte Neutronen schwere Elemente jenseits des Eisens und kollabierte endgültig. Ein Blitz, dessen Helligkeit der von einer Milliarde Sonnen entsprach, zuckte durch die äußeren Schichten Mhalloys, die mit Geschwindigkeiten von mehr als 10.000 Kilometern pro Sekunde fortgeschleudert wurden, während der Kern die Kollapsdichte von 10-hoch-16 Kilogramm pro Kubikmeter erreichte und einen rasch rotierenden Neutronenstern von nur zehn Kilometern Radius bildete.

Mhalloy war zur Supernova geworden, der Sonnenkiller hatte erstmals zugeschlagen!

Aus: *Die Monde des Schreckens und der Sonnenkiller aus hyperphysikalischer Sicht;* Erste Diplomarbeit von Arno Hieronymus Kalup, Terra, Terrania Institute of Technology, 2075

... ebenso grauenvoll wie faszinierend: Ausgangspunkt war die vielfältig vorprogrammierte Saam-Lebensform, die durch die Gravitationsbomben auf ein verändertes Daseinsniveau geschleudert und durch die Machenschaften der Cyén dann weiter verändert wurde. Zur großen Ansammlung vereint, entstand eine Art Kokon, der im Hyperaum den Zustand bekannter Vier-D-Metrik aufrechterhielt – sprich eine Raum-Zeit-Nische oder Hyper-Vakuole generierte. Ihre Grenzschicht schirmte

einerseits gegen die Offenheit des n-dimensionalen Kontinuums ab, andererseits bewirkte sie höchst wirkungsvoll die permanente, wenn auch lokale Verdrängung des Kokon-Inhalts aus dem konventionellen Standarduniversum. Obwohl es einen Überlappungsbereich gab, blieb die Enklave – statt an diesem Koordinatenpunkt zu materialisieren – als quasi eigenständig-miniaturisiertes Universum völlig stabil. Mehr noch: Sobald diese verzerrte Übergangszone in Wechselwirkung mit Materie von ausreichender Dichte trat, erzeugte sie automatisch einen spontanen Aufriß – und dieser war ausreichend dimensioniert, einen Sonnenkern komplett zu entstofflichen. Die Folge: Kollaps und Supernovaausbruch!

Tekteron-Galeere: Atlan (Materieprojektion)

Ak'iakaton lachte, während ich vor Wut und Entsetzen zitterte. Es war unglaublich: eine Supernova! Auch ohne die paraverbalen Randinformationen wußte ich zu deuten, was geschehen war. Ich hätte den Cyén mit bloßen Händen würgen können, sah aber ein, wie wenig sinnvoll das Vorhaben gewesen wäre.

Nicht vom Haß leiten lassen, handle kalt und überlegt! beschwor mich der Extrasinn.

Ich nickte, atmete mehrmals tief durch und hob sofort die verstärkte Stofflichkeit meiner Projektion wieder auf; anschließend ließ ich mich in den Hallenboden sinken, schwebte durch Maschinen und Druckkörper, ratlos und verzweifelt. Meine Gedanken rasten: *Wie steuert er* Xymondhoria? *Gibt es Anlagen, oder ist er selbst es, der die Sporen kontrolliert? Wie läßt sich der Sonnenkiller aufhalten? Arkons Götter, er kann Sonnen zur Supernova zünden!*

Ich merkte am Rande, daß ich in das Strebengewirr der Galeere hinaustrieb. Die Konturen meiner Projektion verschwammen, wurden zu unregelmäßigen Lichteffekten. »Aufhalten!« Mein paraverbaler Schrei verhallte ungehört, das Gefühl der Ohnmacht drohte übermächtig zu werden. Verzweiflung schüttelte mich. »Er muß aufgehalten werden!«

Ein zarter Stoß riß mich aus dumpfem Brüten. *Du bist nicht allein, Imperator!*

Durchscheinend schwebte Fontanarzy neben mir. Hinter dem Maskenkörper von Tusaals Feuermutter erkannte ich die anderen Longhoninnen; Jia Wor Mha, Rhekua Zhic, Cidorana. Jia grinste breit und signalisierte: *Wir helfen dir!*

Mit dem Signal verbunden war eine Anfolge subverbaler Ströme, die mich an die Möglichkeiten und Geschichte der Hornträger von Longhon erinnerten: Ihre Bauernkultur hatte, durch engsten Kontakt zur Natur, sehr früh Paragaben perfektioniert. In der Folge kam es mit Ausbreitung der Zivilisation zu »Geistreisen« ins All; Bilokationskörper entstanden auf fernen Welten, mental induzierte Fern-Transitionen kamen hinzu. Die Longhoner entwickelten nie eine eigene Raumfahrt, sondern erreichten andere Planeten durch eine Art »distanzlosen Schritt« über viele Lichtjahre hinweg.

Es ist eine Fähigkeit, die sie zu Meistern der Teleportation macht. Mein Lha'hon-Quarz vibrierte stärker, ich war froh über die »Ablenkung«. *Longhon-Feuerfrauen sind beim Raumnomadenadel sehr gefragt, um die riesigen Habitate zu bewegen. Durch Vermietung ihrer Parakräfte bewahrten die Longhoner lange ihre Unabhängigkeit. Erst der bedrohlicher werdende Methankrieg machte sie 7134 vor Christus zu Vollmitgliedern des Imperiums: Von einer scheußlichen Biowaffe angegriffen, überlebten nur 90 Millionen, die fortan aber mit 1000 bis 2000 Arkonjahren eine bemerkenswerte Langlebigkeit erreichten. Ihre schlechten Erfahrungen bedingten, daß sie sich aus dem galaktischen Geschehen heraushielten; erst durch meine Initiative ...*

»Danke«, antwortete ich den Amazonen, die Informationen versanken in unbewußte Ebene. »Aber ... direkt gegen den Ersten Cyén läßt sich nicht vorgehen, er ist zu stark! Es wäre Selbstmord und absolut sinnlos, weil ohne Aussicht auf Erfolg!«

Fontanarzys Signal wurde energisch. »Gemeinsam finden wir eine Möglichkeit!«

... und parallel zur Entstehung der Supernova stößt die Spore auf Wazarom Milliarden Einzeller aus, die sich mit jenen vereinen, welche die Tiere verlassen. Blasen sammeln sich, werden zu dichten Wolken, steigen zur Hochatmosphäre hinauf, entfernen sich als wimmelnde Pulks und erreichen den geostationären Orbit.

Licht blitzt nahe dem Südpol durch die Polarnacht, beult sich aus, wächst als riesiger Pilz weiter, verblaßt und formt eine flimmernde Energiebahn von Turmstärke, die als Verbindungsbrücke zwischen Spore und der Gallertwolke Stabilität erlangt. Kometengleiche Leuchterscheinungen huschten in unregelmäßigen Abständen durch diese energetische Röhre. Mit jedem Stoß pulst die Wolke im Orbit, wird größer und größer, bläht sich weiter auf. Gleichzeitig beginnt sich das Äußere zu verändern: Transparente und durchscheinende Blasen, Kugeln und schwingende Ovoide werden dunkel und fest. Das Gesamtgebilde erreicht schließlich einen Durchmesser von 800 Kilometern.

Im Wazarom-Orbit ist ein weiterer Mond des Schreckens entstanden ...

Wazarom III, Tusaal: Atlan (Originalleib)

Bedrückende Stille. Alle hatten Mhalloys Supernovaexplosion miterlebt: Die harmonisch schwingenden Bewußtseine nahmen als Beobachter die Informationen meiner Bilokation auf; aus Einzel-Tusaalern entstand ein Block, in den sogar die Laiqud-Rochen eingebunden wurden. Weiterhin erstreckte sich die leuchtende Kuppel über der Steinsetzung bis zum Wirkungsgefüge der Spore.

Khol Trayz flüsterte mit Rakina und Telyna, richtete sich auf und schrie: »Arbtanen, zu den Trucks! Alle Waffen, Desintegratorbomben und was ihr sonst findet: hierher! *Synthon*-Nahrung nicht vergessen! Kenno: Ruf die Laiqud, sie sollen uns so schnell wie möglich zur Spore bringen. Wir müssen die Chance der Kraftzufuhr nutzen, noch funktionieren die Paragaben auf höchstem Level!«

Rochen schwebten heran, die Raumsoldaten stürmten davon, Mispaner folgten ihnen. Innerhalb kürzester Zeit wurden Ausrüstung, Verpflegung und Waffen herangeschleppt und auf Laiqud-Rücken gehievt. Unwillkürlich dachte ich an Zhygor: Die Ureinwohner der Freihandelswelt glichen den Eisrochen sehr; aber die Natur kannte viele solcher Parallelentwicklungen.

Ich winkte Telyna zu mir. »Ein Teil der Feuerfrauen bleibt hier, Feuermutter, ebenso Qondo. Der jetzige Zustand muß uns möglichst lange begleiten und unterstützen.«

»Klar. Wir tun unser Bestes.«

Kenno Wan Druq wählte als »Piloten« erfahrene Mispaner aus, Khol und ich bestimmten die Kommando-Mitglieder. »Tanja, Kon, Killan, Movruul, Ronua, Keenan«, zählte ich auf und ignorierte viele Handzeichen anderer Freiwilliger. Tombe und Marc schnitten Grimassen, sagten aber nichts; Ras und Kitai-San gesellten sich zu den Amazonen, um ihre Parakräfte in den Block einzuspeisen.

Khol grinste humorlos. »Rakina, Hemmal, Fher. Dann Sonem, die Dron Dongaal, Muparaj und Ukhan. Und wir zwei – macht insgesamt fünfzehn.«

»Gut. Hethan übernimmt hier das Kommando, Telyna die Koordination der Feuerfrauen. Hethan?« Der Miir kam mit knackenden Fühlern und Kiefertastern näher. »Wenn wir erfolgreich sind, soll die ARKON den Landeanflug versuchen! Straton muß uns aufnehmen, Landungstruppen sind in Bereitschaft zu halten – vielleicht gelingt uns der Durchbruch zum Sonnenkiller! Der Mond des Schreckens darf erst vernichtet werden, wenn absolut keine Evakuierungsaussicht mehr besteht. Die Wurmbefallenen dieser Welt ...« Ich brach ab, dachte bedrückt an die weiteren Toten.

»Verstanden, Imperator.«

»Also.« Ich atmete tief durch, half Tanja beim Hochklettern auf den Leitrochen, sah mich um und winkte Kenno. »Los, Tusaaler, treibt die Laiqud an!«

Dutzende Rochen, eingehüllt in schimmernde Sphären, hoben ab und beschleunigten weit mehr, als es ihr natürliches Hovercraftorgan eigentlich zuließ – der tusaalische Bewußtseinsblock, verstärkt um Feuerfrauen und den Dagor-Großmeister, half telekinetisch nach. Der Boden flog förmlich unter uns dahin, merkwürdige Lichteffekte wechselten ab mit aufblitzenden und sofort wieder vergessenen Visionen. Alles schien sich zu verzerren und unwirklich zu werden. Paragaben entwickelten ihr volles Spektrum, kontrollierten das Tranzendentale; *Zhy* – das »übersinnliche Feuer«. Rascher als erwartet erreichten wir düsteren Nadelwald der Taiga und rasten weiter. Zwergbirken und -sträucher tauchten auf. Einförmig-schlammige Landschaft mit flachen Teichen und Tümpeln machte dem Dauerfrostboden der Tundra Platz. Verwirrt dachte ich: *Haben wir die 10-Grad-Isotherm-Grenzlinie passiert? Entfernung und Geschwindigkeit – bedeutungslos? Dilatationseffekte? Längenkontraktion? Hyper-orientierte Einflüsse? Es ist die unwirklichste Reise meines Lebens!*

Ich war in Trance, in einem Zustand gefangen, aus dem ich nur vereinzelt hochschrak. Dämmerung umfing mich, obwohl Wazaroms Stern bereits aufgegangen war. Wie Hochhäuser sah ich plötzlich riesige Metallkugeln, die zur Pyramide aufgeschichtet waren. Hoch über ihnen schwebte violettes Leuchten. Ein müder Gedanke: *Tix?* Der Blickwinkel wechselte, aus Kugeln wurden Quader. Einige der mir am nächsten stehenden Blöcke waren schlanke Säulen; chromblitzende Gerüste befanden sich vor den eigentlichen Fassaden. Ich glaubte, über einen weißen, weiten Platz zu gehen, fühlte weiches Federn unter den Fußsohlen. Für einen Augenblick zuckte Erstaunen durch mich: *Ich bin nackt!*

... und umrunde halb ein Hochhaus und erreiche den Platzrand; eine scharfe Kante, die senkrecht in bodenlose Finsternis abfällt. Mühsam kämpfe ich gegen das intensive Schwindelgefühl an, habe den Eindruck, als winde sich der weiße Boden schlangengleich zwischen den riesigen Säulen. Keuchend weiche ich zurück, fahre herum und sehe, einem unbestimmten Impuls folgend, nach oben. Klein und hell turnt jemand im Fassadengerüst; eine Frau, unbekleidet wie ich, schlank, langbeinig, graziös. Platinhaare flattern. Als Kletterhilfe benutzt sie ein schalartiges Tuch, das nach Belieben länger und kürzer wird. Sie läßt sich einige Meter herabgleiten, winkt mir. Ich merke, daß ich lächle, ergreife die Schlaufe, als mich der Schal erreicht, und schlinge sie um die Hüfte. Während ich langsam an Streben und Rohrrahmen hochsteige, sinkt mir die Frau, als Gegengewicht am anderen Tuchende, entgegen. Ich genieße

das Gleiten, von wohliger Wärme umhüllt, und fühle mich wie im Traum. Die Beine der Unbekannten sinken vorbei, feste Brüste berühren mich am Arm. Für einen Augenblick legt sie ihre Hand an meine Wange – ich aber greife ins Leere, sie sinkt weiter und entfernt sich, während ich zum Dach der Turmsäule hinaufgehoben werde. Das Schalseil fällt von mir ab und verschwindet spurlos. Unschlüssig sehe ich in die Tiefe, aber die Frau ist verschwunden; wieder einmal. Tränen füllen meine Augen; ich fühle mich unendlich einsam, kauere mich zusammen und umklammere die angezogenen Knie. Violettes Licht hüllt mich ein.

»Du schwärmst von ihr so sehr, daß ich eifersüchtig werde!« Tanjas sarkastische Stimme riß mich aus der Versunkenheit. »Wer ist sie? Ich will ihr gelegentlich die Augen auskratzen!«

Ich hob die Schultern. »Keine Ahnung. Eine Vision, ein Trugbild, was weiß ich?« Ich fröstelte, weil ich die Erscheinung nicht einzuordnen wußte. Mein Extrasinn schwieg, Tanja rückte ab und schmollte ironisch übertrieben; unbestimmte Zeit verging.

Gigantisch ragte, wild zerklüftet, stahlblau bis fahlweiß, hinter einem Endmoränenwall und dem moränengedämmten See, auf dem mächtige Eisberge trieben, eine marmorierte Eiswand auf. Unter gewaltigem Donner, der mich zusammenzucken ließ, brachen Klippen ab und wirbelten Wasser auf. Eine Welle schwappte über den Wall, verlief sich in Dutzenden Strömen. See und Eiswand reichten, mal vorspringend, mal zurückweichend, bis zum östlichen Horizont, rechts türmte sich das Geröll der Seitenmoräne.

Als langgestreckte Kette flogen die Rochen an einem Hängetal vorbei, dessen Boden nicht bis zu dem des Haupttals hinabreichte. Hunderte Meter hoch war der niedergehende Wasserfall; im Süden, unübersehbar weit, oft schmutziggrau und von Brüchen und Spalten zerklüftet, dehnte sich der Gletscher, und am bleichgelben Himmel zogen dünne Zirrostratus-Schleier vorbei.

»Wahnsinn!« keuchte ich, unvermittelt zu mir kommend. »Wir sind schon am Pusai-Gletscher! Tausend Kilometer in ... wieviel Zeit?«

Ich wußte es nicht und starrte über den Rand des Laiqud-Rückens. Wasser schäumte schräg vor uns durch tief eingeschnittene Enge, kupfernes Glitzern überzog benachbartes Eis. Der klare Moment verging so schnell, wie er gekommen war, die Rochen rasten weiter. Licht wechselte mit Dunkelheit. Klar und durchsichtig wurde die Luft, und eisiger Wind, der winzigste Körnchen mitriß, umpfiff uns. Wazaroms Stern stand als gewaltig geblähter dunkelroter Ball nur noch wenig über dem Horizont. Berge, deren Hänge meist kahl waren, an manchen Stellen aber dünne

Matten und schwammigen Moosbewuchs aufwiesen, blieben zurück. Irgendwann eine Rast. Unbewußt hinuntergeschlucktes *Synthon,* heißer *K'amana.* Dann kaleidoskopische Eindrücke ohne rechten Zusammenhang: *Wolken über schroffen Felsen und monumentalen Gipfeln. Firnglanz des Markhy-Gebirges. Eisbrüche und steile Stufen. Aufgewirbelter, trocken-pulvriger Schnee. Zwischendurch pfeifende Lungen und blutiger Geschmack auf der Zunge. Letzte, winzig aufragende Felsen, dann das gewaltige Südpolareis, dieser ausgedehnte mächtige Panzer. Polarnacht: blauschwarz mit kalt glitzernden Sternen. Ein vager Gedanke sagt, daß fast 9000 Kilometer seit dem Aufbruch aus Wazarom-Zhad zurückgelegt sind.*

Zunächst vereinzelt, dann mit dem Hypernetz verschmelzend und immer dichter und heller, erschienen Polarlichter: unregelmäßige Bänder, bewegliche Bögen, fächerartige Vorhänge, Kronen in Gelblichgrün, Strahlenwolken in Rötlichblau, pulsierende Falten in Grauviolett. Ich starrte hinauf, verwirrt und schockiert, und hörte Kenno Wan Druqs gellenden Ruf ...

Beschienen von surrealem Licht, näherten sich unförmige Ballen den gelandeten Eisrochen: Bewegte Massen aus Eis und zusammengepreßtem Schnee, zu abstrusem Leben erweckt, mit rot leuchtenden Punkten wie grimmige Augen, formten einen Halbkreis und versuchten die Klammer zu schließen und uns einzukesseln.

»Kenno!« schrie ich gellend. »Hoch mit den Rochen!«

Er antwortete mit einem Trillern, das flache Tier zog in enger Kurve nach links und beschleunigte. Ich legte den Kombistrahler an, fluchte, weil er nicht funktionierte, und griff nach dem schweren Rak-Werfer, den mir Ukhan entgegenhielt. *Magazin klar, durchladen.* Das armdicke Rohr auf die Schulter gelegt, nahm ich zwei wankende Eisklumpen ins Visier und zog den Abzug. Der Schlagbolzen zündete den Treibsatz der Mini-Rak, die fauchend davonzischte; Abgas-Strahldruck lud automatisch durch. Zweiter und dritter Schuß. Die unglaublichen Geschöpfe zerfetzten, als Raks detonierten, wieder zu dem, was sie eigentlich waren: kristallisiertes Wasser.

Von anderen Rochen wurde ebenfalls geschossen. Schnee- und Eismonster zerpulverten, andere hoben sich aus Verwehungen und wankten weiter, getrieben von telekinetischen Kräften, die ihren Ursprung in Gallertkugeln hatten: *Ihnen kommen wir mit Raks nicht bei.*

Ein Laiqud schrammte über aufbäumende Schneeschultern, eisige Tentakel wischten Mispaner von dem Rochenrücken. Das Tier pfiff schrill, sackte zur Seite und stäubte eine Wolke auf. Scharfkantige Pranken schlugen erbarmungslos zu, trennten den Laiqud in zwei Teile; Blut spritzte dunkel über Eis. Das Funkeln der Monsteraugen, aus Gallerten geformt, verstärkte sich.

Ich jagte zwei Raks aus dem Rohr, sah den Schneeriesen zerspringen und brüllte entnervt: »Warum funktionieren die Desintegratoren nicht? Nur sie wirken bei den Gallerten!«

Khol wechselte ächzend auf dem benachbarten Rochen das Magazin und lud durch. Seine Salve pulverisierte Eisgeschöpfe, die die Mispaner bedrängten. Drei schafften es, auf einen vorbeischwebenden Laiqud zu springen, die anderen versanken unter der heranrollenden Woge. Peitschende Schüsse und Detonationen wurden überdeckt von Knirschen, Knacken und Knistern. Als bleiche Schemen, wie überschlagende Brecher, rasten die nächsten Eiswesen heran. Klobige Extremitäten stießen mit Rochen zusammen. Mehrere Tiere wurden von weißer Masse verschüttet. Kenno lenkte unser Laiqud weiter nach Süden, dem Pol entgegen, wir wurden schneller, konnten die aus dem Eis emporwachsenden Wesen aber nicht abschütteln.

»Höher!« rief ich. »Flieg doch höher!«

»Geht nicht – Blockade!«

Hausgroß ragte neben uns ein saphirblau beleuchtetes Gebilde auf; kantige Finger schossen vor. Unser Tier wankte, von dem fürchterlichen Stoß getroffen. Ich wirbelte herum, rutschte halb über den Rücken und krallte mich an kantige Kristallschuppen. Im letzten Moment erwischte ich den Rak-Werfer, ehe er davonschlitterte. Gepäck und zylindrische Desintegratorbomben rollten umher oder wirbelten durch die Luft.

Kontaclatiis und Fhersoljihar wurden zu Tetraedern und emittierten konzentrierte Hyperwellen, unter denen Eismonster zerfetzten. Ronuas Laiqud brüllte, von krachend hochschießenden Wänden umgeben, und bäumte sich auf. Augententakel wurden meterlang, Mispaner, die Orbeki-Frau und Dongaal beim Aufprall abgeworfen. Ausrüstungsballen, Kisten und Gepäck klirrten. Mit fünf gezielten Raks versuchte ich Feuerschutz zu geben, durchbrach die Barriere und klinkte das leere Magazin aus, während Tanja neben mir weiterschoß. Fieberhaft griff ich zum Gepäck, bekam ein Magazin zu fassen, rammte es in die Waffe und sah rauchigen Rak-Bahnen hinterher, bis sie einschlugen. Von Kenno mühsam gesteuert, fauchte unser Laiqud, Schneewolken aufwirbelnd, dicht über den Boden.

Ukhan, an Schuppen geklammert und weit vorgebeugt, bekam Ronua, die mit weiten Sätzen heranhetzte, am ausgestreckten Arm zu fassen und zerrte sie hoch. Zwei Mispaner griffen nach dem Geißelschwanz unseres Tiers und wurden mitgeschleift. Ein Eisriesenfuß kickte sie spielerisch durch die Luft und zerschmetterte ihre Glieder, dann verwandelte der herumzuckende Geißelschwanz das Gebilde in wirbelnde Splitter. Ich blickte zurück: Arbtan Dongaal stand breitbeinig, mit schwarzer Raumrüstung bekleidet wie ein archaischer Ritter, einem halben Dutzend doppelt so großer Schneegestalten gegenüber, schoß, bis sein Werfer leer war, und warf sich brüllend den Pseudogeschöpfen entgegen. Sein aufgerissener Rachen war das letzte, was ich von ihm sah.

Wohin sich unsere Eisrochen auch wandten: Überall wucherten bleiche Kreaturen hoch, glühten rote Augen oder tanzten Gallerten. Wütend schlug ich auf den Kombistrahler ein, ächzte verblüfft, weil unerwartet die Ladekontrollampe blinkte, und riß die Waffe in Anschlag. Wilder Triumph pulste durch mich, als nach dem Umschalten der Kombiwaffe der grünliche Desintegratorfächer davonzuckte und eine Wolke Gallerten verpuffen ließ.

»Sie klappen wieder!« brüllte ich, gab Dauerfeuer und sah befriedigt das reihenweise Verschwinden der Saam-Kugeln. Die Freunde reagierten, zogen ebenfalls ihre Desintegratoren und konzentrierten sich auf die Gallerten. »Feuer frei!«

Fehler! Meine innere Stimme schrillte aufgeregt. Bevor ich wußte, was der Logiksektor meinte, zerschmetterte eine Klippe den vor uns fliegenden Eisrochen; mit ihm starben Muparaj, drei Tusaal-Mispaner und Keenan voo Trun. Sie waren die letzten Opfer: Mit Desintegratoren, Impulsstrahlern und Rak-Werfern erledigten wir alle Gallerten und Schneemonster, deren Zahl mit der der Saams abnahm und schließlich ganz versiegte.

Deprimierende Stille lag über dem Schauplatz, Kristallwolken sanken langsam herab. Nacheinander landeten die Tiere, und wir stiegen mit steifen Bewegungen von den Rücken. Zwölf Eisrochen, fünfzehn Tusaaler, Kon, Fher, Killan, Ronua, Ukhan, Hemmal, Rakina, Khol, Tanja und ich – der kümmerliche Rest sah sich betroffen und dann schockiert an, denn plötzlich standen wir in verzaubert wirkender Eislandschaft, beleuchtet von graugrünen Polarlichtern. Leichter Wind trieb Schneeflocken und Kristalle vor sich her.

Die Sicht war verzerrt wie beim Blick durch ein von Eisblumen überzogenes Fenster. Wenige Schritte entfernt ragte, hochgewölbt wie eine Domkuppel, ein schneeweißer »Bau« in lichtdurchzogenen Polarnachthimmel, der von einer flimmernden Energiebahn geteilt wurde. Von dünnen Auslegern hingen mächtige Eiszapfen, der dicke Panzer verwirrte, und so dauerte es Sekunden, bis ich begriff, was ich eigentlich sah: DIE SPORE!

8.

Hemmar Ta-Khalloup: *Jahre der Krise, Betrachtungen zum beginnenden 20. Jahrtausend;* Arkon I, Kristallpalast, Archiv der Hallen der Geschichte, 19.035 da Ark

... scheiterten Versuche der Terraner, das Monster namens Krieg zu bändigen, im Verlauf der Jahrhunderte mit erschreckender Regelmäßigkeit, wie Imperator Gonozal VIII. leidgeprüft zu bestätigen weiß. Expansive Bestrebungen verschiedenster Staaten – verkörpert durch ihre politischen und religiösen Führer –, der grundsätzliche Hang zur gewaltsamen Konfliktlösung und scheinbar unüberwindbares Mißtrauen weckten wiederholt die Schlafende Bestie, und parallel zur wissenschaftlich-technischen Entwicklung steigerte sich das erschreckende Potential der Auswirkungen.

Spätestens der sogenannte Erste Weltkrieg führte auf Terra den Beweis, daß Auseinandersetzungen dieser Art in keinem Verhältnis zum erzielbaren Gewinn stehen; die Schäden auf allen Seiten waren immens, die Opfer schrecklich groß. Im Zweiten Weltkrieg wurde die für die damaligen Menschen kaum vorstellbare Steigerung des Entsetzens erreicht, indem Bomber ihre tödliche Last »abregnen« ließen und die Zahl der Verluste – vor allem der Zivilisten – proportional steigerten. Und doch war das nicht das Ende: Mit dem Abwurf der ersten Atombombe wurde das eigentliche Monster sichtbar – später verharmlosend »atomare Bedrohung« genannt, obwohl seine Weckung eine weltweite Katastrophe bedeutet hätte.

Die galaktische Geschichte zeigt, daß sogar diese schreckliche Schwelle überschritten wird: Niemand hat die ausgelöschten Zivilisationen gezählt – aber sogar das erscheint harmlos gegenüber dem Großen Galaktischen Krieg, *der, glaubt man den Galaktischen Legenden, vor sehr langer Zeit geführt wurde. Von einem Lerneffekt kann leider nicht gesprochen werden. Im Vergleich zum Großen Galaktischen Krieg muten andere »Auseinandersetzungen« vielleicht wie Geplänkel an – ein Beispiel war jene mit den Druuf aus dem Roten Universum einer anderen Zeitebene –, doch daß sie überhaupt stattfinden, deprimiert den unvoreingenommenen Beobachter zutiefst. Und das Erschütternde dabei ist, daß auch für die Zukunft keine Änderung erwartet werden kann.*

Arkon I, Kristallpalast: 31. Prago des Eyilon 19.018 von Arkon (= 26. März 2048 Terra-Standard)

Hemmar Ta-Khalloup zwinkerte und starrte vom rotierenden Juwel von Kariope zum leicht geneigten Holotableau, das fast quadratmetergroß über der Arbeitsfläche schwebte. Vom blauen Kristall ging, nachdem sich für eine Weile eine im Herzschlagtakt pochende goldene Aureole gebildet hatte, violettes Leuchten aus, welches dann ebenso plötzlich erlosch, wie es erschienen war.

Weiterhin war der Scannfächer aktiv, der das Juwel abtastete, über die angeschlossene Positronik im permanenten Algorithmenvergleich die eingespeicherten 1024 Dateikapitel zu entschlüsseln versuchte und bislang kein Ergebnis erzielen konnte. Abgesehen von jenen vier Dateien natürlich, die ziemlich klein, unverschlüsselt und in altarkonidischer Sprache abgefaßt waren. Sie beinhalteten Vorworte, Hinweise und allgemeine Belehrungen, die Imperator Gwalon I. dem eigentlichen Inhalt voranstellte. In ihnen war die Rede von einer Großen Gefahr, von uralten, schlummernden Hinterlassenschaften, und es gab den Hinweis darauf, daß in den Hauptdateien die maßgeblichen *Sternenmythen* samt den Kommentaren dazu enthalten seien.

Mit Erscheinen der goldenen Aureole hatte es nun eine erste Wechselwirkung gegeben: Subprogramme der vier Dateien reagierten einerseits mit solchen der 1020 anderen und mit dem Scanner und der Positronik andererseits. Eine Teil der Inhalte schien sich zu überlagern, formte neue Muster, und als das violette Leuchten verschwand, hatte sich das zweidimensionale Abbild eines zweifellos hünenhaft gewachsenen Mannes auf dem Holotableau stabilisiert. *Gwalon alias Farthu von Lloonet!*

Er trug eine schlichte graublaue Uniformkombi mit zwei goldfarbenen Kometensymbolen am Kragenspiegel; auf der linken Brustseite waren drei gelbe Sonnen, als Eckpunkte eines Dreiecks angeordnet, zu erkennen. Das dunkelblonde Haar war bürstenkurz gestutzt, das glattrasierte Gesicht wies schwarzblaue Bartschatten auf, die Augen waren *gelb.* Neben dem Kopf wurde ein Textblock eingeblendet, parallel dazu erklang dessen Inhalt akustisch mit Gwalons sonorer Stimme:

»Nachtragsnotierung sieben, Rafferkodeschlüssel der wahren Imperatoren; Resonanzsiegel nur durch spezifischen Außenimpuls zu lösen. Es wird kundgetan: Ich habe den offenen Sternhaufen, Katalognummer BB14-CM0002-A1, offiziell *Ort der Begegnung* genannt – es wird der einzige dauerhafte, unverschlüsselte Hinweis bleiben. Zehn Pragos nach dem letzten Hauptkontakt, der in beiderseitigem Einvernehmen den Pakt bestätigte, erscheint mir das Rätsel der namenlosen Sternen-Entität noch größer. Zu wesensfremd sind und bleiben wir einander, die Verständigungsbandbreite ist auf eine minimale Schnittmenge der Gemeinsamkeit beschränkt. Es wurde beschlossen: Zeitlich unbefristet ergeht an mich und meine Nachfolger die Verpflichtung, den *Verlorenen Kindern* der Sternen-Entität die Heimkehr zu ermöglichen, sofern deren Spur gefunden wird. Das Resonanzsiegel ist entsprechend geeicht und wird, da ich das Juwel von Kariope im *Bmerasath* des Zwölferrates verankern werde, diese Nachricht zu gegebener Zeit den dann Verantwortlichen preisgeben. Im Anhang sind die hyperenergetischen Spezifika aufgelistet, die zur Identifikation der Verlorenen Kinder notwendig sind. Im Gegenzug sichert die Sternen-Entität uns und unserem Volk Unterstützung zu, sollten die *Großen Alten Gefahren* eines fernen Pragos aktiv werden; auch auf deren Impulse ist das Resonanzsiegel geeicht. Kodebegriff zur Kontaktaufnahme mit der Sternen-Entität ist *Vehraáto* – identisch mit dem Zwölften Heroen, dem stets ersehnten Retter, der Lichtgestalt aus der Sonne!«

Eine Pause entstand, Gwalons Abbild lächelte kurz, die gelben Augen blitzten wie Raubtierlichter; vorgebeugt und gespannt starrte Hemmar auf das Display.

»Das noch junge Volk Arkons braucht solche Symbole und Mythen – ferne Nachkommen mögen es bitte entschuldigen.«

Voller Ernst sprach er, die Stimme gehoben, nach einer nochmaligen Pause weiter:

»Aber wir sind geprägt von leidgeprüfter Zeit, die voller Krieg und Tod war und weiter sein wird und ungezählte Opfer beklagt. Bewußt wurde die Heilige Zahl zwölf zu der unseres *Berlen Than:* Mögen dessen Mitglieder, mit dem Imperator an der Spitze, stets und immerdar die bereitstehenden Potentiale der entrückten Heroen aufnehmen und als reale Personen ihrer jeweiligen Zeit mit Leben erfüllen! Dies gebe ich euch, den fernen Nachkommen, bei Tran-Atlan, der die Kristallobelisken von Arbaraith zum Klingen brachte, als Vermächtnis: Immer wieder wird es Epochen größter Bedrängnis geben, und dann werden Persönlichkeiten vonnöten sein, in denen sich die kollektiven Wünsche, Träume und Hoffnungen fokussieren. Bedient euch der Heroen, verschmelzt Ursache und Wirkung als deren Manifestationen auf akausale Weise: Erfüllt Erzähltes und Überliefertes mit Leben, berücksichtigt, daß eure wirklichen Taten glorifiziert und überhöht und ihrerseits auf den Ballungspunkt zurückprojiziert werden, so daß der Träger erneut transformiert, um nicht zu sagen transzendiert! Nur eine solche informelle wie interaktive Wechselwirkung im gegenseitigen Aufschaukeln kennzeichnet die echten Heroen, und nur deren Charisma gibt allen anderen jenes Quantum Kraft, um maßgeblich über sich selbst hinauswachsen zu können!«

Gwalon hob die Hand, ballte sie zur Faust und legte diese auf die linke Brustseite.

»Ich hoffe sehr, daß die Großen Alten Gefahren nie Anlaß zur Siegelbrechung sein werden. Aber ich tat das, was in meiner Kraft zur Vorbereitung darauf möglich war. Es liegt an euch, ihr Nachkommen, dieses richtig zu nutzen. Mögen die She'Huhan mit euch sein; es lebe Arkon!«

Die Darstellung erlosch, ein Drucker lieferte automatisch den Wortlaut samt Anhang-Angaben in schriftlich fixierter Form. Pfeifend atmete der Imperiale Archivar aus – erst jetzt wurde ihm bewußt, daß er die Luft angehalten hatte.

Ort der Begegung – Mirkandol! dachte er. *Ein treffender Name! Heroen, Große Gefahren, Sternen-Entität! Die bislang unklaren Fragmente setzen sich mehr und mehr zum erschreckenden Gesamtbild zusammen!*

Lange blickte er noch versonnen durch sein Büro, ohne die hantierenden Roboter, die Regale oder die vielen Aufzeichnungen zu sehen. Erst später erfuhr er, daß das Juwel von Kariope, das lange als das Verlorene galt, ziemlich genau zu jener Zeit reagierte, als Mhalloy zur Supernova wurde – und fast zeitgleich auf Zhygor der Angriff der *Lichtelfen* auf die Yesugei-Burg endete.

Iprasa, Stadtrand von Ikharsa, Tempelanlage des Báalol-Kults: 31. Prago des Eyilon 19.018 von Arkon (= 26. März 2048 Terra-Standard)

Thalom Goétos Bewußtsein war meditativ entrückt, sein Körper saß mit untergeschlagenen Beinen auf der Rampe, die zum Omirgos hinabführte. Der Báalol-Priester glaubte durch eine deprimierende Asche- und Schuttlandschaft zu wandern, grau, öde und lebensfeindlich. Dunkles Gewölk hing niedrig am Himmel, und mit einströmenden Impulsen waren intensive Impressionen verbunden. Die Luft schien aufgeladen zu sein wie kurz vor einem Gewitter. Ein lähmender Druck lastete auf der Individualaura und erzeugte Beklemmung. Bewegungen wirkten behindert wie beim Waten durch Sirup. Unter Füßen knirschte glasiertes Material, als handle es sich um eine dünne Eisfläche; anachronistisch überragte eine weiße Kuppel eine endzeitliche Landschaft. Die Tempelkuppel eines Cyén, die plötzlich mitten in der düsteren Umgebung hell erglühte und vibrierte. Während weitere Glockenschläge den Dom in nachhallende Schwingungen versetzten, mischten sich in Goéto Horrorvisionen mit hochgeschwemmten Erinnerungen an die Monde des Schreckens und die Wurmbefallenen.

Plötzlich teilte ein violettes Licht die drohenden Wolken, spaltete sie auf wie ein Dagor-Schwert ein Schutzfeld. Das Licht gleißte und waberte, nahm eine eher nebelhafte Konsistenz an, verdichtete förmlich, wurde dann zu einer Art Röhre oder Tunnel, dessen Ende in hellem Glanz erstrahlte.

Unsicherheit befiel den Báalol, eine stumme Verzweiflung: Unbeschränkte Beweglichkeit vor Augen, war es diese Grenzenlosigkeit, die ihn mehr erschreckte als alles andere. »Die Welt versinkt im Chaos«, keuchte er und krümmte sich zusammen. Tränen verschleierten seinen Blick. »Tekteronii laufen Amok, der Galaxis droht ein Krieg. Ein Netz von Haarrissen dehnt sich aus, erschüttert das gesamte Gefüge des Seins – ich erkenne es genau!«

Er sank zusammen, plötzlich kraftlos und schockiert. Mühsam schleppte er sich aus der Halle, wankte kurz darauf in den Park der Anlage hinaus, atmete tief ein und aus. Irritiert blinzelnd sah er zur kristallinen Pyramide, die plötzlich von einem kaum wahrnehmbaren violetten Schimmern eingehüllt schien. Dann löste sich ein Blitz von der Spitze, raste in den Himmel und verschwand kometengleich zwischen den dicht gedrängt stehenden Sternen des Kugelsternhaufenzentrums.

Ein aufgeregt herbeieilender Adept überbrachte wenig später die Nachricht von der neuen Supernova und ihrer Ursache – triumphierend von den Tekteronii überall verkündet.

Tix, fünfzehnter Mond des Riesenplaneten Voner im Arkonsystem: 31. Prago des Eyilon 19.018 von Arkon (= 26. März 2048 Terra-Standard)

Ekral da Osh glaubte seinen Augen nicht zu trauen: Der leicht geneigte untere Teil der Rückwand im Zentralsaal des Kristallschlosses überzog sich mit grauen und schwarzen Schlieren, die sich schließlich zu einer nachtschwarzen Kreisfläche von mehreren Metern Durchmesser verdichteten. Eine Fläche, die eher wie der Eingang eines unbeleuchteten Tunnels wirkte und sämtliches Licht förmlich zu schlucken schien. Gleichzeitig drang violette Helligkeit durch die teils transparenten, teils nur milchig durchscheinenden Kristallwände.

Hastig stürmte der Wissenschaftler nach draußen, wo sich die Teammitglieder versammelten, heftig gestikulierten und wirr durcheinanderredeten. Durchdringendes Summen lag in der Luft. Die obere, chromblitzende Kugel der Formation hatte sich in eine violette Aura gehüllt und erstrahlte fast in der Intensität einer kleinen Sonne, obwohl dem Licht etwas Unwirkliches anhaftete – es war sehr hell und zugleich ein Glanz, der nicht blendete. Das Summen wurde lauter, der Glanz dehnte sich aus. Rasch gingen Bestätigungen der Beobachtungssatelliten ein: Ganz Tix hüllte sich in violettes Licht.

Und dann wurde die Nachricht von der Supernova übertragen.

Tekteron-Galeere: Atlan (Materieprojektion)

Weiterhin schwebte ich, mehr diffuser Schemen als konkret manifestiert und ohne rechtes Zeitempfinden für die Dauer des Aufenthaltes, im gelblichgrün schimmernden Innenbereich der Blastula, umgeben von den drei Longhon-Amazonen und Fontanarzy. Nun gesellte sich eine weitere Amazone hinzu. Khee-Poa! Und die Orbeki-Frau war nicht allein: Auf der Schulter des Projektionskörpers saß, einer pechschwarzen terranischen Hauskatze fast zum Verwechseln ähnlich, ein Kecz'dhar ...

Die Ausrüstungsbox! Es hätte des Hinweises meiner inneren Stimme nicht bedurft, und als das extrem starke Wispern auf telepathischer Übermittlungsbasis an meinen Monoschirm pochte, ahnte ich, weil es mir plötzlich wie die berüchtigten Schuppen von den Augen fiel, was das »Geheimnis« der Orbeki-Zivilisation ausmachte.

Ähnlich wie es bei den arkonidischen Siedlern – Zaliter, Preboner und wie sie alle hießen – mitunter zu Umweltanpassungen gekommen war, die ihr Äußeres veränderten, gab es auf den von Orbeki besiedelten Welten unterschiedliche Felidenausprägungen. Auf Or galt beispielsweise die quasihominide, mit Merkmalen von »Geparden« versehene Art als dominant. Auf anderen Planeten hatten sich dagegen solche vermehrt, deren Merkmale mehr an Löwen, Tiger oder Panther erinnerten. Überall waren allerdings die Kecz'dharr zu finden, die auf kaum merkliche Finger- und Krallenbewegungen exakt reagierten, von mir deshalb als »Abrichtungs«-Symbolfolgen für Anweisungen ihrer Besitzer gedeutet. *Ein Irrtum! Eher das Gegenteil scheint der Fall zu sein ...*

Plötzlich gewannen Tanja und Ronua Gestalt, die beiden *Saam-Zhy-Famii* besaßen ebenfalls nur pseudomaterielle Projektionsform – vage glaubte ich »hinter ihnen« die Kraft der Gijahthrakos zu spüren, die weiterhin das Netzwerk Wazaroms anzapften. Meine Freundin reagierte mit amüsierten Subströmen auf die Verblüffung, mit der ich weiterhin das Kecz'dharr betrachtete.

»Bemerkenswerte *Bastet-Lebensform,* nicht wahr?« vernahm ich ihr paraverbales Flüstern. »Handwerklich benachteiligt, hochintelligent und parabegabt – aber auf die Hilfe ihrer hominid entwickelten Artgenossen angewiesen. Dabei sind sie die Denker dieses Volkes, die Para-Mentoren, Philosophen, Wissenschaftler und ... Grauen Eminenzen der Orbeki-Gesellschaft!«

Vom Kecz'dharr kam eine lautlose Bestätigung, gefolgt von einer Signalfolge, die ich als Bereitschaft zur Hilfe und Haß auf die Tekteronii identifizierte. Tanjas Bezeichnung weckte Erinnerungen: Bastet war die vor allem in Bubastis – ägyptisch Pa-Beseth – verehrte altägyptische Göttin gewesen, die in der Spätzeit meist in Katzengestalt dargestellt wurde. Im Gegensatz zur gefährlichen Sachmet in Gestalt einer Löwin wurde durch Bastet Milde zum Ausdruck gebracht. Ich dachte an die Raumfahrer, die die Priesterschaft zur Zeit Pharao Narmer-Menes' unterwandert hatte; an den Obersten Priester des Ptach, Se-nemhet, der behauptet hatte, von einem Planeten namens Akon zu kommen. Mein Strahler hatte seine Brust zerfetzt, der Hypersender wurde zerstört, die überlebenden Akonen waren zur gemeinsamen Existenz unter Masken gezwungen gewesen – von ihnen stammte der Glaube an die »Katzengöttin« *Bass-Teth.*

Kurz erschienen die zylindrischen Säulenflächen voller Schriftzeichen, die die Taten des Pharaos schilderten; die unvergleichliche Nefer-meryt, Meni-Narmers Schwester, hatte ihnen den Namen »Säulen der Ewigkeit« gegeben. Ihre Haut hatte nach Lotos, Mesdenet und Kohol geduftet ...

Vergangenheit! rief mich der Logiksektor zur Ordnung, obwohl der Schub nur einen Wimpernschlag beansprucht hatte.

Ak'iakaton, der Sonnenkiller, die Galeere ... Letzteres war vielleicht ein Ansatzpunkt. Vom photographischen Gedächtnis stiegen gespeicherte Detailinformationen in mein Wachbewußtsein: Tekteron-Galeeren waren jene erschreckenden interstellaren Basis-Fernträger von zwanzig und mehr Kilometern Länge, mit denen die Truppen des Tekteron-Bundes die gewaltigen Entfernungen in der Galaxis überbrückten. Bestückt mit ganzen Flotten kleiner und kampfstarker Raumschiffe, blieben die Galeeren selbst reine Transporter. Galeeren deshalb, weil Strukturfeldkonverter von derart massiven und großen Objekten in rein hypermechanischer Auslegung nicht ausreichend Leistung erbrachten. Als Hauptproblem galt die unzureichende Energieversorgung. Und deshalb ergänzten die Tekteronii sie um die paramodulierten Vitalkräfte von Lebewesen: Was in den Raumnomaden-Habitaten die Feuerfrauen freiwillig übernahmen – oder die Molekularverformer laut Marcus Everson ebenfalls nutzen –, mußten bei den Tekteronii Versklavte leisten. Stasiskonservierte Wesen aller möglichen Spezies wurden förmlich angezapft und übertrugen ihre latenten Parakräfte an die Konverter.

Jene Galeere, die die Saam-Sporen transportiert hatte, war mit annähernd hundert Kilometern Länge die bislang größte gewesen, die von uns entdeckt wurde. Unser Angriff, von Straton recht euphemistisch Gonozal-Schlag genannt, hatte im Kern darauf basiert, daß von den Zhy-Famii im Augenblick der Konfrontation die paramechanischen Transitions-Kräfte der Galeere umgeleitet und die Versklavten entmaterialisiert wurden – auf diese Weise wurden die Tekteronii ihres Hauptantriebs beraubt, und die Bedauernswerten sollten befreit werden. Passend justierte Frachttransmitter der ARKON hatten dann die Entstofflichten »aufgefangen« – leider starben die 5000 Galeerensklaven, weil ihre Gehirne zerstört wurden: Auch sie waren Saam-Befallene gewesen, die die Wechselwirkung mit den Ausstrahlungen meines Zellaktivators genausowenig überlebten wie die Attentäter in den Hallen der Geschichte ...

Und die Cyén haben den Einsatz der Gravitationsbomben einkalkuliert, genau wissend, daß ihr eure stärkste Waffe zur Vernichtung der Galeere benutzen würdet, sollte sie entdeckt werden! sagte der Extrasinn. *Ein Plan, der in jedem Fall funktioniert hätte: Wären die transportierten Saam-Sporen am Ziel angekommen, hätten sie die Umwandlung hin zum jetzigen Sonnenkiller in die Wege geleitet – bei vorzeitiger Aufspürung sorgte der* Tek'gool-*Feind selbst dafür! Von Anfang an war die Vereinigung mit den Sporen der Schreckensmonde vorgesehen!*

Ich wandte mich entschlossen an meine Freunde: »Wir sollten möglichst viel Verwirrung stiften! Wenn es geht, die Steuereinrichtungen des Sonnenkillers zerstören – etwas in dieser Art stelle ich mir vor!«

Das Kecz'dharr signalisierte klar akzentuiert: *Nachdem der Mond des Schreckens entstanden ist, wird sich die Verbindung zur Südpol-Spore auflösen. Uns bleibt nicht viel Zeit, Imperator Gonozal! Noch gibt es den Anker für den Sonnenkiller Xymondhoria; sobald er gelöst ist ...*

Ein neuer Aspekt! Aber die Blockade gibt es weiterhin!

»Die Galeerensklaven sind Saam-Träger!« ergänzte Tanja. »An eine Rettung ist also nicht zu denken.«

Ich fühlte mich scheußlich. Aber mit Blick auf die Mhalloy-Supernova und das, was Ak'iakaton noch alles bewirken konnte, auch in Erinnerung an das unendliche Leid, nicht nur der Wurmbefallenen und durch die Monde des Schreckens, wurden die Skrupel vom Wunsch nach Rache und Vergeltung überdeckt. Ich hatte überdies kaum eine andere Wahl; die charakteristische Emission des Zellaktivators reichte schließlich aus, um ... »Ich werde deshalb versuchen, den Antrieb der Galeere auszuschalten.«

»Und wir«, teilte Ronua mit, »unterstützen dich und versuchen, den Rest zu sabotieren! In den Waffenarsenalen liegen genügend Bomben. Gemeinsam gezündet, werden sie für beachtliche Verwirrung sorgen und die Galeere in mehrere Stücke zerreißen!«

Ein bitteres Lächeln stahl sich auf mein Gesicht. Zersetzung, Sabotage, Terror und Unterwanderung, die klassischen, mit Geheimdienst- und Untergrundtätigkeit verbundenen Aspekte beherrschten nicht nur die Tekteronii – auf einigen Geheimwelten, auf denen die Augen des Imperators ausgebildet wurden, konnte man auch einiges lernen. Ronua war in dieser Hinsicht perfekt ausgebildet.

Jia machte eine vage Geste. »Bleibt Ak'iakaton! Außer ihm sind *zwölf* Götzen da, Tausende Thaafs, Baahmys und andere Tekteronii. Eine riesige Streitmacht!«

»Die ARKON!« sagte ich paraverbal. »Wenn wir sie irgendwie ins

Innere des Sonnenkillers versetzen könnten ... Für weitere Schiffe bleibt wohl kaum die Zeit ...«

Von einer Steuerung des Sonnenkillers ist nichts zu erfassen – es sieht so aus, als lenke Ak'iakaton ihn mit seinen Paragaben! verkündete das Kecz'dharr. *Der Aufriß der Spore wirkt ähnlich dem Gegenpol eines Transmitters – über ihn müßte es gelingen, im Direktsprung von Wazarom zur Blastula zu gelangen!*

»Zuerst die Sklaven, dann werde ich zur Zentrale vordringen und mit Ak'iakaton ein ernstes Wort reden«, knurrte ich entschlossen. »Viel Glück!«

»Dir auch.«

Ich wußte nicht, wer mir antwortete, aber von allen gingen wild entschlossene Paraströme aus. Ich verabschiedete mich und strebte, weiterhin in weißer Ratsrobe und Sandalen, mehr Schemen als Körper, der Galeere entgegen, deren Versklavte reagierten, sobald ich mich ihnen ausreichend angenähert hatte. Mein Projektionsleib schien die Wirkung sogar zu verstärken, fungierte als eine Art Linse für die übergeordneten Impulse des Zellaktivators, der um den Hals meines Originals hing. Nur unbändige Willenskraft verhinderte, daß ich darüber nachdachte, *was* ich hier eigentlich tat. *Den mentalen Todesschrei Tausender werde ich nie vergessen.*

Irgendwo tief im Strebenkörper rumpelte es verhalten, Vibrationen durcheilten den Boden. Die Amazonen waren also erfolgreich zugange. Ich konzentrierte mich, eilte weiter, erreichte die Zentrale. Hektik erfüllte die Tekteronii der Leitstelle. Entlang den Hallenwänden entstanden Holoprojektionen und zeigten die Wirkung der Sabotageaktionen auf die Galeere: Lautlos pulverisierten Verbindungen zwischen Trägern und Stützen, Explosionen blitzten, ein Würfelmodul löste sich und trudelte davon. Jetzt war ich es, der lachte, wenn auch äußerst bitter, als ich Ak'iakaton gegenüberstand.

Der Walzenleib fuhr herum. »Du bist wirklich gut, Tek'gool!« rief der Cyén grimmig. »Zu gut! Meine Galeere verwandelt sich in einen Trümmerhaufen. Aber das wird dir nicht viel helfen!«

Ein Kraftstrom hüllte mich ein, stammte von Kon und den anderen Gijahthrakos, die sich auf mich einpeilten und mich in eine Sphäre hüllten, die sogar der Cyén nicht sprengen konnte. Kräfte der Zhy-Famii prügelten auf die Tekteronii ein, Aufrißzonen entstanden, und Körper verschwanden in Glutbällen. Unbeeindruckt ragte der Cyén auf, nur die Kopftentakel wirbelten stärker.

Ich bemerkte plötzlich die Anwesenheit der Großen Feuermutter; sie schien über den Aufriß von Wazarom Zugang gefunden zu haben. Das Kollektiv summte als Chor in meinem Bewußtsein: *Du bist Mittler und*

Verbindungselement, Unsere Kraft wirkt jetzt durch dich! Die Blockade besteht nicht mehr!

Der Kampf forcierte, ich bemerkte kaum, daß Zeit verging, blieb seltsam unbeteiligt – in Wirklichkeit agierten andere: *Tai Zhy Fam versus Ak'iakaton und seine Götzen!*

Eine Auseinandersetzung, von der ich bestenfalls Bruchstücke mitbekam. Sie gingen mit allen Mitteln gegeneinander vor, finteten und rochierten. Parakräfte verknoteten sich, versuchten Schwachstellen auszumachen und in Breschen zu stoßen. Das Ergebnis war ein Patt; die Kräfte hoben einander auf. Der Zerfall der Galeere war beendet, andokkende Raumschiffe griffen mit Kraftfeldern ein und stabilisierten die Trümmer. *Es hat kaum Sinn, den Projektionskörper noch länger aufrecht zu halten, hier kann ich nichts mehr ausrichten ...*

... auch aus der Öden Insel Aufruhr gemeldet, und Xymondhoria verbreitet allein durch sein plötzliches Auftauchen am Rand von Thantur-Lok Furcht und Schrecken. Niemand überlebt einen Supernova-Ausbruch: Zuerst vom gewaltigen Lichtblitz verbrannt und dann von der rasch expandierenden Plasmawolke getroffen, übersteht kein Planet einen solchen Kataklysmus.

Die Worte klangen gepreßt, während die an eine überdimensionierte Orchidee erinnernde Trivid-Simulationsgestalt Gellor Ma-Kynaans vom Bild des Sonnenkillers überblendet wurde. Eine Kugel mit unregelmäßiger Oberfläche glitt vor Sternenfunkeln dahin. Die lautlose Bewegung des riesigen Objekts wurde durch Froschperspektive bedrohlich betont. Die Animation einer Supernova-Explosion, begleitet von Schemaskizzen, huschte vorbei. Der Orchideenleib bekam einen Arkonidenkopf, unter Blütenblättern sprossen Arme hervor, und der Kommentator wurde betont sachlich, obwohl es ihm schwerzufallen schien:

Hinzu kommt, daß künstliche Supernovae in Thantur-Lok wegen der geringen Distanzen der Sonnen zu einer wahren Kettenreaktion führen könnten! Krisensitzungen lösen einander ab. Im Kernbereich des Tai Ark'Tussan verbreitet sich Panik; das Motto lautet: Rette sich, wer kann ...

Vor zwei Pragos erschien erstmals das Objekt, das von den Tekteronii nach einem populären, auf Mythen beruhenden Lied als Sonnenkiller benannt wurde, und zündete den Leuchtstern Mhalloy. Viele sehen darin den letzten Beweis, daß der Tekteron-Bund eine Gefahr darstellt, die der der Methans in nichts nachsteht.

Die tonlose Stimme des Gellors stockte einen Moment. Aus dem Off wurde Musik eingespielt:

Einsam in des Sternendschungels Weiten pulst die Welt der Zhy-Ritter. Vernehmt die Botschaft aus den Zeiten, da man zittert' vor dem Sonnenkiller. Xymondhoria. Xymondhoria ...

Wazarom III, bei der Spore: Atlan (Originalleib)

Es war uns gelungen, die *Saam-Gallerten* auszuschalten, doch unter dem Eispanzer der Spore rumorten weiterhin gewaltige Hyperballungen und strahlten zum Himmel. Die übergeordnete Blase, das war mein Eindruck, entrückte immer mehr vom Raum-Zeit-Gefüge des Planeten, ohne jedoch die Koordinaten zu wechseln – ähnlich, wie wir es von dem Planetoiden unter Tatalal kannten. Etwas oder jemand raunte in mir: *Überlappung entsteht, die höhergeordnete Schnittmenge zweier Universen – auch wenn eines davon klein und künstlicher Natur ist. Die Blockade ist beendet, der Anker wird quasi eingezogen!*

Sinyagi!

Khol Trayz sah mich an. »Desintegratorbomben verteilen?«

Ich war unschlüssig, jetzt, da wir die Spore erreicht hatten. Knistern durchzog den Eispanzer der Spore. Silberlicht wurde von blitzendem Kupfer abgelöst. In Zeitlupe erfaßte eine Implosion den riesigen Körper. Er schrumpfte zusammen, verlor seine Masse, schmolz dahin. Rote Helligkeit wurde düsterer, formte im Kern die bikonvexe Linse einer riesigen nachtschwarzen *Aufrißzone ...*

Wenn auf Wazaram das gleiche passiert wie bei Mhalloy ... Das durchdringende Zirpen der Anzug-Kommunikatoren riß mich brutal aus den Gedanken.

»... meldet euch, beim Heiligen Ei!« Straton Zaghyts Grollen, von Sorge, Hoffnung und auch Ärger erfüllt, erzeugte in mir erleichtertes Beben. »Die Blockade existiert doch nicht mehr! Habt ihr es geschafft? Geht's euch gut, lebt ihr? Meldet euch! Atlan, was ist? Mhalloy wurde zur Supernova! Die Sporen-Blastula ist nach mehreren Gewaltsprüngen am Rand von Thantur-Lok materialisiert! Unsere Raumflotten können sie nicht aufhalten! Sie reagiert auf keine Waffenwirkung!«

Mein Herz machte einen Sprung, ächzend drosselte ich den Empfang und sagte tonlos: »Es geht uns gut, Alter – fast allen ...« Ich dachte voll Trauer an die Toten, räusperte mich und fuhr mit spröder Stimme fort: »Kommandant Zaghyt: Sofortiger Sturzflug der ARKON zum Sporenstandort. Volle Gefechtsbereitschaft. Alarm für Beiboote aller Klassen. Ein Ultraleichtkreuzer nach Tusaal, Aufnahme der dortigen Mitglieder des Sporen-Kommandos nach Absprache mit Hethan. Peil uns an, Mann, und beeil dich!«

Ich holte tief Luft.

»Alle Gijahthrakos und Zhy-Famii des Geschwaders sollen per Transmitter zur ARKON überwechseln und sich konzentrieren. Verbindung zum Thektran: Wazarom-Spore in Aufriß verwandelt, wir versuchen den Sonnenkiller Xymondhoria von innen heraus anzugreifen! Eilnachricht an die Gijahthrakos von Gikoo, an die Mooffs und alle, die uns helfen könnten: Dringende Unterstützung erforderlich! Der Kampf gegen Ak'iakaton und seine Götzen ist unausweichlich!«

»Verstanden, Euer Erhabenheit. Wir sind unterwegs.«

»Welches Datum haben wir, Straton? Bei uns ist einiges durcheinandergekommen.«

»Dreiunddreißigster Prago des Eyilon.«

Seit Tagen erfüllte nur langsam abklingende Helligkeit das All, die Gashülle des Supernovarestes von Mhalloy strebte radial davon. Schnelle Elektronen rasten in Spiralbahnen magnetische Feldlinien entlang; ihre Synchrotronstrahlung mischte sich mit Emissionen im Röntgen- und Gammabereich. Mit dem Kollaps verbundene Gravitationswellen breiteten sich aus. Im 25.655 Lichtjahre entfernten Arkon-System glühte das violette Leuchten rings um Tix grell auf, die Metallkugeln vibrierten stärker, und unsichtbare Verbindungen zu vier anderen Orten wurden geknüpft.

ALPHA: *Tharlo Anmuk Alda – ein Hauptforschungszentrum des Großen Imperiums mit drei Ökoformwelten; ein Mehrfachsonnensystem. Tharlo – eine gelbe G2-Sonne. Anmuk – eine orangerote K1-Sonne. Beide 236 Millionen Kilometer voneinander entfernt. Alda – ein roter Zwergstern im Abstand von 6,366 Lichttagen und einem Umlauf von 28.098 Jahren. Um Alda kreiste der Wasserstoffriese Ruun; der fünfte seiner vierzehn Monde, Murassab, 777.077 Kilometer von Ruuns Oberfläche entfernt, barg riesige Labors und Entwicklungsstätten. Als fünfzehnter Mond kam am 1. Prago des Eyilon 19.018 ein Mond des Schreckens hinzu. Am 33. Prago des Eyilon schoß aus Ruuns Großem Gelben Fleck ein violetter Blitz hervor.*

BETA: *Der Planetarische Nebel XU3492.234 von 0,8 Lichtjahren Durchmesser war als altes Objekt der ringförmige Gasausstoß eines sterbenden Sterns mit einem Weißen Zwerg im Zentrum, geprägt von starken Fluoreszenzeffekten; UV-Licht, auf Nebelatome treffend, regte sie zur Emission sichtbaren Lichts an, von innen nach außen über Grün nach Orange und Rot. Nahe dem Zentrum entstand ein violetter Blitz.*

GAMMA: *Die Dunkelwolke Ussaim – zwei Lichtmonate groß – bestand hauptsächlich aus molekularem Wasserstoff und Staubteilchen in hoher Dichte und wurde von Licht nicht durchdrungen; dicht benach-*

bart war ein kleiner Reflexionsnebel, dessen B-Sterne blaue Linien und Flächen erzeugten. Aus dem Zentrum der Dunkelwolke eruptierte ein violetter Blitz.

DELTA: *Ein Delta-Cepheide mit einer Pulsationsperiode von 8,5 Pragos, die Amplitude der Helligkeitsänderung erreichte eine Größenklasse. Dicht neben dem Stern entstand ein Aufriß, von dem ein violetter Strahl fortzuckte.*

Die vier Punkte waren exakt 42,46 Lichtjahre voneinander entfernt und bildeten die Eckpunkte eines Tetraeders; der Radius der Umkugel betrug 26 Lichtjahre innerhalb des Kugelsternhaufens Thantur-Lok. Das Arkon-System mit den Kugel-Artefakten der »Galaktischen Ingenieure« auf dem Vonermond Tix befand sich im exakten Schwerpunkt des Tetraeders – und hier bündelten sich die Kräfte der rätselhaften Hinterlassenschaften ...

Wazarom III, bei der Spore: 33. Prago des Eyilon 19.018 von Arkon (= 29. März 2048 Terra-Standard)

»Sammel-Schutzfeld!« rief ich. »Schnell!«

Die Mitglieder des Sporen-Kommandos reagierten augenblicklich: Wir drängten uns zusammen, erstellten die Abwehrschilde der Raumrüstungen, die bei der gegenseitigen, aufeinander abgestimmten Projektionsform eine gemeinsame, große Blase bildeten – und diese hüllte auch die Tusaaler und Laiqud ein. Genau im richtigen Augenblick, denn die ARKON II kam! Und wie sie kam!

Eingehüllt in ihre Prallfelder und den Wabenschirm, war die mit 1500 Metern Durchmesser ohnehin riesige Arkonstahlkugel nun ein erschrekkender Gigant, feuerspeiend, glutgeifernd, monströs! Straton mußte den Landeflug in vielen hundert Kilometern Distanz durchgeführt haben, so daß das Flammen der Impulstriebwerke von uns, weil hinter der Horizontkrümmung verborgen, nicht zu erkennen gewesen war. Doch der daran anschließende Horizontalflug, antigravgetragen und nur durch minimale Triebwerksstöße absolviert, wurde zum kleinen Weltuntergang: Horizontfüllend näherte sich das grelle Glühen, obwohl die hochgespannten Schutzschirme auf einen Durchmesser von »nur« fünftausend Metern reduziert waren, aber als himmelhohe blendende Wand extrem komprimierte, ionisierte, glühende Luft vor sich hertrieben.

Aus den Augenwinkeln sah ich noch, daß sich beim Aufriß der Spore ein schillernder Ballon vorstülpte und Lichtkometen in schnellerem Takt die energetische Röhre zum Mond des Schreckens hinaufhuschten, dann gellte die Warnung von der ARKON: »Achtung: Traktorfelder!«

Mit kribbelndem Streicheln erfaßte uns der flimmernde Trichter, dessen innere Struktur gleich mehrere Komponenten vereinte, ohne die wir die Brachialbehandlung nicht überlebt hätten: Die Fessel- und Saugwirkung war mit der von Inertern zur Andruck- und Massenträgheitskompensation verknüpft, gleichzeitig gab es ein Hüllfeld mit hypermechanisch abstoßendem Grenzschicht-Gradienten, das eine Strukturlücke im Abwehrsystem der ARKON durchstieß und uns vor dem zwischenzeitlich brodelnden Orkan schützte. Nach allen Seiten davonrasende Hitzewogen würden im weiten Umkreis das Polareis schmelzen lassen ...

Mein letzter Eindruck war, daß ein riesiger Körper mein Blickfeld bestimmte, dann wurde ich schon in die erleuchtete Schleusenhalle gerissen, abgebremst und auf die Füße gestellt. Und mit mir, so, wie wir auf Wazarom gewesen waren, kamen Laiqud, Mispaner und das Sporen-Kommando an Bord. Die hausgroßen Pforten glitten zu, erst danach würden sich die inneren Tore öffnen.

Ich löste den Projektionskörper in der Galeere endgültig auf, schwankte kurz, weil unvermittelt gewaltige Erschöpfung über mir zusammenschlug, ignorierte das Zittern meiner Knie und sagte über Vorrangfrequenz: »Alter, nicht erschrecken: Ich komme per Bilokation zur Zentrale.«

Sofort verdoppelte sich meine Wahrnehmung, der klingende Chor Sinyagis hallte durch meinen Kopf und klang zum fernen Flüstern ab. Ich sprang Podeststufen hinauf und warf mich in den Sessel. In der Hangarhalle wieselten auf Wurzelfüßen unterdessen Morannii herbei und strahlten therapeutische Kräfte ab. Meine Knie gaben nach, ich stürzte zu Boden; heißes Pulsieren drang vom Zellaktivator in meine Brust. Während mein Originalleib ohnmächtig zusammenbrach, wechselte die Wahrnehmung ganz zur Projektion, die dadurch gefestigt wurde.

»Verbindung zur RAGNAARI!«

»Steht, Imperator.«

Die Holoprojektion mit Ceshal da Ragnaaris Gesicht erschien. »Hier Atlan«, sagte ich formlos und winkte. »Kümmert euch um Wazarom und die Evakuierten, ja? Und bleibt in Bereitschaft!«

»Jawohl, Euer Erhabenheit.« Er reagierte steif und sah mich mit fiebrig glänzenden Augen an, das Gesicht wirkte uralt und eingefallen. »Ihr ...?«

»Wir gehen aufs Ganze! Ich weiß nicht, wie lange der Aufriß noch hält.« Ich fühlte, daß sich meine Miene verhärtete. »Straton: Status?«

»Ultraleichtkreuzer mit restlichem Sporen-Kommando ist im Anflug; schleust ein ... Zhy-Famii und Gijahthrakos sind an Bord. ARKON schwebt in Warteposition; Distanz zum Aufriß: sieben Kilometer. Optische Erscheinung des Aufrisses besitzt knapp drei Kilometer Höhe.«

Mein Wink genügte Straton Zaghyt; seine Stimme donnerte: »Verstanden – Kurs: Aufriß!«

Ceshals 3-D-Bild verschwand, im Panoramaband kam die schwarze Zone, deren rote Fahnen an den Rändern dunkel flatterten, blitzschnell näher. Die hyperstruktuellen Ausläufer griffen nach der ARKON, umhüllten sie flackernd. Meine Befürchtung, der Aufriß könne vorzeitig zusammenbrechen, schien sich zu bestätigen. Wir schafften es offensichtlich im letzten Augenblick. Kaum erträgliche Spannung erfüllte den Zentraldom, Schockschmerzen stachen in Nacken und Schläfen.

Finsternis. Dann gelblichgrünes Licht und zarte Schleier: Wir waren, wie von mir erwartet, mitten im Sonnenkiller! Ortungsreliefs wurden in die optische Außenbeobachtung eingeblendet.

»Eine Galeere, viele Tekteronii-Raumer, Ak'iakaton, zwölf Götzen!« zählte ich rauh auf. »Nicht zu vergessen die Sporen der Blastula-Hülle – ein hartes Stück Arbeit, Leute. Vere'athor: Alle Waffen, die die ARKON hat – Feuer frei!«

Die Bestätigungen gingen im Tosen unter, Resonanzschwingungen durcheilten den riesigen Körper. Desintegratorstrahlen und Impulsblitze wurden sichtbar, schlugen in verkantete Gittermodule der Galeere und benachbarte Raumschiffe ein. Eine grelle Lichtkugel dehnte sich lautlos aus. Meldungen wurden gebrüllt: »Mörser ausgefallen!« – »Gravitationsbomben-Werfer ebenfalls!«

Ich beugte mich vor, die Hände um die Lehnen geklammert. »Reaktionen der Tekteronii?«

»Keine, Imperator ... Jetzt auch Ausfall bei Desintegratoren und Impulsstrahlern! Raks lassen sich abfeuern, detonieren aber nicht. Offenbar gleiches bei Tekteronii!«

»Verdammt«, knurrte ich. »Was geht da vor?«

Fahlgelbe Lichtsäulen entstanden bei den Sporen und trafen sich in den Trümmern der Tekteron-Galeere, die wie von allen Seiten aufgespießt schien. Ein schreckliches paraverbales Lachen hallte in unseren Köpfen wider und gewann schmerzhafte Intensität. *Ak'iakaton!*

Arkon-System: 33. Prago des Eyilon 19.018 von Arkon (= 29. März 2048 Terra-Standard)

Die Abwehrkette aus Zehntausenden Raumern, an vorderster Front fünfzig mattrot leuchtende Sphärenschiffe der Gijahthrakos, stand eine Lichtstunde innerhalb der Systemgrenzen. Sonnenträger Eldho-Anan hockte wutbebend auf der Kante des Kommandeurssessels in seinem

Flaggschiff. Die Einheiten der Fünften Arkonflotte formten gemeinsam mit denen der Ersten und Schlachtkreuzer-Geschwadern des Zentral-Sektors eine weite Parabolschüssel, deren Brennpunkt der Sonnenkiller war.

»Er ist nicht zu fassen!« rief der Elloanty mit bellender Stimme. »Keine Waffe wirkt! Das Ding fliegt sogar durch Aufrisse der Gravitationsbomben, als handle es sich um Frühlingsregen! Es bewegt sich nun zwar langsam und vollzieht nur Minimaltransitionen, doch sein Vormarsch schreitet unbeeindruckt fort.«

»Die Sporen wurden durch Gravitationsbomben vernichtet, Erhabener.« Hillantandur, ein hagerer Gijahthrako, sprach betont ruhig. »Damals beim Gonozal-Schlag ... Um es plakativ zu umschreiben: Tote lassen sich nicht noch mal umbringen! Was wir erkennen, ist eine virtuelle Erscheinung. Nicht mehr als eine Sekundär- oder gar Tertiärwirkung der Raum-Zeit-Nische. Eine Art Trugbild! Lichtquanteneffekte als Wechselwirkung mit dem konventionellen Universum!«

Eldho-Anan warf ihm einen funkelnden Blick zu, hob die Arme und ließ sie kraftlos sinken. »Was können wir tun, Laktrote? Sag es mir!«

»Was wir tun können?« Hillantandur senkte den Kopf und schwieg eine Sekunde. »Nichts!«

Eldho-Anan starrte ihn mit vorquellenden Augen an. Im Hologlobus war die »Kursmarkierung« des Sonnenkillers hervorgehoben: schnurgerade von der Mhalloy-Supernova bis zum Arkon-System! Vier Querlinien schnitten innerhalb von Thantur-Lok die Gerade, dort hatten die Robotflotten versucht, Xymondhoria aufzuhalten. »Vergeblich! Alles ohne Ergebnis«, murmelte der Elloanty deprimiert und keckerte verzweifelt. »Nichts funktioniert.«

Sein Kopf fuhr herum, als eine Meldung gebrüllt wurde: »Ortung, Erhabener! Transition beim Sonnenkiller!«

Das Gebilde – Sporen darstellende Helligkeitsphänomene – verschwand abrupt aus dem Panoramaband, eine Schemaskizze des Arkon-Systems stand groß in der Panoramagalerie: 27 Planeten, 159 Monde, Millionen kleiner Körper, Asteroiden, Meteore und Kometen: alle bedroht von einem Objekt, das die Sonne Arkons zur Supernova zünden konnte. *Und vielleicht eine Kettenreaktion ...*

Xymondhoria, als blinkender Stern blutrot hervorgehoben, befand sich nun knapp innerhalb der Bahn des äußersten Planeten Mutral und damit auch des »äußeren Festungsrings«, rund 15,5 Lichtstunden vom Zentralgestirn entfernt. Strukturtaster begannen unvermittelt zu knattern, und nur für die Parasinnesebene erkennbar blitzte violettes Licht heran, hüllte alles und jeden im ganzen Sonnensystem ein. Körper wurden durchscheinend, schattenhaft schimmerten Knochen durch Muskeln und Fleisch.

Anstelle des Maskenkörpers wurde die rote Edelsteinform des Gijahthrakos sichtbar.

Eldho-Anans Stimme war kaum mehr als ein Wispern: »Was ist das?«

»Vielleicht die Rettung!« signalisierte Hillantandur. »Eine gewaltige Hyperballung!«

Horden-Abwehr! donnerte es aus dem Violett. *Horden-Abwehr ...*

Kurz-Transition: Die Projektion des Sonnenkillers stoppte abrupt in Höhe der Umlaufellipse des neunten Planeten Voner, die Einzelsporen schienen wild durcheinanderzuquirlen. Ein Pumpen setzte ein, die Blastula wuchs zur doppelten Größe, sackte auf ein Drittel zusammen und pochte weiter. Es glich einem Aufbäumen, aber sie schien gebannt, bewegte sich nicht mehr von der Stelle. Parallel dazu reagieren die Gijahthrakos in ihren Sphärenschiffen auf das violette Licht und verstärken diesen »Wall« mit ihren Kräften.

»Das dürfte unsere Chance sein! Vielleicht die einzige!« Der Flottenkommandeur richtete sich auf, sein rötliches Stirnfell stand stachelig ab. »Transition der gesamten Flotte. Kurs: Sonnenkiller! Und mögen die She'Huhan verhindern, daß wir mit den Schockwellen das Arkon-System selbst vernichten!«

Im Sonnenkiller, an Bord der ARKON II: 33. Prago des Eyilon 19.018 von Arkon (= 29. März 2048 Terra-Standard)

»Schutzschilde?« wollte ich wissen. »Transitions-Intermitter?«

»Ebenfalls negativ.«

»Also eine Blockade wie auf Wazarom.« Ich seufzte. Tekteronii und mein Flaggschiff schwebten einander gegenüber, ohne kämpfen zu können. Meine Finger trommelten nervös auf der Sessellehne. *Was geschieht im Arkon-System?* dachte ich fiebrig. *Existiert Arkon noch?*

»Sie schleusen Truppen aus!« schrie Lasam von der Ortung und blendete Vergrößerungen ein. Ein Strom winzigster Gestalten kam von der Galeere, andere von den Raumschiffen. Ihr Ziel war eindeutig.

»Sind unsere Gardisten bereit?« Ich wandte mich an Straton; der vorwurfsvolle Blick des Dron war wie ein Blitz – ich hob entschuldigend die Schultern. »Natürlich ... Hangarschleusen öffnen, wehrt die Tekteronii ab. Was ist mit den Handwaffen? Funktionieren die wenigstens?«

»Positiv, Imperator. Desintegratoren, Impulsstrahler, Rak-Werfer, Paralysatoren – alles positiv. Körperschutzschilde und Antigravs ebenfalls.«

Mein Magen krampfte zusammen, als ich rauh befahl: »Angriff!«

Wildes Brüllen antwortete. Dutzende kleiner Bildflächen erschienen und zeigten die Blickwinkel der Raumsoldaten. In Zehnergruppen flogen sie aus Hallen heraus, verließen die Semi-Transitions-Hülle der ARKON-

Inerter und warfen sich den Tekteronii entgegen. Häufig nicht mal durch Schutzfelder abgesichert, eröffneten die Fanatiker im Gegenzug sofort den Kampf.

Tekteron-Ritter! Mein Extrasinn gab einen schmerzhaft intensiven Impuls ab, erinnerte mich an Ak'iakatons Worte. Ich knirschte mit den Zähnen und rief:

»Sperrfeuer! Laßt nur keinen durchbrechen!« Straton ächzte und sah mich mit aufgerissenen Augen an. Ich nickte deprimiert und fühlte mich plötzlich total ausgelaugt. »Tekteron-Ritter, Alter. Gallertbeeinflußte beziehungsweise Wurmbefallene der zweiten oder gar dritten Generation. Aki hat sie Cyén-Träger genannt – was immer das genau bedeutet.«

»Aki?«

»Ich hatte eine angeregte Unterhaltung mit dem Kerl, der sich Erster Cyén schimpft«, sagte ich mit bitterem Grinsen. »Ist, nebenbei bemerkt, ein wahrer Kotzbrocken!«

Handwaffen blitzten, eine feurige Barriere entstand. Tekteronii flogen ungerührt in sie hinein, und in der Masse hatten sie sogar Erfolg. Etliche Gestalten kamen durch, konnten zum Teil erst dicht vor der ARKON gestoppt werden. Optische Erscheinung und Individualauren ließen mich graue Riesenquallen von Thaafs, arkonoide Kantorsen, glitzernde Kristallprismen von Mhaathuriern, tentakelarmige Baahmys, Tordoven, Zaater, Aras, Springer, Andooz, Terraner und Vertreter vieler anderer Völker erkennen. Explosionen zuckten, und Körper wirbelten haltlos davon, von Strahlen getroffen und sofort von gefrierenden Gasströmen eingehüllt. Ein beachtlicher Glutball entstand, zum Glück weit genug entfernt, so daß die dünnen Ausläufer nur den Ringwulstrand umleckten und ihn rußig verfärbten. Die ARKON wurde auch von weiteren Detonationen nicht beschädigt, Strahlen von Handwaffen verpufften im Inerter-Wirkungsgefüge der Semi-Transition – aber die Gefahr der Selbstmordtrupps war offensichtlich.

Wenn sie Mini-Nuklearbomben im Rucksack haben ... Mein Gedanke brach ab, weil violette Helligkeit die Hohlblase des Sonnenkillers durchdrang. Erstaunt sah ich zu Straton, dessen Schwanz ein verunsichertes S bildete. Die gelblichen Lichtsäulen mit Ak'iakaton im Schnittpunkt flakkerten.

Ein paraverbaler Schrei ließ uns zusammenzucken.

Horden-Abwehr! donnerte es, ein peinigender Ruck ging durch meinen Maskenkörper, und ich brauchte einige Augenblicke, um ihn wieder zu stabilisieren.

Mein Originalkörper öffnet kurz die Augen, sieht in den klaffenden Spalt einer morannischen Cephalofangklappe, neben der Kitai-Sans Kopf erscheint, dann verweht die verwirrende Doppelwahrnehmung ...

Als ich wieder klar sehen konnte, schwebte die ARKON im normalen Weltraum. Die Panoramagalerie zeigte die riesige Blastula. Sie pulsierte, von violetten Blitzen und Entladungen sphärisch eingehüllt, bäumte sich auf und wankte wie unter Sturmbrechern. Dunkle Körper brachen zwischen quirlenden Stachelkugeln hervor; thaafsche Kristallraumer, Baahmy-Zerstörer, Kugelschiffe, Walzen – Hunderte! Das Strebengewirr der Galeere erschien. Ihre Gittermodule zerfielen, kantige Druckkörper und Aufbauten platzten, und Trümmer trudelten haltlos umher. Aus Tanks perlten zu Kugeln ausschwingende Flüssigkeitswolken.

»Wie ausgespuckt!« bemerkte jemand.

»Sieht fast so aus.« Ich nickte entschlossen. »Was ist mit Ak'iakaton?«

»Scheint weiterhin im Sonnenkiller zu sein. Die Götzen ebenfalls. Keine Ausstrahlungen anzumessen. Das violette Leuchten ...«

»Tix!« sagte ich lakonisch. »Die Kugelpyramiden!«

»Schutzfelder stehen!« schrie Akese dazwischen. »Waffen bereit! ARKON klar Schiff zum Gefecht!«

»Arkon-Flotten im Angriffsanflug!«

Straton stieß ein grimmiges Lachen aus; Entschlossenheit mischte sich mit einem Hauch Erleichterung. »Feuer frei!«

Von der zweistündigen Entscheidungsschlacht im Arkon-System, die die Tekteronii nicht überlebten, bekam ich nichts mit: Meine Maske verschwand, weil mich die Erschöpfung endgültig übermannte. Wie ich später hörte, hatte ein gewisser Tifflor mit der STARDUST II an vorderster Front die meisten Abschüsse zu verzeichnen ...

An Bord der ARKON II: 34. Prago des Eyilon 19.018 von Arkon, t02.77 (= 30. März 2048 Terra-Standard)

»Der Cyén scheint die Kontrolle über den Sonnenkiller verloren zu haben!« sagte Kontaclatiis und wiegte den Kopf. »Das violette Leuchten hat ihn in die Flucht geschlagen!«

Soeben vollzog Xymondhoria die vierte Zehn-Lichtjahre-Transition in der Thantur-Lok-Peripherie. Auf dem Ortungsrelief waren die Sonnen des inneren Kugelsternhaufenbereiches von violetten Begrenzungslinien des »Horden-Abwehr-Tetraeders« eingehüllt. Ich wies auf die Eckpunkte und sagte überzeugt: »Überall dort müssen sich Kugeln der Galaktischen Ingenieure befinden! Tharlo Anmuk Alda, der Planetarische Nebel XU3492.234, die Dunkelwolke von Ussaim, ein Delta-Cepheide – die Wissenschaftler werden einiges zu tun haben, wenn sie sich um die Angelegenheit kümmern!«

Beklemmung befiel mich: *Ein – vermutlich – ausgestorbenes Volk hat den Untergang des Arkon-Systems verhindert. Glück? Oder steckt mehr dahinter?* Ich dachte an Tix, an meine Visionen von der platinhaarigen Unbekannten, Zhygor und die dortigen *Lichtelfen* und an die Nachricht Hemmars hinsichtlich der *Sternen-Entität,* deren *Verlorene Kinder* und den vereinbarten Kodebegriff ... *Irgendwie ist alles miteinander verknüpft!*

»Es gibt in der Tat solche Muster, Imperator.« Der Chor Sinyagis hallte unvermittelt in mir auf. »Es bestehen Verbindungen, Kanäle und Verflechtungen durch Raum und Zeit.«

»Welches Interesse haben die Tekteronii wirklich am Großen Imperium? Oder an Zhygor?« antwortete ich halblaut. »Sicher, sie wollen die Reine Lehre verbreiten. Aber ist das alles?«

»Alles? Kaum.« Von Ihr kam Zustimmung, kombiniert mit Skepsis. »Es ist auch Unsere erweitere Bewußtseinsstruktur, die den Vulkan weckt. Die Reine Lehre legt das zumindest nahe. Daß Wir mit den Gijahthrakos zusammenarbeiten, um Zhygor aufzubauen, ist ebenfalls nur eine Facette des Kristalls.« Subströme sprangen auf mich über, die mich verunsicherten. Die Große Feuermutter zögerte lange, bis Sie sich wieder an mich wandte: »Wir sind verwirrt, Atlan! Alles ist im Fluß, die Muster sind keineswegs so gefestigt, daß sich klare Wahrscheinlichkeitsaussagen machen ließen ... Wir ahnen allerdings, daß Zhygor in großer Gefahr ist – du und Tanja, ihr solltet schnell wieder die *Lichtelfenjagd* aufnehmen.«

Der Kontakt zum Kollektivbewußtsein wurde schwächer, Informationssplitter huschten noch zu mir herüber, dann war ich wieder »allein« und kämpfte eine Sekunde lang gegen beklemmende Verlassenheit an. Die Geborgenheit der Großen Feuermutter übte einen starken Reiz aus, zeigte sie doch die Eingrenzung des Individuums in extremer Weise auf. Es gab viel mehr, und Bewußtsein reichte viel weiter, als es die eingeschränkt-körperliche Ego-Form wahrhaben wollte.

Die Spitze einer Welle in einem riesigen Ozean, durchfuhr es mich. Ich kam mir noch winziger vor, sehnte mich nach Tanjas Umarmung – und blieb pflichtgetreu im Sessel der Zentrale sitzen. Die Betriebsamkeit des Doms und im Leitstellengraben schlug wie ein lärmendes Ungeheuer auf mich ein, bis sich meine Wahrnehmungssensibilität wieder normalisiert hatte.

Straton Zaghyt meldete: »Dockmanöver der Gijah-Sphären abgeschlossen.«

Ich sah auf. Schaubilder erschienen, Parameterkolonnen rollten dahin, Bestätigungen der Checkpunkte erfolgten. Wie exotische Tropfen klebten die 300 Meter langen und bis zu 200 Meter dicken Sphärenraumschiffe, zum Teil übereinandergeschichtet und aus Kraftfeldern, Materieprojektionen und Hyperkristallen geformt, an der Außenhaut der ARKON in feldenergetischen Trossen. Die ARKON war zur Kugel von zweitausend

Metern Durchmesser »angeschwollen«; insgesamt waren es fünfzig Sphären mit 150.000 Gijahthrakos an Bord! Ihre vereinigten Parakräfte reichten aus, dem Flaggschiff eine dem Sonnenkiller vergleichbare Transitionsfähigkeit zu verleihen. Wie lange so etwas durchzuhalten war, mußte sich noch erweisen; sogar die Weisen von Gikoo benötigten Verschnaufpausen.

»Sie sind Parabegabte«, murmelte ich. »Keine Zauberer!«

Wir hofften, Xymondhoria verfolgen und vielleicht stellen zu können, denn wenn Ak'iakaton die volle Herrschaft über das Gebilde zurückerlangte ... – ich wollte mir die Konsequenzen nicht ausmalen. *Eine Supernova reicht! Unsere Aufgabe ist klar: die Spur nicht verlieren, die galaktischen Völker warnen und der Versuch, den Sonnenkiller auszuschalten!*

Ob wir es schafften, stand in den Sternen; der Sonnenkiller schien sich selbst den Kräften von 150.000 Gijahthrakos zu entziehen. Das Gebilde unterstand völlig fremden Gesetzmäßigkeiten – und machte mir erneut die Macht der Petronier-Kugeln bewußt: Ihnen war die Abwehr gelungen!

»Unter Umständen weiß nicht mal Ak'iakaton die Saam-Blastula genau einzuschätzen! Zauberlehrling: Die Geister, die ich rief ...« Ich starrte in die Panoramaprojektion mit der Kursprognose. Xymondhoria zielte offenbar auf die Randzonen des Tai Ark'Tussan nahe dem Interessenbereich der Dron.

»Bereit zur Transition!« rief Straton. Ich nickte, und nach dem Sprung erschien die Blastula in der Holo-Darstellung.

Log-Speicher ARKON II: Privatdatei Atlan
34. Prago des Eyilon, t06.23:

Ak'iakatons Wut, nachdem er plötzlich die Herrschaft über den Sonnenkiller zurückerlangt hat, tobt sich schrecklich aus. Im Vhirlgha-Herzogtum, 25.706 Lichtjahre von Arkon entfernt, gibt es seit rund einer Tonta eine Supernova: Das Zentralsystem der Vhirlghaner existiert nicht mehr! Einige zehntausend Robotraumschiffe evakuierten so viele Bewohner, wie es in der verschwindend kurzen Zeit möglich war; insgesamt aber kaum mehr als ein Wassertropfen auf glühendem Magma. Die bewohnten Planeten Ejembiol und Igniclef sind ebenso wie drei Ökoform-Monde verglüht und mit ihnen ungezählte! Der paraverbale Todesschrei ließ sogar martialischste Dron klagend zusammenbrechen. Unendliches Leid, brennende Wut, kaum beschreibbares Entsetzen ...

Ich kann nicht sagen, was ich, die ARKON-Besatzung und die geretteten Vhirlghaner empfinden.

Im Namen des Großen Imperiums und als sein Imperator habe ich den von Spinnenähnlichen abstammenden, eben mal medizinballgroßen Arachniden Wiederaufbauhilfe und Unterstützung zugesagt. Angesichts des Schreckens kann es nichts anderes als Solidarität geben; frühere Querelen mit den selbstbewußten Spinnenherzögen sind vergessen.

Xymondhoria hat sich unterdessen mit kurzen, in rascher Folge absolvierten Transitionen in die 3,5 Lichtjahre große Saddim-Dunkelwolke zurückgezogen. Die ARKON erreicht den Rand des L-förmigen Suivan-Reflexionsnebels und geht auf Beobachtungsposten. Alte Mira-Veränderliche und T Tauri-Riesen glitzern absolut unbeeindruckt. In mir ist Haß, daß ich am liebsten alles mögliche zertrümmern möchte; meine innere Stimme weist mich kalt darauf hin, daß ich nach dem Anfall wieder alles aufräumen müßte – das Knurren nervt, aber der Logiksektor bringt mich endgültig zur Vernunft.

Tanja hat sich eingeschlossen und weint.

t07.54:

Wer gedacht hat, es gäbe keine Steigerung des Entsetzens, wurde eines »Besseren« belehrt: Xymondhoria setzt seinen Vernichtungsflug im Vhirlgha-Herzogtum fort. Vor einer Tonta das Vemo-System mit den Planeten Corvaljio und Haaten, nun das Tasup-System am Herzogtum-Rand mit Bodlood. Jetzt scheint der Sonnenkiller weiterzuspringen, sein Kurs weist grob zum Kugelsternhaufen zurück. Will Ak'iakaton etwa einen zweiten Versuch wagen? Wirkt das violette Leuchten auch, wenn er in der Peripherie zuschlagen sollte? Brennende Fragen, die niemand beantworten kann.

Die Gijahthrakos haben mit vereinten Kräften einen Warnruf formuliert und paraverbal abgestrahlt, der die halbe Galaxis erreichen müßte: *»Xymondhoria, die Welt der Tekteron-Ritter, ist ein Sonnenkiller! Hütet euch vor ihm, er ist nicht aufzuhalten!«*

Spekulation: Sofern sich Ak'iakaton nicht vom Inhalt des am Ende der *Archaischen Perioden* entstandenen Liedes über den »Sonnenkiller Xymondhoria«, das eine »Alte Sternenfestung« besingt, inspirieren ließ und nur die Bezeichnung Zhy-Ritter durch Tekteron-Ritter ersetzte, könnten wir es hier mit einer Art »in sich geschlossenen Zeitschleife« zu tun haben. Mit dem paraverbalen Warnruf der Gijahthrakos verknüpft wären dann Temporaleffekte und frühere visionäre Wahrnehmungen, so daß eine Legende entstand, deren Ursprung erst in unserer Gegenwart zu suchen ist. Ich muß gestehen, daß mir die erste Möglichkeit lieber wäre – denn die zweite führte geradewegs hinein in die Problematik von »Determinismus kontra Willensfreiheit« ...

Eine Nachfrage hat bestätigt, daß das violette Leuchten weiterhin aktiv ist und das stereotype *Horden-Alarm* durch das Arkon-System gellt. Auf Parasinnesebene erkennbare Verbindungen reichen offenbar weit in das

Große Imperium hinein und stehen mit weiteren Petronier-Aggregaten in Wechselwirkung, unter anderem jenen in den Katakomben von Tatalal. Vielleicht bieten sie dem einen oder anderen System Schutz, denn daß Ak'iakaton daran denken könnte, seinen Amoklauf zu beenden – daran glaubt niemand mehr an Bord. Eine angesichts des angerichteten Unheils überaus schmerzliche, fast zynische Überlegung: Zum »Glück« sind bislang noch keine strategisch wichtigen Systeme betroffen; Trantagossa oder vergleichbare Stützpunkte ...

t09.01:

Ein zweiter Angriff des Sonnenkillers auf Thantur-Lok und Arkon scheiterte wie der erste: Das violette Leuchten stoppte ihn diesmal schon weit vor den Randzonen und lenkte ihn tangential ab. Ak'iakaton kämpft mit sich aufbäumenden Sporen, wird aber voraussichtlich erneut die Herrschaft zurückgewinnen.

t10.22:

Größtes Elend in der Tzimdy'hsy-Republik, rund 32.000 Lichtjahre von Arkon entfernt. Das aus nur zwei Sonnensystemen bestehende kleine Staatsgebilde von sechsgliedrigen Zwergechsen existiert nicht mehr – Supernova Nummer fünf und sechs haben es zerstört ...

150.000 Gijahthrakos wiederholen ihren paraverbalen Warnschrei mit höchster Kraft – Ak'iakaton antwortet mit einer haßerfüllten Woge. Er muß vollkommen übergeschnappt sein! In seinem religiösen Wahn, diesem Zerstörungsrausch ist kein sinnvolles Schema zu erkennen. Mochte in der verdrehten, von der Reinen Lehre beeinflußten Logik Ak'iakatons der Angriff auf Arkon und das Tai Ark'Tussan »gerechtfertigt« gewesen sein, so ist dies bei der Mini-Republik schwer möglich. Die Echsen kannten erst seit hundert Jahren die interstellare Raumfahrt und waren absolut friedfertig – auch sie Tek'gools, die es zu vernichten galt? Irrsinn! Trauer und Wut sind deshalb um so größer!

t16.76:

Wir haben die Spur des Sonnenkillers verloren! Mit einer Abfolge schneller Transitionen konnte uns Ak'iakaton abschütteln und verschwand im Sternenmeer. Glücklicherweise gab es keine weiteren Supernovae. Die ARKON befindet sich jetzt etwa 30.000 Lichtjahre von Arkon entfernt. Vor zwei Tontas wurde der Angriff einer im primitiven Sublicht-Dilatationsflug befindlichen »Flotte« abgewehrt. Wir brauchten nur unsere hypermechanischen Schutzschilde hochzufahren und die abgeschossenen Raketen im Kraftfeld verpuffen zu lassen. Von Gijahthrakos und Mooffs suggestiv beruhigt, wurden die Aggressoren ziemlich vernünftig – zumindest für den Augenblick.

Sie befinden sich in einem absurden Krieg mit einem vier Lichtjahre entfernten Sonnensystem, den Grund der Auseinandersetzung scheinen nicht einmal sie selbst mehr zu kennen. Im Versuch, planetarische Kriegsstrategien auf das Weltall zu übertragen, versanken sie schon vor fünf Jahrhunderten in kultureller Erstarrung; Krieg und Kampf wurden zum Lebenszweck, Kunst und Wirtschaft mußten sich diesem Ziel total unterordnen.

Ist es Glück oder nicht, daß ihnen die Entdeckung des Hyperraums versagt blieb? Auch Paragaben sind ihnen unbekannt! Daß sie durch die Begegnung mit uns schlauer geworden wären, läßt sich nicht behaupten. Vermutlich wird sie ihr Starrsinn dorthin bringen, wohin sie wollen: in den Tod.

t18.00:

Immer noch keine Spur von Xymondhoria. Es wird heftig diskutiert, was wir tun sollen. Die weiten Sprünge des Sonnenkillers, hin und her und wieder zurück, überfordern unsere Technologie; zwischen Ortung und Ankunft vergehen, je nach Transitionsdistanz und proportional langer Berechnungsdauer, mitunter viele Stunden, und bis dahin ist Ak'iakaton längst schon an einem anderen Ort. Ak'iakatons Haßwoge, mit der er auf den Warnruf der Gijah-Weisen reagierte, war schockierend. Böse Ahnungen befallen mich – ich kann mir nicht vorstellen, daß Ak'iakaton aufgegeben hat. Er ist bestenfalls aus seinem Amokrausch aufgewacht und kann wieder klar denken; das macht ihn um so gefährlicher. In vier Tontas wollen die Gijahthrakos nochmals den Warnruf ausstrahlen, und sei es auch nur, um eine Reaktion des Cyén zu provozieren. Vielleicht verrät er sich und seinen Standort?

... im Hintergrund erklingt Musik; *Leca Xakhotina* von Medor Gojan – die melancholische Ballade von der Feuertochter Leca, deren gewählter Eisjunker, weil er kein Vertrauen hatte, im Magmastrom versank. Neben mir hockt ein nacktes Weib mit Schmollmund, funkelnd braunen Augen und wird zudringlich ...

Ende der Eintragung.

PS (Signum Tatjana Michalowna): Das »nackte Weib« hat einen ebenfalls nackten Kerl, der scheußliche Narben auf dem Waschbrettbauch hat, zuerst aufs Kreuz gelegt und dann ... Das Ergebnis der Auseinandersetzung hat niemanden zu interessieren; nur soviel: Dieses blöde Metall-Ei stört in gewissen Situationen ganz gewaltig und kann einem Nasenbluten bescheren – noch ein Grund zum Heulen!

35. Prago des Eyilon, 02.10:

Eine Zehnteltonta nach dem Ruf der Gijahthrakos orteten wir Ak'iakatons entsetzliche Antwort: *Supernova Nummer sieben!* Wir waren zu weit entfernt – rund 15.460 Lichtjahre –, um Details anmessen zu können, aber die ARKON setzt sich in Bewegung und rast dem Fanal entgegen ...

Aus: *Holokonferenz-Einweisung zum Zhygor-System,* automatische Log-Aufzeichnung der ARKON vom 34. Prago des Messon 19.015 da Ark (= 2. März 2045 Terra-Standard)

Professor Manolito Almeda: *Im Zhygor-System ist die Struktur des konventionellen raumzeitlichen Kontinuums nicht in bekannter Weise geschlossen, sondern aufgrund starker hyperenergetischer Konzentration in Richtung Hyperraumniveau entrückt. Ursache des Phänomens sind maßgeblich zwei Dinge: die außergewöhnlich intensive hyperenergetische Emission von Sarende sowie eine extrem hohe Konzentration von hyperkristalliner Pseudomaterie, die beispielsweise rings um Zhygors Nordpol einen wahren* Kristallwald *entstehen läßt, aber auch in feinster Partikelform Bestandteil des interplanetarischen Raums ist. Beides reagiert in Resonanz aufeinander und kann sich aufschaukeln, so daß es zu Sekundärerscheinungen kommt: Aufrisse zum Hyperraum, Abfließen von Hyperenergie, akausale Effekte oder eben die konkrete Überlappung mit einem anderen im Hyperraum eingebetteten Teilkontinuum.*

... der Raumsektor insgesamt gleicht einer kosmischen Drehbühne: *Auf unberechenbare, absolut willkürliche Weise kommt es zum Austausch der Schauplätze. Ein zündendes Impulstriebwerk kann unter Umständen der letzte Anstoß sein – und man verschwindet in der Überlappung, sprich in einem benachbarten Teilkontinuum, einer anderen Zeit oder verweht gar im Hyperraum.*

Mascant Tokoontlameer: *In der Tabuzone wird die höhere Kategorie verschiedener Hyperfelder wirkungsvoll kombiniert: Vom Prinzip her entspricht die Arbeitsweise einer extrem feinjustierten Semi-Transition. Materie wird also entrückt und gewissermaßen umgeleitet, die Rematerialisation unerwünschter Raumschiffe unterbunden. Bei Gefahr für Zhygor können wir den Korridor ausschalten und das Tabufeld schließen. Das Tabufeld wird den Freihandelsfrieden sichern und alle Besucher darauf paranormal-transpersonal einstimmen. Trotzdem ausbrechende Feindseligkeiten werden so in die ritualisierte Form des Arenakampfes gebannt.*

... hat der Sonnenkiller nahe dem Zhygor-System Stellung bezogen, sagte die Stimme des Trivid-Kommentators.

Fünfzig Kilometer groß, zusammengesetzt aus milchigen, zum Teil mit Stacheln besetzten Perlen, füllte das Bild der Blastula die Holoprojektion. Winzig erscheinende Raumschiffe hielten respektvollen Abstand. Eine Einblendung markierte auf einer Milchstraßenkarte den Standort der Freihandelswelt.

In Vertretung für den Millionenäugigen erscheint die Große Feuermutter auf vielen Welten und wirkt beruhigend und zuversichtlich auf die Bewohner ein; die Debatten auf Reno 25 wurden vertagt; Seine Erhabenheit selbst befindet sich, wie zu hören ist, auf Zhygor – um alles nur Denkbare zu tun, damit nicht auch diese unvergleichliche Welt Opfer einer Supernova wird.

Aus: *Welten des Großen Imperiums;* autorisierte Info-Sammlung des Flottenzentralkommandos (Geheimwelten unterliegen Zugriffskode #***-****-**), reich bebildert, 223. Auflage der Kristallchips, 19.015 da Ark

Zhygor: *Mondloser einziger Planet der blaßroten Sonne Sarende, der allerdings von einer unbestimmten Zahl plötzlich erscheinender und wieder verschwindender sog. Phantomwelten begleitet wird: Folge exotischer Hyperraum-Schnittlinien und Dimensionsverschiebungen. Seit 18.975 da Ark offizielle Freihandelswelt – 24.903 Lichtjahre von Arkon und 12.261 Lichtjahre vom Galaktischen Zentrum entfernt.*

Mittlerer Bahnradius: 195 Millionen Kilometer. Planetarer Durchmesser: 13.058 Kilometer. Gravitation: 0,94 Gravos. Siderischer Umlauf von 480 Tagen zu 26 Stunden und 30 Minuten. Sauerstoff-Stickstoff-Standardökosphäre. Mit 1,8 Grad kaum Achsneigung, deshalb keine jahreszeitlichen Klimawechsel, wegen der Sonnenentfernung geringe mittlere Temperatur. Starke geotektonische und hyperorientierte Aktivitäten, von Gijahthrakos und Dagormeistern des Kristallordens mühsam gebändigt, äußern sich in mehr als 20.000 aktiven Vulkanen, mächtigen Grabenbrüchen und Magmaergüssen von vielen tausend Quadratkilometern Umfang. Staub und Asche in der Hochatmosphäre bedingen schweflige bis rote Himmelsfärbung und kaum unterbrochene »Dämmerung«.

Intelligente Ureinwohner: rochenförmige Kooann.

Hauptkontinente sind Muo, Tla und Yrgaa; darüber hinaus gibt es viele hundert Großinseln. Hauptstadt auf Muo: Tatalal, »Stadt der tausend Wunder« (Besonderheit: in planetare Kruste eingelagerter Planetoidenrest, vgl.: Zhygor, »Katakomben von Tatalal«) ...

Freihandelswelt Zhygor, Kristallschloß Trupül: 35. Prago des Eyilon 19.018 von Arkon (= 31. März 2048 Terra-Standard)

»... ist das Tabufeld dicht, allen Widerständen der Handelsgilde zum Trotz.« Garibnobuut, 130 Zentimeter kleiner, pflaumenhäutiger Trupül-Dagorhochmeister im weißen Chiton, fuhr sich über den kahlen Schädel und seufzte. »Sämtliche Börsenkurse stürzen im freien Fall, unter den

Händlern gärt es, aber die Sicherheit der Freihandelswelt geht vor! Der Korridor bleibt geschlossen! Wir können nur hoffen, daß die Verzerrungszone rings um Sarende auch den Sonnenkiller abhält!«

Nach Auswertung der Biga-Aufzeichnungen und der Kontrolle unserer Individualaura-Aufladung war »man« im Trupül äußerst kooperativ und sehr zugänglich. *Warum nicht früher? ES-Einfluß bedeutet wohl letztlich mehr als das, was ein »allessehender Imperator« verkündet,* dachte ich grimmig. *Jeder schätzt Leute, die frei ihre Meinung sagen – wenn's die eigene ist ...*

Der Logiksektor sagte schnarrend: *Du erwartest ein bißchen viel. Als lebenslanger Dagor-Adept solltest du wissen, daß Höhere Schulen alle Gaben fördern – Dummheit inbegriffen. Komm runter vom Vulkan!*

Man dankt! antwortete ich bissig und fühlte schale Unzufriedenheit. Der Aufenthalt im Nebeldom hatte – genau betrachtet – zu viele Fragen offengelassen. *Wer war der dunkelhäutige Fremde wirklich? Warum meldet ES sich nicht selbst, wenn Zhygor so wichtig ist? Welche Gefahr geht wirklich von den* Lichtelfen *aus?*

Manolito arbeitete an der Hauptpositronik mit den besten Gijah-Wissenschaftlern am Versuch, aus ziemlich bruchstückhaften Daten ein Gesamtbild zu erstellen; der Erfolg ließ auf sich warten, trotzdem entwikkelte Tanja – vielleicht wegen der Aura-Aufladung – ein intuitives Gespür für richtige Lösungsansätze, mit denen der Hyperphysiker dann weiterrechnen konnte. Bei diesen Dingen konnten weder ich noch Sinyagi helfen: Ich war zwar in der Lage, die *Lichtelfen* zu sehen, doch das war auch alles, und Grübeln half nicht.

Dumme rennen, Kluge warten, Weise sprechen mit Bäumen – oder, in unserem Fall, mit dem kybernetischen Pseudobewußtsein einer Positronik! Du bist einfach zu ungeduldig, Imperator. Beurteile nach Handlungen, nicht nach Worten; vortreffliche Reden gibt's genug.

Hah! Immer wieder finden sich Therborer, die anderen erklären, wie sie atmen müssen ... Ich beendete den lautlosen Dialog und sah mich im Leitsaal des Kristallschlosses um. Bildkugeln und Darstellungskuben funkelten. 3-D-Diagramme, ineinander verschachtelte Figuren und Koordinatennetze mit verzerrten Ausbeulungen wechselten mit Datenkolonnen auf Displayflächen. Weitere Holoprojektionen standen für Permanentverbindungen nach Tatalal-Center, der Tata-Hauptkontrolle und den Orbitstationen. Satellitenbilder verdichteten zum drei Meter großen Zhygor-Globus, der im Saalhintergrund schwebte: rotbraunes Land, gelblichrote Wolkenfelder, glühende Magmaseen auf Tla, Glitzern an den Polen, dunkles Blau des Nordmeers. Bunte Lichter hoben Städte, *Kraft-Orte,* den ES-Nebeldom und Schauplätze merkwürdiger Phänomene hervor.

»Die Positronik-Simulationen laufen zwar noch«, sagte der Gijahthrako müde. »Aber es zeichnet sich ab, daß es wirklich punktuelle *Störungen* zwischen Zhygors Aktivitäten, der Planetoiden-Raum-Zeit-Nische und dem Tabufeld von bislang unbekannter Art gibt. Sind die Koeffizienten bestimmt, haben wir – vermutlich – die *Lichtelfen ...«*

Neben Gabrib saß sein Vertreter Khasaatcucin im Sessel.

»Soviel steht fest«, Garib rang sich ein entschuldigendes Lächeln ab, »die Störgrößen lassen sich hypermathematisch isolieren. Es sind nichtphysische Konzentrationen von Bewußtseins-Fragmenten; also nur Splitter Wahren Seins! Genau wie Ihr es bei Eurer Freundin festgestellt habt, Euer Erhabenheit!«

Und die zunächst nur ich »sehen« konnte!

Khasaat fragte: »Wißt Ihr, welche Wirkung die Individualaura-Aufladung hat, Imperator?«

»Schwer zu sagen – eventuell ein wechselseitiger Einfluß«, sagte ich heiser. »Ich erkenne die *Lichtelfen* und scheine sie anzulocken, durch ihr Auftauchen wiederum fördern sie mein Gespür für sie. Die Aufladung hat unter Umständen Bindungsfunktion. Wirklichen Erfolg haben wir aber nur dann, wenn die *Lichtelfen* komplett eingefangen sind.«

Khasaat schnitt eine Grimasse. »Wie die Ereignisse beim Raumwurmfossil gezeigt haben, sind physikalische Reaktionen möglich, die einer dimensionalen Verzerrung unterliegen – etwa in der Art lokaler Wechselwirkungen, die sich chaotisch zu globalen Effekten ausweiten.«

Parasignale umwehten den Leitsaal. Verhaltene Hektik durchzog das Kristallschloß. Überall saßen Dagoristas des Kristallordens in Meditationskreisen, ihre Ausströmungen leuchteten auf allen Sinnesebenen. *Lichtelfen* konnten sie aber nicht entdecken.

Das dürfte sich ändern, wenn sie tatsächlich weitere physikalische Reaktionen hervorrufen, erklärte mein Extrasinn. *Siehe den Angriff auf den Tata-Raumhafen!*

Manolito kam herein, wies auf die Anzeigen seines Handdisplays, das mit der großen KSOL-300/15-Positronik des Kristallschlosses in Verbindung stand, und rief: »Ich denke, wir haben's!«

In einem Kubus erschien ein verschlungenes Symbol mit grünlichen Erläuterungszeilen. Die Gijahthrakos vertieften sich in die Analyse, während Tanja ihre geröteten Augen rieb und gähnte.

Der Logiksektor lenkte meine Aufmerksamkeit auf die Holodarstellung und das Gespräch Manolitos mit den Gijahthrakos zurück: *Gleicht einem fraktalen Attraktor!*

»... wirken Komponenten – nennen wir sie *T, P* und *Z* –, die untereinander ihrerseits wechselwirken: *Tabufeld, Planetoiden-Semi-Manifestation* und *Zhygor-Natur. P* und *Z* befinden sich im angeregten Zustand, eine Rückkehr zum Grundzustand wird von Hyperemissionen begleitet. Da *P* permanent wirkt, sind auch die Emissionen kontinuierlich.« Speedy bewegte Markierungspfeile, auf Bildflächen rollten Zahlenreihen und Gleichungen. »Die Orte der Kraf*t* greifen nur insofern ein, als sie die Emissionen kanalisieren, nicht aber beseitigen.«

Khasaat wiegte den Kopf. »Durch *T* kommt ein Parameter hinzu. Er tritt mit dem angeregten Zustand in Resonanz, die durch verstärkte Hyperemission gedämpft wird. Mit anderen Worten: Durch das Tabufeld wird Zhygor etwas wilder, bleibt aber beherrschbar. Weitere *Kraft-Orte* können langfristig Abhilfe schaffen und die freigesetzten Kräfte ebenfalls kanalisieren.«

Begriffe huschten vom Extrasinn durch meine Gedanken, während ich mich in die Darstellungen vertiefte – *Iterative Algorithmen ... Schleifenprogramm ... formale Ableitungen ... Singularität ...* – und Garib bedächtig erklärte: »Das Tabufeld reagiert auf die Fremdstruktur der *Lichtelfen* durch die übliche Entrückung; Semi-Transition mit nahezu völlig geschlossenem Strukturfeld umhüllt die Bewußtseinssplitter ...«

»... und damit setzt sich *T* selbst eine Laus in den Pelz«, ergänzte Speedy gepreßt und zupfte am Schnauzbart. »Die Dämpfung wird nämlich unterbunden, so daß die Amplitude des *T-P-Z*-Systems gegen unendlich strebt und letztlich zur Zerstörung führen wird: eine klassische Resonanzkatastrophe wie bei einer im Gleichschritt über eine Brücke marschierenden Truppe.«

Je höher die Amplitude, desto »sichtbarer« werden die Lichtelfen *und natürlich ihre Aktionen, da sie die Kanalisierung der* Kraft-Orte *für eigene Zwecke mißbrauchen.* Ich nickte. »Ziel muß also sein, die *Lichtelfen* auszuschalten, *bevor* Zhygors Belastbarkeitsgrenze überschritten wird! Im Extrem könnte es auf die Vernichtung des ganzen Planeten hinauslaufen!« Fröstelnd dachte ich an die Visionen – das Ende Zhygors, die Vernichtung der Welt ...

Tanja seufzte: »Und unsere Aura-Aufladung dient dazu, die Dämpfung wiederherzustellen!«

Garib ballte die Hände zu Fäusten und senkte die Stimme. »Es besteht in der Tat eine große Wahrscheinlichkeit, daß das System schon *vor* Erreichen der Belastbarkeitsgrenze umkippt und zu chaotischer Turbulenz abdriftet – was wiederum bedeutet, daß auch *nach* einer erfolgreichen Bindung der *Lichtelfen* die Ordnung gestört bleibt und wir nach einer Methode suchen müssen, die die Instabilität in den Griff bekommt! Denn sonst ist Zhygor wirklich verloren!«

Das waren alles andere als aufmunternde Aussichten.

»Draußen treffen immer mehr Kooann ein und schweben über dem See«, meldete ein herbeieilender Dagorista. »Sultan Da'am Sah-Moo versammelt seinen Hofstaat. Tausende! Sie reagieren nicht auf unsere Anfragen.«

Nachsehen! empfahl mein Extrasinn. *Vergeßt die Raumrüstungen und Handwaffen nicht – sicher ist sicher!*

»Leben ist das, was dir passiert, während du eifrig andere Pläne schmiedest«, murmelte ich, sprang auf und lief, gefolgt von Tanja, aus der Halle, durch Korridore und über Rampen bis zum Hangar des Sokkels, wo unsere LICHTELFE geparkt war. Das Anlegen der Schutzanzüge beanspruchte nur wenige Minuten, wir schlossen die Kugelhelme, sprangen durch das Kraftfeldtor und flogen zur Menhirallee hinüber, vor der die Kooann einen weiten Halbkreis bildeten. Andere umringten mit schwachem Schwingenschlag das Kristallschloß und verströmten bedrückende Impulse.

Mitten im See bildete ein linsenförmiger Berg aus gelblichem Quarz den Inselsockel, von dem hellblau die Schnörkelfassade aufragte. Hinter mehrstöckigen Arkaden schwebten Gijahthrakos, paranormales Feuer umgloste schlanke Türme. Das Trupül war das Hauptzentrum des Kristallordens der Dagoristas, vor Jahrhunderten in Zusammenarbeit mit den Kooann errichtet und von den Rochen fast als Heiligtum geehrt. Ein *Ort der Kraft,* dessen Fluidum konzentrierter Paraschwingungen noch intensiver als bei der Kijai-Abtei war.

Tanja bog nach links ab und stieg höher, um einen besseren Überblick zu bekommen.

Zwischen wogenden Nebeln wirkte der fünfzig Meter lange Leib des »Sultans« blaß, Feuchtigkeit troff von meerblauer Haut. Der Peitschenschwanz war steil aufgerichtet, sein Kristalldorn glühte wie eine Lampe. Da'am Sah-Moos paraverbales Summen drang mir bis ins Mark. Hier war etwas im Gange, was mir Schauer über die Haut jagte. Verwirrt registrierte ich die überaus machtvolle Individualaura des Rochenwesens: Irgendwie fühlte ich mich an die Aufladung im ES-Nebeldom und den dunkelhäutigen Fremden erinnert ...

Im düsteren Grau des Himmels wogte grünlich und weiß die Aurora. Schwaden hüllten die vierreihige Menhirallee in Dunst. Die Steine stiegen von hüfthohen Zapfen zu dreifach mannshohen Monolithen an – insgesamt 1920 Stück. Beschleunigtes Strudeln umgab die Steine, gewaltige Kräfte pumpten die Menhirreihen entlang und wölbten sich als kräftiges Goldleuchten über die Caldera. Mit einem Signal, das mein Bewußtsein beben ließ, wandte sich der Sultan der Kooann an die Rochen: »Die Zeit ist gekommen, ein Opfer zu bringen, Freunde. Ich werde eure Kräfte bündeln und mich der Gefahr stellen, die unserer Welt droht!«

Was hat er vor?

»Ich versuche anderen den Weg zu bereiten, damit sie Erfolg haben!« Das Glühen der Augen stach mir wie Nadeln ins Gehirn. Über Funk hörte ich Tanja ächzen. »Unbeugsamer Baum zerbricht im Sturm! Aber ich werde wiederkommen! Spätestens dann, wenn *Hihat-Gijah-Thra* um diese Welt fegt und sie zerspringen läßt! Beim *Sturm des Verderbens* werde ich bei euch sein!«

Ich war erstarrt, schwebte im Nebel und sah gebannt den Riesenrochen an, dessen Körper langsam wendete. Wellen glitten die Flügelaußenkanten entlang, wirbelten Schwaden auf. Das Leuchten des Kristalldorns wurde zur blendenden Helligkeit, gewaltig rauschten die Flügel. Da'am Sah-Moo raste über die Menhire den Hang hinauf und verblaßte im Schein. Fauchen umgab den schwarz lodernden Aufriß, der plötzlich über dem Ringwall klaffte und von roten Fahnen umleckt wurde. Ein unglaublicher Blitz zuckte über den See – und machte abrupt Dunkelheit Platz. Der Sultan der Kooann war verschwunden, ließ einen Chor Tausender dumpf summender Artgenossen zurück. Ich schüttelte mich unter dem Kraftstoß, der, vom Kristallschloß reflektiert, die gesamte Umgebung erschütterte. Zwischen Menhiren erschienen *Lichtelfen* und rasten heran.

Ein eisiger Stich fuhr mir durch die Brust, besorgt sah ich zu meiner Freundin hinauf; Hitze ging plötzlich vom Zellaktivator aus. Tanja schrie auf. Unsichtbare Kräfte zerrten an ihr, obwohl ihr Schutzfeld hochspannte. Ich versuchte zu helfen und flog ihr entgegen, wurde aber von einem Hieb durch die Luft gewirbelt und hatte Mühe, mich dicht über dem See aufzufangen. Während ich durch das Wabern hochschoß, rissen Hände und Tentakel die Frau herum. Krallen zerfetzten ihren Schutzanzug, zischelnd und flüsternd kamen immer mehr *Lichtelfen* herbei. Das Schutzfeld flackerte und erlosch ...

»Biin-Goorl ... Biin-Goorl!« brüllten die *Lichtelfen.* Tanja zuckte zusammen und schlug um sich, aber die leuchtenden Nebelgeschöpfe zerrten weitere Segmente des Anzugs fort. Tentakel umwickelten Beine und Füße, Antigravlamellen brachen ab. Halbnackt, mit flatternden Kleidungsfetzen schwebte Tanja einen schwerelosen Moment. Hitze und Kälte durchzuckten mich:

Sie stürzt ab!

Die *Lichtelfen* kreischten triumphierend: *»Biin-Goorl! Biin-Goorl!«*

Ich beschleunigte, breitete die Arme aus und fing meine Freundin auf, die sich an mich preßte. Aus tiefen Kratzwunden sickerte Blut, Haare waren ausgerissen. Weiterhin umkreisten uns kalkige Gestalten, doch unsere gemeinsame, aufgeladene Individualaura verhinderte offenbar, daß sie uns attackierten. Unter telepathischem Brüllen und Zetern verblaßten die Wesen und entzogen sich dem Bereich meiner Wahrnehmung.

Tanja an mich gedrückt, deren keuchender Atem in Wolken kondensierte, justierte ich den Antigrav neu und flog schnellstens zum Trupül.

Wir müssen zusammensein, dachte ich fröstelnd. *Wenn wir getrennt sind, können sie uns angreifen – und sie tun es, verflucht!*

»Es war entsetzlich!« Tanja saß, die Arme um die Beine geschlungen, auf der LICHTELFE und schüttelte mehrmals den Kopf. »Ich hatte das Gefühl, als zerrissen sie mein Innerstes. Sie kratzten und zerrten und entzogen sich meinen Parakräften. Was sind das für Geschöpfe? Was wollen sie wirklich?«

Bewußtseinssplitter, nichtkörperlich, dennoch extrem parabegabt, dachte ich fröstelnd. *Sie scheinen um Manifestation bemüht, und je mehr Stofflichkeit sie erlangen, desto angreifbarer müßten sie werden.* »Erkennt die Kräfte, die von euch Besitz ergreifen!« Leise wiederholte ich die Orakelaussage des Steinkugelkopfes. »Beseitigt Mißverständnisse und geht gestärkt aus der Gefahr hervor, zum Nutzen aller!«

Tanja blickte nachdenklich und ergänzte mit belegter Stimme: »Festigt eure Bindung, fühlt das Lebendige des Transzendenten und werdet Teil der Kraft!«

»Sie reagieren auf uns!« Ich faßte einen waghalsigen Entschluß. »Wir müssen sie anlocken. Das ist die einzige Chance. Immer weiter nach Süden.«

»Kurze Trennungen, um sie herauszufordern!« Tanjas Augen signalisierten Zustimmung und volles Vertrauen. »Sie werden sich hoffentlich um uns sammeln ... Hhm, das wird einige Zeit beanspruchen.«

»Hoffentlich wird es nicht zu gefährlich für dich – mich haben sie kaum attackiert.«

Besorgt sah ich sie an, aber sie winkte wütend ab. »Wir müssen das Risiko eingehen, Atlan. Da'am Sah-Moo ist ebenfalls aufs Ganze gegangen!«

»Der Sultan ist verschwunden ... und seine *Prophezeiung ...« Ich glaube nicht, daß er tot ist,* dachte ich unwillkürlich. »Die Kooann werden ihn noch mehr verehren und den Tag erwarten, wenn es zum Sturm des Verderbens kommt ...«

»Zuvor stellen wir uns in der Arena dem Kampf gegen die *Lichtelfen!«* entschied Tanja und wies auf das Cockpit. Ich aktivierte die Aggregate des Biga-Jets und schloß das Schnellcheckprogramm ab. Kurz darauf waren wir unterwegs, und die LICHTELFE raste dem Kristallwaldrand von Tla entgegen.

Aus: *Zhygors planetarischer Visitator – Multimedia-Einweisungschip für Freihandelsweltbesucher;* Touristik-Center Tatalal/Zhygor, 4. Auflage, 19.017 da Ark

Tla: *Größter Kontinent Zhygors; reicht von Pol zu Pol und ist am Äquator bis zu 14.000 Kilometer breit. Während im Norden Gletscherausläufer und der Kristallwald in die Deyn-Seenplatte übergehen, die über den Merkitar-Canyon durch die Wankin-Savanne Richtung Cyntao-Meer entwässert, beherrscht das langgestreckte Hin-Gebirge den Nordosten, und der Süden wird von den Grabenbruchspalten Hatian und Yuan bestimmt.*

Zusammen mit dem westlich des Hin gelegenen Gaolian-Bruch treffen sich die bis zu tausend Kilometer breiten Klüfte im Kontinentzentrum: Etwa 1500 Kilometer südlich des Äquators befindet sich der Antipode des Tatalal-Planetoiden, in dem durch den Aufprall seismische Wellen fokussiert wurden und ein Gebiet von 3000 Kilometern Durchmesser deformierten. Neben strahlenförmigen Radialbrüchen gibt es ringförmige, bis zu 4000 Meter hohe Klippen und Faltungen. Mittelpunkt der von bizarr erstarrtem Ergußgestein geformten Landschaft ist der Basalttafelberg der Arena Voktir *(siehe dort)* ...

Etwa fünftausend Kilometer nördlich des Äquators erfaßte uns beim Flug über die Deyn-Seenplatte ein Sturm, dessen Wucht und Ausmaß keinen natürlichen Ursprung hatten. *Lichtelfe* warnte noch vor dem himmelhohen Hypertrichter, der abrupt aus Zhygor aufstieg, als uns schon finstere Nacht, tobende Böen und im Schutzfeld prasselnde Hagelschauer umgaben. Flächige Blitze übergossen den Jet mit blendender Helligkeit, und Donnerschläge machten uns halb taub. Ständig rüttelten Turbulenzen an der Biga, die kaum von den Prallfeld-Stabilisatoren ausgeglichen werden konnten, und drohten sie vom Kurs abzudrängen. »Hyperenergetische Interferenzen«, meldete die KSOL-Positronik. »Auslöschung der Antigravwirkung durchaus möglich.«

Tanja betrachtete die projizierte Landkarte und wies auf eine blaue Fläche. »Der Sepan-See am Fuß der K'o-Berge! Wir sollten vorsichtshalber landen, ehe es schlimmer wird. Am Ostufer gibt es einen *Kraft-Ort,* und der See ist mit dem Merkitar direkt verbunden. Falls es zum totalen Technikausfall kommen sollte, können wir flußabwärts schiffen – kennen wir ja von Wazarom ...«

Wieder krachte ein Donnerschlag und versetzte den Jet in anhaltende Vibrationen. Im Aerodyn-Schutzfeld entstanden Beulen, winzige Flämmchen zeigten die Ausläufer hyperkinetischer »Einschläge« an. Für eine Sekunde stotterte das linke Thermopuls-Aggregat, kam aber sofort wieder auf Touren.

»Einverstanden. Entfernung?« Vor meinen Augen schlugen Parameterkolonnen der Aggregate von Grün nach Rot um: Projektoren hatten Schwierigkeiten beim Aufbau von Wirbelfeldern und Verdichtern in den R-MUR Jun 95-30.

»Zweihundert Kilometer.«

»Gut. Landen wir. *Lichtelfe* – neues Programm.«

»Erstellt und geladen. Aktivierung – jetzt.«

Vielfach gegabelt stand blauweiß ein Blitz im tintigen Schwarz der Wolken, überschüttete das Cockpit mit bläulich-harter Helligkeit, ehe die Blendsicherung durch Verdunkelung griff. *Auch hier erste Aussetzer und verzögerte Reaktion!*

Eine Bö brachte faustgroßen Hagel mit, der knatternd vom Schutzfeld abprallte – dann rollte, mehrfach beginnend, abfallend und zu weiterem Tosen ansetzend, der Donnerschlag.

»Bodenrelief und Hypertastung!« befahl ich und betrachtete aus zusammengekniffenen Augen die Holoprojektion. Im Hintergrund ragten die K'o-Berge als gestaffelte Pyramiden auf, der Sepan-See kam näher, wurde größer und der Blickwinkel flacher. Wenige Minuten später schlug die Biga auf und hüpfte, von Böen hinuntergedrückt, wie ein flacher Stein mehrmals über das aufgewühlte Wasser. Ich verstärkte manuell die Leistung der Fan/Zar BC-2, weil die Positronik nicht automatisch die Antigravlamellen aussteuerte, und der Jet glitt mit neu justierter Aerodyn-Blase ähnlich einem Tragflügelboot weiter, bis das Ufer im fahlgrünen Tasterspektrum auftauchte.

»Thermopuls-eins und -zwei gedrosselt.« Die Vocoderstimme der Positronik klang blechern, Überlagerungspfeifen schrillten. »Fortbewegung mit Antigrav ... Manuellsteuerung weiterhin notwendig. Außeneinfluß stört Datenstrom und Automatik!«

Die LICHTELFE reagierte sofort auf meine Stickbewegungen, beschrieb einen Bogen und glitt parallel zum Ufer weiter. Tanja rief, vom Donnerschlag fast übertönt: »Der *Kraft-Ort* liegt am Fluß, etwa zwei Kilometer im Landesinneren.«

»Wo? Ah, da ist die Mündung.«

Der Fluß hatte sich in einen schäumenden Wildbach verwandelt. Ich hob die Biga auf zehn Meter Flughöhe an und folgte dem Talverlauf, entdeckte schließlich einen Hügel und landete auf der Lichtung neben dem einsam stehenden Baumriesen, dessen Äste und Zweige wild im Wind umherflatterten.

Zuckend schmetterte ein Blitz in den Baumgipfel, der sofort zur Stichflamme wurde. Peitschender Regen ließ den Flammen aber keine Chance; schon nach ein paar Sekunden wurden graue Rauchschleier von dem verkohlten Wipfel fortgerissen.

»Maschinen bis auf Schutzfeld aus.« Frierend sah ich durch das Cockpitfenster und verschränkte unzufrieden die Arme. »Warten wir, bis der Sturm nachläßt.«

Endlich klarte es auf. Der Check bestätigte, daß alle Geräte, Aggregate und Subeinheiten der Biga-Jet wieder mit hundert Prozent liefen.

Lichtelfe lieferte eine Zusammenfassung der Holo-Nachrichten; die Aufmacher sprachen für sich: *Sultan Da'am Sah-Moo nach rätselhafter Rückkehr-Prophezeiung verschwunden ... Zhygor entscheidend bedroht? Der Sonnenkiller wartet ab! Geo- und Hyperaktivitäten nehmen zu, Gijahthrakos geben sich verschlossen ... Wer sind die* Lichtelfen? *Händlerproteste von Zhygor-Rat und Handelsgilde zurückgewiesen: Das Tabufeld bleibt dicht.*

»Wenigstens keine neuen *Lichtelfen*-Attacken!« Mit steifen Muskeln verließ ich das Cockpit, ging nach hinten, warf einen Blick auf die in der Koje zusammengerollte Freundin und öffnete einige Vorratscontainer der Pantry. Der Lha'hon-Quarz in meiner Stirn vibrierte; kurz gab es eine Verbindung zum Chor von Sinyagi – nichts Neues. Ich setzte die Zubereitungsmaschinerie in Gang, raumflottengenormter *K'amana* sprudelte heiß aus dem Getränkespender in Tassen; klingelnd gab der Mikrowellenherd zwei Tabletts frei.

»Frühstück!« rief ich und weckte Tanja, die sich verschlafen reckte. Ich verbrannte mir fast die Zunge, stocherte lustlos im Synthon-Nahrungsbrei und konnte auch dem Gemüseersatz wenig abgewinnen. Wenn ich an die ungezählten Toten, Wurmbefallenen, die Monde des Schreckens und den Sonnenkiller dachte, verging mir gründlich der Appetit. In der Nacht hatte ich kaum geschlafen und mich in wirren Träumen gewälzt. *Tanja hat ganz auf Sachlichkeit umgeschaltet,* dachte ich fröstelnd. *Verdrängung – anders dürfte der Schmerz kaum zu bewältigen sein. Denn die* Lichtelfen*gefahr besteht weiter, Trauer kommt danach ...*

»Es ist ein natürlicher *Kraft-Ort:* Der Baum wurde von Parabegabten nur aktiviert.« Tanja machte eine Geste nach draußen und sah mich aus zusammengekniffenen Augen an, ihre Individualaura glomm fahl. »Wir können es auch hier das erstemal probieren.«

Unbehagen flirrte plötzlich in meinem Bauch wie ein Schwarm Insekten.

»Du bist wirklich entschlossen?«

»Ja. Aber wenn du noch mehr nachhakst, überlege ich es mir anders.«

»Wie gehen wir vor?«

»Ich bleibe bei der LICHTELFE, du gehst auf Abstand, Atlan. Hundert, zweihundert Meter. Das müßte genügen. Dann warten wir ab ...«

»Gut.« Ich schob das Tablett in die Reinigungskammer, leerte die Tasse, schloß den Anzug und prüfte den Kombistrahler – einsetzbar im Impuls-, Desintegrator- und Paralysator-Modus –, dann schob ich die Waffe ins Halfter zurück. Armmanschette, Dagorschwert: *Klar!* Tanja kletterte vor mir in die Schleuse und blieb dann auf dem Thermopuls-Zylinder sitzen, während ich, vom Antigrav getragen, in die Luft stieg. Von dem Baumriesen ging ein harmonisches Fluidum aus, der Blitzschlag hatte ihm nicht geschadet: Schorfige Spuren am Stamm bewiesen, daß es nicht der erste Einschlag gewesen war. Langsam flog ich nach Norden und sah in der Ferne die Seeoberfläche im Morgenlicht glitzern. Zwischen Schilf- und Pflanzeninseln stakten langbeinige Vögel. Blätter in allen Grünschattierungen wogten im Wind, der letzte Nebelschaden vertrieb. Direkt unter mir lag ein teilweise versandeter Nebenarm des Flusses. Schotter und Geröll glänzten durch das plätschernde Wasser – die Überschwemmung hatte sich längst verlaufen.

Beim Blick zurück sah ich, daß Tanja gekrümmt neben der Biga stand. Der Impulsstrahlerblitz raste völlig unverhofft auf mich zu und hätte mich fast getroffen. Irrlichternde Helligkeit kennzeichnete die Schußbahn, in der die Luft brüllend verdrängt und ionisiert wurde. Beißender Ozongestank wehte mir entgegen, dann entstand die Schutzfeldblase, und während ich in Zickzackflug überwechselte, zog ich den Strahler.

Lichtelfen-Beeinflussung! rief mein Extrasinn warnend. Ein zweiter Schuß donnerte. Es gab keinen Zweifel: Tanja war der Angreifer! *Mittlere Leistung, 0,001 Gramm Katalyse-Deuterium-Plasma. Detonationswirkung rund drei Kilogramm Vergleichs-TNT.* Die Information des Logiksektors registrierte ich am Rande. *Wird vom Schutzfeld auch bei Volltreffer absorbiert.*

Schlecht gezielt beantwortete ich die Attacke mit der auf Paralysator-Modus umgeschalteten Waffe. Tanja aktivierte ebenfalls den Antigrav und schoß erneut, während ich die Finger der linken Hand im Initiierungskode bewegte und knisternd der Prallschild mit eineinhalb Metern Durchmesser und leicht gewölbter Kalottenform entstand.

Diesmal versuchen sie es anders! Ich konnte zwar keinen sehen, aber daß sie am Werk waren, war eindeutig. Im Sturzflug beschrieb ich eine enge Kurve, zielte kurz und sorgfältig und zog den Abzug. Vom Lähmfeld eingehüllt, torkelte meine Freundin einen Augenblick, flog dann aber ungerührt weiter. Nur zartes Schimmern zeigte, daß eine oder mehrere *Lichtelfen* meine Geliebte hauteng einhüllten.

Biin-Goorl! raunte der Logiksektor. *Sie nennen sich Biin-Goorl!*

Auf Parasinnesebene – der Aufenthalt bei den Gijahthrakos im Trupül hatte mich noch weiter »aufgeladen« – erkannte ich den stummen, verzweifelten Kampf; Tanja versuchte die Beeinflussung abzuschütteln, bekam ihren Körper aber nicht unter Kontrolle, sondern mußte mit ansehen, wie er marionettengleich handelte. Brüllend packte mich ein Impulstreffer und wirbelte mich haltlos herum. Das Schutzfeld hielt stand, die Energie wurde kaskadenhaft abgeleitet, trotzdem hatte ich Schwierigkeiten, meinen Flug unter Kontrolle zu bekommen. Ich segelte auf eine Baumkrone zu, stieß durch Äste und Blätter und hörte Schüsse fauchen. Pflanzen gerieten in Brand, Rauchsäulen stiegen auf, und Qualmpilze breiteten sich aus, während ich scharfe Kurven flog und mich der Biga näherte. Ein Feuerstoß verließ den Projektorkristall des Strahlers und hüllte Tanja ein, die wiederum wankte. Normalerweise reichte ein solcher Volltreffer, einen Brontosaurier einzuschläfern, aber die *Lichtelfen* behielten sogar jetzt die Oberhand.

Ich landete, ging hinter einem Baumstamm in Deckung und sah den nächsten Schuß: Rinde und Holzfetzen flogen wie von einem Miniaturkometen getroffen nach allen Seiten, von der Auftreffdetonation fortgeschleudert. Knisternd zuckten Flammen aus dem Durchschußkanal. Ich gab Dauerfeuer, sprang fünf Schritte, hechtete in eine Mulde und fühlte im Arm den Schlag eines vom Prallschild absorbierten Streifschusses. Grelle Schauer rannen meine Schutzblase entlang. Sand, Gras und Humus schmolzen glasig, Gluttropfen zischten auf Tau.

»Lichtelfe!« rief ich, gab zwei Salven ab und schaffte wieder drei Meter bis zur nächsten Deckung. »Alpha-Befehl! Tatjana Michalowna steht unter Fremdeinfluß! Aktiviere Bord-Paralysator! Ausführung!«

Eingehüllt in eine Glutwolke, taumelte ich mehrere Meter, justierte den Antigrav und schoß senkrecht in die Höhe. Auf der Lichtung drehte sich die LICHTELFE und brachte die starr eingebaute Waffe in Position. »Verstanden. Einstimmungsmuster verglichen. Keine Übereinstimmung. Fremdeinfluß bestätigt!«

»Feuer!«

Tanja wurde in einen Schleier gehüllt, warf die Arme hoch und sank zusammen. Zischelnd, kreischend und tobend erschienen *Lichtelfen* und umtanzten wütend den reglosen Körper. Hominide Gestalten verzerrten sich grotesk: Arme wurden zu dünnen Tentakeln, Köpfe wuchsen ballonartig, Beine verschmolzen zu langgezogenen Fäden. Bleich und halbtransparent schwirrten die Irrwische in engen Kreisen um Tanja, blieben aber auch sichtbar, als ich die Frau erreichte und sie in die Arme nahm.

»Biin-Goorl! Biin-Goorl!« Die merkwürdigen Geschöpfe kreischten in stereotyper Wiederholung. Als meine Individualaura mit der Tanjas überlappte, seufzte meine Freundin langgezogen, und ein goldenes Leuchten hüllte uns ein. Wie durch einen Magneten angesaugt, rasten *Lichtelfen* heran, wurden unsichtbar, tobten noch einige Zeit lautstark und hefteten sich an uns. Die Aufladung unserer Bewußtseinssphären

bannte die Irrwische allerdings, die zu Klümpchen schrumpften und gefangen waren – genau wie jener Splitter, der ohnehin an Tanjas Bewußtsein gebunden war.

Sie öffnete die Augen und schnitt eine Grimasse. »Heilige Mutter Rußland!« flüsterte sie. »Verflucht, verflucht, verflucht!«

Ich drückte sie fest an mich und unterdrückte das Zittern, das mich nachträglich befiel und meine Knie in Pudding zu verwandeln drohte. Mein Kugelhelm verlor die Spannkraft und rollte im Halsring zusammen; Tanja preßte weinend ihr Gesicht an meine Schulter.

Plötzlich stob ein Vogelschwarm auf. Wildes Pochen kündete von der Flucht weiterer Tiere. Das Schwanken des Bodens war erstes konkretes Anzeichen. Sofort zitterten alle Konturen, dumpfes Grollen durchzog die Luft, Bäume ächzten wie weidwunde Tiere. Am Fuß des Hügels sprang der Boden auf und klaffte zur immer breiter werdenden Spalte. Der Fluß schäumte, und Gestank fauliger Eier stieg in meine Nase, so daß ich sofort die Luft anhielt.

»Erdbeben!« rief *Lichtelfe.* »Ein Vulkanausbruch ist sehr wahrsch...«

Wir wankten zur Jet und fielen durch die Luke. »Start!« brüllte ich, noch bevor der Einschleusungsvorgang abgeschlossen war und ich mich in den Pilotensessel werfen konnte. »Vollbeschleunigung! Sicherheitsabstand mindestens zehn Kilometer.«

»Verstanden ... Hyperwirkung: Blockade von Impuls- und Transitions-Aggregat. Thermopuls mit eingeschränkter Leistung. Aerodyn-Blase ebenfalls.«

Holofenster erschienen: Dort, wo noch vor Sekunden der *Ort der Kraft* gewesen war, stieg eine Rauchsäule in die Höhe. Ihr folgte eine schwarze Wolke, die einem Pilz glich, riesenhaft anwuchs, nach allen Seiten ausuferte und sich uns in Windeseile näherte. »Schneller!« Tanja schrie: »Hilf mir, Atlan – wir verstärken das Schutzfeld! Genau wie es die Báalols durch Individualaufladung machen!«

Die Triebwerke jaulten lauter, im Abwehrschirm prasselten Partikel und verglühten. Todbringender Regen, vermischt mit heißen Gasen, folgte uns rasend schnell. Bodenschichten wurden auseinandergedrückt und emporgerissen: Eine ungeheure Explosion schleuderte Unmengen Gestein kilometerweit. Wolken, tiefschwarz, mit feurigen Rändern, verdichteten sich zur undurchdringlichen Finsternis. Die Biga passierte Randausläufer der Dämpfe, durch die schwach Sonnenstrahlen schimmerten, fahlgelbe und spitzwinklige Bahnen malten und im nächsten Moment abdunkelten. Unter uns schlugen ratternd und knackend Trümmerstücke auf, zerfetzten Bäume und ließen Fontänen aus dem See schießen. Kometengleiche Flammenspuren durchzogen pfeifend die Dämmerung. Heulend rasten immer mehr glühende Brocken herbei. Seewasser detonierte dampfdurchsetzt; Flüssigkeit zerbarst zu winzigen Tröpfchen, die mit schockgekühlten, kristallinen Teilchen ein schlammiges Gemisch ergaben.

Tanja krallte ihre Hand um meinen Unterarm, als wir endlich aus der direkten Gefahrenzone heraus waren und die LICHTELFE eine weite Kurve flog: Am Horizont stand eine finstere Wand, bedeckte ein Viertel des Himmels und wuchs weiterhin. Wie ich dachte meine Freundin bei diesem Anblick an meine Vision von Zhygors Vernichtung! Grell zuckte ein mächtiger Blitz durch die Wolke, schien sie für Sekunden zu spalten. Weitere Blitze, die kreuz und quer zuckten, zerschnitten mit blendenden Ästen das Inferno. In der Ferne, wo der Ausbruch begann, vermischten sich weißglühende Gassäulen, vielfarbiger Rauch und Lavamassen zum Höllenschlund. Als Bomben schwirrten Steine und Trümmer in hohen Parabelbögen durch brüllende Luft. Magmafetzen und brodelnde Tropfen verbrannten alle Vegetation.

»Bring uns von hier weg, Atlan, schnell!«

Ich programmierte einen Kurs, der zunächst nach Osten und dann in weitem Bogen nach Süden wies, und starrte auf die Holobilder, die *Lichtelfes* Fernerkundung einspielte. Zähflüssige Masse spritzte in aufgeblähten, entgasenden Tropfen, manche klein wie eine Fingerkuppe, andere groß wie eine Leka, über das Land. Ascheregen wuchs zu dicken Bimsschichten, unter denen entflammte Wälder versanken. Blitze zuckten, Donner rollte. Dumpfes Grollen, Poltern, Heulen und Jaulen eruptierender Schlote: Vulkanische Boliden krachten und zersplitterten zu Hunderten winziger Bruchstücke. In die Seen der Deyn-Platte klatschte glühendes Gestein, brachte Wasser zum Kochen und ließ Dampffontänen emporfauchen.

Ich mußte mich mit Gewalt zwingen, meinen Blick abzuwenden. Hinter uns verebbten langsam die Geräuschwellen, das Prasseln der Brocken, Fetzen und Lavaspritzer, während die LICHTELFE weiter stieg und nach einer Stunde auf der der Küste vorgelagerten Coccioli-Insel landete. Weder Tanja noch ich waren heute an weiteren »Abenteuern« interessiert und entschlossen uns zu einer Rast, um das innere Gleichgewicht zurückzugewinnen.

Am Abend sprach ich kurz mit Kon, gab unsere Position durch und diskutierte mit ihm unser weiteres Vorgehen: »... versuchen sie zu binden und den Rest zur Arena zu locken, Laktrote. Ob es gelingt, steht in den Sternen.«

Er nickte, das Gesicht verkniffen. »Vermutlich seid ihr unsere letzte Hoffnung! Zhygor rumort an allen Ecken, die Dagoristas des Kristallordens tun ihr Bestes, erreichen aber immer weniger. Der Sonnenkiller hat sich nicht bewegt – sieht fast so aus, als warte er. Man kann sich an den Fingern einer Hand ausrechnen, worauf: die Vernichtung Zhygors durch die *Lichtelfen!* Viel Glück, ihr beiden!«

Ich fuhr aus meinem Dösen hoch und glaubte für einen Augenblick, von glühenden Massen eingeschlossen zu sein: Donnernd brachen Trümmer auf mich nieder, und Glutspritzer verbrannten meine Haut – dann wurde ich richtig wach und konnte den beängstigenden Eindruck abwerfen. Daß es nicht nur Traum gewesen war, erkannte ich beim Blick aus dem Cockpit: Wir flogen über eine aufgerauhte Fläche in gelblichem Rot, die bis zum Horizont reichte, an dem als schmale Striche Terrassenstufen zu sehen waren. Ständig brachen helle Flächen auf, glosten einen Moment und verschmolzen mit waberndem Untergrund.

Gaolian-Grabenbruch, informierte mich mein Extrasinn. *Tausend Kilometer breit, fast sechstausend Kilometer lang. Permanent steigt dünnflüssiges Magma nach und ergießt sich über das Xean-Gebiet bis zum Nordmeer. Dort verhindert inzwischen ein Wall erstarrten Basalts den weiteren Abfluß. Das Xean ist ein spitzwinkliges Dreieck, zweitausend Kilometer lang und an der Küste fast ebenso breit ...*

Träge schaukelten schorfige Platten auf glühendem Gestein. Abgekühlte Klumpen trieben wie Eisberge dahin. Seitwärts voraus erreichte eine Blase erhitzter Gase die Oberfläche, platzte auf und schleuderte eine Fontäne empor.

Tanja kam nach vorne und reichte mir eine Tasse *Kaffee.* Ich trank, wohlig seufzend, und starrte emporkräuselnden Dampfschwaden nach.

»In wenigen Minuten erreichen wir die Tjiarico-Windorgel. Später sollten wir zum Hin-Gebirge weiterfliegen«, sagte sie halblaut. »Die *Nadel* erscheint mir als geeigneter Ort für einen weiteren Versuch; in der Nähe liegt das Tlachat-Kloster, ich habe unser Kommen angekündigt.«

Ich nickte und trank einen weiteren Schluck. »Wenn wir erfolgreich sein wollen, müssen wir möglichst viele *Lichtelfen* absorbieren. Am besten natürlich alle!«

Sie lächelte säuerlich. »Fragt sich allerdings, ob unsere *Aufladung* sie alle absorbieren kann.«

»Das erfahren wir spätestens in der Arena.«

Ich lehnte mich zurück und leerte die Tasse. LICHTELFE bog nach Osten ab und ließ das düstere Glühen hinter sich. Schwarz erstarrte Lavaströme bildeten die erste Terrasse. Weiter im Osten erschienen Schotterfelder, durchsetzt von sprudelnden Geysiren, von Dampfwolken umgebenen Monolithen und brodelnden Asphaltseen.

Rotbraun erschien am Ende einer Schlucht der zerklüftete Monolith der Windorgel. Ein poriger Lavablock, den unheimliches Heulen, Pfeifen und Singen einhüllte. Heiße Luft stieg vom Magmastrom auf, umjaulte den mehrere hundert Meter langen Brocken und wurde von unterschiedlich langen Luftsäulen in Höhlen und Kavernen vielfach gebrochen. Den Kooann galt *Tjiarico* als Heiligtum, eingespeicherte Hyperenergie machte die Windorgel zum *Kraft-Ort.* Plötzlich stiegen silberne Flammenbälle hinter dem Block hoch, verharrten einen Moment und rasten uns entgegen. Schwere Schläge erschütterten die Jet, deren Triebwerke schrill kreischten und dann mit einem Winseln verstummten.

»Absturz! Totalausfall!« rief die KSOL-Positronik, während die LICHTELFE nach links abkippte und auf keine Manuellsteuerung ansprach.

»Not-Transition! Minimaldistanz!« Tanja konzentrierte ihre Zhy-Fam-Kräfte, kribbelndes Streicheln begleitete die Hyperassimilation des Strukturfelds – aber als die unwirkliche Nullzeit-Dunkelphase endete, befand ich mich in völlig veränderter Umgebung ...

9.

Gellor Ma-Kynaan: *Essay zur Degeneration der Arkoniden;* Datenarchiv von Arkon-Trivid, Arkon I, entstanden Anfang 19.018 da Ark, nie veröffentlicht

Jedes organisierte System – und damit auch jede Form von Gesellschaft – unterliegt einem zwingenden Einfluß: der Trägheit. Um diese inertiale Wirkung zu überwinden, sind anstachelnde, aufputschende, manchmal sogar anarchische Impulse notwendig, Impulse, die überdies permanent erfolgen müssen, weil sonst keine dauerhafte Wirkung zu erzielen ist. Dem einzelnen wie der Masse der Wesen ist diese Erkenntnis meist fremd, und sollte es doch bewußt werden, heißt die spontane Reaktion: Ablehnung – begleitet von Angst, Zorn und Verzweiflung gegenüber dieser Unbeständigkeit. Schicksal oder Zufall sind hierbei nur andere Benennungen.

Obwohl in der Natur alles zu Trägheit neigt, gibt es natürliche Regelmechanismen, um diese durch anstachelnde Impulse zu überwinden. Mit zunehmender Herrschaft sogenannter intelligenter Kreaturen über die Natur werden diese natürlichen Störimpulse der Trägheit jedoch gerne ausgeschaltet – mit katastrophalen Folgen und Konsequenzen: Wahre

Erkenntnis verschließt sich deshalb nicht diesen permanenten Einflüssen, sondern betrachtet sie als integrierte Bestandteile, deren Notwendigkeit das Leben erzwingt, soll es Leben bleiben, wie wir es kennen. Eine Lehre, die das Volk Arkons aus seiner Degeneration ziehen sollte.

Wildes Kreischen schlug mir unvermittelt entgegen, und Pfeile schienen meinen Körper aufzuspießen. Orientierungslosigkeit glich beengender Klammer; verwirrt starrte ich in das qualmdurchsetzte Lohen und Schäumen und erkannte entsetzt die Szenerie.

Die Vision im Zhy-Kloster! durchfuhr es mich. *Sie war mehr als bloß ein Trugbild!*

Deutlich sah ich wieder die Bestien, die dunkelbraun und schwarz und mit verkrusteten Leibern auf der schwarzen Platte hockten. Schädel mit verfilztem Haar und wulstigen Hörnern wurden von vorquellenden, starren Augen beherrscht: Eisige Blicke rissen mein Inneres auf und schienen es zu zerfetzen. Gellende Schreie marterten meine Ohren. Die von den Schreckenswesen ausdünstende Kraft lähmte mich mehr und mehr. Schemenhafte Ausläufer drängten heran. Ich fühlte mich matt und erschlagen. Atemnot machte mir meine Ohnmacht um so deutlicher. Brandiger Gestank durchzog die Luft. Wieder stießen die Bestien ein scheußliches Brüllen aus und wurden zu tanzenden – *Lichtelfen!*

Tanja! Das Herz klopfte mir bis zum Hals. *Sie werden sie angreifen!*

In der zerklüfteten und öden Landschaft wallten rote Nebel über dunklem, basaltischem Gestein, Graten, Kanten und Zacken, aufragenden Pfeilern und wuchtigen Monolithen. Aus Spalten und Rissen schossen Feuersäulen, verschmolzen mit dem Gluthimmel. Wolken und Schwaden waren wie fühlbar-massive Hindernisse, die mich bedrängten und behinderten. Silbrige Feuerkugeln jaulten über mich hinweg. Müdigkeit umfing mich. Aus zusammengekniffenen Augen sah ich das Schwanken der Felsscholle auf zähflüssiger Suppe. Glutfontänen fauchten in die Höhe, Detonationen knatterten. Ich kauerte mich zusammen und barg den Kopf zwischen den Armen. Ich konnte nicht mehr, Wellen der Verzweiflung fegten über mich hinweg. Schreie und das vielstimmige Singen der Windorgel umkreisten mich wie Tornados, überall waren Glut und Feuer und fürchterlicher Dunst. Etwas krachte neben mir, und ich warf mich instinktiv zur Seite. Feurige Spritzer pfiffen vorbei. Mühsam robbte ich hinter einen gratigen Block, vom Johlen und Brüllen der *Lichtelfen* verfolgt.

Hoch mit dir! schrillte der Logiksektor. *Die LICHTELFE ist nur wenige Schritte entfernt!*

Durch verklebte Augen, von Tränen halb blind, sah ich nichts anderes als düsteres Leuchten, vorbeihuschende Bewegungen und Schemen schattiger Unwirklichkeit. Übelkeit peinigte mich, und Kopfscherzen verhinderten jeden klaren Gedanken. Wieder donnerten Brocken und prasselten Splitter. Keuchend kroch ich weiter, fort von den *Biin-Goorl,* und fühlte heißen, weichen Sand unter den Fingern. Hinter mir knisterte der Magmastrom, vor mir ragte schroff eine Felswand auf. Im dämmrigen Licht einer Lavafontäne sah ich eine von Schnörkeln und Symbolen überzogene Säule, die mit einer zweiten den Eingang der Schlucht flankierte. Ich stützte mich ab, schaffte es, auf die Beine zu kommen, torkelte weiter und machte mich an den Aufstieg. Heiße Windstöße ließen Staubteufel aufsteigen und zwischen Felswänden verwirbeln; am Schluchtende sah ich einen Ausschnitt von Tjiarico, und davor lag die LICHTELFE.

Ich lief schneller, hörte Tanja rufen und rutschte durch die Luke. In der Schleuse rang meine Freundin mit unsichtbaren Angreifern: Bisse krachten in Versteifungssegmente und rissen Fetzen heraus. Niemand war zu sehen, trotzdem schlugen die *Lichtelfen* wie wütende Bestien zu. Ihr monotones *Biin-Goorl-Biin-Goorl* zerrte an meinen Nerven. Hiebe trafen mich und versuchten zu verhindern, daß ich Tanja erreichte. Sie warf sich mir entgegen, und erst in fester Umarmung zeigte unsere gemeinsame Individualaura Wirkung: Bleiche Fasern und Fäden umschwirrten uns in enger werdenden Kreisen, schrumpften zu knotigen Klumpen – und Dutzende *Lichtelfen* wurden absorbiert.

Ich sah Tanja an, die stoßweise atmete, verzerrt lächelte und flüsterte: »Langsam gewöhne ich mich an die Angriffe. Sie lassen sich stets was Neues einfallen.«

»Verletzt?«

»Halb – au – so wild ...« Sie streifte den Anzug ab, und ich untersuchte bläulich verfärbte Bißmale, die Hüften und Beine überzogen und die Arme bedeckten. Ich setzte eine Reihe Akupunkturkristalle, und nach wenigen Minuten verblaßten die Angriffsspuren. Unterdessen lief die Selbstreparatur der LICHTELFE, die neue Kraftfelder erstellte und nach einem Check meldete:

»Alle Funktionen wiederhergestellt. Wir können den Flug fortsetzen.«

»Worauf wartest du? Altes Kursprogramm gilt weiterhin«, schnarrte ich ärgerlich, was Tanja, während sie sich anzog, ein leises Kichern entlockte. Summend hob die Biga ab, umrundete den Windorgelblock und ging auf Steigflug.

Seufzend nahm ich im Pilotensitz Platz und starrte auf die vorbeiziehende Landschaft des Gaolian-Grabens.

Plötzlich meldete sich die Positronik: »Allgemeine Satelliten-Nachricht: Vulkanausbrüche, Flutwellen und Erdbeben! Zhygor gerät weiter in Aufruhr! Keine Ereignisse mit *Lichtelfen.* Die Handelsgilde erwägt, für unbestimmte Zeit den Tata-Raumhafen komplett zu schließen. Viele Verlautbarungen: Man macht sich gegenseitig Mut, spielt die Gefahr herunter. Mehrere Kommentatoren sprechen davon, daß das Projekt Freihandelswelt sich in entscheidender Krise befinde. Der Zhygor-Rat debattiert ununterbrochen. Da'am Sah-Moos Verschwinden und seine prophetische Aussage haben Unruhe hervorgerufen. Noch wird den Verantwortlichen voll vertraut ...«

»Hhm«, machte ich bitter. »Wer anderen öffentlich das *volle Vertrauen* ausspricht, beweist meist nur, wie angeschlagen die Beziehung ist.«

»Gijahthrakos und die Dagoristas werden uns den Rücken freihalten.« Tanja streichelte meine Wange. »Alles andere ergibt sich. Think positive, Eisjunker!«

Eine heiße Salzebene mit Krusten in Beige, Ocker, Gelb und Rot raste unter uns vorbei. In Kratern mit abgetragenen Ringwällen aus Tuff und anderen vulkanischen Lockermassen schimmerten tiefblaue und türkisfarbene Maare. Am Horizont schichteten sich die Gipfel des Hin-Gebirges immer höher: graue Berggiganten mit kahlen Graten, schneebedeckten Hängen und schroffen Klippen, zwischen denen mächtige Gletscher in alle Himmelsrichtungen wuchsen und Gebirgsbäche in verwinkelten Schluchten schäumten.

Die Biga flog einem schmalen Gebirgspfad nach, überquerte einen Paß zu einem Hochtal, dessen karge Hänge mit Krummholz, Moosen und Flechten bedeckt waren, und landete auf einer wuchtigen Felsplatte neben der *Nadel.* Von der Schneegrenze brachte eisiger Wind Schneeflokken mit, die in Wirbeln umherquirlten. Düsterer Nadelwald umgab die mindestens hundert Meter lange und doppelt so breite Tafel, von der die *Nadel* als zehn Meter hoher Obelisk aufragte, dessen Leuchten, Flirren und Glühen die Umgebung mit allen Spektralfarben übergossen.

Der transparente Quarzblock, auch »Orakel des Hin« genannt, war von Sphärenklängen umgeben, in die sich in unregelmäßigen Abständen Botschaften mischten, die wie säuselnder Wind gewispert wurden: *»... befindet sich im ewigen Fluß ... Ständig verändern sich Bezüge, wirken mystische Ereignisse auf jedes Lebewesen ein und bilden das scheinbare Gewirr des Schicksals ... Auch göttliche Gestalten unterliegen dem Einfluß der Schicksalslinien, müssen sich ihren Gesetzen beugen ... Strudel des immerwährenden Flusses ... Unbegreifliche Mächte ... manipulieren Taten ...«*

Tanja stand auf, winkte mit säuerlichem Grinsen ab und sagte halblaut: »Typisch Orakel. Ich versuche der Pantry ein annehmbares Mahl zu entlocken, einverstanden?«

»Sicher. Dir geht's gut?«

»Auch Angriffe stumpfen ab, wenn man zuviel davon abbekommt. Ich steh' es durch, mein Freund.«

In kürzester Zeit gelang es ihr, einen kräftigen und wohlschmeckenden Tee aufzubrühen und die Synthon-Basismasse in saftiges Fleisch, knuspriges Brot und süßes Nachtisch-Obst zu verwandeln. Lautes Poltern ließ uns beunruhigt aufspringen, doch *Lichtelfe* sagte beruhigend: »Nur eine Steinlawine. Keine Gefahr.«

Bei der *Nadel:* 3. Prago der Hara 19.018 von Arkon (= 5. April 2048 Terra-Standard)

Zuerst reagierten die *Lichtelfen* auf keine Provokation, dann erschienen sie so zahlreich, daß ich Angst vor der eigenen Courage bekam und in Gedanken ächzte: *Es müssen Hunderte sein!*

Flammenzungen leckten zwischen den dunklen Stämmen des Nadelwaldes: Ohne feste Gestalt flimmerten die bleichen Wesen, blitzten manchmal gelblich und grünlich und kamen als leuchtende Wolken näher. Arme und beinähnliche Pseudopodien entstanden und verschwanden, schließlich bildeten die *Lichtelfen* einen drohenden Ring um die Felstafel der *Nadel.* Beklommen sah ich, daß sie den Ring enger zogen. Lautes Sirren und Klingen ließ die Luft beben.

»Ob sie angreifen?« sagte ich heiser und blickte Tanja fragend an.

»Wir bleiben in jedem Fall zusammen!«

Wie als Reaktion ging von den *Lichtelfen* ein Sirren aus, das einem wütenden Insektenschwarm glich. Mein Extrasinn sagte beruhigend: *Nicht irritieren lassen!*

Die tanzenden Schemen formierten sich blitzschnell und stürzten auf uns zu, ohne Tanja und mich trennen zu können. Wir hielten einander fest umfaßt und bemerkten das Verklumpen erster Irrwische. Ein Ton wie leises Klagen erreichte mich, gefolgt von einer Welle des Mitleids, der Trauer und Gram. Kummer, Übelkeit und Beschämung unterhöhlten meine Selbstkontrolle; Tränen rannen mir aus den Augen, alles Unglück der Welt schien auf mich einzuschlagen.

»Nicht loslassen!« Tanja schniefte, ihre Fingernägel schnitten in meinen Nacken, und der Schmerz vertrieb für kurze Zeit die suggestiven Impressionen. »Sie arbeiten mit allen Mitteln!«

Waren die klagenden Laute zunächst vereinzelt zu hören, wuchsen sie, je mehr *Lichtelfen* von uns absorbiert wurden, zum lauten Choral. Schreie gellten, aus Melancholie wurden Bitterkeit und Schmerz, daß mir fast das Herz brach. Schreckliche Minuten folgten; schließlich waren nur noch vereinzelte Schemen übrig, die der Biga fernblieben, transparente Gestalt annahmen und abwehrend die Arme hoben. Stille umgab die *Nadel,* bis ein klar akzentuiertes paraverbales Signal erklang:

»Vernichtet ... nicht! Achtet Leben ... auch wenn es ... andersartig ist ...!«

Die transparenten Gestalten verblaßten langsam, nur ein zartes Wimmern blieb zurück. Ich atmete zischend aus, als meine Freundin murmelte: »Beseitigt Mißverständnisse – und geht gestärkt aus der Gefahr hervor, zum Nutzen aller! Heiliges Zhy, warum sagt ES nicht klar, was Sache ist?«

Ich tastete den Nacken ab, betrachtete beklommen das Blut an den Fingern und hob die Schultern. »Es liegt in der Natur von Orakeln, orakelhaft zu sein. Wenn alle Informationen vorliegen, ist der Sinn leicht zu erkennen – bis dahin ... Hhm, die Lebensart des Fiktivwesens ist Teil seiner Art, Aussagen zu machen ...«

»Inwiefern?«

»ES lebt wahrscheinlich nicht mit den kausalen Zeitmodi wie wir, sondern offensichtlich im *Alles Umfassenden Jetzt* des Hyperraums. Wer das Gleichzeitige vieler Seinsformen – einschließlich universaler Alternativ- und Komplementärstrukturen – erkennt und sich mehr oder weniger überall einklinken kann, muß Schwierigkeiten haben, sich Wesen wie uns verständlich zu machen, weil wir linear-kausaler Wahrnehmung folgen. ES sieht Parallelitäten, Schleifenstrukturen und Verknüpfungen, was für uns offene Zukunft und faktische Vergangenheit ist.«

Tanja nickte. »Tatsächlich aber ist wohl alles offen und faktisch zugleich: Es kommt auf den Betrachter und seine Möglichkeiten an. Verstanden. Maßgeblich ist Informationszuwachs, unabhängig von kausalen Mustern! Die Macht des Unsterblichen von Wanderer übersteigt sogar die der Gijahthrako-Hochmeister bei weitem, das ist gewiß!«

Nach einer halben Stunde Antigravflug erreichten wir das Tal des Tlachat-Klosters: Etwa fünf Kilometer Durchmesser besaß der Kessel mit dem blaugrünen See im Zentrum, den Laubwald, saftige Wiesen und vereinzeltes Bambusdickicht umgaben. Zwischen schweren Basaltkegeln standen zierliche Felsnadeln; am Fuß der Säulen türmten sich Trümmerhaufen abgestürzter Gesteinsmassen, und an der Talbegrenzung kontrastierten glatte, unzugängliche Steilwände mit reich strukturierten Fassaden, deren Graugrün im warmen Sonnenlicht fast lebendig wirkte. LICHTELFE landete am Rand des anheimelnden Dorfes, das sich, direkt am Seeufer errichtet, unter der Wucht himmelhoher Berge förmlich duckte. Besonders ein Massiv im Norden fiel auf, war gekrönt von drei wolkenumhüllten Gipfeln.

»Hübsch«, sagte ich nach dem Aussteigen.

Tanja stieß mich an und antwortete: »Mehr Begeisterung, Imperator! Naturschönheiten haben wir in den letzten Tagen kaum bewundert.«

Ein bis zwei Stockwerke hohe Häuser, errichtet aus Fachwerk und

Stein, besaßen rotleuchtende Schindeldächer. Im Licht blitzten Solarflächen, und isolierte Röhren bewiesen, daß Geowärme genutzt wurde.

Insgesamt nur fünfzig Gebäude. Mein Logiksektor faßte die Beobachtungen des Anflugs zusammen. *Enge Gassen, kleine Plätze mit großkronigen Laubbäumen. Pfahlstege im See. Weiter oben Wasserräder an Gebirgsbächen.*

Lachen und Stimmen klangen herüber; Hunde kläfften, Vögel sangen, dumpfes Blöken folgte. Laut und gestikulierend näherten sich Dorfbewohner. Ein hünenhafter Dron, nur mit Lederschurz bekleidet, die braunschwarzen Schuppen von Ruß und Dreck überzogen, breitete grüßend die Arme aus. »Retter der Welt, seid willkommen in Tlachat! Ich bin Cecyl Dhecdrav – der Schmied.«

Ich wies auf meine Freundin. »Tatjana Michalowna. Ich bin Atlan, auch bekannt als Achter Gonozal. Retter der Welt? Geht's auch eine Nummer kleiner?«

Er lachte polternd, nachdem die Nickhäute betrübt zuschnappten, weil ich die Katastrophen erwähnte. »Man hört, daß ihr die letzte Hoffnung seid – also keine falsche Bescheidenheit.«

Tanja sah zu mir auf, wiegte den Kopf, dann kicherten wir. Dieser Cecyl besaß bei aller Rauhbeinigkeit eine sympathische Subströmung, der wir uns nicht entziehen konnten. Ein flinker Elloanty in graublauem Kittel, knapp 140 Zentimeter groß, schob den bedeutend massigeren Dron zur Seite, schüttelte die Kupfermähne und rief: »Mußt du dich immer vordrängen, Grobschmied?«

»Wenn du so langsam bist, Kleiner.«

Der Elloanty keckerte, winkte ab und deutete eine Verbeugung an. »Zukar Lal Nakano, Tlachat-Schulze. Müde Wanderer sind uns immer willkommen, besonders wenn sie den Gesetzen des Friedens folgen.«

Wir tauschten, umringt von schnatternden Dorfbewohnern – Kolonialarkoniden, Terraner, Mispaner, Elloanty, Dron und Orbeki –, feste Händedrücke und wurden sanft, aber nachdrücklich zum Dorf gezerrt, hinter dem das eigentliche Kloster zu sehen war: Kräfte von Wind, Wasser und Bodenerschütterungen hatten das Tal geformt, und vor der Steilwand ragte – rund vierhundert Meter hoch – eine einzelne Säule auf, deren Plateau verschachtelte Gebäude überzogen, manchmal schwindelerregend auskragend.

»Wir wissen Gastfreundschaft zu würdigen, Freunde«, rief Tanja und hakte sich bei mir unter. Auch meine Stimmung besserte sich. Die Tlachater besaßen eine überaus ansteckende natürliche Fröhlichkeit. Wir wurden zum Gemeindehaus gebracht, an Holztische plaziert und sahen uns im nächsten Moment einem Berg köstlicher Speisen gegenüber, der mir das Wasser im Mund zusammenlaufen ließ. *Endlich kein Synthon!*

Fische – gebacken und gebraten –, Dutzende Salate, knackige Gemüse, graukörniges Brot, Würste, saftiges Fleisch und Wildbraten in scharfen Soßen, dazu gelbschäumendes Bier: Wir ließen uns nicht zweimal bitten.

Zukar wischte Schaum von der dünnen Schnauze. »Eigentlich haben wir euch früher erwartet.«

»Der Aufenthalt bei der *Nadel* hat länger gedauert.« Tanja antwortete mit kühlem Grinsen und nahm noch mal Braten. »Aber viele *Biin-Goorl-Lichtelfen* wurden gebunden.«

»Können euch die *Tlachat-Nonnen* helfen?«

Ich wiegte den Kopf. »Bislang waren Parabegabte und Zhy-Famii keine Unterstützung. Unsere besondere Aufladung scheint die einzige Methode zu sein, die den *Lichtelfen* zusetzt.«

»Klemm nicht zwei Eier unter den Schwanz, wenn du nur eines tragen kannst!« Grollend zapfte Cecyl den Humpen am Holzfaß voll und kratzte Brustschuppen. »Die beiden sind gut, das sieht man sofort: Liebe ist die stärkste Kraft!«

»Trotzdem sollten wir mit den Tlachat-Nonnen reden.« Tanja schob dem Dron ihren leeren Becher entgegen. »Longhoninnen, nicht wahr?«

»Richtig, Feuerfrau«, sagte der Schulze. »Kleine Gemeinschaft, gutmütig, hilfsbereit und freundlich. Kamen vor dreißig Zhygor-Jahren hier an. Als die Pionierkommandos uns die Holobilder des Tals zeigten, haben wir uns sofort verliebt. Gemeinsam machten wir daraus einen *Ort der Kraft.* Seit zwanzig Jahren gab's keine Beben oder sonstigen Zwischenfälle.«

Cecyl reichte Tanja den Becher, zapfte sich selbst einen weiteren Humpen und donnerte: »Schau nicht den Krug an, sondern hinein. Momentan geht es der Welt an den Halskragen. Und das verdammt rabiat, wie mir scheint.«

»Rosen verblühen, Dornen bleiben.« Meine Freundin nickte betrübt. Im Hintergrund stimmte eine Orbeki-Frau mit heller Stimme die Ballade vom *Trunkenen Raumsoldaten* an, in die die Dorfbewohner lautstark einstimmten. Beim Anblick der Felidoiden dachte ich an das Kecz'dharr und mein Versprechen ihm gegenüber, das »Geheimnis« seines Volkes nicht an die große Glocke zu hängen. Harfen und Hackbretter wurden herbeigeschleppt, und weitere Lieder folgten, je feuchter die Stimmung wurde. Der Schmied tanzte mit wiegendem Schwanz auf dem Tisch, und irgendwann lag Zukar mit struppiger Mähne unter demselben.

»Wer zu oft auf die Gesundheit trinkt, wird sie verlieren!« Cecyl hob schwankend das leere Holzfaß und ließ letzte Biertropfen in den Humpen ab; auf den Schwanz gestützt, um nicht umzufallen, grummelte er: »Wenn's nicht fließt, tropft es.«

»Wer nichts zum Lachen findet, hat immer noch sich selbst«, murmelte ich und zog die Hand aus Tanjas Ausschnitt; längst hatten wir unsere Anzüge geöffnet und Schutzsegmente abgelegt.

Ein Zaliter hämmerte das melancholische Motiv von Tavoir Kaloms *Irrfahrt der Raumnomaden* auf das Hackbrett.

Der Tisch war ein Chaos halbgeleerter Schalen, Töpfe, Teller und Platten. Verschüttetes Bier bildete klebrige Lachen zwischen verstreuten Essensresten. Ich angelte mir ein Würstchen, biß hinein und roch Tanjas Duft, als sie das andere Ende abknabberte und dann mein Gesicht mit zarten Küssen bedeckte. Es dämmerte purpurn, als wir – ziemlich beschwipst – im Heu einer Scheune landeten, einander die Kleidung vom Leib zerrten und uns leidenschaftlich liebten.

»Umschwirren Sorgen wie Vögel deinen Kopf, mußt du verhindern, daß sie ein Nest bauen«, sagte meine Geliebte später leise und rieb ihr Gesicht an meiner Wange.

Fröstelnd dachte ich an den bevorstehenden Arena-Kampf und vergrub das Gesicht zwischen Tanjas prallen Brüsten, die bemerkenswert ablenkende Wirkung hatten.

Aus: *Zhygors planetarischer Visitator – Multimedia-Einweisungschip für Freihandelsweltbesucher;* Touristik-Center Tatalal/Zhygor, 4. Auflage, 19.017 da Ark

Arena Voktir: *Der 3000 Meter hohe und nicht erodierte Rest eines ehemaligen Vulkans erreicht einen Basisdurchmesser von elf und einen Oberseitendurchmesser von fünf Kilometern; die geneigten Wände zeigen deutlich die Parallel-Anordnung typischer Basaltsäulenerstarrung. Tausend Meter Zenithöhe erreicht die Kraftfeldkuppel, die das meist wolkenverhangene Tafelbergplateau überwölbt. Eine Kunstsonne beleuchtet die Fläche, deren Peripherie ein aufgelockerter Ring von Unterkünften, technischen Einrichtungen, Überwachungsanlagen, Trainingsstätten und künstlich angelegten Parkanlagen ist.*

Die eigentliche Arena, eine plastbeschichtete Arkonstahlebene, besitzt 2000 Meter Durchmesser. Kraftfelder und Holoprojektionen können garrabobrettmusterartig Parzellen abtrennen und mit entsprechenden Kampfszenarien ausstatten. Neben traditionellen Dagor-Zweikämpfen gibt es Gruppenkämpfe; eingesetzte Waffen reichen von Primitiv- bis High-Tech-Niveau. Es gibt reine Paraduelle und auch solche von friedlicherer Art – wenn beispielsweise Künstler, Wissenschaftler oder verfeindete Nachbarn ihren Zwist austragen. Ziel ist in jedem Fall die Beibehaltung beziehungsweise Wiederherstellung des Freihandelsfriedens. Einer berechtigten Duellforderung kann sich niemand widersetzen: Das Tabufeld ist dafür Garant.

Tlachat-Kloster: 5. Prago der Hara 19.018 von Arkon (= 7. April 2048 Terra-Standard)

»Weisheit beseitigt Zweifel, Entschlossenheit die Furcht!« Zykalla Jua Kos war die Feuermutter der Tlachat-Nonnen: uralt, gebeugt, blind, die Haut runzlig, das schlaffe Euter faltig, dicke Venen an Beinen und Handrücken, die Spitze des linken Horns abgebrochen. Sie zitierte mit brüchiger Stimme aus den *Heiligen Überlieferungen* der Gijah-Weisen: »Eines in Allem. Alles in Einem. Eines in Einem. Alles in Allem!«

Das planetenweite *Dagor-Zhy* näherte sich dem Ende, Millionen Lebewesen – Kooann, Dagoristas und Galaktiker – meditierten unter der Anleitung von Gijahthrakos, richteten ihre gesammelten Gedanken auf ein Ziel: *die Erhaltung der Welt!* Im kollektiven Zhy wurden ungeheure Kräfte freigesetzt, aber Zhygor bäumte sich auf wie ein bockendes Horimad. *Leider bleibt es nicht nur beim Scherenklappern,* dachte ich betrübt und konzentrierte mich. *Im Extrem zerreißt es den ganzen Planeten – genau wie in meiner Vision!*

Die Projektionsgestalt von *Tai Zhy Fam* Sinyagi, zusammen mit Kon, Kitai-San und Straton am Morgen in Tlachat angekommen, hatte besorgniserregende Nachrichten mitgebracht:

Ganz Tatalal ist von lautem Dröhnen umgeben, weil die Raum-Zeit-Nische des Planetoiden pulsiert. Das Kunstwerk von ZSIK *zeigt schwarzes Wabern. Der ES-Nebeldom ist zur violett glühenden Säule geworden, im Inneren als verwaschener Schatten ein riesiger Kegelberg zu sehen. Leuchten und Glühen überziehen auch den Kristallwald, die gesamte Nordpolarregion ist zu einem einzigen Polarlicht verwandelt – Entladungen, Kriechströme und Ausfall jeder Technik sind an der Tagesordnung. Fremdartige Wechselwirkungen durchdringen blitzgleich das Tabufeld rings um Zhygor, »Phantomplaneten« erscheinen und verschwinden in raschem Wechsel. Gijahthrakos und andere Parabegabte werden reihenweise ohnmächtig, bleiben den Hyperaktivitäten gegenüber machtlos. Und dann die Naturkatastrophen: Vulkane, Wirbelstürme, Überflutungen, Sintflutregen, Erdbeben, gewaltige Blitze, Feuerkugeln, Waldbrände ... Zum Glück nichts Neues vom Sonnenkiller ...*

»Beachtet die Nachgiebigkeit von Wasser – und doch sprengt es härtesten Stein: Der wirklich Starke siegt!« murmelte ich.

Lichteruptionen erweiterten mein Bewußtsein, verdrängten Ängste und Unsicherheit. Das Transzendentale durchpulste mich kraftvoll und belebend und vermittelte einen Eindruck der Verbundenheit, die empfunden und wahrgenommen, nicht aber in banale Worte gefaßt werden konnte. Ich sah Individualauren in pastellenen Lichtern, pumpend wie Herzen, glitzernd und strahlend. Starrer, allerdings nicht weniger farbenprächtig, war die Ausströmung des Landes, von Anorganischem, Pflanzen und Tieren. Aber unter der Oberfläche brodelte es gewaltig: Wild bewegt wurden Kräfte ausgetauscht, zerrten und kreischten. Ein unheimliches Quirlen und Toben gleich siedendem Wasser in einem gewaltigen Kessel, der kurz vor dem endgültigen Überkochen und dem Zerreißen aller Ventile und Verschlüsse stand.

Ich atmete tief ein und aus und kehrte in die begrenzte Wirklichkeit meines Körpers zurück. Nur wenig blieb im ersten Augenblick von dem erweiterten Zustand; das vordergründige Ego bebte ängstlich, duckte sich in Erwartung der Auseinandersetzung und begehrte schwach auf, sofort von neuem Zhy besänftigt. Langsam stand ich auf, entspannte die Muskeln und nickte Tanja zu. Wir trugen leistungsfähige S-900-Raumrüstungen mit integrierter *Symborgan*-Versorgung und brauchten nur noch die LICHTELFE zu besteigen, die über dem Kloster schwebte.

Kon reichte mir stumm die Hand und blinzelte aufmunternd, Straton versetzte mir einen Stoß mit dem Schwanz. Kitai-San legte mir kurz die Hand auf die Schulter, sah mir tief in die Augen und murmelte: »Viel Glück, Atlan-Sama!«

Als letztes trat Sinyagi in Begleitung von Zykalla Jua Kos heran, umarmte Tanja und mich und zupfte nicht vorhandene Partikel von ihren Robenärmeln.

Niemand wollte sich die innere Verkrampfung anmerken lassen, aber sie schwebte über allen als finstere Wolke – Zhy hin, Zhy her. Ich drehte mich entschlossen um, aktivierte den Anzugantigrav und stieg neben Tanja zur Biga auf, schwang mich durch die Luke und lauschte dem leisen Zischen, mit dem sie sich schloß. Ich setzte mich und sagte halblaut: *»Lichtelfe!«*

»Herr und Meister?«

»Kurs Arena! Volle Thermopuls-Beschleunigung. Start!«

»Verstanden.«

Rund viertausend Kilometer Flug lagen vor uns, knapp eineinhalb Stunden, die der letzten inneren Sammlung dienten. Tanja versank in dumpfes Brüten, und auch mir war nicht nach Sprechen. *Lichtelfen haben wir nur noch aus der Ferne gesehen. Vereinzelt tauchten sie im Tlachat-Tal auf, wirbelten bleich über den See, unterhielten sich zischelnd und verschwanden so schnell, wie sie gekommen waren. Weitere Attacken wurden nicht gemeldet. Zhygors Aufruhr reicht ohnehin!*

LICHTELFE überquerte die Hin-Berge, flog parallel zum Gaolian-Grabenbruch und erreichte schließlich die konzentrischen, von Radialklüften zerrissenen Wälle des Planetoiden-Antipoden. In der Ferne wurde der wolkenumgebene Tafelberg der Arena größer. Ich fühlte mich plötzlich scheußlich.

Clob Kharkh Sarc empfing uns, die warzig-feuchte Haut von Wasserstrahlen seiner Antigravsänfte besprengt, auf der Dachterrasse des Verwaltungsturms. Zu zwei Dritteln von vielfach geschwungenen Glassitelementen überspannt, erstreckte sich auf tausend Quadratmetern eine Sumpflandschaft, teils holographisch, teils sorgfältig umhegte Originalvegetation, die der Heimat des Andooz entsprach. »Wir haben alle Vorbereitungen getroffen, Euer Erhabenheit«, sagte der Arena-Meister nach knapper Begrüßung rauh und blähte die Backen-Schallblasen auf Kopfgröße. »Ein paar kleine Kämpfe sind noch angesetzt. Wir haben sie in die Peripherie verlagert und halten euch das Zentrum großräumig frei.«

Ich lächelte kalt. »Wir werden die offizielle Duell-Forderung, so schnell es geht, verkünden.«

Clob Kharkh Sarc reckte den zwei Meter langen, gedrungen-massiven Rumpf, öffnete das breite Maul und entblößte spitze Oberkieferzähne.

Eine buntschillernde Libelle flatterte aus dem Vorratskraftfeld der Sänftenschale; Sarcs Fangzunge schnappte meterweit vor. Genießerisch verdrehte der Arena-Meister die Kugelaugen, schmatzte laut und sagte: »Welche Duell-Art?«

»Bei den *Lichtelfen* wirken keine normalen Waffen.« Tanja legte den Kopf schräg und musterte indigniert das breite Maul, aus dem ein Flügelrest hing. »Paralysatoren bestenfalls eingeschränkt; bei großer Zahl unbrauchbar. Wir wollten eigentlich in Raumrüstungen ...«

»Bei einem nichtmateriellen Gegner? Auch wenn es um Zhygor geht, Freunde, als Arena-Meister muß ich die Regeln streng einhalten. Die Institution verlöre jeden Sinn, wenn man nur mit Luccot um sich zu schießen brauchte! Dann könnten wir uns die Arena samt Freihandelswelt sparen. Krawall gibt es genug in der Galaxis!«

Ich seufzte. »Die Ahnen waren einander näher. Kein Wunder: Steinkeile sind keine weitreichenden Waffen.«

»Kaum etwas ist stiller als ein gezücktes Schwert ... Also bleibt Parakampf, eventuell nach Dagor-Ritus. Nackt und waffenlos. Eine – wenn ihr die Bemerkung gestattet – sehr interessante Variante. Haben wir selten.« Er wedelte mit einer Hand, streckte Spinnenfinger, bis die knotigen Gelenke knackten, und gluckste mehrmals; es klang keineswegs amüsiert. »Wie viele *Lichtelfen* wurden absorbiert?«

»Hunderte. Keine Ahnung, wie groß ihre Gesamtzahl ist.«

»Gut. Ich teile also dem Tabufeld mit: Gruppenkampf; paranormal und Dagor; keine technologische Unterstützung!«

Ich sah Tanja an. Sie schnitt eine Grimasse, nickte dann aber. *War wohl nichts mit High-Tech-Raumrüstung,* dachte ich grimmig, fand mich aber mit der veränderten Situation ab und sagte: »Wann können wir?«

»Sofort. Ich werde einen Transmitter schalten, ihr verkündet die Forderung, und dann warten wir ab. Jedem Geforderten bleiben 39 Stunden, um freiwillig zu kommen, ansonsten wird das Tabufeld zum Transportfeld und bewirkt den Transit hierher zur Arena. Die Regeln des weiteren Rituals sind bekannt: gütliche Einigung, Schiedsrichterentscheid, Annahme der Forderung und so weiter ...«

»Wobei allerdings noch der Beweis aussteht, ob das Tabufeld wirklich auf die *Lichtelfen* wirkt. Trotzdem, denke ich, werden sie kommen.« Mißmutig ließ ich den Blick schweifen: Zwischen sanft gewellten Hügeln standen kleine Pavillons und Unterkünfte, am Rand der flirrenden Kraftfeldkuppel ragten Projektortürme auf. Mehrere Pyramidengitter in der Ferne dienten als Transmitter-Terminals, und in Kelchbauten waren Hotels integriert. Glatt und mit goldbedampften Fensterbändern schwebten am Arenarand Kugeln wie überdimensionierte Seifenblasen über den Trichtern. »Im Zweifelsfall trennen wir uns auf größere Distanz, das lockt sie auf jeden Fall an.«

Neben Clob Kharkh Sarc fuhr ein Käfig aus dem Boden, erfüllt von röhrenartiger Rotlicht-Erscheinung rings des schwarz wabernden Transportfeldes. Tanja ergriff meine Hand, wir gingen los, und im nächsten Augenblick materialisierten wir auf dem Gegenpolgatter. Hinter uns materialisierte die Sänfte, und der Andooz sagte eindringlich: »Ich registriere euer Begehren. Informiert eure Gegner!«

Lichttrichter stülpen sich über uns, die Verbindung zum Tabufeld entstand.

Einstimmung. Akzeptanz der Regeln.

»Lichtelfen! Biin-Goorl!« rief ich.

»Wir fordern euch zum Kampf!« rief Tanja.

»Wir erwarten euch in der Arena Voktir!« riefen wir gemeinsam.

Der Arena-Meister schnalzte lautstark und schloß die Augen. »Damit ist alles gesagt. Die Auseinandersetzung hat begonnen!«

Khavril Xiakin, 220 Zentimeter großer Dron in martialischer Panzerung, federbuschbesetztem Helm und prächtig marmoriertem Halskragen, legte das hundert Kilogramm schwere Rohr des ZZS-90/90-Desintegrators in die Armbeuge und rief polternd: »Ich werde, beim Heiligen Ei, den Kampf genau im Auge behalten! Die Forderung wurde verkündet, ihr seid bereit. Wenn die Gespenster zu kneifen versuchen oder die Regeln mißachten, bekommen sie es mit mir zu tun!«

Es knackte vernehmlich, als er durchlud und eine unterarmgroße

Energiezelle in die Kammer rastete. Tanja seufzte und sah dem Dron in das schuppige Gesicht. »Wenn es so einfach wäre, brauchten wir gar nicht anzutreten, Dron!«

»Niemand widersetzt sich dem Tabufeld!«

»Dein Wort in der *Lichtelfen* Gehörgang.« Brummig dachte ich: *Dummheit ist verfassungsrechtlich geschützt – jeder hat schließlich die Garantie zur freien Entfaltung. Tut er nur so naiv, oder meint er wirklich, was er sagt?*

Du kennst doch die Dron und ihren Stolz, flüsterte mein Extrasinn. *Sie glauben bis zum letzten Atemzug an den Erfolg und geben alles – genau wie Terraner! Mögen es andere als naiv oder überheblich ansehen: Neben den Naats sind sie die besten Krieger des Imperiums! Auf manchem Gebiet könnten sogar deine haßgeliebten Barbaren von ihnen lernen!*

Ein dumpfes Grollen entstieg Khavrils Brust; er wies auf die Arenafläche hinaus und sagte lakonisch: »Sie sind da!«

Hunderte bleicher, halbtransparenter Gestalten schwebten im Licht der Kunstsonne nieder und umgaben uns als weiter Ring. Der Dron winkte und verschwand im Flirren des Transmitterfelds, das ihn zur Schwebeplattform der Überwachungszentrale versetzte. Hornissengleich rasten Holokameras und winzige Sensoren umher, um jede Einzelheit der Auseinandersetzung aufzuzeichnen. Tanja und ich gingen in geduckte Kampfstellung und warteten auf die erste Reaktion. Ich atmete ruhig und beobachtete die Bewegungen. Dutzende *Lichtelfen* schlossen sich zusammen und veränderten dabei ihre Form. Blauweiße Kristallkörper entstanden, die einen Durchmesser von mindestens zwei Metern besaßen. Die Dodekaederform war unverkennbar; genauer: Pentagon-Dodekaeder – von zwölf regelmäßigen Fünfecken begrenzte Körper, an deren Kanten gleißend Licht gebrochen wurde.

»Kleine Todesboten – im Miniaturformat!« zischte meine Freundin. »Verfluchte Tekteronii.«

Stiche des heiß in meiner Stirnmitte schwingenden Lha'hon-Quarzes strahlten aus.

Das Gleißen wurde stärker, wie Flammen zuckten verfestigte Ausleger auf uns zu. Ein unglaublich intensiver suggestiver Zwang wurde zur geistigen Kraftfeldpresse, die mich zu zerquetschen drohte. Ich atmete stoßweise, wich einem heranpolternden, um sämtliche Raumachsen rotierenden Kristall aus und fluchte, weil ich von Tanja getrennt wurde. Ich fühlte, daß mir kalter Schweiß den Rücken hinabrann.

Lichtelfen waren keine mehr zu entdecken – sie hatten sich in fünf Dodekaeder verwandelt. Eines traf mich in die Seite: Ich wurde herumgewirbelt und prallte zu Boden. Mit einem Doppeltritt wehrte ich den nächsten Kristall ab und hörte sprödes Material knistern. Sofort setzte ich nach, schlug mir Knöchel und Fußkanten wund, aber es gelang mir, das Dodekaeder auf ein zweites zuzutreiben. Violett und nadelfein, an den Enden verästelt, zuckten Blitze zwischen den Körpern hin und her. Dann prallten sie klirrend zusammen, ein Donnerschlag machte mich halb taub – und die Todesboten zersprangen. Zeitlupenhaft trudelten Tausende Splitter auseinander, die sich in *Lichtelfen* zurückverwandelten und davonhuschten.

Tanjas Kampfschrei ließ mich herumfahren: Die drei anderen Dodekaeder umringten sie mit immer schnelleren Rotationen. Im Zickzack lief ich los, warf mich gegen einen Kristall, bekam die linke Schulter aufgerissen und torkelte, vom Schwung getragen, seitwärts weiter. Suggestiver Druck lastete auf meinen Schläfen, während sich die *Lichtelfen* auf Tanja stürzten.

Ihre Schreie wurden schriller. Erneut lief ich gegen die Dodekaeder an, griff zu – und ins Leere. Abrupt verwehten die Kristalle zu Schemen, die ihrerseits auf meine Freundin eindrangen. Verzerrt wie hinter einer Wasserwand sah ich ihren zuckenden Körper, von unsichtbarer Attacke heimgesucht.

Unheilvolle Parakräfte prasselten auf mich ein und durchstießen meine Monoschirm-Abwehr schon beim ersten Ansturm, obwohl ich näher an Tanja heranzukommen versuchte. Ich taumelte, sah feurige Ringe vor den Augen und hatte ein beklemmendes Gefühl. Eisiger Schreck durchzuckte mich, als schmerzhafte Stiche meine Brust durchzogen. Ich konnte den linken Arm nicht mehr bewegen und sank auf die Knie. Hysterisches Kreischen erfüllte meinen Kopf, ohne daß ich Einzelheiten verstanden hätte. Die Schmerzen wurden stärker. Keuchend rang ich nach Luft und krallte die Hand in die Brust. Kalt, taub und leblos waren Haut und Fleisch. Der Zellaktivator pulsierte heftig. Dunkle Wolken wallten vor meinen Augen, dann setzte das tobende Pochen meines Herzens abrupt aus ...

»... fällt's dir sicher leicht, die Steinchen zu bewegen?« sagte Kon; sein Grinsen war hinterhältig und gemein.

»... Angst, die Welt könnte zerspringen!« Thom raste auf mich zu und spießte mich mit dem Dorn des Peitschenschwanzes auf.

Tanja kicherte anhaltend und donnerte mir die Faust in den Magen. Ich klappte zusammen, ihr Knie zerdrückte meine Nase, Fingernägel rissen meinen Nacken auf.

Funken sprühten, als Cecyl Dhecdravs Hammer das glühende Metall traf. »Ist es der Schmied, der, wenn er Schwerter schafft, tötet?« Er tauchte die Klinge in Wasser, Dampf zischte hoch. »Oder die Hand, die das Schwert führt?«

Die Klinge pfiff durch die Luft und schlug mir die Hand ab ...

... und Straton wirbelte herum und riß mit dem Schwanz meine Beine weg. Ich knallte hart auf den Rücken. Der Dron lachte gellend. Sein Schwanz prügelte unerbittlich auf mich ein, aufgestellte Schuppen zerfetzten meine Haut.

»... empfinden euer Handeln als Blasphemie«, sagte eine heisere Stimme, »und so eskaliert der Krieg! Das aggressiv-expansive und missionarische Vorgehen der Tekteronii forciert; und ihnen stehen Waffen zur Verfügung, die bis in jene Zeit zurückreichen, als die Qa'pesh für Jahrtausende im Großen Galaktischen Krieg schrecklich wüteten ...«

Mein Vater gab mir eine schallende Ohrfeige, so daß ich über den Sessel stürzte und weinend liegenblieb ...

... explodierte der Körper nicht, als er mit Donnerschlag am Rand Muos aufschlug, eine tiefe Furche riß und wie die Bugwelle eines Schiffes Gebirge auffaltete. Gewaltige Vulkane brachen aus, umhüllten mich mit glühender Hitze, verbrannten meine Haut und verkohlten mein Fleisch ...

Der Kugelkopf knirschte: »Es kennzeichnet den Meister, auch Außergewöhnliches zu integrieren. Nicht alles Fremde ist automatisch Feind. Und nicht jeder Feind ist es auf Dauer!«

Konzentrier dich! schrie es panisch in mir. Feuerrosetten waberten vor meinen Augen, finstere Schwaden wurden von Sternen durchdrungen. Brennender Schmerz der Handflächen vertrieb die Schwärze. Ich merkte, daß ich verkrümmt am Boden lag. *Hoch mit dir, du Versager!*

Wut und Haß schäumten in mir. Ich hob kraftlos die rechte Hand; die verschwundenen Symbole Tiga Rantons waren wieder da! *Letzte Prüfung. Kristall-Labyrinth. Alle Reserven ...*

Im nächsten Moment wich der grauenhafte Druck von meiner Brust, vor der der Zellaktivator leuchtete. Ich atmete befreit durch, wunderte mich, keine Schmerzen mehr zu haben, und kam schwerfällig auf die Beine. Hitze strahlte von meiner Stirnmitte durch den ganzen Körper, der mir merkwürdig leicht vorkam, fast beschwingt.

Adrenalin- und Endorphin-Überproduktion! Ich bekam das Flüstern des Extrasinns kaum mit. *Ich hab' deinen Körper aufgeputscht! Not-Aktivierung!*

Ein belebender Strom pulste durch mich, und eine Art rötlicher Schleier sank vor meine Augen. Mein Körper reagierte, bewegte sich. Verwaschen und dunkel tauchte die Gestalt des Feindes auf. Ein undefinierbarer Laut. Etwas traf mich, es störte mich nicht. Der rote Schleier wilder, tierischer Erregung wischte alles fort. Ich merkte keine Schläge, keine Attacken, keine Suggestionen. Mit erhobenen Armen drang ich vor. Keuchen, heißer Atem. Meine Handkanten trafen. Ich setzte nach. Doppelter Angriffsstoß. Vierfach-Tritt-Kombination. Aufwärtsblock zur Abwehr. Jemand brüllte entsetzt, Zischeln und Kreischen folgten. Blut pochte im ganzen Körper wie ein gewaltiges Pumpwerk. Ich holte weit zum letzten Schlag aus ...

Ein wacher Moment, und ich sehe: ein verzerrtes Gesicht vor mir. Augen waren weit und entsetzt aufgerissen, Lippen zitterten. Von der Nase tropfte Schleim ...

Tanja!

Meine Fingernägel schnitten ins Fleisch, so fest schloß ich die Faust. Ich atmete stoßweise, nur langsam verschwand der blutige Schleier, beruhigte sich das Pulsieren meiner Halsschlagadern. Meine Freundin stieß ein klagendes Winseln aus und verdrehte die Augen, als ich mich langsam entspannte und mit den Armen neben ihrem Kopf abstützte. Der Zellaktivator pendelte – rotes Glühen ging von ihm aus. Schweißgetränkt lag ich halb auf Tanja, begann ebenso wie sie zu zittern und stieß einen brüllenden Schrei aus, der das Kreischen der *Lichtelfen* übertönte.

Fingernägel, die meine Seiten und den Rücken aufgerissen hatten, glitten langsam fort. Meine Freundin ächzte schockiert: Es glich Tausenden Nadelstichen, als die *Lichtelfen* auf uns einstürzten, von der gemeinsamen Individualaura absorbiert wurden und eine *Eruption* auslösten, die uns alle fortriß ...

Gewaltiges Fauchen rauscht über die Arena. Ein hyperorientierter Blitz, in Zhygors Innerem aufgestaut, bricht hervor, wird zur blendenden Säule und steigt in die Atmosphäre. Dreißig Kilometer über der Arena fächert der Stamm auf, die Spitze wird zum Pilz. Immer höher, schneller und weiter: Ein langgestreckter Ballon, mattgolden und an der dicksten Stelle zehntausend Kilometer breit, ragt von Zhygor auf, und die Bewegung endet erst, als die Wölbung dreißigtausend Kilometer Bodenabstand erreicht. Dann verebbt das ungeheure Fauchen, und wie eine gewaltige Schleppe folgt das absonderliche Gebilde Zhygors Rotation.

Unter Tatalal durchziehen starke Vibrationen den Boden, fast so, als wolle sich der Planetoid aus seinem Krustengefängnis lösen, emporsteigen und zu einem weiteren, wenn auch andersartigen Mond des Schrekkens werden – eine klaffende, riesige Wunde in der Planetenoberfläche zurücklassend, die Zhygors Ende bedeuten muß: Genau wie es der Millionenäugige in seinen Visionen mehrfach gesehen hat!

Und vor den Systemgrenzen, außerhalb der verzerrten Zone dieses Raumsektors, wartet geduldig der Sonnenkiller, während sich im Spinnennebel Xanthyn Ol'dan auf den STERNSAPHIR konzentriert.

Epilog

Aus: *Inschriften einer tbaischen Stele,* Abschnitt 793; Entstehungszeit ungefähr 360.000 v. Chr.

Gehst du hinaus in die Sonne Aggluth, vergiß den Panzer nicht, den Panzer aus Stahl, der deine Seele umhüllt und vor Weichheit bewahrt, damit du lebst.

Gehst du hinaus in das Sternenreich Tba, vergiß die Waffen nicht, den Blitz und den Donner, die das Gesetz für die anderen sind ...

Gehst du hinaus über die Grenze des Reiches der Inseln, vergiß das Motuul *nicht, die Kraft aus dem Innern, die dein Äußeres formt und den Feind schlägt mit Blindheit, denn Tba war, muß werden und wird immer sein ...*

12. April 2025

Das Brodeln in der KOAH-SHARA nahm zu, ihre Zentralhypertronik registrierte Veränderungen: Die eindringenden *Vital-Kerne* durchstießen die Barriere, und Aufgestautes verpuffte förmlich! Wurde bislang die Hyper-Vakuole durch den inneren Druck des STERNSAPHIRS gleichsam wie ein Ballon aufgeblasen und stabilisiert, überwog abrupt die Eigenspannung der Barriere: Die Hülle schnellte zurück, innerhalb von Sekundenbruchteilen entstand ein punktförmiges Etwas, kleiner als ein Elektron, aus dem im gleichen Augenblick, weil im hochgradig labilen Zustand, seine explosive Expansion folgte.

Während der Großteil freigesetzter Kraft höhergeordnet im Hyperraum verschwand, trat der Rest ins raumzeitliche Kontinuum des blauweißen Bezugsplaneten ein und manifestierte; akausale Ausläufer äußerten sich hierbei als Adria-Beben von 2017 und klangen als Mikrowellenemission langsam ab. Auf der Erde verstofflichten in der Adria auf Normalniveau transformierte Energien zu Masse der Ordnungszahlen 26 und 28, als Eisen und Nickel, in der Größenordnung eines Körpers von fast 300 Metern Durchmesser. Somit wurde die Zeitschleife – das akausale Hyperpotential – geschlossen: Erst durch das Ende des im Hyperraum eingebetteten Gefängnisses entstand die »Ursache«, und diesem Objekt lagerte sich, nun eine eigenständige geschlossene Kontinuumsblase formend, das Schwarm-Bewußtsein aus der vormaligen Grenzschicht an. Im Außen hielten sich noch für kurze Zeit die Manifestationen einiger »Kleiner Grauer«, bis auch sie verwehten.

Die Information des Erfolgs durcheilte sämtliche Schaltknoten und aktivierte bisher in Wartestellung befindliche Programme. Meldungen summierten sich zum Gesamtbild. Die Positivsignale blieben allerdings in der Unterzahl: Zu den schon vorhandenen Schäden an wichtigen Aggregaten und der statischen Struktur der KOAH-SHARA kamen weitere hinzu, weil beim Zusammenbruch der Hyper-Vakuole Restenergien auf die Raumschiffskugel übergeschlagen waren. Dennoch erwachte die KOAH-SHARA zum Leben: In Kraftfeldblasen endeten Stasis-Transformationen; die Subeinheiten standen bereit, sich um die Cyén zu kümmern.

Unterdessen kam es im Orbit des Bezugsplaneten zur kurzfristigen Verstofflichung der KOAH-SHARA. Doch statt hier endgültig Stabilität zu gewinnen, griff der Einfluß der beiden anderen Bezugspunkte zu: der der raumzeitlich verzerrten Zone rings um die blaßrote Sonne mit dem Planeten, auf dem Mooshar abgestürzt war, ebenso wie die Überlappungszone zum Roten Universum mit seinem verlangsamtem Zeitablauf. Dominant konnte allerdings keiner von ihnen werden, weil als weiterer Faktor erneut die Kräfte des STERNSAPHIRS hinzukamen.

Der Rematerialisation folgte augenblicklich eine ungesteuerte Entstofflichung, weil ein instabiler Überladungstrichter entstand. Rund 12.000 Lichtjahre vom Standort Mooshars entfernt existierte jedoch ein fast vierhundert Lichtjahre breites, verdreht-schlauchförmiges, überaus turbulentes Raumgebiet, dem seit Jahrtausenden ungezählte Raumschiffe zum Opfer gefallen waren und das bei den Arkoniden *Sogmanton-Barriere* genannt wurde, das als natürlicher Gegenpol fungierte: Weil es hier fast permanent zu hyperenergetischen Einbrüchen und Aufrissen kam, der Austausch von Normal- und Hyperenergie Hyperstürme auslöste, starke Strukturerschütterungen und Verzerrungen hervorgerufen wurden und übergeordnete Wirbel, Strudel und wechselnde Sogrichtungen vorhanden waren, fand hier auch die Transition der KOAH-SHARA ihr Ende.

Die Hypertroniken reagierten sofort. Das Zentrum der Sogmanton-Barriere besaß einen Durchmesser von fünf Lichtjahren und war eine

Ansammlung kosmischer Materie, in der es ständig brodelte und gärte: Dort konzentrierten sich die fremdartigen Energieströme und machten sich am deutlichsten bemerkbar. Zunächst hielten die hochgespannten Schutzfelder des riesigen Raumschiffes die anstürmenden Gewalten noch ab ...

Er schrie langgezogen auf, seine hochgereckten Arme endeten in grellen Blitzen; die Wärme wurde zur Höllenglut, schien ihn zu verbrennen: *die Visionen von Feuer!* Den Kopf in den Nacken geworfen, brüllte er laut und sank auf die Knie. Entladungen umknisterten seinen Körper; auf zitternde Arme gestemmt, sah er, daß er seine Festigkeit verlor. Gewebe zerfloß, Atome wurden zur brodelnden Wolke ohne Zusammenhalt. Durcheinanderquirlende Funken verblaßten; langsam erlosch das Licht, machte Finsternis Platz.

Plötzlich sah er Pflanzen und Tiere, hörte das Knistern von Sandkörnchen und fühlte den Angriffsrausch, als er in Gestalt eines Adlers dem See entgegenfiel; seine Fänge packten zielsicher den Lachs. Der Fisch zappelte wild, Muskeln schmerzten, als er, vom zusätzlichen Gewicht belastet, die Flügel bewegte – und im nächsten Augenblick geschmeidig durch Dschungel schlich. Tiefes Knurren durchdrang seinen Leib. Er fauchte, sprang den Antilopen entgegen. Wasser spritzte, der Boden gab nach; rasch versank er im Teersumpf ...

Felszeichnungen schälten sich aus Fackellicht und Dämmer und versanken ebenso wie das Gefühl, Urth zu sein. Er schöpfte Wasser an einem See, bestellte Felder mit dem Hackpflug. Sein Pfeil erlegte den langmähnigen Löwen, während der Wagen über die Steppe holperte. Er starb, als ihm die Keule gegen den Kopf krachte. Knarrendes Tauwerk und Segel weckten ihn aus unruhigem Schlummer. Björn stand zitternd an der Ruderpinne, der Sturm jaulte. Kälte durchzog die Burg, irgendwo kicherte jemand. Als er die Degenklinge abwehrte, unterlief sein Gegner mit dem Rapier die Deckung; glühende Hitze pulsierte durch seine Brust, und der Lichtblitz der detonierenden Handgranate blendete ihn. Bewegungen in den Augenwinkeln irritierten, doch als er genauer hinsah, konnte er nichts erkennen: Ein gewaltiges Raunen und Wispern erschütterte sein Bewußtsein. Getrennt und doch eins und als Ganzes mehr als die Summe der Teile! Alles das war er; der Adler, der Säbelzahntiger, ungezählte Menschen, die Stimmen und Schreie und Ereignisse. Sie lebten *jetzt* – denn in seinem Bewußtsein verschmolzen Zeit und Raum: *Wir sind – sie bei mir, ich bei ihnen, und indem wir eins sind, verändern sie mich.*

Tausende Körper, ein größeres Ganzes, in immerwährender Wandlung und Evolution; Metamorphosen zwischen Tod und Leben, Stillstand und Fortentwicklung, immer weiter, immer mehr – zurück zum Ursprung! Er sah gewaltige Raumschiffe zwischen den Welten des Cyén-Reiches pendeln, überall pulsierte Leben; Fürsten und Krieger formten eine stumme Prozession, Vrishas Audienz-Kandelaber erglühte im Licht der Visionen. Während er auf Czernaka wartete, sah er sein Schicksal, doch kaum erkannt, wurde das Wissen verdrängt; zu schokkierend waren die Informationen. *Viele Leben, stets aufs neue geboren, aufgewachsen und gestorben!*

In ihm war ein wirres Brodeln, in vielfacher Hinsicht fühlte er sich ergänzt und gestärkt. Als dominant war keines der ungezählten Teile anzusehen, aus denen er sich zu neuer Einheit zusammensetzte. Ein stetes Fließen gestattete Austausch und Wandel, erfüllte seine multiple Erscheinungsform mit immer neuen Erfahrungen.

Jemand lachte leise, Gesichter erschienen, Gestalten waren zum Greifen nah, Zeit wurde paradox verzerrt. Es ähnelte dem Welle-Teilchen-Dualismus; klar zentriert formten sich Körper, die Einzelteilchen entsprachen, während die Ausdehnung des Bewußtseins einer Welle glich. Die Konzentration auf eine Erscheinungsform schränkte zwangsläufig die Sicht auf die andere ein; bei scharfem Fokus wurde er zu Urth oder zum Säbelzahntiger oder zu jedem anderen Geschöpf, das er einmal war – oder immer noch *ist.* Sie waren ihm gegenwärtig, durchdrangen ihn, wie er sie durchdrang. Und doch waren sie mehr, er mußte nur über die Grenzen und Einschränkungen hinaussehen, durfte den umfassenderen Blickwinkel nicht vernachlässigen.

Im Konglomerat der verwirrenden Eindrücke erschien wiederholt das Bild eines Weißhaarigen. *Atlan! Der Arkonide!* Wer immer dieser Mann genau sein mochte – er hatte oftmals den Weg der Gestalt-Manifestationen gekreuzt, fast so, als habe er etwas Besonderes an sich, das wie ein Magnet gewirkt hatte. Über Jahrtausende hinweg! Augenblicklich fokussierte der Blickwinkel, zoomte quasi das merkwürdige, eiförmige Amulett heran: pulsierend, scheinbar von einer Aureole umgeben, Speicher einer unglaublichen Menge vitaler Energie. Und mit dem Blick auf diesen Anhänger war intuitives Wissen verbunden: *Er hat die verstreuten Fragmente angelockt, führte sie, weil Kraft von ihm übersprang, mit der Zeit zusammen, wirkte in der Art eines Katalysators! Ohne Atlan und sein Amulett wäre die Rekonstitution nicht möglich gewesen! Sogar jetzt gibt es noch eine vage Verbindung! Der Mann lebt also weiterhin!*

Aus weiter Ferne empfing er ein Signal: »Das Omnipräsente versinkt, sobald die Konzentration sich dem Detail zuwendet und die Körper-Manifestation scharf zentriert wird. Nur so werden Erfahrungen erlebbar, die Sicht des Ganzen ist – letztlich – statisch, wenn auch umfassend. Dem Individuum offenbart sich Wissen aber in der Zeitlichkeit, denn als Teil ist es Streben zum Ganzen.«

Helligkeit umfing ihn. Er fühlte, daß er emporwuchs, von der einzelligen Amöbe aufstieg, größer wurde, Gestalt gewann, seine Konturen festigte und schließlich tief durchatmete. Das Illusionäre der Umgebung zerstob zu pudrigen Partikelwolken, Energiewirbeln und verknoteten Kraftlinien. Fest war nur er – und Bewußtsein bildete die Form, an welche sich das Materielle perfekt anschmiegte und ihr harmonische Einheit verlieh; selbstsicher, in sich ruhend, glücklich ...

Das Ziel ist erreicht! Regeneriert und frei!

Vage erschienen schemenhafte Informationen, ein letzter Blick zurück zur Erde, zur alten und vertrauten Welt. Doch so schnell die Eindrücke und Bilder kamen, so schnell vergingen sie wieder. Sie machten einer rotglühenden, turbulent aufgewühlten Szene Platz. Ganz fern erschienen zwölf Gestalten, allesamt in der äußeren Form von Götzen: insektenähnlich, mit wuchtigen Walzenleibern auf Stempelbeinchen, gekrönt von Köpfen, auf denen anstelle von Haaren tentakelartige Muskelstränge wirbelten.

Kaum erkannt, verging aber diese visuelle Fernwahrnehmung, wurde von einem Gefühl des Glücks überdeckt: *Ich* – wir! – *sehe nach vorne ...*

Czernaka weinte, flog in seine Arme, küßte ihn, und ihr Bewußtsein überlappte mit seinem zur intimen Schnittmenge. Ihr Flüstern an seinem Ohr glich Elfengesang und entfachte ein Lebensfeuer, das lange erloschen schien: *»Oon Batraál!«*

Dann aber riß sich Czernaka fast gewaltsam vom Cyén-Fürsten los und rief: »Und jetzt Xanthyn Ol'dan! Ich zwinge ihm die *Unwiderrufliche Wandlung* auf! Schnell, Liebster! Xanthyn hat mit der Kraft des STERNSAPHIRS ein Tor geöffnet. Wir müssen mit der Silberkugel die KOAH-SHARA verlassen. Schnell, schnell, schnell!«

An Bord des Wracks der KOAH-SHARA

»... bringe ihn um! Ich zerfetze seinen verdammten Leib!« schrie Czernaka und donnerte die Fäuste auf eine Konsole, während die Holoprojektionen nur rot-schwarzes Wallen rings um den zerfetzten Kugelkörper zeigten. Die zwölf Silberkugeln flogen voraus, von der letzten rasten Waffenstrahlen heran und trieben Czernakas Kreuzer in das Wrack zurück; ihr bereitete es keine Schwierigkeiten, den ringsum tobenden Kräften zu widerstehen, aber Xanthyn Ol'dans skrupelloser Angriff versperrte den Weg ins Standarduniversum.

Der pechschwarze Hypersturmausläufer verhinderte einen weiteren

Kampf: Zusammen mit der diffus werdenden KOAH-SHARA wurde die Silberkugel ergriffen und entstofflicht. Aber es handelte sich nicht um einen normalen Transit; der Vorgang war veränderten Gesetzmäßigkeiten unterworfen, und es gab fremdartige Kräfte, die in ihn eingriffen.

Czernaka Oulpka war ebenso wie Oon Batraál entstofflicht, dennoch gab es für sie Wahrnehmungen. Sie konnten denken, spürten die Gegenwart des anderen. Im unwirklichen roten Wallen, als das sie die Umgebung erkannten, trieben gewaltige Gebilde wie verschlungene Riesenmoleküle in nicht abschätzbarer Entfernung dahin. Vereinzelt zerfaserten milchige Schlieren, öffneten sich zum bodenlosen Abgrund, dessen unermeßliche Tiefe mit dem Gefühl von Übelkeit verbunden war und die aufs Bewußtsein reduzierten Cyén schockierte. Sie schwebten dahin, körperlos, aber weiterhin lebendig, geschüttelt von wild aufsteigenden Ängsten.

Gefangen! durchfuhr es die Cyén-Fürstin. *Schon wieder gefangen! Und diesmal ist es noch schlimmer!*

Nach anfänglicher Panik fand zuerst Oon zur Ruhe zurück; der unglaubliche Erfahrungsschatz seiner über ungezählte Körper-Manifestationen ausgebreiteten Existenz verlieh ihm die nötige Ruhe, um nicht zu sagen stoischen Gleichmut. Lautlos sein paraverbales Signal, das das Bewußtsein der Frau umschmeichelte und einhüllte: *Wir leben! Immer noch, weiterhin – wie auch immer! Nie hast du die Hoffnung aufgegeben. Fühlst du es nicht? Wir sind nicht allein!*

Das Äquivalent eines Seufzens, begleitet von Schaudern, sprang durch das rötliche Wabern, wurde jedoch abrupt von einem dröhnenden Lachen überdeckt, das die Bewußtseine der beiden Cyén als Orkan umfauchte. Die Zwangsvorstellung, sich zu einem Punkt zu verkleinern, um diesem Sturm auszuweichen, wurde für Augenblicke zum beherrschenden Eindruck. Er verschwand erst, als das Lachen verebbte und zum sanften Säuseln ausklang. Czernaka und Oon vermittelte sich der visuelle Eindruck, von einer überdimensionierten Hand aufgefangen und darin geborgen zu werden.

Die Gefahren aus ferner Vergangenheit bleiben also weiterhin akut! schmetterte eine machtvolle Stimme durch die Gedanken der Cyén. *Mehr noch: Sie könnten sich zu einer Bedrohung völlig neuen Maßstabes entwickeln. Vielleicht muß ich dann erneut auf deine Hilfe zurückgreifen, Töchterchen! Schon einmal hast du sehr wirkungsvoll in meinem Auftrag gehandelt!*

Während Oon nur einen Begriff dachte – *ES!* –, stiegen in Czernaka die Erinnerungen auf: Raub der Sternjuwelen, Rückkehr zur KOAH-SHARA, das Einbauen des STERNSAPHIRS ... Mehrmals hatte sie damals ein Kichern zu hören geglaubt, ohne die Ursache dafür entdekken zu können, und es hatte ein *Blackout* gegeben, an das sie keine Erinnerung besaß. Nun wurde ihr klar, wer oder was gekichert hatte. *Sie* selbst war das Werkzeug gewesen, *sie* hatte das Sternjuwel manipuliert und verborgene Sicherheitsmechanismen aktiviert, *ihr* hatten sie die lange Gefangenschaft letztlich zu verdanken! Im ersten Augenblick schoß in der Frau eine Haßfontäne hoch, das Gefühl, mißbraucht und ausgenutzt worden zu sein, drohte übermächtig zu werden. Erneut war es Oon, der, mit ihr aufs engste verbunden, die Ruhe bewahrte und sie zur Ordnung rief: *Was regst du dich auf? Hast du nicht stets an der Richtigkeit unseres Handelns, am Raub der Sternjuwelen gezweifelt?*

Trotzdem! Was bildet sich dieser Brüller ein? Bei Rhodan, der Erste Administrator sollte ihm mal tüchtig was auf die Löffel hauen! Und wenn er's nicht tut, mache ich es eigenhändig!

Das Gelächter erreichte eine neue Dimension: Die Wesenheit schien sich köstlich zu amüsieren! Der Eindruck der Riesenhand verfestigte sich. Langsam entstand eine durchscheinende Blase, in der schattenhafte Konturen Gestalt gewannen. Die Bewußtseine wurden angesaugt, glitten in die entstehenden Körper hinein, beseelten die materiellen Zentrierungen.

Was hast du vor? Was geschieht mit uns?

Oons Fragen quollen aus ihm heraus, während Schläfrigkeit seinen neuen Körper befiel und die Gedanken träger machte. Die Antwort war ein fast sanftes Flüstern: *Ich schaffe Voraussetzungen! Die Überzeitlichkeit respektive Zeitlosigkeit meines Seins gestattet den Blick in das Geflecht der Parallelitäten und Alternativen. Es liegt nicht an mir, direkt in die konkreten Verwirklichungen einzugreifen – sogar Entitäten wie mir legt der Kosmos Grenzen auf! –, aber ich kann sie durchaus in geeignete Bahnen lenken, quasi den Weg vorzeichnen. Ob er dann beschritten wird, in einer der vielen Universal-Sequenzen, ist eine andere Frage. Mein Blick in die Wahrscheinlichkeitsstrukturen zeigt, was passieren* könnte. *Darauf reagiere ich!*

Oon Batraál begehrte auf: *Beantwortet nicht meine Frage!*

Statt einer Antwort stiegen in ihm, von weiterer Müdigkeit begleitet, Bilder auf. In rascher Folge sah er nochmals die Begegnungen mit dem weißhaarigen Mann.

Atlan! Der Arkonide!

Groß stand das eiförmige Amulett vor Oons innerem Auge, machte dann dem Blick auf die drei Sternjuwelen Platz, die als Eckpunkte eines gleichseitigen Dreiecks umeinander rotierten: funkelndes Rot, Grün und Blau! Machtkonzentrationen, die niemals in falsche Hände fallen durften! Oon sah Mooshar – als flacher Buckel ragte der Planetoidenrest über die Oberfläche einer Welt, fast ganz umgeben von einem

Gebirgszug. Meerblaue Rochenwesen glitten vorüber, auf der Kuppe entstand eine Stadt. Dann sprang der Blick in das Innere Mooshars, hinab zu seinem Kernhohlraum, in dem STERNSMARAGD und STERNRUBIN auf die Vervollständigung ihrer Struktur zu warten schienen. Denn der STERNSAPHIR befand sich im Besitz der Cyén, wurde von Xynthyn Ol'dan kontrolliert ...

Ich verstehe! dachten Oon und Czernaka gleichzeitig.

Erneut erschien – jetzt fast schon ein verzerrtes Traumbild – die hochgewachsen-kräftige Gestalt des Arkoniden, diesmal gekleidet in prächtigen Ornat; in der Kristallkugel des Zepters blitzten die drei arkonidischen Synchronwelten, eine mit Edelsteinen besetzte Thronlehne ragte hinter Atlan auf.

ES sagte in die einschlummernden Gedanken der Cyén hinein: *Mein bester Paladin vergangener Jahrtausende wird bald sein lange angestrebtes Ziel erreichen! Die Zeitschleife, in der er eingebunden ist, macht diese Entwicklung quasi unausweichlich, denn sie existiert seit seiner Begegnung mit dem Ersten Wissenschaftler Epetran, die für Atlan allerdings noch Zukunft ist! Und es ist nicht die einzige Zeitschleife, die ich zu erkennen in der Lage bin! Nur Kräfte wie die der Sternjuwelen könnten dieses bestehende Gefüge des Kosmos erschüttern und ein gewaltiges Paradoxon erzeugen! Das darf nicht geschehen! Niemals! Er wird als Imperator von Arkon deshalb starke Helfer brauchen, mein stets nörgelnder Paladin. Ihr werdet diese Helfer sein; Verbündete, von denen er nichts weiß, bis die Zeit reif ist. Denn ihr seid mit ihm verbunden, besonders du, Fürst Batraál! Ihr werdet euch der früheren Begegnungen nicht bewußt sein, aber sie schufen die Ausgangsbedingung.*

Die beiden Cyén schliefen – und glitten in die *Traumzeit.*

Irgendwann würde es zur angekündigten Begegnung kommen. Schon in der *Traumzeit* festigten sich die Kontakte: Mehrfach wurde Atlan in der Zeit nach 2045 von Visionen heimgesucht, erblickte die platinhaarige Frau, erfuhr von Mooshar, dem Verrat, dem Absturz der ehemaligen Zentralfestung aus der Zeit des Großen Galaktischen Kriegs. Noch stand die direkte Begegnung aus. Neben dieser würde es wohl auch eine ganz anderer Art geben, denn der Haß auf Xanthyn Ol'dan bestand fort, verwandelte sich in kalte Wut: *Rache,* besagte ein terranisches Sprichwort, das auf Napoleon III. zurückging, *ist ein Gericht, das man kalt verspeisen muß!*

Irgendwann mußte es soweit sein, dann standen Oon Batraál und Czernaka Oulpka dem Tekteron-Missionar gegenüber, und letzterer würde diese Begegnung nicht überleben – das war ihr fester Entschluß.

Aus: *Inschriften einer tbaischen Stele,* Abschnitt 794; Entstehungszeit ungefähr 360.000 v. Chr.

Über allem steht Tba! Panzere deine Seele, gürte sie mit Stahl, tritt aus dem Schatten und verkünde das Gesetz!

Über allem steht Tba! Geh zu den anderen, lehre sie fürchten das Gesetz und dich und herrsche!

Über allem steht Tba! Ist die Übermacht groß, denke an das Motuul, *aber hilft es dir nicht, dann stirb!*

ENDE

ATLAN-Band 16

Juwelen der Sterne

erscheint im Frühjahr 2000

Start in den neuen Zyklus:
Das Kosmische Schachspiel beginnt!
PERRY RHODAN-Silberband 68 führt Perry Rhodan in das »Anti-Universum«. Der Terraner trifft auf sein negatives Ebenbild!
Perry Rhodan
Anti - Universum
Rekord: 448 Seiten Umfang!
Anti-Universum
DM 29,80/öS 218,-/ sfr 27,50
ISBN 3-8118-2088-5
www.Perry-Rhodan.net
Perry Rhodan
WeltCon 2000
17. - 19. Dez. 1999
Rheingoldhalle/Mainz
Ticket Hotline
06131/286210
MOEWIG Überall, wo es gute Bücher gibt!

Übersicht Raumsektor Tekteron-Bund/Zhygor

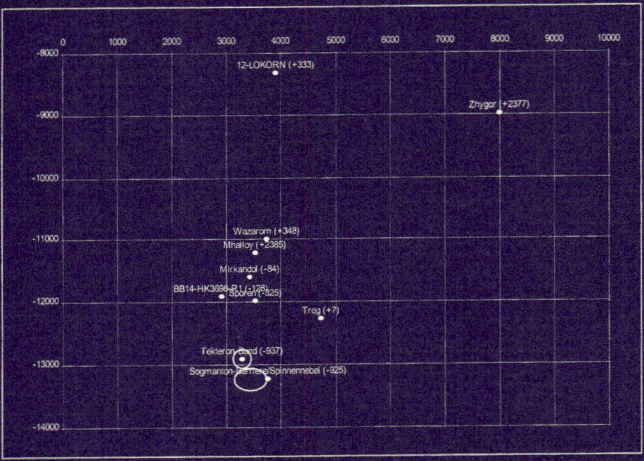

ENTFERNUNGSTABELLE:

	Zhygor	Tekteron-Bund	Spinnen-nebel	BB14-HK3698-R1	SPOREN	Mirkandol	Mhalloy	Wazarom
Zhygor	-	12012	6841	6387	6027	5808	4999	5139
Tekteron-Bund	12012	-	576	1346	1141	1577	3739	2349
Spinnennebel	6841	576	-	1763	1395	1857	3877	2064
BB14-HK3698-R1	6387	1346	1763	-	658	616	2680	1316
SPOREN	6027	1141	1395	658	-	465	2817	1209
Mirkandol	5808	1577	1857	616	465	-	2500	794
Mhalloy	4999	3739	3877	2680	2817	2500	-	2058
Wazarom	5139	2349	2064	1316	1209	794	2058	-
Arkon	24903	27520	27155	27496	27303	27332	25655	27135
Sol	23891	29709	29408	29608	29074	28977	28859	28491